林世堂文集

LINSHITANGWENJI

② 诗评汇纂 历代诗论选

林世堂◎著

中国出版集团 现代出版社

图书在版编目（CIP）数据

林世堂文集 / 林世堂著. -- 北京 : 现代出版社,
2017.7
ISBN 978-7-5143-6358-6

Ⅰ. ①林… Ⅱ. ①林… Ⅲ. ①中国文学－当代文学－
作品综合集 Ⅳ. ①I217.2

中国版本图书馆CIP 数据核字(2017) 第197559 号

林世堂文集

作　　者　林世堂
责任编辑　李　鹏
出版发行　现代出版社
地　　址　北京市安定门外安华里504号
邮政编码　100011
电　　话　010-64267325　010-64245264（兼传真）
网　　址　www.1980xd.com
电子邮箱　xiandai@vip.sina.com
印　　刷　成都新千年印制有限公司
开　　本　787mm×1092mm 1/16
印　　张　52
字　　数　766千
版　　次　2017年7月第1版　2020年1月第2次印刷
书　　号　ISBN 978-7-5143-6358-6
定　　价　120.00元（全三册）

目录

CONTENTS

上篇　诗评汇纂

下篇　历代诗论选

上篇

詩評汇纂

内容提要

本篇将散见于正史、杂著、笔记、随记中多得无法计数的有关古诗一鳞半爪、只言片语的评论文章，不厌其烦地一一剔抉出来，梳理排比，以名诗名句为专题，编纂成书，形成一部研究和欣赏古代诗歌的资料工具书，更是一部极富创造性、含有研究成果的学术著作，使读者省去许多查找之难和检索之劳。有功于学界士林，更嘉惠于后之学者。

其最有价值的部分是每一专题后面有作者的一篇“概述”，内容丰富多彩，综合、概括各种评论意见，要言不烦地加以介绍；有分歧对立的意见，作比较性分析，并提出自己的看法；在前人评论的基础上，对作品的内涵作更深入的发掘和剖析；对某些偏执虚妄的立论作中肯的批评；对诗歌创作和评论中一些重大问题，提到理论高度分别发表见解。可以说，作者的“概述”是多角度、多层次地展开的，运用语言学、文艺心理学、美学、哲学、历史学的知识从不同角度进行审视，因而能见前人所未见，言前人所未言。从这个意义上来讲，《汇纂》本身也是一部高质量的诗评专著，它列于古今同类著作中并无愧色。

序

中国是诗歌大国，历代诗作中，名篇佳句数以万计。而对古代诗歌进行研究分析的著述更是汗牛充栋，浩如烟海。两者相辅相成，推动和繁荣着诗歌的创作和研究。浩繁的古籍中既有数以百计的“诗话”“诗评”之类专著，更有散见于正史、杂著、笔记、随记中多得无法计数的有关古诗一鳞半爪、只言片语的评论文章。林老师不厌其烦地一一剔抉出来，梳理排比，以名篇名句为专题，编纂成书，形成一部研究和欣赏古代诗歌的资料工具书，使读者省去许多查找之难和检索之劳。这确是一件大好事，有功于学界士林，更嘉惠于后之学者。

这项工作看似平易，其实艰辛。林老师坐拥书城，埋头书案，潜心搜寻，仔细核检，发现一条，随手摘录，积累有年，始成卷帙。实属沙里淘金，沧海觅珠的烦琐事情，所费心力，何可计数！这种带有奉献性的精神劳动，对作者来说难免时倍功半，对使用者来说却是时半功倍。学术界人士不大肯做这种工作，素养不够的人又无力去做这种工作，于是留下空白领域甚多。其实，这类工作必须有人做，因为这是进一步研究的基础建设。林老师默默无闻为人作嫁，以近耄耋之年独立完成这样的工作，其精神令人敬佩。

就《诗评汇纂》的性质和价值而言，并非单纯的资料工具书，实质上是一部极富创造性、含有研究成果的学术著作。

本篇最有价值的部分是每一专题后面有作者的一篇“概述”，内容丰富多彩，大体上有几个方面：综合、概括各种评论意见，要言不烦地加以介绍；有分歧对立的意见，作比较性分析，并提出自己的看法；在前人评论的基础上，对作品的内涵作更深入的发掘和剖析；对某些偏执虚妄的立论作中肯的批评；对诗歌创作和评论中一些重大问题，提到理论高度分别发表见解。可以说，作者的“概述”是多角度、多层次展开的，运用语言学、文艺心理学、美学、哲学、历史学的知识从不同角度进行审视，因而能见前人所未见，言前人所未言。从这个意义上来讲，《诗评汇纂》本身也是一部高质量的诗评专著，它列于古今同类著作中并无愧色。

随举数例，可见一斑。

《木兰诗》的作者，故事来历，创作时代及地域范围，各家说法纷纭，令人迷惑。一说“曹子建作”；一说“北周、隋人作”；一说“古调中突出几句排律，元和、长庆后手笔”；一说“梁、陈、唐人手段”；一说“夷狄未有可汗名，非汉魏人诗”；一说“‘朔气传金柝，寒光照铁衣’，已似太白”；……作者却从民歌创作流传的宏观规律出发，摆脱烦琐枝节的困扰，指出从这些地方正可看出《木兰诗》是经过后人加工补充的，这一断语有高屋建瓴之势，有拨开迷雾之功。

如常建《题破山寺后禅院》诗的中间两联多为人称道，但其特点优点，历代诗评家没有说得很清楚。作者指出：“‘竹径通幽处，禅房花木深’一联，对得并不工整，但用得恰到好处。随步换形，流动的句式，与诗人的步履相吻合，读来好像与诗人一起漫步在幽静的后禅院。‘山光悦鸟性，潭影空人心’，是律诗标准对句，由流动趋于静止，可见诗人已停下脚步，在欣赏周围景色。是情语，也是景语。”又如王维“漠漠水田飞白鹭，阴阴夏木啭黄鹂”，作者认为：“词语安排是以诗人真实感受为基础的。首先看到一片‘水田’；看一会儿，才看到鸟在‘飞’，再仔细看，才辨认出飞的鸟是‘白鹭’。加上‘漠漠’两字，描绘夏日田野风光更鲜明，而且还表现了诗人开朗、愉快的心情。”以上两例，体现作者的分析是科学的，合乎情理的。

“池塘生春草”是谢灵运从梦中得来的佳句，许多诗评家对这一神秘传说津津乐道，作者却从文艺心理学的角度阐明“灵感”的真谛。陶渊明“悠然见南山”句，人们对“见”字的用法心驰神往，赞赏不已，作者却从人生哲理的高度指出“见”字的妙处。杜甫诗中“身轻一鸟过”的“过”字，“读书破万卷”的“破”字，历来都看作“诗眼”和炼字典范，作者进行比较辨析，并提出自己的见解，精细入微。

名家的立言也有失当处，作者也能提出中肯的见解。如张继的《枫桥夜泊》诗，妇孺皆知，欧阳修却“病其夜半非打钟时”。作者解释道：“寺院打钟是客观存在的事实，张继的诗并没有违反这一基本事实。至于什么时候打钟，诗歌并非科学论文，不需要精确到断然无误。如‘杜鹃枝头月三更'，'夜半无人私语时'，这类诗句，倘若要追究是否在二更以后、四更以前，岂非痴人说梦？”这样的分析无疑是比较中肯的。

柳宗元有首《渔翁》诗，共六句。苏轼认为可以删去末两句，严羽附和之，田艺蘅、李东阳则持异议，聚讼纷纭。作者则根据柳宗元的身世和作品的内容，做了比较具体的说明：“删去后两句，也可以说是好的结束……不过，原诗末句，化用陶渊明《归去来辞》中'云无心而出岫'，是柳宗元借写渔翁表现了遭贬后与世无争的心情。如果删去末两句，这种意味就没有了，诗的内涵相对减弱，严羽、苏轼之论未必了解作者的心情。”这就看得比较全面。

总之，在一篇篇的“概述”中，可以看出作者涉猎的广博，知识的丰富，表现出深厚的功力和智慧的光彩。

陈百刚

1991年6月15日

无名氏《陌上桑》

邯郸女子姓秦名罗敷，为邑人千乘王仁妻。仁后为赵王家令。罗敷出，采桑于陌上，赵王见而悦之，因饮酒欲夺之；罗敷乃弹筝作《陌上桑》以自明焉。

晋·崔豹《古今注》

五代·马缟《中华古今注》所录同

案具歌词，称罗敷采桑陌上，为使君所邀，罗敷盛夸其夫为侍中郎以拒之，与旧说不同。若晋陆士衡“扶桑升朝晖”等，但歌佳人好会，与古调始同而末异。

唐·吴兢《乐府古题要解》

老杜“使君自有妇，莫学野鸳鸯”，出古乐府，云“使君自有妇，罗敷自有夫”。

宋·曾季狸《艇斋诗话》

傅玄《艳歌行》，全袭《陌上桑》，但曰：“天地正厥位，愿君改其图。”盖欲辞严义正，以裨风教。殊不知“使君自有妇，罗敷自有夫”，已含此意，不失乐府本色。

明·谢榛《四溟诗话》

“一鬟五百万，两鬟千万余”，侈胡姬也。“头上倭堕髻，耳中明月珠”，称罗敷也。“指如削葱根，口如含珠丹”，艳兰芝也。是三贞妇，而作者亵咏如此，不妨古雅，在今必当酷忌。卫人所为赋《硕人》，宁非仲尼所亟录耶？柴虎臣云：“三者虽极形容，不可谓亵，假令咏闺檐而阑入《青楼》《子夜》诸曲，便为狎渫。”

《陌上桑》罗敷本拒使君，而骆宾王“罗敷使君千骑归”，是隐映古事而小变之，避常径也，不当以误用驳之。

《陌上桑》，钟（惺）云：“贞静之情，以艳词发之，艳何妨正也。”

清·毛先舒《诗辩坻》

大率东汉敦尚气节，得气之先，莫如诗人，不独《焦仲卿妻》《陌上桑》诸篇凛然难犯，有《汉广》《柏舟》遗风，即如此等诗，字字温厚，尤得好色不淫之意。若魏、晋以后，浸淫于桑、濮矣。谁谓诗文无升降乎？

“日出东南隅”与“昔有霍家奴”二篇，章法颇类。前段描写罗敷、胡姬浓艳，能令好色人销魂。后段描写罗敷、胡姬义烈，能令淫人败兴。中间“男儿爱后妇，女子重前夫”，“使君自有妇，罗敷自有夫”四语，皆从世俗人情，写得十分痛快。天地间一种绝妙义理，偏出自不读书人口，可见人情至处，即礼法也。收语即申说“重前夫”“自有夫”二意，虽“多谢金吾子，私爱徒区区”，紧严有力，“坐中数千人，皆言夫婿殊”，宽愆有致，煞手不同，总就本文作结，不别起波澜也。汉乐府中有字句同而意旨与章法不同者，《鸡鸣篇》与《相逢行》是也。有字句不同而意旨与章法同者，此二篇是也。岂古作者亦有脱胎换骨之法耶？

唐代张籍《节妇吟寄东平李司空师道》云：“君知妾有夫，赠妾双明珠。感君缠绵意，系在红罗襦。妾家高楼连苑起，良人执戟明光里。知君用心如日月，事夫誓拟同生死。还君明珠双泪垂，恨不相逢未嫁时。”此诗情辞（一作词）婉娈，可泣可歌。然既垂泪以还珠矣，而又恨不相逢于未嫁之时，柔情相牵，展转不绝，节妇之节危矣哉！文昌此诗，从《陌上桑》来，“恨不相逢未嫁时”即《陌上桑》“使君自有妇，罗敷自有夫”意。然“自有”二语甚斩绝，非既有夫而又恨不嫁此夫也。“良人执戟明光里”，即《陌上桑》“东方千余骑，夫婿居上头”意。然《陌上桑》妙在既拒使君之后，忽插此段，一连十六句，絮絮聒聒，不过盛夸夫婿以深绝使君，非既有“良人执戟明光里”，而又感他人“用心如日月”也。忠臣节妇，铁石心肠，用许多折转不得，吾恐诗与题不称也。

清·贺贻孙《诗筏》

《风》《骚》既息，汉人代兴，五言为标准矣。就五言中，较然两体：苏、李赠答，无名氏《十九首》，是古诗体；《庐江小吏妻》《羽林郎》《陌上桑》之类，是乐府体。

汉人《羽林郎》篇："头上蓝田玉，耳后大秦珠。一鬟五百万，两鬟千万余。"《陌上桑》篇："头上倭堕髻，耳中明月珠。缃绮为下裙，紫绮为上襦。"《焦仲卿妻》篇："腰若流纨素，耳著明月珰。指如削葱根，口如含朱丹。"何工于赋美人也！而其原出于《硕人》之美庄姜。古人重其行，兼及其容，妇容不与德、言、工并列耶？

清·沈德潜《说诗晬语》

乐府题义，有不必宗者，有不可不宗者。不必宗者，如《行路难》《独漉篇》《梁父吟》《有所思》《古别离》等篇是也；不可不宗者如《陌上桑》《公无渡河》《明妃曲》《祖龙行》《山中孺子歌》等篇是也。

清·黄子云《野鸿诗的》

乐府有三等：《房中》《郊祀》，典雅宏奥，中学难窥，为最上品；《陌上桑》《羽林郎》《东门行》《西门行》《妇病行》《孤儿行》等诗，有情有致，学者有径路可寻，的是诗家正宗，才人鼻祖，为第二品；谣谚等作，词气虽古，未免俚质，为第三品。

《羽林郎》《董娇娆》《日出东南隅行》诸诗，情词并丽，意旨殊工，皆诗家之正则，学者所当揣摹。唐之卢、骆、王、岑、钱、刘，皆于此数诗中得力。

清·费锡璜《汉诗总说》

《陌上桑》云："日出东南隅，照我秦氏楼。秦氏有好女，自名为罗敷。"四语极平淡，而首句起兴，下三句出落详尽，简括似古谣。后半篇皆此二十字注释也。

清·李调元《雨村诗话》

【概述】

《陌上桑》歌词内容，与崔豹《古今注》所记本事不同，这点唐代吴兢《乐府古题要解》已经指出。叙事诗作为文学作品的一种，里面写的人物总是典型化的，但由于故事叙述的真实生动，读者总希望确有其人，即某一历史或社会人物的实录。《古今注》中的本事，就是为满足读者心理上的需要而编造出来的。不仅《陌上桑》如此，《木兰诗》等也是如此。

“头上倭堕髻”以下四句，是通过衣饰描写罗敷的美，有些评论指出，在《羽林郎》《焦仲卿妻》等作品中，也有类似的描写。对这类描写，有种种不同的看法：“工于赋美人”，这是从审美观点来看待其描写的成功。罗敷是贞妇，不应采用这种“亵咏”，这是以封建卫道士的立场而持异议。清代沈德潜《说诗晬语》则指出第三种见解：“古人重其行，兼及其容”，把容仪和德行联系起来看。其实，人的内心美是抽象的，只能通过言行外貌来描写。文学作品中描写人物的外貌，是描写其内心美的一种手段，两者是具有一致性的。

《陌上桑》是乐府民歌，后来文人仿作、拟作以及采用其种种写法的很多。吴兢提到陆机的《日出东南隅行》“但歌佳人好会”，已不像民歌那样包含一个动人的故事，这是一种。明代谢榛《四溟诗话》提到傅玄的《艳歌行》，“全袭《陌上桑》”，但把“罗敷前置辞”改为“斯女长跪对”，并在最后加上“天地正厥位，愿君改其图”两句。照谢榛看法这是“欲辞严义正，以裨风教”，这又是一种。清代毛先舒《诗辩坻》提到骆宾王诗“罗敷使君千骑归”，则是对原诗情节做了更动，这是第三种。情况虽有不同，但都说明这一民歌形式，受到文人的普遍关心，从各个方面进行学习。

无名氏《孔雀东南飞》

古乐府中，《木兰诗》《焦仲卿妻》皆有高致。

宋·魏泰《临汉隐居诗话》

庐江两仲卿，前汉朱邑字仲卿，庐江舒人。焦仲卿，汉建安中庐江府小吏。妻刘氏，为姑所逐，自誓弗嫁；逼之，投水死。仲卿闻之，亦自缢于庭树——今名小吏港。太白诗："孔雀东飞何处栖，庐江小吏仲卿妻。为客裁缝君自见，城乌独宿夜空啼。"

明·田艺蘅《留青日札》

《孔雀东南飞》质而不俚，乱而能整，叙事如画，叙情若诉——长篇之圣也。

明·王世贞《艺苑卮言》

《孔雀东南飞》一句兴起，余皆赋也。其古朴无文，使不用妆奁服饰等物，但直叙到底，殊非乐府本色。如云："妾有绣腰襦，葳蕤自生光；红罗复斗帐，四角垂香囊；箱帘六七十，绿碧青丝绳，物物各自异，种种在其中。"又云："鸡鸣外欲曙，新妇起严妆。著我绣夹裙，事事四五通。足下蹑丝履，头上玳瑁光。腰若流纨素，耳著明月珰。指如削葱根，口如含朱丹。纤纤作细步，精妙世无双。"又云："交语速装束，络绎如浮云。青雀白鹄舫，四角龙子幡，婀娜随风转。金车玉作轮，踯躅青骢马，流苏金镂鞍。赍钱三百万，皆用青丝穿。杂彩三百匹，交广市鲑珍。"此皆似不紧要，有则方见古人作手，所谓没紧要处便是紧要处也。

明·谢榛《四溟诗话》

《焦仲卿诗》有数病：大略繁絮，不能举要，病一；粗丑不能出词，病二；颓顿不能整格，病三。尤可举者，情词之讹谬也，如云“妾不堪驱使，徒留无所施。便可白公姥，及时相遣归”，此是何人所道？观上言“非为织作迟，君家妇难为”，斯言似出妇口，则非矣。当县令遣媒来也，“阿女含泪答，兰芝初还时，府吏见丁宁，结誓不别离。今日违情义，恐此事非奇。自可断来信，徐徐更谓之”。而其母之谢媒，亦曰“女子先有誓，老姥岂敢言”，则知女之有志，而母固未之强也。及其兄怅然，兰芝既能死誓，何不更申前说大义拒之，而云“兰芝仰头答，理实如兄言。处分适兄意，那得自任专？”意当时情事，断不如是。诗之不能宛述备陈，亦明矣。至于府君订婚，阿母戒曰，妇之为计，当有深裁。或密语以寄情，或留物以示意，不则慷慨激烈，指肤发以自将，不则纡郁悲思，遗饮食于不事。乃云“左手持刀尺，右手执绫罗，朝成绣夹裙，晚成单罗衫”，其亦何情作此也？“晻晻日欲暝，愁思出门啼。府吏闻此变，因求假暂归。未至二三里，摧藏马悲哀。新妇识马声，蹑履相逢迎。”当是时，妇何意而出门？夫何缘而偶值？诗之未能当情又明矣。其后府吏与母永诀，回身入房，此时不知几为徘徊，几为惋愤？而诗之情色，甚是草草，此其不能从容摅写又甚矣。或曰：“诗虚境也，安得与纪事同论？”夫虚实异致，其要于当情则一也。汉乐府《孤儿行》，事至琐矣，而言之甚详。傅玄《秦女休行》，其事甚奇，而写之不失尺寸。夫情生于文，文生于情，未有事离而情合者也。

明·陆时雍《诗镜总论》

《庐江小吏妻》诗共一千七百四十五言，杂述十数人口中语，而各肖其声口性情，真化工笔也。中别小姑一段悲怆之中，自足温厚。唐人《弃妇篇》直用其语云：“忆我初来时，小姑始扶床。今别小姑去，小姑如我长。”下节去“殷勤养公姥，好自相扶将”；而忽转二语云：“回头语小姑，莫嫁如兄夫。”轻薄之言，了无余味。此汉唐诗品之分。

清·沈德潜《说诗晬语》

《焦仲卿》及《木兰诗》，如看彻一本传奇，使人不敢作传奇。

《仲卿诗》“贺君得高迁”，直作恶语。

《仲卿诗》叙事老朴，延之《秋胡诗》叙事闲雅。

清·宋征璧《抱真堂诗话》

长庆长篇，如白乐天《长恨歌》《琵琶行》，元微之《连昌宫词》诸作，才调风致，自是才人之冠。其描写情事，如泣如诉，从《焦仲卿》篇得来。所不及《焦仲卿》篇者，政在描写有意耳。拟之于文，则龙门之有褚先生也。盖龙门与《焦仲卿》篇之胜，在人略处求详，详处复略，而此则段段求详耳。

叙事长篇动人啼笑处，全在点缀生活，如一本杂剧，插科打诨，皆在净丑。《焦仲卿》篇，形容阿母之虐，阿兄之横，亲母之依违，太守之强暴，丞吏、主簿、一班媒人张皇趋附，无不绝倒，所以入情。若只写府吏、兰芝两人痴态，虽刻画逼肖，决不能引人涕泗纵横至此也。……后人极力摹拟，非无佳境，然一概直叙，全乏波澜。

清·贺贻孙《诗筏》

《焦仲卿》，汉人奇作。

清·毛先舒《诗辩坻》

《焦仲卿妻》诗，于浓诡中又有别体，如元之董解元《西厢》，今之数落《山坡羊》，一人弹唱者也。

清·吴乔《围炉诗话》

《焦仲卿妻》又是乐府中之别体，意者如后世之《数落山坡羊》，一人弹唱者乎？

清·纳兰容若《渌水亭杂识》

【概述】

“质而不俚，乱而能整，叙事如画，叙情若诉。”（明·王世贞《艺苑卮言》）这四句可以看作对《孔雀东南飞》的概括评价。“质而不俚”指风格的朴实，按照情节发展逐步叙述，没有过分的渲染，但也没有写得庸俗化。“乱而能整”指结构的条理清楚，人物众多，头绪纷繁，却能处理得井然有序。“叙事如画”指叙述故事不是呆板的直叙，而是能在读者面前呈现出一幅幅画面。“叙情若诉”指写人物的感情真实动人，如泣如诉，能扣动读者的心弦。

作为一首叙事诗，《孔雀东南飞》写得最成功的地方，是“杂述十数人口中语，而各肖其声口性情”。焦仲卿和刘兰芝，在爱情上同是受阿母逼迫的，但由于两人性格不同，表现也就各异。刘兰芝个性坚强，看出了同恶婆已没有继续相处的可能，便决定回到母家去。焦仲卿个性软弱，对阿母抱有幻想。这些诗中并无一字直接道出，而是通过人物的言语行动表现出来的。这对苦命鸳鸯，最后都以一死表示对爱情的专一，但表现又自不同：兰芝是“揽裙脱丝履，举身赴清池”，态度何等坚决！仲卿是“徘徊庭树下，自挂东南枝”，于决绝之中又有犹豫。“若只写府吏、兰芝两人痴态，虽刻画逼肖，决不能引人涕泗纵横至此”，诗中其他人物，对情节发展都有一定作用，他们除具有各自的性格外，还从各个不同方面加深了刘兰芝、焦仲卿两人形象，所以也是不可忽视的。

“叙事长篇动人啼笑处，全在点缀生活”，如果“古朴无文”，只是“直叙到底”，没有细节描写，就不会有激动人心的感染力。就本诗来说，细节描写，也是烘托人物的一种手段。如“妾有绣腰襦”以下八句，兰芝历数自己妆奁物，正是写她对新婚一段生活的留恋；以乐景写哀，倍感凄怆。“鸡鸣外欲曙”以下十二句，既写兰芝临行从容不迫，宁为玉碎、不为瓦全的坚强性格，也是借助外貌服饰，表现其内心美。“交语速装束”以下十二句，极力夸张太守聘礼的丰厚，正是反衬兰芝富贵不能淫，忠于爱情的品质；她意志坚定，外界诱人的物质，根本不能改变她的初衷。

大多数评论家肯定《孔雀东南飞》是“长篇之圣”，优秀之作，但也有人指出种种不足之处。一是认为兰芝在仲卿面前说的话是“越礼”的，不合儿媳的口吻。二是对兰芝的行为不能理解：既然已经在母亲面前言志，为什么又在兄长面前屈从？既然已决心一死，为什么还有心情裁制嫁衣？三是认为有些地方写得太草率，如仲卿与母永诀，回身入房，接下去没有细写他的动作和心情。

对于同一作品，由于读者的爱憎不同，文艺修养不同，会有种种不同的解释，这是可以理解的。我们正可通过对不同解释的比较，更深入一步了解作品。如这里提到的第三种不足之处，即认为有些地方“甚是草草”，而另一种意见，却认为“略处求详，详处复略”正是作品的优点。

这些地方，读者正可通过自己的思索来辨别是非。

无名氏《木兰诗》

古乐府中，《木兰诗》《焦仲卿诗》皆有高致。盖世传《木兰诗》为曹子建作，似矣。然其中云“可汗问所欲”，汉魏时，夷狄未有“可汗”之名，不知果谁之词也。杜牧之《木兰庙》诗云：“弯弓征战作男儿，梦里曾惊学画眉。几度思归还把酒，拂云堆上祝明妃。”殊有美思也。

宋·魏泰《临汉隐居诗话》

杜子美祖《木兰诗》。

宋·唐庚、强行父《唐子西文录》

老杜《还成都草堂诗》云“城郭喜我来”“大官喜我来”等语，本古乐府《木兰诗》“爷娘闻我归”“阿姊闻我归”之语，老杜用此体。

宋·曾季貍《艇斋诗话》

《木兰歌》“促织何唧唧”，《文苑英华》作“唧唧何切切”，又作“历历”；《乐府》作“唧唧复唧唧”，又作“促织何唧唧”。当从乐府也。

“愿驰千里足”郭茂倩《乐府》作“愿借明驼千里足”，《酉阳杂俎》作“愿驰千里明驼足”；渔隐不考，妄为之辨。

《木兰歌》最古，然“朔气传金柝，寒光照铁衣”之类已似太白，必非汉魏人诗也。

《木兰歌》，《文苑英华》直作韦元甫名字，郭茂倩《乐府》有两篇，其后篇乃元甫所作也。

宋·严羽《沧浪诗话》

古乐府《木兰词》，乃女子代父征戍，十年而归，不受封爵。故杜牧之有《题木兰庙》诗云云。女子作男儿，其事甚怪。

宋•谢枋得《叠山文集》

明•陆楫《古今说海•碧湖杂记》所录同

《木兰》不必用“可汗”为疑，“朔气”“寒光”致贬，要其本色，自是梁、陈及唐人手段。

明•王世贞《艺苑卮言》

《木兰辞》：“愿借明驼千里足，送儿还故乡。”今本或改“明”作“鸣”，非也。驼卧，腹不贴地，屈足漏明，则行千里，故曰“明驼”。唐制，驿置有明驼使，非边塞军机，不得擅发。杨妃私发明驼使赐安禄山荔枝，见小说。

明•杨慎《升庵诗话》

（编者注：此处明驼之说，典据唐段成式《酉阳杂俎》所释）

《木兰词》云：“问女何所思，问女何所忆。女亦无所思，女亦无所忆。东市买骏马，西市买鞍鞯，南市买辔头，北市买长鞭。”此乃信口道出，似不经意者，其古朴自然，繁而不乱。若一言了问答，一市买鞍马，则简而无味，殆非乐府家数。“万里赴戎机，关山度若飞。朔气传金柝，寒光照铁衣。将军百战死，壮士十年归。”绝似太白五言近体，但少结句耳。能于古调中突出几句律调，自不减文姬笔力。“雄兔脚扑朔，雌兔眼迷离；双兔傍地走，安能辨我是雄雌？”此结最着题，又出奇语。若缺此四句，使六朝诸公补之，未必能道此。

明•谢榛《四溟诗话》

叙事长篇动人啼笑处，全在点缀生活。如一本杂剧，插科打诨，皆在净丑。……《木兰诗》有阿姊理妆、小弟磨刀一段，便不寂寞。而“出门见伙伴”，又是绝妙团圆剧本也。后人极力摹拟，非无佳境，然一概直叙，全乏波澜。

清•贺贻孙《诗筏》

《木兰诗》，齐、梁以后之古调也。至次篇“木兰抱杼嗟”，又缘“唧唧复唧唧”篇脱出。间出长句，句颇近俚。及观结处大作庄语，元和、长庆后手笔亡疑。

清·毛先舒《诗辩坻》

古歌谣乐章长短句，固七言体制所出，遂名为七言古诗，似于格未合也。……无名氏之《木兰诗》，虽词意高古，而波澜渐阔，肇有唐风矣。

清·乔亿《剑溪说诗》

《木兰诗》云:“朔气传金柝，寒光照铁衣。将军百战死，壮士十年归。”声律对偶无不谐，此必距唐人甚近，北周、隋人之作也。尤西堂谓“木兰，魏氏，谯人，代父从军，凯旋不受爵。炀帝知之，欲纳入宫，遂自尽，赠孝烈将军”。则隋人也。若魏泰诗话谓“世传《木兰诗》为曹子建作，似矣。然其中云‘可汗问所欲’，汉、魏时夷狄未有‘可汗’之名也”。按此诗与子建所作，岂有一毫相似处？泰岂未睹子建诗耶！徒以“可汗”二字作论，疏陋甚矣。

清·潘德舆《养一斋诗话》

木兰生地时事考

途中偶忆南北朝代父从军之木兰，前人知为北魏人矣。然究属北魏何时何代之人，其从军为何时何地之事，尚未考也。以余考之，木兰盖古武威，今凉州人也。其从军事，在孝文帝太和二十年（496）后，宣武帝景明、正始年间，何以见之？即于《木兰辞》中得之也。自古羌胡衣服与中国异，何况女子？今其辞云：“脱我战时袍，着我旧时裳。”以羌胡女子而为裳衣，显然变服从中国。又云：“归来见天子，天子坐明堂。”按孝文帝太和十六年（492），始作明堂，行养老之礼；十八年，始禁胡服，以此二事证之，故知木兰为孝文作明堂、禁胡服以后人也。曷言乎武威人也？其辞云：“朝辞爹娘去，暮宿黄河边，不闻爷娘唤女声，惟闻黄河流水鸣溅溅。旦辞黄河去，暮宿黑水头。不闻爷娘唤女声，惟闻燕山胡骑鸣啾啾。”详此诗意，是木兰之家去黄河仅一日；而所宿之黄河边，去黑水亦仅一日，黑水距其家，不过二日，非武威而何？黄河之水，自积石而来，至入长城处，已历千里。

且受大夏诸河之水，其流盛大。不得作溅溅浅水之鸣。且其家一日至黄河，黄河在南北，去黑水八百余里，安得旦辞黄河，暮宿黑水乎？盖辞本云“黄河边”，边者，近之谓耳。黄河东过大夏，有大通河，自西北经祁连山，过武威而来会，此水北距黑水之源不及二百里。辞云“黑水头”，头即源也。祁连山在大通、黑水二河之间，即所云“燕山”也。祁连、燕支二山本一，为胡人要地。汉时匈奴失此二山，为之歌曰：“失我祁连山，使人六畜不蕃息；失我燕支山，使我妇女无颜色。”其为屯兵重地可知。故木兰宿黑水，而闻燕山胡骑之鸣也。然则所云“黄河边”者，即今之大通河，以其南入黄河为一水，故被以黄河之名矣。孝文帝太和十六年（492），败柔然于大碛；二十二年，讨破高车，明年，帝殂。宣武帝即位，改元景明，凡四年，而改元正始。元年，筑九城于北边。此十数年中，皆有事西北，筑城后乃定。高车、柔然，正在燕山之西北。木兰从军，十年乃归，且有“将军百战死”之语。度其从军之久，情事多与史合，故知为太和、正始年间屡次用兵西域时事也。汉时，酒泉、武威、张掖三郡，皆凉地羌人所居。酒泉今之肃州，张掖今之甘州，武威为西凉，今之凉州是也。北魏明元帝泰常五年（421），灭北凉；明年，沮渠无讳寇酒泉。太平真君二年（441），克酒泉，无讳西渡流沙，入据鄯善，又据高昌。李宝自伊吾入据敦煌，封宝为敦煌公。四年，自将击柔然；五年，无讳卒，李宝入朝，留之。六年，伐鄯善，鄯善降，西域复通，八年，平西域。十年，自伐柔然，可汗遁。文成帝太安二年（456），克伊吾。四年，自伐柔然，刻石纪功而还。和平元年，伐吐谷浑。献文帝皇兴四年（470），击败吐谷浑。自将击柔然。孝文帝延兴二年（472），柔然入寇，击走之。三年，吐谷浑入寇，击降之。四年，柔然寇敦煌。盖北魏之世，西北塞外，岁常用兵，未有如木兰从军之久者。以非大将，故史略之。非无名氏一辞，则奇女子竟湮没矣。孰谓文章不足多乎！

清·姚莹《康輶纪行》

【附】

木兰歌（唐·韦元甫）

木兰抱杼嗟，借问复为谁。
欲闻所戚戚，感激强其颜。
老父隶兵籍，气力日衰耗。
岂足万里行，有子复尚少。
胡沙没马足，朔风裂人肤。
老父旧羸病，何以强自扶。
木兰代父去，秣马备戎行。
易却纨绮裳，洗却铅粉妆。
驰马赴军幕，慷慨携干将。
朝屯雪山下，暮宿青海傍。
夜袭燕支虏，更携于阗羌。
将军得胜归，士卒还故乡。
父母见木兰，喜极成悲伤。
木兰能承父母颜，却卸巾鞲理丝簧。
昔为烈士雄，今为娇子容。
亲戚持酒贺父母，始知生女与男同。
门前旧军都，十年共崎岖。
本结弟兄交，死战誓不渝。
今者见木兰，言声虽是颜貌殊。
惊愕不敢前，叹息徒嘻吁。
世有臣子心，能如木兰节。
忠孝两不渝，千古之名焉可灭！

宋·郭茂倩《乐府诗集》

【概述】

《木兰诗》传诵既久，遂有人探究它的作者。宋代魏泰《临汉隐居诗话》相信世传为曹子建作之说；清代潘德舆《养一斋诗话》驳之，以为“此诗与子建所作，岂有一毫相似处”，无论就体制或风格上来看，都与曹植的作品不相类。大概有人以为《木兰诗》是名篇，一定出之于名人之手。其实民歌是民间艺人们的集体创作，口口相传，已很难指出其具体姓名了。《木兰诗》如此，《孔雀东南飞》也是如此。魏泰一方面相信“世传”为曹子建作，一方面又指出诗中的“可汗”是汉魏时夷狄未有之名，自己已用后说否定了前说，即使没有潘德舆的驳语，后人也不必再去相信了。

作者的具体姓名不可考，探究一下创作的时代，这倒是有意义的。明代王世贞《艺苑卮言》从作品的本色着眼，认为“自是梁、陈及唐人手段”。清代毛先舒《诗辩坻》则说“齐、梁以后之古调”。两人推测的时代相去不远，大致可信。

宋代有两位评论家，都指出杜甫诗作有学习《木兰诗》的痕迹。这一方面说明《木兰诗》的影响广泛，另一方面也说明大诗人杜甫不仅是“熟精《文选》理”，而且也从民歌中汲取营养。

“叙事长篇动人啼笑处，全在点缀生活”，这是《木兰诗》和《孔雀东南飞》同样具有的优点。“有阿姊理妆、小弟磨刀一段，便不寂寞”，这些细节描写，切合人物的身份，同时又能渲染出热烈愉快的气氛，精彩的描写，把作品推向高潮。

同一句式的反复重叠，也是《木兰诗》表现形式上的一个重大特点。插入这种特殊的句式，是为了更好地表达内容。“问女何所思”四句，简化为一问一答两句，意思上也已完全，现在衍为四句，就把阿爷关心女儿，女儿安慰阿爷的殷殷之情充分表现出来了。“东市买骏马”四句，明代谢榛《四溟诗话》以为“若一言了问答，一市买鞍马，则简而无味”。其实把一句化为四句，正是烘托出木兰内心的兴奋之情，不仅仅是使作品有味而已。这四句的形象也十分生动，似乎看到木兰在为出征忙碌紧张地准备一切，这种效果不是简单一句所能表达的。

结尾“雄兔脚扑朔”四句，谢榛以为“此结最着题，又出奇语”。说着题，因为表面上是说兔子难分雌雄，实际上却是紧扣木兰女扮男装，人们难以识别。言简意赅，采用直叙的写法，就不可能做到这点。说是奇语，因为就句子表面看，一扑朔，一迷离，似乎是有区别的；但这前面两句又是互文，意即雄兔雌兔脚扑朔眼迷离，这样又是无区别的。表面分开来看的有区别，和互文合起来看的无区别，两者交织在一起，正好说明木兰女扮男装的无区别和恢复女儿装时的有区别——奇就奇在这里。

“万里赴戎机”以下六句，“于古调中突出几句律调”，以及有些字句传写不一，正好说明《木兰诗》本来是口口相传的民间文学作品，在流传过程中出现不同写法以及后人加工的痕迹，也是很自然的事了。

清代姚莹《康輶纪行》对木兰的生地时事做了考证，这是把文学作品作为历史资料来看待了。它从一个侧面说明有些评论家对待文学作品的态度。

唐代韦元甫的《木兰歌》是文人创作，和民歌《木兰诗》做一比较，正可看出两者之间明显的差别。

刘邦《大风歌》

十二年冬十月，上破（黥）布军于会缶。布走，令别将追之。上还，过沛，留。置酒沛宫，悉召故人父老子弟佐酒。发沛中儿得百二十人，教之歌。酒酣，上击筑，自歌曰：“大风起兮云飞扬，威加海内兮归故乡，安得猛士兮守四方！”令儿皆和习之。

东汉·班固《汉书·高帝纪》

风起云飞，喻群雄竞逐，天下乱也。威加海内，言已靖乱而天下以定也，夫安不忘危，故思得猛士以镇之。

唐·李善《文选注》

高祖《大风》之歌，虽止于二十三字，而志气慷慨，规模宏远，凛凛乎已有四百年基业之气。《史记·乐书》谓之《三侯章》。令沛得以四时歌舞宗庙，盖欲使后之子孙，知其祖创业之勤，不可怠于守成尔。武帝《秋风辞》《瓠子歌》已无足道，及为赋以伤悼李夫人，反复数百言，绸缪眷恋于一女子，其视高祖岂不愧哉！

宋·葛立方《韵语阳秋》

汉高帝《大风歌》，不事华藻，而气概远大，真英主也。至武帝《秋风辞》，言固雄伟，而终有感慨之语，故其末年，几至于变。魏武魏文父子，横槊赋诗，虽遒壮抑扬，而乏帝王之度。

宋·陈岩肖《庚溪诗话》

汉高祖置酒沛宫，酒酣，击筑自歌曰：“大风起兮云飞扬……”时帝有天下已十三年，当思耆艾贤德，与共维持，独专意猛士，何也？

岂马上三尺，谩骂余态，未尽革哉？治道终以霸杂，盖有由。然其前年下诏曰：“贤士大夫，吾能尊显之。”是年下诏曰：“与天下之贤大夫，同安辑之。”窃谓播告之词，乃秉笔代言，非若耳热之歌，乃中心所欲也。

宋·黄彻《砻溪诗话》

世间快意宁有此，亭长还乡作天子。
沛宫不乐复何为？诸母父兄知旧事。
酒酣起舞和儿歌，眼中尽是汉山河。
韩彭受诛黥布戮，且喜壮士今无多。
纵酒极欢留十日，感慨伤怀涕沾臆。
万乘旌旗不自尊，魂魂犹为故乡惜。
从来乐极自生悲，泗水东流不再回。
万岁千秋谁不念，古之帝王安在哉？
莓苔石刻今如许，几度秋风灞陵雨。
汉家社稷四百年，荒台犹是开基处。

元·张昱《过歌风台》

《大风》三言，气笼宇宙，张千古帝王赤帜，高帝哉！

“《大风》安不忘危，其霸心之存乎？《秋风》乐极悲来，其悔心之萌乎？”文中子赞二帝语，去孔子不远。

明·王世贞《艺苑卮言》

汉高帝《大风歌》曰：“安得猛士兮守四方！”后乃杀戮功臣。……予笔此数事，以为行不顾言之诫。

汉武帝“秋风起兮白云飞”，出自“大风起兮云飞扬”；“兰有秀兮菊有芳，怀佳人兮不能忘”，出自“沅有芷兮澧有兰，思公子兮未敢言”。汉武读书，故有沿袭；汉高不读书，多出己意。

明·谢榛《四溟诗话》

古歌辞贵简远，《大风歌》止三句，《易水歌》止二句，其感激悲壮，语短而意益长。《弹铗歌》止一句，亦自有含悲饮恨之意。后世穷技极力，愈多而愈不及。予尝题柯敬仲墨竹曰：“莫将画竹论难易，刚道繁难简更难。君看萧萧只数叶，满堂风雨不胜寒。”画法与诗法通者，盖此类也。

明·李东阳《麓堂诗话》

西汉自《大风》以下诸歌，古奥远过东汉……

前辈称曹子建、谢朓、李白工于发端，然皆出于汉人。试举数句，请学者观之。……“大风起兮云飞扬”是岂六朝、唐人所及？太白辈将此等诗千回百折读之，然后工于发端耳。

清·费锡璜《汉诗总说》

按沈归愚曰：“时帝春秋高，韩、彭已诛，而孝惠仁弱，人心未定，思猛士其有悔心乎。”

清·沈德潜《古诗源》

【概述】

《大风歌》，依照唐代李善《文选注》的解释，三句诗，概括三个阶段：群雄竞逐——靖乱一统——安不忘危。即着眼现在，回顾过去，展望未来。内容十分丰富而字句极为简练。刘邦直接参与了秦汉之际社会大动荡的斗争，雄伟历史图卷的基础是亲身的实践。

宋代陈岩肖《庚溪诗话》用“不事华藻，而气概远大”来评价《大风歌》，对形式和内容的方面都谈到了。刘邦与后世的诗人不同，不是为写诗而写诗，在酒席上即兴作歌，只是为了言志，即用诗来表达襟怀抱负。歌咏之后，还继之以起舞，真是“咏叹之不足，故不知手之舞之，足之蹈之”。他是直抒胸臆，真不知华藻为何物。“世间快意宁有此，亭长还乡作天子”，《大风歌》作于刘邦最得意的时刻，他踌躇满志，昔年看到秦王出巡时所说的“大丈夫当如是也”的壮语，现在已成为现实，他也清醒地看到，自己的事业并没有至此为止，巩固胜利成果，还有许多事情要做，这绝不是他一个人能胜任的，因此他期望有许多猛士来和他合作。有的诗家指出，“思猛士，其有悔心乎？”意以为刘邦在高歌“大风”之际，对过去杀戮韩、彭等有些后悔。也有人以为从刘邦以后杀戮功臣来看，他是行不顾言的。其实这些只是旁人主观的猜想，并不符合刘邦的思想实际。作为一位开国的英主，他可以允许臣下占有子女玉帛，过穷奢极欲的生活，不过不会允许任何一个功臣与他分庭抗礼，各行其是。他所需要的“猛士”，同时也必然是奴才。不具备后者的条件，即使是“赳赳武夫，公侯干城”，也是难以立足于朝廷之上的。这是包含在《大风歌》中一个实质性问题。

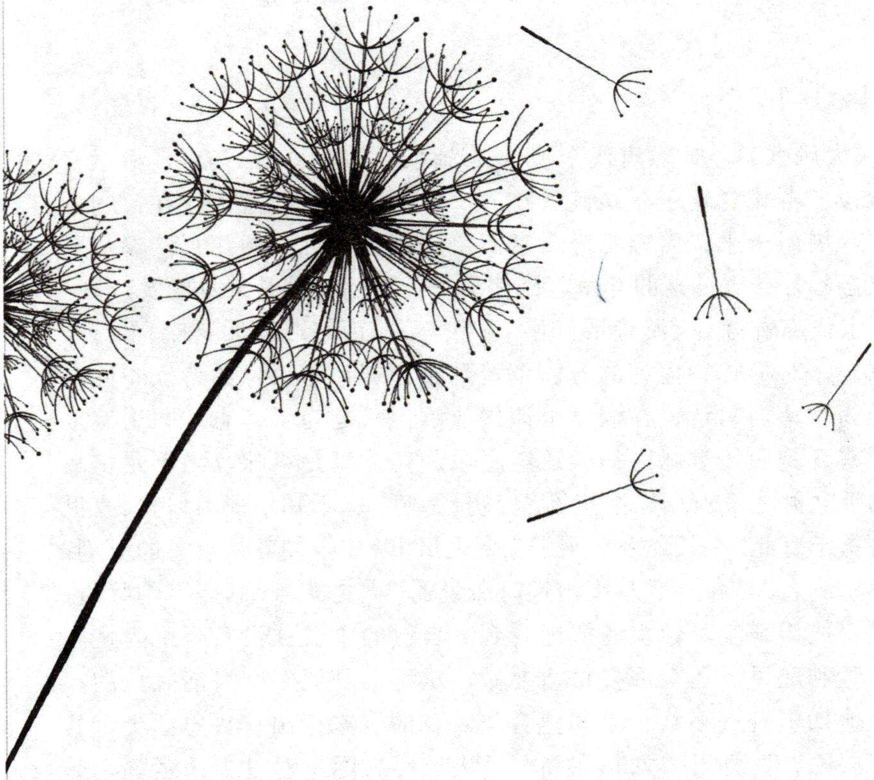

刘彻《李夫人歌》

夫人早卒，帝思念不已。方士齐人少翁言能致其神。乃夜张灯烛，设帷帐，陈酒肉，而令帝居帷帐，遥望见好女如李夫人之貌，还幄坐而步，又不得就视。帝愈益相思悲感，为作诗。

东汉·班固《汉书》

《李夫人赋》序云，帝悲感为作诗曰："是耶？非耶？立而望之偏。"仆曰：因此，则退之"走马来看立不正"之所祖述也。

宋·许顗《彦周诗话》

汉武固是词人……《思李夫人赋》，长卿下、子云上；"是耶？非耶？……"三言精绝。

明·王世贞《艺苑卮言》

武帝《李夫人歌》："是邪？非邪？立而望之，翩何珊珊，其来迟。""之"与"迟"一韵。"翩何珊珊"，言其来翩然，而佩珊珊然耳。许顗《诗话》云："立而望之偏"，是退之"走马来看立不正"之所祖也。以"翩"字属上，不惟于韵不叶，且"立而望之偏"是何语邪？

明·焦竑《焦氏笔乘》

汉武帝诗："是邪？非邪？立而望之，偏何姗姗其来迟！""之""迟"为韵，"偏"字属下句，明甚。而许彦周《诗话》作"立而望之偏"，云"此退之'走马来看立不定'之所祖也"。可笑！

明·何孟春《余冬诗话》

《搜神记》载《李夫人歌》云："是耶非耶，立而望之，偏娜娜，何冉冉其来迟。"……与《外戚传》小异。

《李夫人歌》，谭（元春）云："自有悼亡气，与待生者愆期大别。"

清·毛先舒《诗辩坻》

【概述】

中国古代抄写、刻印诗文，不加标点；唐代韩愈《师说》中提到的"句读（dòu）"，那是指诵读时的停顿或由读者自己加上符号。一般说来，散文误读较易发生，诗歌则少见。宋代许颛《彦周诗话》把《李夫人歌》读成破句，这样例子确实不多。明代焦竑《焦氏笔乘》和明代何孟春《余冬诗话》指出许颛的误读，根据有二点：一是"于韵不叶"；二是不成话，"可笑"。其实这首诗还可以有另外的断句法，即读成如下的四句：

是邪？非邪？
立而望之，
翩——
何姗姗其来迟！

"翩"字独立成句，突出了李夫人的形象；下面接一句"何姗姗其来迟"，则生动地写出了汉武帝迫切盼望见到李夫人的心情。

诗中有二处异文："翩"和"偏"，"翩"是写李夫人的形象，即焦竑所说的"言其来翩然"；"偏"则是写汉武帝迫不及待的心态，都说得过去。一是"珊珊"和"姗姗"，"珊珊"宜于和"翩"配合，"姗姗"则和"偏"配合较好。

明代谭元春的话"自有悼亡气，与待生者愆期大别"（清·毛先舒《诗辩坻》），指出这首诗的艺术特点。这是由于开头用了"是邪？非邪？"这样一个选择问句，用汉武帝疑信参半的心情，写出他迫切盼望见到李夫人，又担心见不到的矛盾处境。对这着墨不多的几句诗，明代王世贞《艺苑卮言》用"精绝"两字来概括，评价也是恰当的。

陶潜《饮酒》“悠然见南山”

近世人轻以意改书，鄙浅之人，好恶多同，故从而和之者众，遂使古书日就讹舛，深可忿疾。孔子曰：“吾犹及史之阙文也。”自予少时，见前辈皆不敢轻改书。故蜀本大字书皆善本。……陶潜诗：“采菊东篱下，悠然见南山”，采菊之次，偶然见山，初不用意，而境与意会，故可喜也。今皆作“望南山”。杜子美云“白鸥没浩荡，万里谁能驯”，盖灭没于烟波间。而宋敏求谓予云：“鸥不解‘没’，改作‘波’字。”二诗改此两字，便觉一篇神气索然也。

宋·苏轼《东坡志林》

东坡以渊明“采菊东篱下，悠然见南山”，而无识者以“见”为“望”，不啻碔砆之与美玉。予观乐天效渊明诗，有云：“时倾一樽酒，坐望东南山。”然则流俗之失也久矣。惟韦苏州《答长安丞裴税诗》，有云：“采菊露未晞，举头见秋山。”乃知真得渊明诗意，而东坡之说为可信。

宋·吴曾《能改斋漫录》

“采菊东篱下，悠然见南山”，此其闲远自得之意，直若超然邈出宇宙之外。俗本多以“见”字为“望”字，若尔，便有褰裳濡足之态矣。乃知一字之误，害理有如是者。《渊明集》世既多本，校之不胜其异。有一字而数十字不同者，不可概举。若“只鸡招近局”，或以“局”为“属”，虽于理似不通，然恐是当时语。“我土日以广”，或以“土”为“志”，于义亦两通，未甚相远。若此等类，纵误不过一字之失，如“见”与“望”，则并其全篇佳意败之。此校书者不可不谨也。

宋·蔡启《蔡宽夫诗话》

记在广陵日，见东坡云：陶渊明意不在诗，诗以寄其意耳。“采菊东篱下，悠然望南山”，则既采菊又望山，意尽于此，无余蕴矣，非渊明意也。“采菊东篱下，悠然见南山”，则本自采菊，无意望山，适举首而见之，故悠然忘情，趣闲而景远。此未可于文字精粗间求之，以比碔砆美玉，不类。

宋·晁无咎《鸡肋集》

陶渊明诗“采菊东篱下，悠然见南山”，采菊之际，无意于山，而景与意会，此渊明得意处也。而老杜亦曰：“夜阑接软语，落月如金盆。”予爱其意度闲雅，不减渊明，而语句雄健过之。每咏此二诗，便觉当时情景尽在目前，而二公写之笔端，殆若天成，兹为可贵。

宋·陈善《扪虱新话》

味有不可及者，渊明是也。渊明“狗吠深巷中，鸡鸣桑树颠”，“采菊东篱下，悠然见南山”，此景物虽在目前，而非至闲至静之中则不能到，此味不可及也。

宋·张戒《岁寒堂诗话》

东坡拈出渊明谈理之诗，前后有三，一曰“采菊东篱下，悠然见南山”。二曰“笑傲东轩下，聊复得此生”。三曰“客养千金躯，临化消其宝”。皆以为知道之言。盖摛章绘句，嘲弄风月，虽工亦何补？若睹道者，出语自然超诣，非常人能蹈其轨辙也。

韦应物诗拟陶渊明，而作者甚多，然终不近也。《答长安丞裴税诗》云：“临流意已凄，采菊露未晞。举头见秋山，万事都若遗。”盖效渊明“采菊东篱下，悠然见南山。此中有真意，欲辨已忘言”之句也。然渊明落世纷深入理窟，但见万象森罗，莫非真境，故因见南山而真意具焉。应物乃因意凄而采菊，因见秋山而遗万事，其与陶所得异矣。

宋·葛立方《韵语阳秋》

《扪虱新话》曰：“诗有格有韵。渊明‘悠然见南山’，格高也；康乐‘池塘生春草’之句，韵胜也。”格高似梅花，韵胜似海棠。欲韵胜者易，欲格高者难。

明·谢榛《四溟诗话》

座上无弦有素琴，门前五柳绿阴阴。
谁怜采菊东篱叟，独抱夷齐一片心。

清·汪小蕴《读晋史》

“采菊东篱下，悠然见南山”，忘世之侣，其天机活泼如此。即《陈风》诗人“衡门之下，可以栖迟”之遗意也。

清·洪亮吉《北江诗话》

【概述】

“采菊东篱下，悠然见南山”，是东晋陶渊明《饮酒》诗中的两句，自从苏轼给予高度评价，遂成为传诵的名句，无形之中成为陶渊明的代表作。

按照苏轼的说法，这两句诗的好处是“采菊之次，偶然见山，初不用意，而境与意会，故可喜也”。遥远的南山是诗人所向往的静穆境界。在想象中有这样的境界，在一次采菊中偶然碰上，境与意会，这就和刻意追求不同。陶渊明在向往南山这样境界，南山也在等待陶渊明去赏识——正如宋代晁无咎《鸡肋集》所说“此未可于文字精粗间求之”，也即同一首诗结尾所说的“此中有真意，欲辨已忘言”。所谓“闲远自得”“悠然忘情”“殆若天成”“味不可及”“自然超诣”，造语虽有所不同，但意思都是说两句诗是妙手偶得，没有斧凿的痕迹。

宋代苏轼《东坡志林》又从哲学高度来看这两句，“以为知道之言”。《老子》说“道法自然”，即道只根据自己本来的样子存在着，没有别的什么影响着它。“悠然见南山”也就是法自然，这种闲适自得顺乎内心的自然，不是受外界的影响而勉强为之。

“悠然见南山”，这句的妙处，又集中在“见”字。另一本作“望南山”，便“不啻碔砆之与美玉”。宋代蔡启《蔡宽夫诗话》以为用“望”字，“便有褰裳濡足之态矣”，“并其全篇佳意败之”。宋代晁无咎《鸡肋集》则以为用“望”字，“则既采菊又望山，意尽于此，无余蕴矣”。总之，用“见”字，两句一气呵成，不着痕迹，不是用“望”字所能及的。

帛道猷《陵峰采药》

晋宋间，沃洲山帛道猷诗曰："连峰数十里，修林带平津。茅茨隐不见，鸡鸣知有人。"后秦少游诗云："菰蒲深处疑无地，忽有人家笑语声。"僧道潜号参寥，有云："隔林仿佛闻机杼，知有人家在翠微。"其源乃出于道猷，而更加锻炼，亦可谓善夺胎者也。

宋·陈岩肖《庚溪诗话》

诗之变化，愈出愈奇，白（一作帛）道猷《招道一上人》："连峰数十里，修林带平津。茅茨隐不见，鸡鸣知有人。"其后诗人如沈佺期诗："树密不言通鸟道，鸡鸣始觉有人家。"刘孝威诗："遥知杨柳是门处，似隔芙蓉无路通。"朱湾诗："初行竹里唯通马，直到花间始见人。"吴融诗："无人应失路，有树始知村。"参寥诗："隔林仿佛闻机杼，知有人家在翠微。"刘长卿诗："旧浦满（'满'一作'远'）来移渡口，垂杨深处有人家。"张谓诗："竹里登楼人不见，花间觅路鸟先知。"僧清顺诗："惟闻犬吠声，又入烟萝去。"一自"鸡鸣知有人"句，愈出愈奇，诗之变化有穷已乎？

宋·高似孙《剡溪诗话》

晋世释子帛道猷，有《陵峰采药》诗曰："连峰数十里，修林带平津。茅茨隐不见，鸡鸣知有人。"此四句古今绝唱也，有石刻在沃州岩。按《弘明集》亦载此诗，本八句，其后四句不称，独刻此四句，道猷自删之耶，抑别有高人定之耶？宋秦少游诗："菰蒲深处疑无地，忽有人家笑语声。"道潜诗："隔林仿佛闻机杼，知有人家在翠微。"虽祖道猷语意而不及。庚溪作诗话，谓少游、道潜比道猷尤为精练，所谓"苏粪壤以充帏，谓申椒其不芳"也。

明·杨慎《升庵诗话》

（编者注：“苏粪壤”二句见《离骚》。王逸曰：“苏，取也。充，满也。壤，土也。帏，谓之縢。縢，香囊也。谓申椒其不芳。言取粪土以满香囊，佩而带之，反谓申椒臭而不香。”）

晋时，沃州山帛道猷《陵峰采药》诗：“连峰数十里，修林带平津。云过远山翳，风至梗荒榛。茅茨隐不见，鸡鸣知有人。闲步践其径，处处见遗薪。始知百代下，故有上皇民。”后人截取四句：“连峰数十里，修林带平津。茅茨隐不见，鸡鸣知有人。”诵之更觉高妙。秦少游“菰蒲深处疑无地，忽有人家笑语声”，僧参寥“隔林仿佛闻机杼，知有人家在翠微”，皆窃其意，然诵二诗，益见道猷之工。学者知二诗不如道猷，可与言诗矣。

明·焦竑《焦氏笔乘》

白道猷（“白”一作“帛”），山阴人。性耽丘壑，一吟一咏，有濠上风。东晋永和年间（345—346）居剡溪沃洲山及五百岗，有礼拜石、涤巾涧等遗迹，后入天台建国清诸刹，称昙猷尊者。尝与壹经书曰：“始得优游山林下，纵心孔释之书，触兴为诗，陵峰采药，服饵蠲疴，乐有余也。”

《民国嵊县志》卷十七

【概述】

帛（一作白）道猷作《陵峰采药》诗，后来宋代的秦观和道潜都曾采用其意另写诗句。宋代陈岩肖《庚溪诗话》认为后来居上，并把这种情形说成是“善夺胎”。那么，什么是“夺胎”呢？

宋代释惠洪《冷斋夜话》载黄庭坚的话说：“诗意无穷，人才有限。以有限之才，追无穷之意，虽少陵、渊明不得工也。然不易其意而造其语，谓之换骨法；规模其意而形容之，谓之夺胎法。”元代王构《修辞鉴衡》引《诗宪》的话说：“夺胎者，因人之意，触类而长之……换骨者，意同而语异也。”

夺胎换骨，会因陈陈相因而失去新意，但也可推陈出新而别创佳句。《修辞鉴衡》引魏道辅的话说：“诗恶蹈袭，古人亦有蹈袭而愈工，若出于己者，盖思之精则造语愈深也。”说的就是这两种情况。

对帛道猷等三家诗句，陈岩肖认为后来居上，而明代杨慎《升庵诗话》引《离骚》中的诗句，认为陈岩肖是把粪土装满了香袋，反而说申椒是不香的。明代焦竑《焦氏笔乘》的看法与杨慎相同，并且进一步指出：“学者知二诗不如道猷，可与言诗矣。”道猷诗的妙处，就在于不是正面直接写人，而是用鸡鸣来代表人们生活的环境，这样就有更强的生活气息。鸡和犬都是人所豢养的，《老子》和《桃花源记》中都用“鸡犬相闻”来写人群栖息、生活的环境，道猷诗句用环境来烘托人，这种侧面描写的效果，就比正面直接写人来得好。

谢灵运《登池上楼》

《谢氏家录》云：康乐每对惠连，辄得佳语。后在永嘉西堂，思诗竟日不就，寤寐间忽见惠连，即成“池塘生春草”。故尝云：“此语有神助，非我语也。”

南朝梁·钟嵘《诗品》

舒公云：“池塘生春草，园柳变鸣禽”之句，谓有神助，其妙意不可言传。而古今文士多从而称之，谓之确论。独李元膺曰：“予反覆观此句，未有过人处，不知舒公何从见其妙。盖古今佳句，在此一联之上者尚多。古之人意有所至，则见于情，诗句盖其寓也。谢公平生喜见惠连，梦中得之，盖当论其情意，不当泥其句也。如谢东山喜见羊昙，羊叔子喜见邹湛，三述喜见坦之，皆其情意所至，不可名状，特无诗句耳。

宋·释惠洪《冷斋夜话》

“池塘生春草，园柳变鸣禽”，世多不解此语为工，盖欲以奇求之耳。此语之工，正在无所用意，猝然与景相遇，借以成章，不假绳削，故非常情所能到。诗家妙处，当须以此为根本，而思苦言难者，往往不悟。

宋·叶梦得《石林诗话》

田承君云“池塘生春草”，盖是病起忽然见此为可喜，而能道之，所以为贵。

宋·王直方《王直方诗话》

《石林诗话》云:“谢灵运诗‘池塘生春草,园柳变鸣禽’,此语之工,正在于无心猝然与景相遇,备以成章,不假绳削,故非常情之所能到。”仆谓灵运制《登池楼诗》,而于西堂致思,竟日不就,忽梦惠连得此句,遂足其诗。是非登楼时仓卒对景而就者,谓猝然与景相遇,备以成章,殆恐未然。盖古人之诗,非如今人牵强辏合,要得之自然,如思不到,则不肯成章。故此语因梦得之自然,所以为贵。

宋·王楙《野客丛书》

“池塘生春草,园柳变鸣禽”,本非杰句,而是灵运得意焉者。有谓康节云:禽鸟飞类,得气之先者,故尧定四时,必以鸟兽。《豳风》及《月令》占候,皆以仓庚、鸿雁、蜩鸩、沙鸡、蚯蚓、蝼蝈等。盖历家出于人事,禽鸟得于天机,最可占验。灵运意亦然,谓池塘方生春草,园柳已变鸣禽。曰“变”者,言其感化之速,往往人未及知。灵运意到而语未到,梦中忽得之,故谓有神助。数百年后,会此意者,杜子美也。然其诗曰:“蚁浮仍腊味,鸥泛已春声。”于“已”字早露圭角。至陆龟蒙诗:“鸟声浑欲啭,草色故应知。”又浅露矣。则知晋宋间诗,高妙简古,非唐人可及。

宋·俞文豹《吹剑录》

宋谢惠连十岁能属文,族兄灵运赏之,云:“每有篇章,对惠连辄得佳语。”尝于永嘉西堂思诗,竟日不就。忽梦见惠连,即得“池塘生春草,园柳变鸣禽”,曰:“此语有神助,非吾语也。”

宋·孔平仲《续世说》

刘昭禹云:五言如四十个贤人,著一个屠沽不得。觅句者若掘得玉匣子,有底有盖,但精心必获其宝。然昔人“园柳变鸣禽”,竟不及“池塘生春草”……此数公未始不精心,以此知其全宝者,未易多得。

宋·黄彻《碧溪诗话》

好句易得,好联难得,如“池塘生春草”之类是也。

宋·范晞文《对床夜语》

谢灵运梦见惠连而得“池塘生春草”之句,以为神助。《石林诗话》

云：“世多不解此语为工，盖欲以奇求之耳。此语之工，正在无所用意，猝然与景相遇，借以成章，故非常情所能到。”冷斋云：“古人意有所至，则见于情，诗句盖寓也。谢公平生喜见惠连，而梦中得之，此当论意，不当泥句。”张九成云：“灵运平日好雕鎸，此句得之自然，故以为奇。”田承君云：“盖是病起忽然见此为可喜而能道之，所以为贵。”予谓天生好语，不待主张，苟为不然，虽百说何益？李元膺以为“反覆求之，终不见此句之佳”，正与鄙意暗同。盖谢氏之夸诞，犹存两晋之遗风，后世惑于其言而不敢非，则宜其委曲之至是也。

大抵诗话所载，不足尽信。“池塘生春草”，有何可嘉，而品题者百端不已。

金·王若虚《滹南诗话》

池塘春草谢家春，万古千秋五字新。
传语闭门陈正字，可怜无补费精神！

金·元好问《论诗绝句》

《扪虱新语》曰：“诗有格有韵。渊明‘悠然见南山’之句，格高也；康乐‘池塘生春草’之句，韵胜也。”格高似梅花，韵胜似海棠。欲韵胜者易，欲格高者难。兼此二者，惟李杜得之矣。

谢灵运“池塘生春草”，造语天然，清景可画，有声有色，乃是六朝家数，与夫“青青河畔草”不同。叶少蕴但论天然，非也。又曰：“若作‘池边’‘庭前’俱不佳。”非关声色而何？

明·谢榛《四溟诗话》

“池塘生春草”，虽属佳韵，然亦因梦得传。……此皆有神行乎其间矣。

明·陆时雍《诗镜总论》

知“池塘生春草”“蝴蝶飞南园”之妙，则知“杨柳依依”“零雨其蒙”之圣于诗；司空表圣所谓“规以象外，得之圜中”者也。

“池塘生春草”“蝴蝶飞南园”“明月照积雪”，皆心中目中与相融浃，一出语时，即得珠圆玉润；要亦各视其所怀来，则与景相迎者也。

清·王夫之《薑斋诗话》

“池塘生春草”句，叶石林以为：“世多不解此语为工，盖欲以奇求之。此语之工，正在无所用意，猝然与景相遇，借以成章，故非常情所能到。”释冷斋以为：“古人意有所至，则见于情，诗句盖寓也。谢公平生喜见惠连，而梦中得之，此当论意，不当泥句。”张九成以为：“灵运平日好雕镌，此句得之自然，故以为奇。”田承君以为：“盖是病起忽然见此为可喜，而能道之，所以为贵。”金源王若虚则谓“天生好语，不待主张，苟为不然，虽百说何益！李元膺以为‘反覆求之，终不见此句之佳’，正与鄙意暗同”。然则谢公此句，论之者凡六家，只王、李之见相似。愚旧论适与张尚书暗合，王、李终不免以奇求之耳。若权文公谓“池塘”二句，托讽深重，以池塘潴溉之地而生春草，是王泽竭也。《豳》诗所配，一鸣则一候，今曰“变鸣禽”者，时候变也。穿凿太甚，亦不足辩矣。

谢客诗芜累寡情处甚多。“池塘生春草”句，自谓有神助，非吾语，良然。盖其一生，作得此等自在之句，殊甚稀耳。汤惠休云“谢诗如芙蓉出水”，彼安能尽然！“池塘生春草”句，则庶几矣。

清·潘德舆《养一斋诗话》

谢诗“池塘生春草”、李诗“胡蝶忽然满芳草”，萧子显所谓“有来斯应，最不能已，须其自来，不以力构”。

清·马位《秋窗随笔》

谢康乐“池塘生春草，园柳变鸣禽”之句，自谓有神助。李元膺则曰：“余反覆观此句，未见有过人处。”而誉之盛者，则又以为妙处不可言传。其实皆门外语也。案《陶弇集》云：“此句之根，在四句以前，其云‘卧疴对空林，衾枕昧节候’，乃其根也。‘褰开暂窥临’下历言所见之景，至‘池塘生春草’，始知卧病前所未见者，而时节流换可知矣。”此评自是确论。若《吟窗杂录》谓灵运因此诗得罪，遂托以阿连梦中授之。权文公评之云：“池塘者，泉州潴溉之地，今曰生春草，是王泽竭也。《豳风》所纪一虫鸣则一候变，今曰‘变鸣禽’者，候将变也。”夫锻炼周内以入人罪，亦复何处不可；若以之论诗，则入魔道矣。

清·梁绍壬《两般秋雨庵随笔》

“池塘生春草”，景近标胜。

清·毛先舒《诗辩坻》

谢康乐《登池上楼》诗“池塘生春草，园柳变鸣禽”，只是卧病初起，耳目一新。昔人求其说不得，至谓“王泽竭而草生，候将变而虫鸣。”

清·牟愿相《小澥草堂杂论诗》

康乐“池塘生春草，园柳变鸣禽”，亦一时意兴妙语耳，乃自谓有神助。文畅“亭皋木叶下，陇首秋云飞”，未尝费造作，而三融赏心，书之斋壁。岂非以其雕饰者易工，而天然者罕见耶？

清·叶矫然《龙性堂诗话初编》

谢康乐“池塘生春草，园柳变鸣禽”之句，自谓语有神助。后人誉之者，遂以为妙处不可言传。而李元膺又谓反覆此句，实无见有过人处。皆肤浅之见也。记得前人有评此诗者，谓此句之根在四句以前，其云“卧疴对空床，衾影昧节候”，乃其根也，“褰帏暂窥明”以下历言所见之景，至“池塘生春草”，始知为卧病前所未见者，而时节流换可知矣，次句即从上句生出，自是确论。若《吟窗杂录》谓灵运因此诗得罪，托为阿连梦中之语，遂有“王泽竭，时候变”之评，夫古来诗案之周纳人罪者多，于论诗何与乎？

清·梁章钜《浪迹丛谈》

【概述】

“池塘生春草，园柳变鸣禽”，两句诗，十个字，竟引起这么热烈的讨论，产生这么多的解释，这在古今诗坛上确是少见的。正如宋代释惠洪《冷斋夜话》所说“古今佳句，在此一联之上者尚多”，如果只在谢灵运诗集中见到这两句诗，读者或许不会给予过多的注意，问题在于随着这两句诗的产生，附丽着一段近乎神秘的传说。即南朝梁国钟嵘《诗品》所记载的“诗思竟日不就，寤寐间，忽见惠连”，于是就写出这两句传诵千古的名句。按照谢灵运自己说法，“此语有神助，非吾语也”。这话并不奇怪：诗人在进行创作时，有时搜索枯肠，写不出一个字，有时却文思敏捷，佳句立成。有一位诗人，自道创作的甘苦，曾写过两句诗：“尽日觅不得，有时还自来。”（唐·贯休《觅句》）谢灵运所遇到的，也正是这种情况。

同一个诗人，在创作中为什么会有如此大的差异呢？按照文艺心理学上的说法，就是灵感不来，下笔唯艰，灵感一来，水到渠成。所谓灵感，是创作构思过程中突然爆发出来的一种豁然贯通，文思如潮的心理现象。它往往起着推动创作过程，促成艺术形象完成的作用。灵感是近代的外来语，古代诗人虽然不知道灵感这个词，但在作品中却生动地写出了灵感对创作的帮助，如宋人戴复古的诗：

诗本无形在窈冥，网罗天地运吟情。
有时忽得惊人句，费尽心机做不成。

明白了创作与灵感的关系，谢灵运写“池塘生春草”的故事也就并不神秘了。开头，灵感不来，“诗思竟日不就”；后来，以梦见惠连为契机，促使灵感的突发，便好句自来，有如神助了。陆时雍所谓“有神行乎其间”，这个“神”就可看作灵感。惠洪所说的“其妙意不可以言传”，也可看作是对灵感现象不十分明了的一种笼统说法。叶梦得以为“此语之工，正在无所用意，猝然与景相遇，借以成章，不假绳削，故非常情之所能到”，也隐约地说出了灵感的潜意识作用。

梁绍壬引《陶龛集》的话，认为这两句应该和前面各句联系起来看，并肯定“此评自是确论”，这说法是不错的。佳句不是孤立的，它总是和全篇有机地融合在一起。鲁迅在《“题未定”草（七）》中说：“还有一样最能引读者入于迷途的是‘摘句’。它往往是衣裳上撕下来的一块绣花，经摘取者一吹嘘或附会，说是怎样超然物外，与尘浊无干，读者没有见过全体，便也被他弄得迷离惝恍。”他还说：“我总以为倘要论文，最好是顾及全篇，并且顾及作者的全人，以及他所处的社会状态，这才较为确凿。”他在《“这也是生活”……》中又说：“删夷枝叶的人，决定得不到花果。”要正确明白“池塘生春草”的好处所在，也应该如此来看待。

谢朓《晚登三山还望京邑》“澄江静（净）如练”

谢玄晖最以“澄江净如练”得名，故李白云：“解道‘澄江净如练’，令人却忆谢玄晖。”山谷诗云：“凭谁说与谢玄晖，莫道澄江净如练。”则其人之优劣，于此亦可以见。

宋·王直方《王直方诗话》

古人作诗赋，事不必皆实。如谢宣城诗“澄江净如练”，宣城去江近百里，州治左右无江，但有两溪耳。或当时谓溪为江，亦未可知也，此犹班固谓八川分流。

宋·张耒《明道杂志》

建安、陶、阮以前，诗专以言志；潘、陆以后，诗专意咏物，雕镌刻镂之工日以增，而诗人之本旨扫地尽矣。谢康乐“池塘生春草”……谢玄晖“澄江净如练”……就其一篇之中，稍免雕镌，粗足意味，便称佳句，然比之陶、阮以前，苏、李、古诗、曹、刘之作，九牛一毛也。大抵句中若无意味，譬之山无烟云，春无草树，岂复可观？

宋·张戒《岁寒堂诗话》

“谢朝华之已披，启（‘启’一作‘起’）夕秀于未振”，学诗者尤当领此。陈腐之语，固不必涉笔，然求去其陈腐不可得，而翻为怪怪奇奇不可致诘之语以欺人，不独欺人，而且自欺，诚学者之大病也。诗人首二谢，灵运在永嘉，因梦惠连，遂有“池塘生春草”之句；玄晖在宣城，因登三山，遂有“澄江净如练”之句。二公妙处，盖在于鼻无垩，目无膜尔。鼻无垩，斤将曷运？目无膜，篦将曷施？所谓混然天成，天球不琢者欤？

宋·葛立方《韵语阳秋》

谢山人谓玄晖“澄江净如练”，“澄”“净”二字意重，欲改为“秋江净如练”，余不敢以为然，盖江澄乃净耳。

明·王世贞《艺苑卮言》

夫咏物之难，非肖难也，惟不局局于物之难。玄晖“余霞散成绮，澄江净如练”，“天际识归舟，云中辨江树”，山水烟霞，衷成图绘，指点盼顾，遇合得之。古人佳处，当不在言语间也。

明·陆时雍《诗镜总论》

谢朓诗，如《暂使下都》云：“大江流日夜，客心悲未央。”“金波丽鳷鹊，玉绳低建章。”如《登三山》云：“白日丽飞甍，参差皆可见。余霞散成绮，澄江静如练。”皆吞吐日月，摘摄星辰之句。故李白登华山落雁峰有云：“恨不携谢朓惊人诗，来搔首问青天耳。”

明·朱承爵《存余堂诗话》

茂秦谓玄晖“澄江净如练”，“澄”“净”二字意重，欲改为“秋江净如练”。元美驳之，以为江澄乃净。余谓二君论俱不然。“澄”“净”实复，然古诗名手多不忌此处。徐干“兰华凋复零”，阮籍“思见客与宾”，《娇女》诗“渌水清且澄”，谢庄“夕天霁晚气”，颜延年“识密鉴亦洞”，谢灵运“洲萦渚连绵”，简文帝“飞栋杏为梁”，吴均“白酒甜盐甘如乳”，即朓作仍有“地迥闻遥蝉”，又“曾崖寂且寥”。此类殊多，不妨浑朴。要之“澄江净如练”，眺瞩之间，景候适辏，语俊调圆，自属佳句耳。茂秦欲易“澄”为“秋”，亡论与通章春景牴牾，已顿成流薄。此茂秦欲以唐法绳古诗，固去之远甚。而元美曲解，亦落言筌，失作者之妙矣。

清·毛先舒《诗辩坻》

玄晖“澄江净如练”，有病其复者，王元美解惟澄故净。边贡“自闻秋雨声，不种芭蕉树”，元美又诋谓芭蕉不可言树。合而观之，元美可与言诗耶？

清·叶矫然《龙性堂诗话》

《明道杂志》云："古人作诗赋，事不必皆实。如谢宣城诗'澄江净如练'，宣城去江近百里，州治左右无江，但有两溪耳。"埴谓，前说但可为知者道，彼不善学古人者，若动以此言为口实，而涉笔多属子虚，则应为识者笑也。

清·金埴《不下带编》

【概述】

南北朝谢朓的"澄江静（净）如练"是传诵的名句，要欣赏这句诗，先要解决两个问题。

第一个问题是宋张耒《明道杂志》提出的，即"宣城去江近百里，州治左右无江"，"澄江净如练"不是写实。清代金埴《不下带编》也认为张耒所说的是事实，并进一步谈了自己的看法。按谢朓这首诗是在任宣城太守时写的，但写作的地点却并不在宣城。诗的题目是《晚登三山还望京邑》，三山，即唐代李白名篇《登金陵凤凰台》中所咏到的"三山半落青天外，二水中分白鹭洲"，山在今南京市西南长江边，所以"澄江净如练"是从三山高处下瞰长江景色，是写实。张耒以为是在宣城写的，与事实不符。

第二个问题是，明代谢榛认为这句诗中"'澄''净'二字意重，欲改为'秋江净如练'"。（明·王世贞《艺苑卮言》）按谢朓这首诗，本集和《文选》《文章正宗》《诗纪》等所载，都作"澄江静如练"；只有《文镜秘府》和《寰宇记》所引"静"作"净"。表面看来，这两个字都解释得通，但江中水净，只有近看才有如此印象，谢朓既然是在登上三山后俯瞰长江，就不可能有水净的感觉；从高处往下看，江水平静如白练，却是十分真切的。肯定了用"静"字好，也就不存在"澄""净"犯复的毛病了。清代乔亿说："景有神遇，有目接。神遇者，虚拟以成辞，屈、宋已下皆然，所谓五城十二楼，缥缈俱在空际也。目接则语贵征实，如靖节田园，谢公山水，皆可以识曲听真也。"（《剑溪说诗》）谢朓的诗句既是目接之作，其可贵之处也就在真实，即用一个确切的比喻，鲜明地描写出俯瞰长江的景色。

王籍《入若耶溪》

籍除轻车湘东王谘议参军，随府会稽。郡境有云门天柱山，籍尝游之，或累月不返。至若耶溪，赋诗云："蝉噪林逾静，鸟鸣山更幽。"当时以为文外独绝。

唐·姚思廉《梁书·文学传》

王籍《入若耶溪》诗云："蝉噪林逾静，鸟鸣山更幽。"江南以为文外独绝，物无异议。简文吟咏，不能忘之，孝元讽味，以为不可复得，至《怀旧志》载于《籍传》。范阳卢询祖，邺下才俊，乃言：此不成语，何事于能？魏收亦然其论。《诗》云："萧萧马鸣，悠悠旆旌。"《毛传》曰："言不喧哗也。"吾每叹此解有情致，籍诗生于此意耳。

北齐·颜之推《颜氏家训·文章》

晋宋间诗人，造语虽秀拔，然大抵上下句多出一意，如"鱼戏新荷动，鸟散余花落""蝉噪林愈静，鸟鸣山更幽"之类，非不工矣，终不免此病。

宋·蔡居厚《蔡宽夫诗话》

古人诗有"风定花犹落"之句，以谓无人能对。王荆公以对"鸟鸣山更幽"。"鸟鸣山更幽"本宋王籍诗，元对"蝉噪林逾静，鸟鸣山更幽"，上下句只是一意。"风定花犹落，鸟鸣山更幽"，则上句乃静中有动，下句动中有静。荆公始为集句诗，多者至百韵，皆集合前人之句。语意对偶，往往亲切过于本诗。后人稍稍有效而为之者。

宋·沈括《梦溪笔谈》

荆公曰："前辈诗云'风定花犹落'，静中见动意，'鸟鸣山更幽'，动中见静意。"山谷曰："此老论诗，不失解经旨趣，亦何怪耶？"

宋·释惠洪《冷斋夜话》

王文海云："鸟鸣山更幽。"至王介甫则云："茅檐相对坐终日，一鸟不鸣山更幽。"皆反其意而用之，盖不欲沿袭之耳。

宋·胡仔《苕溪渔隐丛话》

梁王籍诗云："蝉噪林逾静，鸟鸣山更幽。"王荆公改用其句曰："一鸟不鸣山更幽。"山谷笑曰："此'点金成铁'手也！"

明·冯梦龙《古今谭概·苦海部》

王籍"鸟鸣山更幽"，虽逊古质，亦是隽语，第合上句"蝉噪林逾静"读之，遂不成章耳。又有可笑者，"鸟鸣山更幽"，本是反不鸣山幽之意，王介甫何缘复取其本意而反之？且"一鸟不鸣山更幽"，有何趣味？宋人可笑，大概如此。

明·王世贞《艺苑卮言》

南朝人诗云："蝉噪林逾静，鸟鸣山更幽。"荆公尝集句云："风定花犹落，鸟鸣山更幽。"说者谓上句静中有动意，下句动中有静意。此说亦巧矣。至荆公绝句云"茅檐相对坐终日，一鸟不鸣山更幽"，却觉无味。盖鸟鸣即山不幽，鸟不鸣即山自幽矣！何必言更幽乎？此所以不如南朝之诗为工也。

宋·曾季狸《艇斋诗话》

"风定花犹舞，鸟鸣山更幽"，世传荆公改"舞"字作"落"字，其语顿工，然"风定花犹落"乃梁谢贞八岁时所作《春日闲居》诗也。从舅王筠奇之，曰："追步惠连矣。"

宋·许顗《彦周诗话》

半山说诗云："'风静花犹落'是静中有动意；'鸟鸣山更幽'，是动中有静意。"石林说诗云："'听雨寒更尽，开门落叶深'，是以'落叶'比雨声也。'微阳下乔木，远烧入秋山'，是'微阳'比'远烧'

也。”二公之说岂无解，然余正嫌其太索解，故后人说宋无诗，惟强解诗，是以无诗也。

清·叶矫然《龙性堂诗话续集》

“一鸟不鸣山更幽”，自不如“鸟鸣山更幽”。王介甫好争长短，如此类之小者亦然。

清·翁方纲《石洲诗话》

夺胎换骨义难羁，诗到苏黄语益奇。
一鸟不鸣翻旧案，前人定笑后人痴。

清·吴之振《论诗偶成》

【概述】

写静寂的环境，只从静的本身来写是比较困难的，即便加上程度副词，说成“很静”“十分静”，也不能给人具体印象。一般是借助其他事物来比喻、衬托，如“死一般的静”“鸦雀无声”等。此外还有一种办法，就是用声音来静，俗话说的“连一根针掉在地上也听得见”，就是如此。王籍诗句：“蝉噪林逾静，鸟鸣山更幽”，也是用的这种方法。当时人赞为“文外独绝”，就是因为王籍对自然界这种现象所引起感受有真实的体会，在诗中创造了人们容易忽视的意境。北齐颜之推还指出，早在《诗经》中，“萧萧马鸣，悠悠旆旌”，已经采用了这种写法，王籍可能由此受到启发。

在这两句诗受到称赞之后，又有人指出不足之处，这就是宋代蔡宽夫《诗话》和沈括《梦溪笔谈》所说的“上下句只是一意”。一意，就是说从字面上来看，上下句所写事物似乎不同，而实际上只是一个意思。“蝉”和“鸟”，“林”和“山”是不同事物，但“噪”和“鸣”，“逾静”与“更幽”，却是一个意思。清代冒春荣《葚原诗说》中说：“写景写情……不可犯复，前说沅澧，后说衡湘，则犯复矣。”犯复就是同一个意思。同书中又说：“对法不可合掌，如一动必一静，一高必一下，一纵必一横，一多必一少，此类可以递推。”并举出李宗嗣的诗句“普天皆灭焰，匝地尽藏烟”，曹松的诗句“汲水疑山动，扬帆觉岸行”，说明“皆”“尽”

和“行”“动”都属于合掌，“此皆诗之病也”。合掌也就是犯复，前后说的是同一个意思。再从整体上来看，两句都是说动中有静，犯复就更明显了。

王安石集句，把谢贞的“风定花犹落”和王籍的“鸟鸣山更幽”组合起来，这样，上句静中见动意，下句动中见静意，就把“上下句只是一意”的毛病消除了。这种天衣无缝的组合，正如沈括所说“亲切过于本诗”了。

但王安石也有弄巧成拙的时候。他似乎不满足于仅仅集前人之成句，他似乎也很欣赏王籍的诗句，想“青出于蓝而胜于蓝”，于是写这样两句：“茅檐相对坐终日，一鸟不鸣山更幽。”可是这样一来，正如宋代曾季狸《艇斋诗话》所说：“盖鸟鸣即山不幽，鸟不鸣即山自幽矣，何必言‘更幽’乎？”无怪黄庭坚要讥笑他：“此‘点金成铁’手也！”

斛律金《敕勒歌》

《乐府广题》曰："北齐神武攻周玉壁，士卒死者十四五，神武恚愤疾发。周王下令曰：'高欢鼠子，亲犯玉壁，剑弩一发，元凶自毙。'神武闻之，勉坐以安士众；悉引诸贵，使斛律金唱《敕勒》，神武自和之。其歌本鲜卑语，易为齐言，故其句长短不齐。"

宋·郭茂倩《乐府诗集》

刘、项皆善作歌，西汉诸帝如武、宣类能之。……东京以来，非无作者，大概文采有余，情性不足。高欢玉壁之役，士卒死者七万人，惭愤发疾，归使斛律金作《敕勒歌》，其辞略曰："山苍苍，天茫茫，风吹草低见牛羊。"欢自和之，哀感流涕。金不知书，能发挥自然之妙如此，当时徐、庾辈不能也。吾谓西汉后，独《敕勒歌》暨韩退之十《琴操》近古。

宋·王灼《碧鸡漫志》

慷慨歌谣绝不传，穹庐一曲本天然。
中州万古英雄气，也到阴山敕勒川。

金·元好问《论诗绝句》

《碧鸡漫志》曰："斛律金《敕勒歌》曰：'敕勒川，阴山下。天似穹庐，笼盖四野。天苍苍，野茫茫，风吹草低见牛羊。'"金不知书，同于刘、项，能发自然之妙。韩昌黎《琴操》虽古，涉于摹拟，未若金出性情尔。

明·谢榛《四溟诗话》

自昔倚马占檄，横槊赋诗，曹孟德、李少卿、桓灵宝、杨处道之外，能复有几？自非本色，故足贻姗。……北齐斛律金不解书，有人教押名曰：“但五屋四面平正即得。”至作《敕勒歌》云云，为一时乐府之冠。

明·王世贞《艺苑卮言》

古今武人诗，如沈庆之，曹景宗辈，犹有文士之风。……若斛律金“风吹草低见牛羊”，则乐府绝唱矣。

清·王士禛《渔洋诗话》

古乐府《敕勒歌》《乐府广题》云云。予按：史言金不知文字，改名曰金，犹苦难署，至以屋山为识，则金焉能为此歌？故海鼎祚疑古有此歌，神武当时或令金唱之，以安众心耳。沈归愚选《古诗源》，直以为斛律金作，虽承《碧鸡漫志》等之伪，而引《北史》云云，《北史》实无是语也。

清·吴骞《拜经楼诗话》

【概述】

据宋代郭茂倩《乐府诗集》说，《敕勒歌》“本鲜卑语”，则是翻译作品。“北齐斛律金不解书”，他只是奉高欢之命唱这首歌，后人也就把著作权归属于他。

北齐高欢和北周在玉壁一战，“士卒死者十四五”高欢为此“恚愤疾发”，为了安定军心，“使斛律金唱《敕勒》”，自己同声和唱。显然，在高欢看来，这支歌具有振奋人心的作用。歌词内容虽然简单，却展现了一幅北周游牧生活的画卷，由此引起士兵对生活、对家乡的热爱。对比之下，一次战争的失利也就算不了什么。高欢的用心良苦，但他确实明白，歌颂家乡的诗句，是有无比强大的感染力的，足以振顽立懦。宋代黄庭坚说这支歌“出语奇壮”（《书韦深道诸帖》），因为它所描绘的是粗犷的北国风貌，给人以奇丽的雄壮之感。宋代王灼《碧鸡漫志》说这支歌“能发挥自然之妙”，就是说能把自然界的内在之美充分表现出来。明代王世贞《艺苑卮言》称之为“一时乐府之冠”。清代王士禛《渔洋诗话》赞为“乐府绝唱”，确可当之无愧。

明代胡应麟在《诗薮》中对此歌的评价是“成于信口，以无意发之”。好的诗歌，都是自然流露，不假做作，这首《敕勒歌》也是如此。

崔颢《黄鹤楼》

唐人七言律诗，当以崔颢《黄鹤楼》为第一。

宋·严羽《沧浪诗话》

崔颢《黄鹤楼》诗，题下自注云：“黄鹤，乃人名也。”其诗曰：“昔人已乘白云去，此地空余黄鹤楼。”云乘白云，则非乘鹤矣。《图经》载费文袆登仙驾鹤于此，《齐谐志》载仙人子安乘黄鹤过此，皆因黄鹤而为之说者，当以颢之自注为正。张南轩辨费文袆事妄，谓黄鹤以山得名，或者山因人而名之欤？李邕《岳麓寺碑》，题江夏黄仙鹤刻，邕书好自刻之，此固邕寓名，然亦可见相传之旧矣。

元·吴师道《吴礼部诗话》

余谓昔人《黄鹤楼》诗，有“眼前有景道不得”句，每谓不然，及身到武昌，凭眺轩槛，然后知“晴川历历汉阳树，芳草萋萋鹦鹉洲”如画也。

明·姚士麟《见只编》

崔颢题《黄鹤楼》，太白过之不更作。时人有“眼前有景道不得，崔颢题诗在上头”之讥。及登凤凰台作诗，可谓十倍曹丕矣。盖颢结句云：“日暮乡关何处是，烟波江上使人愁。”而太白结句云：“总为浮云能蔽日，长安不见使人愁。”爱君忧国之意，远过乡关之念，善占地步矣！然太白别有“捶碎黄鹤楼”之句，其于颢未尝不耿耿也。

明·瞿佑《归田诗话》

宋严沧浪取崔颢《黄鹤楼》诗为唐人七言律第一，近日何仲默、薛君采取沈佺期“卢家少妇郁金堂”一首为第一。二诗未易优劣。或以问予，予曰：“崔诗赋体多，沈诗比兴多。以画家法论之，沈诗披麻皴，崔诗大斧劈皴也。”

明・杨慎《升庵诗话》

李太白过武昌，见崔颢《黄鹤楼》诗，叹服之，遂不复作，去而赋《金陵凤凰台》也。其事本如此。其后禅僧用此事作一偈云：“一拳捶碎黄鹤楼，一脚踢翻鹦鹉洲。眼前有景道不得，崔颢题诗在上头。”傍一游僧亦举前二句而缀之曰：“有意气时消意气，不风流处也风流。”又一僧云：“酒逢知己，艺压当行。”元是借此事设辞，非太白诗也，流传之久，信以为真。宋初，有人伪作太白《醉后答丁十八》诗云：“黄鹤高楼已捶碎”一首，乐史编太白遗诗，遂收入之。近日解学士缙作《吊太白》诗云：“也曾捶碎黄鹤楼，也曾踢翻鹦鹉洲。”殆类优伶副净滑稽之语。噫！太白一何不幸耶！

明・杨慎《升庵诗话》

孙位画水，张南本画火，吴道玄画，杨绘塑，陈简斋诗，辛稼轩词，同能不如独胜也，太白见崔颢黄鹤楼诗，去而赋金陵凤凰台。

明・杨慎《升庵诗话》

李太白诗“孤帆远影碧空尽，唯见长江天际流”，谢玄晖“天际识归舟”句也。崔颢诗“晴川历历汉阳树，芳草萋萋鹦鹉洲”，玄晖“云中辨江树”句也。谢句，崔、李于黄鹤楼上正自有所见耶？

明・何孟春《余冬诗话》

何仲默取沈云卿《独不见》，严沧浪取崔司勋《黄鹤楼》，为七言律压卷。二诗固甚胜，百尺无枝，亭亭独上，在厥体中，要不得为第一也。沈末句是齐梁乐府语，崔起法是盛唐歌行语，如织官锦间一尺绣，锦则锦矣，如全幅何？

明・王世贞《艺苑卮言》

崔郎中作《黄鹤楼》诗，青莲气短。后题《凤凰台》，古今目为劲敌。识者谓前六句不能当，结语深悲慷慨，差足胜耳。然余意更有不然：

无论中二联不能及，即结语亦大有辨。言诗须道兴比赋，如“日暮乡关”，兴而赋也；“浮云”“蔽日”，比而赋也。以此思之，“使人愁”三字虽同，孰为当乎？“日暮乡关”“烟波江上”，本无指著，登临者自生愁耳。故曰“使人愁”，烟波使之愁也。“浮云蔽日”“长安不见”，逐客自应愁，宁须使之？青莲才情，标映万载，宁以予言重轻？尺有所短，寸有所长，窃以为此诗不逮，非一端也，如有罪我者，则不敢辞。

明·王世懋《艺圃撷余》

今人但知李太白《凤凰台》出于《黄鹤楼》，而不知崔颢又出于《龙池篇》也。若夫《鹦鹉洲》，则又《凤凰台》之余意耳。沈俭期《龙池篇》云：“龙池跃龙龙已飞，龙德先天天不违。池开天汉分黄道，龙向天门入紫微。邸第楼台多气色，君王凫雁有光辉。为报寰中百川水，来朝此地莫东归。”崔司勋云：“昔人已乘白云去，此地空余黄鹤楼。黄鹤一去不复返，白云千载空悠悠。晴川历历汉阳树，芳草萋萋鹦鹉洲。日暮乡关何处是？烟波江上使人愁。”太白《登金陵凤凰台》云：“凤凰台上凤凰游，凤去台空江自流。吴宫花草埋幽径，晋代衣冠成古丘。三山半落青天外，二水中分白鹭洲。总为浮云能蔽日，长安不见使人愁。”《鹦鹉洲》云：“鹦鹉来过吴江水，江上洲传鹦鹉名。鹦鹉西飞陇山去，芳草之树何青青。烟开兰叶香风暖，岸夹桃花锦浪生。迁客此时徒极目，长洲孤月向谁明？”沈诗凡五“龙”字，二“池”字，四“天”字；崔诗凡二“白云”，二“黄鹤”，二“去”字，二“空”字，二“人”字，二“悠”，二“历”，二“萋”字；严沧浪以此篇为七言第一。李诗三“凤”字，二“凰”，二“台”字，六“鹦鹉”字，二“江”字，二“洲”字。四篇机杼一轴，天锦粲然；各用叠字成章，尤为奇也。特拈出之，以表当场敌手。

明·田艺蘅《留青日札》

唐人虽为律诗，犹以韵胜，不以饾饤为工。如崔颢《黄鹤楼》诗“鹦鹉洲”对“汉阳树”……气格超然，不为律所缚，固自有余味也。后世取青媲白，区区以对偶为工，“鹦鹉洲”必对“鸬鹚堰”，“白鹭洲”必对“黄牛峡”，字虽切而意味索然矣。

明·王鏊《震泽长语》

《黄鹤楼》诗，评赞者无过随太白为虚声耳。独喜谭友夏“宽然有余”

四字，不特尽崔诗之境，且可推之以悟诗道。非学问博大，性情深厚，则蓄缩羞赧，如牧竖咶席见诸将矣。

清·周容《春酒堂诗话》

太白数登黄鹤，心折崔颢，至不能成句。康乐南行载余，帝问制作，只《吊庐陵》一篇，今人出不百里，赋咏连篇，不问绝唱上头，瓦后尾续，大足供人笑资。如有能劝其勿浪作诗者，太上当记百功。

清·叶矫然《龙性堂诗话》

李太白过武昌，见崔司勋《黄鹤楼》诗，叹服之，遂不复作。……盖绝唱难继，宁搁笔不落人后也。大诗人往往如此。

清·田同之《西圃诗说》

末因凭吊而怀乡也。

意得象先，神行语外，纵笔写去，遂擅千古之奇。

清·沈德潜《唐诗别裁集》

……六之“鹦鹉洲”乃现成语，“汉阳树”则扭捏成对耳。且“芳草萋萋”，亦属现成，而“晴川历历”则何所本？且‘历历汉阳树”截以成句，而“萋萋鹦鹉洲”成何文理？古乐府云：‘天上何所有，历历种白榆。”是“历历”字贯下“树”字，而“萋萋”字则连上“芳草”字矣。律本二对，今上四句皆不对矣，而五、六又草率如此。太白阁笔，而千古更无异辞，实不解也。若云只取气格耳，既云“律”矣，何乃“只取气格”耶？（此为作者之友钱慎庵所云，作者以为评论“细入毛发”）

清·刘献廷《广阳杂记》

崔颢《黄鹤楼》，直以古歌行入律。

清·管世铭《读雪山房唐诗序例》

“日暮乡关何处是，烟波江上使人愁”，“总为浮云能蔽日，长安不见使人愁”，运意不同，各有境地，何可轩轾？瞿宗吉曰：“太白忧君之念，远过乡关之思，善占地步，可谓‘十倍曹丕’。”此头巾气，又隔壁听也。

崔郎中《黄鹤楼》诗，李太白《凤凰台》诗，高著眼者自不应强分优劣。瞿宗吉谓“崔之‘使人愁’，烟波使之愁也。‘长安不见’，逐客自应愁，宁须使之？是太白为不当。”不知两诗皆以十四字成句，崔之愁生于“日暮烟波”，李之愁生于“浮云蔽日”，或兴或比，皆愁所由繇结耳。个中旨趣，岂有轩轾？敬美只就末七字索意，遂觉不敌，是敬美自误，非太白误也。予笑太白此诗，人人习诵，而评者都不甚允。范德机云：“登临诗首尾好，结更悲壮。”谓登临诗首尾不易全好，而此独完整耶？抑非登临诗，首尾便可以不全好耶？既曰“首尾好”，何云“结更悲壮”耶？“结”之悲易见，“壮”则安所指耶？刘会孟云：“若无后两句，亦不必作，出于崔颢而特胜之以此。”然则太白所以作此诗者，专为末二句另翻一意，求胜于崔，而后为之耶？然前六句较逊于末联，末联之较胜於崔，会孟何又不能明言，而作哑语不了语以示人耶？王元美云：“太白《鹦鹉洲》一篇，效颦《黄鹤》可厌；‘吴宫’‘晋代’二句，亦非作手。律无全盛者，惟得两结耳：‘总为浮云能蔽日，长安不见使人愁’，‘借问欲栖珠树鹤，何年却向帝城飞？’”夫作诗各有意到，何况供奉天才，岂难自立？《凤皇台》人疑学步，《鹦鹉洲》又说效颦，太白非崔郎中，将不作七律耶？“吴宫”二语，闲接甚紧，婉接甚遒，正古气流行变动处，所谓“非作手”者，将不能矜张字句以求工耶？“三山半落青天外，二水中分白鹭洲”，“瑶台含雾星辰满，仙峤浮空岛屿微”，岂尘凡下士步伐思议所及者？独以两结为美，将此超玄入天之句亦遗之耶？合数子以求之，孰为当可之论？元美、敬美同气联镳，论太白诗，忽相违反，又何耶？《世说》云：“非但能言人不得，并索解人亦不得。”茫茫古今，足为三叹。

严沧浪谓崔郎中《黄鹤楼》诗为唐人七律第一，何仲默、薛君采则谓沈云卿“卢家少妇”诗为第一。人决之杨升庵，升庵两可之。愚谓沈诗纯是乐府，崔诗特参古调，皆非律诗之正。……至沈、崔二诗，必求其最，则沈诗可以追摹，崔诗万难嗣响。崔诗之妙，殷璠所谓“神来、气来、情来”者也。升庵不置优劣，由其好六朝、初唐之意多耳。尤西堂乃谓崔诗佳处止五六一联，犹恨以“悠悠”“历历”“萋萋”三叠为病；太白不长于律，故赏之；若遇子美，恐遭小儿之呵。嘻！亦太妄矣。

清・潘德舆《养一斋诗话》

此千古擅名之作，只是以文笔行之，一气转折。五六虽断写景，而气亦直下喷溢，收亦然，所以可贵。

此体不可再学，学则无味，亦不奇矣。

清·方东树《昭昧詹言》

渺茫无际，高唱入云，太白尚心折，何况余子？

近代·高步瀛《唐宋诗举要》

【概述】

唐代崔颢《黄鹤楼》诗，一方面因有唐朝大诗人李白“叹服之，遂不复作”的传说，再加宋代严羽《沧浪诗话》推为唐人七言律诗第一，于是就众口传诵，享誉不衰。但另一方面，评价高了，也就有人出来作种种挑剔，指出不足之处。值得注意的是，给予正面评价的大多只是抽象的、简短的几句话，而指瑕的文字，却具体而详尽。田同之指出“绝唱难继”，或者肯定一首诗为绝唱，要详细地指出其优点也是困难的。

正面评价中，唐代殷璠《河岳英灵集叙》“神来、气来、情来”之论，不在字句上作琐碎的评述，而是指出作品的内在精神。也就是说有真情实感，借景抒情，不落空泛。而明代王鏊《震泽长语》所说“气格超然”，不受近体诗格律的拘束。到崔颢时代，近体诗已经形成一套完整的格律，所谓能手，也只是在格律许可的范围内发挥其才智，而崔颢却能“不为律所缚”，正如清代管世铭《读雪山房唐诗凡例》所说“直以古歌行入律”。这种尝试获得成功，所以值得称道。谭友夏以“宽然有余”四字评之，清代周容《春酒堂诗话》以为“不待尽崔诗之境，且可推之以悟诗道”，也是说此诗写得从容不迫，与“神来气来”之评大致相近。

李白见《黄鹤楼》诗，“遂不复作”，清代田同之《西圃诗说》以为是“宁搁笔不落人后”。但李白毕竟是大诗人，他认为崔颢的《黄鹤楼》诗写得好，一方面向他学习，另一方面也有超过他的意思。李白后来作《登金陵凤凰台》，一般认为是有意仿效《黄鹤楼》之作，后人也就常拿二诗作比较。如明代瞿佑《归田诗话》拿二诗的结句作比较，认为李白诗的结句“爱君忧国之意，远过乡关之念”，较崔颢

为佳。而清代潘德舆《养一斋诗话》则认为二诗结语“远意不同，各有境地，何可轩轾”，瞿佑的评论是“头巾气”“隔壁听”，又钱慎庵认为崔诗六句“鹦鹉洲”乃现成语，五句中“汉阳树”则是扭捏成对。（清·刘献廷《广阳杂记》卷二引）明代王鏊《震泽长语》驳之，以为“鹦鹉洲”对“汉阳树”，是“气格超然，不为律所缚，固自有余味也”；并讥讽后世“鹦鹉洲”必对“鸬鹚堰”，“白鹭洲”必对“黄牛峡”，是“字虽切而意味索然矣”。

对于一首诗，仁者见之谓之仁，智者见之谓之智，原本很难有绝对的标准。正如美玉多瑕，一首好诗，也并不一定是十全十美的。德国的歌德说：“十全十美是上天的尺度，而要达到十全十美的这种愿望，则是人类的尺度。”诗人写一首诗，总是尽自己主观的努力，希望把诗写得十全十美。宋代葛立方在《韵语阳秋》中说：“陈去非尝为余言：唐人皆苦思作诗，所谓‘吟安一个字，捻断数茎须’，‘句句夜深得，心从天外归’，‘吟成五字句，用破一生心’，‘蟾蜍影里清吟苦，舴艋舟中白发生’之类是也。”十全十美和美玉多瑕，原是既对立又统一的，对于崔颢《黄鹤楼》诗，我们也不妨这样来看待，则有评家指出其不足之处，也就不会感到奇怪了。

王维“漠漠水田飞白鹭”

维有诗名，然好取人文章嘉句。“行到水穷处，坐看云起时”，《英华集》中诗也。“漠漠水田飞白鹭，阴阴夏木啭黄鹂”，李嘉佑诗也。

唐•李肇《唐国史补》

宋•李颀《古今诗话》、王直方《王直方诗话》所载同

（注：王直方《王直方诗话》后加有如下二语：“余以为有摩诘之才则可；不然，是剽窃之雄耳。”）

诗中用叠字易得句。如“水田飞白鹭，夏木啭黄鹂”，此李嘉佑诗也。王摩诘乃云：“漠漠水田飞白鹭，阴阴夏木啭黄鹂。”摩诘四字下得最为稳切。

宋•周紫芝《竹坡诗话》

诗下双字极难，须使七言五言之间除去五字三字外，精神兴致，全见于两言，方为工妙。唐人记“水田飞白鹭，夏木啭黄鹂”为李嘉佑诗，王摩诘窃取之，非也。此两句好处，正在添“漠漠”“阴阴”四字，此乃摩诘为嘉佑点化，以自见其妙；如李光弼将郭子仪军，一号令之，精彩数倍。不然，如嘉佑本句，但是咏景耳，人皆可到。

宋•叶梦得《石林诗话》

“水田飞白鹭，夏木啭黄鹂”，李嘉佑诗也。王摩诘衍之为七言曰：“漠漠水田飞白鹭，阴阴夏木啭黄鹂。”而兴益远。……叶少蕴云：“诗人点化前作，正如李光弼将郭子仪之军，重经号令，精彩数倍。”今观所作，此语殆诚然也。

宋•葛立方《韵语阳秋》

李肇讥维“漠漠水田飞白鹭，阴阴夏木啭黄鹂”之句，以为窃李嘉佑，今嘉佑之集无之。岂肇之厚诬乎？

宋·晁公武《郡斋读书志》

世谓摩诘好用他人诗，如“漠漠水田飞白鹭”乃李嘉佑语，此极可笑。摩诘盛唐，嘉佑中唐，安得前人预偷来者？此正嘉佑用摩诘诗。宋人习见摩诘，偶读嘉佑集，得此便为奇货，讹谬相承，亡复辨订。

明·胡应麟《诗薮》

李太白曰：“襟前林壑敛暝色，袖上烟霞收夕霏。”此句谢康乐之句，但加四字。王摩诘曰：“漠漠水田飞白鹭，阴阴夏木啭黄鹂”，虽用李嘉佑之联，加此四字，爽健自别。

明·谢榛《四溟诗话》

《唐国史补》谓“漠漠水田飞白鹭，阴阴夏木啭黄鹂”，乃右丞窃取李嘉佑语。论者或为王讳，以为增“漠漠”四字，便是点铁成金手段，此亦呓语。

清·王士禛《香祖笔记》

“水田飞白鹭，夏木啭黄鹂”，本李嘉佑诗，王摩诘添“漠漠”“阴阴”四字，论者谓倍觉生动。

清·赵翼《瓯北诗话》

“水田飞白鹭，夏木啭黄鹂”前人句也。摩诘加以“漠漠”“阴阴”四字，情景俱妙，固知摩诘善画也。

清·宋征璧《抱真堂诗话》

世以摩诘盗李嘉佑“漠漠水田飞白鹭，阴阴夏木啭黄鹂”之句为己作，但此语亦不见佳，当缘摩诘作诗时，意景偶合，遂不觉用之耳。不然摩诘集中佳句胜此者甚多，而必盗此，所谓舍其粱肉，邻有残藿而欲窃之，岂其然哉！

清·贺贻孙《诗筏》

后人诗句多有似袭前人者，大抵神与境合，遂尔触笔，不觉偶同。亦有于增损之间，用意尤精，如李嘉佑诗“水田飞白鹭，夏木啭黄鹂”，而右丞加以“漠漠”“阴阴”字，更觉精神飞越，岂尽得以袭取归咎耶？

清·田同之《西圃诗说》

昔人称李嘉佑诗“水田飞白鹭，夏木啭黄鹂”，右丞加“漠漠”“阴阴”字，精彩数倍。此说阮亭先生以为梦呓。盖李嘉佑中唐时人，右丞何由预知，而加以“漠漠”“阴阴”耶？此大可笑者也。然右丞此句，精神全在“漠漠”“阴阴”字上，不得以前说之谬而概斥之。

清·翁方纲《石洲诗话》

山谷“荷叶裹盐同趁虚”，明明是柳子厚“青箬裹盐归峒客，绿荷包饭趁虚人”之句，未免饾饤之丑。王右丞“漠漠水田飞白鹭”，则又化腐为奇。前后相去，何啻天渊？

清·薛雪《一瓢诗话》

昔人谓“水田飞白鹭，夏木啭黄鹂”本是旧诗，摩诘只加“漠漠”“阴阴”四字。不知无此四字，便成死语；有此四字，乃现活相。此理可思，非但摩诘也。

清·施补华《岘佣说诗》

步瀛按：胡氏考订甚疏，宋人云云，是不知此说出于李肇，又不知宋人所见嘉佑集并无此二句也，其谓嘉佑用摩诘，殆得之，从一（嘉佑字），天宝七年进士第（见《唐才子传》），年辈后于摩诘。其诗多与大历十才子相唱和（见《全唐诗》），则在盛唐中唐之间，摩诘必不袭其诗句。或谓李肇唐人，载唐事当不误，不知唐人记唐事往往道听途说，谬误者甚多，不独李肇也。

近代·高步瀛《唐宋诗举要》

【概述】

唐朝诗人王维的“漠漠水田飞白鹭，阴阴夏木啭黄鹂”这两句诗，由于有这样一种说法：是取李嘉佑五言两句，增加“漠漠”“阴阴”四字而成，于是特别引起人们的兴趣，纷纷加以讨论。但也有人说不可能有这么一回事，因为李嘉佑的时代后于王维。

大家讨论的热点都集中在“漠漠”“阴阴”这对叠字上。但分析一下，评论又可分为两种：一种是就诗论诗，只在这对叠字本身上加以赞扬。如宋代周紫芝《竹坡诗话》说：“摩诘四字下得最为稳切。”就是说，这一对叠字用在这两句诗上是恰到好处的。此外如清代赵翼《瓯北诗话》说“倍觉生动”；清代田同之《西圃诗说》说“更觉精神飞越”，在肯定这对叠字的同时，也并没有贬斥其他五字。但另一种评论，却说是“点铁成金”，“化腐为奇”，以及“无此四字，便成死语；有此四字，乃现活相”等等，则是在赞扬的同时，对余下的五字视为一无佳处。这样的厚此薄彼，是否妥当呢？

究竟是点铁成金，还是锦上添花？不妨先将原来的五个字分析一下。

“水田飞白鹭，夏木啭黄鹂”，按照古代汉语的常规结构，应是“白鹭飞（于）水田，黄鹂啭（于）夏木”。即主语——谓语——补语。事实上，有些诗句确实按照主谓结构来写的，如宋代徐元杰《湖上》诗：花开红树乱莺啼，草长平湖白鹭飞。

现在“水田飞白鹭”两句，改变了常规结构，按照视觉所接受的印象先后来写，这样也就在读者面前展开了一幅主体的画面：在广阔的视野中，诗人首先所感受到的是那一片一片的“水田”，看一会儿，才看到有鸟在“飞”；再仔细看，才辨认出飞的鸟儿是“白鹭”——所以，这两句诗中词语的安排，是以诗人的真实感受为基础的。当然，再加上“漠漠”“阴阴”一对叠字，把水田和夏木描绘得更加鲜明了，只能说是锦上添花，而不是点铁成金。

“诗用叠字极难”（清·顾炎武《日知录》），难就难在恰到好处，情景俱妙。“漠漠”“阴阴”四字，不仅形容水田、夏木而已，而且还描绘出了夏日田野的风光，诗人开朗、轻快的心情。得来如此多的好评，也不是偶然的。

李白《蜀道难》

李太白初自蜀至京师，舍于逆旅。贺监知章闻其名，首访之。既奇其姿，复请所为文。出《蜀道难》以示之。读未竟，称叹者数四，号为“谪仙”，解金龟换酒，与倾尽醉，期不间日，由是称誉光赫。

唐·孟棨《本事诗》

宋·李昉《太平广记》所载即据此追录

陆畅尝谒韦皋，作《蜀道易》，首句曰：“蜀道易，易于履平地。”皋大喜，赠罗八百匹。……《蜀道难》，李白罪严武作也。畅感韦之遇，遂反其词焉。

唐·韦绚《刘宾客嘉话录》

李太白始自西蜀至京，名未甚振，因以所业贽谒贺知章。知章览《蜀道难》一篇，扬眉谓之曰：“公非人世之人，可不是太白星精耶？”

五代·王定保《唐摭言》

《新唐书·严武传》云：“武在蜀放肆，房琯以故宰相为部内刺史，武踞慢不为礼。最厚杜甫，然欲杀甫数矣。李白作《蜀道难》乃为房与杜危之矣。”《新唐书》据范摅《云溪友议》言之耳。按《唐书》《摭言》载李白始自西蜀至京，道未甚振，因以所业贽谒贺知章，知章览《蜀道难》一篇，曰：“子谪仙人也。”按白本传，天宝初因吴筠被召亦至长安，时往见贺知章，则与严武帅蜀岁月悬远。尝见《李集》一本，于《蜀道难》题下注：“讽章仇兼琼也。”考其年月近之矣。谓危房、杜者非也。《新唐书》第弗深考耳。

宋·洪刍《洪驹父诗话》

李白作《蜀道难》以罪严武，其末云："所守或匪亲，化为狼与豺。朝避猛虎，夕避长蛇。磨牙吮血，杀人如麻。锦城虽云乐，不如早还家。"则武待客之礼，未必优也。武与杜甫情好甚厚，一朝以饮酒过度，而武几杀之，则"不如早还家"之说，乃白先见之明尔。

宋·葛立方《韵语阳秋》

陆畅作《蜀道易》，以谀韦皋，翻案太白，辞义粗浅。

明·谢榛《四溟诗话》

《蜀道难》一篇，解者谓为章仇兼琼而作，又谓为杜甫客蜀而作，皆非也。察其语意，乃为明皇幸蜀耳。《远别离》篇亦尔。

明·于慎行《谷山笔麈》

唐李太白《蜀道难》一篇，或以为为章仇兼琼而作，或以为为房琯、杜甫而作。萧氏尽废旧说，以为因玄宗幸蜀而作。以今考之，皆无证据。且其"问君西游何当还"等句，轻忽而尔汝之称，尤非人臣所当施于君上。盖白之天才绝人，是乐府诸题，各效一篇，以寓其伤今怀古之情，《蜀道难》亦其中之一耳，初非有讽，有为如说者之云也。

明·张纶言《林泉随笔》

李白《蜀道难》之作，当在开元、天宝间。时人共言锦城之乐，而不知畏途之险，异地之虞，即事成篇，别无寓意。

清·顾炎武《日知录》

次寅问予曰："李青莲毕竟是何处人？"予曰："予不能必其何处，但能断其必非蜀人。"问何以征之？曰："使青莲果蜀人，必不咏《蜀道难》矣。"

清·周容《春酒堂诗话》

《蜀道难》一篇，真与河岳并垂不朽。即起句"噫吁嚱，危乎高哉"七字，如累棋架卵，谁敢并于一处？至其造句之妙："连峰去天不盈尺，枯松倒挂倚绝壁。飞湍瀑流争喧豗，砯崖转石万壑雷。"每读之，剑阁、阴平，如在目前。又如“一夫当关，万夫莫开。所守或匪亲，化为狼与豺”，不惟刘璋、李势恨事如见，即孟知祥一辈亦逆揭其肺肝，此真诗之有关系者，岂特文词之雄！纷纷为明皇，为房、杜，讥严武，讥章仇兼琼，俱无烦聚讼。

清·贺裳《载酒园诗话》

太白以纵横之才，俯视一切，《蜀道难》等篇，长短句奇而又奇，可谓极才人之致。然亦惟青莲自为之，他人不敢学，亦不能学也。沧溟谓：“太白往往于强弩之末，间杂长语，英雄欺人耳。”此言论诗极当，而以之诋太白，无乃太过耶？

清·田雯《古欢堂杂著》

诸解纷纷，萧士赟谓禄山乱华，天子幸蜀而作，为得其解。臣子忠爱之辞，不比寻常穿凿。笔阵纵横，如虬飞蠖动，起雷霆于指顾之间，任华，卢仝辈仿之，适得其怪耳，太白所以为仙才也。

清·沈德潜《唐诗别裁集》

诗人遇题触景，即有吟咏，岂必皆有所为耶？无所为，则竟不作一字耶？即如《蜀道难》，本亦乐府旧题，而黄山谷误信旧注，以为刺章仇兼琼之有异志；宋子京又据范摅《云溪友议》，以为严武帅蜀，不礼于故相房琯，并尝欲杀杜甫，故此诗为房、杜危之。不知章仇在蜀，正当天宝之初，中外晏安，臣僚贴服，岂有所顾虑！青莲《答杜秀才》有云：“闻君往年游锦城，章仇尚书倒屣迎”，则章仇并能下士者，更无从致讥。至严武先后镇蜀，在肃、代两朝，而青莲天宝初入都，即以此诗受贺知章之赏识，其事在严武帅蜀前且二十年，其为附会，更不待辨。

清·赵翼《瓯北诗话》

《蜀道》吟成泣鬼神，歌行何似《古风》淳？
千秋大雅君能作，赏鉴难夸贺季真。

清·姚莹《论诗绝句》

【概述】

唐代李白的《蜀道难》，早在唐朝就得到好评。唐代殷璠在《河岳英灵集》中说："至如《蜀道难》等篇，可谓奇之又奇。然自骚人以还，鲜有此体调也。"正因为"鲜有此体调"，后人对写作背景就作了种种猜测，但每一种说法却都是站不住脚的。所以还是清代顾炎武《日知录》所说"即事成篇，别无寓意"较为切合实际。

《蜀道难》本是乐府相和歌辞，唐人作此题的，尚有张文琮一首，录如下：

梁山镇地险，积石阻云端。
深谷下寥廓，层岩上郁盘。
飞梁架绝岭，栈道接危峦。
揽辔独长息，方知斯路难。

正如题目所示，内容以咏蜀道之难为主。李白的《蜀道难》，单就内容的丰富性和表现的多样性来说，都大大超过了张文琮之作，但以歌咏蜀道之难为主要内容，则是相同的。

李白的《蜀道难》，以"噫吁嚱，危呼高哉"开端，决定全诗的基调，不是简单地描写蜀道之难，而是把自己亲身经历的感受渗透到诗中去，这样读来也就富有亲切感，似乎跟随着诗人在崎岖的蜀道上前进。全诗参差不齐，长句与短句交互运用，这种形式，正与畏途巉岩的蜀道相适应。诗中三次插入"蜀道之难，难于上青天"，把看似参差不齐的句子组合起来，于纷乱中见整齐。这些地方都可看出诗人在继承前人之作的同时，又有所突破，努力创新。诗人的艺术天才和丰富的想象力，也可于此等处见出。

常建《题破山寺后禅院》

吾尝喜诵常建诗云："竹径通幽处，禅房花木深"，欲效其语作一联，久不可得，乃知造意者为难工也。

宋·欧阳修《题青州山斋》

东坡云常建诗"竹径通幽处，禅房花木深"，欧阳文忠公最爱赏，以为不可及。此语诚可人意，然于公何足道？岂非厌饫刍豢，反思螺蛤邪？

宋·魏庆之《诗人玉屑》

唐诗有"竹径通幽处，禅房花木深"，欧阳文忠公爱之，每以语客曰："古人工为发端，心虽晓之，而才莫逮。欲仿此为一联，终莫之能。"以文忠公之才而谓不能，诗盖未易识也。

宋·释惠洪《冷斋夜话》

丹阳殷璠撰《河岳英灵集》，首列建诗，爱其"山光悦鸟性，潭影空人心"。

殷璠云："建诗似初发通庄，却寻野径，百里之外，方归大道。所以其旨远，其兴僻，佳句辄来，唯论意表。至如'松际露微月 清光犹为君'，又'山光悦鸟性，潭影空人心'，比例数十句，并可称警策。"

宋·尤袤《全唐诗话》

予谓建此诗全篇皆工，不独此两联而已。

宋·洪刍《洪驹父诗话》

苏州常熟县破头山有唐常建诗刻，乃是"一径遇幽处"。盖唐人作拗句，上句既拗，下句亦拗，所以对“禅房花木深”。“遇”与“花”皆拗故也。

宋·吴可《藏海诗话》

常建有《题破山寺后院》诗云：“竹径通幽处，禅房花木深。”欧阳永叔守青州，题廨宇后山斋云：“竹径遇幽处。”竟不知别有本耶，抑永叔自改之耶？古人用一字，亦不苟也。

宋·姚宽《西溪丛语》

“山光悦鸟性，潭影空人心”，乃钟、谭之嚆矢。

清·宋征璧《抱真堂诗话》

（引《西溪丛语》，略）余谓“遇”字不逮“通”字远甚，点金成铁，欧公不应乃尔。据《冷斋夜话》所载，则公于是诗倾倒之至，何缘忽窜一字？令威之言，恐未足据。

清·沈涛《交翠轩笔记》

“曲径通幽处，禅房花木深”，六一赏之；“四更山吐月，残夜水明楼”，东坡赏之。此等处古人自会心有在，后人或强解之，或故疑之，皆过矣。

清·刘熙载《诗概》

欧阳永叔最爱常建“曲径通幽处，禅房花木深”之句，固是绝唱具眼。或谓永叔在青州，手书此诗于廨后山斋，“通”字乃作“遇”，有石本。若然，则是点金成铁，初不解此诗之妙也。

清·王士禛《居易录》

这是常建的名篇，从头到尾，都是写出“清晨”二字，而且愈转愈静，其“曲径通幽”一联，尤为欧阳修爱赏。原诗是五律，但起首两句是对的，而以警策见称的三四两句，反而对得不工，如以“通幽处”对“花木深”，又如第六句“空人心”的空字，也应用仄声而却用平声。沈德潜说是“此入古句法”，也即还带些古体诗的做法。起首一联，前人叫作“十字对”，因其十字一意，完全浑成之故。

近代·金性尧《唐诗三百首新注》

【概述】

常建此诗，因宋代欧阳修《题青州山斋》赏其“竹径通幽处，禅房花木深”一联而为后人传诵；唐代殷璠《河岳英灵集》则又赏其“山光悦鸟性，潭影空人心”一联，以为“可称为警策”。宋人洪刍《洪驹父诗话》则说：“予谓建此诗全篇皆工，不独此两联而已。”可以说这首盛唐佳作，已为评论家所公认。

一首诗，从个别字句到整体全篇，普遍受到好评，总有它自己的风格。清代贺裳在《载酒园诗话》中曾这样评价常建的诗：

吾读盛唐诸家，虽浅深浓淡，奇正疏密，各自不同，咸有昌明之象。独常盱眙如去大梁、吴、楚而黔、蜀，触目举足，皆危崖深箐，其间幽泉怪石，良非中州所有，然亦阴森之气逼人。

上面这段话是对常建诗总的评价，同样也适用这首《题破山寺后院》诗。全诗像画家的构图，对总体有周密的设计。其中一联一对，又如总体构图中的局部小景，既有其自身的特点，又密切配合总体设计。因此，既可引发读者对部分句联的欣赏，又能经过综合，获得总体的印象。这首诗给予读者的总体印象，仍不脱“阴森之气逼人”。此外还有其特具的“静趣”。欣赏诗的中间两联，也应围绕“静趣”来体味。

“竹径通幽处，禅房花木深”，按照律诗规格，这两句应该是相对的，但除了“竹径”“禅房”外，下面三字并不相对，可说是“对而不对，不对而对”（冒春荣）。清代冒春荣在《葚园诗说》中还说：“有次联不对而第三联方对者，谓之蜂腰对，言已断而复续也。”并举贾岛诗为例，本诗也是如此，可见唐人原有此格。但问题不在于出格或用格，而是这似对非对的一联，用在这里是恰到好处。因为随步换景，流动的句式，正与诗人游寺的步履相吻合，读来好像也与诗人一起漫步在富有“静趣”的后禅院。

“山光悦鸟性，潭影空人心”，这是律诗标准的对句。在紧接似对非对的一联之后，出现这样工整的一联，由流动趋于静止，似乎可以想见，诗人已停下脚步，在欣赏周围的景色。这是景语，也是情语。一个“悦”字，一个“空”字，把“山光”和“潭影”写活了。

此诗有几处异文：“竹径”一作“曲径”，一作“一径”；“此俱寂”一作“都俱寂”——这些关系不大，而“通幽处”一作“遇幽处”，确是清代王士禛《居易录》和清代沈涛《交翠轩笔记》所说，是点金成铁了。

杜甫《送蔡都尉》

陈舍人从易……偶得杜集旧本，文多脱误，至《送蔡都尉》诗云："身轻一鸟□。"其下脱一字。陈公因与数客各用一字补之。或云"疾"，或云"落"，或云"起"，或云"下"，莫能定。其后得一善本，乃是"身轻一鸟过"。陈公叹服，以为"虽一字，诸君亦不能到也"。

宋·欧阳修《六一诗话》

宋·张镃《诗学规范》全引之

东莱吕居仁曰：诗每句中须有一两字响，响字乃妙指。如子美"身轻一鸟过""飞燕受风斜"，"过"字"受"字皆一句响字也。

宋·蔡梦弼《杜工部草堂诗话》

欧阳文忠公《诗话》：陈公时得杜集，至《蔡都尉》"身轻一鸟□"，下脱一字。数客补之，各云"疾""落""起""下"，终莫能定。后得善本，乃是"过"字。其后东坡诗："如观李杜飞鸟句，脱字欲补知无缘。"山谷诗："百年轻天过鸟翼。"东坡诗："百年同过鸟。"皆从而效之也。予见张景阳诗云："人生瀛海内，忽如鸟过目。"则知老杜盖取诸此。况杜又有《贶柳少府》诗："余生如过鸟。"又云："愁窥高鸟过。"景阳之诗，梁氏取以入《选》。杜《赠骥子》诗："熟精《文选》理。"则其所取，亦自有本矣。

宋·吴幵《优古堂诗话》

宋·吴曾《能改斋漫录》所载同

欧公称"身轻一鸟过"，子苍云："此非杜佳句。"仆云："当时补一字者，又不知是何等人。"子苍云："极是。"

宋·吴可《藏海诗话》

杜子美“身轻一鸟过，枪急万人呼”，盖用虞世南《侍宴应诏》诗云：“横空一鸟度，照水百花然。”

宋·吴曾《能改斋漫录》

《送蔡希曾都尉还陇右，因寄高三十五书记》：“身轻一鸟过，枪急万人呼。”只十字，其人之骁勇武艺俱见。

清·张谦宜《茧斋诗谈》

平心而论，杜甫所用这一“过”字，是要比陈从易他们几位所补的强一点。这首诗是描写一员勇将（蔡希曾都尉），说他作战时“身轻一鸟过，枪急万人呼”。（仇兆鳌注：“一鸟过，见其势疾；万人呼，畏其锋锐。”）在这种情况下，用“起”和“下”显然不合适，勇将从队伍中出马，请问如何“起”法？如何“下”法？又不真的是一只鸟！用兵“疾”字倒是通的，但形象太虚。只有“过”字才较为实在地写出了勇将飞马冲锋，一闪而过的情景；而且“过”了以后，他的形象也还在人的视线之内，不像“疾”字那样，似乎飞去之后就不见踪影了。总之，“身轻一鸟过”是较为确切地写出了实际情况，符合“用一个动词使对象生动”的要求。同时这句诗也很能诱使读者去进行“再造想象”，以求想见勇将冲锋是一种什么情景与劲头。

近代·金开诚《文艺心理学概论》

【概述】

宋代欧阳修《六一诗话》中这个补字的故事，一向为人们津津乐道，“以为虽一字诸君亦不能到”，以此说明大诗人的作品，即使一个普通的字，也是经过再三斟酌，用得恰到好处。好在什么地方，欧阳修没有说，不妨和数客所补各字比较一下。“一鸟过，见其势疾”（清·仇兆鳌《杜诗详注》），用“疾”字也可以，但不如“过”字形象。“落”“下”是从上到下，“起”是从下到上，都和从眼前经过的方位不合。所以，“过”字的好处就在于合乎客观情况，也就是真实地反映了现实。宋代蔡梦弼《杜工部草堂诗话》从另一方面说明“过”字的好处，因为这是一句中的响字。宋代严羽《沧浪诗话》说：“下字贵响。”用响字，对诗歌来说也是优点。

清代张谦宜《茧斋诗谈》认为“身轻一鸟过，枪急万人呼”二句“只十字，其人之骁勇武艺俱见”，而宋代韩驹（字子苍）却说“此非杜佳句”（宋·吴可《藏海诗话》）。这二句为人所知，与补字故事有关；在杜集中是否算佳句，各人看法不同，是很难作出定论的。

杜甫《丹青引》

杜子美微意深远，考之可见。如《丹青引赠曹将军霸》诗有云“至尊含笑催赐金，圉人太仆皆惆怅”，说者谓帝喜霸之能写真画马也，故催金赐之；而圉人、太仆自叹其无技以蒙恩赉耳。如此说则意短无工。殊不知此画深讥肃宗也。考是诗，始云：“先帝天马玉花骢，画工如山貌不同。是日牵来赤墀下，迥立阊阖生长风。”帝既见先帝之马，当轸羹墙之念，反含笑而赐金，曾不若圉、仆见马能惆怅而怀先帝也。

宋·张邦基《墨庄漫录》

杜子美《丹青引赠曹将军霸》云：“至尊含笑催赐金，圉人太仆皆惆怅。”读者或不晓其旨，以为画马夺真，圉人、太仆所为不乐。是不然。圉人太仆盖牧养官曹及驭者，而黄金之赐，乃画史得之，是以惆怅。杜公之意深矣。又《观曹将军画马图》云：“曾貌先帝照夜白，龙池十日飞霹雳；内府殷红玛瑙盘，婕妤传诏才人索。”亦此意也。

宋·洪迈《容斋随笔》

东坡作《妙善师写御容》诗，美则美矣，然不若《丹青引》云“将军下笔开生面”，又云“褒公、鄂公毛发动，英姿飒爽来酣战”。后说画玉花骢马，而曰：“至尊含笑催赐金，圉人太仆皆惆怅。”此诗微而显，《春秋》法也。

老杜作《曹将军丹青引》云：“一洗万古凡马空。”东坡《观吴道子画壁》诗云：“笔所未到气已吞。”吾不得见其画矣。此二句，二公之诗，各可以当之。

宋·许顗《彦周诗话》

杜子美《曹将军丹青引》云："将军魏武之子孙，于今为庶为清门。"元微之《去杭州》诗亦云："房杜王魏之子孙，虽及百代为清门。"则知老杜于当时已为诗人所钦服如此。残膏剩馥，沾丐后代，宜哉！故微之云："诗人以来，未有如子美者。"

唐明皇使韩干师陈闳画马，及画成，明皇怪不与闳同。干奏曰："臣之师，即陛下内厩马也。"上异之，其后画入神品。按老杜《丹青引赠曹霸》云："弟子韩干早入室，亦能画马穷殊相。"则干之师乃曹霸尔。孰谓师内厩马，便能尽毫端之妙乎？

宋·葛立方《韵语阳秋》

丹阳葛常之《韵语阳秋》曰："子美《曹将军丹青引》云：'将军魏武之子孙，于今为庶为清门。'元微之《去杭州》诗亦云：'房杜王魏之子孙，虽及百代为清门。'则知老杜于当时已为诗人所钦服如此。残膏胜馥，沾丐后代，宜哉！故微之云：'诗人以来，未有如子美者。'"

宋·蔡梦弼《杜工部草堂诗话》

《与子瞻书》云："以职事在山中，食笋得小诗，辄上寄一笑。旁州士大夫和诗，时有佳句。要之自不满人意，莫如公待我厚，愿为落笔。思得神纸疾书，如老杜所谓'一洗万古凡马空'也。"

宋·黄庭坚《豫章黄先生文集》

古乐府曰"绣幕围香风，耳节朱丝桐。不知理何事，浅立经营中"云云，前辈多全用其语。老杜诗曰："意象惨淡经营中。"……

宋·释惠洪《冷斋夜话》

《吕氏童蒙训》曰："谢无逸语汪信民云：老杜有自然不做底语到极至处者，有雕琢语到极至处者：如'丹青不知老将至，富贵于我如浮云'，此自然不做底语到极至处者也；如'金钟大镛在东序，冰壶玉衡悬清秋'，此雕琢语到极至处者也。"

宋·蔡梦弼《杜工部草堂诗话》

申涵光曰："'圉人太仆皆惆怅'，讶其画之似真耳，非妬其赐金也。"

清·仇兆鳌《杜诗详注》

杜甫七言长篇，变化神妙，极惨淡经营之奇。就《赠曹将军丹青引》一篇论之：起手"将军魏武之子孙"四句，如天半奇峰，拔地陡起。他人于此下便欲接"丹青"等语，用转韵矣。忽接"学书"二句，又接"老至""浮云"二句，却不转韵，诵之殊觉缓而无谓，然一起奇峰高插，便又连一峰，将来如何撒手？故即跌下陂陀，沙砾石确，使人褰裳委步，无可盘桓，故作画蛇添足，拖沓迤逦，是遥望中峰地步。接"开元引见"二句，方转入曹将军正面。他人于此下，又便写御马"玉花骢"矣。接"凌烟""下笔"二句：盖将军丹青是主，先以学书作宾；转韵画马是主，又先以画功臣作宾。章法经营，极奇而整。此下似宜极转韵入画马，又不转韵，接"良相""猛士"四句，宾中之宾，益觉无谓。不知其层次养局，故纡折其途，以渐升极高极峻处，令人目前忽划然天开也。至此方入画马正面，一韵八句，连峰互映，万笏凌霄，是中峰绝顶处。转韵接"玉花""御榻"四句，峰势稍平，蜿蟺游衍出之。忽接"弟子韩干"四句。他人于此必转韵，更将韩干作排场，仍不转韵，以韩干作找足语。盖此处不当更以宾作排场，重复掩主，便失体段；然后咏叹将军善画，包罗收拾，以感慨系之终篇焉。章法如此，极森严，极整暇。

清·叶燮《原诗》

《丹青引》画人是宾，画马是主，却从善书引起善画，从画人引起画马，又用韩干之画肉，垫将军之画骨，末后搭到画人。章法错综绝妙，学者亟宜究心。唯收处悲飒，不可学。

清·施补华《岘佣说诗》

《丹青引》起势飘忽，似从天外来。第三句宕势，此是加倍色法。四句合，乃不直率。"学书"一衬，就势一放，不致短促。"丹青"句点题。"富贵"句顿住，伏收意。只此二句是正面。"开元"句笔势纵横。"凌烟"句又衬。"褒公"二句与下"斯须"句、"至尊"句皆是起棱，皆是汁浆。于他人极忙之处，却偏能闲雅从容，真大手笔也。所谓放之中，要句字留住，不尔便伤直率。"先帝"句又衬，又出波澜。

叙事未了，忽入议论，牵扯之妙，太史公文法。“迥立”句夹写夹叙。“诏谓”以下，磊落跌宕，有文外远致。“玉花”句转峡停蓄，“圉人”句顶住。“弟子”句又一波澜，奇妙。“干惟”句夹议。“将军”以下，咏叹收如水入峡，回风助澜。处处皆有开合，通身用衬。

清·方东树《昭昧詹言》

“褒公鄂公毛发动，英姿飒爽来酣战”，人是活的，马是活的可想。映衬双透，只用“玉花宛在御榻上”二句已足，此是何等手法！

清·张谦宜《茧斋诗谈》

《朱子语类》云：“文字好用经语亦一病，东坡写杜诗为‘路远思恐泥’之。”东坡写此诗到此句云：“此不足为法。”又如“当暑”“去食”“不知老将至”“于我如浮云”等皆随意拈来不露痕迹，后人效之，易蹈肤滑，未可以尊杜而奉为枕秘也。

清·刘凤诰《杜工部诗话》

这首诗实际上也是曹霸的小传，从前后的遭遇上，反映出当时人情的势利，因而也自然地引起人们对这位名画家后期的漂泊生涯的同情。其次，杜诗中的马，往往真马假马、写马寓人、写画家写自己，难以分辨，曲尽错综变化之能事。诗作于广德二年，这时作者已经五十三岁了，在生活上饱经忧患，在艺术上也更加苍劲了，清代翁方纲曾称为气势充盛，“古今七言诗第一压卷之作”（《王文简古诗平仄论》）。苏轼曾有《韩干马》诗：“少陵翰墨无形画，韩干丹青不语诗。此画此诗今已矣，人间驽骥漫争驰。”也就是把杜诗韩画看作双绝。

近代·金性尧《唐诗三百首新注》

【概述】

《丹青引》在唐代杜甫长篇中，布局谋篇很有特色；清代叶燮《原诗》说“变化神妙，极惨淡经营之奇”，就是指这方面而言。全诗以画马为中心，却从纵横两个方面拓展内容。纵的方面，先写曹霸的家世和艺术渊源，令人想见曹霸艺术造诣的深厚。后写弟子韩干继承师业，点出画风不同，寓慨叹之意。横的方面，未写画马，先写画人，画人既是为画马作铺垫，也暗寓曹霸作画，善于传神。宋代姜夔在《白石道人诗话》中说："波澜开阖，如在江湖中，一波未平，一波已作。如兵家之阵，方以为正，又复是奇；方以为奇，忽复是正。出入变化，不可纪极，而法度不可乱。"这段话正可移评此诗。

诗的最后部分"将军画善盖有神"以下八句，"慨将军之不遇……结语含无限感伤"，但还不至于此，"盛名之下，坎壈缠身，此亦借曹以自鸣其不平"（清·仇兆鳌《杜诗详注》引《杜臆》）。杜甫此诗作于公元764年，五十三岁。下一年，作《莫相疑行》，中有"往时文采动人主，此日饥寒趋路旁"之句，写晚年的坎坷生活；这和《丹青引》的结尾四句"途穷反遭俗眼白，世上未有如公贫。但看古来盛名下，终日坎壈缠其身"，同样是伤感之情，溢于言表。"诗到极则，不过是抒写自己胸襟"（明·徐增《而庵诗话》），《莫相疑行》是抒写自己胸襟，《丹青引》同样也是抒写自己胸襟。所不同者，前者是直述的，后者则是"借他人酒杯，浇自己块垒"。

"至尊含笑催赐金，圉人太仆皆惆怅"，这两句共有四种解释。其中关于圉人太仆之所以惆怅，则有三种解释：一是自叹无技以蒙恩赉，二是妒忌曹霸得到赏赐，三是惊叹曹霸画马与真马一分相似。另一种宋代张邦基《墨庄漫录》的解释，则认为是讽刺唐肃宗。清代梁绍壬同意后一种解释，说是"此解释新奇而有理"（《两般秋雨庵随笔》）。

诗是抒情的，它以艺术形象作为抒情的媒介。对诗中的形象，读者可以根据自己的生活实践和文艺修养来体会并创造。清代王夫之说："作者用一致之思，读者各以其情而自得。"（《诗绎》）对同一作品，不同的读者可以有不同的体会，所得也就不会一样。明代谢榛说："作诗不宜逼真……妙在含糊，方见作手。"（《四溟诗话》）《丹青引》中这两句可以有多种解释，正说明大诗人造语妙在含糊，它留下许多展开想象的空白，让读者驰骋其间，各有所得。

杜甫《茅屋为秋风所破歌》

白乐天有《新制绫袄》诗曰："水波文袄造新成，绫软绵匀温复轻。百姓多寒无可救，一身独暖亦何情。"卒章曰："争得大裘长万丈，与君都盖洛阳城。"可谓有善推其所为之心矣。又观《新制布裘》诗曰："桂布白似雪，吴绵软于云。布重绵且厚，为裘有余温。谁知严冬月，支体暖如春。中夕忽有念，抚裘起逡巡。丈夫贵兼济，岂独善一身。安得万里裘，盖裹周四垠？稳暖皆如我，天下无寒人！"后诗正与杜子美《茅屋为秋风所破歌》曰"安得广厦千万间，大庇天下寒士俱欢颜，风雨不动安如山"同。观乐天前诗，则与"楚人亡弓、楚人得之"相类，观乐天后诗及子美诗，可与"人亡弓、人得之"其意同也。

宋·陈岩肖《庚溪诗话》

老杜《茅屋为秋风所破歌》云："自经丧乱少睡眠，长夜沾湿何由彻。安得广厦千万间，大庇天下寒士多欢颜，风雨不动安如山。呜呼！何时眼前突兀见此屋，吾庐独破受冻死亦足。"乐天《新制布裘》云："安得万里裘，盖裹周四垠？稳暖皆如我，天下无寒人。"《新制绫袄成》云："百姓多寒无可救，一身独暖亦何情。心中为念农桑苦，耳里如闻饥冻声。争得大裘长万丈，与君都盖洛阳城！"皆伊尹身任一夫不获之辜也。或谓子美诗意宁苦身以利人，乐天诗意推身利以利人，二者较之，少陵为难。然老杜饥寒而悯人饥寒者也，白氏饱暖而悯人饥寒者也。忧劳者易生于善虑，安乐者多失于不思，乐天宜优。或又谓白氏之官稍达，而少陵尤卑，子美之语在前，而长庆在后。达者宜急，卑者可缓也，前者唱导，后者和之耳。同合而论，则老杜之仁心差贤矣。

宋·黄彻《䂬溪诗话》

杜子美《茅屋为秋风所破歌》云："安得广厦千万间，大庇天下寒士俱欢颜。"白乐天《新制绫袄》诗云："安得大裘长万丈，与君都盖洛阳城。"《碧溪诗话》云："观子美、乐天诗意，直欲推身利以利人。"余近阅遗山元好问《酒》诗云："去古日已远，百伪无一真。独惟醉乡地，中有羲皇淳。圣教难为功，乃见酒力神。谁能酿沧海，尽醉区中民。"诗意宏阔，亦非苟作。

元·韦居安《梅涧诗话》

老杜诗云："安得广厦千万间，大庇天下寒士俱欢颜。"白乐天诗云："安得大裘长万丈，与君都盖洛阳城。"二公其先天下之忧而忧者与？

明·都穆《南濠诗话》

前半如说白话，而笔力恣横，自非凡手所能。后段拓开，发出一大议论，白乐天因之有大裘万丈之句，而"广厦""长裘"遂为后人习惯口头语。……余谓杜公于流离困顿中忽然发此异想，乃《北征》诗"默思失业徒，因念远戍卒"之反面观，乃真阅历语，真沉痛语，非身经世难者不能道其只字，不仅仁心为质也。白诗亦脱胎于杜意，然此长篇韦苏州"邑有流亡愧俸钱"一语足以赅括之，稍具良心者能言之，与杜不可同日论也。

清·郭曾炘《读杜劄记》

【概述】

唐代杜甫"安得广厦千万间，大庇天下寒士俱欢颜"（《茅屋为秋风所破歌》），与唐代白居易的"安得大裘长万丈，与君都盖洛阳城"（《新制绫袄成，感而有咏》），单从这两句的词语和内容来看，确实是近似的，把这两句孤立起来进行比较，就没有什么可谈的。评论者很明白这一点，所以都把视角转向这两句以外。

"子美之语在前，而长庆在后……前者唱导，后者和之耳"，这一点是无可争辩的事实。元代王构《修辞鉴衡》引《诗宪》说："因袭者，用前人之语也。以陈为新，以拙为巧，非有过人之才，则未免以蹈袭为愧。"白居易也是一位大诗人，但这两句因袭杜甫之作，却看不出有胜过的地方。而且，杜甫的广厦千万间，虽然带有浪漫主义的色彩，毕竟是现实中所可能有的，至于大裘万丈，谁又见过？这完全是为写诗而空想出来的。因此，前者有血有肉，后者则显得苍白无力。

杜甫和白居易的诗句，不是独立存在的，而是全篇中的两句，和全篇是有机地结合在一起的，因此，要深入评价这两句诗，就得联系全篇来看。杜甫的《茅屋为秋风所破歌》，生动地描绘了秋夜屋漏，风雨交加的情景，真实地写出长夜难眠的困苦，从切身体验中，为天下寒士着想。由于全诗饱含着血肉丰满的艺术形象，这两句也就具有强大的感染力。而白居易的诗，恰恰缺乏动人的形象，因此感染力就大大减弱了。

杜甫《奉赠韦左丞丈二十二韵》“读书破万卷”

唐史载杜审言尝云“吾文当得屈宋作衙官”，其孙乃有“读书破万卷，下笔如有神”……

宋・黄彻《䂬溪诗话》

……盖其源不长，其流不远，则波澜不至于汪洋浩渺，宜哉。杜甫云：“读书破万卷，下笔如有神。”欲下笔，当自读书始。

宋・葛立方《韵语阳秋》

萧千岩德藻云：诗不读书不可为，然以书为诗，不可也。老杜云：“读书破万卷，下笔如有神。”读书而至破万卷，则抑扬上下，何施不可，非谓以万卷之书为诗也。

宋・范晞文《对床夜语》

世人常言老杜读尽天下书，过矣。老杜能用所读之书耳！彼徒见其语有“读书破万卷，下笔如有神”，万卷人谁不读？下笔未必有神。

宋・陈辅《陈辅之诗话》

杜子美云：“读书破万卷，下笔如有神。”此子美自言其所得也。读书虽不为作诗设，然胸中有万卷书，则笔下自无一点尘矣。近日士大争学杜诗，不知读书果曾破万卷乎？如其未也，不过拾《离骚》之香草，丐杜陵之残膏而已。又尝记宋宣政间，文人称翟汝文、叶梦得、汪藻、孙觌四人。孙尝自评曰：“吾之视浮溪，浮溪之视石林，各少十年书。石林视翟忠惠亦然。”识者以为确论。今之学文者，果有十年书乎？不过抄《玉篇》之难字，效红勒之轧辞而已，乃反峻其门墙，高自标榜，必欲晚古人而薄前辈，何异蜉蝣撼大树乎！

明·杨慎《升庵诗话》

读书不能破其底里，则终不为我有；必使迎刃而解，如破竹之势，根节不滞，乃为善读书。故杜工部云："读书破万卷，下笔如有神。"岑嘉州亦云："读书破万卷，何事来从戎？"破字甚妙，今曲调亦名入破。

明·田艺蘅《留青日札》

老杜"读书破万卷，下笔如有神"，葛常之《韵语阳秋》云："欲下笔，当自读书始。不读书，其源不长，其流不远，欲求波澜汪洋浩渺之势，不可得矣。"萧千岩云："诗不读书不可为，然以书为诗，则不可。"严沧浪谓"诗有别材，非关书也"，恐非确论。

明·俞弁《逸老堂诗话》

老杜诗云："读书破万卷，下笔如有神。"萧千岩云："诗不读书不可为，然以书为诗，则不可。"范景文云："读书而至万卷，则抑扬高下，何施不可？非谓以万卷之书为诗也。"景文之语，犹千岩之意也。尝记昔人云："万卷书人谁不读，下笔未必能有神。"严沧浪云："诗有别材，非关书也。"斯言为得之矣。

明·都穆《南濠诗话》

或问：诗不贵典，何以少陵有读破万卷之说？不知"破"字与"有神"三字，全是教人读书作文之法。盖破其卷、取其神，非囫囵用其糟粕也。蚕食桑而所吐者丝，非桑也；蜂采花而所酿者蜜，非花也。读书如吃饭，善吃者长精神，不善吃者生痰瘤。

清·袁枚《随园诗话》

杜子美"读书破万卷，下笔如有神"，何谓"破"？涣然冰释也。如此则陈言之务去，精气入而粗秽除，是以"有神"。

清·乔亿《剑溪说诗》

胸罗万卷，故左右逢源而下笔有神。书破，犹韦编三绝之意，盖熟读则卷易磨也。张远谓识破万卷之理，另是一解。

清·仇兆鳌《杜诗详注》

按张相《诗词曲语词汇释》：“破万卷，犹云尽万卷或遍万卷也。”据杜甫《绝句漫兴九首》之四云“二月已破三月来”，“二月已破”，犹云二月已过；则“破万卷”，即过万卷也。岑参《北庭贻宗学士道别诗》亦云：“读书破万卷，何事来从戎？”则“读书破万卷”当是唐时习用语。

诗之妙处无他，清空而已。然不读万卷，岂易言清；不读破万卷，又岂易言空哉！杜诗云：“读书破万卷，下笔如有神。”“神”者，清空之谓也。而“清空”二字，正难理会。

清·田同之《西圃诗说》

读书非为诗也，而学诗不可不读书。诗须识高，而非读书则识不高；诗须力厚，而非读书则力不厚；诗须学富，而非读书则学不富。昔人谓子美诗无一字无来处，由读书多也。故其诗曰：“读书破万卷，下笔如有神。”此老自言其得力处。……苟以应酬嬉游、宴会博奕及蓄种种玩好之精神用之于读书，则识见日益高，力量日益厚，学问日益富；诗之神理乃日益出，诗之精彩乃日益焕，何患不能树帜于词坛而蜚声于后世乎？

清·李沂《秋星阁诗话》

【概述】

“读书破万卷，下笔如有神”，两句诗说明了读书与写作的辩证关系。这是杜甫自己创作经验的总结，也为后世诗人指出了一条创作必由之路。

“其源不长，其流不远”，宋代葛立方《韵语阳秋》用形象的语言说明了这两句诗的辩证关系。在现代人看来，或许认为杜甫说得太片面，生活不是比读书更重要吗？葛立方的另一句话，对此作了解释：“欲下笔，当自读书始。”一个“始”字，就说明了读书并不是唯一条件。从杜甫的经历来看，也是如此。

宋代萧德藻（自号千岩老人）的理解，比葛立方又进了一层：“读书而至破万卷，则抑扬上下，何施不可，非谓以万卷之书为诗也。”（宋·范晞文《对床夜语》）这和袁枚“破其卷，取其神，非囫囵用其糟粕也”，清代仇兆鳌《杜诗详注》“胸罗万卷，故左右逢源而下笔有神”二家之说可以互相参看。清代袁枚在《续诗品·博习》中谈到多读书的好处，也可参看：

万卷山积，一篇吟成。诗之与书，有情无情。钟鼓非乐，舍之何鸣？易牙善烹，先羞百牲。不从糟粕，安得精英？曰不关学，终非正声。

这和“破其卷，取其神”的说法是一致的，就是要善读书，明白糟粕和精华的辩证关系。“读书如吃饭，善吃者长精神，不善吃者生痰瘤”，既要知所取舍，也要善于消化。

宋代王十朋在《谒杜工部祠文》中说：“读书万卷，盖欲有为……此志萧条，乃昌其诗。”这是结合诗人生平来理解诗句。杜甫不是为读书而读书，他是抱着“学而优则仕”的观念，准备有所作为的。宋代赵次公说：“杜陵野老，负王佐之才，有意当世，而肮脏不偶，胸中所蕴一寓于诗。其曰：‘许身一何愚，自比稷与契。’又曰：‘致君尧舜上，再使风俗淳。’此其素愿也。”（《杜工部草堂记》）读书是为了济世，此路走不通，才“一切写之以诗”。

“读书破万卷”，对这个“破”字，有种种不同的理解。明代田艺蘅《留青日札》说“必使迎刃而解，如破竹之势，根节不滞，乃为善读书”，则是指对内容的融会贯通；清代乔亿《剑溪说诗》用“焕然冰释”来解释“破”字；清代袁枚说“破其卷，取其神”，都含有彻底明白内容之意；清代仇兆鳌“书破，犹韦编三绝之意，盖熟读则卷易磨也”，则以常见的破碎之意来解释，也即熟读的形象化说法；近代张相说“破万卷，犹云尽万卷或遍万卷也”（《诗词曲语辞汇释》），则纯粹是从数量上来解释了。综合诸家之说，可以这样理解：读书要求数量多，这样才能开阔视野；同时也要求质量精，能深入理解内容。

严维《酬刘员外见寄》“柳塘春水漫”

维，字正文，越州（今浙江绍兴）人。与刘长卿善。长卿《对酒寄维》云：“陋巷喜阳和，衰颜对酒歌。懒从华发乱，闲任白云多。郡简容垂钓，家贫学弄梭。门前七里濑，早晚子陵过。”维答云：“苏耽佐郡时，近出白云司。药补清羸疾，窗吟绝妙词。柳塘春水漫，花坞夕阳迟。欲识怀君意，朝朝访楫师。”（时刘为睦州司马）

宋·尤袤《全唐诗话》

圣俞尝语余曰：“诗家虽率意，而造语亦难。若意新语工，得前人所未道者，斯为善也。必能状难写之景，如在目前，含不尽之意，见于言外，然后为至矣。”余曰：“状难写之景，含不尽之意，何诗为然？”圣俞曰：“作者得于心，览者会以意，殆难指陈以言也。虽然，亦可略道其仿佛：若严维‘柳塘春水漫，花坞夕阳迟’，则天容时态，融和骀荡，岂不如在目前乎？又若温庭筠‘鸡声茅店月，人迹板桥霜’，贾岛‘怪禽啼旷野，落日恐行人’，则道路辛苦，岂不见于言外乎？”

宋·欧阳修《六一诗话》

予尝爱唐人诗云：“鸡声茅店月，人迹板桥霜。”则天寒岁暮，风凄木落，羁旅之愁，如身履之。至其曰：“野塘春水漫，花坞夕阳迟。”则风酣日煦，万物骀荡，天人之意，相与融怡，读之便觉欣然感发。谓此四句可以坐变寒暑。诗之为巧，犹画工小笔尔。以此知文章与造化争巧可也。

宋·欧阳修《欧阳文忠公试笔》

人多取佳句为句图，特小巧美丽可喜，皆指咏风景，影似百物者尔，不得见雄材远思之人也。梅圣俞爱严维诗曰：“柳塘春水漫，花坞夕阳迟。”固善矣，细较之，“夕阳迟”则系花，“春水漫”何须柳也？

宋·刘攽《中山诗话》

唐人用“迟”字皆得意。其一：“柳塘春水漫，花坞夕阳迟。”严维诗也。其一：“炉烟添柳重，宫漏出花迟。”杨巨源诗也。又韦苏州《细雨》诗：“漠漠帆来重，冥冥鸟去迟。”亦佳句。

宋·曾季貍《艇斋诗话》

“萧萧马鸣”，静中有动也；“悠悠旆旌”，动中有静也，见军整而静也。“昔我往矣，杨柳依依，今我来思，雨雪霏霏”，写物态，慰人情也。张文潜谓“鸡声茅店月，人迹板桥霜”，羁旅穷愁，想之在目；“柳塘春水漫，花坞夕阳迟”，春物融治，人心和畅，言不能尽。张无垢谓“雪消池馆初春后，人倚阑干欲暮时”，尽山之情意，物之容态，可入图画，皆仿佛《三百篇》之遗意欤。

宋·陈世崇《随隐漫录》

梅圣俞爱严维“柳塘春水漫，花坞夕阳迟”之句，以为天容时态，融和骀荡，如在目前。或者病之曰：“夕阳迟系花，而春水漫不系柳。”苕溪又曰：“不系花而系坞。”予谓不然，“夕阳迟”固不在花，然亦何关乎坞哉？诗言“春日迟迟”者，舒长之貌耳。老杜云“迟日江山丽”，此复何所系耶？彼自咏自然之景。

金·王若虚《滹南诗话》

刘贡父评严维曰：“‘柳塘春水漫，花坞夕阳迟。’夕阳迟则系花，春水漫何须柳也？”此联妙于状景，华而不靡，精而不刻，贡父之说凿矣。

明·谢榛《四溟诗话》

宋人作诗，极多蠢拙，至论诗则过于苛细，然正供识者一噱耳。如严维“柳塘春水漫，花坞夕阳迟”，此偶写目前之景，如风人“榛”“苓”“桃棘”之义，实则不止于榛隰，不止于苓园，亦不止于桃棘也。刘贡父曰：“‘夕阳迟’则系‘花’，‘春水漫’不须‘柳’。”渔隐又曰：“此论非是，‘夕阳迟’乃系于‘坞’，初不系‘花’。”以此言之，则‘春水漫’不必‘柳塘’，‘夕阳迟’岂独‘花坞’哉！不知此乃酬长卿之作，偶尔寄兴于夕阳、春水，非咏夕阳、春水也。夕阳、春水，虽则无限，花柳映之，岂不更为增妍。倘云野塘山坞，有何味耶？（黄白山评：“或又评此联以为‘迟’‘漫’意合掌者。不知‘漫’本水泛滥之貌，若与‘迟’意合掌，乃是‘慢’字。字义不辨，轻平古诗，孟浪可笑。”）

中唐数十年间，亦自风气不同。其初，类于平淡中时露一入情切景之语，故读元和以前诗，大抵如空山独行，忽闻兰气，余则寒柯荒阜而已。如严维“柳塘春水漫，花坞夕阳迟”，诚为佳句，但上云“窗吟绝妙辞”，却鄙。

清·贺裳《载酒园诗话》

刘贡父云：“梅尧臣爱严维‘柳塘春水漫，花坞夕阳迟’，固善矣。细较之，‘夕阳迟’则系‘花’，‘春水漫’何须‘柳’也？似未尽善。”余阅之，不觉失笑。“夕阳迟”，春日迟迟也。何为系花？“春水漫”，水流漫也，何关于柳？宋人之着相强解事，类如此。

清·叶矫然《龙性堂诗话》

《中山诗话》谓：“严维‘柳塘春水漫，花坞夕阳迟’为未善。‘夕阳迟’系花，‘春水漫’不须柳也。”夫柳塘之下，自春水弥漫，何可瑕疵？

清·何文焕《历代诗话索考》

严维“柳塘春水漫，花坞夕阳迟”，梅圣俞最爱之。刘贡父曰：“‘夕阳迟’则系花，‘春水漫’何须柳？”此是俗子见解，不道贡父亦有此语。

清·薛雪《一瓢诗话》

景中有情，如“柳塘春水漫，花坞夕阳迟”；情中有景，如“勋业频看镜，行藏独倚楼”；情景兼到，如“水流心不竞，云在意俱迟”。

清·施补华《岘佣说诗》

余谓此炼第五字法也。以“漫”字状春水，“迟”字状夕阳，满前化工矣，却从“柳”“花”带出，见全是三春景象。则摹神在“漫”与“迟”，设色在“柳”与“花”，字字雅贴，无可复议。

清·吴景旭《历代诗话》

用一个“迟”字状夕阳，写夕阳仿佛也很留恋花坞，迟迟不愿落山，这个“迟”字富于情韵，既写出夕阳的余光在花间流照的情态，又表现出诗人对花坞留恋不舍的心情。夕阳本无情，由于诗人留恋万紫千红的“花坞”，仿佛夕阳也和自己一样有情似的，诗人可以赋予夕阳以感情，也可赋春水有感情，“柳塘春水漫”一句，写春水也仿佛留恋着柳塘而慢悠悠地流着。

近代·师长泰《唐诗艺术技巧》

【概述】

唐代严维《酬刘员外见寄》这首五律，就全诗来看，是平凡之作，但其中“柳塘春水漫，花坞夕阳迟”一联，却得到宋代梅尧臣（字圣俞）的高度评价，认为“天容时态，融和骀荡”，“状难写之景，如在目前”（宋·欧阳修《六一诗话》）。可是，宋代刘攽《中山诗话》却对这两句诗作了挑剔，说“夕阳迟则系花，春水漫何须柳也”。宋代胡仔《苕溪渔隐丛话》不同意刘攽的说法，却又节外生枝，说“‘夕阳迟’乃系于‘坞’，初不系‘花’”。真是越说越玄，令读者如坠五里雾中。

严维这两句诗的好处，不仅在于写景真切，而是如清代施补华《岘佣说诗》所说，还在于“景中有情”。梅圣俞的话“状难写之景如在目前，含不情之意见于言外”，可以作为互文来看待。清代王夫之《姜斋诗话》说：“情、景名为二，而实不可离。”这话是合乎创作实践的。诗人为什么要写景？无非因为眼前的景物之美，引起了他爱好的情绪；诗人创作过程中，总是有意或无意地受内心情绪的支配，影响到创作的诗句。不过由于作者艺术修养和审美情趣的不同，在处理情与景的关系时，就有高下之分、优劣之别了。也正是王夫之所说：“神于诗者，妙合无垠。巧者则有情中景、景中情。”

宋代陈世崇《随隐漫录》用“春物融洽，人心和畅”二语来评价严维这两句诗。“春物融洽”指眼前景，“人心和畅”写心中情；心中情是含在眼前景之中的。陈氏还说这两句诗“仿佛《三百篇》之遗意”，这也是很高的评价。清代刘熙载在《艺概》中说：“‘昔我往矣，杨柳依依；今我来思，雨雪霏霏’，雅人深致，正在借景言情。若舍景不言，不过曰春往冬来耳，有何意味？”对严维的两句诗，也正可如此看待。

张继《枫桥夜泊》

诗人贪求好句，而理有不通，亦语病也。……唐人有云："姑苏台下寒山寺，半夜钟声到客船。"说者亦云，句则佳矣，其如三更不是打钟时！

宋·欧阳修《六一诗话》

（引欧公语从略）余观于鹄《送宫人入道》诗云："定知别后宫中伴，遥听缑山半夜钟。"而白乐天亦云："新秋松影下，半夜钟声后。"岂唐人多用此语也？倘非递相沿袭，恐必有说耳。温庭筠诗亦云："悠然逆旅频回首，无复松窗半夜钟。"庭筠诗多缵在白乐天诗后。

宋·王直方《王直方诗话》

宋·李颀《古今诗话》所记同

"姑苏城外寒山寺，半夜钟声到客船"，此唐张继题城西枫桥寺诗也。欧阳文忠公尝病其夜半非打钟时。盖公未尝至吴中，今吴中山寺，实以夜半打钟。

宋·叶梦得《石林诗话》

《南史》：丘仲孚喜读书，常以中宵钟鸣为限。乃知半夜钟声，不独见唐人诗句。

宋·吴聿《观林诗话》

张继《枫桥夜泊》诗云："姑苏城外寒山寺，半夜钟声到客船。"欧阳公嘲之云："句则佳矣，其如夜半不是打钟时。"后人又谓惟苏州有半夜钟。皆非也。按于邺《褒中即事》诗云："远钟来半夜，明月入千家。”皇甫冉《秋夜宿会稽严维宅》诗云：“秋深临水月，夜半隔山钟。”此岂亦苏州诗耶？恐唐时僧寺，自有夜半钟也。京都街鼓今尚废，后生读唐诗文及街鼓者，往往茫然不能知，况僧寺夜半钟乎？

宋·陆游《老学庵笔记》

姑苏枫桥寺，唐张继留诗曰：“月落乌啼霜满天，江枫渔火对愁眠。姑苏城外寒山寺，夜半钟声到客船。”六一居士《诗话》谓“句则佳矣，奈半夜非鸣钟时”。然余昔官姑苏，每三鼓尽四鼓初，即诸寺钟皆鸣，想自唐时已然也。后观于鹄、白乐天、温庭筠诗（引诗从略），则前人言之，不独张继也。又皇甫冉《秋夜宿严维宅》云：“昔闻开元寺，门向会稽峰。君住东湖下，清风继旧踪。秋深临水月，夜半隔山钟。”陈羽《梓州与温商夜别》亦曰：“隔水悠悠午夜钟。”然则岂寺人承袭用此语耶？抑他处亦如姑苏半夜鸣钟耶？

宋·陈岩肖《庚溪诗话》

齐丘仲孚少好学，读书常以中宵钟鸣为限。唐人张继诗：“夜半钟声到客船。”则半夜钟其来久矣。

宋·姚宽《西溪丛语》

陈正敏《遁斋闲览》记欧阳文忠公诗话……且云渠尝过姑苏，宿一寺，夜半闻钟。因问寺僧，皆曰分夜钟，曷足怪乎？寻闻他寺皆然，始知半夜钟，惟姑苏有之。此皆《闲览》所载。予考唐诗，知欧公所讥，乃唐张继《枫桥夜泊》诗，全篇云云。此欧阳公所讥也。

宋·吴曾《能改斋漫录》

欧公云：“唐人有‘姑苏城外寒山寺，夜半钟声到客船’之句。说者云：‘句则佳矣，其如三更不是打钟时。’”《王直方诗话》引于鹄、白乐天、温庭筠“半夜钟”句，以谓唐人多用此语。《诗眼》又引齐武帝景阳楼有三更钟；丘仲孚读书，限中宵钟；阮景仲守吴兴，禁半夜钟为证。或者以为无常钟。仆观唐诗言半夜钟甚多，不但此也。如司空文明诗曰：“杳杳疏钟发，中宵独听时。”王建《宫词》曰：“未卧尝闻半夜钟。”陈羽诗曰：“隔水悠扬半夜钟。”许浑诗曰：

"月照千山半夜钟。"按许浑居朱方，而诗为华严寺作，正在吴中，益可验吴中半夜钟为信。然又观《江南野录》载李昇受禅之初，忽夜半，一僧撞钟，满州皆惊，召将斩之，曰"偶得月诗"云云，遂释之。或者谓如《野录》所载，则吴中以半夜钟为异。仆谓非也，所谓半夜钟，盖有处有之，有处无之，非谓吴中皆如此也。今之苏州能仁寺钟，亦鸣半夜，不特枫桥尔。又人定钟事，见《唐代柳公绰传》。

宋·王楙《野客丛书》

唐张继《枫桥夜泊》诗云云。昔人谓钟声无夜半者，诗话尝辨之云："姑苏寺钟多鸣于半夜。"予以其说为未尽。姑苏钟唯承天寺至半夜则鸣，其他皆五更钟也。

宋·龚明之《中吴纪闻》

画桥三百映江城，诗里枫桥独有名。

几度经过忆张继，乌啼月落又钟声。

明·高启《泊枫桥》

张继《枫桥夜泊》诗，世多传诵。近读孙仲益《过枫桥寺》诗云："白首重来一梦中，青山不改旧时容。乌啼月落桥边寺，欹枕犹闻半夜钟。"亦可谓鼓动前人之意矣。

明·朱承爵《存余堂诗话》

张继诗："月落乌啼霜满天……"此诗久脍炙人口，然律法未免太疏。首句不叙明泊舟夜宿之由，则次句"对愁眠"三字，是对谁愁而对谁眠耶？尝戏易之曰："羁客姑苏乍系船，江枫渔火对愁眠。钟声夜半寒山寺，月落乌啼霜满天。"江南临水多植乌桕，秋叶饱霜，鲜红可爱。诗人类指为枫，不知枫生山中，性最恶湿，不能种之江畔也。此诗"江枫"二字，亦未免误认耳。

清·王端履《重论文斋笔录》

张继诗"江枫渔火对愁眠"。今苏州寒山寺对有愁眠山，说者遂谓张诗指山，非谓渔火对旅愁而眠。予谓非也。诗须情景参见，此诗三句俱述景，止此句言情，若更作对山，则全无情事，句亦乏味。

且愁眠山下即接姑苏城、寒山寺，不应重累如此。当是张本自言愁眠，后人遂因诗名山，犹明圣湖因子瞻诗而名西子湖耳。至于夜半本无钟声，而张诗云云，总属兴到不妨。雪里芭蕉，既不受弹，亦无须曲解耳。

清·毛先舒《诗辩坻》

继字懿孙，兖州人。《枫桥夜泊》云："月落乌啼霜满天，江枫渔火对愁眠。姑苏城外寒山寺，夜半钟声到客船。"李于鳞曰："寒山寺在吴县西，计有功谓此地有夜半钟，名无常钟，欧阳以为语病，非也。然亦不止姑苏有之。"于鹄"遥听维山半夜钟"，白乐天"半夜钟声后"，皇甫冉"夜半隔山钟"，温庭筠"无复松窗半夜钟"，陈羽"隔水悠扬午夜钟"，乃知唐人诗多用此。胡元瑞曰："'夜半钟声到客船'，谈者纷纷，皆为昔人愚弄。诗流借景立言，惟在声律之调，兴象之合，区区事实，彼岂暇计？无论夜半是非，即钟声闻否未可知。"

清·孙涛《全唐诗话续编》

《石林诗话》："'姑苏城外寒山寺，夜半钟声到客船'，欧阳公尝病其夜半非打钟时。盖公未尝至吴中，今吴中山寺，实以夜半打钟。"然亦何必深辩，即不打钟，不害诗之佳也。子瞻"应记侬家旧姓西"，夷光姓施，岂非误用乎？终不失为好。

清·马位《秋窗随笔》

尘市喧阗之处，只闻钟声，荒凉寂寥可知。

清·沈德潜《唐诗别裁集》

陈伯玑常语余："'姑苏城外寒山寺，夜半钟声到客船'，妙矣。然亦诗与地肖故尔。若云'南城门外报恩寺'，岂不可笑耶？"余曰："固然。即如'满天梅雨是苏州''流将春梦过杭州''白日澹幽州''风声壮岳州''黄云画角见并州''淡烟乔木隔绵州'皆诗地相肖。使云'白日淡苏州''流将春梦过幽州'，不堪绝倒耶？"

清·王士禛《渔洋诗话》

（引杨慎语）《唐六典》："更点皆击钟，太史门有典钟28人，掌钟漏。"唐诗："促漏遥钟动静闻"，则夜半钟岂独寒寺哉！

近代·丁福保《历代诗话续编》

本来是很平常的一座桥、一行树、一条水，经过诗人的题咏，便成为流传古今的胜迹，但诗的本身必须在艺术上站得住，才能赋予无情的自然以有情的生命。这首诗纯用白描，本不难晓，自从欧阳修在《六一诗话》中说了"句则佳矣，其如三更不是打钟时"的话以后，议论就多了，好多学人都提出了唐代偏偏就有夜半钟相辩驳，说是"欧公不察"，这里不再例举（详见高步瀛《唐宋诗举要》），大概张继也以夜半钟为异，故特写在诗中。宋人孙觌〈过枫桥寺〉一绝："白首重来一梦中，青山不改旧时容。乌啼月落桥边寺，倚枕犹闻半夜钟。"则宋时尚有此习。

近代·金性尧《唐诗三百首新注》

【概述】

张继的诗，留存到现在的，不足五十首，在唐人中也不算出色，独七绝《枫桥夜泊》流传至今，脍炙人口，各种唐诗选本几乎都选上了。而宋代欧阳修在《六一诗话》中提出这诗的"语病"，可能从相反方面促使这诗的流传，也不无关系。

欧阳修认为"三更不是打钟时"，诗中"夜半钟声"是不合事实的。此论一出，评论家纷纷为张继辩护，认为寺院夜半打钟，有此事实。各家所举的实例不同，其作用则是一样的。

与此相反，另一种意见却认为寺院是否夜半打钟，对欣赏张继这首诗并无关系，"总属兴到不妨"。清代马位《秋窗随笔》说得很透彻："然亦何必深辩，即不打钟，不害诗之佳也。"清代孙涛《全唐诗话续编》则从诗歌创作的角度，作了较为深入的说明："诗流借景立言，惟在声律之调，兴象之合，区区事实，彼岂暇计？"按照这种说法，写诗是否可以不顾事实，信口胡诌呢？这当然不是上面几位评论家的意思。可以这样来解释：寺院打钟，这是客观存在的事实，张继的作品，并没有违反这一基本事实。至于什么时候打钟，诗歌并不是科学论文，不需要精确到断然无误。像唐代崔涂诗"蝴蝶梦中家万里，杜鹃枝上月三更”(《春夕》)，一定要追究一下是否确为三更，岂非痴人说梦？“七月七日长生殿，夜半无人私语时”（唐·白居易《长恨歌》），这“夜半”也不见得一定是二更之后，四更之前。

清代王士禛《渔洋诗话》结合“姑苏城外寒山寺”之句，谈诗地相肖问题。地名本来就是地名，它本身是没有美学意义的，但由于历史因素的沉积，有些地名用在诗歌中，就会唤起读者种种联想。借助一些地名写成诗句，也就有了特殊的韵味。

柳宗元《渔翁》

柳子厚诗曰："渔翁夜傍西岩宿，晓汲清湘燃楚竹。烟消日出不见人，欸乃一声山水绿。回看天际下中流，岩上无心云相逐。"东坡云："诗以奇趣为宗，反常合道为趣。熟味此诗有奇趣，然其尾两句，虽不必亦可。"

宋·释惠洪《冷斋夜话》

柳子厚"渔翁夜傍西岩宿"之诗，东坡删去后二句，使子厚复生，亦必心服。

宋·严羽《沧浪诗话》

子厚"欸（音袄）乃（音霭）一声山水绿"，乃楚人歌声，方言也。

宋·黄彻《䂬溪诗话》

柳子厚诗云：渔翁夜傍西岩宿，晓汲清湘燃楚竹。烟消日出不见人，欸乃一声山水绿。欸音袄，乃音霭，相应之声也，今人误以二字合为一。刘言史《潇湘游》云："夷女采山蕉，缉纱浸江水。野花满髻妆色新，闲歌暧乃深峡里。暧乃知从何处生，当时泣舜肠断声。"此声同而字异也，暧乃即欸乃字。

宋·姚宽《西溪丛语》

柳子厚"渔翁夜傍西岩宿"一篇，苏子瞻欲删后二句……皆不然。全章本自悠扬，去之则局促矣。

明·田艺蘅《留青日札》

王勃“河桥不相送，江树远含情”，杜荀鹤“承恩不在貌，教妾若为容”皆五言律也，然去后四句作绝乃妙。天宝妓女唱高达夫“开箧泪沾臆”，本长篇也，删作绝唱；白居易“曾与情人桥上别”一首，乃六句诗也，亦删作绝，俱妙。独苏氏欲去柳宗元“遥看天际”，朱氏欲去谢玄晖“广平听方籍”二语，吾所未解耳。

明·王世贞《艺苑卮言》

柳子厚“回看天际下中流，岩上无心云相逐”，坡翁欲削此二句，论诗者类不免矮人看场之病。予谓若止用前四句，则与晚唐何异？然未敢以语人。儿子兆先一日过庭，辄自及此，予颇讶之。

明·李东阳《麓堂诗话》

柳子厚“渔翁夜傍西岩宿”一首，如作绝句，以“欸乃一声山水绿”结之，便成高作，下二句真蛇足耳；而盲者顾称之，何耶？

清·王士禛《渔洋诗话》

杜荀鹤“承恩不在貌，教妾若为容”一律，王元美以为去后四句作绝句乃妙，其言当矣。至谓柳宗元《渔翁》一首，东坡不合欲去末二句，愚窃惑之。此首至“欸乃一声山水绿”一句，恰好调歇；删去末二句，言尽意不尽，何等悠妙？何等含蓄？岂元美于斯未尝三复耶？

清·田同之《西圃诗说》

王士禛这个说法，是从强调发挥诗歌艺术描写上“虚”的作用，反对把诗写得太实太具体出发的……这首诗的末句用的是陶渊明《归去来辞》中“云无心而出岫”之意，表示渔翁与世无争怡然自乐的处世态度。然而，诗的前四句已经把渔翁的这种精神境界很形象地表现出来了……完全用不着再写这二句，前四句的“实”已暗示末二句的意思，写了这二句反而对读者的联想内容起一种限制的作用，所以说是“蛇足”。

近代·张少康《中国当代文学创作论》

这诗是站在作者角度说的，故诗中“不见人”的“人”是指渔翁，全诗用灵活的手法，写眼中事物变化之倏忽，刚才还明明看到渔翁在汲水烧火，忽然不见了，再回过身来，只见渔船仿佛自天际来了。于是欸乃声中才见山水一绿，船已下中流了。句中这一“绿”字和王安石“春风又绿江南岸”之“绿”，同是一字之微，全境俱活。

近代·金性尧《唐诗三百首新注》

【概述】

一首好诗，好比一件艺术品，总是首尾完整，无懈可击的。但也有例外，如唐代柳宗元的《渔翁》诗，宋代苏轼认为结尾两句删去，仍是一首完整的好诗。后来评论家对苏轼的说法有同意的，也有不同意的。我们应该怎样看待这一问题呢？

宋代姜夔说：“一篇全在尾句，如截奔马。”（《白石道人诗说》）古代诗论家是很重视结尾的，一般认为应该做到语尽而意无穷；宋代梅尧臣（字圣俞）说：“含不尽之意见于言外”（宋·欧阳修《六一诗话》），这话对结尾尤其适用。如何做到这点，宋代沈义父在《乐府指迷》中曾指出具体的做法：“结句须要放开，含有余不尽之意，以景结情最好。”诗是抒情的，在结尾处尤其要饱含情感，这样才能使人读了回味无穷，所以明代贺贻孙说：“结语难得有情，有情故能锁住一篇之意。”（《诗筏》）但抽象地抒情，感染力不强，借景抒情，留下一个画面，让读者从具体的形象中去体味、思索，这样获得的印象就更为深刻。沈义父说：“以景结情。”这说法是很有见地的。

《渔翁》诗的最后两句“回看天际下中流，岩上无心云相逐”，用眼前景象烘托出人物悠然自在的心情，确是以景结情的佳句。删去后两句，用“烟销日出不见人，欸乃一声山水绿”作为结尾，同样也是一幅动人的画面，表现出人物自在的心情，也可以说是好的结束。不过，原诗末句，化用了东晋陶渊明《归去来辞》中“云无心而出岫”，是柳宗元借写渔翁表现了遭贬后与世无争的心情，如果删去末两句，这种意味也就没有了，诗的内涵相对减弱。宋代严羽《沧浪诗话》说：“东坡删去后两句，使子厚复生，亦必心服。”其实是并不真正了解作者的心情。

刘禹锡《金陵怀古》

长庆中，元微之、梦得、韦楚客同会乐天舍，论南朝兴废，各赋《金陵怀古》诗。刘满引一杯，饮已即成，曰：“王濬楼船下益州，金陵王气黯然收。千寻铁锁沉江底，一片降幡出石头。人世几回伤往事，山形依旧枕寒流。而今四海为家日，故垒萧萧芦荻秋。”白公览诗曰：“四人探骊龙，子先获珠，所余鳞爪何用耶？”于是罢唱。

宋·计有功《唐诗纪事》

刘禹锡作《金陵》诗云：“千寻铁锁沉江底，一片降旗出石头。”当时号为绝唱。又六朝中《石头城》诗云：“山围故国周遭在，潮打空城寂寞回。”白乐天读之曰：“我知后人不复措笔矣。”其自矜云：“余虽不及，然亦不孤乐天之赏耳。”

宋·张表臣《珊瑚钩诗话》

刘梦得《金陵怀古》诗，当时白香山谓其已探骊珠，所余鳞角何用。以今观之，“王濬楼船”所咏才一事耳，而多至四句，前则疑于偏枯；山城水国，芦荻之乡，触目尽尔，后则嫌其空衍也。抑何元、白阁笔易易耶？余窃有说焉：金陵之盛，至吴而始著，至孙皓而西藩既摧，北军飞渡，兴亡之感始甚。假使感古者取三国、六代事，衍为长律，便使一句一事，包举无遗，岂成体制？梦得之专咏晋事也，尊题也。下接云“人世几回伤往事”，若有上下千年，纵横万里在其笔底者。山形枕水之情景，不涉其境，不悉其妙。至于芦荻萧萧，履清时而依故垒，含蕴正靡穷矣。所谓骊珠之得，或在于斯者欤！

清·汪师韩《诗学纂闻》

刘宾客《西塞山怀古》，似议非议，有论无论，笔著纸上，神来无际，气魄法律，无不精到，洵是此老一生杰作，自然压倒元、白。

清·薛雪《一瓢诗话》

怀古诗，乃一时兴会所触，不比山经地志，以详核为佳。近见某太史《洛阳怀古》四首，将洛阳故事搜括无遗，竟有一首中，使事至七八者。编凑拖沓，茫然不知作者意在何处。因告之曰："古人怀古，只指一人一事而言，如少陵之《咏怀古迹》，一首武候，一首昭君，两不相羼也。刘梦得《金陵怀古》，只咏'王濬楼船'一事，而后四句，全是空描。当时白太傅谓其'已探骊珠，所余鳞甲无用'，真知言哉！不然，金陵典故，岂王浚一事？而刘公胸中，岂止晓此一典耶？"

清·袁枚《随园诗话》

刘禹锡《西塞山怀古》，"王濬楼船下益州，金陵王气黯然收"，兴衰之感宛然；"千寻铁锁沉江底，一片降幡出石头"，其如人事不修；"人世几回伤往事"，局外议论如此；"山形依旧枕寒流"，那管人间争斗；"今逢四海为家日，故垒萧萧芦荻秋"，太平既久，向之霸业雄心消磨已净。此方是怀古胜场。七律如此做自好，且看他不费气力处。

清·张谦宜《茧斋诗谈》

（引方观丞）前半专叙孙吴，五句以七字总结东晋、宋、齐、梁、陈五代，局阵开拓，乃不紧迫。六句始落到西塞山，"依旧"二字有高峰堕石之捷速。七句落到怀古，"今逢"二字有居安思危之遥深。八句"芦荻"是即时景，仍用"故垒"，终不脱题。此抟结一片之法也。至于前半一气呵成，具有山川形势，制胜谋略，因前验后，兴废皆然，下只以"几回"二字轻轻兜满，何其神妙！

清·方世举《兰丛诗话》

刘宾客《西塞山怀古》之作，极为白公所赏，至于为之罢唱。起四句洵是杰作，后四则不振矣。此中唐以后，所以气力衰飒也。固无八句皆紧之理，然必松处正是紧处，方有意味。如此作结，毋乃饮满时思滑之过耶？《荆州道怀古》一诗，实胜此作。

清·翁方纲《石洲诗话》

刘梦得《金陵怀古》诗“王濬楼船”四语，虽少陵动笔，不过如是，宜香山之缩手。五、六“人世几回”二句，平弱不称；收亦无完固之力，此所以成晚唐也。

清·施补华《岘佣说诗》

汪师韩解刘梦得《西塞山怀古》诗云（已前见，略）。按纪文达师评此诗云：“第四句‘一片降幡出石头’但说得吴；第五句‘人世几回伤往事’，括过六朝，是为简练；第六句‘山形依旧枕寒流’，折到西塞山，是为圆熟。”似较江评更为显豁。

清·梁章钜《退庵随笔》

穆宗长庆四年（824年）由夔州赴和州途中作，三、四两句，言地利不足恃，并用“江底”对“石头”，即以虚对实，不工而工。五、六两句，言往事可伤，也不止吴为晋灭。其后宋、齐、梁、陈以至唐朝，仍纷乱不息，唯留下山形枕流，永相凭吊而已。末两句为本朝说话，却也感慨深沉。以唐朝来说，长江一带正有不少故垒。方东树《昭昧詹言》评此诗，以为“无自己在诗内，所以不及杜公”，方氏论咏古诗，主张诗中要有魂，所谓魂者，皆用成为主，则自然有兴有味，又此诗因前事皆咏金陵事，后人也有和另一首《金陵怀古》相混。

近代·金性尧《唐诗三百首新注》

【概述】

《晋书·王濬传》：“太康元年（280）正月，濬发自成都（攻吴）……吴人于江险碛要害之处，并以铁锁横截之，又作铁锥长丈余，暗置江中，以逆距船……濬乃作大筏数十，亦方百余步，令善水者，以筏先行。筏遇铁锥，辄着筏去。又作火炬，长十余丈，大数十围，灌以麻油，在船前。遇锁，燃炬烧之。须臾，融液断绝，于是船无所碍。……濬自发蜀，兵不血刃，入于石头（孙皓降）。”与这首诗有关的历史事实，大概如此。

唐代白居易用《庄子》中探骊得珠的故事作比喻，对刘禹锡此诗作了高度的评价，好诗得到好评，一段文坛佳话，使这首诗更为脍炙人口。而清代薛雪《一瓢诗话》的评论“似议非议，有论无论，笔著纸上，神来天际，气魄法律，无不精到”，也是对佳处作全面的肯定，却更为具体，更为全面。

在对作品进行具体分析时，各家评论有较大分歧。清代袁枚《随园诗话》认为此诗“只咏王濬楼船一事，而后四句全是空描”，正是诗的优点；清代汪师韩《诗学纂闻》说前四句专咏晋事是尊题，后四句则含蕴无穷，也同袁枚一样采取肯定态度。清代张谦宜《茧斋诗谈》在逐句分析之后，誉为“怀古胜场”，也和袁、汪看法一致。清代方世举《兰丛诗话》说：“前半一气呵成”，后半“何其神妙”，更是赞扬备至。而清代翁方纲《石洲诗话》则以为“起四句洵是杰作，后四则不振矣”；清代施补华《岘佣说诗》也十分赞赏前四句，“虽少陵动笔，不过如是”；同样不满后四句，五、六“平弱不称，收亦无完固之力”。

其实后四句也自有其优点。前四句专咏晋事，做了具体的描述，后四句改变作法，采用概括的叙写，“五句以七字总结东晋、宋、齐、梁、陈五代，局阵开拓，乃不紧迫”，这一句时间跨度大，包举朝代多，是很有气势的。“六句始落到西塞山，‘依旧’二字有高峰堕石之捷速”，从历史的回顾，落到眼前现实，人事代谢，景物无改，于平平叙述中，寄托无限感慨。“七句落到怀古”，八句“即时景”（清·方世举《兰丛诗话》）。“已有怀抱，借古人事以抒写之，斯为千秋绝唱”（清·冒春荣《葚原诗说》），末两句正有这样作用。

白居易《长恨歌》

白乐天去世，大中皇帝以诗吊之曰："缀玉联珠六十年，谁教冥路作诗仙。浮云不系名居易，造化无为字乐天。童子解吟《长恨曲》，胡儿能唱《琵琶篇》。文章已满行人耳，一度思卿一怆然。"

五代·王定保《唐摭言》

白乐天《长恨歌》云："玉容寂寞泪阑干，梨花一枝春带雨。"人皆喜其工，而不知其气韵之近俗也。东坡作送人小词云："故将别语调佳人，要看梨花枝上雨。"虽用乐天语，而别有一种风味，非点铁成黄金手，不能为此也。

宋·周紫芝《竹坡诗话》

白乐天作《长恨歌》，元微之作《连昌宫词》，皆纪明皇时事也。予以谓微之之作过乐天。白之歌止于荒淫之语，终篇无所规正；元之词乃微而显，其荒纵之意皆可考，卒章乃不忘箴讽，为尤也。

宋·张邦基《墨庄漫录》

元微之、白乐天，在唐元和、长庆间齐名；其赋咏天宝时事，《连昌宫词》《长恨歌》，皆脍炙人口，使读之者情性荡摇，如身生其时，亲见其事，殆未易以优劣论也。然《长恨歌》不过述明皇追怆贵妃始末，无他激扬；不若《连昌宫词》有监戒规讽之意，……殊得风人之旨，非《长恨》比云。

宋·洪迈《容斋随笔》

白乐天《长恨歌》云："回眸一笑百媚生，六宫粉黛无颜色。"

盖用李太白应制《清平乐》词云："女伴莫话孤眠，六宫罗绮三千。一笑皆生百媚，宸衷教在谁边？"

宋・吴幵《优古堂诗话》

宋・吴曾《能改斋漫录》所记同

白乐天《长恨歌》有"夕殿萤飞思悄然，孤灯挑尽未成眠"之句，宁有兴庆宫中，夜不烧蜡油，明皇帝自挑灯者乎？书生之见可笑耳！

宋・邵博《邵氏闻见后录》

乐天《长恨歌》："夕殿萤飞思悄然，孤灯挑尽未成眠。……"岂有兴庆宫中，夜不点烛，明皇自挑灯之理？《步里客谈》曰：陈无已《古墨行》谓"睿思殿里春将半，灯火阑残歌舞散。自书小字答边臣，万国烽烟入长算。""灯火阑残歌舞散"乃村镇夜深景致，睿思殿不应如是。二说甚相类。仆谓二词正所以状宫中向夜萧索之意，非以形容盛丽之为，固虽天上非人间比，使言高烧画烛，贵则贵矣，岂复有此恨等意邪？观者味其情旨，斯可矣。

宋・王楙《野客丛书》

唐人咏马嵬之事者多矣。……白居易曰："六军不发无奈何，宛转蛾眉马前死。"此乃歌咏禄山能使官军皆叛，逼迫明皇，明皇不得已而诛杨妃也。噫！岂特不晓文章体裁，而造语蠢拙，抑已失臣下事君之礼矣。

宋・魏泰《临汉隐居诗话》

杨太真事，唐人吟咏至多，然类皆无礼。太真配至尊，岂可以儿女语黩之耶？惟杜子美则不然，《哀江头》云："昭阳殿里第一人，同辇随君侍君侧。"不待云"娇侍夜""醉和春"，而太真之专宠可知；不待云"玉容""梨花"，而太真之绝可想也。至于言一时行乐事，不斥言太真，而但言辇前才人，此意尤不可及。如云："翻身向天仰射云，一笑正坠双飞翼。"不待云"缓歌慢舞凝丝竹，尽日君王看不足"，而一时行乐可喜事，笔端画出，宛在目前。"江水江花岂终极"，不待云"比翼鸟""连理枝"，"此恨绵绵无尽期"，而无穷之恨，《黍离》麦秀之悲，寄于言外。题云《哀江头》，乃子美在贼中时，潜行曲江，睹江水江花，哀思而作。其词婉而雅，其意微而有礼，真可谓得诗人之旨者。《长恨歌》在乐天诗中为最下，《连昌宫词》在元微之诗中乃最得意者，二诗工拙虽殊，皆不若子美诗微而婉也。元白数十百言，竭力摹写，不若子美一句，人才高下乃如此。

梅圣俞云：“状难写之景，如在目前。”元微之云：“道得人心中事。”此固白乐天长处，然情意失于太详，景物失于太露，遂成浅近，略无余蕴，此其所短处。如《长恨歌》虽播于乐府，人人称诵，然其实乃乐天少作，虽欲悔而不可追者也。其叙杨妃进见专宠行乐事，皆秽亵之语。首云“汉皇重色思倾国，御宇多年求不得”，后云“渔阳鼙鼓动地来，惊破《霓裳羽衣曲》”，又云“君王掩面救不得，回看血泪相和流”，此固无礼之甚。“侍儿扶起娇无力，始是新承恩泽时”，此下云云，殆可掩耳也。“遂令天下父母心，不重生男重生女”，此等语乃乐天自以为得意处，然而亦浅陋甚。“夕殿萤飞思悄然，孤灯挑尽未成眠”，此尤可笑，南内虽凄凉，何至挑孤灯耶？惟叙上皇还京云：“天旋地转回龙驭，到此踌躇不能去。马嵬坡下泥土中，不见玉颜空死处。君臣相顾尽沾衣，东望都门信马归。归来池苑皆依旧，太液芙蓉未央柳。”叙太真见方士云：“风吹仙袂飘飖举，犹似《霓裳羽衣》舞。玉容寂寞泪阑干，梨花一枝春带雨。”一篇之中，惟此数语稍佳尔。

往年过华清宫，见杜牧之、温庭筠二诗，俱刻石于浴殿之侧，必欲较其优劣而不能。近偶读庭筠诗，乃知牧之之工，庭筠小子，无礼甚矣。刘梦得《扶风歌》、白乐天《长恨歌》及庭筠此诗，皆无礼于其君者。

宋·张戒《岁寒堂诗话》

按温庭筠《过华清宫二十二韵》有云：“卷衣轻鬓懒，窥镜淡蛾羞。屏掩芙蓉帐，帘褰玳瑁钩。重瞳分渭曲，纤手指神州。御案迷萱草，天袍妒石榴。深岩藏浴凤，鲜隰媚潜虬。”无礼云云，亦概指此等语。

白乐天《长恨歌》，工矣，而用事犹误。“峨眉山下少人行”，明皇幸蜀，不行峨眉山也；当改云剑门山。“七月七日长生殿，夜半无人私语时”，长生殿乃斋戒之所，非私语地也，华清宫自有飞霜殿，乃寝殿也；当改“长生”为“飞霜”，则尽矣。

宋·范温《潜溪诗眼》

杨慎《升庵诗话》“飞霜殿”条引范元实《诗话》，内容与本条同，并有补充云：按郑嵎《津阳门》诗“金沙洞口长生殿，玉蕊峰头王母祠”，则长生殿乃在骊山之上，夜半亦非上山时也。又云：“飞霜殿前月悄悄，迎风亭下风飕飕。”据此，元实之所评信矣。

白乐天《长恨歌》“六军不发无奈何，宛转蛾眉马前死”，又“君王掩面救不得，回看血泪相和流。”此等叙述，夫岂非实在？于臣子终非所宜。

明 • 何孟春《余冬诗话》

乐天《长恨歌》凡一百二十句，读者不厌其长；元微之《行宫》诗才四句，读者不觉其短。文章之妙也。

明 • 瞿佑《归田诗话》

白乐天《长恨歌》备述明皇、杨妃之始末，虽史传亦无以加焉。盖指其覆毕（一作华），托为声诗以讽时君，而垂戒来世尔。《易》曰：“冶容诲淫。”《左传》叔向之母曰：“夫有尤物，足以移人。”《书》有内作色荒之戒，《诗》言褒姒灭周之祸。唐室之不兢，岂不由是哉！但其辞语迫切浅近，发扬太过，有失为尊者讳之义也。不然，则《国风》于姜氏齐侯之事，曷为讳之乎？

明 • 张纶言《林泉随笔》

白乐天自爱其讽喻诗，言激而意质，故其立朝侃侃正直。……及读其《长恨歌》诸作，讽刺深隐，意在言外，信如其所自评……乃杜牧之讥其诗“纤艳不逞，非端人雅士所为，流传人间，子父女母交口教授，淫言亵语，入人肌骨”。但考乐天所行，不愧端雅，其诗亦未见淫亵。不若牧之……风流罪过，己尚不免，独奈何以此责乐天也？

清 • 贺贻孙《诗筏》

香山诗名最著，及身已风行海内，李谪仙后一人而已。观其与微之书云：“……军使高霞寓，邀妓侑客，妓曰：‘我诵得白学士《长恨歌》，岂他比哉！’由是增价。汉南主人宴客，诸妓见仆来，指曰：‘此《秦中吟》《长恨歌》主耳’。”……古来诗人，及身得名，未有如是之速且广者。盖其得名，在《长恨歌》一篇。其事本易传，以易传之事，为绝妙之词，有声有情，可歌可泣，文人学士既叹为不可及，妇人女子亦喜闻而乐诵之。是以不胫而走，传遍天下。又有《琵琶行》一首助之。此即无全集，而二诗已自不朽，况又有三千八百四十首之工且多哉！

《长恨歌》自是千古绝作。其叙杨妃入宫，与陈鸿所传选自寿邸者不同，非惟惧文字之祸，亦讳恶之义，本当如是也。惟方士访至蓬莱，得妃密语归报上皇一节，此盖时俗讹传，本非实事。明皇自蜀还长安，居兴庆宫，地近市廛，尚有外人进见之事。及上元元年，李辅国矫诏迁之于西内，元从之陈玄礼、高力士等，皆流徙远方，左右近侍，悉另易人。宫禁严密，内外不通可知。且鸿传云：上皇得方士归奏，其年夏四月，即晏驾。则是宝应元年事也。其时肃宗卧病，辅国疑忌益深，关防必益密，岂有听方士出入之理？即方士能隐形入见，而金钗、钿盒、有物有质，又岂驭气者所能携带？此必无之事，特一时俚俗传闻，易于耸听，香山竟为诗以实之，遂成千古耳。

清·赵翼《瓯北诗话》

白公之为《长恨歌》《霓裳羽衣曲》诸篇，自是不得不然。不但不蹈杜公、韩公之辙也，是乃“浏漓顿挫，独出冠时”，所以为豪杰耳。始悟后之欲复古者，真强作解事。

清·翁方纲《石洲诗话》

香山《长恨歌》今古传诵，然语多失体。如“汉皇重色思倾国”，明明言唐，何必曰汉？“春宵苦短日高起，从此君王不早朝”，岂非讪谤君父？“孤灯挑尽未成眠”，又似寒士光景；南内凄凉，亦不至此。

清·施补华《岘佣说诗》

《连昌》《长恨》《琵琶行》，前人之法变尽矣。

清·吴乔《围炉诗话》

考据家不可与论诗。或訾余《马嵬》诗曰：“‘石壕村里夫妻别，泪比长生殿上多。’当日贵妃不死于长生殿。”余笑曰：“白香山《长恨歌》‘峨眉山下少人行’，明皇幸蜀，何曾路过峨眉耶？”其人语塞。

清·袁枚《随园诗话》

白傅诗“后宫佳丽三千人，三千宠爱在一身”，陈后山《妾薄命》云：“主家十二楼，一身当三千。”语简意尽。考亭谓其笔力高妙，信不虚也。

清·陆蓥《问花楼诗话》

此诗作于宪宗元和元年（806），诗以喜剧开始而转入悲剧，在政治上是讽刺的，在爱情上却是歌颂的。正因为这样，作者原来的创作意图，即《长恨歌传》中说的“意者不但感其事，亦欲惩尤物，窒乱阶，垂于将来者也”，这一政治上的效果，就被削弱甚至破坏了。大概作者对玄宗后期的荒淫生活，即史家所谓“天宝夺明”是不满的，对杨氏兄妹的弄权乱政更是痛恶。但对杨贵妃被缢杀的结局以及玄宗由此而引起的种种痛苦屈辱却是同情的，而诗歌尤须通过较强的抒情手段，于是写作的结果便形成了主题思想上的矛盾。清人袁枚在《马嵬驿》中的两句诗倒可以从另一意义上给李杨之间的“长恨”作一注脚。“石壕村里夫妻别，泪比长生殿上多。”

近代·金性尧《唐诗三百首新注》

【概述】

有许多诗人，享誉身后，但在活着的时候，声名却并不显赫。但唐代白居易的作品，在世时即已传诵众口，这从唐宣宗吊他的诗中“童子解吟《长恨曲》，胡儿能唱《琵琶篇》”（《吊白居易》）二句可以知道。

唐代陈鸿在《长恨歌传》中有一段话说到白居易创作《长恨歌》的缘起：“元和元年（806）冬十二月，太原白乐天自校书郎尉于周至，鸿与琅琊王质夫家于是邑。暇日相携游仙游寺，话及此事，相与感叹。质夫举酒于乐天前曰：‘夫希代之事，非遇出世之才润饰之，则与时消没，不闻于世。乐天深于诗，多于情者也，试为歌之，如何？’乐天因为《长恨歌》”。唐宪宗元和元年，是年白居易三十五岁。

对于这首长篇叙事诗，历来是毁誉参半。清代贺贻孙《诗筏》称其“讽刺深隐，意在言外”；清代赵翼《瓯北诗话》赞为“千古绝作”；清代翁方纲《石洲诗话》则以“浏漓顿挫，独出冠时”誉之。——这些好评都比较概括、抽象，而指瑕的评论，反多明确具体。内容方面，宋代张邦基《墨庄漫录》讥其“无所规正”；宋代魏泰《临汉隐居诗话》责其“失臣下事君之礼”；明代何孟春《余冬诗话》则委婉地指出有些叙述“于臣子终非所宜”；清代施补华《岘佣说诗》则以“语多失体”，深表不满——这些指摘都是站在封建卫道士的立场，抬出“君臣大义”来看待这一文学作品。其实，是否对君王“无礼”，最有发言权的还是宣宗皇帝，而这位皇帝赞扬白居易“文章已满行人耳”，和卫道士们大异其趣，实令人深思！

文字方面的情况更复杂，往往是一家提出贬辞，另一家便来辩正。如宋代邵博《邵氏闻见后录》讥“孤灯挑尽未成眠”为“书生之见可笑”；宋代王楙《野客丛书》则以为白居易这样写“正所以状言宫中向夜萧索之意……观者味其情旨，斯可矣”。又如宋代范温《潜溪诗眼》讥“峨眉山下少人行”为不合事实，“明皇幸蜀，不行峨眉山也”；清代袁枚《随园诗话》则借此为自己辩护，认为不必拘拘于事实。其实《长恨歌》开头一句“汉皇重色思倾国”，不说唐而说汉，已经不合事实。诗歌毕竟与纯粹纪实的文字有区别，也不会有人根据叙事诗来写历史；诗人借事抒情，动笔之初，就不会计较及此。袁枚说“考据家不可与论诗”，这话是有一定道理的。

对同一题材作品进行比较，评价其创作方法的异同，这是很有意义的。如明代瞿佑拿白居易的《长恨歌》与元稹的《行宫》作比较，以为长者不厌其长，短者不厌其短，以此说明文章之妙，对读者很有启发。但如张邦基、洪迈拿《长恨歌》与《连昌宫词》作比较，张戒拿《长恨歌》与《哀江头》作比较，强分优劣，为先入之见所支配，难免令人感到牵强。

白居易《琵琶行》

江州琵琶亭，前临江，左枕湓浦，地尤胜绝。夏、梅诗最佳（英公，公仪）。夏云："年光过眼如车毂，职事羁人似马衔。若遇琵琶应大笑，何须涕泣满青衫！"梅云："陶令归来为逸赋，乐天谪宦起悲歌。有弦应被无弦笑，何况临弦泣更多！"又有叶氏女（名桂女，字月流）诗曰："乐天当日最多情，泪滴青衫酒重倾。明月满船无处问，不闻商女琵琶声。"

宋・刘攽《中山诗话》

白乐天《琵琶行》，盖在浔阳江上为商人妇所作，而商乃买茶于浮梁。妇对客奏曲，乐天移船，夜登其舟与饮，了无所忌，岂非以其长安故倡女，不以为嫌耶？集中又有一篇题云《夜闻歌者》，时自京城谪浔阳，宿于鄂州，又在《琵琶》之前。其词曰："夜泊鹦鹉洲，秋江月澄澈。邻船有歌者，发调堪愁绝。歌罢继以泣，泣声通复咽。寻声见其人，有妇颜如雪。独倚帆樯立，娉婷十七八。夜泪似真珠，双双堕明月。借问谁家妇，歌泣何凄切！一问一沾巾，低眉终不说。"陈鸿《长恨传序》云："乐天深于诗，多于情者也。"故所遇必寄之吟咏，非有意于渔色。然鄂州所见，亦一女子独处，夫不在焉。瓜田李下之疑，唐人不讥也。今诗人罕谈此章，聊复表出。

宋・洪迈《容斋三笔》

江州琵琶亭，下临江津，国朝以来，往来者多题咏，其工者辄为人所传。淳熙己亥岁，蜀士郭明复以中元日至亭，赋古风一章，其前云："白乐天流落湓浦，作《琵琶行》。其放怀适意，视忧患死生祸福得丧为何物，非深于道者能之乎？贾傅谪长沙，抑郁致死；陆相窜南宾，屏绝人事，至从狗窦中度饮食。两公犹有累乎世，未能如乐天逍遥自得也。予过九江，维舟琵琶亭下，为赋此章：香山居士头欲白，秋风吹作湓城客。眼看世事等虚空，云梦胸中无一物。举觞独醉天为家，诗成万象遭梳爬。不管时人皆欲杀，夜深江上听琵琶。贾胡老妇儿女语，泪湿青衫如着雨。此公岂作少狂梦？与世浮沉聊尔汝。我来后公三百年，浔阳至今无管弦。长安不见遗音寂，依旧匡庐翠扫天。”郭君，成都人，隆兴癸未登科，仕不甚达。

宋·洪迈《容斋三笔》

白乐天《琵琶行》一篇，读者但羡其风致，敬其词章，至形于乐府，咏歌之不足，遂以谓真为长安故倡所作，予窃疑之。唐世法网虽于此为宽，然乐天尝居禁密，且谪官未久，必不肯乘夜入独处妇人船中，相从饮酒；至于极弹丝之乐，中夕方去。岂不虞商人者他日议其后乎？乐天之意，直欲抒写天涯沦落之恨尔。东坡谪黄州，赋《定惠院海棠》诗，有“陋邦何处得此花，无乃好事移西蜀。天涯流落俱可念，为饮一尊歌此曲”之句，其意亦尔也。或谓殊无一话一言与之相似，是不然。此真能用乐天之意者，何必效常人章摹句写而后已哉！

宋·洪迈《容斋五笔》

《长恨歌》，元和元年尉周至时作，是时年三十五；谪江州十一年，作《琵琶行》。二诗工拙，远不侔矣。如《琵琶行》虽未免于烦悉，然其语意甚当，后来作者，未易超越也。

宋·张戒《岁寒堂诗话》

《古今诗话》云：“江州琵琶亭题者甚多，惟夏郑公最佳。诗云：‘流光过眼如车毂……’”余爱杨孟载云：“枫叶荻花两鬓霜，樱桃杨柳久相忘。当时莫怪青衫湿，不是琵琶也断肠。”孟载此诗为乐天解嘲，亦出新意。

明·俞弁《逸老堂诗话》

白居易诗：“千呼万唤始出来。”“始”字不如“才”字。诗文有作者未工而后人改定者胜，如此类多有之。使作者复生，亦必心服也。

明·杨慎《升庵诗话》

“杨用修改‘始’字为‘才’字，且谓作者亦必心服。徐兴公谓毕竟‘始’字为妙；况‘才’‘来’一韵，尤碍。余谓用修惧后人作恶谑耳，非谓‘才’字胜‘始’字也。”

清·周亮工《因树屋书影》

“予意诗以声调为工，若‘才出来’，则不中宫商矣。升庵强作解事。”元、白体格不必论，若《琵琶行》，颇尽情事。

清·宋征璧《抱真堂诗话》

余尝谓白香山《琵琶行》一篇，从杜子美《观公孙大娘弟子舞剑器行》诗得来。“临颍美人在白帝，妙舞此曲神扬扬。与余问答既有以，感时抚事增惋伤。”杜以四语，白成数行，所谓演法也。凫胫何短，鹤胫何长，续之不能，截之不可，各有天然之致。……知此则余之论白、杜之诗，了然无疑义矣。

清·田雯《古欢堂集杂著》

香山《琵琶行》，婉折周详，有意到笔随之妙，篇中句亦警拔。音节靡靡，是其一生短处，非独是诗而已。

清·黄子云《野鸿诗的》

《琵琶行》亦是绝作。然身为本郡上佐，送客到船，闻邻船有琵琶女，不问良贱，即呼使奏技，此岂居官者所为？岂唐时法令疏阔若此耶？盖特香山借以为题，发抒其才思耳。然在鄂州，又有《夜闻歌者》一首云：“歌罢继以泣……低眉终不说。”则闻歌觅人，竟有其事，恬不为怪矣。

清·赵翼《瓯北诗话》

龙仁夫《题琵琶亭》云：“老大姮娥负所天，忍将离恨寄哀弦。江心正好观明月，却抱琵琶过别船。”议论极正，然忘却此妇本是歌妓出身，直腐谈耳。……此皆好为中正之论，而不揆其出处本末者也。

清·潘德舆《养一斋诗话》

《琵琶行》较有情味，然“我从去年……”一段又嫌繁冗，如老妪向人谈旧事，叨叨絮絮，厌渎而不肯休也。

清·施补华《岘佣说诗》

乐天“转轴拨弦三两声，未成曲调先有情”，与谪仙“楚歌吴语娇不成，似能未能最有情”异曲同工。

清·马位《秋窗随笔》

在一种特定的条件下，“无声”确比“有声”更能深刻地体现琵琶女的感伤心情，然而这种“无声”的境界并不是偶然产生的，白居易说“此时”的“无声”比“有声”更感人，而“此时”的“无声”境界正好是处于两个“有声”高潮的中间，并且是依靠这两个有声高潮而出现的。如果没有前面的“大珠小珠落玉盘”的“有声”高潮的引导，没有“幽咽泉流冰下难”的过渡，没有后面“银瓶乍破水浆迸”的“有声”高潮的呼应，也就不可能构成“此时无声胜有声”的境界，人们也就无法领会到“无声”中包含的意义。可见，“无声”还是要依赖于“有声”的。“无声”境界的内容，它所引起人的想象，是要受这前后两个“有声”高潮的制约的，“无声”是建立在“有声”的前提之下，是“有声”进一步发展的结果。

近代·张少康《古代文学创作论》

前人曾怀疑诗中的故事是否真实，但在《琵琶行》之前，作者还写过五言的《夜闻歌者》一诗，也是写他在秋江月夜，听到邻船有一女子在悲歌，因而寻声相见的经过，可见并非完全出于虚构。这一类流落天涯的卖艺妇女，在旧社会本是常见，身世大多是凄凉畸零。作者这时正官贬闲职，为人又较通脱，这类歌女的故事，心中或许已有积累，成为他诗歌的素材，贬官江州则是触发他创作的一个契机。“同是天涯沦落人”是全诗的主题。也就是说，大家都是被丢弃的。在写法上，可能脱胎于杜甫的《观公孙大娘弟子舞剑器行》。这首诗同时也是古代诗歌中描写音乐的代表作品。

近代·金性尧《唐诗三百首新注》

【概述】

《琵琶行》作于元和十一年（816），是年白居易四十五岁，与写《长恨歌》刚好相隔十年。

有些评论家，习惯于把抒情的叙事诗当作纪实的文字来看，对《琵琶行》也是如此，并且和作者另一篇的《夜闻歌者》诗联想起来，怪诗人“了无所忌”，责以“此岂居官者所为”。但在怪和责的同时，又设身处地为诗人着想：“所遇必寄之吟咏，非有意于渔色”，“直欲摅写天涯沦落之恨尔”，“借以为题，发抒其才思耳”。对这种矛盾现象，可以这样来解释：评论者一方面摆脱不了封建礼教思想的拘束，另一方面又倾倒于作品的艺术魅力，于是就出现了否定与肯定同时并存的现象。

清代宋征璧《抱真堂诗话》评此诗“颇尽情事”；清代黄子云《野鸿诗的》认为“婉折周详，有意到笔随之妙”，都是指叙事细致真实，抒情真切感人。白居易写这首诗之前不久，正在政治上受到挫折，但他并不是故作旷达，而是在一次偶然的机会中，借助音乐为媒介，发现自己的命运，和天涯沦落的歌女有十分相同的地方。共同的命运，消除了人世间的一切隔阂，却成了产生此诗的契机。宋代郭明复说：“白乐天流落湓浦作《琵琶行》。其放怀适意，视忧患死生祸福得丧为何物，非深于道者能之乎？”（《题琵琶亭·序》）并拿诗人和历史上遭受不幸命运的人相比，从而看出他“逍遥自得”的心情。在诗中还说：“此公岂作少狂梦，与世浮沉聊尔汝。”通过诗篇，探索诗人的内心世界，较之拘泥于追究个别情节的虚实，自然是看得更深入一层了。

随着《琵琶行》的流传，后人在故事发生的地点建起了琵琶亭，由此也可看出这首叙事诗影响深远和深入人心。结合故事发抒感慨；或借题发挥，写出自己的身世之感。这些可以看作《琵琶行》的余韵；也可以看作从另一角度对《琵琶行》的评价。除这里所录诗话中提及诸诗外，宋代戴复古《琵琶亭》七古一首，也是对《琵琶行》的评论，录之如下：

浔阳江头秋月明，黄芦叶底秋风声。
银龙行酒送归客，丈夫不为儿女情。
隔船琵琶自愁思，何预江州司马事？
为渠感激作歌行，一写六百六十字。
白乐天，白乐天，
平生多为达者语，到此胡为不释然？
弗堪谪宦便归去，庐山政接柴桑路。
不寻黄菊伴渊明，忍泣青衫对商妇。

徐凝《瀑布》

范摅言：乐天为杭州刺史，令访牡丹，独开元寺僧惠澄近于京师得之，植于庭。会凝自富春来，未识白，先题诗云云。白寻到寺看花，乃命徐同醉而归。时张祜榜舟而至，二生各希首荐。白曰：“二君论文，若廉白之斗鼠穴，胜负在于一战也。”遂试《长剑倚天外赋》《余霞散成绮诗》。试讫解送，凝为元，祜次耳。祜曰：“祜诗有‘地势遥尊岳，河流侧让关’，又《题金山寺》诗曰‘树影中流见，钟声两岸闻’，虽綦毋潜云‘塔影挂青汉，钟声和白云’，此句未为佳也。”凝曰：“美则美矣，争如老夫‘今古长如白练飞，一条界破青山色’？”凝遂擅场。

宋·尤袤《全唐诗话》

……若白居易殊不善评诗，其称徐凝《瀑布》诗云：“千古长如白练飞，一条界破青山色。”……此皆常语也。

宋·魏泰《临汉隐居诗话》

徐凝《瀑布》“一条界破青山色”，诚不如范文正“白虹下涧饮，长剑倚天立”。有僧议徐诗不见布，辄自吟：“□（编者注：此处缺字）轴卷不尽，天机长放来。”此得形而不得势，何异三韩使人云“金山不见金”！意外过求之敝也。

宋·陈辅《陈辅之诗话》

孙兴公《天台山赋》有“赤城霞起而建标，瀑布飞流而界道”之语，为当时所推。至徐凝作《庐山瀑布》诗云：“一条界破青山色。”

盖亦用瀑布界道之语，乃尔鄙恶。

宋·吴聿《观林诗话》

徐凝以瀑布界破青山之句，东坡指为恶诗，故不为诗人所称说。予家有凝集，观其余篇，亦自有佳处。

宋·洪迈《容斋随笔》

《天台山赋》“瀑布飞流而界道”，所以徐凝有“界破青山色”，孰谓其恶而无所自耶？

宋·龚颐正《芥隐笔记》

徐凝《瀑布》诗云：“千古犹疑白练飞，一条界破青山色。”或谓乐天有“赛不得”之语，独未见李白诗耳。李白《望庐山瀑布》诗云：“飞流直下三千尺，疑是银河落九天。”故东坡云：“帝遣银河一派垂，古来惟有谪仙词。”以余观之，银河一派，犹涉比类，未若白前篇云：“海风吹不断，江月照还空。”凿空道出，为可喜也。

宋·葛立方《韵语阳秋》

“水色帘前流玉霜，汉家飞燕在昭阳。掌中舞罢箫声绝，三十六宫秋夜长。”徐凝诗多浅俗，《瀑布》诗为东坡所鄙，独此诗有盛唐风格。

明·杨慎《升庵诗话》

徐凝“千古长如白练飞，一条界破青山色”，极是恶境界，白亦喜之，何也？

明·王世贞《艺苑卮言》

诗有简而妙者，徐凝“千古还同白练飞，一条界破青山色”，不如刘友贤“飞泉界石门”。

明·谢榛《四溟诗话》

太白《庐山瀑布》诗后，徐凝有“一条界破青山色”之句。东坡云：“帝遣银河一派垂，古今惟有谪仙词。飞流溅沫知多少，不为徐凝洗恶诗。”及其自题漱玉亭云：“擘开青玉峡，飞出两玉龙。荡荡白银阙，沉沉水晶宫。愿随琴高生，脚踏赤鲩公。手持白芙蕖，跳下清泠中。”意气伟然，真可以追踪太白矣。然太白又有“海风吹不断，山月照还空”，亦奇妙句，惜世少称之者。

明·瞿佑《归田诗话》

元章尝大字书曰：“君有《瀑布》诗，古今赛不得，最好是‘一条界破青山色’。”其后自题云：“苏子瞻曰：‘此是白乐天奴子诗。’”见者绝倒。

明·毛晋《海岳志林》

徐凝《庐山瀑布》诗，子瞻厌其尘陋，有“飞流溅沫知多少，不与徐凝洗恶诗”句。按《全唐诗话》载，张祜与凝同试，祜诵其“树影中流见，钟声两岸闻”等句；凝曰：“美则美矣，争如老夫‘今古长如白练飞，一条界破青山色’？”盖其得意作也，而不见赏于子瞻。如太白“海风吹不断，江月照还空”，坡老安得不拜倒？按《芥隐笔记》云：凝用《天台山赋》“瀑布飞流而界道”，子瞻非不知有所自也，用古亦有善否耳。

清·马位《秋窗随笔》

徐凝《庐山瀑布》诗：“千古长如白练飞，一条界破青山色。”白公所称，而苏公以为恶诗。《芥隐笔记》谓本于《天台山赋》“飞流界道”之句。然诗与赋，自不相同，苏公固非深文之论也。至白公称之，则所见又自不同。盖白公不于骨格间相马，惟以奔腾之势论之耳。阮亭先生所以与白公异论者，其故亦在此。

清·翁方纲《石洲诗话》

徐凝“一条界破青山色”，子瞻以为恶诗，然入填词中，尚是本色语。

清·贺贻孙《诗筏》

【概述】

唐代徐凝的《瀑布》诗："古今长如白练飞，一条界破青山色。"自己很欣赏，看作得意之作；据说唐代白居易也有"赛不得"之誉。可宋代苏轼却作诗《戏徐凝瀑布诗》大加贬斥："飞流溅沫知多少，不与徐凝洗恶诗。"白居易和苏轼都是大诗人，但对同一作品评价却完全不同。后来评论家大多倾向于苏轼，而清代翁方纲《石洲诗话》却为白居易设想："至白公称之，则所见又自不同。盖白公不于骨格间相马，惟以奔腾之势论之耳。"用《列子·说符》中九方皋相马的故事作比喻，说白居易能于牝牡骊黄之外来欣赏徐凝的诗，有点近于玄乎。

徐凝的两句诗，宋代魏泰《临汉隐居诗话》认为是"常语"；明代王世贞《艺苑卮言》则讥之为"恶境界"。两句诗不能尽如人意，关键在什么地方呢？七言诗用数量词开头，并不少见，如唐代杜甫"两个黄鹂鸣翠柳，一行白鹭上青天"（《绝句》）是传诵的名句。按照汉语的组词规律，数量词一般是放在名词之前的，而徐凝的诗句，接在数量词后面的却是动词。再说，像"说破""踏破""看破"等合成词都很常见，而"界破"的说法就不常见，何况这个"界"字又是从名词转来，与"破"字结合，十分生疏。语言是约定俗成，且有社会习惯性，诗歌的语言虽不同于散文的语言，但变动太大、太生硬，未免会有佶屈聱牙之感。新奇，可以被认为是好的，也可被看作是不好的。对徐凝这两句诗的评价，出现如此大的分歧，原因大概在此吧！

宋代龚颐正《芥隐笔记》指出"界破青山色"源于孙绰《天台山赋》"瀑布飞流而界道"，并为徐凝鸣不平："孰谓其恶而无所自邪？"宋代吴聿《观林诗话》同样知道徐凝诗句源于《天台山赋》，却说"乃尔鄙恶"。清代马位《秋窗随笔》对此"用古亦有善否"来解释。按"界"作动词用，有"分划"之义，《天台山赋》是单用的，下面接宾语"道"。徐凝诗句则与"破"字合用，"分划"已有破的意思，再加"破"字，字义上亦嫌重复。虽源于《天台山赋》而用法并不相同，马位所谓"用古亦有善否"，是否指此而言呢？

古今咏瀑布的诗很多，在评论徐凝诗句，人们自然会和其他瀑布诗作比较。苏轼在贬斥徐凝诗句的同时，对李白诗"飞流直下三千尺，

疑是银河落九天”大加赞赏：“帝遣银河一派垂，古来惟有谪仙词。”（宋·苏轼《戏徐凝瀑布诗》）李白这两句诗，用夸张和比喻，写出瀑布从上到下直泻的气势，给人以惊心动魄的感觉。再看徐凝两句诗，“白练飞”，“飞”是无定向的，用来形容瀑布倾泻并不确切；而“界破”则是横向，更不能写出瀑布飞流直下的气势。一比较，徐凝的诗句就显得平凡了。

（编者注：宋·苏轼《戏徐凝瀑布诗》，原题为《世传徐凝瀑布诗云一条界破青山色至为尘陋又伪作乐天诗称美此句有赛不得之语乐天虽涉浅易然岂至是哉乃戏作一绝》）

杜牧《赤壁》

杜牧之作《赤壁》诗云："折戟沉沙铁未销，自将磨洗认前朝。东风不与周郎便，铜雀春深锁二乔。"意谓赤壁不能纵火，为曹公夺二乔置之铜雀台上也。孙氏霸业，系此一战，社稷存亡、生灵涂炭都不问，只恐捉了二乔，可见措大不识好恶。

宋·许𫖮《彦周诗话》

杜牧之《赤壁》诗云云，许彦周不谕此，老以滑稽弄翰，每每反用其锋，辄雌黄之，谓孙氏霸业系此一战，宗庙丘墟，皆置不问，乃独含情妓女。岂非与痴人言，不应及于梦也？刘禹锡《题蜀主庙》云："凄凉蜀故妓，歌舞魏宫前。"亦是此意，惟增凄感，却不主于滑稽耳。本朝诸公喜为议论，往往不深谕唐人主于性情，使隽永有味，然后为胜。牧之处唐人中，本是好为论议，大概出奇立异，如《四皓庄》《乌江亭》云云。要之，"东风""借便"与"春深"数个字，含蓄深窈，则与后二诗辽绝矣。……牧之五言云："欲识为诗苦，秋霜若在心。"虽格力不齐，各自成家，然无有不自苦思而得也。

宋·方岳《深雪偶谈》

后二句绝妙。众人咏赤壁，只善当时之胜；杜牧之咏赤壁，独忧当时之败。此是无中生有，死中求活，非浅识可到。

宋·谢枋得《唐诗绝句注解》

杜牧之《赤壁》诗"东风不与周郎便，铜雀春深锁二乔"，说天幸不可恃……都是要于昔人成败已定事上翻说为奇耳。或笑之曰："孙氏霸业系此一战，今社稷生灵都不问，只恐捉了二乔，可见措大不识好恶。”春谓：为此说者痴人也。到捉了二乔时，江东社稷尚可问哉？

明·何孟春《余冬诗话》

鄂州蒲圻县赤壁，正周瑜所战之地。黄州亦有赤壁，东坡夜游之地。诗人托物比兴，故有“西望夏口，东望武昌”，“非孟德之困于周郎者乎”，盖坡翁亦有疑之之辞矣。韩子苍亦承东坡之误，有“齐安城畔山危立，赤壁矶头水倒流。此地能令阿瞒走，小偷何敢下芦洲”。元人陈菊南，上虞人，博古士也。其《咏蒲圻赤壁》诗云：“往事何消问阿瞒，到头吞不去江山。自从羽舰随烟尽，惟有渔舟竟日闲。碑字雷皴漫墨本，弩机土蚀点朱斑。凄其古思谁分付？白鸟苍烟灭没间。”噫！千载之下，独宋葛常之、元陈菊南二人之卓见耳。杨用修有云：“世之人无特见者，一一随人之声而和之，譬之应声虫焉。思以青黛药之，可发一笑。”

杜庠字公序，号西湖醉老，以诗名于景泰间。其《赤壁》云：“水军东下本雄图，千里长江隘舳舻。诸葛心中空有汉，曹瞒眼里已无吴。兵消炬影东风猛，梦断箫声夜月孤。过此不堪回首处，荒矶鸥鸟满烟芜。”时人称为杜赤壁云。吴文定诗：“西飞孤鹤记何详，有客吹箫杨世昌。当日赋成谁与注，数行石刻旧曾藏。”世昌，绵竹道士，与东坡同游赤壁，赋所谓“客有吹洞箫者”，即其人也。微文定表而出之，世昌几无闻矣。

明·俞弁《逸老堂诗话》

杜牧之咏《赤壁》诗云：“东风不与周郎便，铜雀春深锁二乔。”今古传诵。容少时，大人尝指示曰：“此牧之设词也，死案活翻。”及容稍知作诗，复指示曰：“如此诗必不可学，恐入轻薄耳。何苦以先贤闺阁，簸弄笔墨！”

清·周容《春酒堂诗话》

（引《彦周诗话》从略）彦周此语，足供挥尘一噱，但于作诗之旨，尚未梦见。牧之此诗，盖嘲赤壁之功，由于侥幸，若非天与东风之便，则周郎不能纵火，城亡家破，二乔且将为俘，安能据有江东哉？牧之诗意，即彦周伯（霸）业不成意，却隐然不露，令彦周辈一班浅人读之，只从怕捉二乔上猜去，所以为妙。诗家最忌直叙，若竟将彦周所谓社稷存亡，生灵涂炭，孙氏霸业不成等意，在诗中道破，抑何浅而无味也！惟借“铜雀春深锁二乔”说来，便觉风华蕴藉，增人百感，此政是风人巧于立言处。彦周盖知其一，不知其二者也。

清·贺贻孙《诗筏》

小杜《赤壁》诗，古今脍炙，渔隐独称其好异。至许彦周则痛诋之……余意诗人之言，何可拘泥至此，若必执此相责，则汨罗之沉，其系心宗国何若！宋玉《招魂》，略不之及，但言饮食宫室，玩好音乐，至于“长发曼鬋”，“蛾眉曼睩”，几乎喻之以淫也，将使《风》《骚》道绝矣！详味诗旨，牧之实有不满公瑾之意。牧尝自负知兵，好作大言，每借题自写胸怀。尺量寸度，岂所以阅神骏于牝牡骊黄之外！（黄白山评：“唐人妙处，正在随拈一事而诸事俱包括其中。若如许意，必要将‘社稷存亡’等字面真真写出，然后赞其议论之纯正。具此诗解，无怪宋诗远隔唐人一尘耳！”）“公道世间惟白发，贵人头上不曾饶”，“年年检点人间事，惟有春风不世情”，此最粗直之句，而宋人称之。《华清宫》二篇及《赤壁》诗，最有意味，则又敲扑不已，可谓薰莸不辨。

清·贺裳《载酒园诗话》

古人咏史，但叙事而不出己意，则史也，非诗也；出己意，发议论，而斧凿铮铮，又落宋人之病。如牧之《赤壁》诗云云，用意隐然，最为得体，谓天意三分也。许彦周乃曰：“此战系社稷存亡，只恐捉了二乔，措大不识好恶。”宋人之不足与言诗如此。

清·吴乔《围炉诗话》

古人咏史，叙事无意，史也，非诗矣。唐人实胜古人，如“东风不与周郎便，铜雀春深锁二乔”，有意而不落议论，故佳。

清·纳兰性德《渌水亭杂识》

樊川“东风不与周郎便，铜雀春深锁二乔”，妙绝千古。言公瑾军功止藉东风之力，苟非乘风力之便以破曹兵，则二乔亦将被虏，贮之铜雀台上。“春深”二字，下得无赖，正是诗人调笑妙语。许彦周谓：“孙氏霸业，系此一战，社稷存亡，生灵涂炭都不问，只恐捉了二乔，可见措大不识好恶。”此老专一说梦，不禁齿冷。

清·薛雪《一瓢诗话》

彦周诮杜牧之《赤壁》诗“社稷存亡都不问，只恐捉了二乔，是措大不识好恶”。夫诗人之词微以婉，不同论言直逐也。牧之之意，正谓幸而成功，几乎家国不保，彦周未免错会。

清·何文焕《历代诗话考索》

（引《彦周诗话》略）按：诗不当如此论，此直村学究读史见识，岂足与语诗人言近旨远之故乎！

清·冯集梧《樊川诗集注》

宋代许颉论杜牧之“东风不与周郎便，铜雀春深锁二乔”之诗，以为孙氏霸业，系此赤壁一战，社稷存亡，生灵涂炭，都置不问，只恐捉了二乔去，可见措大不识好恶。噫，此何异讥李后主之挥泪对宫娥，白香山之忆妓多于忆民，若论大体，固当如此，以之入诗，尚有婉而多风之旨乎，故曰，诗有别裁。又曰，不能诗者，不可与论诗。

清·黄协埙《锄经书舍零墨》

（许颉）议论多有根柢，品题亦具别裁。唯讥杜牧《赤壁》诗不说社稷存亡，唯说二乔。不知大乔孙策妇，小乔周瑜妇，二人入魏，即吴亡可知。此诗人不欲质言，变其词耳。颉遽诋为不识好恶，殊失牧意。

清·永瑢、纪昀《四库全书总目提要》

世之论（何）信阳者，以其雄壮少减北地，然吾观何有《题赤壁图》短歌，其悲壮处尽可相埒，选者多遗之。兹为录出云：“老瞒横槊江之皋，眼中吴越一秋毫。吴人彀弩来江左，江头鸣笳昼举火。旌旗飘扬北风前，舳舻化作江中烟。英雄一去音尘灭，断水残山吊词客。白雪堂前烟草暮，黄泥坂下临皋路。酒酣唤客吹玉箫，江风山月不待招。昔时霸业那足数？鹤梦悠悠渺千古！回首东坡百世人，图画苍苍空有神。”又：“周郎舳舻大江半，曹氏旌旗眼中暗，当时万马下中原，江水千年余断岸。黄州逐客玉堂仙，停舟到此悲秋天。龙争虎斗慨往事，酹月临风怀昔贤。古人今人皆已矣，吁嗟丹青乃谁子？赤壁之山今如此。”

清·叶矫然《龙性堂诗话》

《乌衣佳话》：杜公序（庠）号西湖醉老，以诗名，永乐间《过赤壁》诗云："水军东下本雄图，千里长江隘舳舻。诸葛心中空有汉，曹瞒眼里已无吴。兵销炬影东风猛，梦断箫声夜月孤。过此不堪回首处，荒矶鸥鸟满烟芜。"一时人皆传诵，谓之杜赤壁。又虚斋曹翰卿诗云："白石江头烈火红，千年遗事说东风。不知画史将何意，不画周郎画长公？"亦有意味。吴匏庵诗云："西飞孤鹤记何详，有客吹箫杨世昌。当日赋成谁与注，数行石刻旧曾藏。"世昌，绵竹道士，与东坡同游赤壁，赋所谓客有吹洞箫者，即其人也。微匏庵（"匏庵"一作"文定"）表而出之，世昌几无闻矣。

清·褚人获《坚瓠集》

（彦周）此论似正，却不免迂腐，非可谓知言者。大抵诗人每喜以一琐细事来指点大事，即如此诗二乔不曾被捉去，固是一小事，然而孙氏霸权决于此战，正与此小事有关。家国不保，二乔又何能安然无恙？二乔未被捉去，则国家巩固可知。写二乔正是写国家大事。且以二乔立意，可以增加诗之情趣。

近代·刘永济《唐人绝句精华》

实则曹操之筑铜雀台，在建安十五年，即在赤壁之战以后。这一点，诗人自可自由驰骋，不必以辞害意。

近代·金性尧《乱世佳人话二乔》

【概述】

宋代许顗贬讥杜牧《赤壁》诗，以为"措大不识好恶"。此言一出，评论家纷纷批驳，几乎众口一词，或讥其痴人说梦，或责其知一而不知二，或斥为村学究见识。但在一片讨伐声中，仍有清代周容《春酒堂诗话》引其大人的话，讥写此类诗为"轻薄"。这也无足怪，在卫道士看来，诗文涉及女人，总是不正派的。

"到捉了二乔时，江东社稷尚可问哉"（明·何孟春《余冬诗话》），"二乔且将为俘，安能据有江东哉"（清·贺贻孙《诗筏》），这都是针对许顗"只恐捉了二乔"之论，直接加以批驳。形象思维不同于逻辑思维，写孙吴亡国，不一定专在"社稷存亡，生灵涂炭"等大场面上落笔，写了"铜雀春深锁二乔"，则社稷存亡，生灵涂炭不问可知，而且“风华蕴藉，增人百感”，更不是专在正面落笔所能收到的效果。“诗人之词微以婉，不同论言直遂”（宋·许顗《彦周诗话》），许顗不懂得这一点，所以被讥为痴人、村学究。

《赤壁》是一首咏史诗，有的就从咏史的角度来评论。清代吴乔《围炉诗话》认为，咏史诗“但叙事而不出己意”，或“发议论而斧凿铮铮”，都是不好的，杜牧《赤壁》诗，“用意隐然，最为得体”。这和清代纳兰性德《渌水亭杂识》所说“有意而不落议论”，是同一个意思。清代贺贻孙《诗筏》说“牧之此诗，盖嘲赤壁之功，出于侥幸”。清代贺裳《载酒园诗话》也认为“牧之实有不满公瑾之意”。他们两家所说的，也就是这首咏史诗的“意”。“咏史有见，方不为泛作”（清·金埴《不下带编》）。而另一方面，诗人的见解，不是用议论的口气直接说出来的，而是隐藏在形象之中，让读者自己去体会得之。“咏史以不着议论为工”（清·薛雪《一瓢诗话》），这就是《赤壁》高出于一般咏史诗的地方。

许顗和后来评论家的意见分歧，实际上包含了一个怎样看待诗歌创作的问题。阅读一般文章，弄清表面字句的意义，也就可以明白内容，但欣赏诗歌，光明白字句的表面意义，还是不够的。宋代梅尧臣曾说：“作者得于心，览者会以意。”（宋·欧阳修《六一诗话》）就是说，作者把自己的体验和认识熔铸在具体形象里，读者则通过作品的形象，运用想象，从中悟出隐藏在艺术形象中的真谛——这话概括了创作和欣赏的规律。

读者总是根据自己的生活经验和审美情趣进行想象，充实艺术形象，进行再创造。这种创造性和想象是深刻挖掘作品思想内容的有力手段。司空图所说的“超以象外，得其环中”，就是指这种艺术的想象而言。

许顗的错误，就在于没有超以象外，没有看到象外之象。

杜牧、张祜《春申君》

李园事春申君为舍人，进其女弟于春申君。知其有身，乃言之楚王。王召入幸之，遂生男，立为太子，以李园女弟为王后。楚王贵李园，李园用事，欲杀春申君以灭口，而国人颇有知之者。朱英谓春申君曰：“楚王崩，李园必先入据而杀君以灭口。君先仕臣为郎中，王崩，李园先入，臣请为君杀之。”春申君曰：“先生置之，勿复言也。”朱英恐，亡云。后十七日，考烈王崩，李园果先入，置死士于棘门之内；春申君后入，死士夹刺春申君，斩其头，投之棘门外，于是尽灭春申君之家。

汉·刘向《战国策》

杜牧、张祜皆有《春申君》绝句。杜云：“烈士思酬国士恩，春申谁与快冤魂。三千宾客总珠履，欲使何人杀李园？”张云：“薄俗何心议感恩，谄容卑迹赖君门。春申还道三千客，寂寞无人杀李园！”二诗语意太相犯。呜呼！朱英之言尽矣，而春申不能必用；李园之计巧矣，而春申不能预防；春申之客众矣，而无一人为春申杀李园者，所以起二子之论也。余亦尝有二绝云：“朱英若在强黄歇，黄歇如何弱李园。一旦棘门奇祸作，自贻伊戚向谁论！”又：“先秦岂谓嬴为吕，东晋那知马作牛。不悟春申亦如许，敢凭宫掖妻邪谋。”

宋·葛立方《韵语阳秋》

春申君因李园而进园妹于楚王，竟为园所杀。唐张祜诗云云、杜牧诗云云。近吴郡林若抚诗云：“豫让心衔国士恩，斩衣犹可快冤魂。春申亦有三千客，至竟何人死棘门？”皆未足以定三千客之罪也。园既进妹生子，时朱英劝春申君杀园，不听；且曰：“李园，弱人也，仆又善之。”未几死于棘门。是春申之计失矣，客何成为？徐兴公有诗云：

“食客三千尽在门，各穿珠履耀平原。冤魂地下多遗恨，不许朱英杀李园。”庶几为三千客卸罪。

清·周亮工《因树屋书影》

【概述】

“春申君客三千余人，其上客皆蹑珠履以见赵使，赵使大惭。”（西汉·司马迁《史记·春申君列传》）据此，春申君门客蹑珠履的，仅指其中的上客。唐代杜牧诗“三千宾客总珠履”（《春申君》）；徐兴公诗“食客三千尽在门，各穿珠履耀平原”（清·周亮工《因树屋书影》），都是带点夸张的成分。蹑珠履，说明春申君对门下食客待遇的优厚，也借此指出春申君对门下食客是有恩的。后来春申君为李园所杀，却没有人为春申君报仇去杀李园，有的诗作对此表示感慨：“三千宾客总珠履，欲使何人杀李园”（唐·杜牧诗《春申君》），“春申还道三千客，寂寞无人杀李园”（唐·张祜《感春申君》），“春申亦有三千客，至竟何人死棘门”（清·周亮工《因树屋书影》），都是重复同一个意思：为春申君鸣不平，指责三千客不能报恩。

上面三家议论，都是把事情简单化了的，即不提朱英曾向春申君提出忠告并献计的事。宋代葛立方《韵语阳秋》说：“朱英之言尽矣，而春申不能必用。”说明三千门客中，已有朱英其人，为春申君做过周密的打算，春申君不采用，后果就应该由他自己来担负了。“一旦棘门奇祸作，自诒伊戚向谁论”（宋·葛立方《韵语阳秋》），“冤魂地下多遗恨，不许朱英杀李园”（清·周亮工《因树屋书影》），这是另一种意见：为三千客开脱，让春申君自负冤死之责。

两种意见不同，但都直论其事，有意而落于议论，按照古典诗论的说法，是逊于杜牧的《赤壁》诗了。

杜牧、王安石《乌江项羽庙》

牧之于题咏，好异于人。如《赤壁》云：“东风不与周郎便，铜雀春深锁二乔。”《题商山四皓庙》云：“南军不袒左边袖，四老安刘是灭刘。”皆反说其事。至题《乌江亭》，则好异而畔于理。诗云：“胜败兵家事不期，包羞忍耻是男儿。江东子弟多才俊，卷土重来未可知。”项氏以八千人渡江，败亡之余，无一还者，其失人心为甚，谁肯复附之？其不能卷土重来，决矣。

宋·胡仔《苕溪渔隐丛话》

杜樊川《题乌江项羽庙》诗云：“胜败兵家不可期，包羞忍耻是男儿。江东子弟多豪俊，卷土重来未可知。”后王荆公诗云：“百战疲劳壮士哀，中原一败势难回。江东子弟今虽在，肯为君王卷土来？”荆公反樊川之意，似为正论，然终不若樊川之死中求活。谢叠山谓柳子厚书箕子庙碑阴，意亦类此。

明·都穆《南濠诗话》

诗贵有含蓄不尽之意，尤以不着意见、声色、故事、议论者为最上。义山刺杨妃事之“夜半宴归宫漏永，薛王沈醉寿王醒”是也。稍着意见者，子美《玄元庙》之“世家遗旧史，道德付今王”是也。稍着声色者，子美之“落日留王母，微风倚少儿”是也。稍用故事者，子美之“伯仲之间见伊吕，指挥若定失萧曹”是也。着议论而不大露圭角者，罗昭谏之“静怜贵族谋身易，危觉文皇创业难”是也。露圭角者，杜牧之《题乌江亭》诗之“胜负兵家未可期……”是也。然已开宋人门径矣。宋人更有不伦处。宋杨诚斋《题武惠妃传》之“寿王不忍金宫冷，独献君王一玉环”，词虽工，意未婉。惟义山之“薛王沉醉寿王醒”，其词微而意显，得风人之体。

“诗豪”之名，最为误人。牧之《题乌江亭》诗，求豪反入宋调。唐司空图云：“诗须有味外味。”此言得之。

清·吴乔《围炉诗话》

杜牧之《题乌江亭》诗云云，此翻已奇。荆公又翻之云云。牧之诗好奇而不谙事理，荆公诗于事理较合，然论项王，亦未得要害处。晚唐人“不修仁德合文明，天道如何拟力争”，皆非要害，不足为笔挟风霜。曩一友持《续范增论》见示，力驳长公说，词气衮衮可爱。予谓之曰：“君作欲跨苏文上，诚属有志。愚意羽大罪在弑君，增甘心为贼党，以此十二字作主，增案乃定，苏文亦不攻自破。此似得其要害处也。”夫要害处乃经史之大义，大义与好议论自别，作论史佳诗，非深于经法不可矣。

清·潘德舆《养一斋诗话》

【概述】

西汉司马迁《史记·项羽本纪》写项羽最后败亡，有如下一段：

于是项王乃欲东渡乌江。乌江亭长舣船待，谓项王曰：“江东虽小，地方千里，众数十万人，亦足王也。愿大王急渡。今独臣有船，汉军至，无以渡。”项王笑曰：“天之亡我，我何渡为！且籍与江东子弟八千人渡江而西，今无一人还，纵江东父兄怜而王我，我何面目见之？纵彼不言，籍独不愧于心乎？”……乃自刎而死。

这就是唐代杜牧和宋代王安石写诗的历史背景。杜牧作了大胆的假设，认为项羽如果不因兵败而自杀，能包羞忍耻，重回江东，则重整旗鼓，再决雌雄，还是有复兴的希望。王安石则尊重历史事实，认为项羽确已到了山穷水尽的地步，即使回到江东，也没有子弟肯为他效力了。清代潘德舆《养一斋诗话》说“牧之诗好奇而不谙事理，荆公诗于事理较合”，这话是不错的，但接下去借题发挥，说“羽大罪在弑君”云云，未免是迂阔之论。都穆既肯定王安石的诗“似为正论”，又赞赏杜牧诗的“死中求活”，前者就思想内容而言，后者则就创作方法而言，都从一个侧面指出其可取之处。

清代吴乔《围炉诗话》列出了一条评诗的标准，并用具体诗句为例，而把杜牧《乌江亭》诗列在最末。“诗贵有含蓄不尽之意”，这原是古代诗论家的共同见解，如宋代张表臣《珊瑚钩诗话》说：“篇章以含蓄天成为上。”清代张谦宜《茧斋诗谈》说：“含蓄二字，诗文第一妙处。”同是杜牧的咏史诗，对《乌江亭》诗的评价远远不及《赤壁》诗，就是因为前者太着意见、议论。

李商隐《锦瑟》

李商隐有《锦瑟》诗，人莫晓其意，或谓是令狐楚家青衣名也。

宋・刘攽《中山诗话》

宋・李颀《古今诗话》所载同

李商隐《锦瑟》诗云："庄周晓梦迷蝴蝶，望帝春心托杜鹃；沧海月明珠有泪，蓝田日暖玉生烟。"人多不晓。《刘贡父诗话》云："锦瑟，令狐绹家青衣。"亦莫能考。《瑟谱》有适、怨、清、和四曲名，四句盖形容四曲耳。

宋・张邦基《墨庄漫录》

李义山《锦瑟》诗曰："锦瑟无端五十弦，一弦一柱思华年。庄生晓梦迷蝴蝶，望帝春心托杜鹃。沧海月明珠有泪，蓝田日暖玉生烟。此情可待成追忆，只是当时已惘然！"《古今乐志》云："锦瑟之为器也，其柱如其弦数，其声有适、怨、清、和。"又云："感、怨、清、和，昔令狐楚侍人能弹此四曲。诗中四句，状此四曲也。"章子厚曾疑此诗，而赵推官深为说如此。

宋・许颉《彦周诗话》

李商隐诗云："锦瑟无端五十弦。"说者以为锦瑟者，令狐丞相侍儿小名。此篇皆寓言，而不知五十弦所起。予按《史记》中《封禅书》云：汉公孙卿为武帝言，泰帝使素女鼓五十弦瑟，悲，帝禁不止，故破其瑟为二十五弦。于是武帝益召歌儿作二十五弦及空侯。《庄子》言鲁遵调瑟，二十五弦皆动，盖此云。

宋・洪迈《容斋续笔》

望帝春心托杜鹃，佳人锦瑟怨华年。
诗家总爱西昆好，独恨无人作郑笺。

金·元好问《论诗三十首》

李义山《锦瑟》中二联是丽语，作适怨清和解，甚通。然不解则涉无谓，既解则意味都尽。以此知诗之难也。

明·王世贞《艺苑卮言》

李商隐《锦瑟》诗，人莫晓其义，刘贡父谓是令狐楚家青衣名也。近阅《许彦周诗话》云云，乃知锦瑟非青衣之名，贡父失之于不考耳。

明·都穆《南濠诗话》

李义山《锦瑟》一篇，说者但以为悼亡之作，或遂以锦瑟为女子之名；其于“一弦一柱”句难通，则有改五十为十五、廿五者；或又作断弦解，瑟二十五弦，断则五十弦矣。然于“蓝田日暖”句，觉杂出不伦，即指蓝田为葬地，何以有“生烟”之喻耶？按《旧唐书》，义山仕宦不进，坎壈终身。裴廷（庭）裕《东观奏记》“商隐自开成二年升进士第，至大中十二年，以监（盐）铁推官死。”则《锦瑟》乃是以古瑟自况；《汉书·郊祀志》：“泰帝使素女鼓五十弦瑟，悲，帝禁不止，故破其瑟为二十五弦。”师古曰：“泰帝，太（泰）昊也。”世所用者，二十五弦之瑟，而此乃五十弦之古制，不为时尚；成此才学，有此文章，即已亦不解其故，故曰“无端”，犹言“无谓”也。自顾头颅老大，一弦一柱，盖已半百之年矣。“晓梦”喻少年时事，义山早负才名，登第入仕，都如一梦。“春心”者，壮心也。壮志消歇，如“望帝”之化“杜鹃”，已成隔世。“珠”“玉”皆宝货，“珠”在“沧海”，则有遗珠之叹，惟见“月”照而“泪”。“生烟”者，“玉”之精气。“玉”虽不为人采，而“日”中之精气，自在蓝田。“追忆”谓后世人之追忆也。“可待”者，犹云必传于后无疑也。“当时”指现在言。“惘然”，无所适从也。言后世之传，虽可自信，而即今沦落为可叹耳。诗中虽虚文无一泛设，众解纷纭，似皆无当。即世传东坡四字分解，应亦假托也。

清·汪师韩《诗学纂闻》

刘贡父《诗话》一卷，语多杂碎。称李义山《锦瑟》诗是令狐楚家青衣名，似可破从前之疑。

清·施闰章《蠖斋诗话》

玉溪《锦瑟》一篇，解者纷纷，总属臆见。余幼时好读之，确有悟入，觅解人甚少。此诗全在起句“无端”二字，通体妙处，俱从此出。意云：锦瑟一弦一柱，已足令人怅望年华，不知何故有此许多弦柱，令人怅望不尽；全似埋怨锦瑟无端有此弦柱，遂使无端有此怅望。即达若庄生，亦迷晓梦；魂为杜宇，犹托春心。沧海珠光，无非是泪；蓝田玉气，恍若生烟。触此情怀，垂垂追溯，当时种种，尽付惘然。对锦瑟而兴悲，叹无端而感切。如此体会，则诗神诗旨，跃然纸上。

清·薛雪《一瓢诗话》

李义山《锦瑟》诗云云，黄山谷不晓其义，盖未识其寓言之意也。细味此诗，起句说“无端”，结句说“惘然”，分明是义山自悔其少年场中，风流摇荡，到今始知其有情皆幻，有色皆空也。次句说“思华年”，懊悔之意毕露矣。此与香山《和微之梦游》诗同意。“晓梦”“春心”“月明”“日暖”，俱是形容其风流摇荡处，着解不得。义山用事写意，皆此类也。袁中郎谓《锦瑟》诗直谜而已，岂知义山者哉？

义山晚唐第一人，王元美讥为浪子薄有才藻。又云：“《锦瑟》两联，不解则涉无谓，既解则意味都尽。”其意如此。吾不知如何为解，如何为不解也？然则元美亦不必言诗可矣。

清·叶矫然《龙性堂诗话》

义山《锦瑟》诗，拈首二字为题，即《无题》义，最是。盖此诗之佳，在一弦一柱中思其华年，心思紊乱，故中联不伦不次，没首没尾，正所谓“无端”也。而以“清和适怨”傅之，不亦拘乎？

清·田同之《西圃诗说》

诗固有引类以自喻者，物与我自有相通之义。若“锦瑟无端五十弦，一弦一柱思华年”，物我均无是理。“庄生晓梦”四语，更又不知何所指。必当日獭祭之时，偶因属对工丽，遂强题之曰“锦瑟无端”。原其意亦不自解，而反弁之卷首者，欲以欺后世之人，知我之篇章兴寄，未易度量也。子瞻亦堕其术中，犹斤斤解之以适、怨、清、和，惑矣！

清·黄子云《野鸿诗的》

李义山诗，开卷《锦瑟》一篇，言人人殊。东坡“清和适怨”云云，亦未见的确。本朝朱长孺注以为令狐青衣，更无所据。惟朱竹垞谓是悼亡之作者近之。方文辀则以为伤玄宗而作。玄宗之移入南内地，高力士令李辅国控马，谓此“五十年太平天子”。杜樊川诗亦有“五十年天子”之句。故发首曰：“锦瑟无端五十弦，一弦一柱思华年”也。“晓梦蝴蝶”，所谓一场春梦；“望帝杜鹃”，明指幸蜀；“蓝田玉生”，则反以讽肃宗也。其旨甚明，味之可见，亦可谓善说诗者矣。然犹不若汪师韩所释为得神理（汪说略）。如此读法，诗中虽虚字亦无一泛设。玉溪压卷之作，似非如此读法，亦不相称也。

清·梁章钜《退庵随笔》

程湘衡谓，此义山自题其诗以开集首者，次联言作诗之旨趣，中联又自明其匠巧也。

清·何焯《义门读书记》

杨（守智）曰：琴瑟喻夫妇，冠以锦者，言贵重华美，非荆钗布裙之匹也。五十弦、五十柱，合之得百数。“思华年”者，犹云百岁偕老也。按：杨说似精而实非也。言瑟而曰锦瑟、宝瑟，犹言琴而曰玉琴、瑶琴，亦泛例耳。有弦必有柱，今者抚其弦柱而叹年华之倏过，思旧而神伤也，便是下文“追忆”二字，前人每以求深失之。

胡震亨曰：宋人《湘（缃）素杂记》以适怨清和为解，分配中间四句，托苏、黄问答以实之，固非；即《纪事》以为令狐楚之青衣名锦瑟，又有谓义山庄事楚，必绹之青衣，皆妄为之说者也。朱（长孺）曰：此与“锦瑟长于人”同意，非赋锦琴也。浩曰：此悼亡诗定论也。以首二字为题，集中甚多，何足泥也。许彦周《诗话》“适怨清和”一作“感怨清和”，云令狐楚侍人能弹此四曲，皆妄说耳。近人著《柳南随笔》云：义门谓是玉溪自题其集以开卷，此又非义门之说而讹承者。何义门曰：首借素女鼓瑟事以发其端，言悲思之情，有不可得而止者。次连悲其遽化异物，腹连又悲其不能复起之九原也。按：此解亦可。

《录异传》：吴王夫差小女曰玉，悦童子韩重，许为之妻；王怒不与，玉结气而死。后，玉梳妆忽见王云云，夫人闻之，出而抱之，玉如烟然。《困学纪闻》：司空表圣云：戴容州叔伦谓诗家之景，如蓝田日暖，良玉生烟，可望而不可置于眉睫之前也。义山句本此。按：非取此意也。盖下半重致其抚今追昔之痛，五句美其明眸，六句美其容色，乃所谓“追忆”也。（钱）木庵谓是哭之葬之。则第七句必不融洽矣。

清·冯浩《玉溪生诗集笺注》

无题诗（包括借用篇首二字标题的，如《锦瑟》）所要表现的是一种“哀乐循环无端”（张采田《李义山诗辨正》）的感情境界。这种境界，在诗人笔下是以悲剧性的爱情相思的形态呈现出来的，但亦可以旁通于人生的其他领域。就选择材料来看，是相对略去爱情生活的外在方面，而着力刻划烘染爱情相思的内在心理。读无题诗，几乎看不到有关诗中主人公及其意中人的容貌、体态、服饰、举止等方面的介绍，连恋爱的情事与活动的环境也很少涉及。展现在眼前的，主要是人物的各种心态——期待与焦虑、失望与苦痛、寂寞与忆念、憧憬与烦闷，一句话，是那种深心专注、缠绵执着的相思之情。由无题诗的这一特点，又生发出它在艺术构思上的独特方式。无题诗的诗思发展，完全摆脱了对外在时空或因果关系的依赖，纯凭意识心理的流程来组合意象。即使写到一些爱情生活的场景，也都不作为独立的情事予以描述，而是安插在抒情主人公的回忆、想象乃至梦幻心理中表现出来，成为人物意识流程的一个片段。这种写法不仅浓缩了外在的情事，还可造成虚实杂糅、迷离惝恍的幻觉气氛，两者都有助于扩大和深化诗篇的心理要素。此外，前人诗中的意象，一般是生活里实际存在或可能存在的事物，而无题诗的意象却有不少是生活里并不存在的事物，如《锦瑟》一诗所列举的庄生梦蝶、望帝啼春、明珠坠泪、暖玉生烟，都是诗人心造的意象，借以寄寓他感情经历中的某些难以名说的境界。这样一种由情趣外射而创造出来的意象，比之由现实事物提炼而成的意象，在内涵上当然要来得更不明确和更不稳定，从而也更富于暗示性和概括性，更能启发人们的情感共鸣和想象活动。

无题诗在诗歌境界方面的开拓，促成了它在取材、构思和意象组合方法上的一系列新变化。主要趋向就是对感情世界深入发掘，对艺术结构中的心理空间的重点开发。无题诗的创作意义，正在于它以最大的限度扩展了诗篇的心理空间，以致把全部外在的情事都包罗、消融到这里面来，从而给作品带来了巨大的心理容量。加上诗人充分发挥了律诗的精工辞调与绵密体势，造成一波三折，回环映带的抒情格局，更便于淋漓尽致地摹写心曲。无题诗成了古典诗歌园地里的一株奇葩，当非出于偶然。不过这种体制也有重大的局限。它对心理空间的开发和感情境界的突出，又是以压缩和牺牲外在事象的空间，降低和削弱诗歌意念的明晰度为代价的，这不仅加重了作品的晦涩作风，还大大限制了诗歌反映现实生活的功能。所以无题诗终竟只能作为晚唐诗歌的一格，而并不能代表整个律诗的流向。

近代·陈伯海《唐诗学引论》

【概述】

“诗家总爱西昆好，独恨无人作郑笺”（金·元好问《论诗三十首》其十二），两句诗道尽了人们对李商隐这首《锦瑟》诗的爱好和迫切希望明了其真正的含义的心情。“郑笺”是有的，且立论者不少；自宋以来，就一直有人在对这首诗作注释、言隐，但似乎没有一家能使读者完全满意。有的诗家再三诠解不得，于是走到另一个极端，怀疑作者是无中生有，自欺欺人。清代黄子云《野鸿诗的》说：“必当日獭祭之时，偶因属对工丽，遂强题之曰‘锦瑟无端’，原其意亦不自解。而反弁之卷首者，欲以欺后世之人，知我之篇章，兴寄不易度量也。”这种厚诬古人的说法，多数诗家是不会认可的；如果同意了这种说法，那么一切探索、研究都等于是暗中摸索，建造空中楼阁，成为“可怜无补费精神”（金·元好问《论诗三十首》其二十九），即就一般读者而言，也是不能容忍的。

《锦瑟》诗像一块魔方，有人作出一种解释，自以为得其奥秘。接下去就有人赞同，也有人反对，但无论赞同的或反对的，都像最早提出这种解释的人一样，说不出理由，找不出证据。从这方面来说，李商隐倒像古埃及的斯芬克斯，他造出一个谜叫人来猜，不知哪天来了希腊英雄俄狄浦斯，才真正把谜底揭开呢！

解释者看来似乎众说纷纭，其实有很大一部分是人云亦云，只不过有正面的肯定和反面的否定之分罢了。如宋代刘攽《中山诗话》提出锦瑟“是令狐楚家青衣名”；宋代洪迈《容斋续笔》引述其说，不置可否；清代施闰章《蠖斋诗话》则信之，以为“可破从前之疑”。

宋代张邦基《墨庄漫录》和清代梁章钜《退庵随笔》，则以“亦莫能考”“更无所据”表示怀疑。明代都穆《南濠诗话》则肯定“锦瑟非青衣之名”；清代冯浩《玉溪生诗集笺注》也以为把锦瑟看作令狐楚或令狐绹的青衣，“皆妄为之说者也”。从“肯定”到“模棱两可”到“否定”，看似多样，其实都没有说出一个所以然。

杨守智以为瑟之前“冠以‘锦’者，言贵重华美”，锦瑟，好比《红楼梦》中的宝琴，如果算作名字的话，也只能是贵族小姐的。宋代张邦基写过一本《侍儿小名录》，所提到的名字是茜桃、浓李等。在等级森严的封建社会中，起名字也是有阶级性的，侍儿、青衣的名字，不可能冠以锦、宝等字，想当然的说法，总是有漏洞的。

说锦瑟是侍儿、青衣的名字看来不能成立，对于其他种种解释也没有一一去考证的必要。值得提出的一点是：对一首诗，或者其中的几句，有种种不同的解释，这是不足为奇的。清代沈德潜在《古诗源·例言》中说：“诗之为用甚广；范宣讨贰，爰赋《摽梅》；宗国无鸠，乃歌《圻父》。断章取义，原无达诂也。”《左传·襄公八年》有这样几句：“晋范宣子来聘，且拜公之辱，告将用师于郑。公享之，宣子赋《摽有梅》。”《摽有梅》，是《诗经·召南》中的一篇，本意是说男女婚姻及时；范宣子在宴席上赋此诗，却是借以寄意，希望鲁国及时出兵相助。《春秋诗话》作者清代劳孝舆就此说：“东坡云：‘作诗必此诗，定知非诗人。’诗岂有定指哉？”诗的语言是精练含蓄的，有时甚至是朦胧的，读者由于生活经验、审美情趣等不同，对形象感受各不相同，这样也就不会有一致的达诂（明白通晓的解释）。“诗无达诂”（汉·董仲舒《春秋繁露》），懂得了这一点，对《锦瑟》诗有多种解释，也就不足为奇了。

柳公权《夏日联句》

文宗夏日与诸学士联句，曰：“人皆苦炎热，我爱夏日长。”公权续曰：“薰风自南来，殿阁生微凉。”诸学士属和，帝独讽公权两句，词清意足，不可多得。乃令公权题于壁上，字方圆五寸。帝观之，叹曰：“钟、王复生，无以加矣！”

宋·尤袤《全唐诗话》

贵公子雪中饮醉，临槛向风曰：“爽哉，此风！”左右皆泣下者。公子惊问之，曰：“吾父昔日以爽亡。”楚襄王登台，有风飒然而至，王曰：“快哉，此风！寡人与庶民共者耶？”宋玉讥之：“此独大王之风，庶民安得而共之？”不知者以为谄也，知之者以为风也。唐文宗诗曰：“人皆苦炎热，我爱夏日长。”柳公权续之：“薰风自南来，殿阁生微凉。”惜乎宋玉不在旁也。

宋·苏轼《东坡志林》

李石、柳公权俱与唐文宗论诗。李石云：“‘人生不满百，常怀千岁忧’，畏不逢也。‘昼短苦夜长’，暗时多也。‘何不秉烛游’，劝之照也。古人作诗之意未必尔，然人臣进言，要当如此。及文宗有‘人皆苦炎热，我爱夏日长’之句，公权但云‘薰风自南来，殿阁生微凉’而已，殊不寓规谏之意何也？盖责文宗享殿阁之凉，而不知人间之苦，所以讥之深矣，晓人岂不当如是耶？”

宋·周紫芝《竹坡诗话》

唐文宗夏日联句，东坡谓宋玉对楚王雄风，讥其知己不知人也。公权小子，有美而无规，为续之云：“一为居所移，苦乐永相忘。愿言均所施，清阴及四方。”或谓“五弦之薰风，解愠阜财”，已有陈善责难意。愚谓不然。凡规谏之辞，须切直分明，乃可以感悟人主。故盗言孔甘，良药苦口。若以薰风自南为陈善闭邪，但恐后世导谀侧媚、说持两可者，皆得以冒敢谏之名矣。

宋·黄彻《砮溪诗话》

东坡《端午帖子皇帝阁》云：“微凉生殿阁，习习满皇都。试问吾民愠，南风为解无？”原其意，盖欲圣君推南风之德，以及于黎庶也。唐文宗与柳公权联句，东坡以为公权有美而无箴，因续四句，其作《端午帖子》，用此意也。然洪驹父谓公权已含箴规之意，虽不必续可也。故《吕氏家塾广记》云：“说者，谓公权有讽谏之意，以文宗乐广厦之凉，而不知路有暵死也。”此语良是。观公权尝以笔谏，盖造次不忘纳君于善者，岂于此而无箴邪？又陈辅之以“殿桷生余凉”，此两字有功于修辞。予谓辅之此语无甚意义。今世所传，多只用公权旧语。故东坡诗“微凉生殿阁，习习满皇都。”又云：“卧闻疏滴梧桐雨，独咏微凉殿阁风。”不闻有“殿桷余凉”之说。

宋·严有翼《艺苑雌黄》

唐文宗诗曰：“人皆苦炎热，我爱夏日长。”柳公权续之：“薰风自南来，殿阁生微凉。”或者惜其不能因诗以讽，虽坡翁亦以为有美而无箴，故为续之云：“一为居所移，苦乐永相忘。愿言均此施，清阴分四方。”余谓柳句正所以讽也。盖薰风之来，惟殿阁穆清高爽之地始知其凉。而征夫耕叟，方奔驰作劳，低垂喘汗于黄尘赤日之中，虽有此风，安知所谓凉哉？此与宋玉对楚王曰“此谓大王之风耳，庶人安得而共之者”同意。

宋·周密《齐东野语》

《旧唐史》柳公权应制联句：“薰风自南来，殿阁生微凉”。然当暑居广殿高阁，南风之来，不止微凉而已。《新史》易曰：“殿角生余凉”，盖屈桷丛椽，受风劲快，此两字有功于修词也。

宋·陈辅《陈辅之诗话》

柳公权“殿阁生微凉”之句，东坡罪其有美而无箴，乃为续成之，其意固佳，然责人亦已甚矣。吕希哲曰：“公权之诗，已含规讽。”盖谓文宗居广厦之下，而不知路有暍死也。洪驹父、严有翼皆以为然。或又谓五弦之薰，所以解愠阜财，则是陈善闭邪责难之意。比亦强勉而无谓，以是为讽，其谁能悟？予谓其实无之，而亦不必有也。规讽虽臣之美事，然燕闲无事，从容谈笑之暂，容得顺适于一时，何必尽以此而绳之哉？且事君之法，有所宽乃能有所禁，略其细故于平素，乃能辨其大利害于一朝。若夫烦碎迫切，毫发不恕，使闻之者厌苦而不能堪，彼将以正人为仇矣，亦岂得为善谏耶？

金·王若虚《滹南诗话》

柳公权与唐文宗联句，周少隐云：“责其享殿阁之凉而不知人间之苦，所以讥之深矣，晓人不当如是耶？”此论甚是。东坡嫌其有美无箴而续之，反失诗人讽喻之旨。

清·马位《秋窗随笔》

【概述】

《新唐书·柳公权列传》（第八十八回）：“帝问公权用笔法，对曰：‘心正则笔正，笔正乃可法矣。’帝改容，悟其以笔谏也。”根据这段记载，可以知道柳公权是一位善于及时进谏的良臣，文宗也是一位虚心纳谏的贤君。但在另一件事上，人们对柳公权的规谏精神却产生了怀疑。

文宗夏日与诸学士联句，自己开了个头：“人皆苦炎热，我爱夏日长。”这是露骨的高高在上者的思想，作为一个诤臣，柳公权正可借联句之机进谏了，可是他只顺应文宗的思路淡淡地说：“薰风自南来，殿阁生微凉。”苏轼看出这话不对头，似乎要给柳公权补过，于是续了四句：“一为居所移，苦乐永相忘；愿言均所施，清阴及四方。”续诗之不够，苏轼还引了宋玉写《风赋》的故事，慨叹唐文宗时没有宋玉其人，言外之意，隐然以异代宋玉自居。

但也有人以为柳公权的两句诗已含规谏之意，苏轼续作，反同蛇足。宋代周紫芝《竹坡诗话》说：“盖责文宗享殿阁之凉，而不知人间之苦，所以讥之深矣。”清代马位《秋窗随笔》认为“此论甚是，东坡嫌其有美无箴而续之，反失诗人讽喻之旨”。此外，宋代的洪刍（字驹父）、周密也持这一看法。

宋代的黄彻《䂬溪诗话》和苏轼《东坡志林》持同一看法，而不同意那些转弯抹角替柳公权回护之论。黄彻认为“凡规谏之辞，须切直分明”，无中生有的曲说，只会带来不良后果。

以上两种意见看似互相对立的，其实双方立论都建立在同一基础上，即柳公权在此时此地写诗，应有箴规之意，否则便不能算是好诗。大家看来是各抒己见，实际上都没有跳出这个圈子。金国王若虚《滹南诗话》的立论却不同了，他没有受这一点的拘束，而大胆提出自己的看法：“予谓其实无之，而亦不必有也。”他并不是说不要规谏，而是说进行规谏，要看环境气氛。王若虚的立论高出其他人一筹，就是因为他有辩证观点。

中国历代诗论，是很重视思想内容的。孔子论诗的作用，提出兴、观、群、怨。“怨”就是指讽刺、批评不良政治。但后来的儒生们对《诗经》中的作品作牵强附会的解释，如《国风》中的一些清新的爱情诗，一定要加上“后妃之德”等说教，把诗歌与政治口号等同起来，这就不恰当了。对柳公权两句诗的不同评价正可看作文学批评史上种种倾向的反映。

聂夷中《咏田家》

夷中《咏田家》诗云："父耕原上田，子劚山下荒。六月禾未秀，官家已修仓。"又云："二月卖新丝，五月粜新谷。医得眼前疮，剜却心头肉。我愿君王心，化作光明烛。不照绮罗筵，只照逃亡屋！"所谓言近意远，合《三百篇》之旨也。

夷中，字坦之，咸通中为华阴尉。

宋·尤袤《全唐诗话》

五代·王定保《唐摭言》

宋·孙光宪《北梦琐言》

宋·蔡居厚《蔡宽夫诗话》所记同

唐明宗与冯道语及年谷屡登，四方无事。……上又问今岁虽丰，百姓赡足否。道曰："农家岁凶则流于饿殍，岁丰则伤于谷贱。丰凶皆病，惟农家为然。尝记进士聂夷中诗云（'二月卖新丝'一首，略）。语虽鄙俚，曲尽田家之情状。农于四民之中，最为勤苦，人主不可不知也。"命左右录之，常讽诵之。

宋·孔平仲《续世说》

聂夷中《伤田家》诗，最得风人之体，但"二月卖新丝"，恐当作"四月"。盖二月则蚕尚未生，戴胜降于桑，乃三月内节所在，必于此时，蚕事方盛。盖《月令》蚕事乃在季春之月，而《祭义》蚕岁，注亦云三月月尽以后。《豳风》"蚕月条桑"，亦指三月。二月安得有新丝耶？当是"四"字传写者讹刻画耳。其曰"五月粜新谷"却有之。

宋·史绳祖《学斋占毕》

聂夷中“卖丝”“粜谷”之篇，《全唐诗话》以为言近意远，合《三百篇》之旨，或又谓可为诗史，皆非也。试观《三百篇》中如谭大夫“南箕”“北斗”之讽，何其温厚和平！初不必显然如“医疮”“剜肉”之怨讪也。

明·田艺蘅《留青日札》

聂夷中《伤田家》诗“二月卖新丝”，或疑二月蚕尚未生，戴胜降于桑，乃三月内节，蚕事方盛。《月令》蚕事在季春之月，《豳风》条桑，亦指三月，二月安得有新丝？春日，夷中之谓“卖新丝、粜新谷”者，乃贫民其时预指丝谷去借债耳。到丝谷出时，俱是他人之物，是所谓“医得眼前疮，剜却心头肉”也。

明·何孟春《余冬诗话》

聂夷中《伤田家》诗云（“二月卖新丝”一首，略）。此诗最有深意。《学斋占毕》误以二月无丝，五月无谷为解，不知二月将事于蚕，五月正力于农，而赋税叠征，不得不称贷于有力者。及丝谷既登，则倍息以偿，是未丝而卖，未谷而粜矣。以辞害志，岂说诗者乎？

清·褚人获《坚瓠集》

（编者注：《咏田家》一作《伤田家》）

【概述】

唐代聂夷中《咏田家》诗，特别是“二月卖新丝”一首，历来传诵，《全唐诗话》说它语言浅近，含意却很深远，这一评价是很恰当的。封建社会中，农民过着衣食不周的贫困生活。早在西汉时，晁错就在《论贵粟疏》中说：“当具（交纳），有者半贾而卖，亡（无）者取倍称之息，于是有卖田宅，鬻子孙以偿责（债）者矣。”聂夷中的诗，不但形象鲜明，而且具有典型意义。它只把血淋淋的事实摆在读者眼前，此外并没有多作补充和说明，而读者心灵，自然会被这一惊心动魄的现实所震动。冯道说“曲尽田家之情状”，也是指所写的虽是生活中的一二片段，而农民在一岁中的艰难，已可概见。虽只二十个字，却有很大的容量。

《全唐诗话》又认为聂夷中的诗“合《三百篇》之旨”，明代田艺蘅《留青日札》对此却持异议。按照田艺蘅的看法，《三百篇》中的诗，都是温厚和平的，而聂夷中的诗却说了“医疮”“剜肉”，含有怨讪成分，这就违反了温柔敦厚的诗教。其实，田艺蘅的看法并不全面，清代张谦宜在《茧斋诗谈》中说过这样一段话：

人多谓诗贵和平，只要不伤触人。其实《三百篇》中有骂人极狠者，如“胡不遄死”“豺虎不食”等句，谓之乖戾可乎？盖骂其所当骂，如敲扑加诸盗贼，正是人情中节处，故谓之“和”。又如人有痛心，便须著哭，人有冤枉，须容其诉，如此心下才松颡，故谓之“平”。

举出《三百篇》中的具体例子，“以子之矛，攻子之盾”，这段话虽然不是针对田艺蘅之论而发，却有力地纠正了只谈温厚和平的片面看法。再说，孔子也认为诗“可以怨”，“怨”就是讽刺、批评不良政治。“富者田连阡陌，贫者无立锥之地”（《汉书·食货志》），对这种不合理现象提出批评，稍有正义感的人是不会觉得不对的。

宋代史绳祖《学斋占毕》认为“二月卖新丝”的说法不合事实，二月还没有新丝可卖，要改作“四月”才妥。明代何孟春《余冬诗话》和清代褚人获《坚瓠集》分别从不同角度纠正了这种错误看法。农民要纳税，要度日，就只好“预指丝谷去借债”。席丰履厚者，身居高堂广厦之中，是不知道这种苦难的。欣赏诗歌，要有生活基础，能设身处地为他人，尤其为苦难的人着想，这样才能引起与作者体现在作品中的思想感情基本一致的艺术感受。不然的话，隔靴搔痒，旁征博引，即使对事实做了充分的考证，也是无补于对诗歌的欣赏的。

陆龟蒙《白莲》

诗人有写物之功，“桑之未落，其叶沃若”，他木殆不可以当此。……皮日休《白莲》诗云：“无情有恨何人见，月晓风清欲坠时。”决非红莲诗——此乃写物之功。

宋·苏轼《东坡志林》

东坡尝喜皮日休《白莲》诗“无情有恨何人见，月晓风清欲坠时”，谓决非红莲诗。然李贺《新笋》云：“无情有恨何人见，露压烟啼千万枝。”乃知皮取之。

宋·吴曾《能改斋漫录》

陆鲁望《白莲》诗：“素葩多蒙别艳欺，此花端合在瑶池。无情有恨何人见，月晓风清欲堕时。”观东坡与子帖，则此诗之妙可见。然陆此诗祖李长吉，长吉《咏竹》诗云：“斫取青光写楚辞，腻香春粉黑离离。无情有恨何人见？露压烟笼千万枝。”或疑无情有恨不可咏竹，非也。竹亦自妩媚，孟东野诗云：“竹婵娟，笼晓烟。”左太冲《吴都赋》咏竹云：“婵娟檀栾，玉润碧鲜。”合而观之，始知长吉之诗之工也。

李贺《昌谷北园新笋》“斫取青光写楚辞，腻香春粉黑离离。无情有恨何人见，露压烟啼千万枝。”汗青写楚辞，既是奇事，腻香春粉，形容竹尤妙。结句以情恨咏竹，似是不类。然观孟郊《竹》诗“婵娟笼晓烟”，竹可言婵娟，情恨亦可言矣，然终不若《咏白莲》之妙。李长吉在前，陆鲁望诗句非相蹈袭，盖著题不得避耳。胜棋所用，败棋之著也；良庖所宰，族庖之刀也，而工拙则相远矣。

明·杨慎《升庵诗话》

花鸟之诗，最嫌太着。余喜陆鲁望《白莲》诗“无情有恨何人见，月晓风清欲堕时”，花之神韵，宛然在掬，谓之写生手可也。余尝有《梅花》诗“花开暮雪人归后，香满寒庭月上时”，自谓若可嗣响。

明·焦竑《焦氏笔乘》

诗有四格，曰兴、曰趣、曰意、曰理。太白《赠汪伦》曰：“桃花潭水深千尺，不及汪伦送我情。”此兴也。陆龟蒙《咏白莲》曰：“无情有恨何人见，月晓风清欲堕时。”此趣也。王建《宫词》曰：“自是桃花贪结子，错教人恨五更风。”此意也。李涉《上于襄阳》曰：“下马独来寻故事，逢人惟说岘山碑。”此理也，悟者得之。庸心以求，或失之矣。

明·谢榛《四溟诗话》

余谓陆鲁望“无情有恨何人见，月白风清欲堕时”二语，恰是咏白莲诗，移用不得。而俗人议之，以为咏白牡丹、白芍药亦可，此真盲人道黑白。在广陵，有《再过露筋祠》绝句云：“翠羽明珰尚俨然，湖云祠树碧于烟。行人系缆月初堕，门外野风开白莲。”正拟其意。

清·王士禛《渔洋诗话》

《池北偶谈》评《白莲》诗“语目传神，不可移易”，会与《诗话》同。

古人成句，即古人亦不嫌重复。……盖古人兴到笔随，不觉暗符成句。刘贡父云：“大抵讽咏古人诗多，则往往即为己得也。”埴谓：陆龟蒙《咏白莲》“无情有恨”之句，直用李贺《昌谷笋》句。盖李前陆后，即明知彼作，而恰好着题，便不能避，非有心蹈袭也。今人若故为抄取，则难免“偷江东”之诮矣。

清·金埴《不下带编》

【概述】

人们喜爱自然界的花草，用文字来描绘它；出现在诗文中的花草，已经不是单纯的客观事物，而是渗透了作者的感情，理想化了的事物。如宋朝的周敦颐在《爱莲说》中是这样描写莲花的：

……出淤泥而不染，濯清涟而不妖，中通外直，不蔓不枝，香远益清，亭亭净植……

从表面上来看，句句是在写莲花，实际上则是借物喻人，还有深一层的意思，如一二两句，比喻正直的人，在污浊的环境中不会受到熏染，在清洁的环境中也能端庄自重。由此可见，作者赞美莲花，正是借此抒发了高尚的理想。

《爱莲说》是散文，散文的语言是比较直率的，有寄托和比喻，也容易看出来。而如唐代陆龟蒙的咏物诗《白莲》，已不是简单的比喻，而是通过诗人想象，直接作为一位淡雅清幽的女子来描写了。第一句的“欺”字、第三句的“恨”字，这些感情，本来不是莲花所具有的，诗人这样写，正是借此流露出孤高寂寞的襟怀。清代施补华《岘佣说诗》说：“咏物必有寄托。”咏物诗而无寄托，就像清代袁枚在《随园诗话》中所说：“便是儿童猜谜。”诗的意味也就没有了。

明代焦竑《焦氏笔乘》十分赞赏这首《白莲》诗，认为“花之神韵，宛然在掬”。所谓神韵，是指精神和气韵，这是相对于外在的形貌而言。清代朱庭珍在《筱园诗话》中提出“遗形取神，超相入理”八字作为咏物诗的准则，并认为好的咏物诗应是“形容仍超超玄著，刻划亦落落大方，神理俱足，情韵遥深”。《白莲》受人称道的后面两句“无情有恨何人见，月晓风清欲堕时”，正是在“取神”上下功夫，所以情韵遥深、富有艺术感染力。

《白莲》诗的后面两句，本于唐代李贺《昌谷北园新笋》，但由于恰好着题，明代杨慎《升庵诗话》和清代金埴《不下带编》都认为不算生搬硬套的蹈袭；清代王士禛《渔洋诗话》则明白指出，他的《题露筋祠》诗中“门外野风开白莲”，正是受《白莲》诗的影响而创作出来的。元代王构在《修辞鉴衡》中引《诗宪》说：“因袭者，用前人之语也。以陈为新，以拙为巧，非有过人之才，则未免以蹈袭为愧。”宋代魏泰《隐居诗话》云：“诗恶蹈袭。古人亦有蹈袭而愈工，若出于己者，盖思之精，则造语愈深也。”杨慎以为李贺用“无情有恨何人见”咏竹，终究不若陆龟蒙咏白莲之妙，正可这样来看待。

苏轼错把这首诗看作皮日休写的，其实皮日休也有一首《白莲》诗如下：

但恐醍醐难并洁，只应薝卜可齐香。
半垂金粉知何似，静婉临溪照额黄。

诗坛上皮陆并称，但拿两首《白莲》诗来看，显然皮不如陆。清代杨际昌在《国朝诗话》中推重洪嘉植咏白莲句“半夜月明人不见，秋风吹动一池香”，重在写神，可追纵鲁望。

林和靖“疏影横斜水清浅”

处士林逋，居于杭州西湖之孤山。逋善为诗，梅花诗云：“疏影横斜水清浅，暗香浮动月黄昏。”评诗者谓前世咏梅者多矣，未有此句也。

宋·欧阳修《归田录》

林逋处士，钱塘人，家于西湖之上，有诗名。人称其梅花诗云：“疏影横斜水清浅，暗香浮动月黄昏。”曲尽梅之体态。

宋·司马光《温公续诗话》

林和靖赋《梅花诗》，有“疏影横斜水清浅，暗香浮动月黄昏”之语，脍炙天下殆二百年。东坡晚年在惠州，作《梅花诗》云：“纷纷初疑月挂树，耿耿独与参横昏。”此语一出，和靖之气遂索然矣。张文潜云：“调鼎当年终有实，论花天下更无香。”此虽未及东坡高妙，然犹可使和靖作衙官。政和间，余见胡份司业和曾公衮《梅诗》云：“绝艳更无花得似，暗香惟有月明知。”亦自奇绝，使醉翁见之，未必专赏和靖也。

宋·周紫芝《竹坡诗话》

田承君云：王君卿在扬州同孙巨源、苏子瞻适相会。君卿置酒曰：“‘疏影横斜水清浅，暗香浮动月黄昏’，此林和靖《梅花诗》，然而为咏杏与桃李皆可用也。”东坡曰：“可则可，但恐杏李花不敢承当。”一座大笑。

宋·王直方《王直方诗话》

诗人有写物之功，“桑之未落，其叶沃若”，他木殆不可以当此。

林逋《梅花诗》云："疏影横斜水清浅，暗香浮动月黄昏。"决非桃李诗。皮日休《白莲》诗云："无情有恨何人见，月晓风清欲坠时。"决非红莲诗——此乃写物之功。若石曼卿《红梅》诗云："认桃无绿叶，辨杏有青枝。"此至陋语，盖村学究体也。

宋·苏轼《东坡志林》

欧阳文忠公极赏林和靖"疏影横斜水清浅，暗香浮动月黄昏"之句，而不知和靖别有咏梅一联云："雪后园林才半树，水边篱落忽横枝。"似胜前句，不知文忠何缘弃此而赏彼。文章大概亦如女色，好恶止系于人。

宋·黄庭坚《山谷题跋》

胡仔《苕溪渔隐丛话》引此条并加按语云："王直方又爱和靖'池水倒窥疏影动，屋檐斜入一枝低'，以谓此句于前所称，真可处伯仲之间。余观此句，略无佳处，直方何为喜之？真所谓一解不如一解也。"

诗家之工，全在体物赋情，情之所属惟色，色之所比惟花。……林和靖梅花诗云："疏影横斜水清浅，暗香浮动月黄昏。"近似野蔷薇也。

宋·陈辅《陈辅之诗话》

林和靖《梅花诗》"疏影横斜水清浅，暗香浮动月黄昏"，诚为警绝；然其下联乃云"霜禽欲下先偷眼，粉蝶如知合断魂"，则与上联气格全不相类，若出两人。乃知诗全篇佳者诚难得。

宋·蔡居厚《蔡宽夫诗话》

东坡云（同前引《东坡志林》，略）。仆观陈辅之《诗话》，谓和靖诗近野蔷薇；《渔隐丛话》谓皮日休诗移作白牡丹，尤更亲切。二说似不深究诗人写物之意。"疏影横斜水清浅"，野蔷薇安得有此萧洒标致？而牡丹开时，正风和日暖，又安得有月冷风清之气象邪？

宋·王楙《野客丛书》

西湖"横斜""浮动"之句，屡为前辈击节，尝恨未见其全篇。及得其集，观之云："众芳摇落独暄妍，占尽风情向小园。疏影横斜水清浅，暗香浮动月黄昏。霜禽欲下先偷眼，粉蝶如知合断魂。幸有微吟可相狎，不须檀板共金尊。”其卓绝不可及，专在十四字耳。又有七言数篇，皆无如“池水倒窥疏影动，屋檐斜入一枝低”“雪后园林才半树，水边篱落忽横枝”之句。

宋·黄彻《䂬溪诗话》

林和靖梅诗云“疏影横斜水清浅，暗香浮动月黄昏”，大为欧阳文忠公称赏。大凡《和靖集》中，梅诗最好，梅花诗中此两句尤奇丽。东坡和少游《梅》诗云：“西湖处士骨应槁，只有此诗君压倒。”仆意东坡亦有微意也。

宋·许顗《彦周诗话》

梅格高韵胜，诗人见之吟咏多矣。自和靖“香”“影”一联为古今绝唱，诗家多推尊之。其后东坡次少游“槁”字韵及谪罗浮时赋古诗三篇，运意琢句，造微入妙，极其形容之工，真可企微孤山。以此见骚人咏物，愈出而愈奇也。

元·韦居安《梅涧诗话》

林和靖梅诗：“疏影横斜水清浅，暗香浮动月黄昏。”《苇航纪谈》云：“‘黄昏’以对‘清浅’，乃两字非一字也。月黄昏，谓夜深香动，月为之黄而昏，非谓人定时也。盖昼午后，阴气用事，花房敛藏；夜半后，阳气用事，而花敷蕊散香。凡花皆然，不独梅也。”

明·杨慎《升庵诗话》

宋诗如林和靖《梅花诗》，一时传诵。“暗香”“疏影”，景态虽佳，已落异境，是许浑至语，非开元、大历人语。至“霜禽”“粉蝶”，直五尺童耳。老杜云：“幸不折来伤岁暮，若为看去乱乡愁。”风骨苍然。其次则李群玉云：“玉鳞寂寂飞斜月，素手亭亭对夕阳。”大有神采，足为梅花吐气。

明·王世贞《艺苑卮言》

梅花格高韵胜，见称于诗人吟咏多矣，自和靖“香”“影”一联，为古今绝唱。

林和靖梅诗“疏影横斜水清浅，暗香浮动月黄昏”，议者以“黄昏”难对“清浅”。杨升庵《丹铅续录》云：“黄昏，谓夜深香动月之黄而昏，非谓人定时也。”余意二说皆非，岂诗人之固哉？梅花诗往往多用月落参横字，但冬半黄昏时参横已见，至丁夜则西没矣，和靖得此意乎？

明·俞弁《逸老堂诗话》

花木惟梅诗最多，惟林君复“暗香”“疏影”之句为绝唱，亦未见过之者，恨不使唐人专咏之耳。杜子美才出一联曰：“幸不折来伤岁暮，若为看去乱乡愁。”格力便别。

明·李东阳《麓堂诗话》

江为诗“竹影横斜水清浅，桂香浮动月黄昏”，林君复改二字为“疏影”“暗香”以咏梅，遂成千古绝调。诗字点化之妙，譬如仙者，丹头在手，瓦砾俱金矣。

明·李日华《恬致堂诗话》

和靖“疏影横斜水清浅”一联善矣，而起联云“众芳摇落独鲜妍，占断风情向小园”，大杀凡近，后四句亦无高致。人得好句，不可不极力淘煅改易，以求相称。

清·吴乔《围炉诗话》

《竹坡诗话》：“东坡晚年在惠州作《梅花》诗云：‘纷纷初疑月挂树，耿耿独与参横昏。’此语一出，和靖‘暗香’‘疏影’之句索然矣。”又称“张文潜‘调鼎当年终有实，论花天下更无香’，虽未及东坡高妙，然犹可使和靖作衙官”。又云：“胡司业份‘绝艳更无花得似，暗香惟有月明知’，亦自奇绝，使醉翁见之，未必专赏和靖”等语，大是不解。东坡“纷纷”“耿耿”句，未是绝作；至张、胡句，更复了不异人，安见在“暗香”“疏影”之上？且置却东坡“竹外”七字而于此是取，不唯难服和靖之心，亦且大拂东坡之意。奸媸骙昧，乌足言诗？

林和靖梅诗“疏影横斜水清浅，暗香浮动月黄昏”，《芎航纪谈》云（见《升庵诗话》引，略）。其解固是，然和靖以此咏梅，愚意以为不甚允协。盖南唐江为已先有句云：“竹影横斜水清浅，桂香浮动月黄昏。”细玩其情形理致，殊觉一字难移，恰是竹、桂。即就“月为之黄而昏”一解论之，亦自是桂花，不是梅花。而古今诵之，不辨未详耶？抑附未盛名耶？吾不能无间然矣。

清·田同之《西圃诗话》

梅诗最难工……即逋仙以梅诗擅名，而“池水倒窥疏影动，屋檐斜入一枝低”，亦雅淡嫌宽泛；“疏影横斜水清浅，暗香浮动月黄昏”，犹留秀乏远神也。必求名句，惟老杜“山意冲寒欲放梅”。坡公“竹外一枝斜更好”，释齐已“前村深雪里，昨夜一枝开”，逋仙“雪后园林才半树，水边篱落忽横枝”，及放翁“孤城”“小驿”一联耳。

清·潘德舆《养一斋诗话》

咏梅诗，自唐以来，多连章累牍以求胜。然佳章逾少，百不获一者，何哉？夫作梅花诗，宜以清远冲淡，传其高格逸韵；否则另出新意，以生峭之笔，为活色疏香写照，不宜矫激。后人一味矫激鸣高，借寓身分，不知其俗已甚，于此花转无相涉，徒自堕尘劫恶习而已。……宋人林处士之“疏影横斜水清浅，暗香浮动月黄昏”，“雪后园林才半树，水边篱落忽横枝”，千古名句，惜全篇俚率不称。“雪后”“水边”一联更高，山谷之赏识诚允。此后寂然绝响。

清·朱庭珍《筱园诗话》

【概述】

宋代林和靖（即林逋）的两句咏梅诗“疏影横斜水清浅，暗香浮动月黄昏”（《山园小梅》），宋代的欧阳修誉为前世未有，司马光赞为“曲尽梅之体态”；到周紫芝写《竹坡诗话》时，还说“脍炙天下殆二百年”。但在一般人看来，这两句诗的好处，似乎只能意会而不能言传。其实对一件美的事物，开头得到印象或许是模糊的、笼统的，不过只要深入观察，总能探明其美之所以为美。像“前所未有”“曲尽体态”等评语，固然也有助于初步了解事物的美质，但还不能满足人们审美的需要。

诗人描写事物，像画家绘画那样，不能只求形似；但事物的外貌，毕竟是传神阿堵的基础。对事物外貌没有认真仔细地观察，而说能写出事物的精神，这是欺人之谈。清代张谦宜《茧斋诗谈》引仇沧柱的话说：“不离咏物，却不徒咏物，此之谓大手笔。”就是这个意思。清代龚自珍《病梅馆记》中有这样几句：“梅以曲为美，直则无姿；以欹为美，正则无景。梅以疏为美，密则无态。”此文的重心在批判以人工的方法制造病态美，至于梅以曲、欹、疏为美，则是人们在长期观察中所获得的审美体验。自然界生长的梅树，并不都是合乎美的标准的。画家画梅、诗人写梅，总是要经过一番选择、淘汰，保留其美的，加以集中。对林和靖的两句诗，也应这样来看待。除了“疏影横斜”一联外，宋代黄庭坚还称赏林和靖另一联咏梅诗：“雪后园林才半树，水边篱落忽横枝。”（《梅花》）宋代王直方则欣赏另一联“池水倒窥疏影动，屋檐斜入一枝低”（《梅花》），这两联也都是以“疏”和“横（斜）”来写梅花的美的。林和靖在孤山长久与梅为伴，他的美感经验，是来自实际观察的。

王君卿说这两句“为咏杏与桃李皆可用也”，苏轼用幽默的话驳他：“可则可，但恐杏李花不敢承当。”（宋·王直方《王直方诗话》）宋代陈辅《陈辅之诗话》说这两句所写“近似野蔷薇”，宋代王楙《野客丛书》驳他：“野蔷薇安得有此萧洒标致？”两者看法不同，就在模形与传神之争。从外貌上来看，各种树木的形态都有相似之处，但诗歌中写到的树木花卉，不同于科学著作。近代朱光潜说：“人在觉得自然美时，那自然里一定有人自己在内，人与自然必然处于统一体。……那就是拿人和自然事物作比拟而见出其中某种类似或暗合，它们都运用不同程度的人格化和象征过程。”（《山水诗与自然美》）林和靖这两句咏梅诗之所以脍炙人口，不仅因为它把客观事物写得惟妙惟肖，还因为从诗中可以看到清高绝俗的诗人的形象。诗人是托物言志，突出描绘“物”的某种特点，借以表达自己的志趣。林和靖隐居孤山，二十年不入城市，种梅养鹤以自娱，因有“梅妻鹤子”之称。他爱梅花，把深厚的感情寄托在咏梅诗中，所以他的诗句是富有感染力的。

宋庠、宋祁《落花》

宋莒公兄弟，皆以高名擢用。仁庙时，本朝文章多人，未有二公比者。少时作《落花》诗，为时脍炙。莒公诗云：“一夜东风拂苑墙，归来无处剩凄凉。汉皋珮冷临江湿，金谷楼危到地香。泪脸补痕劳獭髓，舞台收影费鸾肠。南朝乐府休赓曲，桃叶桃根尽可伤。”景文诗云：“坠素翻红各自伤，青楼烟雨忍相望。欲飞更作回风舞，已落犹成半面妆。沧海客归珠迸泪，章台人去骨遗香。可怜无意传双蝶，尽付芳心与蜜房。”

宋·赵德麟《侯鲭录》

前人咏落花，世传二宋兄弟元宪公庠公序、景文公祁诗为工。元宪诗云：“汉皋珮冷临江失，金谷楼危到地香。”景文诗云：“将飞更作回风舞，已落犹成半面妆。”固佳矣，而余襄公靖安道诗亦工，云：“金谷已空新步障，马嵬徒见旧香囊。”不减二宋也。而景文公又有五言《残花》诗一联云：“香归蜜房尽，红入燕泥干。”虽不用事，亦自是佳句。

宋·陈岩肖《庚溪诗话》

前辈称宋莒公赋《落花》诗，其警句有“汉皋珮冷临江失，金谷楼危到地香”之句，盖本于唐张泌《惜花》诗：“看多记得伤心事，金谷楼前委地时。”其弟景文公同赋云：“将飞更作回风舞，已落犹成半面妆。”亦本于李贺《残丝曲》诗：“落花起作回风舞，榆荚相催不知数。”

宋·吴幵《优古堂诗话》

宋景文《落花》云：“将飞更作回风舞。”李义山云：“落时犹自舞。”

宋用此。

宋·朱翌《猗觉寮杂记》

夏文庄守安州，莒公兄弟尚在布衣，文庄异待之，命作《落花》诗，莒公一联云：“汉皋佩冷临江失，金谷楼危到地香。”子京一联云：“将飞更作回风舞，已落犹成半面妆。”余观《南史》：“宋元帝妃徐氏无容质，不见礼于帝。帝眇一目，每知帝将至，必为半面妆以俟之。”此“半面妆”所从出也。若“回风舞”无出处，则对偶偏枯，不为佳句；殊不知乃出李贺诗：“花台欲暮春辞去，落花起作回风舞。”前辈用事必有来处，又精确如此，诚可法也。

宋·胡仔《苕溪渔隐丛话》

东坡云：“作诗必此诗，定知非诗人。”宋莒公诗：“汉皋佩解临江失，金谷楼危到地香。”一似非落花诗。

宋·俞文豹《吹剑录》

宋景文与兄元宪少时，尝谒杨大年，坐中赋《落花》诗，元宪云：“金谷路尘埋国艳，武陵溪水泛天香。”景文云：“将飘更作回风舞，已落犹成半面妆。”文公以兄为胜，谓景文小巧，他日富贵亦不迨其兄；且不当更用“落”字也。

宋·庄季裕《鸡肋编》

落花诗始于二宋。莒公赋云云，景文赋云云，诚绝唱也。沈启南以七言咏落花至三十律，虞长孺、僧孺遂至百律。近时作者，亦多佳句，如唐伯虎之“双脸胭脂开北地，五更风雨葬西施”“红颜仙脱三生骨，紫陌香销一丈尘”“茕茕爱水衫前泪，渺渺游魂树底香”“镜中红粉春风面，烛下银屏夜雨轩”“奔月已将丹换骨，堕楼端把死酬恩”“烧灯坐尽千金夜，对酒空思一点红”；余襄公之“金谷已空新步障，马嵬徒见旧香囊”；文征仲之“丹葩飘泊明妃泪，绿叶参差杜牧情”；沈启南“锦里门前溪好浣，黄陵庙里鸟还啼”；马弢叔“武陵路别回渔艇，金谷春深落妓钗”“影摇团扇愁班女，艳逐微波度洛妃”；于文若“红楼白日怜珠坠，青塚黄昏痛玉埋”；董叔允“拂地霓裳回妙舞，凌波罗袜冷香魂”“楚妃腰细难胜雨，汉女身轻合避风”；丘文举“撩乱隋宫抛剪彩，漂流秦苑弃余脂”；魏君屏“马嵬妃死香犹在，垓下人亡血未干”；邵肇复“楚客有魂招九辨，押衙何计赎无双”，又“金谷楼中魂已断，玉人斜畔骨空埋”，又“湘水帝妃啼夜雨，巫山神女散朝云”，又“倩女香魂灵入梦，少翁幻术讵延年”“他生未卜逢金钿，再世还期续玉箫”“强学回风羞自舞，欲教奔月苦难升”；徐兴公“丽华魂散胭脂井，关盼香销燕子楼”——皆模拟二宋，而俊丽可喜。

明·徐应秋《玉芝堂谈荟》

落花诗，宋人推宋莒公兄弟“汉皋佩冷临江失，金谷楼危到地香”，“将飞更作回风舞，已落犹成半面妆”，余襄公“金谷已空新步障，马嵬徒见旧香囊”。余意三诗俱善形容，语亦工丽，若使事着题，又无痕迹，当以子京为第一，公序次之，襄公又次之。“将飞”“已落”，不问而知是落花。余公诗如不读至“清赏又成经岁别”，再不看题，几疑为悼亡矣。此皆祖于义山咏蜂：“宓妃腰细难胜露，赵后身轻欲倚风”，思路至此，真为幽渺。

大宋《落花》诗：“泪脸补痕劳獭髓”，盖用邓夫人药中琥珀屑多，颊成红点，益助其妍，以形容堕瓣残香之零断也。思路至此，曲曲细矣。“舞台收影费鸾肠”，孤鸾不舞，花枝倚风，有似于舞，妙用一“影”字，似幻似真，说得圆活。花落则影收，鸾应思之，此诗之不可以辞害志者也。（黄白山评：“‘费鸾肠’三字丑恶之极，且生撰以对‘劳獭髓’，意甚偏枯，有何风致而赏之耶！”）余尝叹二诗之妙，极不难知，夏子乔独以通篇不露出“落”字，事业远过其弟，子京果终于侍从，人因服夏藻鉴之精。余谓此真是富贵人相诗法，风骚家恐不烦尔尔。

清·贺裳《载酒园诗话》

（引《庚溪诗话》略）落花诗最难高雅，宋、余皆格之卑卑者，以此为佳，风雅安在？就中衡之，景文诗犹属翘楚，若大宋、余公，琢句用事，拙滞极矣。并列而同誉之，迷涂未指，况门墙堂奥乎？

清·潘德舆《养一斋诗话》

宋元宪、景文兄弟少赋《落花》诗，得大名，刻画可谓极工。然沈石曰“青楼粉暗女子嫁，朱门鸟啼宾客稀”，更不刻画，而有言外之意；唐人“高阁客竟去，小园花乱飞”则尤妙也。

清·王士禛《渔洋诗话》

【概述】

咏物诗，有明白易晓的，也有晦涩深奥的。如宋代林和靖的咏梅诗“疏影横斜水清浅，暗香浮动月黄昏”（《山园小梅》），纯用白描手法，用精练的文字粗线条地勾勒出事物的情貌，不加渲染、铺陈，只用传神之笔加以点化，读者只要细细体味文字，也就可以懂得诗句蕴含的意义。这类咏物诗最为人们所喜闻乐见。唐代陆龟蒙的咏《白莲》诗“无情有恨何人见，月晓风清欲堕时”，含意就比较深一些，因为它已脱离了事物的形象，就其神态方面来描摹了。但并没有在文字之外另加什么，所以还不能说是很深奥。

而二宋兄弟的《落花》诗，差不多每句都包含着典故，光弄清字面上的意义，还是无法了解其内涵。这是咏物诗中最深奥的一种，只供文人雅士在书斋中吟哦、品赏，和广大读者是无缘的。

试以传诵的几句为例：大宋的“汉皋佩冷临江失，金谷楼危到地香”，前一句中包含的典故出自《列仙传》，大意是周时郑交甫尝适楚，至汉皋，遇江妃二女，解佩珠与之。交甫受而怀之，行数十步，二女不见，珠亦随失。这是以珠之失喻花之落。后一句典故见《晋书·石崇传》，大意是石崇有妓曰绿珠，孙秀求之，不与。秀矫诏收崇，绿珠因自投楼下而死。这是以绿珠坠楼喻花之落。后一句典故知道的人较多，而且唐代杜牧有《金谷园》诗“日暮东风怨啼鸟，落花犹似坠楼人”，直接以落花比坠楼人。而前一句典故知道的人较少，比喻也较隐晦，为了弄清一句诗的含义，就要化较大的力气了。明代徐应秋说明代人写落花诗，多至三十律，有的甚至多达百律，光从落花本身来落笔，是没有这么多可写的，采用的方法，也无非堆砌典故。清代张谦宜评这类作品，说是“刻画太细，全无象外追神本领，终落小家”（《茧斋诗谈》），可说切中其弊。

宋代吴炯《五总志》记载：唐代李商隐写作时，总是把很多书籍一本本放在前面，从中查找典故，人们嘲笑他是“獭祭鱼”。像二宋《落花》诗，以堆砌辞藻、典故夸博夸富，也无非是“獭祭鱼”而已。清代袁枚在《随园诗话》中曾十分中肯地指出这种写诗方法的流弊，录之于下：

古无类书，无志书，又无字汇，故《三都》《两京》赋，言木则若干，言鸟则若干，必待搜辑群书，广采风土，然后成文。果能才藻富艳，便倾动一时。洛阳所以纸贵者，直是家置一本，当类书、郡志读耳。故成之亦须十年、五年。今类书、字汇，无所不备；使左思生于今日，必不作此种赋；而好用杂事僻韵，以多为贵者，误矣。

不过，同一用典，也有晦涩与浅显的区别。清代贺裳、潘德舆都认为小宋的“将飞更作回风舞，已落犹成半面妆”较佳。这里的“回风舞”也有出处，“半面妆”也是典故，但当作一个词来看待，不知道出处、典故，也还是能理解的。宋代周紫芝在《竹坡诗话》中说：“凡诗人作语，要令事在语中而人不知。”就是指这种情况。

梅尧臣《河豚》

梅圣俞尝于范希文席上赋《河豚鱼》诗云："春洲生荻芽，春岸飞杨花。河豚当是时，贵不数鱼虾。"河豚常出于春暮，群游水上，食絮而肥。南人多与荻芽为羹，云最美。故知诗者谓只破题两句，已道尽河豚好处。圣俞平生苦于吟咏，以闲远古淡为意，故其构思极艰。此诗作于樽俎之间，笔力雄赡，顷刻而成，遂为绝唱。

宋·欧阳修《六一诗话》

梅圣俞《河豚》诗云："春洲生荻芽，春岸飞杨花。河豚于此时，贵不数鱼虾。"刘厚甫戏曰："郑都官有《鹧鸪诗》，谓之郑鹧鸪。圣俞有《河豚诗》，当呼有（为）梅河豚也。"

宋·李颀《古今诗话》

梅圣俞《河豚》诗云："……春岸飞杨花。"永叔谓河豚食杨花则肥。韩偓诗："柳絮覆溪鱼正肥。"大抵鱼食杨花则肥，不必河豚。

宋·蔡居厚《诗史》

欧阳文忠公记梅圣俞《河豚》诗："春洲生荻芽，春岸飞杨花。"破题两句，已道尽河豚好处。谓河豚出于暮春，食柳絮而肥，殆不然。今浙人食河豚始于上元前，常州江阴最先得。方出时，一尾至直千钱，然不多得，非富人大家预以金啖渔人未易致。二月后，日益多，一尾才百钱耳。柳絮时，人已不食，谓之斑子，或言其腹中生虫，故恶之，而江西人始得食。盖河豚出于海，初与潮俱上，至春深，其类稍流入于江。公，吉州人，故所知者江西事也。

宋·叶梦得《石林诗话》

六一居士《诗话》载：梅圣俞赋《河豚鱼》诗云："春洲生荻芽，春岸飞杨花。河豚于此时，贵不数鱼虾。"此鱼常出于春暮，食柳絮而肥，南人多与荻芽为羹，最美。知诗者谓破题两句已道尽河豚好处。然余尝寓居江阴及毗陵，见江阴每腊尽春初已食之，毗陵则二月初方食。其后官于秣陵，则三月间方有之。盖此鱼由海而上，近海处先得之，鱼至江左，则春已暮矣。江阴、毗陵无荻芽，秣陵等处则以荻芽芼之。然则圣俞所咏，乃江左河豚鱼也。圣俞诗多古淡，而此诗特雄赡，故尤为人称美。如曰："忿腹若封豕，怒目犹吴蛙。烹炰苟失所，入喉为镆铘。"又曰："退之来潮阳，始惮餐龙蛇。子厚居柳州，而甘食虾蟆。二物虽可憎，性命无舛差。斯味曾不比，中藏祸无涯。甚美恶亦称，此言诚可嘉。"真佳作也。

宋·陈岩肖《庚溪诗话》

河豚，《新附本草》云："味甘温，无毒。"《日华子》云："有毒。"予按《倦游杂录》云："河豚鱼有大毒，肝与卵，人食之必死。暮春柳花飞，此鱼大肥。江、淮人以为时珍，更相赠遗。脔其肉杂蒌蒿荻芽，瀹而为羹，或不甚熟，亦能害人，岁有被毒而死者。"然南人嗜之不已，故圣俞诗"春洲生荻芽，春岸飞杨花。河豚当此时，贵不数鱼虾"。而其后又云："炮煎苟失所，转喉为莫邪。"则其毒可知。《本草》以为无毒，盖误矣。及观张文潜《明道杂志》，则又云："河豚，水族之奇味，世传以为有毒，能杀人。余守丹阳及宣城，见土人户食之，其烹煮亦无法，但用蒌蒿、荻芽、菘菜三物，而未尝见死者。若以为土人习之，故不伤，苏子瞻，蜀人，守杨州，晁无咎，济南人，作倅，每日食之，了无所觉。南人云：'鱼无颊无鳞，与目能开阖及作声者，有大毒。'河豚备此四者，故人畏之。而此鱼自有二种，色淡黑有文点谓之斑子，云能毒人，土人亦不甚捕也。子瞻在资善堂，尝与人谈河豚之美者，云：'也直那一死。'其美可知。或云：子不可食，其大才一粟，浸之经宿，如弹丸。人有中其毒者，以水调炒槐花末，及龙脑，皆可解。"吴人珍之，目其腹腴为西施乳。予尝戏作绝句云："蒌蒿短短荻芽肥，正是河豚欲上时。甘美远胜西子乳，吴王当日未曾知。"虽然，甚美必甚恶。河豚，味之美也，吴人嗜之以丧其躯；西施，色之美也，吴王嗜之以亡其国。兹可以为来者之戒。

宋·严有翼《艺苑雌黄》

梅圣俞《河豚》诗云："春洲生荻芽，春岸飞杨花。河豚当此时，贵不数鱼虾。"而吾乡俗语则云："芦青长一尺，莫与河豚作主客。"芦青即荻芽也；荻芽长，河豚已过时矣。而圣俞云然，予尝疑之。后观范石湖《吴郡志》，始知此鱼至春，则溯江而上。苏、常、江阴居江下流，故春初已盛出；真、润则在二月；若金陵上下，则在二三月之交；池阳以上，暮春始有之。圣俞所云，殆池阳、当涂之俗。而欧公所谓群游水上，食絮而肥，南人多以荻芽为羹，则又附会之说，非真知河豚者也。

明·陆容《菽园杂记》

坡诗"蒌蒿满地芦芽短，正是河豚欲上时"，非但风韵之妙，盖河豚食蒿芦则肥，亦如梅圣俞之"春洲生荻芽，春岸飞杨花"，无一字泛设也。

清·王士禛《渔洋诗话》

欧公极许梅圣俞、苏子美诗，而谓圣俞"寒鱼犹著底，白鹭已飞前""絮暖鮆鱼繁，豉添莼菜紫"，晏元献之称赏为不知人。然《六一诗话》所载圣俞《河豚》《春雪》二诗，皆非至者。公许《河豚》诗为绝唱，惟首二语"春洲生荻芽，春岸飞杨花"，差可无忝，余则有韵之文耳；苏子美《新桥对月》诗"云头滟滟开金饼，水面沉沉卧彩虹"为雄伟称题，尤不可解。且二公佳诗甚多，略而不录，而所赏在此，万万非浅学所能喻矣。

清·潘德舆《养一斋诗话》

【概述】

河豚，本身具有两重性：作为一种菜肴，它是盘中美味，如宋代严有翼《艺苑雌黄》中所说"吴人珍之，目其腹腴为西施乳"。宋代陆游诗"手烹墙阴荠，美若乳下豚"（《岁暮风雨》）就是根据这一典故而写的。河豚作为席上之珍，又常以荻芽作为配料，如宋代陈岩肖《庚溪诗话》所说"南人多与荻芽为羹，最美"。欧阳修十分称赏梅尧臣（字圣俞）《河豚》诗的开头四句，因为"春洲生荻芽，春岸飞杨花”两句，不仅仅是简单地点明河豚应市的时令，而且河豚食杨花而肥，又常与荻芽为羹。这样，就与后面两句“河豚当是时，贵不数鱼虾”紧紧配合，所谓“只破题两句，已道尽河豚好处”，就是指言简意赅，无一字虚设而言。

河豚是美味，却又含有毒质。河豚四月间产卵，此时卵巢及肝脏有剧毒，误食可以致命。这一点梅圣俞诗中也写到了：“炮煎苟失所，转喉为莫邪。”宋代严有翼《艺苑雌黄》说：“河豚，味之美也，吴人嗜之以丧其躯；西施，色之美也，吴王嗜之以亡其国。”概括地表达了“甚美必甚恶”的人生哲学观点，把梅圣俞在诗中分别写到的有机地组合起来。

后人根据自己的生活实践，对欧阳修的评论作了补充、修正，主要指出梅圣俞所云“河豚当是时，贵不数鱼虾”，有地域性的限制，超出了一定的时间和地域，河豚不但不是美味，而且变为毒物了。这种以事实为准绳的评论，较之盲目崇拜名人，见解受名家之作的约束而不敢越雷池一步，实在是很大的进步。

欧阳修《赠王介甫》“吏部文章二百年”

欧公赠介甫诗云：“翰林风月三千首，吏部文章二百年。”可谓极其褒美。世传介甫犹以欧公不以孔孟许之为恨，故作报诗云：“他日若能窥孟子，终身何敢望韩公！”恐未必然也。尝读《曾子固集》，见子固与介甫书云：“欧公更欲足下少开廓其文，勿为造语及模拟前人。孟、韩文虽高，不必似之，但取其自然。”盖荆公之文，因子固而授于欧公者甚多，则知介甫归附欧公，非一日也。叶少蕴以为荆公自期于孟子，而处欧公以韩愈，恐未必然尔。

宋·葛立方《韵语阳秋》

韩子苍言欧阳文忠公《寄荆公》诗云：“翰林风月三千首，吏部文章二百年。”吏部盖谓《南史》谢朓，于宋明帝朝为吏部尚书郎，长五言诗。沈约尝云：“二百年来无此诗也。”文忠之意，直使谢朓事，而荆公答之曰：“他日若能窥孟子，终身安敢望韩公！”则荆公之意，竟指吏部为退之矣。

宋·吴幵《优古堂诗话》

欧公有诗与王荆公云：“翰林风月三千首，吏部文章二百年。”荆公答诗云：“他日若能窥孟子，终身何敢望韩公！”文忠所谓吏部，乃谢吏部也。后人疑荆公有“韩公”之句，遂以为韩吏部，非也。此二联政不相参涉。

宋·佚名《漫叟诗话》

欧阳永叔《赠介甫》云：“翰林风月三千首，吏部文章二百年。”介甫答云：“他日若能窥孟子，终身何敢望韩公！”议者谓介甫怒永叔以退之相比；介甫不知二百年事，乃《南史》谢朓吏部也。沈约见其诗云："二百年来无此诗。"以介甫为误。以余考之，欧公必不以谢比介甫，介甫不应误以谢为韩也。孙樵与高锡望书曰："唐朝以文索士，二百年间，作者数十辈，独高韩吏部。"欧公用此尔，介甫未尝误认事也。

宋·朱翌《猗觉寮杂记》

欧阳文忠有《赠介甫》诗云："翰林风月三千首，吏部文章二百年。老去自怜心尚在，后来谁与子争先？"王答云："他日若能窥孟子，终身何敢望韩公！"余少时闻人谓吏部乃隐侯，非文公也。翰林诗无三千，亦非太白。后见《沈约传》：虽尝为吏部郎，及称谢朓云："二百年来无此诗。"谓由建安至宋元嘉二百三十余年，举其全数耳。自嘉祐上至唐元和，余二百五十年，去元嘉则远矣。则吏部盖指韩也。郑谷有《题太白集》诗云："何事文星与酒星，一时分付李先生。高吟大醉三千首，留着人间伴月明。"永叔所引，但用沈"二百年"之语加于退之，以对翰林三千首耳。诗年之数，安在如书马数马乎？

宋·庄季裕《鸡肋编》

中书待制公翌新仲尝言：后学读书未博，观人文字，不可轻诋。且如欧阳公与王荆公诗云："翰林风月三千首，吏部文章二百年。"荆公答云："他日若能窥孟子，终身安敢望韩公！"欧公笑曰："介甫错认某意，所用事乃谢朓为吏部尚书，沈约与之书云：'二百年来无此作也。'若韩文公，迄今何止二百年邪？"前后名公诗话，至今博洽之士，莫不以欧公之言为信，而荆公之诗为误。不知荆公所用之事，乃见孙樵上韩退之吏部书："二百年来无此文也。"欧公知其一而不知其二，故介甫尝曰："欧公坐读书未博耳！"

宋·陈鹄《耆旧续闻》

【概述】

诗的语言具有二重性：一方面，它同一般散文那样，要求清楚明白；另一方面，由诗的特点决定，它的语言又往往是模糊的、朦胧的。这两者既矛盾又统一；要求诗歌写得明明白白、一清二楚，这样也就失去了弹性，没有言外之意，象外之象，诗也不成其为诗了。反之，以为诗可以写得模糊、朦胧，抛开清楚明白不管，这样成为艺术上的唯意志论，自己虽懂而别人不懂，诗也就失去了存在的价值。所以明白和模糊，都要有一个度：明白之中要含有弹性，模糊之中要含有准确。李白诗“燕山雪花大如席”，这是夸张；鲁迅说，燕山毕竟有雪花，就是夸张中含有诚实的成分，如果说“广州雪花大如席”，这是说谎，不是夸张了。对于诗的语言，正可如此来看待。

上面所说，只是就欣赏诗歌的一般情况而言，对欧阳修两句有争议的诗，却不是这般简单明了：说明白，争论双方都是例证明确，一清二楚的。既然是明白加明白，没有模糊可言，两个明白之间的矛盾又如何解决呢？

“翰林风月三千首”，有人说这个“翰林”不是指李太白，因为太白的诗没有多到三千首。宋代庄季裕举出郑谷《题太白集》诗“高吟大醉三千首”，认为确指太白。反对派也举不出翰林另属何人，所以这一句的矛盾，大致可以解决。

“吏部文章二百年”，这句情况就比较复杂了。宋代吴开认为这个“吏部”是指宋明帝朝为吏部尚书郎的谢朓。谢朓长于五言诗，南朝沈约曾说“二百年来无此诗也”。（《南齐书·谢朓传》）这样，“吏部文章”和“二百年”扣得很紧，文从字顺，似乎不会有什么异义了。但宋代朱翌却认为这个“吏部”是指唐穆宗时吏部侍郎韩愈，并引孙樵与高锡望书“唐朝以文索士，二百年间，作者数十辈，独高韩吏部”，和“二百年”扣合起来，也是文从字顺，和吴开之说可谓旗鼓相当。

欧阳修写这句诗时，“吏部”当然是有确指的，或谢朓，或韩愈，决不会模棱两可。后来出现如此巧合的歧义，则是他所意想不到的。为什么会出现歧义，这就牵及借代的运用了。

借代就是舍去人或事物的本来名称不用，而借用与它相关的名称来称呼它。如李白做过翰林供奉，就用“翰林”来称呼它；谢朓和韩愈分别做过吏部尚书郎或吏部侍郎，就用“吏部”来称呼他们。借代是一种传统的修辞手法，古诗文中是常见的。如王安石也是大官，欧阳修赠他的诗，以李白、韩愈（或谢朓）作喻，分别用官职名称来指代其本人，这就十分切当。不过用借代也有条件，就是须有一定的语言环境相配合，孤立的一个借代词，就容易引起误解。明人瞿佑《归田诗话》中有如下一则：

昌黎作《平淮西碑》，既已登诸石，宪宗惑于谗言，诏斫其文，更命学士段文昌为之，在当时莫能别其文之高下也。及东坡《录临江驿小诗》云："淮西功业冠吾唐，吏部文章日月光。千载断碑人脍炙，不知世有段文昌。"公论始定。

上引诗中，也有借代词"吏部"，在于有"淮西功业"（历史事实）、"断碑"（物）、"段文昌"（人）等词语相配合，就肯定是指韩愈而不会引起误解。欧阳修诗句中用"吏部"，与之配合可资识别的词语仅"二百年"一处，一旦出现巧合，就造成歧义，诗家各执一词，争论不休。

王安石《残菊》"残菊飘零满地金"

欧公嘉祐中见王荆公诗："黄昏风雨暝园林，残菊飘零满地金"，笑曰："百花尽落，独菊枝上枯耳。"因戏曰："秋英不比春花落，为报诗人子细看！"荆公闻之曰："是岂不知《楚辞》'夕餐秋菊之落英'？欧阳九不学之过也。"

宋·蔡绦《西清诗话》

荆公诗："黄昏风雨暝园林，残菊飘零满地金。"子瞻跋云："秋英不比春花落，说与诗人子细看。"盖为菊无落英故也。荆公云："苏子瞻读《楚词》不熟耳。"予以谓屈平"餐秋菊之落英"，大概言花衰谢之意，若"飘落满地金"则过矣。东坡既以落英为非，则屈原岂亦谬误乎？坡在海南《谢人寄酒》诗有云："漫绕东篱嗅落英。"又何也？

宋·曾慥《高斋诗话》

"秋英不比春花落，为报诗人子细看"，此是两句诗，余于《六一居士全集》及《东坡前后集》遍寻并无之，不知《西清》《高斋》何从得此二句？诗互有讥议，亦疑其不审也。

宋·胡仔《苕溪渔隐丛话》

余按《楚词》"夕餐秋菊之落英"，"落"之为义，始也，初也，如《礼记》所谓"落成"之落也。盖菊已花，虽枯不落，惟初英乃可餐。荆公赋"黄菊飘零满地金"，固失之不知菊矣。亘有以来"秋英不比春花落，为报诗人子细看"之讥，《西清》以为欧公，《高斋》以为苏公，未详孰是？而所记半山借"秋菊落英"之说，一则曰"欧九不知《楚词》”，一则曰“子瞻不熟《楚词》”。欧、苏二公，非不知、不熟《楚词》者，特知屈原之心，不以“落英”为飘落之落耳。虽然，半山岂真不知、不熟《楚词》者欤，亦不过执拗以遂非而已。西涧叶公，每诵先君菊庄翁“菊似交情看岁晚，枝柑相伴到离披”之句，谓其真知菊者，故并及之。梅墅续评。

宋·魏庆之《诗人玉屑》

荆公诗云：“黄昏风雨打园林，残菊飘零满地金。撷得一枝还好在，可怜公子惜花心。”东坡云：“秋花不似春花落，寄语诗人仔细看。”荆公云：“东坡不曾读《离骚》，《离骚》有云：‘朝饮木兰之坠露，夕餐秋菊之落英。’”

宋·吴可《藏海诗话》

菊之开也，既黄白深浅之不同，而花有落者，有不落者。……王介甫《武夷》诗“黄昏风雨打园林，残菊飘零满地金”，欧阳永叔见之，戏介甫曰：“秋花不落春花落，为报诗人子细看。”介甫闻之，笑曰：“欧阳九不学之过也，岂不见《楚辞》云‘夕餐秋菊之落英’？”东坡，欧公门人也，其诗亦有“欲伴骚人赋落英”，与夫“却绕东篱嗅落英”，亦用《楚辞》语耳。王彦宾言：“古人之言，有不必尽循者，如《楚辞》言秋菊落英之语。”余谓诗人所以多识草木之名，盖为是也。欧、王二公文章擅一世，而左右佩纫，彼此相笑，岂非于草木之名，犹有未尽识之，而不知有落者、不落者耶？王彦宾之徒，又从而为之赘疣，盖益远矣。若夫可餐者，乃菊之初开，芳馨可爱耳。若夫衰谢而后落，岂复有可餐之味？《楚辞》之过，乃在于此。或云《诗》之《访落》，以落训始也，意落英之落，盖谓始开之花耳。然则介甫之引证，殆亦未思之欤？“或者”之说，不为无据。

宋·史正志《菊谱后序》

《楚辞》云：“夕餐秋菊之落英。”王逸云：“英，华也。”《类篇》云：“英，草荣而无实者。”后汉冯衍赋云：“食玉芝之茂英。”言英华之英。洪兴祖补注《楚辞》云：“秋花无自落者。读如‘我落其实，而取其华’之落。”此言为是。今秋花亦有落者，但菊蕊不落耳。若云“黄菊飘零满地金”，即诗用《楚辞》句。且《宋书·符瑞志》

沈约云：“英，叶也。言食秋菊之叶。”据《神农本草》：“菊，服之轻身耐老，三月采叶。”《玉函方》：“王子乔变白增年方：甘菊，三月上寅采，名曰玉英。”是英谓之叶也。晋许询诗云：“青松凝素体，秋菊落芳英。”

宋·姚宽《西溪丛语》

士有不遇，则托文见志，往往反物理以为言，以见造化之不可测也。屈原《离骚》曰：“朝饮木兰之坠露兮，夕餐秋菊之落英。”原盖借此以自喻，谓木兰仰上而生，本无坠露，而有坠露；秋菊就枝而殒，本无落英，而有落英。物理之变则然，吾憔悴放浪于楚泽之间，固其宜也。异时，贾谊过湘，作赋吊原，有“莫邪为钝”之语；张平子《思玄赋》有“珍萧艾于重笥兮，谓蕙芷之不香”。此意正与二公同，皆所以自伤也。古人托物之意，大率如此。本朝王荆公用“残菊飘零”事，盖祖此意。欧公以诗讥之，荆公闻之，以为欧九不学之过；后人遂谓欧公之误，而不知欧公意盖有在。欧公学博一世，《楚词》之事，显然耳目之所接者，岂不知之？其所以为是言者，盖深讥荆公用落英事耳。以谓荆公得时行道，自三代以下，未见其比，落英反理之谕，似不应用。故曰：“秋英不比春花落，为报诗人子细看。”盖欲荆公自观物理，而反之于正耳。

宋·王楙《野客丛书》

蔡绦《西清诗话》记荆公有“残菊飘零满地金”之句，而文忠公非之，荆公以文忠不读《楚辞》之过也。以余观之，“夕餐秋菊之落英”，非零落之落。落者，始也，如筑室始成，谓之落成。《尔雅》云：“俶落权舆，始也。”至若钱昭度诗云：“荞麦花残小雪飞。”乃为诗病。

宋·吴曾《能改斋漫录》

《楚辞》云：“餐秋菊之落英。”释者云：落，始也，如《诗》“访落”之落，谓初英也。古人言语多如此，故以乱为治，以臭为香，以扰为驯，以慊为足，以特为匹，以原为再，以落为萌。

宋·罗大经《鹤林玉露》

……荆公亦有强辩处。尝有诗云：“黄昏风雨满园林，残菊飘零满地金。”欧公见而戏之曰：“秋英不比春花落，传语诗人仔细吟。”

荆公闻之曰："永叔独不见《楚词》'餐秋菊之落英'邪？"殊不知《楚词》虽有"落英"之语，特寓意"朝""夕"二字，言吞阴阳之精蕊，动以香净自润泽尔。所谓'落英'者，非飘零满地之谓也。夫百卉皆凋落，独菊花枝上枯，虽童孺莫不知之。荆公作事，动辄引经为证，故新法之行，亦取合于《周官》之书，其大概类此尔。

宋·陈鹄《耆旧续闻》

《高斋诗话》载东坡跋王荆公诗云"秋英不比春英落"，而荆公自谓取《离骚经》"落英"之意。按落英固有意义，然以为"飘零满地金"，则过矣。考落之义，非陨落之落。《尔雅·释诂》云："俶、落、权舆，始也。"郭璞引"访予落止"为证。邢昺乃云，落者木叶陨坠之始，失其义矣。《西溪丛语》引《宋书·符瑞志》，谓食秋菊之叶耳，其说恐亦未然。《尔雅》：华、荂，荣也。荣而不实者谓之英。《月令》仲夏木槿荣，谓于此时著花也。菊叶固可食，然按《本草》，采叶在三月，今云秋菊，则非食叶之时矣。著花在八九月，落英云者，谓始华之时。

宋·吴仁杰《离骚草木疏》

《楚辞》之意，乃撷菊之始英者尔。

宋·费衮《梁溪漫志》

昔人讥王介甫"残菊飘零满地金"之句，以秋英不比春花落，公引《楚词》为证。或谓"落"，初也，始也，如落成之落。愚谓《楚词》落英与坠露对言，屈子似非指落为始者，读者不以辞害意可也。朱子不释落字，亦阙疑之意。

元·吴师道《吴礼部诗话》

《楚辞》：朝饮木兰之坠露兮，夕餐秋菊之落英。有问于谢叠山曰：菊英无零落，露坠矣，可饮乎？叠山曰：木兰不常有，得兰露之坠者，亦当饮之。秋菊不常有，得菊英之落者，亦当餐之。爱之至，敬之至也，非谓兰露必坠，菊英必落也。此说颇得骚人言外之意。

明·杨慎《丹铅杂录》

《离骚》云落英，或谓菊花不落而何为落英？一云：落，大也。一云：

落，始也，谓始开之英。姚宽《西溪丛语》引晋许询诗云："青松凝素体，秋菊落芳英。"沈约云："英，叶也，言食秋菊之叶。"余读韦应物诗云："掇英泛浊醪，日入会田家。"审姚说无疑矣。

明·俞弁《逸老堂诗话》

史氏辩王安石、欧阳修所争《楚辞》落英事，谓菊有落有不落者，讥二人于草木之名未能尽识。其说甚详，是可息两家之争。至于引《诗·访落》之语，训落为始，虽亦根据《尔雅》，则反为牵合其文，自生蛇足。上句木兰之坠露，坠字又作何解乎？英落不可餐，岂露坠尚可饮乎？此所谓以文害词者也。

清·永瑢、纪昀《四库全书提要》

菊不落瓣，其性然也。世传王介甫《咏菊》有"黄昏风雨过园林，吹得黄花满地金"之句，苏子瞻续之曰："秋花不比春花落，为报诗人仔细吟。"因得罪介甫，谪子瞻黄州。菊惟黄州落瓣，子瞻见之，始大愧服。按《黄州志》不载此事。又尝考王介甫作《残菊》诗曰："黄昏风雨打园林，残菊飘零满地金。"欧阳永叔见之，戏曰："秋花不比春花落，为报诗人仔细看。"介甫闻之笑曰："欧阳九不学之过也。岂不闻《楚辞》云'夕餐秋菊之落英'？"按此则又属欧、王二公事，非子瞻事也。愚谓此或本欧、王之事，而附会于苏；抑或本王、苏之事，而假托于欧，俱不必深辩。惟落菊之说，余尝至黄，适值菊月，正欲一验其落，遂停居月余。其菊盛开之后，渐萎而枯，与别处皆同；惟单瓣紫菊，偶落数瓣。始知黄州菊落之说，不足信也。考《菊谱·后序》云："花有落者，有不落者。"其所云落者，盖指单瓣而言。是菊原有落、不落二种，不独黄州为然。据传王、苏之事，几以黄州之菊，尽飘零满地矣。窃尝静验众花：春花落瓣，秋花落朵；结实者落瓣，不结实者落朵；有须者落瓣，无须者落朵；瓣疏者落瓣，瓣密者落朵；香微者落瓣，香甚者落朵；五出者落瓣，六出者落朵——此皆前人所未道及者。虽不尽然，其大概总不出此，想亦秉气各异耳！

清·青城子《志异续编》

《离骚》"夕餐秋菊之落英"，注者聚讼，莫衷一是。按《尔雅》：俶、落、权舆，始也。郭璞引"访予落止"为证，如落英为始开之花。

洪嗣补注云：秋花无自落者，当训如“我落其实而取其材”之义。二说俱似有理，而邢昺乃云，落者，木叶陨坠之始。《西溪丛语》亦引《宋书》云，英，叶也。荣而无实者谓之英，是落英者，乃落叶耳。恐未必然。尝见海上种花人，取于菊花储之，云广东人取以入馔，甚精美，然则落为剥落之义，而英之为花，可无疑矣。

清·黄协埙《锄经书舍零墨》

王介甫《残菊》诗：“黄昏风雨打园林，残菊飘零满地金。”小说载嘉祐中欧阳文忠见此诗，笑曰：“百花尽落，独菊枝上枯耳！”因戏曰：“秋英不比春花落，为报诗人子细看。”介甫闻之曰：“是不知《楚辞》云‘夕餐秋菊之落英’，欧阳九不学之过也。”李雁湖《王荆公诗注》云：“落英乃是‘桑之未落’，华落色衰之落，非必言花委于地也。”欧、王二巨公，岂不晓此，小说谬不可信也。又蔡绦《西清诗话》云：“落，始也。”今按始之义，乃落成之落，自与此落字不同。而诗既以“飘零满地”为言，则似亦不仅色衰之义矣。

清·翁方纲《石洲诗话》

【概述】

宋代王安石的《残菊》诗，为欧阳修（有的记载是苏轼）所讥，这个故事流传很广，宋人笔记、诗话中有关记载很多。直到清代，还有人在议论。

诗可以想象，运用夸张等艺术手法，但都要根据事实。清代黄遵宪写过一首《以莲菊桃杂供一瓶作歌》，因为是在新加坡写的，所以有此可能。宋代苏轼《海棠》诗“只恐夜深花睡去，故烧高烛照红妆”，说海棠会睡去，这是拟人的艺术手法。至于王安石的“残菊飘零满地金”，既不能看作艺术上的夸张，也不是写另一世界的景物，应该看作是对客观事物的直写。但在人们常识中，菊花是不会落瓣飘零的，欧阳修（或苏轼）的批评合乎客观事实。王安石如果不同意，最好的办法就是请对方到园林来看满地金的景象，则是非即可迎刃而解。可是古代的文人雅士自有另一套为自己辩护的方法，即举出前人的诗文做证。这样一来，有错也让别人去承担，确是妙招。

而且这样做还有转移视线的作用。由于《离骚》是千古传诵的名作，人们不敢轻易作出否定，于是纷纷加以探索、寻究，反而把王安石的诗句冷落在一边。大家纷纷钻到故纸堆中去了，只有王彦宾说了一句老实话：“古人之言，有不必尽循者，如《楚辞》言秋菊落英之语。”话还是说得很委婉，只说“不必尽循”，并没有直接指出不对。

简单否定一下是方便的，但不能解决问题。菊花是否会零落，这是常识，屈原不会不知道。知道了，为什么偏偏要写到作品中去呢？明代胡应麟在《诗薮》中对此做了解释：

> “餐秋菊之落英”，谈者穿凿附会，聚讼纷纷，不知三闾但托物寓言。如“集芙蓉以为裳”“纫秋兰以为佩”，芙蓉可裳，秋兰可佩乎？然则菊虽无落英，谓有落英亦可。屈虽若误用，谓未尝误亦可。

所谓“托物寓言”，也即明代汪瑗在《楚辞集解》中所说：“谓己动以香洁常自润泽耳。所谓循行仁义，勤身勉力，朝暮不倦是也。”既是托物，就含有想象的成分，不一定与实际情况丝丝入扣。

王安石诗是纪实，并非托物寓言，引《离骚》之句以自解，不够恰当。要引，不妨引晋许询诗“青松凝素体，秋菊落芳英”（明·俞弁《逸老堂诗话》），并以史正志“菊有落有不落”来解释，较为妥帖。

刘静修《咏史》

《静修文集·读史诗》云："纪录纷纷已失真，语言轻重在词臣。若将字字论心术，恐有无边受屈人。"殊非确论。修史自有定例，谓如其人功十而过一，本传不书其过，十功岂不能赎一过，其过必于他传见之。其人过十而功一，传必书其功，谓其人岂无一善可书？或有当书之事，本传不载者，必于他传见之。其例甚多，未易缕陈，余编《诸儒史说》，备见之。

元·盛如梓《庶斋老学丛谈》

刘静修《咏史》云："纪录纷纷已失真，语言轻重在词臣。若将字字论心术，恐有无穷受屈人。"《宋史》文信公与陈宜中同传，不预忠义之列。吴文定公有《谒文信公祠》诗云："当时正气亘乾坤，忠义谁将宋史论？柴市宜为南向象，崖山应有北归魂。已酬乡里希贤志，能报朝廷养士恩。一读《六歌》人便哭，天教遗墨毁无存。"常熟钱氏藏文信公《六歌》墨迹，近毁于火，文定末句故及之。噫！文信公忠义表表在天地间，而史书不预，何邪？余诵静修诗，重增惋叹。

明·俞弁《逸老堂诗话》

隐士赵逸述晋人云："自永嘉以来三百余年，建国称王者十六君。目睹其事，国亡之后，史书皆非实录。"天后时有献三足鸟者，左右或言一足伪，后笑曰："但史册书，安用察其伪乎？"周公瑾云："定、哀多微词，有所避也；牛、李有异议，有所党也。国史凡几修，则是非凡几易矣。"元刘静修诗云："纪载从来已失真，纷纷轻重在词臣。若将字字论心术，恐有无边受屈人。"故史不可轻读，古人亦不可轻论。

明·陈继儒《读书镜》

李密《陈情表》有“少仕伪朝”语，责备者谓其笃于孝而忘于忠，杨升庵谓：佛书引此文，“伪朝”作“荒朝”，盖密之初文也。“伪朝”字恶，改之以入史耳。刘静修诗：“若将文字论心术，便有无穷受屈人”，殆指此类乎？埴谓：李令伯之“少仕荒朝”，不如陆士衡之“本为敌国”。

清·金埴《不下带编》

【概述】

历史的含义有二，一是指历史的本身，一是指历史的著述。历史的著述，应忠实于历史的本身，这一原则，是没有人会反对的，但事实上史书记载史实，常常会有出入。元代刘静修的《咏史》诗，对历史著述大胆提出怀疑，认为很多记录是失真的。失真的原因，就在于语言轻重之权，是操在修史书的“词臣”手中。如果根据失真的史书记载来评价人物，许多人就要受到冤屈了。

刘静修这首诗中的议论，不是针对某一具体的人或事而发的，可能是他读史感想的概括或总结。他的议论，获得人们的共鸣，明代俞弁《逸老堂诗话》就从史书中找出具体事实来论证刘静修见解的正确。他举出《宋史》中“文信公与陈宜中同传，不预忠义之列”，从而发出如下感慨：“噫！文信公忠义表表在天地间，而史书不预，何邪？”而明代陈继儒《读书镜》引周公瑾的话：“国史凡几修，则是非凡几易矣”，更深刻说明彼亦一是非，此亦一是非的现象，几乎是普遍存在的。

早在《论语》中，就记载子贡的话：“纣之不善，不如是之甚也。”也就是说史书中所载纣的种种劣迹，是过甚其辞的。孟子则说得更明白：“尽信书，不如无书。《武成》之篇，吾取其二三简。”这种情况，到后来更有变本加厉之势。据《史通》记载：“齐天保二年，敕秘书监魏收，博采旧闻，勒成一史。收谄齐氏，于魏室多不平。既党北朝，又厚诬江左。性憎胜己，喜念旧恶。迁怒所至，毁及高曾。时尚书令杨遵彦，一代贵臣，势倾朝野。收撰其家传甚美，是以深被党援。由是世薄其书，号为秽史。”这个例子比较突出，但后世众手修史，凭个人好恶来褒贬人物，或多或少总是存在的。

袁凯《白燕》

才情遒拔，往往有奇语，尤闲于咏物。其题《白燕》《闻笛》，颇为时口脍炙。盖七言律不易得，元和以还，千百年之中，仅见高侍郎一家，何其寥寥也！昔王献之调季琰曰："弟书如骑驴，骎骎欲度骅骝前。"袁之追风尚远，骋思颇逸，得次之接武。

明·顾起纶《国雅品》

松江袁御史景文，未仕时，尝与友人谒杨廉夫，几上见有《咏白燕》诗云："珠帘十二中间卷，玉剪一双高下飞。"景文素能诗者，因谓之曰："先生此诗，殆未尽体物之妙也。"廉夫不以为然。景文归作诗，翌日呈廉夫，云："故国飘零事已非，旧时王谢见应稀。月明汉水初无影，雪满梁园尚未归。柳絮池塘香入梦，梨花庭院冷侵衣。赵家姊妹多相妒，莫向昭阳殿里飞。"廉夫得诗叹赏，连书数纸，尽散坐客。一时呼为"袁白燕"云。

明·都穆《南濠诗话》

都玄敬《诗话》云："松江袁景文未仕时，尝谒杨廉夫，见其赋《白燕》诗云：'珠帘十二中间卷，玉剪一双高下飞。'"余近见《鼓吹续编》，此诗乃常熟时大本所作。其诗曰："春社年年带雪归，海棠庭院日争辉。珠帘十二中间卷，玉剪一双高下飞。天下公侯夸紫颔，国中俦侣尚乌衣。江湖多少闲鸥鹭，岂与同盟伴钓矶。"大本，同时人，玄敬失于不审耳，非廉夫之诗明矣。

明·俞弁《逸老堂诗话》

唐子元荐论本朝之诗："洪武初，高季迪，袁景文一变元风，首开大雅，卓乎冠矣。……近日好高论者曰：‘沿习元体，其失也瞽。’又曰：‘国初无诗，其失也聋。’一代之文，曷可诬哉！”

明·俞弁《逸老堂诗话》

余尝闻故老云：会稽杨维桢廉夫，以诗豪东南，赋《白燕》，其警句云云。时海叟在坐，意若不满，别赋一首云云。杨击节叹赏，遂废已作，手书数纸散坐客。一时人称为袁白燕。姜南明叔云：“珠帘”句常熟时大本之作，其全篇云云。但结句不如“故国飘零事已非”为胜。

明·陆深《陆俨山集》

袁海叟尤长于七言律，其《咏白燕》诗，世尤传诵之，而空同以为《白燕》诗最下最传，盖以其咏物太工，乏兴象耳。

明·何良俊《四友斋丛说》

七言律至何、李始畅，然曩时亦有一二佳者，如……袁海叟《白燕》：“月明汉水初无影，雪满梁园尚未归。”……此等语入弘正间不复可辩，参之贞元长庆，亦无愧色。（何指何景明，李指李空同）

明·王世贞《艺苑卮言》

林子羽《鸣盛集》专学唐，袁凯《在野集》专学杜，盖皆极力摹拟，不但字面句法，并其题目亦效之，开卷骤视，宛若旧本。然细味之，求其流出肺腑，卓尔有立者，指不能一再屈也。宣德间有晏铎者，选本朝诗，亦名《鸣盛诗集》……其选袁凯《白燕》诗曰：“月明汉水初无影，雪满梁园尚未归。”曰：“赵家姊妹多相忌，莫向昭阳殿里飞。”亦佳。若《苏李泣别图》曰：“犹有交情两行泪，西风吹上汉臣衣。”而选不及，何也？

明·李东阳《麓堂诗话》

（编者注：按袁凯《题苏李泣别图》，沈德潜《明诗别裁集》选之前二句为“上林木落雁南飞，万里萧条使节归”。）

袁凯，字景文，松江华亭人。洪武三年荐授御史。凯工诗，有盛名；性诙谐，自号海叟。初在杨维桢座，客出所赋《白燕》诗；凯微笑，别作一篇以献。维桢大惊赏，遍示座客。人遂呼袁白燕云。

清·张廷玉《明史》

袁凯以《白燕》得名，而“月明汉水初无影，雪满梁园尚未归”，按字求之，总成窒碍。

清·王夫之《姜斋诗话》

袁海叟《白燕》诗云：“月明汉水初无影，雪满梁园尚未归。”人服其工妙，然亦有蓝本。唐寇豹与谢观以文藻齐名，观谓寇曰：“君《白赋》有何佳句？”豹曰：“晓入梁园之苑，雪满群山；夜登庾亮之楼，月明千里。”袁句本之，第“无影”“未归”，于“燕”字尤见巧思耳。

清·叶矫然《龙性堂诗话续集》

松江有白燕庵，袁海叟故居也。康熙丙戌，门人周策铭（彝）翰林，写其遗集相寄，编首有空同、大复二序。余感而题之云：“鼎足高杨尔不惭，百年遗迹改名蓝。乌衣王谢俱零落，七字风流白燕庵。”

清·王士禛《渔洋诗话》

杨廉夫尝共赋《白燕》诗，有得警句云：“珠帘十二中间卷，玉剪一双高下飞。”众皆称誉，袁景文殊不谓然，别赋一律呈杨。杨击节不已，手书数纸，尽散座客。世遂呼曰袁白燕。

清·李延罡《南吴旧话录》

【概述】

明代袁凯的《白燕》诗，由于得到过杨廉夫的揄扬，知道的人很多。但此诗在袁凯的诗集中，也不算是上等的。清代沈德潜《明诗别裁集》选袁凯诗八首，而《白燕》诗不在其内。当然，就诗论诗，特别是和时大本之作相比，这首诗还是工稳可取的。开头“故国飘零”，就含有寄托之意，不是纯为写燕而写燕。“旧时王谢”，暗用刘禹锡《乌衣巷》诗，也是切题的。中间四句“月明汉水”“雪满梁园”以及“柳絮”“梨花”紧扣题中“白”字，以区别于一般之燕，把题目写得更完全。末两句以赵飞燕的故事作结，以一“妒”字暗寓文人间倾轧之可畏，也寄托深远，与开始两句遥相呼应。何良俊以“咏物太工，乏兴象”评之，提出更高要求时，这首诗的不足之处也就显露出来了。

时大本一首，把“珠帘”一联看作警句，除了善于刻画、切题之外，也就谈不上什么好处。它对袁凯的诗做了铺垫，倒是实在的。

清代陈仅在《竹林答问》中曾对咏物诗作如下的论述：

> 咏物诗寓兴为上，传神次之。寓兴者，取照在流连感慨之中，《三百篇》之比兴也；传神者，相赏在牝牡骊黄之外，《三百篇》之赋也。若模形范质，藻绘丹青，直死物耳，斯为下矣。

对袁凯的《白燕》诗，为什么有褒有贬，而且贬多于褒，从这段话中可以得到启发。

下篇

历代诗论选

内容提要

本篇是作者阅读诗论著述的笔记。博览90多部历代名家诗论著作，精选20多位著名诗人，去粗取精，将散落在诗歌王国的名人名家诗论，精心捃摭，多达630余条，分门别类，进行全方位、多角度细分汇编，内容丰富；且各家之说并陈，一是有助于读者明辨是非；二是经过彼此补充，不明者可明，不解者可解，足资开阔视野。

这些条目如颗颗珍珠，自有其本身的光彩；连缀起来则如一条条熠熠生辉的项链。各颗珍珠之间，互相映衬，相得益彰，给读者以美的享受和真的启发。

序言

中国是诗的王国，诗人辈出，名作如林。随着诗歌的发展，诗论也陆续出现，从一般书籍中偶然夹杂着一言半语，到专门著作的成批问世，在文学批评史上形成了重要的一环。历代诗论，一方面是前代诗歌创作的总结，一方面也为后代诗歌的发展提供了理论上的借鉴。它在我国文学批评史上，占有重要的地位。

中国历代诗论著述，和现代的理论书籍在体例和形式上有很大的不同：它不是分章分节，首尾完整，对材料作系统的安排，而多是评论家即兴之作，兴到即书，少则片言只语，多的也只几百字；每条自成其论，和前后各条并无内在联系。要明了作者的宗旨和见解，必待看完全书之后，再由读者自己重新作一番归纳和整理，才能理出头绪。这样的论述，随意阅读，似乎不甚费力，但要真正从书中获得教益，却也并非易事。首先是读者自己得有一定的识鉴，才能对其得失了然于胸。不过，这类著述也有其自身的优点，即是每一条目都渗透着作者的心得体会，读一条有一条的收获，由于作者不掺水分，写得言简意赅，读者也就不会浪费时间在拖泥带水的笔墨上。

本篇是我阅读诗论著述的笔记，去粗取精，共摘录诗论六百余条。这些条目，分开来看，如颗颗珍珠，自有其本身的光彩；而互相连缀起来看，则如一条条熠熠生辉的项链，各颗珍珠之间，互相映衬，相得益彰，给读者以美的享受和真的启发。下面试加说明。

赋、比、兴，是我国古代诗论《毛诗序》中提出的三个名词。光看名词，对其意义不容易了解，其后钟嵘在《诗品序》中，则有比较明白的解释：

“文已尽而意有余，兴也；因物喻志，比也；直书其事，寓言写物，赋也。”

这样，就可对这三个名词的含义有进一步的认识。其后，诗人吴乔在《围炉诗话》中还举例做了说明：

"'忽见陌头杨柳色，悔教夫婿觅封侯'，兴也。'夕阳无限好，只是近黄昏'，比也。'海日生残夜，江春入旧年'，赋也。"

结合具体例子来看，对赋、比、兴的意义和用法，就有了更进一步的深入体会。

前人论赋、比、兴，并不限于只作正面阐释，有时还结合具体作品，对三者的应用作比较分析。如清人潘德舆在《养一斋诗话》中说："唐以前比兴多，宋以来赋多，故韵味迥殊。"这还只是隐约地对比兴和赋体作了区别，而朱庭珍的《筱园诗话》，则明白地扬比兴而抑赋体，他说："一味直陈其事，何能感人？后代诗家，多赋而少比兴，宜其造诣不深，去古日远也。"

这是把作诗造诣不深，直接归之于赋体的局限，抬高比兴之意，十分坦率。但这毕竟也只是一家之言，吴雷发在《说诗菅蒯》中就提出不同看法："尝见论人诗者，谓赋体多而比兴少。此世俗之责人无已也。诗岂以兴比为高而赋为下乎？如诗果佳，何论兴比赋？设令不佳，而谬学兴比，徒增丑态耳。况诗在触景生情，何必先横兴、比、赋三字于胸？今必以备体为工，无乃陋甚？"

《四库全书总目提要》意见与吴氏相同，对此做了比较公允的论述：

"赋、比、兴三体并行，源于《三百》。臻情触景，各有所宜。未尝闻兴比则必优，赋则必劣。况唐人非无赋体，宋人亦非尽无比兴，遗诗具在，吾将谁欺？乃划界分疆，诬宋人以比兴都绝。"

由此可见，古代诗论之作，虽看似零碎，但若把各家之说汇集起来，互相参看，则内容丰富，各家之说并陈，正可启发思考，有助于读者明辨是非。此外，各家之说经过彼此补充，不明者可明，不解者可解，足资开阔视野。如清人宋征璧《抱真堂诗话》中有如下一条：

"咏月莫拙于'方晖竟户入，圆影隙中来'，莫妙于'照之有余辉，揽之不盈手'。"这里只举两对咏月的诗句，一拙一妙，至于前者何以拙，后者何以妙，却留给读者自己去思索。读者参看一些诗家的论述，对上举两联的优劣，就可了然于胸。如清人叶矫然《龙性堂诗话》说："诗贵神似，形似末也。"上面前一联："方晖竟户入，圆影隙中来"，是说月光从户外照入室中，由于门框是方的，月光也成为方的了。月光从孔隙中照进来，孔是圆的，月光也就成为圆形了。这两句诗只在形似上做文章，虽然写得很逼真，但除此之外，别无他意。正如明人谢榛在《四溟诗话》中所说：“诗无神气，犹绘日月而无光彩。”这样的造句，毫无意趣可言。后一联却不同了，它是含其形而求其神。从“余辉”两字，想见皎洁的月光无处不在，一片银白世界。月光是这样充溢着空间，但用手去揽取，却又揽取不到，写出月光的一片空灵。月光，正是那皎洁的月光，把整个世界都净化了。诗人所写的正是月光的精神。正如清人朱庭珍在《筱园诗话》中所说：“诗以超妙为贵，最忌拘滞呆板。”后一联的可贵，在于超妙，不着痕迹，而前一联之所以拙劣，正是由于拘滞呆板，没有意趣。再从咏物诗的角度来看，清人陈仅在《竹林答问》中说：“咏物诗寓兴为上，传神次之。”后一联咏月，是既寓兴（写出被月光所净化的境界），又传神（月光皎洁空灵的本质）。而前一联正如清代袁枚在《随园诗话》中说：“咏物诗无寄托，便是儿童猜谜。”只能作为逗儿童的谜语来看，谈不上诗的美质。

各家论诗之说是分散的，读者融会贯通，充分利用，就可从多方面获益，举一反三，对诗论中未提及的作品，也可触类旁通。比如看了《抱真堂诗话》中所引两联咏月诗，明白了写形与传神的高下之分，对其他咏物诗，自然也能辨别体味。如林和靖咏梅诗：“疏影横斜水清浅，暗香浮动月黄昏”一联，元人韦居安在《梅涧诗话》中赞为“千古绝唱”，而石曼卿的咏梅诗“认桃无绿叶，辨杏有青枝”，苏东坡说是村学堂中的诗体，并写诗嘲笑道：“诗老不知梅格在，强拈绿叶与青枝。”这正说明石曼卿的诗句，没有写出梅花的品格，只在形相上作刻画，与林和靖的诗句，自然不可同日而语了。

为了能看清各家论诗的宗旨，本篇是按原著分别摘录的。

杜甫开创了以诗论诗、品评诗家作品的先例，类似的诗论语句，代有作者，因与一般诗论不同，本书另行摘录一卷，以备一格。

林世堂记

1991年1月8日

卷一

本卷所收，为历代单篇之著述。虽吉光片羽，着墨不多，而所论往往精彻。其先秦两汉部分，更为后世诗论之滥觞，涓涓细流，汇为泱泱巨浸，固不可以量少而忽之也。

001. 诗言志，歌永言，声依永，律和声。

周·《尚书·尧典》

002. 子曰：《诗三百》，一言以蔽之，曰：思无邪。

003. 子曰：兴于诗，立于礼，成于乐。

004. 子曰：不学诗，无以言。

005. 子曰：小子，何莫学乎诗？诗，可以兴，可以观，可以群，可以怨。迩之事父，远之事君，多识于鸟兽草木之名。

周·孔子弟子等《论语》

006. 诗者，志之所之也，在心为志，发言为诗，情动于中而形于言，言之不足故嗟叹之，嗟叹之不足故永歌之。永歌之不足，不知手之舞之，足之蹈之也。

007. 情发于声，声成文谓之音。治世之音安以乐，其政和；乱世之音怨以怒，其政乖；亡国之音哀以思，其民困。故正得失，动天地，感鬼神，莫近于诗。先王以是经夫妇，成孝敬，厚人伦，美教化，移风俗。

008. 故诗有六义焉：一曰风，二曰赋，三曰比，四曰兴，五曰雅，六曰颂。上以风化下，下以风刺上，主文而谲谏，言之者无罪，闻之者足以戒，故曰风。至于王道衰，礼义废，政教失，国异政，家殊俗，而变风、变雅作矣。国史明乎得失之迹，伤人伦之废，哀刑政之苛，吟咏情性，以风其上，达于事变而怀其旧俗者也。故变风发乎情，止乎礼义。发乎情，民之性也；止乎礼义，先王之泽也。是以一国之事，系一人之本，谓之风；言天下之事，形四方之风，谓之雅。雅者，正也，言王政之所由废兴也。政有大小，故有小雅焉，有大雅焉。颂者，美盛德之形容，以其成功告于神明者也。是谓四始，诗之至也。

汉·《毛诗序》

009. 夫文本同而末异，盖奏议宜雅，书论宜理，铭诔尚实，诗赋欲丽。此四科不同，故能之者偏也；唯通才能备其体。

010. 文以气为主，气之清浊有体，不可力强而致。譬诸音乐，曲度虽均，节奏同检，至于引气不齐，巧拙有素，虽在父兄，不能以移子弟。

三国魏·曹丕《典论·论文》

011. 恒患意不称物，文不逮意，盖非知之难，能之难也。

012. 收百世之阙文，采千载之遗韵。谢朝华于已披，启夕秀于未振。观古今于须臾，抚四海于一瞬。

013. 罄澄心以凝思，眇众虑而为言。笼天地于形内，挫万物于笔端。

014. 函绵邈于尺素，吐滂沛乎寸心。

015. 诗缘情而绮靡，赋体物而浏亮。……虽区分之在兹，亦禁邪而制放。要辞达而理举，故无取乎冗长。

016. 立片言而居要，乃一篇之警策。虽众辞之有条，必待兹而效绩。

017. 必所拟之不殊，乃暗合乎曩篇。虽杼轴于予怀，怵他人之我先。

018. 石韫玉而山辉，水怀珠而川媚。彼榛楛之勿翦，亦蒙荣于集翠。

019. 混妍蚩而成体，累良质而为瑕。

晋·陆机《文赋》

020. 动天地，感鬼神，莫近于诗。

021. ……故诗有三义焉：一曰兴，二曰比，三曰赋。文已尽而意有余，兴也；因物喻志，比也；直书其事，寓言写物，赋也。宏斯三义，酌而用之，干之以风力，润之以丹彩，使味之者无极，闻之者动心，是诗之至也。若专用比兴，患在意深，意深则词踬；若但用赋体，患在意浮，意浮则文散，嬉成流移，文无止泊，有芜漫之累矣。

022. 嘉会寄诗以亲，离群托诗以怨。……凡斯种种，感荡心灵，非陈诗何以展其义？非长歌何以骋其情？故曰："诗可以群，可以怨。"使穷贱易安，幽居靡闷，莫尚于诗矣！

南朝梁·钟嵘《诗品序》

023. 圣人感人心而天下和平。感人心者，莫先乎情，莫始乎言，莫切乎声，莫深乎义。诗者，根情，苗言，华声，实义。上自圣贤，下至愚骇，微及豚鱼，幽及鬼神。群分而气同，形异而情一。未有声入而不应，情交而不感者。

024. 风雪花草之物，三百篇中岂舍之乎？顾所用何如耳。

025. 自登朝来，年齿渐长，阅事渐多。每与人言，多询时务；每读书史，多求理道。始知文章合为时而著，歌诗合为事而作。

026. 古人云："穷则独善其身，达则兼济天下。"仆虽不肖，常师此语。大丈夫所守者道，所待者时。时之来也，为云龙，为风鹏，勃然突然，陈力以出；时之不来也，为雾豹，为冥鸿，寂兮寥兮，奉身而退。进退出处，何往而不自得哉！故仆志在兼济，行在独善，奉而始终之则为道，言而发明之则为诗。

027. 小通则以诗相戒，小穷则以诗相勉。索居则以诗相慰，同处则以诗相娱。

028. 知我者以为诗仙，不知我者以为诗魔。何则？劳心灵，役声气，连朝接夕，不自知其苦，非魔而何？偶同人当美景，或花时宴罢，或月夜酒酣，一咏一吟，不知（一作"觉"）老之将至。虽骖鸾鹤、游蓬瀛者之适，无以加于此焉。又非仙而何？

029. 凡人为文，私于自是，不忍于割截，或失于繁多。其间妍媸，益又自惑。必待交友有公鉴无姑息者，讨论而削夺之，然后繁简当否，得其中矣。

唐·白居易《与元九书》

030. 根之茂者其实遂，膏之沃者其光晔。仁义之人，其言蔼如也。

031. 当其取于心而注于手也，惟陈言之务去。

032. 行之乎仁义之途，游之乎诗书之源，无迷其途，无绝其源，终吾身而已矣。

033.气，水也；言，浮物也；水大而物之浮者大小毕浮。气之与言犹是也，气盛则言之短长与声之高下者皆宜。

唐·韩愈《答李翊书》

034.始吾幼且少，为文章以辞为工。及长，乃知文者以明道，是固不苟为炳炳烺烺，务采色、夸声音而以为能也。……故吾每为文章，未尝敢以轻心掉之，惧其剽而不留也；未尝敢以怠心而易之，惧其弛而不严也；未尝敢以昏气出之，惧其昧没而杂也；未尝敢以矜气作之，惧其偃蹇而骄也。抑之欲其奥，扬之欲其明；疏之欲其通，廉之欲其节；激而发之欲其清，固而存之欲其重，此吾所以羽翼夫道也。

唐·柳宗元《答韦中立论师道书》

035.文之难，而诗之难尤难。……诗贯六义，则讽喻、抑扬、渟蓄、温雅，皆在其间矣。然直致所得，以格自奇。前辈诸集，亦不专工于此，矧其下者耶！

036.盖绝句之作，本于诣极，此外千变万状，不知所以神而自神也，岂容易哉？

唐·司空图《与李生论诗书》

037.夫学者，未始不为道，而至者鲜焉。非道之于人远也，学者有所溺焉尔。盖文之为言，难工而可喜，易悦而自足。世之学者，往往溺之，一有工焉，则曰：吾学足矣。甚者至弃百事不关于心，曰：吾文士也，职于文而已。此其所以至之鲜也。

宋·欧阳修《答吴充秀才书》

038.且所谓文者，务为有补于世而已矣；所谓辞者，犹器之有刻镂绘画也。诚使巧且华，不必适用，诚使适用，亦不必巧且华。要之以适用为本，以刻镂绘画为之容而已。不适用，非所以为器也，不为之容，其亦若是乎？否也。然容亦未可已也，勿先之其可也。

宋·王安石《上人书》

039. 凡作一文，皆须有宗有趣，终始关键，有开有阖。如四渎虽纳百川，或汇而为广泽，汪洋千里，要自发源注海耳。

040. 古之能为文章者，真能陶冶万物，虽取古人之陈言入于翰墨，如灵丹一粒，点铁成金也。

宋·黄庭坚《答洪驹父书》

041. 夫意象应曰合，意象乖曰离……譬之乐，众响赴会，条理乃贯；一音独奏，成章则难。

042. 仆尝谓诗文有不可易之法者，辞断而意属，联类而比物也。……今为诗不推类极变，开其未发，泯其拟议之迹，以成神圣之功，徒叙其已陈，修饰成文，稍离旧本，便自杌捏，如小儿倚物能行，独趋颠仆。

043. 夫声以窍生，色以质丽，虚其窍，不假声矣，实其质，不假色矣。苟实其窍，虚其质，而求之声色之末，则终于无有矣。

明·何景明《与李空同论诗书》

044. 古之为诗者，有泛寄之情，无直书之事；而其为文也，有直书之事，无泛寄之情；故诗虚而文实。

045. 夫复古是已，然至以剿袭为复古，句比字拟，务为牵合，弃目前之景，摭腐滥之辞，有才者诎于法，而不敢自伸其才；无之者，拾一二浮泛之语，帮凑成诗。智者牵于习，而愚者乐其易，一倡亿和，优人驺从，共谈雅道。吁！诗至此，抑可羞哉！

明·袁宏道《雪涛阁集序》

046. 真诗者，精神所为也。察其幽情单绪，孤行静寄于喧杂之中，而乃以其虚怀定力，独往冥游于寥廓之外。

明·钟惺《诗归序》

047. 且今虽季世，而但有假诗文，无假山歌，则以山歌不与诗文争名，故不屑假。苟其不屑假，而吾藉以存真，不亦可乎？

明·冯梦龙《序山歌》

048. 技无大小，贵在能精；才乏纤洪，利于善用。能精善用，虽寸长尺短，亦可成名。否则才夸八斗，胸号五车，为文仅称点鬼之谈，著书惟供覆瓿之用，虽多，亦奚以为？

049. 古人作文一篇，定有一篇之主脑。主脑非他，即作者立言之本意也。

050. ……所用之事，或古或今，有虚有实，随人拈取。……实者就事敷陈，不假造作，有根有据之谓也；虚者，空中楼阁，随意构成，无影无形之谓也。

051. 义理无穷……总其大纲，则不出情景二字。景书所睹，情发欲言。情自中生，景由外得。……善咏物者，妙在即景生情。……舍情言景，不过图其省力。殊不知眼前景物繁多，当从何处说起？

052. 填塞之病有三：多引古事，叠用人名，直书成句。其所以致病之由，亦有三：借典核以明博雅，假脂粉以见风姿，取现成以免思索。

清·李渔《闲情偶寄》

053. 无论诗歌与长行文字，俱以意为主。意犹帅也，无帅之兵，谓之乌合。……烟云泉石，花鸟苔林，金铺锦帐，寓意则灵。

054. 以意为主，势次之；势者，意中之神理也。

055. 诗文俱有主宾，无主之宾，谓之乌合。……立一主以待宾，宾无非主之宾者，乃俱有情而相浃洽。

056. 身之所历，目之所见，是铁门限。……隔垣听演杂剧，可闻其歌，不见其舞；更远则但闻鼓声，而可云所演何出乎？

057. 死法之立，总缘识量狭小。如演杂剧，在方丈台上，故有花样步位，稍移一步，则错乱。若驰骋康庄，取途千里，而用此步法，虽至愚者不为也。

058. 情景名为二，而实不可离。神于诗者，妙合无垠。巧者则有情中景，景中情。

059. 不能作景语，又何能作情语耶？古人绝唱句多景语，……而情寓其中矣。

清·王夫之《姜斋诗话》

060. 尝谓诗有工拙，而无今古。……然格律莫备于古，学者宗师，自有渊源。至于性情遭遇，人人有我在焉，不可貌古人而袭之，畏古人而拘之也。……天籁一日不断，则人籁一日不绝。

061.大抵古之人先读书而后作诗，后之人先立门户而后作诗。

062.子曰：“可以兴，可以群”，此指含蓄者言之；曰“可以观，可以怨”，此指说尽者言之；曰“迩之事父，远之事君”，此诗之有关系者也；曰“多识于鸟兽草木之名”，此诗之无关系者也。

清·袁枚《答沈大宗伯论诗书》

063.《虞书》曰：“诗言志。”《礼记》申其说曰：“志之所至，诗亦至焉。”《诗大序》复释其义曰：“诗也者，志之所之也，在心为志，发言为诗。”观于此，则千古诗教之源，未有先于言志者矣。

064.乃近世论诗之士，语及言志，多视为迂阔而远于事情，由是风雅渐漓，诗教不振。抑知言志之道，无待远求。风雅固其大宗，谣谚尤其显证。欲探风雅之奥者，不妨先问谣谚之途。诚以言为心声，而谣谚皆天籁自鸣，直抒己志。如风行水上，自然成文。言有尽而意无穷，可以达下情而宣上德，其关系寄托，与风雅表里相符。盖风雅之述志，著于文字；而谣谚之述志，发于语言。语言在文字之先，故点画不先于声音；简札不先于应对。自来讲点画者，兼溯声音之始；工简札者，兼求应对之宜。然则谈风雅者，兼诵谣谚之词，岂非言语文学之科，实有相因而相济者乎？

清·刘毓崧《古谣谚序》

065.士生古人之后，古人之诗，号专门名家者，无虑百数十家。欲弃去古人之糟粕，而不为古人所束缚，诚戛戛乎其难。虽然，仆尝以为诗之外有事，诗之中有人。今之世异于古，今之人亦何必与古人同？尝于胸中设一诗境：一曰复古人比兴之体；一曰以单行之神，运排偶之体；一曰取《离骚》乐府之神理而不袭其貌；一曰用古文家伸缩离合之法以入诗。其取材也：自群经三史，逮于周、秦诸子之书，许、郑诸家之注，凡事名物名切于今者，皆采取而假借之。其述事也：举今日之官书会典方言俗谚，以及古人未有之物，未辟之境，耳目所历，皆笔而书之。其炼格也：自曹、鲍、陶、谢、李、杜、韩、苏迄于晚近小家，不名一格，不专一体，要不失乎为我之诗。诚如是，未必遽跻古人，其亦足以自立矣。

清·黄遵宪《人境庐诗草自序》

卷二

本卷所收，摘自清以前历代诗学专著，与上卷摘自单篇者略作区分。其中《文心雕龙》为古代文学理论巨著，全面总结前代文学现象，包罗宏富，全面摘录，篇幅过大，与其他部分不侔，故仅录言志与六义部分。唐宋以迄元明，诗话著述如林，亦仅摘录其基本理论部分，只涉及一家一派之论，则从略焉。

066. 大舜云："诗言志，歌永言。""圣谟所析，义已明矣。"是以"在心为志，发言为诗"，舒文载实，其在兹乎？诗者，持也，持人性情；《三百》之蔽，义归"无邪"，持之为训，有符焉尔。

067. 人禀七情，应物斯感，感物吟志，莫非自然。

068. 《诗》主言志……摛风裁兴，藻辞谲喻，温柔在诵，故最附深衷矣。

069. 诗有六义，其二曰赋。赋者，铺也，铺采摛文，体物写志也。

070. 四始之至，《颂》居其极。颂者，容也，所以美盛德而述形容也。

071. 诗总六义，风冠其首，斯乃化感之本源，志气之符契也。

072. 比者，附也；兴者，起也。附理者切类以指事，起情者依微以拟议。起情，故兴体以立；附理，故比例以生。比则蓄愤以斥言，兴则环譬以托讽。盖随时之义不一，故诗人之志有二也。

073. 观夫兴之托喻，婉而成章，称名也小，取类也大。

074. 夫比之为义，取类不常：或喻于声，或方于貌，或拟于心，或譬于事。……比类虽繁，以切至为贵。

南朝梁·刘勰《文心雕龙》

075. 诗有四不：气高而不怒，怒则失于风流；力劲而不露，露则伤于斤斧；情多而不暗，暗则蹶于拙钝；才赡而不疏，疏则损于筋脉。

076. 诗有四深：气象氤氲，由深于体势；意度盘礴，由深于作用；用律不滞，由深于声对；用事不直，由深于义类。

077. 诗有二要：要力全而不苦涩，要气足而不怒张。

078. 诗有二废：虽欲废巧尚直，而思致不得置；虽欲废词尚意，而典丽不得遗。

079. 诗有四离：虽期道情，而离深僻；虽用经史，而离书生；虽尚高逸，而离迂远；虽欲飞动，而离轻浮。

080. 诗有六迷：以虚诞而为高古；以缓漫而为冲淡；以错用意而为独善；以诡怪而为新奇；以烂熟而为稳约；以气少力弱而为容易。

081. 诗有六至：至险而不僻；至奇而不差；至丽而自然；至苦而无迹；至近而意远；至放而不遇。

082. 诗有七德（原注：一作得）：一识理；二高古；三典丽；四风流；五精神；六质干；七体裁。

083. 辨体有一十九字：高：风韵朗畅曰高；逸：体格闲放曰逸；贞：放词正直曰贞；忠：临危不变曰忠；节：持操不改曰节；志：立性不改曰志；气：风情耿介曰气；情：缘境不尽曰情；思：气多含蓄曰思；德：词温而正曰德；诫：检束防闲曰诫；闲：情性疏野曰闲；达：心迹旷诞曰达；悲：伤甚曰悲；怨：词调凄切曰怨；意：立言盘泊曰意；力：体裁劲健曰力；静：非如松风不动，林狖未鸣，乃谓意中之静；远：非如渺渺望水，杳杳看山，乃谓意中之远。

唐·皎然《诗式》

084. 圣俞尝语余曰：诗家虽率意，而造语亦难。若意新语工，得前人所未道者，斯为善也。必能状难写之景，如在目前，含不尽之意，见于言外，然后为至矣。

宋·欧阳修《六一诗话》

085. 诗以意为主，文词次之；或意深义高，虽文词平易，自是奇作。世效古人平易句，而不得其意义，翻成鄙野可笑。

086. 管子曰：“事无终始，无务多业。”此言学者贵能成就也。唐人为诗，量力致功，精思数十年，然后名家。杜工部云：“更觉良工用心苦。”然岂独画手心苦耶！

宋 • 刘攽《中山诗话》

087. 宁拙毋巧，宁朴毋华，宁粗毋弱，宁僻毋俗，诗文皆然。

088. 魏文帝曰：“文以意为主，以气为辅，以词为卫。”子桓不足以及此，其能有所传乎？

089. 闽士有好诗者，不用陈语常谈。写投梅圣俞，答书曰：“子诗诚工，但未能以故为新，以俗为雅尔。”

宋 • 陈师道《后山诗话》

090. 诗者述事以寄情，事贵详，情贵隐，及乎感会于心，则情见于词，此所以入人深也。如将盛气直述，更无余味，则感人也浅，乌能使其不知手舞足蹈；又况厚人伦，美教化，动天地，感鬼神乎？

091. 凡为诗，当使挹之而源不穷，咀之而味愈长。

092. 诗恶蹈袭古人之意，亦有袭而愈工若出于己者。盖思之愈精，则造语愈深也。

宋 • 魏泰《临汉隐居诗话》

093. 凡诗人作语，要令事在语中而人不知。

094. 自古诗人文士，大抵皆祖述前人作语。

095. 有明上人者，作诗甚艰，求捷法于东坡，作两颂以与之。其一云：“字字觅奇险，节节累枝叶。咬嚼三十年，转更无交涉。”其一云：“冲口出常言，法度去前轨。人言非妙处，妙处在于是。”乃知作诗到平淡处，要似非力所能。东坡尝有书与其侄云：“大凡为文，当使气象峥嵘，五色绚烂，渐老渐熟，乃造平淡。”余以不但为文，作诗者尤当取法于此。

宋 • 周紫芝《竹坡诗话》

096. 人之于诗，嗜好去取，未始同也，强人使同己则不可，以己所见以俟后之人，乌乎而不可哉！

097. 诗壮语易，苦语难，深思自知，不可以口舌辨。

098. 凡作诗若正尔填实，谓之“点鬼簿”，亦谓之“堆垛死尸”。

099. 古人文章，不可轻易，反复熟读，加意思索，庶几其见之。东坡《送安惇落第》诗云“故书不厌百回读，熟读深思子自知。”仆尝以此语铭座右而书诸绅也。

100. 写生之句，取其形似，故词多迂弱。

101. 诗有力量，犹如弓之斗力：其未挽时，不知其难也；及其挽之，力不及处，分寸不可强。

102. 作诗浅易鄙陋之气不除，大可恶。

宋·许颉《彦周诗话》

103. 诗下双字极难，须使七言五言之间除去五字三字外，精神兴致，全见于两言，方为工妙。

104. 长篇最难，晋魏以前，诗无过十韵者。盖常使人以意逆志，初不以序事倾尽为工。

105. 诗之用事，不可牵强，必至于不得不用而后用之，则事词为一，莫见其安排斗凑之迹。

宋·叶梦得《石林诗话》

106. 古之圣贤，或相祖述，或相师友。生乎同时，则见而师之；生乎异世，则闻而师之。……善学者当先量力，然后措词。未能祖述宪章，便欲超腾飞翥，多见其嗄喈而狼狈矣。

107. 诗以意为主，又须篇中炼句，句中炼字，乃得工耳。以气韵清高深眇者绝，以格力雅健雄豪者胜。

108. 篇章以含蓄天成为上，破碎雕锼为下。以平夷恬淡为上，怪险蹶趋为下。

109. 精粗不可不择也，不择则龙蛇蛙蚓，往往相杂矣；瑕瑜不可不知也，不知则琼杯玉斝，且多玷缺矣。

110. 刺美风化，缓而不迫谓之风；采摭事物，摛华布体谓之赋；推明政治，庄语得失谓之雅；形容盛德，扬厉休功谓之颂；幽忧愤悱，寓之比兴谓之骚；感触事物，托于文章谓之辞；程事较功，考实定名谓之铭；援古刺今，箴戒得失谓之箴；猗迂抑扬，永言谓之歌；非鼓非钟，徒歌谓之谣；步骤驰骋，斐然成章谓之行；品秩先后，叙而推之谓之引；声音杂比，高下短长谓之曲；吁嗟慨叹，悲忧深思谓之吟；吟咏情性，总合而言志，谓之诗。

宋·张表臣《珊瑚钩诗话》

111.“谢朝华之已披，启夕秀于未振”，学诗者尤当领此。陈腐之语，固不必涉笔，然求去其陈腐不可得，而翻为怪怪奇奇不可致诘之语以欺人，不独欺人，而且自欺，诚学者之大病也。

112.律诗中间对联，两句意甚远，而中实潜贯者，最为高作。

113.自古工诗者，未尝无兴也。观物有感焉，则有兴。今之作诗者，以兴近乎讪也，故不敢作，而诗之一义废矣；作诗者苟知兴之与讪异，始可以言诗矣。

114.诗之有思，卒然遇之而莫遏，有物败之则失之矣。故昔人言覃思、垂思、抒思之类，皆欲其思之来，而所谓乱思、荡思者，言败之者易也。前辈论诗思多生于杳冥寂寞之境，而志意所如，往往出乎埃溘之外。苟能如是，于诗亦庶几矣。

115.作诗贵雕琢，又畏有斧凿痕；贵破的，又畏粘皮骨；此所以为难。能脱此二病，始可以言诗矣。

116.自古文人，虽在艰危困踣之中，亦不忘于制述。盖性之所嗜，虽鼎镬在前不恤也，况下于此者乎？

宋·葛立方《韵语阳秋》

117.大凡诗，自有气象、体面、血脉、韵度。气象欲其浑厚，其失也俗；体面欲其宏大，其失也狂；血脉欲其贯穿，其失也露；韵度欲其飘逸，其失也轻。

118.作大篇，尤当布置：首尾匀停，腰腹肥满。多见人前面有余，后面不足；前面极工，后面草草。不可不知也。

119.诗之不工，只是不精思耳。不思而作，虽多亦奚为？

120.雕刻伤气，敷衍露骨。若鄙而不精巧，是不雕刻之过；拙而无委曲，是不敷衍之过。

121.人所易言，我寡言之；人所难言，我易言之，自不俗。

122.难说处一语而尽，易说处莫便放过；僻事实用，熟事虚用；

说理要简切，说事要圆活，说景要微妙。

123. 小诗精深，短章蕴藉，大篇有开阖，乃妙。

124. 学有余而约以用之，善用事者也；意有余而约以尽之，善措辞者也；乍叙事而间以理言，得活法者也。

125. 不知诗病，何由能诗？不观诗法，何由知病？名家者各有一病，大醇小疵，差可耳。

126. 篇终出人意表，或反终篇之意，皆妙。

127. 语贵含蓄。东坡云："言有尽而意无穷者，天下之至言也。"……若句中无余字，篇中无长语，非善之善者也；句中有余味，篇中有余意，善之善者也。

128. 意中有景，景中有意。

129. 思有窒碍，涵养未至也，当益以学。

130. 岁寒知松柏，难处见作者。

131. 波澜开阖，如在江湖中，一波未平，一波已作。如兵家之阵，方以为正，又复是奇；方以为奇，忽复是正。出入变化，不可纪极，而法度不可乱。

132. 意格欲高，句法欲响，只求工于句、字，亦末矣。故始于意格，成于句、字。句意欲深、欲远，句调欲清、欲古、欲和，是为作者。

133. 诗有四种高妙：一曰理高妙，二曰意高妙，三曰想高妙，四曰自然高妙。碍而实通，曰理高妙；出自意外，曰意高妙；写出幽微，如清潭见底，曰想高妙；非奇非怪，剥落文采，知其妙而不知其所以妙，曰自然高妙。

宋·姜夔《白石道人诗说》

134. 大抵禅道惟在妙悟，诗道亦在妙悟。惟悟乃为当行，乃为本色。然悟有浅深、有分限，有透彻之悟，有但得一知半解之悟。夫学诗者以识为主，入门须正，立志须高。若自退屈，即有下劣诗魔入其肺腑之间，由立志之不高也。行有未至，可加工力；路头一差，愈骛愈远，由入门之不正也。故曰：学其上，仅得其中；学其中，斯为下矣。又曰：见过于师，仅堪传授；见与师齐，减师半德也。工夫须从上做下，不可从下做上。

135. 诗之法有五：曰体制，曰格力，曰气象，曰兴趣，曰音节。

136. 诗之品有九：曰高，曰古，曰深，曰远，曰长，曰雄浑，曰飘逸，曰悲壮，曰凄婉。

137. 其用工有三：曰起结，曰句法，曰字眼。

138. 其大概有二：曰优游不迫，曰沉着痛快。

139. 诗之极致有一，曰入神。诗而入神，至矣、尽矣、蔑以加矣。

140. 夫诗有别材，非关书也；诗有别趣，非关理也。然非多读书、多穷理，则不能极其至，所谓不涉理路不落言筌者上也。诗者，吟咏情性也，盛唐诸人，惟在兴趣；羚羊挂角，无迹可求。故其妙处，透彻玲珑，不可凑泊，如空中之音，相中之色，水中之月，镜中之象，言有尽而意无穷。近代诸公乃作奇特解会，遂以文字为诗，以才学为诗，以议论为诗；夫岂不工，终非古人之诗也，盖于一唱三叹之音，有所歉焉。且其作多务使事，不问兴致；用字必有来历，押韵必有出处；读之反复终篇，不知着到何处。其末流甚者，叫噪怒张，殊乖忠厚之风，殆以骂詈为诗。诗而至此，可谓一厄也。

141. 学诗先除五俗：一曰俗体，二曰俗意，三曰俗句，四曰俗字，五曰俗韵。

142. 有语忌，有语病。语病易除，语忌难除。

143. 对句好可得，结句好难得；发句好尤难得。

144. 不必太着题，不必多使事。

145. 下字贵响，造语贵圆。

146. 意贵透彻，不可隔靴搔痒。

147. 语贵脱洒，不可拖泥带水。

148. 语忌直，意忌浅，脉忌露，味忌短，音韵忌散缓，亦忌迫促。

149. 律诗难于古诗，绝句难于八句，七言律诗难于五言律诗，五言绝句难于七言绝句。

150. 学诗有三节：其初不识好恶，连篇累牍，肆笔而成；既识羞愧，始生畏缩，成之极难；及其透彻，则七纵八横，信手拈来，头头是道矣。

宋·严羽《沧浪诗话》

151.《金针法》云：“八句律诗，落句要如高山转石，一去无回。”予以为不然。诗已尽而味方永，乃善之善也。

152. 初学诗者，须学古人好语，或两字，或三字……要诵诗之多，择字之精，始乎摘用，久而自出肺腑，纵横出没，用亦可，不用亦可。

宋·杨万里《诚斋诗话》

153. 画山水者，有无形病，有有形病：有形病者易医，无形病则不能医。诗家亦然。凡可以指瑕镌改者，有形病也。混然不可指摘，不受镌改者，无形病，不可医也。

154. 和平常韵要奇特押之，则不与众人同。如险韵，当要稳顺押之方妙。

155. 凡装点者好在外，初读之似好，再三读之则无味。要当以意为主，辅之以华丽，则中边皆甜也。装点者外腴而中枯故也，或曰“秀而不实”。

156. 凡诗切对求工，必气弱。宁对不工，不可使气弱。

157. 凡文章先华丽而后平淡，如四时之序，方春则华丽，夏则茂实，秋冬则收敛，若外枯中膏者是也，盖华丽茂实已在其中矣。

158. 七言律诗极难做，盖易得俗。

159. 凡作诗如参禅，须有悟门。

宋·吴可《藏海诗话》

160. 双字用于五言，视七言为难。盖一联十字耳，苟轻易放过，则何所取也。

161. 诗在意远，固不以词语丰约为拘。

162. 七言律诗极不易，盖语长气短者易流于卑，而事实意虚者又几乎塞。

163. 前辈云：诗家病使事太多，盖皆取其与题合者类之，如此乃是编事，虽工何益？

164. 诗用生字，自是一病。苟欲用之，要使一句之意，尽于此字上见工，方为稳帖。

宋·范晞文《对床夜语》

165. 诗者，志之所之也。情动于中而形于言，岂专意于咏物哉？

故曰："言之不足，故长言之；长言之不足，故咏叹之；咏叹之不足，故不知手之舞之，足之蹈之。"后人所谓"含不尽之意"者此也，用事押韵，何足道哉！

宋·张戒《岁寒堂诗话》

166. 吾舅尝论诗云："文章以意为之主，字语为之役。主强而役弱，则无使不从。世人往往骄其所役，至跋扈难制，甚者反役其主。"可谓深中其病矣。又曰："以巧为巧，其巧不足，巧拙相济，则使人不厌。唯甚巧者，乃能就拙为巧。所谓游戏者，一文一质，道之中也。雕琢太甚，则伤其全，经营过深，则失其本。"

167. 东坡云："论画以形似，见与儿童邻。赋诗必此诗，定非知诗人。"夫所贵于画者，为其似耳。画而不似，则如勿画。命题而赋诗，不必此诗果为何语？然则坡之论非欤？曰：论妙于形似之外，而非遗其形似，不窘于题，而要不失其题，如是而已耳。世之人不本其实，无得于心，而借此论以为高。画山水者，未能正作一木一石，而托云烟杳霭，谓之气象。赋诗者茫昧僻远，按题而索之，不知所谓，乃曰格律贵尔。一有不然，则必相嗤点，以为浅易而寻常，不求是而求奇，真伪未知，而先论高下，亦自欺而已矣，岂坡公之本意也哉？

168. 古之诗人，虽趣尚不同，体制不一，要皆出于自得。至其辞达理顺，皆足以名家，何尝有以句法绳人哉？

金·王若虚《滹南诗话》

169. 诗之为体有六：曰雄浑，曰悲壮，曰平淡，曰苍古，曰沉着痛快，曰优游不迫。诗之忌有四：曰俗意，曰俗字，曰俗语，曰俗韵。诗之戒有十：曰不可硬碍人口，曰陈烂不新，曰差错不贯串，曰直置不宛转，曰妄诞事不实，曰绮靡不典重，曰蹈袭不识使，曰秽浊不清新，曰砌合不纯粹，曰徘徊而劣弱。诗之为难有十：曰造理，曰精神，曰高古，曰风流，曰典丽，曰质干，曰体裁，曰劲健，曰耿介，曰凄切。大抵诗之作法有八：曰起句要高远；曰结句要不着迹；曰承句要稳健；曰下字要有金石声；曰上下相生；曰首尾相应；曰转折要不着力；曰占地步，盖首两句先须阔占地步，然后六句若有本之泉，源源而来矣。地步一狭，譬犹无根之潦，可立而竭也。

170. 诗学正源，诗之六义，而实则三体。风、雅、颂者，诗之体；赋、比、兴者，诗之法。故赋、比、兴者，又所以制作乎风、雅、颂者也。凡诗中有赋起，有比起，有兴起，然《风》之中有赋、比、兴，《雅》《颂》之中亦有赋、比、兴，此诗学之正源，法度之准则。若直赋其事，而无优游不迫之趣，沉着痛快之功，首尾率直而已，夫何取焉？

171. 作诗准绳：立意：要高古浑厚，有气概，要沉着。忌卑弱浅陋。炼句：要雄伟清健，有金石声。琢对：要宁粗毋弱，宁拙毋巧，宁朴毋华。忌俗野。写景：景中含意，事中瞰景，要细密清淡。忌庸腐雕巧。写意：要意中带景，议论发明。用事：陈古讽今，因彼证此，不可著迹，只使影子可也。虽死事亦当活用。押韵：押韵稳健，则一句有精神，如柱磉欲其坚牢也。

172. 律诗要法（起、承、转、合。）破题：要突兀高远，如狂风卷浪，势欲滔天。颔联：要如骊龙之珠，抱而不脱。颈联：要变化，如疾雷破山，观者惊愕。结句：言有尽而意无穷。

173. 古诗要法：先立大意，铺叙既定，然后下笔，则文脉贯通，意无断续，整然可观。

174. 五言古诗：须要寓意深远，托词温厚，反复优游，雍容不迫。

175. 七言古诗：要铺叙，要有开合，有风度，忌庸俗软腐。

176. 绝句之法：要婉曲回环，删芜就简，句绝而意不绝。宛转变化工夫，全在第三句，若于此转变得好，则第四句如顺流之舟矣。

177. 诗不可凿空强作，待境而生自工。结体、命意、炼句、用字，此作者之四事也。

178. 诗要铺叙正，波澜阔，用意深，琢句雅，使字当，下字响。观诗之法，亦当如此求之。

179. 凡作诗，气象欲其浑厚，体面欲其宏阔，血脉欲其贯串，风度欲其飘逸，音韵欲其铿锵。若琱刻伤气，敷演露骨，此涵养之未至也，当益以学。

180. 诗要首尾相应，大概要沉着痛快，优游不迫而已。

181. 语贵含蓄。言有尽而意无穷者，天下之至言也。

182. 诗有内外意，内意欲尽其理，外意欲尽其象。内外意含蓄，方妙。

183. 诗中用事，僻事实用，熟事虚用。说理要简易，说意要圆活，说景要微妙。

184. 人所多言，我寡言之；人所难言，我易言之：则自不俗。

元·杨载《诗法家数》

185. 情者，心之精也。情无定位，触感而兴，既动于中，必形于声。然引而成音，气实为佐；引音成词，文实与功。盖因情以发气，因气以成声，因声而绘词，因词而定韵，此诗之源也。然情实眑眇，必因思以穷其奥；气有粗弱，必因力以夺其偏；词难妥帖，必因才以致其极；才易飘扬，必因质以御其侈。此诗之流也。由是而观，则知诗者乃精神之浮英，造化之秘思也。

186. 夫情能动物，故诗足以感人。所以同忧相瘁，同乐相倾者也。若乃歔欷无涕，行路必不为之兴哀；愬难不肤，闻者必不为之变色。故夫直戆之词，譬之无音之弦耳，何所取闻于人哉？至于陈采以眩目，裁虚以荡心，抑又末矣。

187. 诗家名号，区别种种。原其大义，固自同归。歌声杂而无方，行体疏而不滞，吟以呻其郁，曲以导其微，引以抽其臆，诗以言其情，故名因象昭。合是而观，则情之体备矣。夫情既异其形，故辞当因其势。譬如写物绘色，倩盼各以其状；随规逐矩，圆方巧获其则。

188. 朦胧萌坼，情之来也；汪洋漫衍，情之沛也；连翩络属，情之一也；驰轶步骤，气之达也；简练揣摩，思之约也；颉颃累贯，韵之齐也；混沌贞粹，质之检也；明隽清圆，词之藻也。高才闲拟，濡笔求工，发旨立意，虽旁出多门，未有不由斯户者也。

189. 诗之词气，虽由政教，然支分条布，略有径庭。良由人士品殊，艺随迁易。故宗工巨匠，词淳气平；豪贤硕侠，辞雄气武；迁臣孽子，辞厉气促；逸民遗老，辞玄气沉；贤良文学，辞雅气俊；辅臣弼士，辞尊气严；阉童壶女，辞弱气柔；媚夫幸士，辞靡气荡；荒才娇丽，辞淫气伤。

190. 诗贵先合度，而后工拙。

191. 夫哲匠鸿才，固由内颖；中人承学，必自迹求。大抵诗之妙轨：情若重渊，奥不可测；词如繁露，贯而不杂；气如良驷，驰而不轶。由是而求，可以冥会矣。

明·徐祯卿《谈艺录》

192. 每一题到，茫然思不相属，几谓无措。沉思久之，如瓴水去窒，乱丝抽绪，种种纵横坌集，却于此时要下剪裁手段，宁割爱，勿贪多。又如数万健儿，人各自一营，非得大将军方略，不能整顿慑服，使一军无哗。

193. 尝谓作诗者，初命一题，神情不属，便有一种供给应付之语；畏难怯思，即以充役，故每不得佳。

明·王世懋《艺圃撷余》

194. 和韵联句，皆易为诗害而无大益，偶一为之可也。然和韵在于押字浑成，联句在于才力均敌，声华情实中不露本等面目，乃为贵耳。

195. 物相杂，故曰文。文须五色错综，乃成华采；须经纬就绪，乃成条理。

196. 首尾开阖，繁简奇正，各极其度，篇法也。抑扬顿挫，长短节奏，各极其致，句法也。点缀关键，金石绮采，各极其造，字法也。篇有百尺之锦，句有千钧之弩，字有百炼之金。文之与诗，固异象同则，信手拈来，无非妙境。

197. 才生思，思生调，调生格。思即才之用，调即思之境，格即调之界。

198. 诗有常体，工自体中。文无定规，巧运规外。故法合者，必穷力而自运；法离者，必凝神而并归。合而离，离而合，有悟存焉。

明·王世贞《艺苑卮言》

199. 诗有可解，不可解，不必解，若水月镜花，勿泥其迹可也。

200. 诗文以气格为主，繁简勿论。或以用字简约为古，未达权变。

201. 作诗繁简各有其宜，譬诸众星丽天，孤霞捧日，无不可观。

202. 题外命意，善作者得之。不然，流于迂远矣。

203. 凡作近体，诵要好，听要好，观要好，讲要好。诵之行云流水，听之金声玉振，观之明霞散绮，讲之独茧抽丝。此诗家四关。使一关未过，则非佳句矣。

204. 作诗虽贵古淡，而富丽不可无。譬如松篁之于桃李，布帛之于锦绣也。

205. 诗宜择韵。若秋、舟，平易之类，作家自然出奇；若眸、瓯，粗俗之类，讽诵而无音响；若锼、搜，艰险之类，意在使人难押。

206. 作诗譬诸用兵，慎敌则胜。命题虽易，不可率然下笔。至于浑化，无施不可。

207. 七言绝律，起句借韵，谓之"孤雁出群"，宋人多有之。

208. 律诗重在对偶，妙在虚实。惟虚字极难，不善学者失之。实字多则意简而句健，虚字多则意繁而句弱。

209. 宋人谓作诗贵先立意。李白斗酒百篇，岂先立许多意思而后措词哉？盖意随笔生，不假布置。

210. 长篇之法，如波涛初作，一层紧于一层。拙句不失大体，巧句最害正气。

211. 诗有不立意造句，以兴为主，漫然成篇，此诗之入化也。

212. 诗以一句为主，落于某韵，意随字生，岂必先立意哉？

213. 长篇古风最忌铺叙，意不可尽，力不可竭，贵有变化之妙。

214. 或曰："诗，适情之具。染翰成章，自然高妙，何必苦思以凿其真？"予曰："新诗改罢自长吟，此少陵苦思处。使不深入溟渤，焉得骊颔之珠哉？"

215. 诗不厌改，贵乎精也。省悟可以超脱，岂徒斫削而已！

216. 作诗勿自满。若识者诋诃，则易之。虽盛唐名家，亦有罅隙可议，所谓瑜不掩瑕是也。

217. 意巧则浅，句巧则卑。

218. 诗有四格，曰兴，曰趣，曰意，曰理。悟者得之，庸心以求，或失之矣。

219. 诗无神气，犹绘日月而无光彩。

220. 《文式》："放情曰歌，体如行书曰行，兼之曰歌行；快直详尽曰行，悲如蛩螀曰吟，读之使人思怨；委曲尽情曰曲，宜委曲谐音；通乎俚俗曰谣，宜隐蓄近俗；载始末曰引，宜引而不发。"此虽体式，犹欠变通。盖同名异体，同体异名耳。体无定体，名无定名，莫不拟斯二者，悟者得之。措词短长，意足而止；随意命名，人莫能易。所谓信手拈来，头头是道也。

221. 律诗无好结句，谓之虎头鼠尾。即当摆脱常格，复出不测之语。若天马行空，浑然无迹。

222. 诗以佳句为主。精炼成章，自无败句。所谓“善人在坐，君子俱来”。

223. 作诗不必执于一个意思，或此或彼，无适不可，待语意两工乃定。《文心雕龙》曰：“诗有恒裁，思无定位。”此可见作诗不专于一意也。

224. 诗忌粗俗字，然用之在人，饰以颜色，不失为佳句。譬诸富家厨中，或得野蔬，以五味调和，而味自别，大异贫家矣。

225. 作诗本乎情景，孤不自成，两不相背。夫情景有异同，模写有难易，诗有二要，莫切于斯者。观则同于外，感则异于内，当自用其力，使内外如一，出入此心而无间也。景乃诗之媒，情乃诗之胚，合而为诗，以数言而统万形，元气浑成，其浩无涯矣。同而不流于俗，异而不失其正，岂徒丽藻炫人而已。

226. 自古诗人养气，各有主焉。有雄浑如大海奔涛，秀拔如孤峰峭壁，壮丽如层楼叠阁，古雅如瑶瑟朱弦，老健如朔漠横雕，清逸如九皋鸣鹤，明净如乱山积雪，高远如长空片云，芳润如露蕙春兰，奇绝如鲸波蜃气，此见诸家所养之不同也。学者能集众长合而为一，若易牙以五味调和，则为全味矣。

227. 凡立意措辞，欲其两工，殊不易得。辞有短长，意有小大，须构而坚，束而劲，勿令辞拙意妨。意来如山，巍然置之河上，则断其源流而不能就辞；辞来如松，挺然植之盘中，窘其造物而不能发意。夫辞短意多，或失之深晦；意少辞长，或失之敷演。名家无此二病。

228. 或问作诗中正之法。四溟子曰：“贵乎同不同之间：同则太熟，不同则太生。二者似易实难，握之在手，主之在心。使其坚不可脱，则能近而不熟，远而不生。此惟超悟者得之。”

229. 凡作诗不宜逼真，如朝行远望，青山佳色，隐然可爱，其烟霞变幻，难于名状。及登临非复奇观，惟片石数树而已。远近所见不同，妙在含糊，方见作手。

230. 走笔成诗，兴也；琢句入神，力也。句无定工，疵无定处，思得一字妥贴，则两疵复出；及中联惬意，或首或尾又相妨。万转心机，乃成篇什。百战始定，归于一统，信不易为也。夫一律犹一统也，两联如中原，前后如四边。四边不宁，中原亦不宁矣。思有无形之战，成有不赏之功，子建以词赋为勋绩是也。

231. 作诗譬如有人日持箕帚，遍于市廛，扫沙簸而拣之，……往复不废其业。久而大有所获，……此得意在偶然尔。夫好物得之固难，警句尤不易得。扫沙不倦，则好物出；苦心不休，则警句成。

232. 凡作诗，悲欢皆由乎兴，非兴则造语弗工。欢喜之意有限，悲感之意无穷。欢喜诗，兴中得者虽佳，但宜乎短章；悲感诗，兴中得者更佳，至于千言反复，愈长愈健。

233. 作诗能不自满，此大雅之胚也。勤以进之，苦以精之，谦以全之。能入乎天下之目，则百世之目可知。

234. 夫才有迟速，作有难易，非谓能与不能尔。含毫改削而工，走笔天成而妙；其速也多暗合古人，其迟也每创出新意；迟则苦其心，速则纵其笔。若能处于迟速之间，有时妙而纯，工而浑，则无适不可也。

235. 凡字异而意同者，不可概用之，宜分乎彼此，此先声律而后义意，用之中的，尤见精工。然禽不如鸟，翔不如飞，莎不如草，凉不如寒，此皆声律中之细微。作者审而用之，勿专于义意而忽于声律也。

明 • 谢榛《四溟诗话》

236. 诗贵意，意贵远不贵近，贵淡不贵浓。浓而近者易识，淡而远者难知。

237. 作诗不可以意徇辞，而须以辞达意。辞能达意，可歌可咏，则可以传。

238. 诗贵不经人道语。自有诗以来，经几千百人，出几千万语而不能穷，是物之理无穷，而诗之为道亦无穷也。今令画工画十人，则必有相似，而不能别出者，盖其道小而易穷。而世之言诗者，每与画并论，则自小其道也。

239. 长篇中须有节奏，有操，有纵，有正，有变。若平铺稳布，虽多无益。

240. 诗有三义，赋止居一，而比兴居其二。所谓比与兴者，皆托物寓情而为之者也。盖正言直述，则易于穷尽，而难于感发。惟有所寓托，形容摹写，反复讽咏，以俟人之自得，言有尽而意无穷，则神爽飞动，手舞足蹈而不自觉，此诗之所以贵情思而轻事实也。

241. 律诗起承转合，不为无法，但不可泥，泥于法而为之，则撑拄对待，四方八角，无圆活生动之意。然必待法度既定，从容闲习之余，或溢而为波，或变而为奇，乃有自然之妙，是不可以强致也。若并而废之，亦奚以律为哉？

242. 诗韵贵稳，韵不稳则不成句。和韵尤难，类失牵强，强之不如勿和。善用韵者，虽和犹其自作；不善用者，虽所自作犹和也。

243. 诗有别材，非关书也；诗有别趣，非关理也。然非读书之多，明理之至者，则不能作。论诗者无以易此矣。彼小夫贱隶妇人女子，真情实意，暗合而偶中，固不待于教。而所谓骚人墨客学士大夫者，疲神思，弊精力，穷壮至老而不能得其妙，正坐是哉。

明·李东阳《怀麓堂诗话》

244. 绝去故常，划除涂辙，得意一往，乃佳。依傍前人，改成新法，非其善也。豪杰命世，肝胆自行，断不依人眉目。

245. 气太重，意太深，声太宏，色太厉，佳而不佳，反以此病，故曰“穆如清风”。

246. 诗不患无材，而患材之扬；诗不患无情，而患情之肆；诗不患无言，而患言之尽；诗不患无景，而患景之烦。知此始可与论雅。

247. “诗可以兴。”诗之可以兴人者，以其情也，以其言之韵也。夫献笑而悦，献涕而悲者，情也；闻金鼓而壮，闻丝竹而幽者，声之韵也。是故情欲其真，而韵欲其长也，二言足以尽诗道矣。乃韵生于声，声出于格，故标格欲其高也；韵出为风，风感为事，故风味欲其美也。有韵必有色，故色欲其韶也；韵动而气行，故气欲其清也。此四者，诗之至要也。夫优柔悱恻，诗教也，取其足以感人已矣。而后之言诗者，欲高欲大，欲奇欲异，于是远想以撰之，杂事以罗之，长韵以属之，俶诡以炫之，则骈指矣。

248. 善言情者，吞吐深浅，欲露还藏，便觉此衷无限。善道景者，绝去形容，略加点缀，即真相显然，生韵亦流动矣。此事经不得着做，做则外相胜而天真隐矣，直是不落思议法门。

249. 每事过求，则当前妙境，忽而不领。古人谓眼前景致，口头言语，便是诗家体料。所贵于能诗者，只善言之耳。总一事也，而巧者绘情，拙者索相。总一言也，而能者动听，不能者忤闻，初非别求一道以当之也。

250. 诗之所以病者，在过求之也，过求则真隐而伪行矣。

251. 绝去形容，独标真素，此诗家最上一乘。

252. 书有利涩，诗有难易。难之奇，有曲涧层峦之致；易之妙，有舒云流水之情。总之，人力不与，天致自成，难易两言，都可相忘耳。

253. 叙事议论，绝非诗家所需，以叙事则伤体，议论则费词也。

254. 石之有棱，水之有折，此处最为可观。人道谓之“廉隅”，诗道谓之“风格”，世衰道微，恃此乃能有立。

255. 贪肉者，不贵味而贵臭；闻乐者，不闻响而闻音。凡一掇而有物者，非其至者也。诗之所贵者，色与韵而已矣。

256. 诗贵真，诗之真趣，又在意似之间。认真则又死矣。《三百篇》赋物陈情，皆其然而不必然之词，所以意广象圆，机灵而感捷也。

257. 实际内欲其意象玲珑，虚涵中欲其神色毕著。

258. 人情物态不可言者最多，必尽言之，则俚矣。知能言之为佳，而不知不言之为妙，此张籍、王建所以病也。诗不入雅，虽美何观矣！

259. 善用意者，使有意如无，隐然不见。造无为有，化有为无，自非神力不能。

260. 有韵则生，无韵则死；有韵则雅，无韵则俗；有韵则响，无韵则沉；有韵则远，无韵则局。物色在于点染，意态在于转折，情事在于犹夷，风致在于绰约，语气在于吞吐，体势在于游行，此则韵之所由生矣。

明·陆时雍《诗镜总论》

卷三

本卷所收，均摘自清代之诗学专著，直接与上卷相承接。其所以另列一卷者，以此二百六十余年中，学者辈出，专著如林，隐然有超越前代之势。无论从质的方面或量的方面言，均不能视为附庸之末流，另列一卷，固其宜矣。

261.“作诗虽贵古淡，而富丽不可无。譬松篁之于桃李，布帛之于锦绣也。”（谢茂榛语）余谓如画然，秋山平远，野水寒林，复加点染着色，斯为妙耳。

清·田雯《古欢堂集杂著》

262.古人论乐，以丝不如竹，竹不如肉，曰渐近自然。唯诗亦然。用字须活，选言须雅，诗成读之，如天生现成有此一首诗供吾抄出者，则合乎自然矣，乌不佳!

263.炼句要归自然，……必令极圆极稳，读者上口，自觉矫矫有气。若一字不圆，便松散无力。

264.中庸外无奇，作诗者指事陈词，能将日用眼前，人情天理说得出便是奇诗。

清·庞垲《诗义固说》

265.声情并至之谓诗，而情至者每直道不出，故旁引曲喻，反复流连，而隐隐言外，令人寻味而得。此凡人之旨，所以妙极千古也。

266.不微不婉，径情直发，不可为诗。一览而尽，言外无余，不可为诗。美谓之美，刺谓之刺，拘执绳墨，不可为诗。意尽于此，不通于彼，胶柱则合，触类则滞，不可为诗。知此四者，始可与言诗矣。

267. 古人诗意在言外，故从容不迫，蕴蓄有味，所谓温厚和平也。若剑拔弩张，无所不至，只自形其横俗之态耳，何诗之有？

268. 诗非无为而作。情因景生，景随情变；感触之下，即淡语亦自有致。彼无情之言，纵悬幡击鼓，亦安能助其威灵哉？况掇拾事物以凑好句者，则又卑卑不足道矣。

269. 诗以自然为至，以远造为功。

270. 律细格老，与年俱进，皮毛脱落，乃见真实。

清·田同之《西圃诗说》

271. 诗贵和平者何也？凄厉陡险，一泻而尽，览之可喜，咀嚼索然。故学者必须涵养淳蓄，令其深厚。

272. 人多谓诗贵和平，只要不伤触人。其实《三百篇》中有骂人极狠者，如“胡不遄死”“豺虎不食”等句，谓之乖戾可乎？盖骂其所当骂，如敲扑加诸盗贼，正是人情中节处，故谓之“和”。又如人有痛心，便须着哭；人有冤枉，须容其诉；如此，心下才松颡，故谓之“平”。

273. 无兴致不必做诗，没意思不必做诗，无实意实事不必强拉入诗。如未老而言老，不愁而言愁，无病而言病，皆是大忌。

274. 诗学要博，却不许杂。诗学要专，却不许急。

275. 诗贵蕴藉，正欲使味无穷耳。

276. 诗尚平淡，平淡正其绚烂处，如丹砂白玉，本色自不可掩。

277. 诗要脱俗，须于学问之外，仍留天趣为佳。

278. 胸中无书，腕底无力，不得藉口清奇，自掩其短。

279. 含蓄二字，诗文第一妙处。

280. 流动者，生机不息，自然运动。大而天地，小如文章，未有不流动而能久者。

281. 古人诗有看似平铺，而转折多，波澜大，使人寻味无穷。能留心于此，笔墨自添光景。

282. 今人之诗，句里字外，更无些物事，只是颜色和成，故看来不生动。

283. 唐人方干有句云：“物外搜罗归大雅，毫端剪削有余功。”

此则谈诗妙诀也。司空图亦记其两句云："近而不浮，远而不尽。"此八字金针。

284. 凡读书，都要烂成浆，化成汁，顺手点染，全非陈物，乃是高手。

285. 做诗无别法，但令虚实顾盼，首尾蟠结，中间行吾意处不漏不浮而已。

286. 诗，与其词胜于意，毋宁意胜于词。盖意尚可以生词，词必不能生意也。

287. 夫积字成句，一字不稳则全句病，故字法宜炼；积句成章，一句病则全章亦病，故句法不可不琢。且句之布置起落，即是章法，非句外另有章也；字之平排侧注，虚实吞吐，即成句法，非字外另有句也。

288. 莫吃一家饭，久之便被豢养得惯了。只看蜂之酿蜜，岂止一花？

清·张谦宜《茧斋诗谈》

289. "不以文害辞，不以辞害志"，此千古说诗妙谛也，然作诗妙谛，亦不外此二语。作诗一句未稳，便害一章，一字未稳，便害一句，并害全诗。然则孟子之言，宁独为说诗者发欤？

290. 作诗高手在炼意，炼格、炼词次之。词、格之炼，人恒知之，至炼意则未必知也。故知炼意者，可与言诗。

291. 近人作诗，率多赋体，比者亦少，至兴体则绝不一见。不知兴体之妙，在于触物成声，冲喉成韵，如花未发而香先动，月欲上而影初来，不可以意义求者，国风、古乐府多有之。

292. 诗贵神似，形似末也。……徐熙画花卉，意在不似，有高于似者，是谓神似。

293. 诗家熟后求生，密后求疏，巧后求拙。盖诗之熟者，密者，巧者，终带伧气，非绝诣也。

294. 诗不难于成而难于妙，不难于丽而难于古，不难于古而难于秀。

清·叶矫然《龙性堂诗话》

295. 杜子美"读书破万卷，下笔如有神"，何谓"破"？涣然冰释也。如此则陈言之务去，精气入而粗秽除，是以有神。

296. 读古人长篇，当先分段落，再观其次第详略，首尾呼应，顺逆隐见，疏密疾徐，乍离乍合，忽断忽连。与夫不可颠倒一联，增减一韵也。

297. 勿写无意之景，勿措无味之辞。

298. “意中有景，景中有意”，姜白石语也。余谓意中有景固妙，无景亦不失为好诗，若景中必须有意，无意便是死景。

299. 景有神遇，有目接。神遇者，虚拟以成辞，启宋以下皆然，所谓五城十二楼，缥缈俱在空际也。目接则语贵征实，如靖节田园，谢公山水，皆可以识曲听真也。

300. 景物所在，性情即于是焉存。

301. 所谓性情者，不必义关乎伦常，意深于美刺，但触物起兴，有真趣存焉耳。

302. 着意全篇，勿贪好句。

303. 诗句欲雄壮不难，雄壮而有绵至之思为难。故外强中干，诗家切忌。

304. 咏史诗须别有怀抱。

305. 咏史诗当如龙门诸赞，抑扬顿挫，使人一唱三叹。咏古人即采摭古人事迹，定非高手。

306. 论诗如论士，品居上，才次之。

307. 能感人便是真诗，不能感人便是伪体。

308. 前人一语包举数义，后人数语只了一意。

309. 凡作诗本领在平日，临搦翰惟落想，取境，某篇，炼气。将脱稿逐字逐句细加敲炼，层层都到，能事毕矣。如落想凡近，取境平熟，纵谋篇炼气，不为好诗。未尝谋篇炼气，遽欲逐字逐句细加敲炼，亦枉费工夫，盖全体未安，如何遽商量字句也。此数层工夫缺一不得，次第亦颠倒不得。

310. 凡为文词，于众翕然称善后，毋忘自攻其短。

311. 真能文，定知诗，不必其能诗也，真能诗亦然。

清·乔亿《剑溪说诗》

312. 诗家好作奇句警语，必千锤百炼而后能成。

313. 盘空硬语，须有精思结撰。若徒挦撦奇字，诘曲其词，务为不可读，以骇人耳目，此非真警策也。

314. 诗写性情，原不专恃数典，然古事已成典故，则一典已自有一意，作诗者借彼之意，写我之情，自然倍觉深厚，此后代诗人不得不用书卷也。

清·赵翼《瓯北诗话》

315. 记云："白受采。"故知淡者诗之本色，华壮不获已而有之耳。然淡非学诣闳邃，不可袭致，世有强托为淡者，寒瘠之形立见。

316. 诗须博洽，然必敛才就格，始可言诗。亡论词采，即情与气，亦弗可溢。胸贮几许，一往倾泻，无关才多，良由法少。

317. 高手下语，唯恐意露；卑手下语，唯恐意不露。高手遣调，唯恐过于甘口，卑手反之。此古近高下之由判也。

318. 学诗如学画，必先求其似，然后求其不必似，乃得。

319. 欲披其文，先昭其质，故观者因文而征情，作者原志以吐辞，则惟诗不可以为伪也。洞贯古籍，曲尽拟议，非以役物，求自见本质耳。……是故神明秀练者，其言芳以洁；意广识通者，其言疏以远；凄激内含者，其言抑以凌；不见歆趋者，其言静以立；萦纡恬汰者，其言微以长；光华隐曜者，其言清以典。内业既昭，本质斯呈。欲学夫诗，先求其心，故歌之而可以观志，弦之而可以见形。若夫内无昭质而郁畅菁华，胸本柴棘而放词为高，斯如鋈黄火翠，茹芦练染，不能饰美，适足彰其为贱工也。

320. 诗不专贵用事而不害乎用事，所谓太虚不拒万有，真空不离色相也。诗贵自然而又不害乎锤锻，所谓良金不惮炜冶，美玉不嫌雕琢也。

321. 诗本无定法，亦不可以讲法。学者但取盛唐以上、《三百》以下之作，随拈当吾意者，以题参诗，以诗按题，观其起结，审其顿折，下字琢句，调声设色，曲加寻摧，极尽吟讽，自应有得力处。然后旁推触类，一以贯之，仰观古昔，高下在心矣。

322. 言者心声，而诗又言之至精者也。以此征心，善廋者不能自匿矣。是故词夸者其心骄，采溢者其心浮，法佚者其心佻，势腾者其心驰，往而不返者其心荡，更端数者其心诡，不待势足而辄尽者其心偷，故曼衍者其心荒，象拟失类者其心狂，强缀者其心溺，强盈者其心馁，按义错指求其故而不克自理者其心亡。

323. 法老则气静，学邃则华敛，才高则辞简，意深则韵远。

324. 初作诗，须从实地起步，当试先作近调小诗，起结旋转，务期中律。或绝或律，临摹古人，字句篇法，宜令俱熟悉之。后渐拓至大篇，穷极变体，气干自实，步骤自稳。若未弹求鸮，快骋捷足，气未充则必凭虚以张其气，法未稳则必宕往以矜其势。心为手习，中气必乔，返辔既苦途纡，而积久亦复难变，踉跄而行，终归失路而已。

325. 避痴重可也，削腴不可也。避板可也，导流不可也。避套可也，废法不可也。冥搜可也，害气不可也。谢已披之华可也，竞雕镂之字不可也。皆当辨于毫末，偏者顾失之远。

326. 词家刻意、俊语、浓色，此三者皆作者神明，然须有浅淡处、平处，忽著一二乃佳耳。

清·毛先舒《诗辩坻》

327. 丘文庄尝云："眼前景致口头语，便是诗家绝妙词。"此言是矣，然元、白又何以轻而俗邪？

328. "诗有别材，非关书也；诗有别趣，非关理也。"此严沧浪之言，无不奉为心印。不知是言误后人不浅，请看盛唐诸大家，有一字不本于学者否？有一语不深于理者否？

329. 有人问曰："绝句如何炼意？"予曰："意在句中。"友不悟，予笑曰："崔惠童诗'今日残花昨日开'，若是'昨日开花今日残'，便削然无意矣。"

清·周容《春酒堂诗话》

330. 咏月莫拙于"方晖竟户入，圆影隙中来"，莫妙于"照之有余辉，揽之不盈手"。

331. 诗家首重性情，此所谓美心也。不然即美言美貌，何益乎？

332. 王摩诘"明月松间照，清泉石上流"，魏文帝"俯视清水波，仰看明月光"，俱自然妙境。

清·宋征璧《抱真堂诗话》

333. 诗文之厚，得之内养，非可袭而取也。博综者谓之富，不谓之厚。秾缛者谓之肥，不谓之厚。粗僿者谓之蛮，不谓之厚。

334. 诗文有神，方可行远。神者，吾身之生气也。老杜云："读书破万卷，下笔如有神。”吾身之神，与神相通，吾神既来，如有神助，岂必湘灵鼓瑟，乃谓神助乎？

335. 诗文以不断不续为至，然须于似断似续处求之。

336. 美人姿态在嫩，诗家姿态在老。

337. 极用意人诗文得意处，每从不经意处得之。极不经意人诗文得意处，每从用意处得之。

338. 古诗之妙，在首尾一意而转折处多，前后一气而变换处多。或意转而句不转，或句转而意不转；或气换而句不换，或句换而气不换。不转而转，故愈转而意愈不穷；不换而换，故愈换而气愈不竭。善作诗者，能留不穷之意，蓄不竭之气，则几于化。

339. 乱头粗服之中，条理井然；金玉追琢之内，姿态横生——兼此二妙，方称作家。

340. 下虚字难在有力，下实字难在无迹。然力能透出纸背者，不论虚实，自然浑化。彼用实而有迹者，皆力不足也。

341. 不贵能学，贵于学而能舍，舍之乃所以为学也。无所不舍，斯无所不学矣。

342. 所谓蕴藉风流者，惟风流乃见蕴藉耳。诗文不能风流，毕竟蕴藉不深。

343. 炼句炼字，诗家小乘，然出自名手，皆臻化境。盖名手炼句如掷仗化龙，蜿蜒腾跃，一句之灵，能使全篇俱活。炼字如壁龙点睛，鳞甲飞动，一字之警，能使全句皆奇。若炼一句只是一句，炼一字只是一字，非诗人也。

344. 作诗有情有景，情与景会，便是佳诗。若情景相睽，勿作可也。

345. 乐府古诗佳境，每在转接无端，闪铄光怪，忽断忽续，不伦不次。如群峰相连，烟云断之，水势相属，缥缈间之。然使无烟云缥缈，则亦不见山连水属之妙矣。

346. 前辈有教人炼字之法……不知古人落想便幻，触景便幽，即作者亦不自知，何暇炼乎？……总之本领人下语下字，自与凡人不同，虽未尝不炼，然指他炼处，却无炉火之迹。若不求其本领，专学他一二字为炼法，是药汞银，非真丹也。吾尝谓眼前寻常景，家人琐俗事，说得明白，便是惊人之句。盖人所易道，即人所不能道也。骇其奇者，以为百炼方就，而不知彼实得之无意耳。诗家固不能废炼，但以炼骨炼气为上，炼句次之，炼字斯下矣。

347. 余尝概论诗文，似醇者中必杂，以深者中必浅，似细者中必粗，似静者中必乱，似密者中必疏，似腴者中必枯，似奇者中必迂，似达者中必僿。如此反勘，不可胜举，大约嫌其似而已。

348. 学诗者不可学古人无病处，亦不必学古人有病处。非大家不能无病，非大家亦不能有病。盖其才无所不具，其学无所不有，故于深浅浓淡，洪纤高下，种种皆备，而其瑕颣亦复不免，如长江大河，不乏腐骴；名山巨岳，亦有恶木。其所以异于他山水者，政在波涛之鼓荡，无所不有；地势之庞厚，无物不生耳。若夫丘峦涧沚之胜，一览即尽，纵复幽雅奇秀，然非所语于大观也。后之学诗者，毛举琐求，以一字之累，一语之犯，遂弃其全。

349. 发语难得有力，有力故能挽起一篇之势；结语难得有情，有情故能锁住一篇之意。能挽起一篇，故一篇之情亦动；能锁住一篇，故一篇之势亦完，两相资也。

350. 诗有极寻常语，以作发局无味，倒用作结方妙者。

清·贺贻孙《诗筏》

351. 诗又有以无理而妙者，如李益“早知潮有信，嫁与弄潮儿”，此可以理求乎？至如义山“八骏日行三万里，穆王何事不重来”，则又无理之理，更进一尘。总之诗不可执一而论。

352. 咏物诗惟精切乃佳，如少陵之咏马咏鹰，虽写生者不能到。

353. 人之臧否，不在形骸；诗之工拙，不专声调。

354. 作田园诗，宜于朴直，其曲折顿挫在转落处。用意不穷便佳，不在雕饰字句；常有用雅字则俗，用俗字反雅者，犹服大练不可承以锦袜耳。

355. 诗虽不宜苟作，然必字字牵入道理，则诗道之厄也。

清·贺裳《载酒园诗话》

356. 所谓诗，如空谷幽兰，不求赏识者。唐人作诗，惟适己意，不索人知其意，亦不索人之说好。……盖人心隐曲处，不能已于言，又不欲明告于人，故发于吟咏。《三百篇》中如是者不少，唐人能不失此意。

357. 诗乃心声，心日进于三教百家之言，则诗思月异而岁不同，此子美之“读书破万卷”也。……人于顺逆境遇间，所动情思，皆是诗材。子美之诗，多得于此。人不能然，失却好诗，乃至作诗，了无意思，惟学古人句样而已。

358. 诗贵有含蓄不尽之意，尤以不着意见、声色、故事、议论者为最上。

359. 诗以深为难，而厚更难于深。

360. 学诗不可杂，又不可专守一家。……大乐非一音之奏，佳肴非一味之尝，子美所以集大成也。

361. 大抵赋须近理，比即不然，兴更不然……

362. 景同而语异，情亦因之而殊。

363. 意同而所以用之者不同，是以诗文体制有异耳。文之词达，诗之词婉。……赋为直陈，犹不与文同，况比兴乎？

364. 人有不可已之情，而不可直陈于笔舌，又不能已于言，感物而动则为兴，托物而陈则为比。是作者固已酝酿而成之者也。所以读其诗者，亦如饮酒之后，忧者以乐，庄者以狂，不知其然而然。

365. 七律大抵两联言情，两联叙景，是为死法。盖景多则浮泛，情多则虚薄也。然顺逆在境，哀乐在心，能寄情于景，融景入情，无施不可，是为活法。

366. “忽见陌头杨柳色，悔教夫婿觅封侯”，兴也。“夕阳无限好，只是近黄昏”，比也。“海日生残夜，江春入旧年”，赋也。

367. 大抵文章实做则有尽，虚做则无穷。《雅》《颂》多赋，是实做；《风》《骚》多比兴，是虚做。唐诗多宗《风》《骚》，所以灵妙。

368. 唐诗情深词婉，故有久久吟思莫知其意者。若如走马看花，同于不读。

369. 诗出于人。有子美之人，而后有子美之诗。……非子美之人，但学其诗，学得宛然，不过优孟衣冠而已。

370. 读诗与作诗，用心各别。读诗心须细，密察作者用意如何？布局如何？措词如何？如织者机梭，一丝不紊，而后有得。于古人只取好句，无益也。作诗须将古今人诗一帚扫却，空旷其心，于茫然中忽得一意而后成篇，定有可观。

371. 凡偶然得句，自必佳绝。若有意作诗，则初得者必浅近，第二层犹未甚佳，弃之而冥冥构思，方有出人意外之语。

372. 学业之能自立，先须有志，则能入正门；后须有识，则不惑于第二流之说。人自有其心思工力，为大为小，各有成就。无志无识，永为人奴，而反自以为大家，为复古。

373. 学业须从苦心厚力而得，恃天资而乏学力，自必无成，纵有学力而识不高远，亦不能见古人用心处也。……识为目，学为足。有目无足，如老而策杖，不失为明眼人；有足无目，则为瞽者之行道也。

清·吴乔《围炉诗话》

374. 句法最忌直率，直率则浅薄而少深婉之致。

375. 以十字道一事者拙也，约之以五字则工矣。以五字道一事者拙也，见数事于五字则工矣。

376. 唐人多以句法就声律，不以声律就句法，故语意多曲，耐人寻味。后人不知此法，顺笔写去，一见了然，无意味矣。

377. 诗肠须曲，诗思须痴，诗趣须灵。意本如此而说反如彼，或从题之左右前后曲折以取之，此之谓曲肠。狂欲上天，怨思填海，极世间痴绝之事，不妨形之于言，此之谓痴思。以无为有，以虚为实，以假为真，灵心妙舌，每出人意想之外，此之谓灵趣。

378. 诗以自然为上，工巧次之。工巧之至，始入自然；自然之妙，无须工巧。

379. 意贵深，语贵浅。意不深则薄，语不浅则晦。宁失之薄，不失之晦。

380. 主之以骨格，运之以风神，调之以音节，和之以气味，四者备而诗道无余蕴矣。

清·冒春荣《葚原诗说》

381. 诗有议论者，有含意者，只在其诗之当与否。以谓诗必不可着议论，则便有坏堑造作之伪。

382. 古诗之作，徐行以达其意，疾赴以合其节，窍之以发其机，纵之以趁其势，勒之以致其力，扬之以取其态，抑之以蓄其气，涵之以完其神，虚之以生其韵，实之以固其理，转之以出其论，反之以足其趣。兴会情遥，语阑意在，则不尽之味得矣。

383. 初学诗，或读名家选本，既作诗，不可恃选本。仆曾有云：

“因人强自别妍媸，悔读从前选本诗。在苎萝村采薪女，粗衣蓬鬓出尘姿。”

清·方薰《静居绪言》

384. 诗家连篇歌咏，须意思错综，章法联贯，分之自为一章，合之统如一章；又有行乎不得不行之情寄托其间，在作者方非夸斗，在读者不厌流连。否则材虽富，句虽佳，总未免平原才多之患，风雅遗则，转于是衰矣。

清·杨际昌《国朝诗话》

385. 学古人浓至处易，疏淡处难。兴会淋漓，一气赶下，浓至也。迂回往复，其不著力处，不弱不冗，游行自在，疏淡也。稍不留意，则诸病痛出矣。是又在洗伐功深，久久自免。

386. 古人手段，纵则长河落天，收则灵珠在握，神龙九霄，不得以大小论。

清·延君寿《老生常谈》

387. 诗有四正：性情宜正，志向宜正，本源宜正，是非取舍宜正。

388. 诗有六要：心要忠厚，意要缠绵，语要含蓄，义要分明，气度要和雅，规模要广大。

389. 诗有四清：心境欲清，神骨欲清，气味欲清，意致音韵欲清。

390. 诗有三真：言情欲真，写境欲真，纪事欲真。

391. 诗有三超：识见欲超，气象欲超，语意欲超。

392. 诗有四高：格欲高，兴欲高，地步欲高，手眼亦欲高。

393. 诗有四近：宜近情，宜近理，宜近风雅，宜近画图。

394. 诗有三深：情欲深，意欲深，味欲深。

395. 诗有三浅：意欲深而语欲浅，炼欲精而色欲浅，学欲博而用事欲浅。

396. 诗有三严：纪律欲严，对仗欲严，弃取欲严。

397. 诗有三宽：声病无碍者宜宽，如蜂腰、鹤膝之类。俗论太刻者宜宽，如论杜诗每联上句第七字，上去入间用之类。瑜多瑕少者宜宽。

398. 诗有三留：留好意以待发挥，留好字以助警策，留好韵以振精神。

399. 诗有四不可：骨不可露，气不可浮，情不可过，意不可偏。

400. 诗有四勿伤：炼勿伤气，曲勿伤意，淡勿伤味，瘦勿伤神。

401. 诗有三不尽：景尽情不尽，语尽意不尽，兴尽味不尽。

402. 诗有三可借：故事可借，字意可借，古人句可借。

403. 诗有三不欲胜：文不欲胜质，境不欲胜情，情不欲胜理。

404. 诗有五不可失：丽不可失之艳，新不可失之巧，淡不可失之枯，壮不可失之粗豪，奇不可失之穿凿。

405. 诗有六义，赋仅一体，比兴二义，盖为一种难题立法。固有不可直言、不敢显言、不便明言、不忍斥言之情之境，或借譬喻，以比拟出之；或取义于物，以连类引起之；反复回环，以致唱叹，曲折摇曳，愈耐寻求。此诗品所以贵温柔敦厚、深婉和平也，诗情所以重缠绵悱恻、酝酿含蓄也；诗义所以尚文外曲致、思表纤旨也。一味直陈其事，何能感人？后代诗家，多赋而少比兴，宜其造诣不深，去古日远也。

406. 诗有四能四不可不能：能放不可不能收，能入不可不能出，能呼不可不能应，能即不可不能离。

407. 作字者，可以篆隶入楷书，不可以楷法入篆隶。作诗者，可以古体入律诗，不可以律诗入古体。

清·王寿昌《小清华园诗谈》

408. 有诗人之诗，有学人之诗，有才人之诗。

409. 才人之诗，崇论闳议，驰骋纵横，富赡标鲜，得之顷刻。然角胜于当场，则惊奇仰异；咀含于闲暇，则时过境非。譬之佛家，吞针咒水，怪变万端，终属小乘，不证如来大道。

410. 学人之诗，博闻强识，好学深思，功力虽深，天分有限，未尝不声应律而舞合节，究之其胜人处，即其逊人处。譬之佛家，律门戒子，守死威仪，终是钝根长老，安能一性圆明！

411. 诗人之诗，心地空明，有绝人之智慧；意度高远，无物类之牵缠。诗书名物，别有领会；山川花鸟，关我性情。信手拈来，言近旨远，笔短意长，聆之声希，咀之味永。此禅宗之心印，风雅之正传也。

412. 故作诗未辨善恶，当先辨是非。有出入经史，上下古今，不可谓之诗者；有寻常数语，了无深意，不可不谓之诗者。会乎此，可与入诗人之域矣。

413. 诗必言律。律也者，非语句承接，义意贯串之谓也。凡体裁之轻重，章法之短长，波澜之广狭，句法之曲直，音节之高下，词藻之浓淡，于此一篇略不相称，便是不谐于律。故有时宁割文雅，收取俚直，欲其相称也。

414. 作诗最忌敷陈多于比兴，咏叹少于发挥。

415. 人情真至处，最难描写，然深思研虑，自然得之。

416. 作诗以意为主，而句不精炼，妙意不达也；炼句以达意为主，而音不合节，虽达非诗也。然则音韵之于诗亦重矣哉！今人不知，误以高响为音韵，其失之更远。

417. 体制惟七律最难，须五十六字无一牵凑，平近而不庸熟，清老而不俚直，高响而不叫号，排宕而不轻佻，尤忌删去两字便可作五言诗读。

清·方南堂《辍锻录》

418. 古人立言，以能感人为贵，而诗之入人尤深，故圣人言诗可以兴，观，群，怨。而今人作诗，但以应酬世故为能，则不如不作。

419. 作近体诗前后复字须避，即古体诗亦不宜重叠用之。

420. 夫《风》《骚》之旨，岂有他哉？五伦正变之际，盖难言之。爱成仇而忠见谤，古人所遭，往往有同世不知，后贤不谅之隐。亦遂不能已于言。然而直言近讦，比兴多风，故往往寄托于美人香草，此正其用心之厚也。

清·梁章钜《退庵随笔》

421. 性灵，即性分也。学诗者有天资颖悟出手便高者，是性分中宿世灵根。此种人学诗最易，然往往缺于学术，转至自误。其由学力进者，多不能成家，以性情不相入也。故两者必相须而成。

422. 一人之身，亦有此两种诗境，有时伫兴而成，不假思索；有时千辟万灌，力追无朕。迨其成也，同归自然。

423. 作诗自有两种，有不须用事者，有当用事者。但须事来就我，不可有襞积凑砌之痕耳。

424. 大凡天地间有声必有韵，有物必有偶，故音韵对偶之学，非强而成也。所异者，古人无心，今人有意耳。

425. 炼句、炼字皆以炼意为主，句、字须从意中出也。

426.（作诗选字）譬如“花”“葩”一也，而葩字较俗。“甜”“甘”一也，而甘字较板。“愁”“忧”一也 而忧字较拙。“西风”“秋风”一也，而秋字较滞。又如“芳”“香”一也，而“芳”字实指花身者用之，“香”字虚指花气者用之。“落木”“落叶”一也，而“木”字雄，阔大之景用之；“叶”字细，幽情之景用之。反是则不稳，可以类推。

427. 咏物诗寓兴为上，传神次之。寓兴者，取照在流连感慨之中，《三百篇》之比兴也。传神者，相赏在牝牡骊黄之外，《三百篇》之赋也。

428. 凡题画山水，必说到真山水，此法稍知诗理者，皆能言之。然此中须有人在，否则，虽水有声，山有色，其如盲聋何！

429. 必欲极诗境之变，增长其气识，自非游万里路，读十年书不可。

430. 诗不宜太生，亦不宜太熟；生则涩，熟则滑，当在不生不熟之间，“捶钩鸣镝”其候也。诗不宜太露，亦不宜太隐；露则浅，隐则晦，当在不露不隐之间，“草蛇灰线”其趣也。诗不宜陈，亦不宜新；陈则俗，新则巧，当在不陈不新之间，“初日芙蓉”其光景也。

431. 诗有十病，总其归曰露。意露则浅，气露则粗，味露则薄，情露则短，骨露则戾，辞露则直，血脉露则滞，典实露则支，兴会露则放，藻采露则俗。

432. 繁处独简，简处独繁；平处忽耸，耸处忽平；合处能离，离处能合；此运局之新也。因小见大，因近见远，因平见险，因易见难，因人见己，因景见情，此命意之新也。平字得奇，俗字得雅，朴字得工，熟字得生，常字得险，哑字得响，此炼字之新也。

433. 用事之法，实事虚用，死字活用，常事翻用，旧事新用，两事合用，旁事借用。事过烦则裁之以简约，事过苦则出之以和平，事近亵则持之以矜庄，事近怪则寄之以淡雅。……本余事也，或用之作正面；本正事也，或用之作余波。甚且名作在前，人避我犯，目中且无千古，何至人云亦云耶？

434.大凡作诗，无执笔寻诗之理。一题入手，先扫心地，一片光明，必使万邪悉屏，然后从容定意。意定而后谋局，局定则思过半矣。于是从首至尾，一路结构，惨淡经营，迨全诗在胸，下笔迅写。脱稿后字句未惬，乃有推敲涂改一番工夫。……苟胸无全诗而字字苦吟，律诗且不可，况古体乎？

435.作诗当取诗于我，不当求诗于题。诗趣、诗机、诗境、诗料，四者作诗之具，非仓猝所可求，必其平素涵养得足，使满腔诗趣，活泼泼地，诗机在在，跃然欲出，眼前诗境，到处皆春；腕底诗料，俯拾皆是，虽终岁不作诗，而盈天地间皆吾诗也。题来就我，非我就题，安得不到妙处？此之谓乐趣。

436.结句为难。入手时一鼓作气，可以自主，至结句鼓衰力竭，又须从上生意，一有不属，全篇尽弃，故好者尤鲜。

437.说诗当去三弊，曰泥，曰凿，曰碎。执典实训诂而失意象，拘格式比兴而遗性情，谓之泥。厌旧说而求新，强古人以就我，谓之凿。释乎所不足释，疑乎所不必疑，谓之碎。

438.句不可字字求奇，调不可节节求高。纡余为妍，卓荦为杰，非纡余无以见卓荦之妙。抑扬迭奏，奇正相生，作诗之妙在是。

439.学诗未能到自铸洪炉地位，不妨博取以尽其变，但不可于一诗杂出两家格律耳。

440.花木中如梅菊二花，昔人名作如林，不如不措笔之为妙。又若节候中之端午、七夕，作诗断无佳语，亦不如不作也。

清·陈仅《竹林答问》

441.言志者必自得，无邪者不为人。是故古人之诗，本之于性天，养之以经籍，内无怵迫苟且之心，外无夸张浅露之状；天地之间，风云日月，人情物态，无往非吾诗之所自出，与之贯输于无穷。此即深造自得，居安资深，左右逢源之说也。不为人故也。后世之士，若不为人，则不复学诗；搦管之先，只求胜人，多作之后，遂思传世，虽久而成集，阅之几无一言之可存。何也？彼原未尝学诗也。分曹咏物之作，酬和叠韵之体，谀颂悦人之篇，饾饤考古之制，穷工极巧，弥漫浩汗，何益于身心，何裨于政教？作者诩能手，诵者称国工，名家不能扫除，余子倚为活计，纷纷籍籍，皆孔子所谓为人者也。此乌得有自得之一时，使人一唱三叹，讽寻不置哉！

442. 学诗当先求六义，唐以前比兴多，宋以来赋多，故韵味迥殊。

443. 诗有三境，学诗亦有三境。先取清通，次宜警炼，终尚自然，诗之三境也。先爱敏捷，次必艰苦，终归大适，学诗之三境也。夫炼意、炼气、炼格、炼词，皆炼也。近人专以炼字为诗，既求小巧，必入魔障。而一味高言者，未讲磨炼，遽希自然。彼诩神来，吾嫌手滑耳。

444. 诗第一法，不苟作而已。名家集中，无题、遣兴诸作，不可枚举。然明珰玉佩，实托喻夫君臣；燕雀桑麻，仍自抒其蕴蓄。盖脂粉媟亵，究非正始之音；乡里琐言，何与风人之旨？比而不辨，触处迷途。

445. 尚性情者无实腹，崇学问者乏灵心，论甘忌辛，诗教弥以不振；必当和为一味，乃非离之两伤。

446. 七言绝句，易作难精。……然必有弦外之音，乃得环中之妙。利其短篇，轻遽命笔，名手亦将颠蹶，初学愈腾笑声。五言绝句，古隽尤难；搦管半生，望之生畏。

447. “辞达而已矣”，千古文章之大法也。……盖达者，理义心术，人事物状，深微难见，而辞能阐之，斯谓之达。达则天地万物之性情可见矣。

448. 凡悦人者，未有不欺人者也。末世诗人，求悦人而不耻，每欺人而不顾。若事事以质实为的，则人事治矣；若人人之诗以质实为的，则人心治而人事亦渐可治矣。

诗所以厚风俗者此也。隋李谔曰：“连篇累牍，不出月露之形；积案盈箱，唯是风云之状。文笔日繁，其政日乱。”（《隋书·李谔传〈上隋高帝革文华书〉》）此皆不质实之过。质则不悦人，实则不欺人，以此二字衡之，而天下诗集之可焚者亦众矣。

清·潘德舆《养一斋诗话》

449. 直而能曲，浅而能深，文章妙诀也。有大可发挥，绝可议论，而偏出以浅淡之笔，简净之句，后之人虽十百千万而莫能过者，此《三百篇》之真旨，汉、魏人间亦有之。

450. 夫作诗之异于说话者，以其有所酝酿而出，非若说话之可以直情迳遂也。

451. 诗到极胜，非第不求人解，亦并不求己解。岂己真不解耶？非解所能解耳。

452. 舍高古而就卑浅，期在明显，于文气自然条达。弃卑近而希高古，期在幽奥，于文气须防断塞。

453. 能在闲句上、淡句上见力量，能于无字外、无象外摹神味，此真不愧好手。

454. 今人作诗，气在前，以意尾之。古人作诗，意在前，以气运之。气在前，必为气使；意在前，则气附意而生，自然无猛戾之病。

455. 到一名胜之所，似乎不可无诗，因而作诗，此便非真性情，断不能得好诗。必要胸中本有诗，偶然感触，遂一涌而出，如此方有好诗。

456. 凡作诗必要书味薰蒸，人皆知之。又须山水灵秀之气，沦浃肌骨，始能穷尽诗人真趣，人未必知之。

清·厉志《白华山人诗说》

457. 名家诗如一丘一壑，游览可尽。大家诗如长江巨岳，非读万卷书，行万里地者，难窥其涯涘。

清·陆蓥《问花楼诗话》

458. 大抵用典之法，在融化剪裁，运古语若己出，毫无费力之痕，斯不受古人束缚矣。正用不如反用，明用不如暗用。或借宾以定主，或托虚以衬实。死事则用之使活，熟事则用之使生。渲染则波澜叠翻，镕铸则炉锤在握。驱之以笔力，驭之以才情，行之以气韵，俾自在流出，如鬼斧神工，不可思议，而一归于天然，其大方家手笔矣。

459. 诗有六义，赋仅一体，比兴二义，盖为一种难题立法。固有不可直言、不敢显言、不便明言、不忍斥言之情之境，或借譬喻，以比拟出之；或取义于物，以连类引起之；反复回环，以致唱叹，曲折摇曳，愈耐寻求。此诗品所以贵温柔敦厚、深婉和平也，诗情所以重缠绵悱恻、酝酿含蓄也；诗义所以尚文外曲致、思表纤旨也。一味直陈其事，何能感人？后代诗家，多赋而少比兴，宜其造诣不深，去古日远也。

460. 诗以超妙为贵，最忌拘滞呆板。故东坡云：“赋诗必此诗，定非知诗人。”谓诗之妙谛，在不即不离，若远若近，似乎可解不可解之间。即严沧浪所谓“镜中之花，水中之月，但可神会，难以迹求”。司空表圣所谓“超以象外，得其环中”是也。盖兴象玲珑，意趣活泼，寄托深远，风韵泠然，故能高踞题颠，不落蹊径，超超玄著，耿耿元精，独探真际于个中，遥流清音于弦外，空诸所有，妙合天籁。放翁云：“文章本天成，妙手偶得之”，亦即此中境诣。

461.《金史·文苑传》录周德卿之言曰：“文章徒工于外者，可以惊四座，不可以适独坐，以其中无我故也。”赵秋谷深佩此论，以为名言。因谓诗中无我，即非作者，必也诗中有我在焉，始可谓之真诗，无忝作家，乃足传世。其见诚卓。

462.诗之工拙，句之软健，在笔力气势，不在用字虚实也。用虚字者，能庄重精当，使虚字如实字，则运虚为实，句自老成。用实字者，能生动空灵，使实字如虚字，则化实入虚，句自峭拔。是在平日体贴之功，临文运用之妙耳。

463.凡怀古诗，须上下千古，包罗浑含，出新奇以正大之域，融议论于神韵之中，则气韵雄壮，情文相生，有我有人，意不竭而识自见，始非史论一派。

464.咏古七绝尤难，以词意既须新警，而篇终复须深情远韵，令人玩味不穷，方为上乘。若言尽意尽，索然无余味可寻，则薄且直矣。

465.使事运典，最宜细心。第一须有取义，或反或正，用来贵与题旨相浃洽，则文生于情，非强为比附，味同嚼蜡也。次则贵有剪裁融化，使旧者翻新，平者出奇，板重化为空灵，陈闷裁为巧妙。如是则笔势玲珑，兴象活泼，用典征书，悉具天工，有神无迹，如镜花水月矣。所以多多逾善，虽用书卷，而不觉为才情役使故也。

466.作律诗虽争起笔，尤贵以气格胜。须要成竹在胸，操纵随手，自起至结，首尾元气贯注，相生相顾，熔成一片。精力弥满，浑沦无迹，自然高厚沉雄，官止神行，所谓中声也。

467.律诗炼句，以情景交融为上，情景相对次之，一联皆情，一联皆景又次之。然一联皆写情，则两句须有变化，不可一律，致犯合掌之病。一联皆写景亦然，或上句写远，下句写近，或上句写所闻，下句写所见。总写一句自有一句之意境，两句迥然不同，却又呼吸相应，此为至要。

468. 咏物诗最难见长，处处描写物色，便是晚唐小家门径，纵刻划极工，形容极肖，终非上乘，以其不能超脱也。处处用意，又入论宗，仍是南宋人习气，非微妙境界。则宛转相关，寄托无迹，不粘滞于景物，不着力于论断，遗形取神，超相入理，固别有道在矣。

469. 诗人用笔，要提得空，放得下，转得快，入得透，出得轻。又要能刚能柔，能大能小，能正能奇，能使死者生，能使断者续，能使笨者灵，方尽用笔之妙。盖以一笔作数笔用，又以数笔作一笔用也……精艺入神，非可尽以言传。学者目击道存，悟彻三昧，得用笔之妙于天，忘用笔之法于手。心之所至，笔亦至焉；心所不至，笔先至焉。笔中有笔，笔外亦有笔，即无笔处无非笔，而有笔处反若无笔。如是则笔等神龙，足补造化，天不能限，人何能测乎？

清·朱庭珍《筱园诗话》

470. 诗喻物情之微者，近《风》；明人治之大者，近《雅》；通天地鬼神之奥者，近《颂》。

471. 诗能于易处见工，便觉亲切有味。

472. “昔我往矣，杨柳依依；今我来思，雨雪霏霏”，雅人深致，正在借景言情，若舍情不言，不过曰春往冬来耳，有何意味？

473. 山之精神写不出，以烟霞写之；春之精神写不出，以草树写之。故诗无气象，则精神亦无所寓矣。

474. 诗要避俗，更要避熟。剥去数层方下笔，庶不堕“熟”字界里。

475. 诗中固须得微妙语，然语语微妙，便不微妙。须是一路坦易中，忽然触著，乃足令人神远。

476. 花鸟缠绵，云雷奋发，弦泉幽咽，雪月空明，诗不出此四境。

477. “清风明月不用一钱买”，上四字共知也，下五字独得也。凡佳章中必有独得之句，佳句中必有独得之字。

478.《诗》：“喓喓草虫”，闻而知也；“趯趯阜螽”，见而知也；“有车邻邻”，知而闻也；“有马白颠”，知而见也。诗有外于知与闻见者耶？

479. 诗不可有我而无古，更不可有古而无我。典雅、精神，兼之斯善。

480. 诗，质要如铜墙铁壁，气要如天风海涛。

清 · 刘熙载《诗概》

481. “昔我往矣，杨柳依依；今我来思，雨雪霏霏”，从乐境写哀，以哀景写乐，一倍增其哀乐。

482. 无论诗歌与长行文字，俱以意为主。意犹帅也，无帅之兵，谓之乌合。……烟云泉石，花鸟苔林，金铺锦帐，寓意则灵。

483. 以意为主，势次之。势者，意中之神理也。

484. 诗文俱有主宾。无主之宾，谓之乌合。……立一主以待宾，宾无非主，主宾者俱有情而相浃洽。

485. 情景名为二，而实不可离。神于诗者，妙合无垠。巧者则有情中景，景中情。

486. 作诗但求好句，已落下乘。况绝句只此数语，拆开作一俊语，岂复成诗？

清 · 王夫之《姜斋诗话》

487. 诗与文，二者意岂有异？唯是体制辞语不同耳！意喻之米，文喻之炊而为饭，诗喻之酿而为酒。饭不变米形，酒形质尽变。啖饭则饱，可以养生，可以尽年，为人事之正道；饮酒则醉，忧者以乐，喜者以悲，有不知其所以然者。诗其可已于世乎？

清 · 吴乔《围炉诗话》

488. 作诗之道有三：曰寄趣，曰体裁，曰脱化。……夫碧海鲸鱼，自别于兰苕翡翠，此古人之体裁也。唐人应制之作，皆合于西方圣教，此古人之寄趣也。少陵诗人宗匠，从“熟精《文选》理”中来，此古人之脱化也。

489. 诗乃清华之府，众妙之门。非鄙秽人可得而学。洗去名利二字，则学可得其半矣。

490. 作诗如抚琴，必须心和气平，指柔音淡，有雅人深致为上乘。若纯尚气魄，金戈铁马，乘斯下矣。

491. 今人诗要见好，所以工于字句之间；古人诗不要见好，所以妙于篇章之外。

492. 诗言志。古人善诗者，皆不喜以故事填塞；若填塞则词重而体不灵，气不逸，必俗物也。本地风光，用之不尽。或有故事赴于笔下，即用之不见痕迹，方是作者。

493. 诗乃人之行略，人高则诗亦高，人俗则诗亦俗，一字不可掩饰，见其诗如见其人。

494. 作诗须被人骂过几年，才有进步。若追逐时好，以博一日之名，则朝华夕萎，不能久也。

495. 诗到极则，不过是抒写自己胸襟。

496. 诗贵自然。云因行而生变，水因动而生文，有不期然而然之妙。

497. 好诗须在一刹那上揽取，迟则失之。

498. 花开草长，鸟语虫声，皆天地间真诗。能于此等处会意，则《三百篇》可学，何况唐人也？

499. 学诗与学道无二，古人以道自乐。余观诗至适意所在，觉天下之乐，无有逾于此者。人生天地间，那可一日离诗也？

清・徐增《而庵诗话》

500. 家伯初白老人，尝教余诗律，谓：诗之厚，在意不在辞；诗之雄，在气不在直；诗之灵，在空不在巧；诗之淡，在脱不在易；须辨毫发于疑似之间。

清・查为仁《莲坡诗话》

501. 事难显陈，理难言罄，每托物连类以形之；郁情欲抒，天机随触，每借物引怀以抒之。比兴互陈，反复唱叹，而中藏之欢愉惨戚，隐跃欲传，其言浅，其情深也。倘质直敷陈，绝无蕴蓄，以无情之语而欲动人之情，难矣。

502. 诗以声为用者也，其微妙在抑扬抗坠之间。读者静气按节，密咏恬吟，觉前人声中难写，响外别传之妙，一齐俱出。朱子云："讽咏以昌之，涵濡以体之。"真得读诗趣味。

503. 绝句，唐乐府也。篇止四语，而倚声为歌，能使听者低徊不倦……非以扬音抗节有出于天籁者乎？著意求之，殊非宗旨。

504. 七言绝句，以语近情遥，含吐不露为主。只眼前景，口头语，而有弦外音，味外味，使人神远。

505. 写竹者必有成竹在胸，谓意在笔先，然后着墨也。惨淡经营，诗道所贵。倘意旨间架，茫然无措，临文敷衍，支支节节而成之，岂所语于得心应手之技乎？

506.古人不废炼字法，然以意胜而不以字胜，故能平字见奇，常字见险，陈字见新，朴字见色。近人挟以斗胜者，难字而已。

507.点染风花，何妨少太失实？若小小送别，而动欲沾巾；聊作旅人，而便云万里；登陟培塿，比拟华嵩；偶遇庸人，颂言良哲；以至本居泉石，更怀遁世之思；业处欢娱，忽作穷途之哭。准之立言，皆为失体。《记》曰：“志之所至，诗亦至焉。”本乎志以成诗，恶有数者之患？

清·沈德潜《说诗晬语》

508.大凡物之踵事增华，以渐而进，以至于极。故人之智慧心思，在古人始用之，又渐出之，而未穷未尽者，得后人精求之，而益用之出之。乾坤一日不息，则人之智慧心思，必无尽与穷之日。

509.大抵古今作者，卓然自命，必以其才智与古人相衡，不肯稍为依傍，寄人篱下，以窃其余唾。窃之而似，则优孟衣冠；窃之而不似，则画虎不成矣。故宁甘作偏裨，自领一队。

510.大凡人无才则心思不出，无胆则笔墨畏缩，无识则不能取舍，无力则不能自成一家。

511.我谓作诗者，亦必先有诗之基焉。诗之基，其人之胸襟是也。有胸襟，然后能载其性情、智慧、聪明、才辨以出，随遇发生，随生即盛。

512.人皆美生而恶死，美香而恶臭，美富贵而恶贫贱。然逄、比之尽忠，死何尝不美？汇总之白首，生何尝不恶？幽兰得粪而肥，臭以成美；海木生香则萎，香反为恶。富贵有时而可恶，贫贱有时而见美，尤易以明。对待之美恶，果有常主乎？肉食，以熟为美者也；果实，以生为美者也。反是则两恶。推之诗独不然乎？舒写胸襟，发挥景物，境皆独得，意自天成，能令人永言三叹，寻味不穷，忘其为熟，转益见新，无适而不可也。若五内空如，毫无寄托，以剿袭浮辞为熟，搜寻险怪为生，均为风雅所摈。

513.诗是心声，不可违心而出，亦不能违心而出。功名之士，决不能为泉石淡泊之音；轻浮之子，必不能为敦庞大雅之响……应声而出，其心如日月，其诗如日月之光，随其光之所至，即日月见焉。故每诗以人见，人又以诗见。使其人其心不然，勉强造作，而为欺人欺世之语，能欺一人一时，决不能欺天下后世。

清·叶燮《原诗》

514. 作诗必先有诗之基，基即人之胸襟是也。有胸襟然后能载其性情智慧，随遇发生，随生即盛。

515. 人知作诗避俗句，去俗字，不知去俗意尤为要紧。

516. “宁拙毋巧，宁朴毋华，宁粗毋弱，宁僻毋俗，诗文皆然”，虽是矫枉过正语，亦是救病良药。“以意为主，以气为辅，以词为卫”，又是和盘托出也。

517. 咏史以不著议论为工，咏物以托物寄兴为上；一经刻画，遂落蹊径。

518. 发端断不可草率，对仗切不可齐整。要知草率发端，下无声势；齐整对仗，定少气魄。

519. 畅快人诗必潇洒，敦厚人诗必庄重，倜傥人诗必飘逸，疏爽人诗必流丽。寒涩人诗必枯瘠，丰腴人诗必华赡，拂郁人诗必凄怨，磊落人诗必悲壮，豪迈人诗必不羁。清修人诗必峻洁，谨敕人诗必严整。猥鄙人诗必委靡。此天之所赋，气之所禀，非学之所至也。

清·薛雪《一瓢诗话》

520. 昔人论诗，有用巧不如用拙之语。然诗有用巧而见工，亦有用拙而逾胜者。

清·吴骞《拜经楼诗话》

521. 不真，不新，不朴，不雅，不浑，不可与言诗。

522. 学古人诗，不在乎字句，而在乎臭味。字句，魄也，可记诵而得；臭味，魂也，不可以言宣。当于吟咏时，先揣知作者当日所处境遇，然后以我之心，求无象于窅冥惚恍之间：或得或丧，若存若亡，始也茫焉无所遇，终焉元珠垂曜，灼然毕现我目中矣。现而获之，后虽纵笔挥洒，却语语有古人面目。

523. 眼不高，不能越众；气不充，不能作势；胆不大，不能驰骋；心不死，不能入木。此四者，作诗之大旨也。

524. 从摇扬而得者，其诗也神。从锤炼而得者，其诗也精。从鼓荡而得者，其诗也有气。

525. 诗不难乎起而难乎气，不难乎结而难乎神。

526. 趋巧路者材识浅，走拙途者胆力大。

527. 专一可以立基，泛览可以兼善。

528. 入死而不求生，自能有获；升堂而复窥其奥，始觉前非。

清·黄子云《野鸿诗的》

529. 诗文家俱有三足，言理足、意足、气足也。盖理足则精神，意足则蕴藉，气足则生动。理与意皆辅气而行，故尤必以气为主，有气即生，无气则死。但气有大小，不能一致，有若看春空之云，舒卷无迹者；有若听幽涧之泉，曲折便利者；有若削泰华之峰，苍然而起者；有若勒奔踶之马，截然而止者。倏忽万变，难以形容，总在作者自得之。

530. 口头言语，俱可入诗，用得合拍，便成佳句。

清·钱泳《履园丛话》

531. 作诗固宜搜索枯肠，然着不得勉强。故有意作诗，不若诗来寻我，方觉下笔有神。诗固以兴之所至为妙，唐人云："几处觅不得，有时还自来。"进乎技矣。

532. 诗以道性情，人各有性情，则亦人各有诗耳。俗人党同伐异，是欲使人之性情，无一不同而后可也。东坡云："王氏之文，患在于好使人同己。"若今人之才，远不及王氏，而必欲使人同己，尤为不知量矣。昌黎以沉雄博大之才，发之于诗，而遇郊、岛之寒瘦者，亦从而津津叹赏之。盖古之具异才者，未有不爱才者也。

533. 尝见论人诗者，谓赋体多而兴比少。此世俗之责人无已也。诗岂以兴比为高而赋为下乎？如诗果佳，何论兴比赋？设令不佳，而谬学兴比，徒增丑态耳。况诗在触景生情，何必先横兴比赋三字于胸？今必以备体为工，无乃陋甚？

534. 诗须得言外意，其中含蕴无穷，乃合风人之旨。故意余于词，虽浅而深；辞余于意，虽工亦拙。词尽而意亦尽，皆无当于风人者也。

535. 咏物诗要不即不离，工细中须具缥缈之致。

536. 胸明眼高，每觉前无古人，后无来者，则笔端自然磊落而雄放。虚心下气，每觉街谈巷议，助我见闻，牧竖耕夫，益我神智，则笔端自然深细而温和。

清·吴雷发《说诗菅蒯》

537.八字诀：学诗有八字诀，曰：多读、多讲、多作、多改而已。勤作则心专径熟，渐开门路……夫贵多读者，非欲剿袭意调，偷用字句也。惟取触发我之性灵耳。但古人之诗，篇有无穷之格，句有无穷之调，字有无穷之义；审问明辨，而后旨趣可得。是故诗欲多讲，苟草草读过，漫同嚼蜡，虽盈腹笥何益？……若作而不改，尤为不可。作诗安能落笔便好？能改则瑕可为瑜，瓦砾可为珠玉。子美云："新诗改罢自长吟。"子美诗圣，犹以改而后工，下此可知矣。

538.劝虚心：当今不乏美才之士，皆以自满之故，累千万篇，自夸富有，而不足传后。……曹子建《与杨德祖书》云："世人著述不能无病，仆常好人讥弹其文，有不善，应时改定。"夫以曹子建之才，犹欲就正于人，以自知其所不足。今人专自满假，吾不知今人之才与子建何如也？夫心不虚，由不好学耳，未有好学而心不虚者。……盖虚受益，满招损，心虚而后学进，学愈进，心愈虚；虚心者为学之门，亦为学之验也。

539.审趋向：取法乎上，仅得乎中；取法乎下，将何得乎？……夫人自有性情，原不必摹仿前人。然善射者不能舍的，良匠不能舍规矩。师心自用，谓古不足法，非狂则愚也。

540.勉读书：读书非为诗也，而学诗不可不读书。诗须识高，而非读书则识不高；诗须力厚，而非读书则力不厚；诗须学富，而非读书则学不富。

清·李沂《秋星阁诗话》

541.宋人惟无意学唐，故法疏而天趣间出；金元人专意学唐，故有法而气体反弱。

542.兴之为义，是诗家大半得力处。无端说一件鸟兽草木，不明指天时而天时恍在其中，不显言地境而地境宛在其中，且不实说人事而人事已隐约流露其中。故有兴而诗之神理全具也。

543.比，不但物理，凡引一古人，用一故事，俱是比，故比在律体尤得力。

544. 赋为敷陈其事而直言之，尚是浅解。须知化工妙处，全在随物赋形。

545. 咏物诗有两法：一是将自身放顿在里面，一是将自身站立在旁边。

546. 咏物一体，就题言之，则赋也；就所以作诗言之，即兴也，比也。

547. 天地间情莫深于男女；以故君臣朋友，不容直致者，多半借男女言之。

548. 叠韵如两玉相扣，取其铿锵；双声如贯珠相联，取其宛转。

清·李重华《贞一斋诗说》

549. 咏史诗今人皆杂议论。前人多有案无断之作，其讽刺劝谕，意在言外，读者自得之耳。

550. 诗发乎情，故能感人之情。欢娱疾苦之词，皆情之所不可假者，非若嘲风弄月，可以妆点而成也。

清·方薰《山静居诗话》

551. 起处须有崚嶒之势，收处须有完固之力，则中二联愈形警策。

552. 诗犹文也，忌直贵曲。

553. 景中有情，如“柳塘春水漫，花坞夕阳迟”。情中有景，如“勋业频看镜，行藏独倚楼”。情景兼到，如“水流心不竞，云在意俱迟”。

554. 写景须曲肖此景：“渡头余落日，墟里上孤烟”，确是晚村光景。“两边山木合，终日子规啼”，确是深山光景。“黄云断春色，画角起边愁”，确是穷边光景。“山光悦鸟性，潭影空人心”，确是古寺光景。“野径云俱黑，江船火独明”，确是暮江光景。可以类推。

清·施补华《岘佣说诗》

555. 言中有物，故闻之足感，味之弥旨，传之愈久而常新。……诗之为学，性情而已。

556. 思积而满，乃有异观，溢出为奇。若第强索为之，终不得满量。所谓满者，非意满、情满即景满。

557. 古人皆于本领上用功夫，故文字有气骨。今人只于枝叶上粉饰，下梢又并枝叶亦没了。文字成，不见作者面目，则其文可有可无，诗亦然。

558. 文者辞也，其法万变，而大要在必去陈言。

559. 不知用意，则浅近；不知用法，则板俗；不知选字造语，则滑熟平易。

560. 能多读书，隶事有所迎拒，方能去陈出新入妙。否则，虽亦典切，而拘拘本事，无意外之奇，望而知为中不足而求助于外，非熟则僻，多不当行。

561. 观于人身及万物动植，皆全是气所鼓荡。气才绝，即腐败臭恶不可近。诗文亦然。

562. 用笔之妙，翩若惊鸿，宛若游龙，如百尺游丝宛转；如落花回风，将飞更舞，终不遽落；如庆云在霄，舒展不定。

563. 古人文法之妙，一言以蔽之曰：语不接而意接。血脉贯续，词语高简。

564. 诗文须神气浑涵，不露圭角。

565. 古人诗格诗境，无不备矣。若不能自开一境，便与古人全似，亦只是床上安床，屋上架屋耳。

566. 诗莫难于七古。七古以才气为主，纵横变化，雄奇浑颢，亦由天授，不可强能。

567. 七言古之妙，朴、拙、琐、曲、硬、淡，缺一不可，总归于一字曰老。

568. 七言长篇，不过一叙、一议、一写三法耳。一叙也，而有逆叙、倒叙、补叙、插叙，必不肯用顺用正。一议也，或夹叙夹议，或用于起最妙，或用于后，或用于中腹。一写也，或夹于议中，或夹于叙中，或用于起尤妙，或随手触处生姿。

569. 无写但叙议，不成情景，非作家也。然但恃写，犹不入妙；必加倍起棱汁浆，或文外远致，此为造极。

570. 大约不过叙耳、议耳、写耳，其入妙处，全在神来气来，纸上起棱，骨肉飞腾，令人神采飞越。此为有汁浆，此为神气。

571. 不寻其命意，则读其诗不知其归宿，亦并不能悟其文法所以为奇为妙，为变为逆，为棱为汁，为景象为精彩也。

572. 诗文以起为最难，妙处全在此，精神全在此。必要破空而来，不自人间，令读者不测其所开塞方妙。

573. 世之文士，无人不作诗，无诗不七律。不知诗之诸体，七律为最难，尚在七言古诗之上。何则？七古以才气为主，而驰骤疾徐，短长高下，任我之意以为起讫。七律束于八句之中，以短篇而须具纵横奇恣、开阖阴阳之势，而又必起结转折，章法规矩井然，所以为难。

574. 七律之妙，在讲章法与句法。句法不成就，则随手砌凑，软弱平缓，神不旺，气不壮，无雄奇杰特。章法不成就，则率漫复乱，无先后起结，衔承次第，浅深开合，细大远近虚实之分。令人对之昏昧，不得爽豁。故句法则须如铸成，一字不可移易，又须有奇警华妙典贵，声响律切高亮。章法则须一气呵成，开合动荡，首尾一线贯注。

575. 学一家而能寻求其未尽之美，引而伸之，以益吾短，则不致优孟衣冠，安床架屋之病。

576. 诗不可堕理趣，固也。然使非义丰理富，随事得理，灼然见作诗之意，何以合于兴、观、群、怨，足以感人，而使千载下诵者流连讽咏而不置也？惟多读书有本者如是，非即此诗语句而作讲义也。若乃无所欲语而强为之词，盗袭剿窃，雷同百家，客意易杂，支离泛演，意既无真，词复陈熟，何取也？

清·方东树《昭昧詹言》

577. 司空表圣云：“不著一字，尽得风流。”此性情之说也。杨子云云：“读千赋则能赋。”此学问之说也。二者相辅而行，不可偏废。若无性情而侈言学问，则昔人有讥点鬼簿、獭祭鱼者矣。学力深始能见性情，此一语是造微破的之论。

578. 竹枝咏风土，琐细诙谐皆可入，大抵以风趣为主，与绝句迥别。

清·王士禛《带经堂诗话》

579. 杨诚斋曰：“从来天分低拙之人，好谈格调而不解风趣。何也？格调是空架子，有腔口易描；风趣专写性灵，非天才不办。”余深爱其言。须知有性情，便有格律，格律不在性情外。《三百篇》半是劳人思妇率意言情之事；谁为之格？谁为之律？而今之谈格调者，能出其范围否？况皋、禹之歌，不同乎《三百篇》；《国风》之格，不同乎《雅》《颂》：格岂有一定哉？许浑云：“吟诗好似成仙骨，骨里无诗莫浪吟。”诗在骨不在格也。

580. 凡人各有得力处，各有乖谬处，总要平心静气，存其是而去其非。

581. 余作诗，雅不喜叠韵、和韵及用古人韵。以为诗写性情，惟吾所适。一韵中有千百字，凭吾所选，尚有用定后不慊意而别改者；何得以一二韵约束为之？既约束，则不得不凑拍；既凑拍，安得有性情哉？《庄子》曰：“忘足，履之适也。”余亦曰：忘韵，诗之适也。

582. 古无类书，无志书，又无字汇，故《三都》《两京》赋，言木则若干，言鸟则若干，必待搜辑群书，广采风土，然后成文。果能才藻富艳，便倾动一时。洛阳所以纸贵者，直是家置一本，当类书、郡志读耳；故成之亦须十年、五年。今类书、字汇，无所不备；使左思生于今日，必不作此种赋。即作之，不过翻摘故纸，一二日可成。而抄诵之者，亦无有也。今人作诗赋，而好用杂事僻韵，以多为贵者，误矣。

583. 余每作咏古、咏物诗，必将此题之书籍，无所不搜；及诗之成也，仍不用一典。常言：人有典而不用，犹之有权势而不逞也。

584. 熊掌、豹胎，食之至珍贵者也；生吞活剥，不如一蔬一笋矣。牡丹、芍药，花之至富丽者也；剪彩为之，不如野蓼、山葵矣。味欲其鲜，趣欲其真，人必知此，而后可与论诗。

585. 刘昭禹曰：“五律一首，如四十贤人，其中着一屠沽儿不得。” 余教少年学诗者，当从五律入手，上可以攀古风，下可以接七律。

586. 改诗难于作诗，何也？作诗，兴会所至，容易成篇；改诗，则兴会已过，大局已定，有一、二字于心不安，千力万气，求易不得，竟有隔一两月，于无意中得之者。刘彦和所谓“富于万篇，窘于一字”，真甘苦之言。《荀子》曰：“人有失针者，寻之不得，忽而得之；非目加明也，眸而得之也。”所谓“眸”者，偶睨及之也。唐人句云：“尽日觅不得，有时还自来。”即“眸而得之”之谓也。

587. 诗无言外之意，便同嚼蜡。

588. 为人不可不辨者：柔之与弱也，刚之与暴也，俭之与啬也，厚之与昏也，明之与刻也，自重之与自大也，自谦之与自贱也，似是而非。作诗不可不辨者：淡之与枯也，新之与纤也，朴之与拙也，健之与粗也，华之与浮也，清之与薄也，厚重之与笨滞也，纵横之与杂乱也，亦似是而非。差之毫厘，失以千里。

589. 后之人未有不学古人而能为诗者也，然而善学者，得鱼忘筌；不善学者，刻舟求剑。

590. 咏物诗无寄托，便是儿童猜谜。读史诗无新义，便成《廿一史弹词》；虽着议论，无隽永之味，又似史赞一派：俱非诗也。

591. 夫用兵，危事也，而赵括易言之，此其所以败也。夫诗，难事也，而豁达李老易言之，此其所以陋也。唐子西云："诗初成时，未见可訾处，姑置之，明日取读，则瑕疵百出，乃反复改正之。隔数日取阅，疵累又出，又改正之。如此数四，方敢示人。"此数言，可谓知其难而深造之者也。然有天机一到，断不可改者。

592. 诗如言也，口齿不清，拉杂万语，愈多愈厌。口齿清矣，又须言之有味，听之可爱，方妙。

593. 诗不可不改，不可多改。不改，则心浮；多改，则机窒。要像初拓《黄庭》，刚到恰好处。

594. 诗虽奇伟，而不能揉磨入细，未免粗才。诗虽幽俊，而不能展拓开张，终窘边幅。有作用人，放之则弥六合，收之则敛方寸，巨刃摩天，金针刺绣，一以贯之者也。诸葛躬耕草庐，忽然统师六出；蕲王中兴首将，竟能跨驴西湖，圣人用行舍藏，可伸可屈，于诗亦可一贯。

595. 诗境最宽，有学士大夫读破万卷，穷老尽气，而不能得其阃奥者。有妇人女子、村氓浅学，偶有一二句，虽李、杜复生，必为低首者。此诗之所以为大也。作诗者必知此二义，而后能求诗于书中，得诗于书外。

596. 千古善言诗者，莫如虞舜，教夔典乐曰"诗言志"，言诗之必本乎性情也。曰"歌永言"，言歌之不离乎本旨也；曰"声依永"，言声韵之贵悠长也；曰"律和声"，言音之贵均调也。知是四者，于诗之道尽之矣。

597. 题古迹能翻陈出新最妙。

598. 姜白石云："人所易言，我寡言之；人所难言，我易言之，诗便不俗。”

599. 凡作人贵直，而作诗文贵曲。孔子曰：“情欲信，词欲巧。”孟子曰：“智譬则巧，圣譬则力。”巧，即曲之谓也。

600. 诗少作则思涩，多作则手滑；医涩须多看古人之诗，医滑须用剥进几层之法。

601. 诗宜朴不宜巧，然必须大巧之朴；诗宜淡不宜浓，然必须浓后之淡。

602. 诗有有篇无句者，通首清老，一气浑成，恰无佳句，令人传诵。有有句无篇者，一首之中，非无可传之句，而通体不称，难入作家之选。二者一欠天分，一欠工夫。必也有篇有句，方称名手。

603. 诗须善学，暗偷其意，而显易其词。

604. 凡作诗，写景易，言情难。何也？景从外来，目之所触，留心便得；情从心出，非有一种芬芳悱恻之怀，便不能哀感顽艳。

605. 余以为，用典如陈设古玩，各有攸宜：或宜堂，或宜室，或宜书舍，或宜山斋；竟有明窗净几，以绝无一物为佳者；孔子所谓“绘事后素”也。吴西林云：“诗以意为主，以辞采为奴婢。苟无意思作主，则主弱奴强；虽僮指千人，唤之不动。古人所谓诗言志，情生文，文生韵，此一定之理。今人好用典，是无志而言诗；好叠韵，是因韵而生文；好和韵，是因文而生情。儿童斗草，虽多亦奚以为？”

606. 怀古诗，乃一时兴会所触，不比山经地志，以详核为佳。

607. 酒肴百货，都存行肆中。一旦请客，不谋之行肆，而谋之于厨人，何也？以味非厨人不能为也。今人作诗，好填书籍，而不假炉锤，别取真味；是以行肆之物，享大宾矣。

608. 孙过庭《书谱》云：“学书者，初学先求平正，进功须求险绝，成功之后，仍归平正。”予谓学诗之道，何以异是？

609. 为人，不可以有我，有我，则自恃很用之病多。作诗，不可以无我，无我，则剿袭敷衍之弊大。韩昌黎所以“惟古于词必己出”也。北魏祖莹云：“文章当自出机杼，成一家风骨，不可寄人篱下。”

610. 诗有干无华，是枯木也；有肉无骨，是夏虫也；有人无我，是傀儡也；有声无韵，是瓦缶也；有直无曲，是漏卮也；有格无趣，是土牛也。

611. 诗难其真也，有性情而后真；否则敷衍成文矣。诗难其雅也，有学问而后雅；否则俚鄙率意矣。

612.《漫斋语录》曰：“诗用意要精深，下语要平淡。”余爱其言，每作一诗，往往改至三五日，或过时而又改。何也？求其精深，是一半工夫；求其平淡，又是一半工夫。非精深不能超超独先，非平淡不能人人领解。

613. 诗者，人之性情也。近取诸身而足矣。其言动心，其色夺目，其味适口，其音悦耳：便是佳诗。

614. 同一乐器，瑟曰鼓，琴曰操。同一著述，文曰作，诗曰吟。可知音节之不可不讲。

615. 文以情生，未有无情而有文者。韵因诗押，未有无诗而先有韵者。

616. 诗家两题，不过“写景，言情”四字。我道，景虽好，一过目而已忘；情果真时，往来于心而不释。孔子所云“兴、观、群、怨”四字，惟言情者居其三，若写景，则不过“可以观”一句而已。

清·袁枚《随园诗话》

617. 有造境，有写境，此理想与写实二派之所由分。然二者颇难分别。因大诗人所造之境必合乎自然，所写之境，亦必邻于理想故也。

618. 有有我之境，有无我之境。有我之境，以我观物，故物我皆著我之色彩。无我之境，以物观物，故不知何者为我，何者为物。

619. 无我之境，人惟于静中得之。有我之境，于由动之静时得之。故一优美，一宏壮也。

620. 自然中之物，互相关系，互相限制。然其写之于文学及美术中也，必遗其关系、限制之处。故虽写实家，亦理想家也。又虽如何虚构之境，其材料必求之于自然，而其构造，亦必从自然之法则。故虽理想家，亦写实家也。

621. 境非独谓景物也。喜怒哀乐，亦人心中之一境界。故能写真景物，真感情者，谓之有境界。否则谓之无境界。

622. 境界有大小，不以是而分优劣。

623. 客观之诗人，不可不多阅世。阅世愈深，则材料愈丰富，愈变化……主观之诗人，不必多阅世。阅世愈浅，则性情愈真。

624. 人能于诗词中不为美刺投赠之篇，不使隶事之句，不用粉饰之字，则于此道已过半矣。

625. 近体诗体制，以五七言绝句为最尊，律诗次之，排律最下。盖此体于寄兴言情，两无所当，殆有韵之骈体文耳。

626. 诗人对宇宙人生，须入乎其内，又须出乎其外。入乎其内，故能写之。出乎其外，故能观之。入乎其内，故有生气。出乎其外，故有高致。

627. 诗人必有轻视外物之意，故能以奴仆命风月。又必有重视外物之意，故能与花鸟共忧乐。

628. 近体诗易学而难工，古体诗难学而易工。

629. 诗词者，物之不得其平而鸣者也。故欢愉之辞难工，愁苦之言易巧。

630. 社会上之习惯，杀许多之善人。文学上之习惯，杀许多之天才。

631. 词之为体，要眇宜修。能言诗之所不能言，而不能尽言诗之所能言。诗之境阔，词之言长。

632. 词人之忠实，不独对人事宜然，即对一草一木，亦须有忠实之意，否则所谓游词也。

633. 一切境界，无不为诗人设。世无诗人，即无此种境界。夫境界之呈于吾心而见于外物者，皆须臾之物。惟诗人能以此须臾之物，镌诸不朽之文字，使读者自得之。遂觉诗人之言，字字为我心中所欲言，而又非我之所能自言，此大诗人之秘妙也。境界有二：有诗人之境界，有常人之境界。诗人之境界，惟诗人能感之而能写之，故读其诗者，亦高举远慕，有遗世之意。而亦有得有不得，且得之者亦各有深浅焉。若夫悲欢离合，羁旅行役之感，常人皆能感之，而惟诗人能写之。故其入于人者至深，而行于世也尤广。

清末民初·王国维《人间词话》

卷四

> 以诗歌形式论诗，熔艺术形象与评议论说于一炉，富有民族特色。自唐以来，代有其作；各抒所见，异彩纷呈。本卷所收，多为一般性之评论，专对一人一诗之作，则略而录。盖体制虽有不同，选辑标准，仍求与前三卷一致也。

才力应难跨数公，凡今谁是出群雄？
或看翡翠兰苕上，未掣鲸鱼碧海中。

概叹当代没有超过庾信，“四杰”的出群人物，一般只追求辞藻，揣摩声律，却缺乏气势雄伟的诗篇。

不薄今人爱古人，清词丽句必为邻。
窃攀屈宋宜方驾，恐与齐梁作后尘。

今人爱慕古人，不宜菲薄；前人的清词丽句，亦宜学习。要力争上游，勿落人后。

未及前贤更勿疑，递相祖述复先谁？
别裁伪体亲风雅，转益多师是汝师。

勿盲目因袭，要去伪存真，继承诗坛的优良传统，向多方面学习。

唐·杜甫《戏为六绝句》选三

塞北梅花羌笛吹，淮南桂树小山词。
请君莫奏前朝曲，听唱新翻杨柳枝。

不要老弹那缺乏时代精神的“前朝曲”，要听取具有新鲜特色的“新声”。

唐・刘禹锡《杨柳枝词九首》选一

杜甫天材颇绝伦，每寻诗卷似情亲。
怜渠直道当时语，不著心源傍古人。

要学习杜甫说当时应该说的话，不花心思去依傍古人。

唐・元稹《酬孝甫见赠十首》选一

风骚如线不胜悲，国步多艰即此时。
爱日满阶看古集，只应陶集是吾师。

风骚的优良传统，没有得到继承和发扬，针对时弊要学习朴素、自然的陶渊明诗作。

唐・郑谷《读前集二首》选一

自古诗人少显荣，逃名何用更题名？
诗中有虑犹须戒，莫向诗中著不平。

既然诗人是和显荣无缘的，就不要再去追求名利了，也不要在诗中发泄自己的不平之气。

唐・司空图《白菊三首》选一

辞赋文章能者稀，难中难者莫过诗。
直应吟骨无生死，只我前身是阿谁。

写诗是文学创作中最难的，作为诗人，就要刻骨吟诗，不管生死，更不必去追问前世因缘了。

唐・杜荀鹤《读诸家诗》

境入东南处处清，不因辞客不传名。
屈平岂要江山助，却是江山遇屈平。

诗人使东南胜景名扬天下，同样，屈原的诗并非得力于江山之助，倒是江山因为有了屈原的作品而在读者心中留下深刻的印象。

宋·李觏《遣兴》

学诗浑似学参禅，竹榻蒲团不计年。
直待自家都了得，等闲拈出便超然。

学诗好比佛家修行，一定要经过长时间苦心孤诣的锻炼。一旦功夫到家，豁然贯通，那么提笔随手写来便是好诗。

宋·吴可《学诗诗》

好句联翩见未曾，品题今日欠钟嵘。
登临自有江山助，岂是胸中不得平。

不可能单凭内心的感触就写出好诗来，倒是客观景物引发创作冲动，可以写出不朽名篇。

宋·洪适《次韵蔡瞻明登巾山》

法不孤生自古同，痴人乃欲镂虚空。
君诗妙处吾能识，尽在山程水驿中。

作家的艺术构思乃是客观现实生活激发的产物，脱离生活，凭空幻想，是写不出什么东西来的。

宋·陆游《题庐陵萧彦毓秀才诗卷后》

六十余年妄学诗，工夫深处独心知。
夜来一笑寒灯下，始是金丹换骨时。

经过长期琢磨锻炼，终于掌握了作诗的妙诀，使诗歌创作出现了质的飞跃。

宋·陆游《夜吟》

琢琱自是文章病，奇险尤伤气骨多。
君看大羹玄酒味，蟹螯蛤柱岂同科？

作诗反对雕琢和刻意求奇，而要写得朴质、自然。

宋·陆游《读近人诗》

天恐文人未尽才，常教零落在蒿莱。
不为千载离骚计，屈子何由泽畔来？

许多不朽的诗篇，往往是诗人在经历了痛苦的生活遭遇，有了深切的亲身感受之后写出的。

宋·陆游《读唐人愁诗戏作》

曾向吟边问古人，诗家气象贵雄浑。
雕锼太过伤于巧，朴拙惟宜怕近村。

诗歌的气势和景象，贵在有雄伟的风格。雕琢刻镂，易犯纤巧；质朴真率要适度，最忌村俗鄙野。

宋·戴复古《论诗十绝》之二

意匠如神变化生，笔端有力任纵横。
须教自我胸中出，切忌随人脚后行。

进行艺术构思时，要想象神妙，不受拘束。诗歌创作应从自己的肺腑中流出，不要跟在别人后面亦步亦趋。

宋·戴复古《论诗十绝》之三

诗本无形在窈冥，网罗天地运吟情。
有时忽得惊人句，费尽心机做不成。

诗思存在于茫茫的时间和空间里，诗人要从天地间万事万物中去觅取诗材。有时费尽心机做不出来，而偶然之间却会得到惊人之句。

宋·戴复古《论诗十绝》之五

先贤平易以观诗，不晓尖新与崛奇。
若似后儒穿凿说，古人字字总堪疑。

先贤总是用平易作为标准来观察、品评诗歌，不谈什么尖新崛奇。如果用穿凿附会的眼光来看待诗歌，那么前人的作品都无法正确领会了。

宋·刘克庄《答惠州曾使君韵》

文章自得方为贵，衣钵相传岂是真。
已觉祖师逊一著，纷纷法嗣复何人。

诗歌创作要从自己的肺腑中流出，有自己的真情实感，不应用法度来限制自己，和束缚别人手脚。

金·王若虚《论诗》选一（一作《评东坡山谷四绝》）

汉谣魏什久纷纭，正体无人与细论。
谁是诗中疏凿手，暂教泾渭各清浑。

汉魏以来，诗家辈出，各派分流，而评论褒贬失当，很需要有人来仔细分析，认真评论。

眼处心生句自神，暗中摸索总非真。
画图临出秦川景，亲到长安有几人？

要像杜甫那样“亲到”“眼处”，接触到实境，这样才能产生有“神”的诗句。

窘步相仍死不前，唱酬无复见前贤。
纵横正有凌云笔，俯仰随人亦可怜。

前贤唱酬，只和意而不次韵，后来用韵次韵，因袭成风，这是抛弃了自己的凌云之笔，却去随人俯仰，太可怜了。

金·元好问《论诗三十首》选三

晕碧裁红点缀匀，一回拈出一回新。
鸳鸯绣了从教看，莫把金针度与人。

绣出来的鸳鸯，可以给别人观赏，但绣鸳鸯的“金针”却不能传授给别人；写出的诗，可以给别人欣赏，但写诗的“诀窍”却无法传授给别人。

金·元好问《论诗三首》选一

举世皆宗李杜诗，不知李杜更宗谁？
能探风雅无穷意，始是乾坤绝妙辞。

李白、杜甫能继承《风》《雅》的优秀传统，才能写出美妙的诗歌，后人不探本源，即不能升李、杜之堂，入李、杜之室。

明·方孝孺《论诗》

学诗浑似学参禅，不悟真乘枉百年。
切莫呕心并剔肺，须知妙语出天然。

学诗要善于抓住关键，妙语是自然流露出来，而不是靠生硬做作出来的。

学诗浑似学参禅，笔下随人世岂传？
好句眼前吟不尽，痴人犹自管窥天。

“笔下随人”的东西，不会有多大的生命力。扩大视野、深入生活，好句妙词将联翩而至。

学诗浑似学参禅，语要惊人不在联。
但写真情并实境，任他埋没与流传。

诗的好坏在于一句一联的运用语言技巧，而决定于它的整篇的思想内容。

明·都穆《学诗诗》

唐人无选宋元诗，后进轻狂肆贬词。
真趣盎然流肺腑，底须摹拟失神奇？

唐宋人诗遭到后人的诋毁，但却是真趣盎然、沁人心肺，不像那些模拟古人，毫无生气的作品。

明·李濂《绝句》

满眼生机转化钧，天工人巧日争新。
预支五百年新意，到了千年又觉陈。

一个时代有一个时代的矛盾，必须提倡创新，摆脱依傍，自辟蹊径。

李杜诗篇万口传，至今已觉不新鲜。
江山代有才人出，各领风骚数百年。

只有紧紧地扣住时代的脉搏，反映时代的精神，才能创作出动人心弦的好作品。

只眼须凭自主张，纷纷艺苑漫雌黄。
矮人看戏何曾见，都是随人说短长。

评价诗歌应独具眼光，不能跟在人家后面随便乱说。要批评那种人云亦云的盲目态度。

诗解穷人我未空，想因诗尚不曾工。
熊鱼自笑贪心甚，既要工诗又怕穷。

古代诗人往往是穷愁潦倒的，诗才和命运，二者不可得兼，献身

艺术，就不要怕穷。

清·赵翼《论诗五绝》选四

三百诗人岂有师，都成绝唱沁心脾。
今人不问源头水，只问支流派是谁。

《三百篇》的作者，没有什么师法可循，却能写出“沁人心脾”的绝唱，就是因为有深厚的生活，作为创作的“源头水”。

心源探到古人初，征实翻空总自如。
好把臭皮囊洗净，神仙楼阁在高虚。

诗歌是表现人的情操和气质的，所以要想诗格高，必先人格高。去掉庸俗浮浅，才能达到理想的艺术境界。

学韩学杜学髯苏，自是排场与众殊。
若使自家无曲子，等闲铙鼓与笙竽。

没有深切动人的真情实感，徒猎取杜甫、韩愈、苏轼的皮毛，那好比自家没有曲子，虽然金鼓齐鸣，丝竹并奏，看起来很热闹，实际不能扣人心弦。

清·宋湘《说诗八首》选三

胸中成见尽消除，一气如云自卷舒。
写出此身真阅历，强于饤饾古人书。

消除门户之见，作诗随物赋形，写出亲身所历的生活实践，这比罗列辞藻、堆砌典故好得多了。

凭空何处造情文，还仗灵光助几分。
奇句忽来魂魄动，真如天上落将军。

没有真感情，就写不出好诗歌；借助灵感，美好的诗句忽然得来，会使人感到惊异。

跃跃诗情在眼前，聚如风雨散如烟。
敢为常语谈何易，百炼功纯始自然。

有了创作的冲动，灵感来时像风雨骤至，去时像烟雾顿消。要做到自然天成，须有千锤百炼工夫。

想到空灵笔有神，每从游戏得天真。
笑他正色谈风雅，戎服朝冠对美人。

有了虚静通灵的艺术境界，即便游戏笔墨，也是天真可爱的。板起面孔说诗，正像穿军装、戴礼帽去接待绝世的美人，未免不伦不类，滑稽可笑。

妙语雷同自不知，前贤应恨我生迟。
胜他刻意求新巧，做到无人得解时。

创作中无意和古人佳句雷同，毕竟和剽窃不同，比起那些刻意求新、无人能懂总要好些。

子规声与鹧鸪声，好鸟鸣春尚有情。
何苦颟顸书数语，不加笺注不分明。

诗人如果不从自然景物中去发掘诗料，而从故纸堆中去讨生活，就会走上形式主义的魔道。

文章体制本天生，只让通才有性情。
模宋规唐徒自苦，古人已死不须争。

文艺作品的体裁风格本是自然形成的，有才学的人自能借以抒写性情。一味模仿古人，没有意思。

雕文镂采太纷然，开卷沉沉我欲眠。

人口数联诗好在，不灾梨枣亦流传。

那些堆砌辞藻的作品，读来只能昏昏欲睡，而传诵众口的好诗，即使没有刊印出版，也能长久流传。

名心退尽道心生，如梦如仙句偶成。
天籁自鸣天趣足，好诗不过近人情。

有较好的道德修养和情操锻炼，自能写出若有神助的好诗。所谓好诗，无非是合乎天然，近乎人情。

清・张问陶《论诗十二绝句》选十

辛苦十年摹汉魏，不知何故远风骚。
而今悟得兴观旨，枉向凡禽觅凤毛。

诗的好坏在神不在貌，在于思想内容是否合乎“兴观群怨”的宗旨，而不在于词采是否华美。

少陵才力韩苏富，走马驱山笔更遒。
举世徒工搬运法，何曾一字着风流。

杜甫、韩愈和苏轼才力出众，学问繁富，笔力无比雄健。可叹后人只会搬运词语典故，作品没有隽永的韵味。

清・姚莹《论诗绝句六十首》选二

附录

引文、引书提要

《尚书·尧典》（周）

《尚书》是关于上古历史文件和部分追述古代事迹著作的汇编。《尧典》为其中的一篇。

“诗言志”是中国历代诗论的开山纲领，对后来的文学理论有着长久的影响，由于“诗言志”概括地说明了诗歌表现作家思想感情的特点，也就涉及诗的认识作用。人们通过言“志”的诗，也就能在不同程度上认识社会。

诗与歌、声、律并举，说明在文学发展初期诗、乐的紧密联系；在当时，乐和诗同样起着“言志”和教育人的作用。

《论语》（周·孔子弟子等）

《论语》是用语录体写的最早一部儒家经典，书中记录孔子和他周围人物的言论和行动。

孔子把《诗三百》归结为“无邪”，认为诗和道德修养有不可分割的关系。后来《礼记·孔子闲居》中，进一步推演阐发为“志之所至，诗亦至焉；诗之所至，礼亦至焉；礼之所至，乐亦至焉”。

文学作品有感染力量，能“感发意志”，这就是兴。读者从文学作品中可以“考见得失”，“观风格之盛衰”，这就是观。群是指“群居相切磋”，互相启发，互相砥砺。怨是指“怨刺上政”，以促使政治改善。这里可以看出，孔子对文学的艺术特征已有一定程度的认识，因而他对文学的社会作用论述比较全面。

《毛诗序》（汉）

《毛诗序》阐说了诗歌的特征、内容、分类、表现方法和社会作用等，可以看作先秦儒家诗论的总结。

首先，它进一步阐明了诗歌的言志抒情的特征和诗歌与音乐、舞蹈的相互关系。序中所谓“诗者志之所之也”的“志”和“情动于中而形于言”的“情”，是而二而一的东西。正如唐代孔颖达在《左传正义》中所说：“在己为情，情动为志，情、志一也。”

其次，《毛诗序》指出了诗歌音乐和时代政治的密切关系，说明不同的时代有不同的作品，政治情况往往在音乐和诗的内容里反映出来，指出了政治、道德、风俗与音乐诗歌有不可分割的联系。

最后在诗歌的分类与表现手法方面，《毛诗序》提出了“六义”说。孔颖达在《毛诗正义》中认为：“风、雅、颂者，《诗》篇之异体；赋、比、兴者，《诗》文之异辞耳。……赋、比、兴是《诗》之所用，风、雅、颂是《诗》之成形。用彼三事，成此三事，是故同称为义。”

《典论·论文》（三国魏·曹丕）

《典论·论文》是我国文学批评史上较早的一篇专论。曹丕批评了两汉以来轻视文学的观点，指出了文学的独立地位，提出了自己的文学主张。

对于文学体裁的区分，本文说：“夫文本同而末异。”所谓本，大致是指基本的规则而言，这是一切文章共同的；所谓末，是各种不同文体的特点。因文章具体的功能不同，体裁和表现方法也就有所不同。雅、理、实、丽，各具特点。在曹丕以前，人们对文章的认识，限于本而不及末，本末结合起来的看法，在文学批评史上，是曹丕首先提出的。

关于文气，作者认为“文以气为主”，“而气之清浊有体”。曹丕认为，作家的气质、个性，形成各自的独特的风格。因此，各有所长，难可兼擅。他过分强调作家的材性，还不懂得作家的风格是社会实践和艺术修养的结果。

《文赋》（晋·陆机）

《文赋》在中国文学批评史上是第一篇完整而系统的文学理论作品，这篇文章虽用赋的形式，但能比较细致地分析文学创作的过程，提出文学理论上很多重要的问题，对文学理论的发展有很大贡献。

陆机认为，进行文学创作必须观察万物，钻研古籍和怀抱高洁的心情。有了这三方面的准备，要进行创作过程，还必须到现实生活中去体验。文以情生，情因物感，才是创作过程的起点。

陆机生动而具体地描绘了艺术创作的全过程。这个过程从诗人感物生情到穷情写物，自始至终是在具体形象中进行的。他通过对构思的形象化的描写，表达了一种思想：艺术创作过程实质上是形象思维过程，从而触及艺术创作中一个带有普遍规律性的问题。

他认为，艺术构思，要发挥独创精神，即所谓“谢朝华于已披，启夕秀于未振”，朝华，谓古人已用之意与辞，如花之已开，宜谢而去之。夕秀，谓古人未述之意与辞，如未发之花，宜开而用之。唐大圆说：“上句是务去陈言，下句是独出心裁。”总之，构思过程不论怎样复杂，但最基本的，还是要求修辞立诚，表里如一。

《诗品序》（南朝梁·钟嵘）

《诗品序》的主要内容有破有立。属于破的，是对南朝诗风的批评，表现在以下两个问题：第一是反对声病，主张自然和谐的音律。第二是反对作诗用典，以为“吟咏情性，亦何贵于用事？”属于立的，一是钟嵘认为写作动机的激发，有赖于客观事物的感召。二是在诗歌创作问题上提出了滋味说。他认为好的诗歌必须是有滋味的。

《与元九书》（唐·白居易）

《与元九书》是白居易诗论的纲领，是他创作政治讽谕诗的经验总结。它比较全面地解决了文学理论和诗歌创作中的几个主要问题，具有鲜明的时代内容，强烈的战斗色彩。

白居易从文学与现实的关系着眼，认为文学应该和当前的政治斗争相联系，积极干预生活。基于这样的认识，他提出了“文章合为时而著，诗歌合为事而作”的明确诗论。他要求诗人对当时的社会弊端作如实的揭发、批判。

白居易强调“风”“雅”反映现实的优良传统。他认为“风雅比兴”是“六义”的精髓，而“美刺”又是“风雅”的精神所在。

白居易的主张，集中地表现了进步的文学思潮，在文学思想史上所产生的作用和影响是很大的。

《答李翊书》（唐·韩愈）

本文阐述了学文以立身为本，立言为表，要获得文学上的成就，必须从道德修养入手。写作要有创造性，不论是内容或词句，都要务去陈言。学文有一个长期曲折的过程，不能希望速成。写文章要以气为先，气是驾驭言的。

作者的论述，本是对散文而言，但对诗歌无疑也是适用的。

《答韦中立论师道书》（唐·柳宗元）

在本文中，作者主张以文明道，不以声色文采为能事，和韩愈论文的观点，基本上是一致的。

《与李生论诗书》（唐·司空图）

作者着重从韵味的角度来谈诗歌意境的创造，即认为好诗必须有“韵外之致”“味外之旨”，而这“味”是妙在“咸酸之外”的，不是意尽于句中，而是要“近而不浮，远而不尽”。给读者留下联想与回味的余地，从而达到“思与境偕”的艺术“诣极”。

《答吴充秀才书》（宋·欧阳修）

在文与道的关系上，欧阳修主张重道以充文。他看出了文与道的联系，要想文章真正达到“工”的境地，就不得不和道联系起来。内容充实，自然发为光辉。然而学道是为了充实文的内涵，其终极目的还在于文，则重道亦即重文。

《上人书》（宋·王安石）

王安石的《上人书》，讨论了文和辞的关系，实际上也就是内容和形式的关系。文指作文的本意，辞指篇章之美。文以实用为主，是王安石对文学的基本看法。

《答洪驹父书》（宋·黄庭坚）

本书是黄氏五十九岁的作品，书中强调“自作语最难”。他的说法，着重在诗歌语言的技巧方面。这种主张，是以借鉴代替创造，以因袭拼凑代替推陈出新，带有片面追求形式的倾向。

《与李空同论诗书》（明·何景明）

就复古这一总倾向来说，何景明和李梦阳（空同）是一致的，他们的诗，同样是学盛唐，但由于两人气质和生活环境的不同，作风也就不一样。大约李重气魄，一味追求雄奇豪放；何重才情，偏于“清俊响亮”。何氏在此文中指出，一种艺术风格的形成，必须包含各种不同的因素，互相调剂，“一音独奏，成章则难”。这可以看作对明代七子派以拟古为复古的理论的修正。

《雪涛阁集序》（明·袁宏道）

变之一字，是宏道诗论的特点。“古有古之时，今有今之时”，作者从古今对异的观点出发，认为“文之不能不古而今也，时使之也”。时有变，则作为这一时代的文学也不能不变。这一前提，就根本否定了七子复古派的诗论。

《诗归序》（明·钟惺）

《诗归》一书，具体贯彻了钟氏的诗论。这篇序文，即是《诗归》论旨的概括。

作者认为诗家途径之变有尽，而精神之变无穷，因此，应于精神上求变。

《序山歌》（明·冯梦龙）

自骚、诗以来，诗文为文人学士所掌握，民歌出自田夫野竖之口，辞语俚俗，“遂不得列于诗坛”。但民歌特色，贵在真情，所谓“有假诗文，无假山歌”，正确而又概括地说明了民间歌谣和正统诗文本质上的一般区别，和民歌在封建社会里为统治阶级所鄙视而又为人们所喜爱的原因。

《闲情偶寄》（清·李渔）

李渔的戏曲理论是前人经验和他自己实际经验的总结，关于戏曲艺术技巧的论述，确有一些独到的见解。基于文艺的共同特点，有些论述对于诗歌也是适用的。

《夕堂永日绪论内编》（清·王夫之）

王夫之论诗，强调“以意为主”，在本文中表现得较为突出的是诗歌中情和景的问题。

他以为在诗歌里任何客观景物的描写，都包括诗人主观上的感受。有了真实的体验，融情入景，情景相生，才能使客观景物成为“人化的自然”。

情景互相触发，“妙合无垠”；而就某些具体作品的境界来说，则有“情中景”“景中情”的分别。他不但精密地剖析了情和景之间的关系，而且也进一步指出：“不能作景语，又何能作情语？”说明了主客观的先后关系，也说明了“以写景之心理言情”，才能曲尽情态的问题。

《答沈大宗伯论诗书》（清·袁枚）

袁枚论诗，标举“性灵”，这封信是针对“格调说”而发的。

袁枚以性灵论诗，作为性灵说的核心，是情感的真挚，诗中要能见出作者的性情。诗歌的内容应该像生活本身一样的丰富，诗人无往而不可以寓其情，而不是把诗歌的题材限制在某一个方面。

就艺术的表现来讲，袁枚极力主张风格的多样化。他以为人的个性不同，情感的性质各异，因而表现方式也就不会一样。不可强调某一种风格而排斥某一种风格。

性灵之说，不仅重视性情之真，同时十分强调艺术上的灵感作用。他以为只有有了灵感作用，才能各抒襟抱，见出性情之真；才能花样翻新，显出层出不穷的创造力。

《古谣谚序》（近代·刘毓崧）

此文以为谣谚“与风雅表里相符”。文中强调“诗言志”的意义，认为诗歌和谣谚同样地是人们现实生活中思想情感的表现。在语言艺术方面，谣谚是民间流传的口头文学，它的特点，往往在粗糙简朴之中具有一种深刻的表现力；它的音调和语气，一本自然，能够体现出强烈的情感、坚定的意志。

《人境庐诗草自序》（近代·黄遵宪）

在这篇《自序》里，作者总结了我国古典诗歌遗产方面可以继承的写作经验，系统地提出了“后贤兼旧制”，而又“历代各清规”的理论纲领。

诗歌要反映时代现实，要表现作者的精神面貌。总的是要做到写自己“耳目所历”的“古人未有之物，未辟之境”。基于作者在理论上这样正确的认识，他的创作，也就注入了新的血液，形成了新的风格。

《文心雕龙》（南朝梁·刘勰）

《文心雕龙》是我国第一部系统阐述文学理论的专著，体例周详，论旨精深。魏、晋以来，我国文论始专门名家，到了南北朝，日渐形成繁盛局面。刘勰这部论著是这一时期集大成的代表作。全面总结了前代文学现象，把文学理论批评推向新的阶段，成为我国古典文学批评史上杰出的巨著。

《诗式》（唐·皎然）

本书以论风格为主，把文章的风格与作家的德行联系起来。论诗宗旨，大率重在折衷，要自然工力恰到好处。就是要出人意外，同时又要在人意中。皎然要以十九字括诗之体，不必说这种分体不伦不类，即便承认它正确，对于论诗也没有什么帮助。

《六一诗话》（宋·欧阳修）

欧阳修的《六一诗话》，首先开创了诗话的风气。以前论诗之作，或重在品评，或重在格例，或重在作法，或重在本事，自欧阳修开始诗话之体，于是兼收并蓄，为论诗开了方便法门。

《中山诗话》（宋·刘攽）

北宋诗话，只有欧阳修、司马光及刘攽三家，刘攽在元祐诸人中，学问最有根柢，其参考论议，可取者多。

《后山诗话》（宋·陈师道）

他写诗反对巧与华，而提倡拙与朴，这是对“诗赋欲丽”说的否定，有其时代意义。他作诗不主张因袭，而提倡推陈出新，也是值得肯定的。

《临汉隐居诗话》（宋·魏泰）

作者认为诗歌应能厚人伦，美教化，与传统的诗教相一致。他认为诗不能“盛气直述”，也是基于温柔敦厚的诗教。他不是一概反对蹈袭古人，而认为善学习者可以推陈出新，也很有自己的见解。

《竹坡诗话》（宋·周紫芝）

周氏论诗，重视格律句法，推崇平淡风格，又主张用事而令人不觉。这些论述，都说明他对欣赏诗歌，有自己的独到见解，而这些见解，无疑是从实践中得来的。

《彦周诗话》（宋·许顗）

许顗论诗多有根柢，品题作品，也具有自己的见解。他还提出“论道当严，取人当恕”，即在原则性问题上应该坚持，而涉及具体人物时，则应从宽。这种见解也是正确的。

《石林诗话》（宋·叶梦得）

梦得论诗，着眼于自然，如他论谢灵运“池塘生春草”句，谓“此语之工，正在无所用意，猝然与景相遇，借以成章，不假绳削，故非常情所能到。诗家妙处，当须以此为根本”。又以禅语论杜甫诗，反映了当时论诗的风气，对后来的严羽有一定的影响。

《珊瑚钩诗话》（宋·张表臣）

表臣论诗，重视向前辈学习，“学者当先量力而后措词”，这对读书未辨句读，便率尔操觚者，实是当头棒喝。他强调作诗以意为主，在表现方法上推重含蓄，这些见解都有可取之处。

《韵语阳秋》（宋·葛立方）

书中论诗，不大说到句格工拙，而多论意旨是非，以见其人品高下。

其中评语，有持论精确之处。如论“今之作诗者，以兴近乎讪也，故不敢作，而诗之一义废矣”，针砭宋人诗之失，实为有见。他赞赏陆机“谢朝华于已披，启夕秀于未振”二句，反对诗歌立意造语的陈陈相因，见解也是可取的。

《白石道人诗说》（宋·姜夔）

本书是姜氏作诗时体会有得之谈。基本上是讲诗的作法，强调精思和含蓄，以“知其妙而不知其所以妙”为诗歌的最高境界，开严羽“妙悟”说的先声。此书称诗说而不称诗话，表示重在理论，与一般诗话之述故事、尚考据者不同。

《沧浪诗话》（宋·严羽）

本书内容丰富，几乎涉及诗歌创作及批评的所有问题。主要观点有：一、以禅喻诗，倡导“妙悟说”，认为“禅道惟在妙悟，诗道亦在妙悟”，“惟悟乃为当行，乃为本色”。诗人要有很高的学识和见解，博取前人，酝酿胸中，认真体察领会，“久之自然悟入”。把对前人书本的学习和诗人主观上的酝酿当成写诗的法宝。二、针对江西诗派以议论、文字为诗的倾向，提出“别材”“别趣”说，强调诗不同于“书”“理”，有它自己的特点，即写诗需要形象思维，反对理学家的以理语为诗。三、艺术上标举“兴趣”，追求冲淡空灵、蕴藉含蓄的风格。特别推崇盛唐诗。这些意见切中时弊，对后世也产生了很大的影响。但其“妙悟说”忽视诗歌的社会内容，具有唯心主义倾向，对以学问入诗一概排斥的主张，有一定的片面性。

《诚斋诗话》（宋·杨万里）

万里诗初学江西派，后来走上师法自然的创作道路。此书虽成于晚年，但所论多以“夺胎换骨”和炼字用事为主，未能摆脱江西诗派的影响。但总的来说，江西诗派强调工夫和师古，杨氏强调自得和师心，仍然有所不同。

《藏海诗话》（宋·吴可）

吴可指出诗有无形病和有形病，并认为有形病易医，无形病则不能医，这种说法无人道过，却是切合实际，而又十分深刻的。这正说明，自己从实践得来的体会，往往与从书本上得来的不同。

吴可指出作诗当以意为主，辅之以华丽，则中边皆甜，认为这样与装点在外，只求文字之华丽不同。这话的实质，就是认为形式应当为内容服务，脱离内容的形式立义是不足取的，论述很正确。

《对床夜语》（宋·范晞文）

本书词约理胜，深得说诗之旨。论诗颇能沿波讨源，探索汉魏六朝唐人旧法，每取古人诗句相类之处，比较评论，给人启发。对四灵诗派和晚唐诗歌，颇多批评，对矫正一时尖纤之句，有一定作用。受严羽影响较深，未能建立自成系统的理论。

《岁寒堂诗话》（宋·张戒）

本书主要论述诗歌的内容，兼及艺术风格。认为“言志乃诗人之本意。咏物特诗人之余事”。要求创作恪守温柔敦厚的诗教，发挥美刺作用。尊杜甫诗，但又认为“可仰而不可及”。对苏、黄追求“用事押韵”和“以议论作诗”的诗风，视为“诗人中一害”。其补偏救弊的胆量和见识都超过时人。在艺术上主张蕴藉，反对“浅露”，提倡浑然天成，反对雕镌刻镂，认为“其词婉，其意微，不迫不露”之作“可贵”，而“词意浅露”“略无余蕴”则不足取。

《滹南诗话》（金·王若虚）

作者尊杜甫而于黄庭坚多所訾议，这和作者诗文不尚劚削锻炼之格是有关系的。

在形与神的问题上，作者发挥了苏轼的见解，认为写诗仅求形似是不够的，但也不能完全遗形求神，所谓“不本具实，无得于心”，以写神为名，随心所欲，这也是不足取的。

《诗法家数》（元·杨载）

《四库全书总目》评论本书，以为“论多庸肤，例尤猥杂”。杨载在元朝，也称得上是一位作手，而写得如此浅陋，可能是坊贾依托之云。但作为入门的向导，本书还是有其参考价值的。

《谈艺录》（明·徐祯卿）

作者强调写诗要有真情实感，反对无病呻吟之作。所谓“歔欷无涕，行路必不为之兴哀；愬难不肤，闻者必不为之变色”，这就只好列入第二等。至于“陈采以眩目，裁虚以荡心”，那就更在其下，只能列入第三等了。凡此正可看出作者论诗的宗旨。

《艺圃撷余》（明·王世懋）

书中所论多取唐人诗歌。主张作诗“须真才实学，本性求情，且莫理论格调”。对作诗方法讨论较细，关于用典，则说：“使事之妙，在有而若无。实而若虚，可意悟，不可言传，可力学得，不可仓卒得也。”有一定的见解。

《艺苑卮言》（明·王世贞）

他的诗论虽仍是格调说，然于正之外兼承认变。所以欲于第一义之诗取其格，于第一义以外之诗博其趣。“师匠宜高，捃拾宜博”，这在格调说中已可谓变了。他的诗论，可以说是格调派之转变者。他说明格调的分别，由于才思的关系；他是以格调说为中心，朦胧地道出一些类似性灵说与神韵说的见解。

《四溟诗话》（明·谢榛）

作者论诗重格调，兼及字句。主张取法盛唐李杜等十四家重要诗人，吸收他们的优点，使自己的作品成为十四家之外的一家。认为“诗有四格：曰兴、曰趣、曰意、曰理”，而“以兴为主”。“兴”要通过“超悟”来实现，“非悟无以入妙”，带有神秘色彩。

《麓堂诗话》（明·李东阳）

论诗反对模拟，主性情，推尊李杜，但又不拘一格，涉及的方面很广，而特别重视音节声调的作用。作者以宰臣领袖文坛，提倡“台阁气”“山林气”，脱离现实，其理论往往导致诗歌有声调而无内容。

《诗镜总论》（明·陆时雍）

明末陆时雍选《古诗镜》《唐诗镜》，其《绪论》一篇，标举神韵，推奉盛唐，以为“常留不尽，寄趣在有无之间”。盖隐沧浪，而于李、杜皆致不满。讥太白太利，为才使；讥少陵失中和，出手钝，病在好奇。他说：“豪杰命世，肝胆自行，断不依人眉目。”可说是豪言壮语。但没有继承，也就没有创新，此语未免失之片面。

《古欢堂集杂著》（清·田雯）

田雯大力鼓吹古学，天资高迈，记诵亦博。诗风纵横排绝，负气浑洒，欲以奇丽驾王士桢之上。其论诗在华丽与古淡之间采取折中主义，认为古淡是好的，但也不能完全抛开华丽。

《诗义固说》（清·庞恺）

其论《风》《雅》《颂》，认为具体不同，在于应用场合各异，“用于乡为《风》，用于朝为《雅》，用于庙为《颂》”。这样说法有片面性，即没有抓住事物的本质。其论赋比兴，视赋为主体，比兴为从属，结合具体诗歌来看，大致如此。

《西圃诗说》（清·田同之）

其论情景的关系，以为“情因景生，景随情变”。即谓外界事物，是引发诗人情感的契机；而回过来，由于情感的变化，眼前事物也会随之而起变化。他又说“情景妙合，风格自上”，即要自然而不做作。

《茧斋诗谈》（清·张谦宜）

作者认为“诗贵和平”，这当然是受“温柔敦厚”诗教的影响，但他却从诗的艺术性方面作了发挥，他说：“凄厉陡险，一泻而尽，览之可喜，咀嚼索然。”凄厉险怪的诗，往往是不耐读的，原因就在于不深厚。而另一方面，他又以为“诗贵和平”并不是绝对的，对众所痛恨的坏人，大张挞伐，这是“骂其所当骂”，并不是违反诗贵和平的宗旨。他还举出《诗经》中也有骂人极狠的诗句。不受传统诗教的牢笼，是值得一提的。

《龙性堂诗话》（清·叶矫然）

在赋比兴中，作者特别强调兴体，赞美诗中之兴“如花未发而香先动，月欲上而影初来”。其实“兴”只是附丽于全诗的一个部分，它是不能单独存在的。

作者认为写诗不能满足于写形，还要做到传神，神似比形似更重要。清代有些笔记中，还用实例来说明仅求形似，往往落入纤巧。有咏新月一联："映水有钩鱼却钓，衔山无箭鸟惊弓。"只在外形上刻画新月，这样也就谈不上有言外之意了。

《剑溪说诗》（清·乔亿）

作者认为"论诗如论士，品居上，才次之"，把诗歌和作者的人品联系起来看，这是很有见地的。但对品的具体内容，作者并没有确切的说明，这样，和其他各条联系起来看，便会感到捉摸不定。如另一条："能感人便是真诗，不能感人便是伪体。"能否感人，和品的高下是否有必然关系，就值得探索了。

《瓯北诗话》（清·赵翼）

瓯北论诗，反对"荣古虐今"。强调争新、独创。书中说："新岂易言？意未经人说过，则新；书未经人用过，则新。诗家之能新，正以此耳。"在艺术风格上，"力主平易近人""自然老洁"。他特别欣赏陆游的诗歌，认为陆游具有这种风格。

《诗辨坻》（清·毛先舒）

本书评论历代之诗，而不及宋、元。论诗好为高论，对前人要求较苛刻，但不少见解，仍有参考价值。如说"高手下语，唯恐意露；卑手下语，唯恐意不露"，殊有见地。诗不同于文，贵在蕴藉含蓄，一览无余，不耐细读。又如"学诗如学书，必先求其似，然后求其不必似，乃得"，此即神似贵于形似之说。

《春酒堂诗话》（清·周容）

书中多与前人驳难之说，如对"眼前景致口头语，便是诗家绝妙词"二语，不以为然，谓人讥元轻白俗，正由于其太接近口语。又对严羽"别材、别趣"之说，亦深表不满。虽未必尽当，存一家之说可也。

《抱真堂诗话》（清·宋征璧）

书中论诗，多取前人成句加以发挥，如以为"咏月莫拙于'方晖竟户入，圆影隙中来’，莫妙于‘照之有余辉，揽之不盈手’”。论神似可贵，形似可厌，易于领悟。

《诗筏》（清·贺贻孙）

贺氏论诗，纵横古今，其语多有可取。如“诗以深为难，而厚更难于深”，虽未脱出传统温柔敦厚之诗教，而比较言之，令人更易领悟。又如“学诗者不可学古人无病处，亦不必学古人有病处”，看似无理，却有深意。

《载酒园诗话》（清·贺裳）

书中举李益“早知潮有信，嫁与弄潮儿”二句，用以说明“诗人有以无理而妙者”，此即严羽“诗有别趣，非关理也”之注脚。又说：“诗虽不宜苟作，然必字字牵入道理，则诗道之厄也。”此等处可见其说与严羽一脉相承。

《围炉诗话》（清·吴乔）

论诗祖晚唐而排两宋，认为比兴优于赋体，唐人多用比兴，故优，宋人多用赋体，故劣。《四库全书总目提要》驳之说：“赋比兴三体并行，源于《三百》。缘情触景，各有所宜。未尝闻比兴则必优，赋则必劣。况唐人非无赋体，宋人亦非尽无比兴，遗诗俱在，吾将谁欺？乃划界分疆，诬宋人以比兴都绝。”可说驳得痛快淋漓。但书中仍有独特见解，如说诗中“须有人在”，其说无疑是可取的。

《葚原诗说》（清·冒春荣）

在诗法的曲与直方面，本书论述颇多。作者认为“句法最忌直率”，因为“直率则浅薄而少深婉之致”。这是把直率和浅露等同起来。但从感情的坦率上说，直表示不做作，也不可一概而论。

《静居绪言》（清·方薰）

诗用形象思维，或以为不宜着议论，本书则以为“诗有议论者，有含意者，只在其诗之当与否”，也就是说诗并不是完全不可着议论的。

《国朝诗话》（清·杨际昌）

作者论法，特别重视谋篇布局，“否则材虽富，句虽佳，总未免平原才多之患”。能从诗的全篇着眼，这是作者高明之处。

《老生常谈》（清·延君寿）

本书重视阐发如何向古人学习，有自己的体会，但有些地方说得太隐晦。

《小清华园诗谈》（清·王寿昌）

谈诗法面面俱到，但偏于原则，如认为可以古体入律诗，不可以律诗入古体。但古诗中的三平调，不宜用于律诗，可见以古诗入律，也不是可以一概而论的。

《辍锻录》（清·方南堂）

本书所说诗人之诗，学人之诗，才人之诗，从作者学养不同来作为诗的分类，笼统评述，似乎不是难事，以此评价具体作品，也谈不上有什么实际意义。

《退庵随笔》（清·梁章钜）

清代末流，把诗作为应酬品，作者深恶这种风气，认为“古人立言，以能感人为贵”，言外之意，就是认为应酬之作，只不过是堆砌辞藻，无真情实感之可言。

作者推重比兴，是从另一角度着眼的。作者认为古人忠而受谤，信而见疑，“往往有同世不知，后贤不谅之隐”，于是“不能已于言”。“然而直言近讦，比兴多风”，这样美人香草，借而作喻，比兴就被广泛使用。这同片面强调比兴优于赋体，自然是棋高一着了。

《竹林答问》（清·陈仅）

本书是作者回答其侄子诗香问作诗之法而写的，全书即采用问答体。

作者强调要写好诗，必须“游万里路，读十年书”，即“增长其气识”。又强调“作诗当取诗于我，不当求诗于题”，即平素涵养得足，则眼前诗境，到处皆春。

《养一斋诗话》（清·潘德舆）

此书评述自《诗经》至清代诗歌的发展过程，源流得失，以及各家的艺术成就，兼论前人论诗主张，评述范围颇广。内容多宣扬儒家政治思想和伦理观念，强调“无邪”“言志”。但对某些问题的看法，时有可取。如说：“凡悦人者，未有不欺人者也。末世诗人，求悦人而不耻，每欺人而不顾。”又引隋李谔的话：“连篇累牍，不出月露之形；积案盈箱，唯是风云之状。文笔日烦，其政日乱。”认为“此皆不质实之过”。

《白华山人诗说》（清·厉志）

书中所论，多出自己之体会，其中也有故作高深处，如说：“诗到极胜，非第不求人解，亦并不求己解，岂己真不解耶？非解所能解耳。”夫文字语言之特点，即在约定俗成，己之所言，人能知之。诗为语言艺术，既已咏之书之，而云不求人解，亦不求己解，此非玄之又玄，故作高深乎？

《问花楼诗话》（清·陆鎣）

作者以为名家诗可尽，大家诗不可尽，前者比之一丘一壑，后者比之长江巨岳。其言动人，却不着边际。但所论也有较切实者，如云“诗宜含蓄，唐人不露论锋，所以可贵”，如云“作诗忌寒乞态”，皆有可取。

《筱园诗话》（清·朱庭珍）

本书开卷第一则说：“诗也者，无定法而有定法者也。诗人一缕心精，蟠天际地，上下千年，纵横万里，笔落则风雨惊，篇成则鬼神泣，此岂有定法哉？然而崇山峻岭，长江、大河之中，自有天然筋节脉络，针线波澜，若蛛丝马迹，首尾贯注，各具精神结撰，则又未始无法。故起伏承接，转折呼应，开合顿挫，擒纵抑扬，反正烘染，伸缩断续：此诗中有定之法也。或以错综出之，或以变化运之，或不明用而暗用之，或不正用而反用之；或以起伏承接而兼开合纵擒，或以抑扬伸缩而为转折呼应；或不承接之承接，不呼应之呼应；或忽以纵为擒，以开为合，忽以抑为扬，以断为续；或忽以开合为开合，以抑扬为抑扬，忽又以不开合为开合，不抑扬为抑扬；时奇时正，若明若灭，随心所欲，无不入妙：此无定法之法也。作诗者以我运法，而不为法用。故始则以法为法，继则以无法为法。能不守法，亦不离法，斯为得之。”这段话可以看作作者论诗的基本观点，也可看作全书的纲领。

《诗概》（清·刘熙载）

作者自称“举此以概乎彼，举少以概乎多”，虽只言大概，但精简扼要，重点突出，多心得之言，特别是能结合作家的思想品格来考察作品，对问题的认识比较深刻。他说：“太白与少陵同一志在经世”，“太白云：‘日为苍生忧，’即少陵‘穷年忧黎元’之志也。”见解接触到问题的实质。此外，还强调艺术创作的独创性，并阐述了文艺创作中的许多规律性的问题，是清代中后期很有特色和见地的文艺理论著作。

《姜斋诗话》（清·王夫之）

本书是王夫之关于文艺理论的重要著作。虽然大都是片言只语，但不仅可见王夫之文艺批评鉴赏的标准，更重要的是他追记这些诗句，还是为了不忘故国，直到暮年，依然壮怀激烈。

诗话中曾提出一个原则：“身之所历，目之所见，是铁门限。”这和他的唯物论思想是一致的，因而贯穿于全书的文艺观点，是重视客观现实，重视作品内容。他对于明代形式主义的文风、诗风都严加批判，甚至痛切说：“有皎然《诗式》而后无诗。”可见他多么憎恶因袭模仿。全书分量虽不大，却有不少卓越见解。

《答万季野诗问》（清·吴乔）

书中很有特色的一条，是把意比做米，文比做饭，诗比做酒。饭和酒都是以米为原料的，但有很大的区别。作者认为饭的作用是“可以养生，可以尽年”，而诗的作用则是“忧者以乐，喜者以悲”。前者是营养身体，后者是“丰富精神世界”。

《而庵诗话》（清·徐增）

作者说：“好诗须在一刹那上揽取，迟则失之。”作者是在谈自己从事诗歌创作的体会，但却接触到文艺心理学上的一个重要问题，即灵感。所谓灵感，指作家创作构思过程中突然爆发出来的一种豁然贯通，文思如潮的心理现象。它往往起着推动创作过程，促成艺术形象完成的作用。在古希腊时代有一种流行的看法：“没有一种心灵的火焰，没有一种疯狂式的灵感，就不能成为大诗人。”（德谟克利特）在中国，也早已有诗人注意到灵感现象，如宋人戴复古的诗：

诗本无形在窈冥，网罗天地运吟情。
有时忽得惊人句，费尽心机做不成。

灵感之来，是不能预期的，具有突发性；来了之后又会很快消失，具有暂时性。徐增虽然没有提到灵感这个词，却十分真实地写出灵感的暂时性。

《莲坡诗话》（清·查为仁）

书中记下查初白的话，对意和气的作用，作了比较的辨析，可与其他各家之说参看。

《说诗晬语》（清·沈德潜）

沈德潜是叶燮的门人，习闻师说，论述诗歌的源流正变，颇为精审。但其理论偏重格调说，主张温柔敦厚，发挥正统的诗歌观点，又与叶氏稍有不同。他强调比兴的作用，反对无病呻吟之作，都有自己的见解。

《原诗》（清·叶燮）

文中指出作诗之本，就被表现的客观事物来说，可以用理、事、情三者概括：“先揆乎其理，揆之于理而不谬，则理得；次征诸事，征之于事而不悖，则事得；终絜诸情，絜之于情而可通，则情得。三者得而不可易，则自然之法立。”这是就诗人的主观来说的。

《一瓢诗话》（清·薛雪）

书中论诗与作者的关系，如“敦厚人诗必庄重，倜傥人诗必飘逸”等，并谓“此天之所赋，气之所禀，非学之所至也”。这一说法，来源于苏轼文如其人说。认为文章所表达的思想或所表现的风格就像作者的人格或作风一样，固然有一定的道理，但也不能执一而论。如汪精卫诗：

“慷慨歌燕市，从容作楚囚。引刀成一快，不负少年头。”如据其诗而论其人，岂非大谬？

《拜经楼诗话》（清·吴骞）

书中论用巧用独，各有所长，并举例云：“同一咏杨妃事，三溪云：‘夜半燕归宫漏永，薛王沉醉寿王醒。’此用巧而见工也。马君辉云：‘养子早知能背国，宫中不赐洗儿钱。’此用拙而逾胜也。”然如不明作者巧拙之标准，仍不能领会。

《野鸿诗的》（清·黄子云）

作者论诗，提出真、新、朴、雅、浑五字，以为不及此，不足与言诗。就此五字而言，固无可指摘，但如无确切标准，以之评诗，仍属隔靴搔痒也。

《履园谭诗》（清·钱泳）

钱氏论诗，标举理、意、气，更强调“必以气为主”。这是承袭古人“文以气为主”而来；其下又谓“气有大小，不能一致”，则较前人进一步。

《说诗菅蒯》（清·吴雷发）

有的诗家谈六义，推崇比兴而抑赋体，作者对此持不同意见，认为这种说法，是“责人无已也”。他指出：“诗岂以兴比为高而赋为下乎？”这种见解很可取。

《秋星阁诗话》（清·李沂）

李氏提出学诗八字诀，多读、多讲、多作、多改，虽无甚高论，却是切实可行的。语虽浅近，真正能做到却也不易。

《贞一斋诗话》（清·李重华）

作者论诗特别强调兴，认为“有兴而诗之神理全具”。略赋比而专言兴，未免有以偏概全之讥。

《山静居诗话》（清·方薰）

作者论诗，特别强调“情”字，以为“欢娱疾苦之词，皆情之所不可假者”，并举王曾祥《喻偷儿》诗为证：

穷巷何曾有富人，也劳穿宇过比邻。
壶尊尚贮前村酒，缊褚才离稚子身。
可是饥寒无籍在？须知尔我等艰辛。
他时相遇休相避，得失从来不当真。

其实此诗颇有玩世不恭之态，非真出自肺腑之言也。

《岘佣说诗》（清·施补华）

书中论作诗起始，并举王摩诘诗为例：“风劲角弓鸣，将军猎渭城”，倒戟而入，笔势轩昂。“草枯鹰眼疾，雪尽马蹄轻”一联，正写猎字，愈有精神。“忽过新丰市，还归细柳营”二句。写猎后光景，题分已足。“回看射雕处，千里暮云平”，收处作回顾之笔，兜裹全篇，恰与起笔倒入者相照应，最为整密可法。例子举得好，比连篇累牍的论述更能说明问题。

《昭昧詹言》（清·方东树）

此书于分体之中，按时代，家数论述。大抵以桐城文派的观点评诗。由于作者晚年学禅，又兼采严羽的一些说法，故书中往往使用禅宗语录用语论诗。书中勤于钩稽索隐，尚有精义可采。作者强调诗中必须有我在，他说：“文字成，不见作者面目，则其文可有可无，诗亦然。”他也强调学诗必须多读书，谓“能多读书，隶事有所迎拒，方能去陈出新入妙”。

《带经堂诗话》（清·王士禛）

本书系清代张宗枏就王士禛散见于各书的论诗之语汇集而成。王氏论诗，提倡神韵说，推重王维、孟浩然的山林田园诗。

明人胡应麟，始用神韵论诗，主要指思想感情与诗歌形式相结合而产生的美学效果。王士禛则指蕴藉含蓄，清淡平远，不即不离，只可神到意会，无法指实言传的一种艺术境界，是皎然、司空图、严羽等求含蓄、重韵味，反对把诗写得太实、太执着的理论的进一步发展。

《随园诗话》（清·袁枚）

袁枚论诗主张“性灵”，反对模拟。对沈德潜的“格调”说表示不满。对王士禛的“神韵”说虽不反对，但认为“神韵”不过是诗中一格，作诗不必首首如是，亦不可不知此种境界。如此，他论诗重天分，却不废工力；尚自然，却不废雕饰。他大胆提出：“凡攻经学者，诗多晦滞”，并讥讽“教人写诗，必须穷经读注疏”的人为“迂儒曲士”。他正面提出：“诗者，人之性情也。”以此攻击封建正统派。袁枚也反对写诗一味仿效古人，引用徐朗斋的话说：“须知论诗只论工拙，不论朝代。”

《人间词话》（清末明初·王国维）

这部词话发挥了王国维的文学见解，有较大影响。其中有不少精辟的论点，主要是他倡导的境界说。

他所说的境界，不是单指景物，人情也包括在内，二者都要重视“真”。文学作品可以有“虚构”，但不管是怎样的虚构之境，材料还是来源于自然。这样的理论在当时是新颖的。

但他过分强调诗人的主观感情，他引用尼采的话“一切文学，余爱以血书者”，因而有“主观之诗人，不必多阅世，阅世愈浅，则性情愈真”的唯心论点。他并以此盛赞李后主和纳兰容若。他有时又用“意境”代替“境界”，主张“意与境浑”，而最终是“意竟两忘，物我一体”。这样的美学观点是从德国唯心的古典美学到现代克罗齐的美学都在宣扬的。由这个观点也必然导致纯艺术论，于是轻视“美刺”。凡此都是他的局限。

引用诗作者简介

杜甫（712—770） 字子美，生于河南巩县（今河南省巩义）。唐玄宗开元年间，他曾游历吴、越、齐、赵等地。其后困顿长安，官右卫率府胄曹参军。天宝十四年（755）安史乱起，他颠沛流离，为叛军所虏。后逃至凤翔，唐肃宗署为左拾遗。因疏救房琯，贬华州司功参军。乾元二年（759），他弃官西行，举家经秦州、同谷，历尽艰辛，入四川，住成都。他的好友严武镇守西川，任他为节度使府参谋，检校工部员外郎。代宗大历三年（768）携家出峡，漂泊鄂、湘一带。后死于赴郴州途中。著有《杜少陵集》。

杜甫是我国唐代伟大的现实主义诗人。他的诗真实地反映了唐代社会经安史之乱，由极盛而走向衰落这一转折时期的重大的历史事件，因而被誉为“诗史”。他的诗反映了广阔的社会内容，揭露了尖锐的阶级矛盾，把我国现实主义诗歌推向一个新的高峰，给后代诗歌的发展开拓了广阔的道路，产生了极其深刻的影响。

杜甫通过自己的创作实践，在学习、继承前人文学理论的基础上，提出了自己对诗歌的看法。他重视诗歌的思想内容，发扬《诗经》《楚辞》以来的优秀传统，同时注意语言的锤炼，要求艺术风格的多样化。他比较中肯地评价了各个历史时期的一些作家、作品。其《戏为六绝句》实为论诗绝句的开端，有重大意义。

刘禹锡（772—842） 字梦得，原籍洛阳，生长在苏州。唐德宗贞元九年（793）进士，官监察御史。唐顺宗永贞元年（805），与柳宗元等参加了王叔文领导的政治改革。王叔文失败，他也被贬为朗州（今湖南省常德市）司马。后任连州（今广东省连州市）、夔州（今重庆市奉节县）、和州（今安徽和县）等地刺史。晚年官至检校礼部尚书兼太子宾客。他是唐代著名诗人，和柳宗元交谊很深；后与白居易唱和甚多。他注意学习民歌，其诗长于抒情，善于比兴，富有民歌特色，王夫之称他为“小诗之圣”。

元稹（779—831） 字微之，河南（今河南洛阳）人。唐德宗贞元九年（793）十五岁时明经及第，授校书郎。后任右拾遗、监察御史。因得罪宦官及权贵，遭到贬斥。后转而依附宦官，官至同中书门下平章事（宰相）。不久，出为同州刺史。最后任武昌军节度使，死于武昌。他与白居易常相唱和，文学观点也相近，与白居易一起大力倡导新乐府运动。他认为诗应“即事命篇”，“稍有寄兴”，“寓意古题，刺美见事”。他特别推崇杜甫，对杜甫诗歌给予了极高的评价。他的诗，用乐府形式，对当时社会的矛盾有所揭露，但反映现实的广度和深度，以及语言的通俗畅达上，都不及白居易。著有《元氏长庆集》。

郑谷（约851—约910） 字守愚，袁州（今江西宜春）人。唐僖宗光启三年（887）进士，官至都官郎中。诗名甚高，当时的著名诗人司空图称赞他“当为一代风骚主”。其诗多感伤身世，写景咏物之作。诗论颇多，表现了他对诗歌的主张和见解。存有《云台编》。

司空图（837—908） 字表圣，河中（今山西永济）人。晚唐诗人，诗论家。唐懿宗咸通年间进士，官至中书舍人、知制诰。后隐居中条山王官谷，自号知非子，耐辱居士。他系统地提出了“韵味”说，要求诗歌有“韵外之致”“味外之旨”“象外之象”“景外之景”。他的《二十四诗品》，实际上是一部讨论诗歌艺术流派、风格的专著，强调自然、冲淡、清奇、含蓄。他推崇王维、韦应物的诗，他的诗论，对严羽、王士祯等人的诗论颇有影响。著有《司空表圣文集》。

杜荀鹤（846—904） 唐末诗人。字彦之，号九华山人。池州石埭（今安徽石台）人。唐昭宗大顺二年（891）进士。田頵在宣州，辟为从事。朱温篡唐称帝时，他为翰林学士，仅五天而亡。其部分诗作反映了唐末社会的现实，表现对人民的同情。其师承张籍、白居易，多为近体，绝少雕琢，不事华丽，明白晓畅，一洗唐末颓靡之风。著有《唐风集》。

李觏（1009—1059） 字泰伯，建昌南城（今江西省南城县）人。宋仁宗皇祐初，范仲淹荐为太学助教；嘉祐中，除通州海门主簿太学说书。著有《直讲李先生文集》。集中有不少反映人民疾苦的现实主义诗篇。有的诗写得很有情致，有的诗则说理成分过多，缺乏生动的形象。

吴可（生卒年不详） 字思道，北宋末年人，曾官于汴京。靖康之难后，转徙楚、豫等地，至乾道、淳熙年间尚在。著有《藏海居士集》二卷，《藏海诗话》一卷。

洪适（1117—1184） 字景伯，鄱阳（今江西省鄱阳县）人。南宋高宗绍兴十二年（1142）中博学宏词科。有文名，官至尚书右仆射兼枢使。著有《盘洲集》等。

陆游（1125—1210） 南宋大诗人，字务观，号放翁，山阴（今浙江绍兴）人。南宋绍兴年间应礼部试，为秦桧所黜。孝宗即位，赐进士出身，曾任镇江、隆兴通判。中年入蜀，投身军营生活，后官至宝章阁待制。政治上坚决主张抗战，但却屡遭投降集团的排挤、打击。晚年退居山阴，不忘国事，恢复中原的信念始终不渝。一生创作极富，今存诗九千多首，高昂的爱国主义是其诗歌的基调。雄浑豪迈是其诗歌的主要特色。他的诗众体皆备，无体不工，尤长七律。著有《剑南诗稿》《渭南文集》等。

戴复古（1167—1250） 字式之，号石屏，浙江黄岩人。他终身布衣，长期游历江湖，足迹遍及南中国。曾从陆游学诗，是江湖派诗人中成就较大的一个作家。其诗大部分是描绘江湖、山林的秀丽风光之作，一部分指摘了时政，表达了收复中原的愿望，语言清丽自然。著有《石屏诗集》。

王若虚（1174—1243） 我国金国的重要文学批评家，字从之，号慵夫，藁城（今属河北）人。金章宗承安二年（1197）进士，历任县令、刺史、著作郎、翰林直学士等。曾出使于西夏。金亡，北归镇阳，隐居著述。其论诗反对模拟雕琢，推崇白居易、苏轼，对黄庭坚及江西诗派诸人表示不满。著有《滹南遗老集》。

刘克庄（1187—1269） 字潜夫，号后村居士，莆田（在今福建）人。以荫入仕。淳祐年间赐进士出身，官至工部尚书兼侍读。他的一些诗词，讥弹时政，反映民生疾苦和渴望恢复中原，洋溢着爱国激情，继承了陆游和辛弃疾的爱国主义传统。是江湖派的重要作家。也是南宋的著名词人。著有《后村先生大全集》。

元好问（1190—1257） 太原秀容（今山西忻州）人，字裕之。自号遗山山人。祖系出身北魏的拓跋氏。金宣宗兴定年间进士，官至行尚书省左司员外郎。金亡不仕，致力于金国史料的搜辑，编纂了金诗总集《中州集》。其诗文在金元之间颇负重望。他的诗反映了当时人民的疾苦，感情真挚，风格沉郁遒劲。他的诗论主要见于《论诗三十首》，主张天然真淳，反对堆砌雕琢，提倡豪放刚健，反对纤弱柔靡，重视独创精神，宣扬恢复建安以来的诗歌优良传统。他是继杜甫之后，比较系统地运用绝句形式来表达诗歌理论的重要诗人。对后代影响很大。著有《遗山先生全集》。

方孝孺（1357—1402） 明文学家，浙江宁海人。字希直，又字希古，人称正学先生。曾除汉中府教授，侍讲学士。后被燕王（明成祖）所杀，著有《逊志斋集》《侯成集》《希告堂稿》。

都穆（1458—1525） 明吴县（今苏州市吴中区）人。字玄敬，弘治进士，授工部主事、礼部郎中等。穆学识渊博，为时所重。著有《南濠诗话》等。

李濂（1488—1566） 字川父，明祥符（今河南省开封市）人，正德进士。少负俊才，初受知于李梦阳，后来不愿附和他的主张，里居四十余年，以文名于时。著有《祥符乡贤传》《汴京遗迹志》。

赵翼（1727—1814） 字云崧，或作云嵩，耘松，号瓯北。阳湖（今江苏常州）人。乾隆进士，授翰林院编修，出任镇安知府，革除积弊，民多悦服。屡参戎幕，多所赞画，在经略台湾方面，尤多贡献。晚岁主讲于安定书院，卒年八十八岁。论诗主张独创，反对模拟。长于史学，精于考据。著述有《廿二史札记》《陔余丛考》《瓯北诗集》《瓯北诗话》等。

宋湘（1756—1826） 字焕襄，号芷湾，嘉应州（今广东省梅州市）

人。嘉庆进士，官至湖北督粮道。自言作诗不要拘泥诗法，反对模仿古人。著有《红杏山房诗钞》。

张问陶（1764—1814） 字仲冶，号船山。四川遂宁人。乾隆进士，曾任礼部郎中。授莱州府。四十九岁告病客居苏州。题所居曰“乐天天随邻屋”，以表示对白乐天，陆龟蒙的向往。主张诗歌应抒写性情，反对模拟。诗文都是咏物即兴之作。著有《船山诗草》。

姚莹（1785—1853） 字石甫，号明叔，晚号展和，安徽桐城人，姚鼐侄孙。曾受业于鼐之门下。嘉庆进士。鸦片战争时，任台湾道，积极防御，曾击败英帝侵略军。后曾奉命入藏处理两呼图克图间的争端。咸丰初为广西按察使，参加永安围攻太平军之役，失败后随军到湖南，任湖南按察使，病死。姚莹与龚自珍、魏源等交往颇密切，同主“通经致用”。工诗文，文多议论。著有《中复堂全集》。

林世堂文集

LINSHITANGWENJI

❶ 语林散叶　写作的故事

林世堂◎著

中国出版集团　现代出版社

图书在版编目（CIP）数据

林世堂文集 / 林世堂著. -- 北京 : 现代出版社，2017.7

ISBN 978-7-5143-6358-6

Ⅰ. ①林… Ⅱ. ①林… Ⅲ. ①中国文学－当代文学－作品综合集 Ⅳ. ①I217.2

中国版本图书馆CIP 数据核字(2017) 第197559 号

林世堂文集

作　　者	林世堂
责任编辑	李　鹏
出版发行	现代出版社
地　　址	北京市安定门外安华里504号
邮政编码	100011
电　　话	010-64267325　010-64245264（兼传真）
网　　址	www.1980xd.com
电子邮箱	xiandai@vip.sina.com
印　　刷	成都新千年印制有限公司
开　　本	787mm×1092mm 1/16
印　　张	52
字　　数	766千
版　　次	2017年7月第1版　2020年1月第2次印刷
书　　号	ISBN 978-7-5143-6358-6
定　　价	120.00元（全三册）

作者简介

吴宏富摄于1992年10月2日

林世堂（1915—1998），字伯枚，浙江宁波人，浙江省重点中学——新昌中学著名的语文教师兼有成就的学者、诗人。20世纪30年代杭州之江大学国文系毕业，系词坛泰斗夏承焘高足，并先后师从黄侃、任铭善、吕思勉、钱基博等国学大师。学生时代即在报刊上经常发表文史作品，文笔优秀，擅长诗词，为当时的文学界和新闻界所注目。长期从事教学工作，也兼做文艺、新闻、出版工作：历任浙江省通志馆、《宁波大报》《宁波晨报》和《春风》杂志编辑；先后在浙东中学、绍兴稽山中学、凤湖中学、奉化中学、鄞县联中、杭州树范中学和新昌中学等浙江各地名校及电大新昌站任教。

林先生为人正直、热情，平易近人；学识渊博，诗文造诣精深；倾心于教育事业，桃李满天下，教誉卓著；晚年犹壮心不已，勤历书山，潜心著述，深得学生、同行、社会各界的尊敬和赞颂。

战争年代，林先生是一位勇敢的文化战士。抗战期间，参加镇海龙山镇“战时服务团”，主编《龙山呼声》与“救亡小丛书之二”——《抗战形势图》《抗战双烈传》《抗战儿歌选》。为弥补当时教科书的匮乏，与毛翼虎合编了激励学生爱国抗日的《战时中学国文选》，此书由“今文书店”出版发行后，被许多半沦陷区和未沦陷区学校广为采用。解放战争时期，参与发起成立“宁波文艺协会”，当选为协会的常务理事，任《春风》期刊编委，并主编春风文艺丛书，同时供职于《宁波晨报》，编辑副刊《晨光》。

从教时期，林先生是一位出色的人民教师。尤其是在1949年后受聘任教于浙江省重点中学——新昌中学期间，他刻苦钻研，教学严谨，关心后学，曾多次被评为先进教育工作者，是深受学生敬爱的语文名师。1958年，以言论获咎，被打成“右派”，遣送到外地盐场和农场“劳教”20年。1978年平反，重回新昌中学任教，其时他虽已年过花甲，却仍勤奋敬业，诲人不倦。

退休以后，林先生是一位勤奋的方志专家和著述学者。1984年起任《新昌县志》编委与新昌《大佛寺志》编委，校阅《新昌财税志》，担任新昌县文联顾问；曾当选为新昌县第一至四届政协委员，是县政协文史委的指导专家，曾多次被评为政协工作积极分子和“双好”委员；其间，他将珍藏的《钦定续文献通考》赠献给了新昌县档案馆。晚年的林先生，为新昌地方文化的繁荣发展作出了很大贡献。

林先生国学根基深厚，擅长诗词歌赋，曾任绍兴市越州诗社顾问，生前为浙江省诗词学会及中华诗词学会会员，其小传及代表作入载《中华诗词学会人名辞典》。

林先生一生勤奋治学，笔耕不辍，著作颇丰。主要著作有《怎样学习中国语法》《常用字辨》《语林散叶》《写作的故事》《诗评汇纂》《历代诗论选》《诗评选笺》《诗话选笺》《史记人物集评》《新昌诗话》《剡溪诗话》《诗话类编》《诗话裒辑》《林世堂诗文集》等，总计不下六百万言，具有较高的文学价值、史料价值和语文教学参考价值。

编者注 浙东中学：今宁波四中；凤湖中学：抗战期间由中共慈镇县工委在龙山镇创办，1942年秋季开学；鄞县联中：即抗战时期的鄞县县立临时联合中学，今宁波二中；杭州树范中学：今杭州九中。

《林世堂文集》出版筹备委员会

呕血事业无成败

——《林世堂文集》读后感

陈百刚

著名的语文老师、学者、诗人林世堂先生去世已近20年，身后留下了50多本手稿以及二十世纪四五十年代刊印过今已绝版的几本著作。这是一宗巨大而宝贵的精神财富，却长期少人问津。

今有林先生晚年的学生吴宏富、金兰萍、张范增和潘林霞等新昌中学81届、82届文科班学生，因蒙受教益，不忘师恩，爱好文学，欲薪火传承，志愿要做一件大事，把林先生全部著作整理出版，成为社会公共资产，传诸后世，使其不致被湮没。他们齐心合力、不辞辛劳、不计利害，从2016年4月开始行动，收集、整理、核对、考订、编辑、打印全部遗稿，做了大量工作，并慷慨捐款集资。到目前为止，他们已整理完成了六部书稿，分三卷，先行交付出版；其他书稿仍在继续整理中，将陆续择要付梓。我是林先生早年的学生，也曾想做这件事，因条件不具备，知难而退，心里留着遗憾，也抱着期待。因此，对吴宏富等人的奉献精神和责任担当真诚地赞扬、由衷地敬佩，也希望能为他们的宏大工程添一分绵薄助力。

林先生一生勤奋敬业，堪称师范，但命运坎坷，中更[1]忧患。1957年因言获咎，被划为“右派”。在他生命的精华年段（44岁至64岁），被剥夺了工作权利，在劳改队服苦役，受着炼狱的熬煎，整整20年。即使处境曾如此曲折艰难，林先生还是拥有数以千计的芬芳桃李，并留下600万言的精湛著作，这须有何等庄严坚毅的人格和愿力[2]啊！

---

〔1〕中更：中间经历的意思。

〔2〕愿力：佛教语，誓愿的力量，泛指意愿之力。

（一）

林先生的作品，大致可分两类：一是对中国古代诗歌的赏析和研究，二是对中国语文教学的研究。

林先生对中国古代诗歌情有独钟，源于他对诗的价值理念有深切认识。他认为“在人类创造的一切事物中，诗是最大的奇迹。诗中有全部过去时代的灵魂。人类所做的、所想的、所得到的、所存在的一切，仿佛都魔术般保存在诗行中”。中国是诗歌大国，古代诗歌量多质优，审美价值特高，居文艺领域之巅。林先生出身名门，一生爱好诗歌，学生时代是中国词坛泰斗夏承焘的高足，即有文名，能写一手漂亮的格律诗；退休后，他就集中精力做这方面的事，成绩也灿然可观。他全部遗稿的四分之三以上是有关诗歌赏析研究的。

林先生研究诗歌的第一部鸿篇巨著叫《诗话裒辑》，约350万字，34本手稿。先生10多年在家中深居简出，坐拥书城，潜沉书海，选定文学史上最有名的古典诗词数百篇，又翻阅了中国历代笔记小说大全、四库集部等多种著作，还有《册府元龟》《文苑英华》《太平广记》等类书，几乎把历代所有《诗话》《诗论》著作搜罗无遗，从中搜寻摘录名家评议意见，又提出自己研究心得，裒辑成一部大型诗歌鉴赏工具书。《诗话裒辑》可说是林先生诗歌研究的开山工程和基础工程。而《诗评选笺》《诗话选笺》《诗评汇纂》《历代诗论选》等作品陆续写作完成，可以说都是在《诗话裒辑》基础上做出来的。这一系列作品，各有特点，各有用处，既是资料工具书，又有先生真知灼见的研究成果在内，具有学术性品格。对读者学习诗词会带来教益，免去寻找、阅读、探索中许多困难。我想着重说一下《历代诗论选》这本书，因编撰方式十分新颖，给人多方面问学的启示。撰写前博览了90多部历代名家诗论著作，筛选摘录了630多条资料，涉及20多位名家的代表诗作。内容分四卷，第一卷为历代单篇中有关的诗论，如《尚书·尧典》《论语》《典论·论文》（曹丕）、《文赋》（陆机）、《诗品》（钟嵘）等。第二卷为清代以前著名文艺论著，主要是《文心雕龙》，以编摘诗歌“六义”“言志”为重点。第三卷专收清代的诗论专著，因这时期专著如林，学者辈出，成果丰硕。第四卷专收以诗歌的形式论诗之作，富有特色，各抒己见，精彩纷呈。该书后面有两个附录，价值特高。一是对引用过的92种诗论著作作提要式介绍评议，从《尚书·尧典》到王国维《人间词话》一一简介，后又一一作出点评，指出其特点和不足之处；二是评价入选诗歌的作者及代表作品，从杜甫到姚莹都有简介，又用三言两语点评其作品特色和价值。这一附录篇幅不多，但仔细品味，仿佛是中国诗歌史的缩影图。该书的编撰构思充分考虑读者参阅之效果和寻找之便利，具有创造性。故有人评其为“解读典故的津梁，鉴赏诗味的指南，指导创作的金针，提高学养的方剂”。

诗歌研究领域另一个更具开创性的成果是撰写地方诗话两种。已刊印的有《新昌诗话》一种，其增订版的《新昌诗话》已在编修中；另有《剡溪诗话》在某些报刊上曾出现过部分篇章，现已由学生吴宏富搜集汇编成册，不久将结集出版《剡溪诗话》（汇编本）。

以一个县域或一个地区为范围撰写地方性“诗话”，不仅在新昌是一项文化拓荒工程，而且在文艺评论和地方史志领域也是一种独创。新昌城乡建设规划有“打造山水品质之城”的目标口号，又以“佛学般若中心，山水诗画发祥”为自豪，林先生的《新昌诗话》，为此提供了有力的佐证，这比任何自己吹擂有用得多。

林先生在极简陋的条件下，作出极有意义、很有贡献的事，给我们的启示很多。知识是有系统的，形成无穷尽的链条。根基是发展的本源，传统是创新的前提。实施事业的计划和实现革命的理想都要有扎实可靠的学理作准备。林先生的诗歌研究工作是博大精深的，成果也是辉煌灿烂的，他对传统积淀下来的成果搜罗殆尽，又精思深解才进入学术殿堂，故其提供的研究成果也不同凡响。几部诗歌研究作品好比一张诗国导游图，又好比诗歌王国里的宝藏分布图；我们有了这张图，就能事半功倍地去祖国的诗歌园林观光漫游，有心者还能快速地成长为诗人。

林先生在资料发掘、搜罗和解读上下足功夫再做学问，这是真正攀登学术巅峰的不二通道。这方面，不禁使我想起国学大师，誉称“文化昆仑”（柯灵语）的钱钟书。钱老代表性的学术精品有《管锥编》，以管窥天，以锥指地的一部笔记巨著；有《谈艺录》，专门赏析古典诗歌的著作；又有文论专著《七缀集》，学贯中西，旁征博引，中外文艺比较对照，探讨创作及翻译规律。三部巨著差不多引用了中外古今文艺上一切经典名著，加上钱先生的睿智妙笔，可说是当代学术精品，集中体现人类文化智慧，誉称“文化昆仑”，确不为过。另一位著名学者叫舒展，又根据钱先生的几部著作，打散重新编排，另立门类，分列专题，编成一部《钱钟书论学文选》六册，成为集先贤智慧大成，又很有实用价值的类书，如第二卷（即第二册）“人事论”下设59个专题，权力、冤狱、改革、代沟、幽默、宫秽……每一专题下搜集了古今中外经典名家论述的有关语录，又用钱先生的见识加以诠释演绎串联，成为浑然一体的一篇大论文。不过比较高深难读，我好不容易读了一二篇便感到耳目一新，眼界大开，拍案叫绝！林先生的书与钱先生的书相比当然范围、档次、深度、影响有差别，但属同一类作品，治学方法也同出一个法门。

（二）

下面说说林先生语文教学研究方面的作品。我了解得不很具体。我读新昌中学初中时，林先生是高中语文教师，常有关于字词句篇教学研究文章在华东师大中文系主编的《语文学习》杂志上发表，偶尔也见到林先生的文章在上海《文汇报》《新民报》上刊出。每次见到林先生的文字面世，我们都欢欣雀跃，奔走相告，引以为荣。因为当时一个身份普通、地位平凡的教师能在全国性报刊上发表文章是极为难能可贵的事情。那时，我还读过林先生两本小册子《怎样学习中国语法》和《常用字辨》，受益匪浅。二书有相当影响，可惜现已绝版。林先生教学水平和研究成果突出，引起文教界注意。反右前，武汉大学中文系（主任即程千帆教授）曾邀请他去任教，省里不放，没去成。后来，温州师专又主动商调他去任教，可紧接着反右风暴来临，林先生身陷囹圄，教师资格也被取消了，何谈调动。而另外有位叫陈桥驿的老师，早三年已调到浙江师院了。从此，这两位老师命运就判若云泥。20多年后，右派平反，林先生重回原校任教。

这次整理出版林先生全部遗著中，其中有两本是关于语文教学的。《语林散叶》和《写作的故事》，总共94篇，内容是字词句篇的把握运用，每篇不超过2000字，精悍短小，用小故事形式传达出来，读来兴趣盎然。这两本书，估计就是平反后写的，也可能有过去的积累。就我所知，这两本书是林先生语文教学研究成果的代表。

这里我想特别说明一点，当今出一本书或报刊发一篇文是极普通的事。但确实也存在太滥的情形，文字把关也不严，和林先生的文字是不可同日而语的。这使我想起2004年北京人民出版社出过一批文史类小丛书，名曰“大家小书”是典范的精品书。“大家”是指作者是名副其实的“大家”，是各领域公认的权威学者，也指书是大众读物给大家看，并非冷门高端的学术专著。“小书”指篇幅小，每册10万字左右，开本小，便于携带，随处可读，不需正襟危坐读很长时间。就我所知这批书前后出过三辑，共30种，有俞陛云的《诗境浅说》、沈祖棻的《宋词赏析》、朱光潜的《谈美书简》、朱自清的《经典常谈》、罗常培的《语言与文化》、赵朴初的《佛教常识答问》等，很受欢迎。林先生的书类似这些大家小书，林先生的身份与这些作者也基本上属同辈。

林先生极重视“字”的教学，从源说到流，每个字都会有一个长长的知识链条，两本书中用故事说这方面的知识很多。试举一例。“名”和“字”是两个最熟悉常见的字，现代汉语已成一个词，不再追究名和字的不同来源了。其实追本溯源，大有学问。“名”由“夕”“口”合成，是个会意字，夕指黄昏，暮色苍茫，路上行人，不易认辨，相遇时便主动开口自报其名，以示友好和礼貌，久而成习，故“名”用于自称，表谦让；“字”由“宀”（卧室房屋之象形）、“子”（婴孩）组成，意思是说女人在屋内生小孩，由这一根本义引用为“滋生”“派生”之意。故字与名相联系，字是名滋生派生出来的。称对方不用名，只用字，以示尊重。如毛泽东，字润之，自称泽东，别人称他为“润之”。这样一说，名字的来源和用法就清楚了。同理“文”与“字”也有讲究。独体为“文”，造字法包含“象形”“指示”两种；合体为“字”，相当“形声”“会意”两种造字法，加“转注”“假借”两种用字法。“文”是祖辈，“字”是儿孙；字从文滋生、派生出来。文是字的根本，数量不多，不过200个；字可不断滋生出来，现已到达50000个以上了。字有“六法三素”，“三素”即形、音、义，“六法”即四种造字方法加两种借用造字方法，情形非常复杂，的确很难学。但如果把握其一定规律，也会带来不少方便，更会发生浓厚兴味。在林先生的书中关于字的故事很多，娓娓动听，深切著名。如“舀”和“臽”形近，都是一批字的共有偏旁，但读音、本义、用法有别。陷、馅、焰都有“臽”字，读音中都有韵母“ian”；“臽”篆文作“臽”，像一个人脚跌入坑中。滔、蹈、稻、韬等字都有偏旁，“舀”篆文作“舀”，像人用手伸进容器中取物，本义是取物，韵母是“ao”，多作音旁。又如“朿”字，像木条上的钩刺，用其作偏旁的字有刺、棘、枣，都和“朿”有关；而“束”中间是口，像用绳把木头捆起来的样子，多作声旁，如速、竦、涑、漱、踈。又如己、已、巳和戊、戌、戍这两组字，形极像而造字本意不同，读音不同，知源流才能辨析。每个中国字都包含了中国历史传统文化中的许多元素，从这个意义说，中国文化即中国文字。

汉字是意象类文字，历史悠久，几千年相传不曾废弃中断，包含的信息比拼音文字多得多，是世上独一无二的文字。作为交流工具，它有含义比较模糊的缺点，作为表达工具，它却又有灵活巧妙、变化无穷、内涵丰富的优势。它不但是传达信息的工具，也是艺术表现的工具，中国文化种种特别产品，如书法绘画、诗词曲赋、格律音韵、字谜诗钟、回文妙语、对联骈文，以至各种修辞方式和标点句读的妙用，都是和汉字的特性连在一起的，林先生的书中也讲了不少故事。总之，汉字是世界各国拼音系统文字难以模仿和企及的。因此，中国人有敬畏崇圣自己文字的心理，更有热爱自己文字的传统，但是，不可否认的是，自几次大规模简化汉字运动以后，特别是电脑网络的普遍使用，许多人告别了传统意义上的“读书”“写字”，汉字的神圣性和庄严性也开始失落，汉字应用中出现诸多混乱现象。我们的文字水平明显下降，这会给我们各项工作、各种事业带来影响，甚至影响整个民族素质。要知道，语言文字是我们一切工作的基础工具，也是一个人成长为有用之才的基本条件。林先生是出色当行的语文教师，毕生为提高年轻一代的中文水平而辛劳耕耘着，为祖国文字的健康纯洁而呕心沥血，而且成效显著，贡献巨大。今天我们加倍深切地怀念林先生，也加倍热情地希望读林先生的书可以弥补缺失。

（三）

重温林先生的著作，回想林先生的一生，我感慨万千。我为有幸做他的学生，感到自豪。我读初中三年级时，林先生兼教世界古代史，我听过他半年课。他上课很特别，决不照本宣科，而是像说书人那样讲故事给我们听，什么埃及金字塔、巴比伦空中花园、古罗马斗兽场、波希特洛伊战争，还有希腊神话故事……林先生有讲不完的好听故事，同学们全神贯注听得津津有味。每星期三节历史课成了我们的享受和期盼。我素不知几千年前的人类社会竟有这许多伟大新奇的人物和事件，在我幼稚的心灵中强烈地萌发了这样的意念，“世界真可爱，人类真聪明”，这大概就是一种启蒙吧！林先生讲完故事就有一段小结，简明扼要把故事的社会时代背景交代一下，我一字不落地记录一下，就是一段好文章。那个学期三次期中考试，我都得满分；期终大考，也得满分；成绩单历史总分也是满分。这是我平生考试中最得意的事。一个好教师对学生潜移默化之力确是巨大！我和林先生课堂上的师生之缘就只有一个学期，当然不算深长，但林先生却是影响我一辈子的恩师。他的正直、博学、勤奋、敬业，有学者风范兼具诗人气质，确是一位不可多得的经师兼人师的老师。凡是听过他的课、受过他的教诲和认真读过他文章的人，无不对他怀抱真诚的敬意和深切的念想。至今，新昌中学早期的老校友，受林先生影响考入高校文科而学有成就者甚多，如山东大学中文系方言专家钱曾怡教授，复旦大学新闻系徐培汀教授，华东师范大学外语系澳大利亚文学专家黄源深教授，中央音乐学院美学教授潘必新，新疆文联副主席、编审陈百中，杭州师范学院现代史教授石舜瑾，等等。每次还乡探亲都会来拜访林先生，表示敬意。

林先生出版遗著，编委会命我写序，实在使我惶恐不安又受宠若惊。我年已耄耋，学识和敬业与老师差距不可以道里计，难望其项背，实在惭愧得很，林先生离开我们近20年了，耳边却时常回响着《弯弯的月亮》中一句歌词“我的心充满惆怅”，只因学校缺失了林先生那样的人格支撑，青年学子也难以遇到真能启蒙思维、塑造人格的恩师尊长，这对一代学子的成长、对整个民族素质的提高会造成什么影响，我还真不敢多想！

现在有人不计功利出版林先生遗著，相信会引起社会重视，林先生的学识和精神会得到传承弘扬，这又是何等令人欣慰的事啊！本人鼓起勇气，不揣浅陋，说了这些话，权作献给老师的一瓣心香。

2017年3月11日夜

编者注 陈百刚系林世堂先生的学生。男，1937年生，浙江新昌人。1950—1956年就读于新昌中学；1960年毕业于华东师范大学历史系。历任教师、公务员。从政期间，注重地方史志资料的发掘、整理和编写工作，先后主编了《新昌县志》《大佛寺志》等。

目录

CONTENTS

上篇　语林散叶

下篇　写作的故事

上篇

语林散叶

内容提要

本篇是作者结合几十年的从文及从教经验，在语言之林撷取的一些古今中外有关语言的小故事。作者通过这些小故事，畅谈语言文字的常识，透析相关的知识节点，激发学习语言的兴趣。文章篇幅短小，形式活泼，幽默谐趣，寓教于乐，给众多热爱语文的人们带来高雅有益的趣味阅读！

前言

有个读者对一位语言学家说："你们语言学家写的书有一个最大的用处，就是晚上睡不着的时候，看上几页，就可酣然入睡。"理论书籍，在有些人看来是枯燥的，但语言本身，并不是乏味的东西。一个人从牙牙学语起，就天天在使用语言。不管你是口若悬河，还是沉默寡言，生活在社会上的人，总是离不开语言的。一个人离群索居，用不到语言了，他一定会感到十分痛苦。照此看来，怎能说语言是枯燥乏味的呢？问题在于，语言学著作中的一些定义，原是从语言现象中概括出来，使用一些术语，是为了说明语言现象的方便。如果不联系语言实际，只记诵一些定义、术语，这样当然是枯燥乏味的，也没有多大意义。

人们在使用语言的过程中，必然会出现一些问题。这些问题，同生活中的种种现象交织在一起，一般不会当作语言问题来看待，但实际上这些正是学习语言最好的活教材。本篇收集了一些有关语言的小故事，以此为出发点，谈谈语言文字的常识，目的在引起读者对学习语言的兴趣。这不是系统的语言学著作，只是语言之林拾掇来的几片飘散的落叶。有不妥之处，请读者指正。

著　者

1987年3月10日

长篇大论和短小精悍

——谈语言的长和短

1985年3月6日，英国保守党议员伊凡·劳伦斯在下议院发言，从清晨五时十二分启齿，直到九时三十五分暂告一段落，持续时间长达四小时又二十三分钟，创造了二十世纪英国议会中发言时间最长的纪录。按照英国议会规则，只有议员的辩词偏离议题或内容重复，议长才有权制止其继续发言或宣布休会。据劳伦斯自己说：“我不是无话找话说，我没有在发言中说过重复的话。”大概因为如此，所以议长没有制止他的发言。

成语中有“滔滔不绝”和“口若悬河”，都是形容语言多、口才好。两个成语的色彩都是褒义的，这说明人们对善于说话都持赞赏的态度。不过对此也得作具体分析。说话、演讲，总是有听众的。语言的价值，首先在于内容新鲜、充实，言辞流利动人，能紧紧吸引住听众。做到了这点，不管是短小精悍，还是长篇大论，都是值得钦佩的。反之，照本宣读、等因奉此，听者昏昏欲睡，这样的发言，总是令人厌倦的。

从原则上来说，事物长短，各有其用，唯在适当，本无优劣。但形式服从内容，重要的还在言之有物。要言之有物，就得事先做好准备，做到心中有数。那位英国保守党议员，发言长达四个多小时而不偏离中心，可以想见他事先一定是做过充分准备的。真正值得钦佩的还是在此，因为从这点上，正可看出他对自己说的话负责。

劳伦斯一口气说了四个多钟头，这是长篇大论；而苏联卫国战争发生时，斯大林在广播中的演说，只占用二十分钟时间，和劳伦斯的发言比较起来，可说是短小精悍了，但其重要性却是远远超过了劳尼斯。可见言语的价值，不在于说话人如何辩才无碍，主要还得看它所起的作用。

“语言是思想的直接现实”（马克思《德意志意识形态》，《马恩全集》第三卷，第525页），要让别人了解自己的思想，就得用语言来表达。但佛教的禅宗，却叫人把嘴巴挂在墙上，认为不通过语言也可以表达思想。唐朝俱胝和尚向天龙和尚询问关于佛教教义时，天龙竖起一个手指，俱胝马上大悟。这就是有名的“一指禅”。不过这种说法毕竟太神秘了，不是一般人所能理解的。

诸葛亮写给后主刘禅的《出师表》，结束处有“临表涕泣，不知所云”的话。这里的“不知所云”，原来是用来自谦，表示语无伦次。现在泛指思想混乱，说的话叫人摸不着头绪。近来在报刊上看到一则记载，倒可给“不知所云”另立一解，就是“连自己也不知道说到哪里去了”。

1985年4月19日《人民日报》第一版上有篇短文，写的是作者目睹的一件怪事：一个在某讲座上讲课的人，想到哪儿说到哪儿，以至自己都忘了说到什么地方，不得不向听众询问：“我讲到哪儿啦？”别的问问人家还说得过去，自己信口开河，说话说到哪里都不知道，这实在太说不过去了。说废话，即使一句也是多余的。

先秦时代有个大学问家墨翟，有一次，一个学生问他：“老师，多说话到底有没有好处？”墨翟回答说：“说话不在多少，而在于有没有用处。如河里的青蛙，整天整夜喊叫着，却没有人注意它；但是鸡棚里的雄鸡，只在天亮时叫几声，人们却很留意。”墨翟的话不多，却说得很有意义。只是抽象地来讨论说话多好还是少好，是得不出令人满意的结论的，得看具体情况来决定。一个人开口说话，总得考虑效果和作用，不要用无休止的闲谈来浪费时间。

“化毒丹”变成了“活络丹”

——谈方言

清朝学者俞樾在他所著的《耳邮》中记载着这样一个故事：扬州的习俗，婴儿初生，要服化毒丹，用来涤除胎毒。有一户姓何的人家，生了孩子，叫一个老婆婆到药店去买化毒丹。这个老婆婆是金陵（今南京）人，口音同扬州话有差别，药店伙计又没有听清，以为是来买活络丹的。老婆婆拿了活络丹回来，婴儿服了之后，忽然大病，不吃奶，过几天就死了。后来那户人家看到装药的蜡丸上刻有“活络丹”之字，方才知道吃错了药，导致婴儿死亡。作者最后说：“是故买药不可不慎也。”其实根本原因还在于方言分歧，不可避免地会出差错。

因方言分歧而造成死人的惨剧，这样的情形或许是个别的，但在日常生活中，因语音不一致而引起纠纷却是常见的。有这么一回事：一个人到外地住在旅馆里，忽然找不到鞋子，他就嚷了起来，说是鞋子被人偷去了。旁人把“鞋子”听成“孩子”，就纷纷责问他：“你来的时候只有一个，怎么说人家偷了你的孩子？”在普通话里“鞋子”和“孩子”语音是不同的，但在有些方言里，两者却不容易分清楚，于是引起了纠纷。

从古代开始，汉语就一直存在着许多方言。战国时代各国语言不统一，实际上就是方言的分歧。《孟子》中有一段这样的记载：孟子对戴不胜说：“有个楚国大夫，要他的儿子学齐国话，叫齐国人来教他呢，还是叫楚国人来教他？”戴不胜回答说：“当然叫齐国人来教他喽！”孟子说：“一个齐国人教他，许多楚国人打扰他，即使天天鞭挞要他讲齐国话，也是办不到的。把他带到齐国去住几年，那时即使天天鞭挞要他讲楚国话，也办不到了。”

这段记载，说明早在战国时代，列国之间的语言就是不统一的。要学习别国的方言，得经过长期的潜移默化。后人把屈原、宋玉等楚国文学家的作品汇编起来叫作《楚辞》，正是因为这些作品里有许多楚国的方言。

因语言的歧义而闹笑话、甚至产生不幸事件，古籍中常有这样的记载。《尹文子》中有这样一个故事：郑（现在河南）人把没有雕琢过的玉叫作“璞”，而周（现在陕西）人却把没有腊制过的鼠肉叫作“璞”。周人带了鼠肉到郑国去，问郑人要买“璞”吗？郑人以为是玉，想不到拿来一看却是鼠肉。后来就把“鼠璞”当作一个典故，指有名无实。明朝刘基写的《郁离子》中，也有一个关于方言的故事：东瓯地方的人“火”和“虎”的语音一样，没有什么区别。那边没有砖瓦，都用茅草盖房，所以火灾很多。有个商人到晋国去，听到有个叫冯妇的人会搏虎，回来告诉东瓯君。东瓯君听了很高兴，就把冯妇请来并奉为上宾。第二天集市上发生火灾，人们就请冯妇去“扑火”。冯妇一听，就捋袖伸臂准备去“搏虎”。老虎找不到，火却快烧到宫殿和商铺了，人们就把冯妇推进火里。冯妇到死都不明白东瓯人为什么要把他烧死。

方言和汉民族共同语——普通话有着明显的差异。而方言和方言之间也有很大的不同。有些地方，过了一条江或者翻过一座山，两边的人互相交际就会发生困难。方言的区别，在词汇和语音上最容易感觉到。例如，“妻子”这个词在不同方言区还就有不同的叫法。但有些方言词汇，已为普通话所吸收，方言对丰富祖国语言是有作用的，如鲁迅、茅盾、叶圣陶等作家，他们的作品中用了不少吴语区的方言词汇，已为大家所熟知。

一分为二和合二为一

——谈应用书法

明清两代的考试制度，省试之后集中京师会试，会试中式[1]后再行殿试。殿试的名次，一般先由主持考试人员拟定，再送呈皇帝，由皇帝用朱笔点定后才正式发榜。明朝永乐时的一次考试，主持人送呈皇帝的名次，本来是孙日恭第一，邢宽第二，但名册上“日恭”两字靠得很近，永乐皇帝眼力本来不济，竟看成了“孙暴”，他对这个“暴”字很有反感；再看第二名的邢宽，由于“邢宽”谐音“刑宽”，刑政宽和，正合这位皇帝的心意，于是他提起笔来批道：“本朝只许刑宽，岂宜孙暴！”结果把邢宽拔置了第一名。只因双名被读成了单名，这个孙日恭竟坐失了状元的资格，这实在是他意料不及的。

我国古代书写都采用直行的格式，如果上下两字靠得太近，而这两字又刚好拼成一个合体字，这样就难免会出现合二为一的情况。《战国策·赵策四》中，有这样一句话：“左师触龙言愿见太后。”可是由于“龙言”两字靠得太近了，以讹传讹。古代的《战国策》都印成“左师触詟愿见太后”。直到近年《别本战国策》出土，才发现古代流传的错误而加以改正。这位左师触龙，才算恢复了他原来的名字。

两个字靠得太近，会误看作一个字。相对的，一个字上下两部分如果离得太远，也就有被看作两个字的可能。从前有人写了一篇文章，请别人誊清。其中有这样一句：“盖汤之有天下也”，由于“盖”字上下两部分离得太远，誊清[2]的人竟写成“羊血汤之有天下也”，一时传为笑谈。有一个县官，写了一张条子叫差役去买猪舌，但“舌”

---

〔1〕中式：科举考试合格。

〔2〕誊清：把文字抄写清楚。

字上下两部分松开，差役看作“买猪千口”，以致奔走一天，还完不成任务。

现在提倡横行书写的格式，这样不会造成上下两字合二为一的现象，但却会产生左右移位的谬误。某校有个学生叫黄月坡，而点名册上“坡”字的左右两个部分写得太开，左边的“土”却和“月”字拉近了，以致教师点名时，竟念成“黄肚皮”，引得哄堂大笑。

中国的书法是一种艺术，书法艺术家往往匠心独运，龙飞凤舞，随意改变字的体式。但文字的主要功能还是在于实用。作为实际应用的书法，应该把规范、正确看作首要条件。把书法艺术的变化多样随意引入应用的领域，只会造成文字书写上的混乱，这是不足取的。上面所说一分为二、合二为一以及移东补西等现象，除了书写者粗心，不够严肃之外，往往还同没有严格分清艺术与应用有关。

应用书法要求把每个字写得清楚、正确、合乎规范，此外还应注意到文面的整齐划一。农民在种植蔬菜时，对于株距、行距总给予足够的注意，因为这直接关系到蔬菜的正常生长和土地的合理使用。写文章的人，对字距和行距，也应作周到的考虑。这不仅是为了美观，也是为了使读者能更好地看清文章的内容。此外，纸面的四周要留出适当的空白，上部更应多留一点，以减轻读者的紧迫感。善于写文章的人，对此都是十分注意的。有的人一拿到纸张，从头写到尾，不留一点空白，密密麻麻。字与字之间，行与行之间，混沌一片，使读者望而生畏。文章既然是写给别人看的，就要多为读者着想。字迹清楚，抄写整齐，读者自然乐意看你的文章，也就是使你的文章更好地发挥作用。别以为这些只是形式，要知道首先给予读者良好印象的，正是这些方面。

“矮”和“射”

——谈形声字和会意字

年羹尧是清朝康熙、雍正年间的一员大将，对平定西藏和青海立下过功劳。据说他幼年很聪明，又很顽皮。聪明和顽皮结合起来，就使他在许多地方显得和一般儿童不同。如在家塾读书时，他常常挖空心思向老师提出一些难以解答的问题，而这些问题，看起来又似乎不无道理。因此，老师被弄得很尴尬，往往教不了多少日子就告退了。这样，年家的塾师不好做，也就远近出了名。

年羹尧的父亲为了聘请家庭老师煞费苦心，甚至不惜重金张榜招贤。有一位宿儒，自己认为才学不错，就前来应征。想不到只过了三天平安日子，年羹尧就向这位老师提出了意想不到的问题。年羹尧先问“射”和“矮”两个字应该怎样解释，老师做了回答后，他却说：“不对。我看这两个字的解释颠倒了。‘射’是‘寸’和‘身’两部分合成的，‘寸身’不是矮吗？‘矮’是‘委’和‘矢’两部分合成的，‘委矢’不就是射吗？”经他这么一说，老师被弄得糊涂起来：赞成这个小孩子的意见，把这两个字的解释倒过来，这是不可能的；批驳那个孩子吧，但他“言之有理”，不知该从何处批驳起……于是这位老师只好步前人后尘，悄然引退了。

应该说，年羹尧用字形分析的方法来解释字义，是有一定道理的。有许多汉字，的确可以用字形分析的方法来明了其意义。如“从”字，像两个人一前一后相跟从；“囚”字，像人被拘禁于囚室之中；“旦”字，表示云霞托着太阳刚刚升起，就是早晨；“休”字，像人靠着树木休息。但是，以形求义，是有一定限度的。如果无限制地使用，就不能正确解释字义。由于字体的变化，从现在通用的楷体中，已不可能看出有些字的意义。比如，“父”，篆文写作，像手握大棒，用来表示家长的威严；“尹”，篆文写作，也是像手握大棒，不过这根棒是向下，用来表示指挥、治理的意思，也就指治理的人；又如“君”，篆文写作，不但用大棒来指挥，而且用口来发号施令，权力比尹更大，这就是君主了。随着字体的变化，这三个字的意义和相互间的关系，已不可能从字形上来理解了。此外由于古今字义的变化，现在通行的意义更与字形无关。比如，“北”字，本来像二人相背，现在表示方位，就同字形无关了。

“射”是个会意字，左旁的“身”，表示射击的箭，是从身体所在地方发出的，右旁的“寸”，表示射要掌握分寸、法度。年羹尧认为“寸身”就是短身，这是主观随意性的解释，不符合字形的原意。

“矮”是个形声字，右旁的“委”，表示字音（古代“委”和“矮”的音相近），左旁的“矢”，就是箭的同义字。用“矢”来表示矮的意义，因为量高矮的时候，身体必须像箭一样站得笔直。在形声字中，声旁只表示字的读音，和意义是无关的。年羹尧把“委”解作放弃，同“矢”连起来，认为就是放箭，把形声字当作会意字来理解，显然是错误的。

古代文字学家说：“独体为文，合体为字。”形声和会意，都是合体字，外形上看来很相像，但不要混为一谈。分清形声和会意，对于掌握字的读音和意义，都有帮助。比如，“科”，表示用斗量禾，是个会意字；而“抖”，右旁的“斗”只表示字音，同这个字的意义无关。又如“信”，人言可信，是个会意字；而“唁”字右旁的“言”只表示字音，是个形声字了。

“猪肝”代替了“竹竿”

——谈同音字

1985年第8期《文化娱乐》上，有一篇题为《周璇虚惊旧事》的短文。作者姜星阁在文中写到这样一件事实：1948年，影星周璇居住上海华山路枕流公寓时，姜星阁正主编《电影话剧》半月刊。他打电话给周璇，要拍摄她的新姿。不料自报姓名后，周璇语气竟十分惊慌，还频频表示抱歉。一时弄得这位姜星阁先生莫名其妙。后来他再次说明自己的姓名，并告诉周璇打电话是为了要拍张照片。过了半晌，周璇才恍然大悟，哈哈大笑一阵之后，欣然表示同意。

隔了一天，姜星阁到枕流公寓去见周璇，她一见面就说起电话中惊慌的原因。原来几天前，蒋经国邀她赴宴，她因身体不好，不能应邀出席，心中不免感到不安。那天接到电话，一听见“姜星阁”，误以为是蒋经国来电，怕没有出席宴会受到责怪，以致一时吃惊，迫不及待地连连表示歉意。想不到竟是一场虚惊。

由于语音相近而引起误会，不限于人名。日常语言中，也有很多声音相近的词语。抗日战争时，国民党一个大官被蒋介石叫去训斥，他刺刺不休为自己辩护，蒋介石怒喝一声“强辩”，他误听作“枪毙”，连忙跪下来讨饶：“我家中还有八十多岁的老母，请饶我一命……”

语言中的同音现象，也会给生活带来不便，甚至闹出笑话。某户人家，托人买几条竹竿，那人却听作“猪肝”。买好猪肝后，还用多余的钱为自己买了一副猪耳朵和一个猪心。主人见他买错了，就嗔怪说：“你的耳朵呢？”意思是怪他没用耳朵把话听清，而那人却以为自己私下买一副猪耳朵已被主人知道，就拿出猪耳朵说：“耳朵在这里。”主人见他误会了，又说：“你的心呢？”意思是怪他不用心而误会了语意，那人却一错到底，又把猪心捧到主人面前说：“心在这里。”……

民间艺人也常用同音现象来作为说唱的资料。五代时艺人李可及，表演三教论衡，说释迦、老子、孔子都是妇人。为什么会有这么一说呢？因为《金刚经》说：“敷座而坐。”若非妇人，何须“夫”坐然后“儿”坐？这是利用敷与夫、而与儿同音，而“儿”又是女人的自称，因而说释迦是妇人；《道德经》说：“吾有大患，为吾有身。”倘非妇人，何患于有“娠”？这是利用身与娠同音，因而说老子是妇人；《论语》说：“沽之哉！沽之哉！我待贾者也。”这又是利用贾与嫁同音，因而说孔子是妇人。

同音字太多，避免误解的方法，就是尽可能把单音节词衍化为双音节词。这样也就形成了汉语发展的一种趋势。古代汉语和现代汉语的一个重要区别：就是古代汉语中单音节词占绝大多数，而在现代汉语中，占优势的却是双音节词。词汇发展成双音节，误解的可能性的确大大减少了，但还不可能完全避免，因为双音节词中仍然有一些语音是完全相同的，如“枇杷”和“琵琶”，“蚱蜢”和“舴艋”，都是事物不同而字音相同的，有人曾利用这两对同音词造成巧对：

> 筵上枇杷，本是无声之乐；
> 草间蚱蜢，还同不系之舟。

上联明写枇杷，暗含琵琶；下联明写蚱蜢，暗含舴艋。

同音字的存在，是语言中的客观现象，要完全避免是不可能的。古汉语中的单音同音词，既然可以用发展成为双音词来解决混淆的问题，那么现代汉语的双音同音词，也正可以采用结合句子来理解的办法解决语言混淆的问题。

莫把“无恙”当“无羔”

——谈形近字

据1987年1月11日《钱江晚报》上的一篇短文中说：富阳镇有一个青年，给一位老大爷念信，把信中的“安然无恙”读成了“安然无羔”。老人听了感到奇怪，就请他解释。那个青年知道羔是小羊，于是自作聪明加以类推，回答老大爷说：“无羔，就是不怀小孩子的意思。”老人听了这番解释，不觉啼笑皆非。因为信是他儿子写来的，男人根本没有怀不怀孩子的问题啊！

那个青年主观臆测，随意发挥固然可笑，但因字形相近而读错、解错，这倒不值得大惊小怪。由于字形相近而读错，这样的事是从古以来就有的。像《吕氏春秋》上记载：孔子的学生卜子夏到晋国去，路过卫国，听到有人在读历史书说：“晋师三豕涉河。”子夏觉得这话不好理解，经过一番思考，断定那人一定是读别字了，就说：“‘三豕’应该是‘己亥’，是因字形相似而误读了。”到了晋国一问，果然是“晋师己亥涉河”。类似这样因字形相近而引起误会的事，可说不胜枚举。

字形相近毕竟只是近似而不是完全相同，只要仔细辨认，就不会引起误会。但光说仔细辨认，似乎太抽象，下面试举几点辨认的方法。

汉字构造是有规律的，其中占十之七八的字由两个部分组合而成，一部分表形，一部分表声，这就是常说的形声字。如“恙”和“羔”都是由两个部分组合成的形声字。如“恙”的上半部分“羊”，只起表声作用，说明“恙”的读音和“羊”相近。“恙”的意义是忧，忧和内心有关，所以下半部用“心”来表示，这正和“愁”的下半部用“心”来表形的作用相同。搞清了“恙”字的构造，对掌握字音和明了字义都有帮助。

"羔"也是形声字，不过和"恙"字正好相反："恙"字是上声下形，"羔"字则是上形下声。在"恙"字中"羊"只表示字音，和"⺶"的意义无关；而在"羔"中，"羊"并不表示字音，而是表示"羔"的意义——小羊，与羊有关。"羔"的古音，和"照"相近，由于"照"字的笔画太多，就只采用下面的"灬"（火）来表声，这在文字学上叫作省声。

通过字形分析，对"恙""羔"两字的形、音、义就可有比较明确的了解。有人或许认为这涉及文字学知识，太麻烦。那么不妨采用另一种办法。

一个字具体使用的时候，总是处在一定的语言环境中。阅读时常常留心一个字的前面或后面和哪些词语搭配使用，自然也会慢慢懂得这个字的用法，从而和形近的字区别开来。如"安然无恙"已成为一个经常使用的熟语。《现代汉语词典》在说明"无恙"的用法时，就举有这个例子。耳熟能详，便知道在这样的语言环境中，是决不能用"羔"字的。

此外，养成经常翻检字典或词典的习惯，对于区别形近词也是大有帮助的。如《辞源》《辞海》《现代汉语词典》，都收有"无恙"这个合词，可见"无"和"恙"搭配起来用，已很普遍，记住这点，自然会排除"羔"字的混淆。

一般词典中所收的合词，都是依照开头一个字排列的，但也有依照后面一个字排列的，如《佩文韵府》就是如此。懂得一个字的前面或后面可以同哪些词语搭配，都很重要，现在有一种构词字典，就是专门收集每一个字，可以与之搭配的词语，加以排列。经常翻翻构词字典，对区别形近字是很有帮助的。

从“三眼灶先生”到“汉文皇後”

——谈简化字的规范化

使用方块汉字，最感到麻烦的就是有不少字笔画繁多，不容易写。因此，早在封建社会里，就产生了约定俗成的简化字。不过，古时不叫简化字而叫俗字。所谓俗字就是指只能在世俗社会上使用，正式官方文书或参加科举考试的试卷上不能写的那些简化字。

笔画繁多带来的麻烦从下面一个故事中可以看出来：从前有一个人替人家抄写文件，里面有个繁体的“灶”字使他犯难了。原来这个繁体灶字，一共有二十一画，由“穴”“土”“黽”三个部分重叠起来组成，不但笔画多，而且十分难写。要把这字写到小小方格子里，在他看来确实太困难了，结果一个字占了三个方格。事情传开后，人们就取笑他，叫他“三眼灶先生”。其实，现在简化的“灶”字，古代早就有了，《康熙字典》也收入的；而《康熙字典》收这个字，又是根据金人韩道昭所著的《五音集韵》而来。这样一个源远流长的简化字，封建上层人物却一直贬之为“俗字”，不能登大雅之堂。文字上的保守势力，实在令人吃惊！

有人或许会这么说：“既然社会上流行着简化字，试卷上写写又何妨呢？”殊不知在封建社会里，试卷上一发现“俗字”，即使仅仅只有一个，也会前功尽弃，全份试卷作废。南宋时著名诗人杨万里担任湖南乡试主考官，同僚中有人取中了一份卷子，准备列为第一名。杨万里复看时，发现文章中有一个俗字“尽”，就丢在一旁。同僚认为这份试卷的文章很好，为了一个俗字而不取，太可惜了，就向杨氏力争。杨万里却说：“文章虽好，但发榜后要是外界议论说，今年科场取了个‘尺二秀才’，那时候我们都没有面子。”终于还是把此人

黜落了。“尺二秀才”和“三眼灶先生”先后映衬，一是写俗字而被黜，一是写繁体而见笑。写一个字而引出这么多的麻烦，正是从正反两方面说明保守势力对写“俗字”限制得多么严格。

现在推行简化字，取消了“俗字”的说法，深受广大群众的欢迎。实践已经证明，它减轻了使用汉字的负担，有利于掌握科学文化知识。但也应该看到，已简化的汉字仅占繁体字的一部分，因此难写的问题并没有彻底解决。拿新版《辞海》中所收的字来看，二十画以上未简化的字，有四百五十个以上，其中有些还是使用频率很高的，如壤、嚼、躁、籍、灌、魔、霸、露等。一下子简化太多，群众会感到不习惯；频频分批简，又会影响文字的稳定性。这一矛盾，还有待于在实践中解决。

人们欢迎简化字，但也要注意使用时的一些问题：

首先是使用简化字也要注意规范化。不能凭习惯滥写。如“岁”是规范化的简化字，另外“[illegible]”是不规范的，应避免使用。同样，“数”是规范的，“畋”是不规范的。有些简化字还要注意偏旁的位置，如“岭”是规范的简化字，“岺”就不规范了。

其次应注意简化字的笔画，不要受繁体字的影响而误写。如“丽”

的上面是一横，不要受繁体字的影响而写成二画；“吕”的简化字是双口，中间已没有一撇。还要注意，有的除本身简化外，做偏旁时也可简化，如马，在驰、冯、骞等字中，都可简化；但有的本身简化了，做偏旁时却不能简化，如“兒”简化为“儿”，但在“倪”“霓”等字中却不简化。有人把貌字的右旁写作“几”，这更是以讹传讹。

另外，还要注意有限制的简化，比如：有些字往往不止一种读音，而不同的读音又往往是与不同意义联系着的。有些字，用作某一种意义时可以简化，而用作另一种意义时不能简化。如“乾”，当“干燥、枯竭”解时读“gān”，已简化为“干”，但在“乾隆”“乾坤”等词中读qián时不能简化。又如“徵”字，当“求取”解时读zhēng，已简化为“征”，但读zhǐ音，用作五音（宫商角羽徵）之一，却不能简化。

还有一些字，能不能简化，模棱两可，很难划一条明确的界限。如“摺”简化为“折”，“餘”简化为“余”，“叠”简化为“迭”，“像”简化为“象”，都是有条件的，在意义可能混淆时，就不能简化，这就全靠具体应用时仔细辨认了。此外如答覆、反覆的“覆”简化为“复”，覆盖、颠覆的“覆”不简化；藉口、凭藉的“藉”简化为“借”，慰藉、狼藉的“藉”不简化，也是有条件的。

近年来在文字书写方面有一种复古倾向，即有些人喜欢写早已废弃了的繁体字。这可能和对外开放与普及古籍有关，因为我国香港等地还在使用繁体字，而一部分古籍仍是按繁体字印刷的。但由于对汉字知识的缺乏和对汉字简化规律了解不够，在停止使用几十年之后重新来使用繁体字不免会闹出一些笑话和带来许多麻烦。1986年4月，浙江电视台播放嵊县（现名嵊州）越剧团排演的越剧，屏幕上出现的大字剧名，是“汉文皇後”四个字。这个剧名很奇怪，难道写的是汉文皇帝后代的事情？看完了全剧，方才知道写的是汉文皇后的事，怪就怪在这个早已不用的繁体“後”字。

汉字简化，方式多样。其中有一种办法就是把一个笔画较多的字和一个笔画较少的同音字合并起来，取消那个笔画较多的字不用。合并后的简化字，义项增多了，但书写却方便了。如“斗”，本来是名词，指升斗、漏斗等东西，现在把笔画繁多的“鬥”字合并进去，于是“斗”字就兼而担负动词的职务。“后”字，本来是指“皇后”“太后”等君主的妻或母，现在把“先後”的“後”合并进去，“后”字的义项增多了，繁体的“後”则废弃不用。其他如“幾”合并在茶几的“几”中，“麵”合并在面目的“面”中，都是属于同一类简化字。

像把“汉文皇后”写成“汉文皇後”，就是因为不了解汉字简化规律而造成的错误。“後”简化为“后”，与“乡”“节”“让”等简化字不同，“乡”“节”“让”等如果要改用繁体字，可写成“鄉”“節”“讓”，它们相互之间除了写法不同之外，音和义是完全一致的；而“后”字只有在“先后”的意义上才可以恢复用繁体字“後”，至于“皇后”这一意义的“后”，原来的写法就是如此，如果有人忽然发思古之幽情，想用上一个古色古香的字体，那么翻检《说文解字》，写个小篆，倒还说得过去，现在用“先后”意义上的繁体字“後”，未免有点不伦不类了。这正如“面粉”可写成“麵粉”，“面目”却不能写成“麵目”；“云霞”可以写成“雲霞”，“不知所云”却不能写成“不知所雲”。在简化字已深入人心的今天，恢复书写繁体字，免不了会产生种种麻烦。

简化汉字，给书写带来了不少方便；特别是把笔画较多的字归并到笔画较少的字里去，还起到了减少常用汉字数量的作用，这一好处是不能抹杀的。但由于汉字历史悠久，结构复杂，简化后带来一些当初意料不到的麻烦，这也在所难免。如果以为简化字有些缺点，就摒弃不用，甚至主张恢复繁体字，这种倒退的想法，不切合实际，不符合群众的愿望，是行不通的。

都都平丈我

——谈别字

《论语》中有一句话："周监于二代，郁郁乎文哉，吾从周。"意思就是，孔子说："周朝的礼仪制度是以夏商两代为根据，然后制定的。多么丰富精彩呀，我主张周朝的。"据说古代有个塾师，教学生读《论语》，把"郁郁乎文哉"读成"都都平丈我"，学生也就跟着读别字，不以为怪。后来一位学者经过，纠正了学生的错读，学生反而骇怪起来，纷纷逃散。有人知道此事，就编了四句话来记述：

都都平丈我，学生满堂坐；
郁郁乎文哉，学生都逃散。

历来读别字、写别字的故事，笑话很多，但一口气连读五个别字，这样的事却不多见。大概因为如此，这一故事流传颇广。还有一个类似的故事，有人把"泰山石敢当"读成"秦川右取堂"，也是别字成堆。不过流传没有上面那个故事广。

一般说来，读别字，总是容易听得出来；写别字也是容易看得出来的。古代流传下来的典籍，因辗转传写，文字舛误的很多，于是就兴起了一门专门校勘文字的校雠学。校雠是根据善本书来核对、改正，但也有这种情况，有时流传的两种文字，各有依据，竟难以断定谁是谁非。这说明别字谬种流传、鱼目混珠，使后人难辨真伪。如晋人陶潜《读山海经》诗中有如下几句：

精卫衔微木，将以填沧海。

刑天舞干戚，猛志固常在。

这里的第三句，据《山海经·海外西经》说：“刑天与帝争神，帝断其首，葬于常羊之野。乃以乳为目，以脐为口，操干戚而舞。”刑天、干戚和舞五个字，都有来历。而且和前面两句精卫填海的故事，同出于《山海经》，看来没有什么可争议的了。但此句原作“形天无千岁”，现在通行的句子，是宋人曾纮改的。由于改得有道理，后人几乎看作定论。不过对曾纮改句表示怀疑，认为不必改的也仍有人在。如两宋周必大在《二老堂诗话》中说：

余谓纮说固善，然靖节此题十三篇，大概篇指一事。如前篇终始记夸父，则此篇恐专说精卫衔木填海，无千岁之寿，而猛志常在，化去不悔。若并指刑天，似不相续。又况末句云：“徒设在昔心，良辰讵可待。”何预干戚之猛耶？

周氏主张保留“形天无千岁”的原文，主要论据有二：其一是东晋陶潜《读山海经》诗十三首，除第一首为总帽儿外，每篇都咏一件事，这首以精卫填海开始，中间忽然插入刑天，和全组诗的布局就不一致。其二是最后两句的意思是：空有昔日的壮志，但等不到实现的时候，这显然也是对精卫说的，和刑天的猛志无关。

两种主张，各有根据，直到现代，鲁迅先生在一篇文章中用“刑天舞干戚”二句来证明陶潜存在“金刚怒目式”的风格，看来是同意曾纮改句的。而郭沫若先生却认为原文明白晓畅，曾纮的改句是节外生枝。看来，哪一句是正确的，哪一句是别字，还有待于继续探索。

文字学古代叫作“小学”，意思这是小学生初学识字的第一步功夫。可是现在，《说文》之学，《尔雅》之书，已成为专家研究的典籍，六书源流，篆隶演变，不是普通人都知道的，这样，对于文字构造，只知其然而不知其所以然，再加形体相近的字很多，消灭别字，就成为非常困难的工作了。

“伏腊”不是“伏猎”

——谈错别字的纠正

汉字难写，容易写错，南朝梁国刘勰在《文心雕龙·练字》篇中就谈到“列风淫雨”被误写为“别风淮雨”。“列风”，即烈风，指猛烈的风；淫雨，指过多的雨，写作“别风淮雨”，就不可解了。但后汉的傅毅作《靖王兴诔》，有“白日幽光，淮雨杳冥”的话。文学家竟把别字公然写到文章中去，刘勰慨叹文人好奇，以致谬种流传。想见错别字的问题由来已久，以讹传讹，纠正为难。

读别字，写别字，看起来是小事，有时却会影响一个官员的政治生命。唐玄宗时，李林甫当权，引萧炅（憬）做户部侍郎。萧炅不学无术，曾读“伏腊（là）”为“伏猎（liè）”。中书侍郎严挺之对丞相张九龄说：“中央机构中岂容伏猎侍郎？”萧炅因此被外调任岐州刺史。一字罢官，也可算是封建官场中的奇闻吧。

一般说来，写错字、别字，都是不自觉的，即因分辨不清而误写，但也有故意写错字的。明朝熹宗时，太监头子魏忠贤权倾朝野，各地官吏，趋奉唯恐或后。为了讨好魏忠贤，各地纷纷为他建立生祠（供奉长生禄位的祠堂）。山东巡按李精白，在生祠落成时，还特地写了祝词，有“尧天巍荡，帝德难名”的话。这已经够肉麻了，而那位巡按大人还怕“巍”字中的“山”，压在魏忠贤的姓上面，不够表示恭敬，于是在誊写时特地把“山”移在“魏”字下。为了奉承讨好，不惜破坏六书，制成一个奇形怪状的错字。拍马功夫，确已到了炉火纯青的地步，而拍马家的丑态，也在这件事上淋漓尽致地表达出来了。

书写错别字，自古已然，于今为烈。1987年1月26日《农民日报》上，发表了一位广东青年写给他伯父的信。信中提到，他接到伯父家的信，信是他的堂兄弟即伯父家唯一的“秀才”老二写的。一封不到800字的信里，竟有115个错别字，即平均7个字中有1个错别字。这是不是写错别字的最高纪录，由于没有统计材料，还不能作出明确的结论，但总之是很可观的了。

大人把写错别字看得无所谓，小朋友却在为消灭错别字作出努力。1985年4月10日《中国少年报》刊登了北京市西城区复兴路小学少先队六中队的一份倡议书，希望全国小朋友都要为汉字规范化作出贡献。复兴路小学的小朋友们，不但大声疾呼，要社会注意消灭错别字，他们还走上街头，深入社区，为消灭错别字作出努力。全国少工委、北京团市委，认为这项活动独具特色，富于创造性，有助于增长才干，有利于提高教学质量，也有益于社会主义精神文明的建设，这样评价是十分恰当的。

《人民日报》也为小朋友这一有意义的活动发表了题为《请孩子们“补课”》的短文。这篇短文指出：“问题不在于写了错字，更在于那么多知书识字的见错不提，知错不改。”事实确是如此。习以为常，熟视无睹，这正是错别字泛滥的一个重要原因。

《人民日报》这篇短文中还说：“满街错别字的‘壮观’，在‘文革’前是没有的，这是‘文化大革命’的‘成果’。十年浩劫，耽误了一代人的学业，教育的欠账在马路两边的招牌上都显现出来了。”这话切中时弊，令人深思。“文革”流毒，既深且广，在错别字泛滥这方面也表现出来了。但这毕竟不是无法医治的痼疾。只要大家重视起来，在街道上，在公共场所，消灭错别字总是办得到的。

“微”字引起的争论

——谈一字多义

现在参加各种考试，准考证上都要贴本人照片，这已经是很普遍的情形。从前没有照片，参加考试就要填写面貌表。所谓面貌表，就是填写每个人面部的特征。不过填写表格，总不能像写小说那样作详细的描写，只能说个大概罢了。比如参加考试的大多是青年人，一般就填有“微须”一项。微须者，有胡须而不多也。

清朝有一次考试。考生照例在面貌表里填上“微须”。不料这个监考官却认为微须就是“无须”，凡是有胡须的考生，一律不准入场。一时考生大哗，问他把微解作“无”有什么根据，那个监考官说：“《论语·宪问》中‘微管仲，吾其被发左衽矣’，这句话下面朱熹注解说：‘微，无也。’这就是根据。”有一个考生听了不服，举出《孟子·万章》中“孔子……微服而过宋”这句话来质问监考官：“如果微就是‘无’，那么孔老夫子脱得赤精条条经过宋国，成何体统？”这样将了一军，就把那个监考官堵得哑口无言了。

那个监考官认为微只能解作“无”，这真是胶柱鼓瑟、食古不化。而那位考生见机行事，用孟老夫子的话来同孔老夫子的话做对比，足见其熟读经书，而且能融会贯通，识见实远出于监考官之上。如果再探索一下，还可明白朱熹在《四书集注》中把孔子这句话里的微字解作“无”，不是很全面的。当代杨伯峻在《论语译注》中对这个“微”字的解释是：“‘假若没有’的意思，只用于和既成事实相反的假设句之首。”这就比朱熹的解释全面了。从而也可知道，孔子这句话应该译作“假若没有管仲，我们都会披散着头发，衣襟向左边开（沦为落后民族）了”。同时也可明白，宋代范仲淹《岳阳楼记》中“微斯人，吾谁与归”，也应译作“假若没有这样的人，我与谁同道呢”。那个监考官把微解作“无”，还用《论语》中的话来证明，表面看来似乎也言之有据，其实他根本不懂。解释一个词，不能只说明它的意义，还要分析它的用法。单独说“没有胡须”在古汉语中只能用“无须”，是不会和“微须”相混的。

不过，我们也应知道，《孟子·万章》中“孔子…… 微服而过宋”，这里的“微服”是指为隐蔽身份而更换平民服装，使人不识的意思。这个“微”是从“卑贱”这一义项发展而来的。那位考生引用这句话来讥讽监考官对字义拘泥，当然很好，但不能用来解释微须的“微”。微须的“微”，是“少”的意思。这里涉及“微”字的三种解释，但还不是“微”的全部义项。据新版《辞源》所收，“微”字共有九种解释。

一词多义，这是汉语词汇中常见的现象。古代汉语单音词多（一般来说，古书中一个字就是一个单音词），这种现象尤其突出。一个词应该怎样解释，要取决于它所处的语言环境，因此要弄清语言结构，结合句子来理解。如“微”可以解作“无”，但用法和“无”并不相同，它一般用于假设句中。此外，古汉语中可以解作“无”的，还有一个“靡”字，但用法和“微”字又有所不同，它一般用于否定句中。如：

1.靡不有初，鲜克有终。（《诗经·大雅·荡》）
2.明道德之广崇，治乱之条贯，靡不毕见。（司马迁《史记·屈原列传》）
3.靡计不施，迄无济。（蒲松龄《聊斋志异·促织》）

新版《辞源》中“微”字的义项有九个，而《现代汉语词典》中只有四个。像解作“无”的“微”，现代汉语中已不用；而作“细小”解的“微”，如“微波”“微观世界”“微量元素”等，却在广泛使用。因意义不同，“微”可看作死字，也可看作活字。

读书破万卷

——谈解释词义

吕叔湘先生曾对一位学者提出忠告：研究学问，应该对有关的历史文献略加涉猎，弄清哪些方面前人已经做过研究，得出了结论。这样就可以避免把力气花在不必要的劳动上，而从前人已得出的研究成果上起步。这一点对研究学问是很重要的。数学家华罗庚先生，青年时代经过五年的自修（从十六岁那年算起），开始写些数学论文投稿。开头他的稿件往往被退回，编者指出，这一个题目是法国某一个数学家解决了的，那一个题目又是德国某一个数学家解决了的，如此等等。华罗庚先生限于当时的条件，没有机会看到有关文献，结果重复前人的结论，这就白花了许多精力。

其实不只研究学问，平时读书也是如此。像著名文学家的诗文，前人特别是清朝的学者，已经做过许多有价值的研究。阅读时碰到疑难，不妨先去看看前人的注释，省时省力，可收事半功倍之效。如果连前人的研究成果也懒得去翻检，只是望文生义，随意来解释，这样就难免闹笑话。

如“读书破万卷，下笔如有神”，杜甫《奉赠韦左丞丈二十二韵》中的这两句诗，已是千古传诵的名句，看来也没有什么难解之处。可是有个读者，偏偏要别出心裁，说这个“破”是“突破”的意思，和运动会上“破纪录”的“破”是一样的云云。这样的解释是否正确，不妨先和前人的说法对照一下，再下结论。

清代研究杜诗的专家仇兆鳌，好像预见到后代有人会对这个“破”字作出误解，特地在《杜诗详注》中加以说明：“书破，犹韦编三绝之意。盖熟读则卷易磨也。”“韦编三绝”见《史记·孔子世家》：“孔子晚而喜《易》……读《易》，韦编三绝。”意思是孔子晚年很爱读《周易》，翻来覆去地读，竟使编联《周易》竹简的皮绳断了好几次。唐朝书籍通行纸书卷轴，熟读容易磨损，其道理是和“韦编三绝”一样的。万卷，是指读书数量之多（当然是夸张）；破，则指读书勤奋，反复地读。一指数量，一指质量，杜甫是比较全面地道出了自己读书的态度。联系诗人的创作实践来看，这样理解无疑是正确的。如果认为这个破是“突破”的意思，那么和“万卷”联在一起，仅指读书的数量，诗句的内涵就相对感到贫乏；而且一目十行而不深思熟虑，与大诗人的艺术形象也是不和谐的。

清代大诗人袁枚在《随园诗话·作料少与作料多》中对杜甫这两句诗也有论及：“或问：诗既不典（一作‘诗不贵典’），何以少陵有读破万卷之说？不知‘破’字与‘如有神’三字，全是教人读书作文之法。盖破其卷而取其神，非囫囵用其糟粕也。蚕食桑，而所吐者丝，非桑也；蜂采花，而所酿者蜜，非花也。读书如吃饭，善吃者长精神，不善吃者生痰瘤。”

袁枚对杜诗含义做了发挥，而对“破”字的解释，还是和仇兆鳌一致的。“破其卷而取其神”，就是指勤奋用心，深思熟虑；“非囫囵用其糟粕”，就是否定贪多夸博，只知浮光掠影的读书方法。

当然，“尽信《书》，则不如无《书》”（《孟子·尽心下》），对前人的见解，也不能不加分辨，全部接受。研究古籍的学者，对前人的注解加以修正，提出自己的主张，这种情形是很多的。如《论语·为政》中有这样一句：“子曰：攻乎异端，斯害也已。”按照传统的解释，把“攻”字解为“治”，“斯”字看作指代词，“这”的意思；“也已”看作语气词。全句的意思就是：从事于不正确的学术研究，这是祸害哩。

杨伯峻先生认为这样的解释，“虽能文从字顺，但和《论语》的词法和句法都不合。”杨先生指出：“《论语》共用四次‘攻’字，像《先进》篇的‘小子鸣鼓而攻之’，《颜渊》篇的‘攻其恶，无攻人之恶’的三个‘攻’字都当‘攻击’解，这里也不应例外。”把“攻”当作“攻击”解；“斯”字要看作连词“这就”的意思；而“已”则应该看为动词，止也。全句的意思应为：批判那些不正确的议论，祸害就可以消灭了。

提出新的见解，应该持之有故、言之成理。这和信口雌黄、随意臆说，完全是两回事。

匍匐图

——谈本义和引申义

宋朝时，福州有个叫陈烈的人，泥古不化，动不动就要讲古礼。他的朋友蔡襄（字君谟）死了父亲，在莆田家中守丧，陈烈特地带了门生去吊唁。将到莆田县境时，陈烈对门生说：“《诗经》中有这样的话：‘凡民有丧，匍匐救之。’今天既然是去吊丧，就应该和你们一起实行这个礼节。”于是戴着黑头巾，穿着破烂靴子，带着二十个门生，望见蔡君谟的家门，就两手伏地，用双膝移动身子，号哭着进门去。守灵的妇女看到这群“怪物”都吓得赶快跑开。蔡君谟见了这怪模样，想笑又不敢笑。只好啼笑皆非地接受了吊唁。当时画家李遘听到这件事，也感到十分稀奇，特地画了一幅《匍匐图》，作为存照。

陈烈实行古礼，究竟对不对，暂且抛开不说，至于他的这次出奇的行动，实在是由于对“匍匐”一词误解引起的。当然，“匍匐”一词，是可以解作“伏地而行”的，但在《诗经·谷风》那首诗中，却应作“尽力”来解释。上面这两句诗，译作现代汉语，就是“如果百姓有了丧亡，就该尽力救护”。陈烈对“匍匐”一词，只知道“伏地而行”一种解释，胶柱鼓瑟，自然要闹笑话。

打开字典，可以看到大多数的字都不止一种解释。在两种或两种以上的解释中，总有一种是基本的，另外解释则是从这一基本解释派生出来的。一个字的基本解释，一般可以从字的构造上来求得理解。汉朝许慎所著的《说文解字》，就是利用字形分析来探求每个字的基本意义的专著。如《说文解字》对“匍”字的解释是“手行也”，对“匐”字的解释是“伏地也”。这两个字一般不单独使用，合起来就是“伏地而行”的意思。“匍”和“匐”在六书中都属于形声字，“勹”

是形旁，“甫”和“畐”分别属于声旁。“勹”就是“包”的本字。《说文解字》中的解释是“象人曲行有所包裹”。伏地而行，身体弯曲了，所以形旁从“勹”。依据字形分析，就可知道“匍匐”的本义是“伏地而行”。清朝段玉裁注《说文解字》，在“匐”字下引《释名》说：“匍匐，小儿时也。”小孩子在学会走路之前，总是先伏地而行。《孟子·滕文公上》：“赤子匍匐将入井，非赤子之罪也。”这正是匍匐一词的典型用法。

“匍匐”解作“尽力”，则是从伏地而行这一基本意义引申、派生出来的。段玉裁在解释“匍匐”时有这样几句话：“人虽长大，及其求事尽力之勤，犹亦称之。”接下去就引《诗经·谷风》中两句为例。这就是说，匍匐本来是指小儿伏地而行，这样的行动，是要花力气的，于是大人尽力做事，也就叫作匍匐了。基本义和引申义之间，是有线索可寻的。

我们祖先造字的时候，有了一样事物就造一个字，一个字本来就只有一义。但世上事物很多，尤其是抽象的概念层出不穷，每一种事物、每一个概念，如果都要造一个字，这是势不可能的。于是就让一个字来承担两种或两种以上的意义。这样一来，除了本义之外，就又有了引申义，引申义可能不止一个，一般都有着或近或远的联系，而且总是围绕着基本义为中心的。例如：

1. 屋极有窗以达气。（方苞《狱中杂记》）

2. 若印数十百千本，则极为神速。（沈括《梦溪笔谈·活板》）

3. 北通巫峡，南极潇湘。（范仲淹《岳阳楼记》）

4. 劳苦倦极，未尝不呼天也；疾痛惨怛，未尝不呼父母也。（司马迁《史记·屈原列传》）

上面四句中都有“极”字，从这些例句中正可看出本义和引申义的关系。“极”，《说文解字》解释为“栋”，段玉裁认为这个“栋”就是指“梁”，也就是指屋脊。“极”和“栋”“梁”一样，都从木，因为这些都是用木料做的。第一句中的“屋极”，就是指屋子的顶部，从字形分析来看，可知这一句中的“极”字正是用的本义。第二句中的“极”是“非常”“十分”的意思，这正是从屋子最高部位的“最”

引申出来的。第三句中的“极”，含有“最远达到”的意思，仍是从“最高”的“最”引申出来的。第四句的“极”是“疲困”的意思，精神不好到极点，就会感到疲困了，和本义的关系还是可以体会出来的。

字义是在发展的，因此基本义并不就是今天的常用义。像“极”的本义，现在已不用了，现在作程度副词用的“极”，却是后起的引申义。正因为如此，不能用后起的引申义去解释古籍中的词。如诸葛亮《出师表》中，有如下一句：

故五月渡泸，深入不毛。

这里的“毛”字，有人照后面的引申义来解释，认为是指毛发，诸葛亮用的是比喻义，田野上的草好像人头上的毛发。其实这个“毛”是象形字，就是指草本植物。《列子·愚公移山》中有这样一句：

以残年余力，曾不能毁山之一毛。

这个“毛”就是指草，先秦古籍中，“毛”都是解释为“草”的。

“窃书不能算偷”

——谈同义词

同一种人，同一类东西，有两个或两个以上的名称，这是常见的。比如，明清时代，童生经过考试入学的，通名生员，习惯上也算秀才。一个生员代童生应考，被监试人员查出责打，那个生员连忙大叫“生员不是秀才”，监试人员听了觉得好笑，就边打边说：“我不打你秀才，就是要打你生员。”那个生员，只记得秀才不可代童生应考，一时情急，却忘了生员就是秀才，于是闹出了笑话。

同一事物有两个名称，叫作同义词，有时也包括意义相近的词。同义词所指对象即使是完全同一的，在应用时也会有区别。如生员和秀才，应用场合就不一样。一般说来，自称用生员，称人则用秀才。又如“母亲”和“妈妈”，也是一对同义词。“母亲”比较庄重，把祖国比作母亲时，就不能代之以“妈妈”。“妈妈”较为亲昵，情调和母亲不同，峻青的短篇小说《党员登记表》，提到黄淑英的母亲时，很多地方都用“妈妈”，但在下面一句中却用“母亲”：

可以想象，母亲的遭遇，也决不会比女儿好多少。

细加体会，可以悟出作者在这里变换一下名称，完全是必要的。

变换同义词，有时还有一种微妙的作用。鲁迅的小说《孔乙己》中有这几句：

他们又故意的高声嚷道：“你一定又偷了人家的东西了！”孔乙己睁大眼睛说：“你怎么这样凭空污人清白……”“什么清白？我前

天亲眼见你偷了何家的书，吊着打。”孔乙己便涨红了脸，额上的青筋条条绽出，争辩道：“窃书不能算偷……窃书……读书人的事，能算偷么？”

“偷”和“窃”是一对同义词。所不同的在于“窃”是文言词，在现代汉语中，除了组成“偷窃”这样的双音合成词之外，一般不单独使用。孔乙己在对话中说“窃书不能算偷”，这是自相矛盾的。孔乙己这样说，就是因为他是一个喜欢掉书袋的书呆子，他以为用“窃”，听起来好像比“偷”文雅一点。孔乙己没有勇气否认偷书，只好把偷书改成“窃书”，借此来为自己的不道德行为作掩饰；但事实却是欲盖弥彰，更加显出他的狼狈相。孔乙己想用同义替代的办法，来为自己的偷窃行为作辩护，这实际上同偷换概念一样，是并不高明的诡辩术，骗不了人。

诗文里使用同义词，可以避免单调重复，使语言变化多样。如唐代白居易的长诗《琵琶行》中有如下两处：

浔阳地僻无音乐，终岁不闻丝竹声。

我闻琵琶已叹息，又闻此语重唧唧。

“音乐”和“丝竹”，“叹息”和“唧唧”，都是同义词，如果只用其中一个，诗句的艺术性就将大为减色。又如鲁迅在《不应该那么写》一文中，有这样几句：

读书人家的子弟熟悉笔墨，木匠的孩子会玩斧凿，兵家儿早识刀枪：没有这样的环境和遗产，是中国文学青年先天的不幸。

这里用了两组同义词，第一组是“子弟”“孩子”“儿”；第二组是“熟悉”“玩”“识”，基本意义相同，都安排恰当，不能互换。

同义词的重叠使用，可以表达丰富的思想感情。刘白羽的《海上的遭遇》中有这样一句：

（彭参谋长）一会到上面看看水手们，望望放瞭望哨的警备员，一会瞧瞧前舱里的人是不是休息了。

“看看”“望望”“瞧瞧”是一组同义词，交互使用，可以把彭参谋长关心战士的思想感情真实地表达出来。

正确理解和使用同义词，还具有重大的意义。列宁在《国家与革命》中谈到恩格斯在《反杜林论》中曾说过这样一句话：“国家不是‘被废除’的，它是自行消亡的。”社会党人断章取义，把这句话接受下来，目的就是用来对抗无产阶级的暴力革命。列宁针对社会党人这种割裂马克思主义的反革命阴谋，明确指出：

实际上恩格斯在这里所讲的是以无产阶级革命来“消灭”资产阶级的国家，而他讲的消亡是指社会主义革命以后的无产阶级的国家制度残余。而资产阶级国家是不会“自行消亡”的，而必须由无产阶级通过革命“消灭”的。在这个革命以后，自行消亡的是无产阶级的国家或半国家。

这里列宁对社会党的批判，就是围绕着正确阐释“消亡”和“消灭”这一对同义词来展开的。为了使这两个词的差别更容易看出来，列宁在它们面前分别加上了修饰语“自行消亡”和“以无产阶级革命来消灭”，并进一步指出，“消亡”和“消灭”适用对象是完全不同的。这样，只要把“消亡”和“消灭”这一对同义词解释清楚，社会党借用马克思主义词句来反对革命的阴谋，也就暴露无遗了。

“首鼠”与“首施”

——谈联绵词

一提到《辞通》，大家都知道是清代学者朱起凤先生编的。朱先生编《辞通》还有一段故事呢。

清朝光绪二十一年（1895），朱起凤的外祖父掌教海宁安澜书院，每月用诗文课士。朱起凤代为阅卷，加评语。一天，看到卷中有“首施两端”字样，朱起凤怀疑是笔误，就批了“当作首鼠”四字。课卷发下后，合院大哗，以为《后汉书》尚且没有读过，怎配来评阅问卷呢？原来“首鼠”“首施”都是“踌躇”的叠韵转变字，是“进退不定”的意思。“首鼠”用得较普遍，但《后汉书》中却是用“首施”的。朱起凤为联绵词的多形所迷惑，误以为“首施”是写了别字。他受了这次刺激后，潜心读书，终于写成了三百万字的《辞通》，嘉惠后学。

联绵词（又称连绵词、连绵字）有多种写法，给阅读古籍带来了困难。而有些训诂家做了不正确的解释，更进一步造成混乱。如汉代司马迁《史记·武安侯传》：“（田蚡）怒曰：与长孺（指韩安国）共一老秃翁，何为首鼠两端？”南朝宋国范晔《后汉书·邓训传》：“先是小月氏胡分居塞内……虽首施两端，汉亦时收其用。”首鼠、首施本是同一个联绵词的两种不同写法。但宋人陆细《埤雅·释虫》中却说：“旧说鼠性疑，出穴多不果，故持两端，谓之首鼠。”从字形上来探求词义，这样就不能说明为什么又可写成“首施”，更看不出与“踌躇”的关系了。

《离骚》中有这样两句：

心犹豫而狐疑兮，欲自适而不可。

犹豫，拿不定主意；狐疑，疑惑，不很相信。它们都是由两个音节连缀成义而不能分割的词，但由于汉字是表意文字，训诂家总想从字形上来探求意义的来源。如犹豫，《尔雅·释兽》中解释说：“犹如麂，善登木。此兽性多疑虑，常居山中。忽闻有声，即恐有人且来害之，每豫上树，久之无人，然后敢下，须臾又上，如此非一，故不决者亦称犹豫焉。”狐疑，《前汉书》注者颜师古是这样解释的：“狐之为兽，其性多疑，每渡冰河，且听且渡。故言疑者，而称狐疑。”

像“犹豫”“狐疑”这一类联绵词，是否可以采用字形分析法来探求其意义，从前已有人表示怀疑。宋代王观国在其所著的《学林》中指出：《汉书·蒯通传》中说“猛虎之犹豫，不如蜂虿之致螫；孟贲之狐疑，不如童子之必至”。“犹豫”（原作“犹与”）、“狐疑”之前分别加上定语，当然不是指兽类了。

王观国举出可靠的例证，有力驳斥了用字形分析法来解释“犹豫”一类联绵词的穿凿附会。但也还没有从理论上来作解答，直到清朝学者王念孙，才正确回答了这一问题。

王念孙结合古籍中的实例，对联绵词的性质做了确切的说明。他认为犹豫也可写成犹与，还可转成夷犹、容与；狐疑也有多种写法，都是一声之转。最后得出这样的结论：“夫双声之字本因声以见义，不求诸声而求诸字，故宜其说之多凿也。”他提出了“因声以见义”，这就从本质上说明了联绵词的特征。而过去训诂家“不求诸声而求诸字”，只看到了字形，而忽略了“音”的因素，这就必然会产生穿凿附会。

弄清联绵词，对读古籍很有用处。如《史记·屈原列传》中有这么一句：

濯淖污泥之中，蝉蜕于浊秽。

有一种解释是这样的：“虽然在污泥之中，而能自加洗濯。淖，污泥。”这里把“濯淖”两字分开来解释：濯，洗濯；淖，污泥。那么后面又出现了“污泥”，该如何理解呢？其实，这里的“濯淖”是个联绵词。朱起凤根据王念孙的“因声以见义”的原则，突破了字形的拘束，列为联绵词，就不会使人误解了。

古代留下来的成语，其中也包含着一些联绵词，如果看作一般的合成词拆开来解释，就不能正确明了其意义。如“望洋兴叹”，出自《庄子·秋水》中的“望洋向若而叹”。“若”是海神的名字，“望洋”是联绵词，表示抬头仰视的样子。如果解作“望着海洋”，这就错了。又如“汪洋大海”，不能看作前后重复表意的联合结构。这里的“汪洋”是叠韵联绵词，形容水势浩大，作“大海”的定语，合起来是偏正结构。

联绵词很多是双声叠韵。双声词、叠韵词运用在诗歌中，并且予以适当的配合，能使诗歌的节奏和旋律更具有音乐美。这一点，古代的文学理论家也早已知道了。清代李重华在《贞一斋诗说》中说：“叠韵如两玉相叩，取其铿锵；双声如贯珠，取其婉转。”如唐代李群玉《九子坡闻鹧鸪》的诗句“方穿诘曲崎岖路，又听钩辀格磔声”，上句用上叠韵，下句用上双声，读来就富有节奏美。唐代杜甫近体诗多用双声叠韵，而且配合巧妙，如“青冥亦自守，软弱强扶持”（《苦竹》），“青冥”（qīng míng）和“软弱”（ruǎn ruò）是叠韵配双声；“种竹交加翠，栽桃烂漫红”（《春日江村五首》），“交加”（jiāo jiā）和“烂漫”（làn màn）是双声配叠韵；“竞将明媚色，偷眼艳阳天”（《数陪李梓州泛江，有女乐在诸舫，戏为艳曲二首赠李》），“明媚”（míng mèi）和“艳阳”（yàn yáng）是两个双声词前后呼应。

既固定，又不固定

——谈成语的结构

刘亚洲的报告文学《红色旅和它的两次大绑架》，曾引起许多人的注意，其中有这样一句：

“红色旅”的神通和手段哪个不知？法官们均“激流勇退”。

文中对“激流勇退”这个成语加上引号，是十分恰当的。因为这个成语原来的含义是：比喻做官的人在顺利或得意时及早引退，明哲保身。可是意大利法官不敢担负起自己的职责，是出于对“红色旅”的害怕，和这个成语的本意并不一样，所以加上引号较好。

对这个成语的本身，还有一点引起争议的地方。有人认为“激流勇退”按照一般成语词典，应写作“急流勇退”，这个“激”是别字。有人则认为写作“激流”也说得通，可以不改。其实像这样的情形是很多的，如有一篇文章把“不假思索”写成“不加思索”，一般也认为通得过去。类似这样的情形，应怎样看待呢？

一般讲语文知识的书，都把成语看作固定词组的一种。认为其中每一个字，都是不可随意更改的。但也不能看得太死。从语源上来看，每个成语最初当然只是一种写法，不过流行日久，也会起变化，久而久之，约定俗成，和原本的写法并行不悖，也是常有的事。如“百废俱兴”，见于范仲淹的《岳阳楼记》，现在多作“百废俱举”。“别具只眼”见于杨万里诗，现在多作“独具只眼”。普通成语词典对此兼收并蓄，自然不必再去强分哪一个对，哪一个不对。还有一种情形，后起的写法流行开来，原本的写法反而不为人知。就拿“兼收并蓄”

来说，这一成语出于唐代韩愈的《进学解》，原作“俱收并蓄”。现如果按照原来的写法，人家反倒以为你是写错了。

一个成语有两种写法，有时是因为后起的写法更通俗，更容易为人们所接受。如“揠苗助长”原见于《孟子》，由于“揠”是文言中的死字，群众不熟悉，于是有人把这个成语改为“拔苗助长”，用字符合通俗的要求，就流行开来。

上述情形，只是对一部分成语而言，并不是说任何成语都可以随意变动。发表在《解放军文艺》1985年第2期上的报告文学《英·甘地的最后二十四小时》，其中有这样两句：

英迪拉旁证博引，侃侃而谈。她已成为世界上少数几个最能利用新闻媒介来为自己服务的政治家之一。

文中的“旁证博引”应该写作“旁征博引”，这是不可随意更动的。因为这里的“旁”是“广”的意思，“征”是“收集”的意思，“旁征”和“博引”前后重复表意，这是四字格成语中常见的一种组合形式，同“星罗棋布”“珠联璧合”等结构相同。改作“旁证”，意思就变了（现代汉语中“旁证”一词，是指侧面的证据），不能和“博引”配合，破坏了整个成语的结构。此外如有人把“按部就班”写成“按步就班”，也是不对的。因为这一成语中的“部”“班”，都是门类、次序的意思，前后呼应，写作“步”，就打乱了原来的结构，无意义可言了。

不写错成语，还要防止受意义相近的另一成语的干扰。如“发愤图强”“奋发图强”，前者不要写成“发奋图强”，后者不要写成“愤发图强”。

“爱滋”“爱之”与“艾滋”

——谈译名

1985年第8期《世界博览》上，刊登了未名所译的韩素音文章，把“爱滋病”改译成“爱之病”。第12期上又发表了“读者来信”：《“之”“滋”一字之师》，对这一改译“击节叫妙”。理由是“爱之”这一译名，“鲜明而贴切”，并分两点来说明：一、“把性乱与致病联系在一起”；二、“性乱是此病传播的途径，但不是由此生长出来的一种病”。该刊1986年第3期上，又刊登了另一位读者来信，对前一位读者的观点，提出完全不同的看法。

后一位读者认为，“爱是纯洁神圣的字眼，岂能以‘性乱’代之？”“‘性乱’正是此病‘生长’所在，是元凶，而绝非仅仅是传播途径而已”。结论是，把AIDS音译为“爱之”比“爱滋”更加不贴切。

其实，AIDS一词，是Acquired Immune Deficiency Syndrome的缩写，正式译名应为“获得性免疫缺陷综合征”。据上海第二医科大学附属瑞金医院徐新民医师在《爱滋病的来龙去脉》（载1986年第1期《大众医学》）一文中提到，这种病的患者主要有四种人，即：一、同性恋爱者；二、静脉注射浓缩抗血友病球蛋白治疗者；三、静脉注射麻醉药成瘾者；四、新近移民到美国的海地人。可见，认为患这种病都与“爱”（性乱）有关，这是以偏概全。因此，从科学角度来看，无论“爱滋”或“爱之”，都不确切。有人建议译为“艾滋病”，避免用这个“爱”字，正是为此。

再说，AIDS原是由冗长的医学术语几个词头组成的，正像“克格勃”一样，几个字母写在一起，习惯上拼读成一个词，其实本无含义。可是碰巧得很，英语常用词中本来有AID这个词，意为“援助”。美国艾

奥瓦州狄姆英市一个保险公司就名叫AID。这个词用在保险公司的招牌上，真是贴切不过了。可惜竟被误解为爱滋病保险公司，以致不得不更改名称。现在把AIDS译为汉字，硬要把汉字的字义嫁接在这个译名上，自然会造成不必要的麻烦了。

上面谈了AIDS译名引起的纠纷，从中可以看出翻译外来语，并不是一件容易的事。其所以不容易，因为汉字是一种表意文字，和许多民族的拼音文字有很大的不同。用表意文字来译拼音文字，正如成语“方枘圆凿”所比喻的那样，难免格格不入。译者的本意，是仅取字音，而读者受长期阅读汉字的影响，往往会从字义上去理解。教师出了一个作文题《项羽拿破仑论》。学生在作文中说：“项羽，英雄也，及其失败，仅能拿一破轮，不亦悲乎？”这一笑话，实际上也说明用汉字音译外文，容易引起误会。

用汉字译外文，对人名、地名等多采用音译。其他各类名词，偶然也有采用音译的，如“德谟克拉西”（democracy）、“雷达”（radar）。前者出现于“五四”时代，当时因在汉语中没有意义相应的词可译，所以暂时采用音译，现在则已为意译词“民主”所代替。后者原是英文缩拼字，原意“无线电侦察和定位”，含义太复杂，于是干脆就用音译，这是以简驭繁的方法。

音译只取字音，而汉字中同音字是很多的，既可采用这个字，也可采用那个字，其间并没有严格的界限，因此一开始往往有多种译法，如“斯大林”，过去还曾出现过“史太林”“史达林”等译法。现在音译外来词，有两种译法的还很多，给读者带来一定的困难。

音译中的汉字，只取其音，与字无关。但由于汉字是表意文字，译者有意无意间还会纠缠到字义上去，最常见的就是对女性译名往往采用“娃”“娅”“娜”等字，这样难免会带动读者，举一反三，给自己带来干扰。如一位老先生看到“巴黎”一词，就望文生义，理解为“巴蜀地区的老百姓”。一个颇有名气的人物，曾说“耶稣”是中国古代哲学家老子转世。他解释说：老子姓李名耳，而“耶”字是两个“耳”合成的，亦即第二世李耳；而“苏”即死而复活之意。所以耶稣是转世的李耳。如果他知道“耶稣”只是Jesus的音译，就不会闹这笑话了。

音译之外还有意译，如“人造卫星”“直升飞机”等。意译词往往有一个变化、选择的过程，如英文economics一词，早期严复等人曾把它译为“计学”“生计学”等，也有译作“理财学”的。现在通用的“经济学”一词，则是日本学者借用古汉语中现成词语，后来传入中国的。有一些外来词，一开始因在汉语中找不到意义合适的词语，往往采用音译，后来对这个外来词的性质有了进一步的了解，于是就改用意译。典型的是英文中vitamin一词，最早译名“维他命”，是采用音译的，译者选字上，有意牵及字义，其实这样反而容易引起误解。现在采用“维生素”这一意译，读者一看就可以知道是与“激素”等并列的构成事物的基本成分，显然比旧译好。

意译因为关联到事物的本质，就更易引起推敲与斟酌。如“直升飞机”这一译名，用之已久，但近年有人认为不妥。因为直升飞机和一般飞机有很大的区别，不宜看作飞机中的一种。

AIDS一词的译名，有“爱滋”“爱之”“艾滋”之争，原因就在于译者想把音和意统一在一个词上，但由于这一新名词内涵较为复杂，就难免顾此失彼。

一字之差

——谈选用词语

写一个字，是再简单不过的事，但有时写错一个字，会“差之毫厘，谬以千里”。1985年3月18日《人民日报》刊有作家萧乾的一篇短文，题目是《这个词用错了》。原来萧乾同志在一篇文章里用上了“残废”一词，一位读者写信给他说：“我是一个失去了左臂左腿的人，但我并不是个‘废人’。我还开着书店，并且在卖着你写的书。我有残疾是事实，可我是否就‘废’了呢？去年三月，中国成立了残疾人福利基金会，难道你没有看报？”萧乾同志看到以后，除了向那位读者道歉之外，还对他致以敬意，因为“他尽管不幸成为残疾人，但绝不甘当一个废人，并视‘废’字为莫大的侮辱”。

值得注意的是，萧乾用了“残废”一词的那篇文章，原是替残疾人说话的，却由于用错了一个词，反而刺伤了残疾者的心。由此也可看出“残废”一词，与全文格调不一致。但这并不是说“残废”一词可以取消，“残废”自有它适用的场合。如刘亚洲同志的报告文学《红色旅和它的两次大绑架》中，曾记下意大利红色旅首领库乔的一句话：“政府官员是为权力机构效劳的人，打碎他们膝盖，他们便终身不能走动。他们的残废，象征着政府的残废。”这里的两个“残废”，无疑是正确地表达了说话人的意图。可见，词典中的每一个词，都有它的用处，问题在于是否用得恰当。

古代典籍中谈到用词重要的地方很多，其中还有不少实例。宋宁宗嘉定六年（1213）正月十八日，签书枢密院事宇文绍节去世，人们普遍认为是一个姓王的医师用药失误害死了宇文绍节。宰相史弥远带领朝廷高官前去吊唁，命南宫舍人李师普起草祭文，末句说：“云谁过欤？医师之罪。”相府书吏张日新誊写祭文时，觉得这句话用词欠妥，便对史弥远说：“既是误投药剂，岂可谓之医师？只当改作庸医之罪。”史弥远认为很对，同意改过来（宋·周密《癸辛杂识》别集下）。从此，“庸医”一词便沿用至今。张日新结合具体情况，区别了“医师”与“庸医”两词本质不同，不能混用，说明他的语文修养很不错。

张日新还有另外一件事：嘉定初年，相府官吏草拟休兵之诏，里面有这样两句：“国势渐尊，兵威以振。”张日新看到了，私下里对宰相史弥远说：“‘国势渐尊’这句话，恐怕会被外人笑话，我们不应当承认向来是弱小的。”史弥远认为他说得很对，就改作“国势尊隆，兵威振厉”。原文用了一个“渐”字作修饰语，就取消了后面“尊”字的绝对性，等于承认一向来是积弱的。张日新能看出这一点。这是比上面一件事具有更重大的意义了。

选用一个词，有时会直接关系到说话者的观点。《孟子》中有这样一段对话：

齐宣王问曰：“汤放桀，武王伐纣，有诸？”孟子对曰：“于传有之。”曰：“臣弑其君，可乎？”曰：“贼仁者谓之贼，贼义者谓之残，残贼之人谓之一夫。闻诛一夫纣矣，未闻弑君也。”

武王伐纣，这是历史上有过的事实，不能否认。但怎样看待这件事，却有两种不同的意见。齐宣王认为周武王本来是商朝的诸侯，也就是臣，而纣王则是君，武王伐纣是臣弑君。孟子是儒家学派，儒家反对犯上作乱。孟子不能同意齐宣王的话，于是巧妙地用了一个更换名词的办法。孟子认为，像纣这样的人，和“君”字的内涵完全是不相容的，只能叫作“一夫”。所以武王伐纣，是人民杀掉一个有罪的人，并不是弑君。这样，孟子既维护了自己的学说观点，又没有违背历史事实，说明选择一个准确的词，可以发挥多么大的作用。

“吾”和“我”

——谈语法和训诂

清末语言学家马建忠的《马氏文通》问世以前，中国没有系统的语法书，但在有些著作中，也收着一些有关语法的论述。虽只一鳞半爪，却是研究语法史的可贵资料。如清朝学者俞樾所著的《茶香室丛钞》中，就有“吾我二字”一条，原文如下：

国朝（指清朝）杨复吉《梦阑锁笔》云：“元赵德《四书笺义》曰：‘吾、我二字，学者多以为一义。殊不知就己而言则曰吾，因人而言则曰我。‘吾有知乎哉’，就己而言也；‘有鄙夫问于我’，因人问而言也。”按此条分别甚明。“二三子以我为隐乎”，“我”对二三子而言；“吾无隐乎尔”，“吾”就己而言也。“我善养吾浩然之气”，“我”对二三子而言，“吾”就己而言也。

俞樾对赵德的说法表示赞同，清人丁守存《四书虚字讲义》中对吾、我两字的分辨，也直接采用赵氏的说法。

上面的例子说明，我国古代学者，也有对语法现象做潜心研究的。虽非系统著作，毕竟也是难得的。一切系统研究，总导源于点滴材料的积累。但也应当看到，这样的解释，是只凭对个别现象的直觉，带有很大的主观随意性。对于例子，只选取适合于说明自己观点的，并不很典型，因此得出的结论也不是很全面的。如《史记·廉颇蔺相如传》中的一句：“取吾璧，不予我城，奈何？”一“取”一“予”都可说是因人而言，但前面用“吾”，后面用“我”，又将如何来解释呢？

现在再来看看吕叔湘著《中国文法要略》第十章中对吾、我用法的说明：

“吾”与“我”的用法，在秦汉以前很有点分别：“吾”多用作主语和加语，或作变次的止词。用作常次的止词的差不多可以说是没有；“我”字则大多数用作止词，用作主语和加语的也有，但较少。

吕先生所说的加语，就是现在常说的定语；止词就是现在常说的宾语；“变次的止词”就是提前的宾语。

拿两种说法加以比较，可以看出前者所用的是传统的训诂学方法，不过已不限于词本身的解释，还能注意到用法。由于缺少必要的术语，有的解释就不很明确。如说“就己而言”和“因人而言”，两者如何区别，就缺少明确的界限。

后一种说法，用上明确的语法术语，看了就比较清楚。更主要的是不凭主观的臆想，把大量的语言材料经过归纳、整理，从中找出规律性的东西。这样的解释，已不限于说明一两个例句，而能普遍应用来说明语言现象。如上面举出的《史记》中的那句话“取吾璧，不予我城”，“璧”的定语用“吾”，而“我”和“城”都是“予”的宾语（双宾语），所以不用“吾”而用“我”。又如《史记·项羽本纪》中“君为我呼入，吾得兄事之”，“为”的宾语用“我”，“事”的主语用“吾”；再如《战国策·齐策》：“吾妻之美我者，私我也。”“妻”的定语用“吾”，“美”（意动）的宾语用“我”，结合吕叔湘先生的说明来看，可体会出其中的规律。至于提前的宾语用“吾”，也可举两个例子：

1. 居则曰：“不吾知也……”（《论语·先进》）

2.“我胜若，若不吾胜，我果是也，而果非也邪？”（《庄子·齐物论》）

语法的作用，就在于条分缕析，提纲挈领，把纷繁复杂的语言现象整理出一个规律来。掌握了规律，就可以触类旁通，举一反三，这正是现代语法学和传统的训诂学研究不同的地方。

诸葛子瑜之驴

——谈学习语法

诸葛亮有个哥哥叫诸葛瑾，字子瑜，因为避乱来到长江下游，在孙权手下做长史。

诸葛瑾的儿子诸葛恪，是一个十分聪明的孩子。有一天，孙权举行宴会，诸葛瑾带着诸葛恪也参加了。诸葛瑾的脸很长，孙权要寻他开心，叫人牵一头驴子来，在额头上贴上一张纸条，上面写着“诸葛子瑜”四个字。宾客看了都大笑起来。诸葛恪却不慌不忙，拿起笔来，在“诸葛子瑜”下加上“之驴”两字。宾客见了大为赞赏，于是从取笑诸葛瑾的长脸转而为称赞诸葛恪的聪明了。

“诸葛子瑜”是人的姓名，写在纸上，本来没有什么可笑的。现在把这张纸贴在驴子的额上，等于把驴子和诸葛子瑜连在一块，这就十分可笑了。可是后面加上“之驴”两字，成为“诸葛子瑜之驴”，“诸葛子瑜”只是用来说明驴子属于谁所有，这就没有什么可笑的了。诸葛恪不愧是一个聪明的孩子。

如果用现代语法术语来解释，“诸葛子瑜”是一个名词，“诸葛子瑜之驴”是一个偏正词组。在这个偏正词组中，“诸葛子瑜”处于定语地位，中心词则是“驴”。从语言实践来看，可以知道诸葛恪是懂得包含在语言中的语法现象的。

有人或许会觉得奇怪，“语法”这个名词近代才有，诸葛恪的时代离现在一千七百多年，哪来的语法呢？其实，一般所说的语法，是指语言学家研究某一族语所归纳出来的用词造句的规律，即语法学。但在语言自身中本来是有语法现象的，这些语法现象，就是语法学家建立语法理论的基础。人们在接触语言时，也就不自觉地在学习语法。

不过这些都是零星的，和系统学习语法知识有所不同。

我国古代虽然没有语法学，但训诂学者在为典籍作注释时，也往往对语法现象进行分析。这些资料，正是语法学理论的先行。下面试从《汉书·高帝纪》中举几个例子来加以说明。

（1）当是时，秦兵强，诸将莫利先入关。

唐颜师古解释说：“不以入关为利，畏秦也。”原文的“利”是形容词的意动用法，颜师古用“以……为”这对词，把这句话分析作一般易懂的句式，其道理同古汉语语法书中讲到的形容词意动用法是一样的。颜师古虽然没有谈到意动用法，但从他的解释中，可以明白他对这种语法现象是完全了解的。

（2）是时秦将章邯从陈别将司马夷将兵北定楚地。

这句话有两种读法，三国时期著名学者如淳说：“从陈涉将也。涉在陈，其将相别在他许皆称陈。”按照这一解释，“从陈别将”应该连读。北宋史学家刘攽说：“余谓‘别将’字当属下句读之。言章邯身从陈，而别将定楚耳。”按照这一解释，应在“从陈”后断句，“别将司马夷”连读。夷是章邯的司马，“别将”即指司马夷。刘攽弄清“别将”和“司马夷”是同位语关系，应该连在一起，所以他的读法是对的。如淳没有正确看待同位语，把它们拆开，语意就不通顺。

（3）项羽为无道，放杀其主，天下之贼也。夫仁不以勇，义不以力，三军之众，为之素服，以告之诸侯，为此东伐，四海之内，莫不仰德，此三王之举也。

这里“仁不以勇，义不以力”之语，李奇是这样解释的：“彼有仁，我不能以勇服；彼有义，我不能以力服。”他认为“仁、义”和“勇、力”的主语各不相同，分别加上“彼”和“我”，这在语法上显得很勉强，“彼”字所指也不明确。文颖则是这样解释的：“以，用也。已有仁，天下归之，可不用勇而天下自服；已有义，天下奉之，可不用力而天下自定。”颜师古说汉王为义帝发丧，这就是行仁义而不用勇力。文颖正确解释了虚词“以”，因而语意和事实相符。上面这几句话，是新城三老董公对汉王说的，“仁不以勇”两句，因对话省去第二人称主语，文颖补足主语来解释，体现了这一语法现象。

从上面三个例子可以看出，古代训诂家，他们在为典籍作注时，已注意到语法现象。正是凭借这些材料的积累，系统的语法学著作才有产生的可能。

古人没有系统学过语法，也懂得用词造句的规律，于是有些人就认为不必学习语法，这种想法是片面的。古人懂得一些用词造句的道理，他们是从运用语言的实践中学来的。我国在19世纪《马氏文通》出版以前，没有专门的语法著作，但也出现过司马迁、韩愈这样的散文名家，李白、杜甫这样的大诗人。他们的成就，主要是靠多读多写得来的。我们今天学习语法，并不单纯是为了做作家、诗人，很多人学习语法，是把它当作一种工具，用它来提高阅读和写作的能力。有了这个基础，求取任何方面的知识都方便得多。多读多写，积累感性知识，自然是十分必要的。不过光有这一方面，往往知其然而不知其所以然。如果学点语法知识，把感性知识系统化，这样就可更快提高读写能力。我们称赞诸葛恪聪明，但现在时代不同了，我们不能只满足于一鳞半爪的感性知识，而应该系统地学点用词造句的规律，自觉地避免错误，把文章写得更好。

变化顺序，适应语境

——谈句子的安排

唐朝诗人李涉，号清溪子。他有一首七言绝句《登山》，是写一次登山的经过，原诗如下：

终日昏昏醉梦间，忽闻春尽强登山。
因过竹院逢僧话，又得浮生半日闲。

（编者注：“又”一作“偷”）

李涉在唐文宗大和年间曾任过太常、博士这样的小官，自感不得志，而案牍劳形，更使他苦闷。诗的开头一句，正是反映他这种心情：一天到晚困扰在文书堆里，如醉如梦，昏昏欲睡。接着写他听到春光将尽，就登山去寻春。由于生活过得昏昏沉沉，偶尔登山，便显得有点勉强。第二句中的“强”字，一方面是照应开头一句，一方面又是为下面两句作反衬。他路过竹院，碰到一个和尚，同方外人一阵子谈话，俗虑顿消，深感在碌碌浮生中能得到半日清闲，实为快事。全诗采用前后对比的手法，写出他厌倦尘俗、追求清闲生活的心情。

后来有个游客，也在山寺碰到一个和尚。可是这个和尚既聋且俗，同他谈话，答非所问。那人大为扫兴，就写了一首诗记述这段经历。这首诗全用李涉原句，不过把次序颠倒一下，改为如下的样子：

又得浮生半日闲，忽闻春尽强登山。
因过竹院逢僧话，终日昏昏醉梦间。

诗还是这四句，但一经更动次序，情调便与原诗大不相同。把原诗第四句移作第一句，这样就和第二句中登山这一行动相关联，而同“逢僧话”无关。把原诗第一句移作第四句，与“逢僧话”相紧接，这就说明“昏昏醉梦”的心情，是因与和尚谈话而引起的。这样，李涉是勉强而去，却高兴而回；而那位游客则是“乘兴而去，败兴而返”了。这种截然相反的情绪，不是由语言来表达，而是凭借句子的安排来体现的。

从上面这个例子可以看出，句子安排的顺序不同，含意[1]和情调便也大不相同。这是因为一句句子表情达意的作用，不单单取决于本身，还和它所处的语境有很大关系。把句子安排的顺序变动一下，使之取得另一种语境，便好像是另外的一首新的诗了。如唐人张旭的七绝《桃花溪》，原诗是这样的：

隐隐飞桥隔野烟，石矶西畔问渔船。
桃花尽日随流水，洞在清溪何处边？

诗以一句疑问结束，写出作者对桃花溪的存在表示怀疑。如果把诗句安排的顺序更动一下，改成如下的样子：

石矶西畔问渔船，洞在清溪何处边。
桃花尽日随流水，隐隐飞桥隔野烟。

疑问后面有两句作为回答，这样一来，怀疑的语气没有了，却把桃花源写得惝恍迷离，可望而不可即。两种不同的表达效果，全是由句子安排的顺序决定的。

有时候，句子安排的顺序，在意义上虽然没有多大的出入，但往往会影响到文章的表达效果，一些名家，总是再三加以斟酌。如鲁迅先生的小说《风波》中有下面这样几句：

〔1〕含意：指诗文中的深层意思或言外之意。

河里驶过文人的酒船，文豪见了，大发诗兴，说“无思无虑，这真是田家乐呵！”

但文豪的话有些不合事实，就因为他们没有听到九斤老太的话。这时候，九斤老太正在大怒，拿破芭蕉扇敲着凳脚说……

按照汉语的习惯，复句中用“因为”带出的偏句，可以放在正句之前，也有放在正句之后。究竟怎样安排好，就要结合语言环境来看了。这里第二段“就因为他们没有听到九斤老太的话”这个偏句，是放在正句“文豪的话有些不合事实”之后，因为这样，才可以同第一段“文豪见了，大发诗兴……”相衔接。而偏句中说到九斤老太，放在后面，也自然可以同下面“九斤老太正在大怒”紧扣。这句如果改为偏句在前，写成如下的样子：

因为文豪没有听到九斤老太的话，所以他们的话有些不合事实。

这样一来，正句不能和前面文豪的话紧扣，而偏句写到九斤老太，隔了一个正句，才接上“这时候，九斤老太正在大怒”，语意中断，衔接不紧，显然是不足取的。

再看一个用“因为”带起的偏句在前的例子：

只有四婶，因为后来雇用的女工，大抵非懒即馋，或者馋而且懒，左右不如意，所以也还提起祥林嫂。每当这些时候，她往往自言自语地说：“她现在不知道怎么样了？”意思是希望她再来。

这里把“也还提起祥林嫂”这句正句放在偏句后面，因为这样就和以下“每当这些时候”以及四婶话中的“她”衔接得很紧。还有，人们提起祥林嫂，原因可能是多种多样的，如同情她的遭遇、关心她的未来等。而四婶之提起祥林嫂，仅仅是为自己的利益着想，只是在这一点上，她才提起祥林嫂。先说明一下原因，也就是深刻地写出了这个人物的性格。

甚矣伤寒

——谈古汉语句式

几个中医师坐在一块谈论疑难杂症，有一个医师忽然说："我看，伤寒病中要算甚矣伤寒最难治了。"大家从来没有听到过"甚矣伤寒"这样的名称，感到奇怪，就向这位医师请教。这位医师说："《伤寒论》中有'甚矣伤寒之难治也'这样一句话，可见从古以来，都认为甚矣伤寒是很难治的。"大家听了，不觉捧腹大笑。那位医师把《伤寒论》中这句话的结构弄错了，因此也就作出不符合原意的解释。

"甚矣，伤寒之难治也，"这是一个谓语提前的句子，"甚矣"之后，应该有个停顿，书面上要加个逗号。如果把谓语移到原来的位置，这句话的结构应是"伤寒之难治也甚矣"。"伤寒之难治"是主语，"甚矣"是谓语，虚词"也"表示主语后的停顿。现在因为要强调谓语，所以把"甚矣"移到前面去了。古书没有标点，那位医师把"甚矣"和"伤寒"连在一起，看作"伤寒"的定语，于是凭空造出一个"甚矣伤寒"的名称来，自然要闹笑话了。

有人或许会说：古书没有标点，提在前面的谓语，和定语没有区别，那个医师搞错句子的结构，也是难怪的。其实，即使没有标点，也是可以区别的，区别的标志就在这个"之"字上。本来，"伤寒难治"可以看作独立的句子，"伤寒"是主语，"难治"是谓语，意思已相对完整。但是，在"甚矣，伤寒之难治也"这句话里，"伤寒难治"已不是独立的句子，而成为包含在大句子中的一个成分。按照古汉语的造句规律，就应在主语"伤寒"和谓语"难治"之间，加个虚词"之"。这个"之"的作用，就是取消句子的独立性，读者一看就知道，这部分只是大句子中的一个成分，即主谓结构作主语，要明白全句话的完整意思，就必须和前面或后面的一些成分连起来看。把“甚矣”看作“伤寒”的定语，就不是一句完整的话了。由此看来，古汉语的语法是很严密的，不能凭主观作随意的解释。像《列子·愚公移山》中的“甚矣，汝之不惠”句式就和“甚矣，伤寒之难治也”一样，两相参看，不难领会出古汉语中陈述句的结构规律。

前人读书，只讲多读、熟读，像杜甫所说的那样：“读书破万卷，下笔如有神。”对于方法则是不大讲求的，当然，读得多了，熟能生巧，也能体会出文章语言的结构规律。不过，只注意积累丰富的感性知识，而不归纳提高，加以系统化，所得到的知识往往是不全面的。知其然而不知其所以然，也就不能举一反三，普遍应用，有时还免不了会失误。

例如：梁朝顾野王编的字书《玉篇》，在山部中说：“峘，大山也。”而郦道元在《水经注·庐水》中却说：“大山曰宫。”究竟大山叫“峘”呢，还是叫“宫”呢？原来，这两种说法都错了，大山既不叫峘，也不叫宫。两说都根据《尔雅》，却都把《尔雅》的语言结构搞错了。

《尔雅·释山》中说：“小山岌大山峘，大山宫小山霍。”《玉篇》根据前一句，读作“小山岌，大山峘”；《水经注》根据后一句，读作“大山宫，小山霍”。于是就得出了“峘，大山也”和“大山曰宫”的说法。其实这两种读法，都把《尔雅》原文的语言结构打乱了。

正确的读法应该是“小山岌大山，峘”；“大山宫小山，霍”。这里，“小山岌大山”和“大山宫小山”，都是主谓结构作主语，“峘”和“霍”分别是它们的谓语。“岌”是动词，全句的意思是“小山与大山相连叫峘”；“宫”也是动词，全句的意思是“大山围绕小山叫霍”。清朝人郝懿行著的《尔雅义疏》，解释前一句就很明白：“言小山与大山相并，而小山高过于大山者名峘。”新版《辞源》根据《尔雅义疏》对原句的结构说明得很正确。

“小山岌大山，峘”和“大山宫小山，霍”是判断句式。古汉语的判断句，主语和谓语之间可以不用系词，如果懂得了古汉语判断句这一特点，就不会误解了。

在语言诸要素中，语法是具有很大的稳固性的，因此，古今汉语句法变化不大。但变化不大并不等于说没有变化。经常拿古今汉语的句子进行比较，看出其不同所在，就可避免误解。

“屡战屡败”和“屡败屡战”

——谈词序

每一种语言都有它的特点。拿汉语来说，就是特别注意词序。同样几个词，次序变动一下，意义的重点、抒情的色彩就会大不相同。

太平天国大军西征时，在江西痛歼了曾国藩的湘军。曾国藩看到幕僚写的战报上有“屡战屡败”四字，心里很不满意，因为这种说法是带贬义的，等于承认自己多次吃败仗。清廷看了这样的战报，必然会认为他无能。经过一番思索，他提笔改成“屡败屡战”。对于失败的责任，还是承担下来，但贬义却在词序变动中消失了。词序在汉语中的作用，在这一例子中完全表现出来了。

云南解放前夕，蒋介石命令沈醉带了大批军统特务窜到昆明，逮捕了九十多名爱国民主人士。正在准备起义的云南省主席卢汉急忙打电报给蒋介石，为这些民主人士说情。蒋的回电是“情有可原，罪无可逭（音huàn，逃避的意思）”。如果这份电报给特务看了，那么他们有恃无恐，一定会加紧迫害民主人士。卢汉将电文给协助起义的李根源先生看，向他请教办法。李先生看后，把电文词序加以变动，改成“罪无可逭，情有可原”。这样一来，虽然还是这几个字，但感情色彩却起了很大的变化，原来认为不能宽恕的，现在却变成可以从宽处理了。词序作用之妙，令人惊奇。

事情总不会是单一的，词序变动，可以由坏变成好，也可以由好变成坏。这样，也就给心存叵测的人提供了钻空子的可能。从前文书上常用两句现成话：“事出有因，查无实据。”这是说对发生的事件找不到证据，可以从轻发落或不了了之。可是封建社会中的衙门差役，为了要向当事人敲诈勒索，即使拿不到证据，也要多方陷害，于是就把上述现成话的词序颠倒一下，说成“查无实据，事出有因”。这也就是暗示主办官员，案情还得进行查究。《韩非子》上所说“以文乱法”，大概就是指这种情形了。

一句话有两种说法，这是常见的现象，但并不是词序变动了，意义就会不同。有时，变动词序并不会影响句意。王蒙的短篇小说《冬天的话题》中，有这么一段：

> 另外有些比较机灵的人，他们不搞“站队”，而一心搞平衡。见到朱老是笑容满面，见到小赵是满面笑容。见到小赵是寒暄一番，见到朱老是一番寒暄。见到朱老是亲切愉快，见到小赵是愉快亲切。

正是因为词序变动后内容没有出入，才显出平衡。再看鲁迅《有趣的消息》中的一句：

> 所不同的，只是他总有一面辞严义正的军旗，还有一条尤其义正辞严的逃路。

前面是“辞严义正”，后面是“义正辞严”，词序尽管变动，意思还是一样。

有的前后可以颠倒，有的不能颠倒，这里面有没有规律呢？

像“屡战屡败”，其实是一种紧缩句。说得完全点，就是“虽然屡战，仍然战败”。“虽然”用于副句中，表示一种让步，然后在主句里说出正面的意思来。全句意思是说，乙事并不因为甲事而改变情况，即“屡败”的情况，不因“屡战”而改变。可见“屡战”和“屡败”有主次之分，重心是在“屡败”。颠倒一下，改为“屡败屡战”，意思就是“虽然屡败，仍然屡战”，重心就落在“屡战”上了。前者是多次失败，给人垂头丧气的感觉；后者是连连作战，给人以勇气百倍的感觉。

“情有可原，罪无可逭”和“罪无可逭，情有可原”，“事出有因，查无实据”和“查无实据，事出有因”也是如此。不妨比较一下：

> 虽然情有可原，但是罪无可逭
> 虽然罪无可逭，但是情有可原

{ 虽然事出有因，但是查无实据
{ 虽然查无实据，但是事出有因

“笑容满面”是主谓结构，“满面笑容”是偏正结构；“寒暄一番”是述补结构，“一番寒暄”是状心结构，这些都是颠倒后意义不会起变化。至于“亲切愉快”和“辞严义正”都是并列结构，一般都是可以颠倒使用的，像“虎踞龙盘”也可以说成“龙盘虎踞”，“兴奋热烈”也可说成“热烈兴奋”一样。

由此可见，词序是否可以颠倒，要看词组内部的结构。像“药到病除”，前后两截是原因和结果的关系，“举一反三”前截行为以后截为目的，这些都不能随意颠倒。

“吾”是谁？

——谈代词

一位老师教学生读《论语》，讲到“吾日三省吾身”一句，老师解释说：“吾就是我。”学生回到家，父亲考查功课，问到这个“吾”字，学生说：“吾就是老师。”父亲听了说：“不对，吾就是我。”第二天学生到校，老师要他回讲，学生说：“吾就是父亲。”

两次回答的错误，不能全怪学生，老师和家长也有责任。表面看来，说“吾就是我”似乎也起到了语文通解的作用，但没有进一步说明用法，学生就误认为说话人变了，这个“吾”也就跟着变了。如果进一步说明，“吾”是用来代替说话人自己的，相当于现在口头语中的“我”。“吾日三省吾身”这句话前面有“曾子曰”，所以这个“吾”是代替说话人曾子的，这样大概就不会引起误解了。

看了上面的事实，可以明白：对一个词，只孤立地对它本身作解释，这样的方法不很完全。因为这样的解释，最多只能使读者了解这个词的意义，却不能明了这个词的用法。尤其是代词，本身几乎用不着多作解释的，重要的倒是说明它的用法。一个代词，它代替什么，光从这个词的本身来看是看不出的，得由上下文来决定。因此，使用代词，注意语言环境十分重要，不然的话就会引起误解。如下面一句：

解放前，劳动人民受地主资本家的欺骗，他们宣扬人的命运是由老天决定的。

前一分句的主语是“劳动人民”，后一分句的主语“他们”也应该是代替“劳动人民”了。这样，好像是劳动人民在宣扬命运是由老天决定的，这当然与作者原意不符。应该把前一分句的主语改为“地主资本家”，如：

解放前，地主资本家欺骗劳动人民，他们宣扬人的命运是由老天决定的。

造句、写文章要求明确，使用代词也是这样。如果意思含糊，读者会感到摸不着头脑。如下面一句：

李秀成临刑时是不是表现很英勇呢？从一些历史记载看，并不是这样。

“是不是”包含正反两个方面，即“是表现很英勇”和“不是表现很英勇”，后面“这样”究竟指代哪一个方面呢？

如果同一个句子里用上两个代词，就更要注意指代是否明确。像下句就犯了指代不明的毛病：

林彪、江青一伙蒙蔽亿万群众，把他们统统推入了这股险恶、湍急的涡流，赶进了他们谋划、设置已久的圈套。

两个“他们”指代不同：前一个指“亿万群众”，后一个指“林彪、江青一伙”，造成混乱。后一分句也改为“把”字句，两个“他们”就一致了，如“把他们赶进了谋划、设置已久的圈套”。

正因为使用代词容易出差错，所以作家在这个方面总是认真考虑、反复修改的。如下面两句，是杨朔的散文《荔枝蜜》中的原文：

1. 我不觉动了情，想去看看自己一向不大喜欢的蜜蜂。

2. 大概是老梁想叫我深入一下蜜蜂的生活，小心地揭开了一个木头蜂箱……

收入初中语文课本时，删去了第一句中的“自己”，这是因为前面已有代词“我”，删去“自己”可免重复。第二句中的后一分句，加上主语“他”，这是因为前一分句提到“老梁”和“我”两个人，后一分句加上主语“他”，意思可以更明确。

“五大夫”不是五位大夫

——谈基数和序数

据史书记载，秦始皇上泰山，碰上大雨，亏得在大松树下躲避，才没有受雨淋之苦。事后，秦始皇因为松树有庇护他的功劳，就封之为五大夫。后来诗人把这一事实作为典故，写入诗中的很多。如北周庾信诗：“水奠三川石，山封五树松。”（《庾信诗全集》）唐代陆贽诗：“不羡五株封。”（《禁中春松》）宋代王令《大松》有“堪笑五株乔岳下，肯将直节事嬴秦”；还有宋人题范仲淹所植鄱阳驿中六松说“青青六大夫”，不提松或树株，竟是直接把大夫作为松的代称了。

在诗文中用典故，这是过去文人的习惯。上面所引一些诗句中，都用秦始皇封松树为大夫这一典故，看来似乎和通常用典一样，没有什么毛病。其实认真探索一下，就会发现这些诗句都犯有不符事实的错误。上面这些诗句的作者，都认为五大夫就是五位大夫，也就是指泰山上的五株松树，这是很大的误解。原来，所谓五大夫，是秦代封爵的名称，直到汉朝初年还沿用着。《史记》中有“曹参七大夫迁五大夫”的话，就是说曹参由原来的第七级大夫升迁为第五级大夫。秦始皇封泰山上他曾经躲雨过的那株松树为五大夫，也正是这层意思。再从事实上来看，秦始皇只是一个人，他躲雨的松树也只能是一株，荣获五大夫封号的就是指这一株松树。所以说，“山封五树松”“不羡五株封”，直至把六株松树说成“六大夫”，都犯了不符事实的错误。

数词有基数和序数的区别，基数表示数量多少，序数表示次序先后。“五个”的“五”是基数，“第五个”的“五”是序数。这在现代汉语中是容易分清的。但在古代汉语中，序数前没有与“第”相等的词头，这样，五大夫可理解为五个大夫，也可理解为第五级大夫。如果不去查证一下历史事实，就难免会出差错。上面一些诗句的作者，正是上了古代汉语数词表达法不够周密的当。

由于古代汉语中基数和序数表达形式相同，在诗文中用到数词时，就难免引起误解。此外，还可能发生歧义。大诗人杜甫有一首著名的《春望》诗，其中有这样两句：

烽火连三月，家书抵万金。

这首诗是安史之乱时诗人被安禄山部下所俘，陷居长安时所作。对"烽火连三月"就可以有两种解释：一种解释是公元757年1月至3月，唐军和叛军在各个战场上大量运兵作战，"烽火连三月"就是战争连续了三个月。照此解释，"三月"是基数。另一种解释是诗人在战乱中已经度过了两个三月，即从第一年的三月到第二年的三月。照此解释"三月"是序数，由于两种说法都有根据，注释者往往把二说并存。但杜甫写这首诗的时候，总是只有其中的一种意思，后来产生歧义，是因基数和序数混淆而产生的。

在现代汉语中，有些序数也并没有表示序数的形式，看起来完全和基数一样，如：

三点钟开会。（序数）

会议开到三点钟。（基数）

不过借助语言环境，彼此是不会引起误解的，而且在这种情况下表示基数，还可说成"会议开了三个钟头"，这就更容易和序数区别开来。

汉语是在发展变化中逐渐完善的，拿基数和序数的表达法来说，现代汉语已经克服了古代汉语中那种容易混淆的缺点。

“而”是什么

——谈虚字“而”

有个人喜欢学嘴学舌，从别处听来的话，常向人家搬弄，但句子的意思，可能并没有弄懂。某天他讲了一句谚语：“猫在老鼠的眼里是老虎，而在雪豹的眼里是老鼠。”别人跟他开玩笑：“那么，这‘而’是什么动物呢？”那人想了一会儿，一本正经地说：“‘而’这种动物比猫小，比鼠大。”由于缺乏语言知识，因此闹了个笑话。

“而”是虚词，在上面这句话中，只起转折作用。本来，这句话说成“猫在老鼠的眼里是老虎，在雪豹的眼里是老鼠”也是可以的。中间加上一个“而”字，为的是把前后两个分句连接得更紧凑一点，转折的意思表达得更明显一点。这就是虚词的作用，它帮助造句，但本身并不表示实际意义，自然也不是指任何具体事物。

上面这句话说成“猫在老鼠的眼里是老虎。猫在雪豹的眼里是老鼠”也是可以的，不过这样一来，好像是两个独立的单句，不是由两个分句合成的复句了。由于前后两层意思互相关联，组成复句更好一些。两个分句主语相同，就省去后一分句的主语，另加“而”字起连接作用。从这里正可看出把几个单句组成一个复句的方法。

“而”字是虚词，虚词是没有实际意义的。但这并不等于说虚词不重要。一个一个的实词，要靠虚词来衔接安排，才能真正做到积词成句。还有，文章中的句子，除了实际的意义之外，还有语气、神态等，这些也要靠虚词来表达。有了虚词，句子才能活起来、立起来。

宋朝散文家欧阳修为韩琦写的《相州昼锦堂记》，开头本来是这样：

仕宦至将相，富贵归故乡。此人情之所荣，而今昔之所同也。

写好之后，感到有毛病，但一时也想不起什么地方不妥。待到寄出以后，方才想到应该怎样修改，于是派人把文章追回来，将开头两句改为：

仕宦而至将相，富贵而归故乡。

后人都认为加上两个“而”字，大大增强了文章的表现效果。这是因为没有两个“而”字，读来语气匆促，和文章的情调很不一致。加上两个“而”字，语气舒缓，有了咏叹的意味，使句子摇曳生姿，和文章的内容配合得很和谐。这一事例正可说明，在关键之处，用不用虚词，是大有讲究的。

正确、恰当地运用虚词，可以妙笔生花，增加文句表情达意的作用，这在古代文章中是如此，在现代文章中也是如此。特别是这个“而”字，是贯通文白、古今共用的一个虚词，在白话文中也具有重要的表达效果，如下面这句：

生在有阶级的社会里而要做超阶级的作家，生在战斗的时代而要离开战斗而独立，生在现在而要做给与将来的作品，这样的人，实在也是一种心造的幻影，在现实世界上是没有的。(鲁迅《论“第三种人”》)

上面例子中的“而”字，不是可有可无的。拿掉这些“而”字，意思似乎没有什么影响，但讽刺的意味却大大减弱，变为直叙的语气了。

“而”字用得不恰当，会使文章减色甚至不通。有个教师看到学生作文中用了不少“而”字，却都用得不适当，于是在后面加上批语：

当而而不而，不当而而而，而今而后，已而已而。

这是一条颇带幽默味道的批语，实际上也就是用具体的例子，告诉学生怎样正确使用“而”字。

“也”之与“矣”，相去千里

——谈虚字“矣”和“乎”

洪承畴是明朝末年的大将，他本来是带兵驻防在山海关外的蓟辽总督。崇祯十四年（1641）与清军在松山（今辽宁锦州南部）会战，大败。第二年，松山陷落，洪承畴做了俘虏。开头他假惺惺不肯投降，皇太极看出他的伪装，又知道他好女色，就派自己的宠妃、满洲有名的美女庄妃去劝降。最后，洪承畴终于投降了，倒戈替清军打先锋。

崇祯帝自杀，明王朝覆亡后，洪承畴随着清军回到北京，住进原来的住宅里。大门上贴着一副对联“君恩深似海，臣节重如山”，也仍旧让它留着。不过沧桑变换，这副对联，已变为宅主人的自我讽刺了。一天夜里，有人在这副对联下面各添加一个虚字，于是变成：

君恩深似海矣
臣节重如山乎

这样一来，联意就从洪承畴的自我讽刺变为北京人民对这叛臣的无情嘲笑了。这样奇妙的作用，充分体现了虚字的特色。

虚字，有些人以为既然没有实际意义，总是可有可无的，事实并非如此。我国古代语言学家，早就看到了虚字的重要作用，宋朝陈骙在《文则》中说：

文有助词，犹礼之有傧，乐之有相也。礼无傧则不行，乐无相则不谐，文无助则不顺。

陈骙所说的助词，是指包括“者”“矣”“乎”等在内的大部分虚字，他把虚字比作礼乐中赞礼的傧相，认为是不可缺少的，说明他对虚字的重视。

语言中的虚字，因使用时具体的语境不同，往往变化多样，区别微妙。如上面这副对联，如果改作“君恩深似海也，臣节重如山欤”，意思似乎没有多大的不同，但韵味却完全不同了。

吕叔湘先生说：“‘矣’字表变动性的事实，‘也’字表静止性的事实。”他还从《史记》中举了两个例句：“吕后真而主矣。”（《留侯世家》）“嗟乎，此真将军矣！曩者霸上、棘门军，若儿戏耳，其将固可袭而虏也。”（《绛侯世家》）并加说明道：“假如说‘真而主也’‘真将军也’，那只表示‘本来如此’。现在用‘矣’字，表示以前不是如此，现在才如此。从两人相持到定于一尊，从霸上棘门的儿戏到细柳军营的壁垒森严都是一种变化，所以用‘矣’字来表示由变而成的事实。”又如《论语·季氏》中有这样两句：

隐居以求其志，行义以达其道。吾闻其语矣，未见其人也。

“闻其语”和“未见其人”，除了一肯定、一否定之外，句式相同，可是一用“矣”、一用“也”。吕叔湘先生解释说：“‘闻其语’是已有之事，是一个变化，用‘矣’。‘见其人’是未有之事，既无此变化，即作静性论，用‘也’。”《淮南子·说林训》上说：“‘也’与‘矣’，相去千里。”看来这话是不错的。

结合事实来看，更可明白在“君恩深似海”之后，加上“矣”字，确实是十分深刻地揭了这个叛徒的老底。原来洪承畴兵败的消息传到北京后，崇祯帝认为他是忠臣，一定不会投降敌人，肯定被杀害了。于是在京城里设坛，先后祭奠他多次。如果说“君恩深似海也”，那只是一般性的、静止的叙述，泛泛而谈，向来如此，语气显得很平淡。现在用了“矣”字，就把上面这段变化的事实包含进去，好像指着这个叛臣的鼻子在斥责：“你洪承畴，过去或许不大明白，现在看看崇祯帝是怎样对待你的，你总该认识到君恩确实是深似海了吧！”这个“矣”字，真是一字褒贬，对洪承畴的灵魂，做了无情的鞭挞。

在古汉语的疑问语气词中，“乎”和“欤”的用法大体相同，但

“乎”还可用于进逼句，这就更有力。“臣节重如山乎”这个“乎”字不是一般的为疑而问，洪承畴的叛国失节，已是明摆着的事实，用不着再问了。这个“乎”字是逼进一层，如匕首直刺心脏，“千夫所指，无疾而终”，宣告他灵魂的死亡。难怪洪承畴看到之后，羞愧难当，一连好几天不敢出门。

从前南京关帝庙有一副对联，也以巧用虚字见称，正可参看，这副对联如下：

此吴地也，试问孙郎有庙否？

今帝号矣，何用曹氏封侯乎？

南京一带本来是三国时东吴的国土，这是没有变化的事实，所以用“也”。关羽封帝，这是后来经过变化出现的事，所以用“矣”。句末疑问语气词，“否”“乎”交互使用，也有变化。

《助字辨略》的作者刘淇说：“一字之失，一句为之蹉跎；一句之误，通篇为之梗塞。讨论可阙如乎？”他强调研究虚字的必要性和重要性，很有见地。吕叔湘、朱德熙两位先生说：“实字的作用以它的本身为限，虚字的作用在它本身以外；用错一个实字只是错一个字而已，用错一个虚字就可能影响很大。”这话说明使用虚字必须认真、谨慎。虚字和实字不同，特别要注意它的用法，必须结合整个句子来考虑。

鸡松、鱼松、儿童松

——谈简称

据《北京晚报》载：某副食品商店门前挂着如下一块广告牌：

本柜经营，欢迎选购：猪肉松、牛肉松、鸡松、鱼松、儿童松。

和鸡松、鱼松并列在一起的，居然还有“儿童松”，实在令人大吃一惊。好奇的顾客走近去一看，包装上写的原来是“儿童保健肉松”。

“儿童保健肉松”居然可以简称为“儿童松”，实在匪夷所思。《中国青年报》上还刊出过一张漫画，一个和尚站在一块广告牌前，口中念着“阿弥陀佛，造孽造孽”，这块广告牌上写着“优惠商品：人革皮鞋、人革凉鞋、人革拖鞋、人毛外套”。这一事实说明当前社会上滥用简称，到了如此荒唐的地步。为了祖国语言的纯洁和健康，这确实是个值得重视的问题。

各种语言现象都不是孤立存在的。“儿童服装”简称为“童装”，人们很容易接受，因为在此之前，已有“军服”“西服”“猎装”等说法，经过联想，人们自然就会明白“童装”的含义，而鸡松、鱼松以鸡肉鱼肉为原料，人们的联想作用自然对“儿童松”会感到惊奇了。

简称在古籍中早就有了，最常见的是用数字来概括同类事物。如《师说》中“六艺经传皆通习之”，这里的“六艺”就是简称。但“六艺”既可指礼、乐、射、御、书、术等六种科目，也可指儒家的六种经典。中学语文课本注释为后者，但也有人认为是指前者。《周礼·春宫外史》中有“掌三皇五帝之书”的话，但因年代久远，三皇五帝究竟指哪几个历史人物，后代说法不一。这正好说明用简称是有弊病的。时间一久，人们对简称所包含的内容容易引起误解或发生歧义。《新观察》1986年24期上黄苗子《半壁街忆语》中曾记载一件事：1964年左右，黄苗子一时好玩，曾给聂绀弩的书房写了个匾额叫“三红金水之斋”。这里的“三”指《三国演义》，“红”指《红楼梦》，“金”指《金瓶梅》，“水”指《水浒传》。因为当时聂绀弩正在研究古典小说，这个斋名正好包含他的研究对象。可是“文化大革命”一发生，红卫兵来到聂府，对着这匾额问是什么意思，聂绀弩不好直说，情急生智，就不慌不忙地回答：“思想红、路线红、生活红，这是三红；金指红宝书封面上的字；水是旗手姓的偏旁。因为尊敬，所以不便直写出来。”这几句话说得“好汉”们哑口无言。但这也正是简称接近模糊语产生的由解。

滥用简称，也是古已有之，明朝杨慎在《升庵诗话》中说：

有以骚人墨客合之曰“骚墨”（见《云南志》诗文），以汗牛充栋而合之曰“汗充”（见《云南甲午试录序》），皆文理不通，足以发后世一笑。

杨慎指责如此滥用简称文理不通，是有道理的。如果骚人墨客可简称为“骚墨”，那么韩愈《师说》中提到的“巫医乐师”也可简称为“巫乐”了；如果“汗牛充栋”可以简称为“汗充”，那么形容女子魅力的“沉鱼落雁”也可简称为“沉落”了，这岂不将对祖国语言造成极大的混乱！

简称是对全称而言的，把比较复杂的名称加以简缩，除了像“两个文明”“五讲四美三热爱”等标数概括外，还有下面几种类型：一是留下全称中的中心词，如把“中国人民解放军”简称为“解放军”；二是让两个并列的偏正词组合用一个中心词，如把“工业农业”简称为“工农业”；三是从全称的每一部分中各取一字，如把科学研究简称为“科研”。

明白了简称的类型，回过头来看“儿童松”，就容易看出这一简称的不合理。“儿童保健”是以整体作为“肉松”的修饰语的。把不可分割的整体硬加割裂，只取其中的一部分，这样造成的简称，自然与全称对不上号了。

简称与简化字一样，是人们为了读写方便而产生的。使用简称，有助于文字的简洁。如“十三经”“二十四史”已为大家所熟知；“五湖四海”“三教九流”等也已成为口头常用语。不过，简称也不能无限制地使用。在比较庄重的文件中，还是要用全称，才比较得体。请看《中华人民共和国全国人民代表大会公告》原文：

中华人民共和国宪法已由中华人民共和国第五届全国人民代表大会第五次会议于一九八二年十二月四日通过，现予公布施行。

这里如果用“中国”“人大”等简称就不相宜了。

“做大事”变成“做大官”

——谈标点

解放前，各处常常可以看到这样的标语：

做大事不要做大官

标语没有加标点，意思是：“做大事，不要做大官。”有人却把它标点成如下的样子：

做大事？不，要做大官。

意思与前一种点法完全相反，含有强烈的讽刺意味。为什么同样几个字，标点不同，意思就完全相反呢？分析一下，已可看出汉语的特点。“做大事”后面加逗号，是肯定的陈述语气，改用问号，就变为带怀疑的疑问语气了。现代汉语的疑问句，后面一般要加“吗”“呢”等语气词，但也可用疑问号来代替表疑问的语气词。这样，逗号和疑问号，就有举足轻重的作用了。“不要做大官”，这个“不”是表否定语气的副词，是对后面的话的否定；但“不”字也可单独用，单用的时候，作用刚好相反，不是否定后面的话，而是否定前面的话了。“不”字这种灵活使用方法，就会造成语意很大的出入。

由于不加标点，造成字句意思的模棱，这样的事，在日常生活中并不少见。某小学组织学生去远足，结果有同学走失了，班长写了如下一张条子向班主任汇报：

小明找不到小刚小琳很着急我们继续在找。

由于没有加标点，这张纸条可以随意读成：

1. 小明找不到，小刚、小琳很着急……
2. 小明找不到小刚，小琳很着急……
3. 小明找不到小刚、小琳，很着急……

按照第一种读法，找不到的是小明，着急的是小刚和小琳；按照第二种读法，去找的是小明，找不到的是小刚，着急的是小琳；按照第三种读法，去找的是小明，找不到的是小刚和小琳，着急的仍是小明。

在后面两句中，小明都是找的主动者。而在第一句中，小明却是被找的对象。这是因为现代汉语中，宾语可以放在动词之后，也可放在动词之前，所以不管说“找不到小明”还是“小明找不到”，小明都是被找的对象。而二三两句中，“找”的后面另有宾语，小明就只能看作是主语了。

在第一句中，小刚、小琳都是着急的主语，而在第二句中，小刚成为找的宾语，就只留下小琳作着急的主语了。第三句中，小刚、小琳都作找的宾语，这样，着急的主语就是小明，承前一分句省略了。

古代书籍没有标点，由读的人自己来断句。由于各人理解不同，读法不统一更是常见的。如《论语·泰伯》中有这样一句话：

子曰：“民可使由之，不可使知之。”

这是最常见的读法，杨伯峻在《论语译注》中译作：

孔子说：“老百姓可以使他们照着我们的道路走去，不可以使他们知道那是为什么。”

这就是说：老百姓是“愚者”，只能让他们依着统治者的话去做，却不能告诉他们为什么要这样做。因为让“愚者”懂得了为什么，他们就会觉得没有什么稀奇，从而小看“王者”之教，也就不会老实去照办了。

近代学者梁启超，彻底否定旧说。他认为孔子这句话的本意是在开发民智，说孔子反对民主，这是俗儒句读的错误。为了证实他的观点，他把原文读成：

子曰：“民可，使由之；不可，使知之。”

经过这样一番变动，这句话的意思就与原来大意不相同了。但是杨伯峻不同意这样的读法，他说：“恐怕古人无此语法，若是古人果是此意，必用‘则’字，甚至‘使’字下用‘之’字以重指‘民’，作‘民可，则使（之）由之；不可，则使（之）知之’，方不致晦涩的误解。”此外，也有读作“民可使，由之；不可使，知之”，恐怕杨氏也不会同意。

句子有歧义，可以两读的毕竟受一定限制，重要的是必须先搞清文章的意思，才可断句、标点，不然的话，就会产生笑柄。如《大学》中有这样一句：

知止而后有定，定而后能静，静而后能安，安而后能虑，虑而后能得。

甲乙两人同读《大学》，甲把这句话破读成：

知止而后有定定，而后能静静，而后能安安，而后能虑虑，而后能得。

觉得后面少了一个“得”字。乙则破读成这样的：

知止而后有，定定而后能，静静而后能，安安而后能，虑虑而后能，

觉得后面多了一个“得”字。两人谈起来，甲恍然大悟道：“怪不得我读来少了一个‘得’字，原来这个‘得’字跑到你的书里去了。”不弄懂原文，胡乱标点，就难免要闹笑话。

不要以为小小标点无足轻重，看来大有文章呢！

意味深长的《尔汝歌》

——谈称呼

三国时吴国末帝孙皓，是个奢侈荒淫的君主。晋朝军队攻至建业，他投降做了俘虏。因为没有抵抗，晋武帝就封他为归命侯。有一次，晋武帝问孙皓："听说南方人喜欢作《尔汝歌》，你能作吗？"当时孙皓正在饮酒，就端起酒杯来向晋武帝劝酒，作了一首《尔汝歌》：

昔与汝为邻，今与汝为臣。
上汝一杯酒，令汝寿万春。

古代唱歌奏乐，是倡优等戏人的职业。晋武帝要孙皓作《尔汝歌》，正如战国时渑池之会上，秦王要赵王奏瑟一样，含有羞辱对方的意思。孙皓作的《尔汝歌》，表面看来好像是在为武帝祝寿，实际上却含有瞧不起对方之意，是对武帝的一种报复。为什么如此，还得从古代的称呼习惯说起。

原来古代用"尔汝"称呼对方，有两种意思：一种是表示亲昵，《尔汝歌》的本意是这样的。但除此之外，"尔汝"还有轻视对方之意。孙皓以降臣身份，居然直接呼晋武帝为"汝"，轻视之意就更明显了。难怪晋武帝听了之后，感到懊悔，原本是为了羞辱孙皓，却不料反过来给孙皓一个羞辱自己的机会。

对尊长、地位高的人，不直接用尔汝来称呼，这种封建社会的习俗，直到现在还部分地保留着。其实对人的称呼，不是小事。一声称呼，既可对人表示尊敬，也可对人表示轻视。我国古籍中有许多名文，往往在对人物的称呼上略作变化，就能褒贬自见。如写赤壁之战，是

《资治通鉴》中著名的文章，其中对战前东吴内部和战的争议，做了较详细的叙述。作者对人物的态度倾向并没有多作说明，只在人称上略作变化，便如画龙点睛，使各人的内心世界昭然若揭。如孙权对曹操的称呼，先后就变换了三次。开头听了诸葛亮的话后，孙权说：“非刘豫州莫可以当曹操者。”在听了周瑜对形势的分析后，孙权说：“老贼欲篡汉自立久矣……孤与老贼势不两立。”最后，在向周瑜布置作战计划时，孙权又说：“卿能办之者诚决，邂逅不如意，便还就孤，孤当与孟德决之。”第一处称“曹操”，直呼其名，和同一句话中的“刘豫州”对比，说明当时孙权已视刘备为盟友，而把曹操看作争战的一方，但语气还是比较平和的。第二处是在周瑜说了“保为将军破之”之后，孙权对作战已经下定了决心，两声“老贼”反映孙权和曹操势不两立的神态，同第一处称“曹操”比较起来，说明孙权对战争的态度已更为鲜明，从称呼上给读者以层次感。第三处称“孟德”，比上两次客气得多。这是为了照应前面曹操来信中称孙权为“将军”，所以以礼还礼，称曹操的表字。这样，通过称呼的三次变换，孙权在不同时间的内心活动也就鲜明地表达出来了。

在接到曹操来信后，紧接“权以示群下，莫不响震失色”，投降派张昭首先发言，一开口就是“曹公，豺虎也”。在这关键时刻，居然称曹操为“曹公”，张昭的内心世界，不用多加说明，就已十分明白。张昭是彭城（今徐州）人，因避黄巾起义来到江东，依附孙权。这次战争，如果曹操获胜，张昭就可回到自己的家园。他主张迎降曹操，是由个人利益决定的，而称曹操为“曹公”，也是势所必然的了。正是在这一声“曹公”之下，在张昭眼中，对方全是优势，东吴方面则全是劣势，这些也就不是偶然的了。

同是一个带兵入侵的曹操，在孙权口中是“老贼”，在张昭口中则是“曹公”，人物神态，跃然纸上。

“以试球耳”

——谈谐音

清朝末年，上海务本女学首先开设了音乐课。任课教师沈心工仅在日本一家唱歌速成班学习了三个月，由于他刻苦努力，成绩优等，毕业后即回国任教。当时学生不习惯乐谱中“哆来米发梭拉西”的音符，往往唱成“一二三四五六七”。沈心工灵机一动，就把七个音符编成一句诗：“独览梅花扫腊雪。”这样一来，容易记诵，学生很快就熟悉了乐谱中这套音符。

这正是语言文字的特殊用处。数字是抽象的东西，很难记住。据说古代埃及人计数，如1、2、3，一定要说成“一块石子，两块石子，三块石子”，和具体的东西连起来，才能记得牢。沈心工用谐音的方法把音符编成一句诗，也正是这样的作用。谐音成一句话，就是赋予抽象的数字以意义，使之成为可以理解的，这样就容易记住了。

把多位数字化成一句话，主要目的在于帮助理解，但也有不同的效果。一般说来，这编成的话可以理解，能帮助记忆，这只是完成了初步的要求，更进一步、更完美的还应该使这句话和数字应用的场合密切结合起来。从这一角度来看，沈心工所编的一句诗，还不能说是上乘，因为这句诗的内容和音乐没有明显的联系。

运用谐音手法，也是一种艺术，它是无止境的。如果把数字谐音成可以理解的词语，而这词语的意义又和应用场合密切相关，这就达到水乳交融、天衣无缝的境界，更令人赞叹了。比如，哥伦布发现新大陆是在1492年，也算是世界史上的大事，这一年份是应当记住的。有人把这一年份谐音成为“以试球耳”，这就妙不可言了。因为这一谐音的内容，正和发现新大陆这一史实密切配合着。哥伦布寻找新航路，不是以此来试试地球是不是圆的吗？由于和数字应用的具体情况相结合，自然就不会和其他年份混同、搞错，妙就妙在这里。

数字的位数没有限制，谐音的字句也可相应延长。有这样一个故事：一个教师，要学生背圆周率，而且要背到小数点以下二十二位。他布置好这个作业，就带上一壶酒，登上学校旁边的小山头，自斟自饮起来。学生遥望老师在山顶饮酒，触景生情，就配合数字，编成如下的一段谐音歌词：

3. 14	159	26 535	897	932	384	626	
山巅 一师	一壶酒	尔乐误杀吾	把酒吃	酒杀尔	杀不死	乐尔乐	

等到老师回来，学生就凭记住的歌词，把小数以下二十二位的圆周率顺利地背了出来。这段歌词，不但谐音，而且刻画出学生被迫死记硬背，做没有意义作业的痛苦心情。同时还对那个教法呆板的教师进行了隐秘的抗议。

谐音不仅用于数字，诗歌中常用谐音来模拟禽鸟的鸣声，以增加形象感。如唐朝李群玉的诗句“正穿屈曲崎岖路，又听钩辀格磔声”，“钩辀格磔”就是模拟鹧鸪的鸣声。而这还仅仅是摹声，像宋朝词人辛弃疾《菩萨蛮》（书江西造口壁）结尾两句“江晚正愁余，山深闻鹧鸪”，这里的“闻鹧鸪”含意就更为深刻，因为鹧鸪的啼叫声，正像是“行不得也哥哥”。当时南宋投降派，总说恢复中原之事行不得。作者一听到鹧鸪声，就联想到投降派的口吻，因而引起满腹愁思。作者没有直接指斥投降派，而是借鹧鸪啼叫声的谐音以寄意，这样就比直接写出来更为深沉了。

柳絮因风起

——谈比喻

过去，人们常常用“咏絮之才”这个成语来称赞有才学的女子，这是从谢道韫的故事产生的。

东晋的谢道韫，是安西将军谢奕的女儿。有一次家内宴集，不久忽然下起大雪来。谢道韫的叔父谢安问在座的晚辈：“可以用什么来比喻下雪呢？”侄儿谢朗用撒盐来比喻，谢道韫却说：“未若柳絮因风起。”谢安对谢道韫的比喻大为赞赏。从小小的口试中，一位才女就这样崭露头角了。

同一件事物，和它相像的东西总不止一种。拿下雪来说，除了撒盐和飞絮之外，也有人用“飘鹅毛”来比喻的。此外，古人还有这样的诗句：“战罢玉龙三百万，败鳞残甲满天飞。”既然同一事物有许多东西可以用来作比喻，就有一个好坏问题、是否贴切问题。盐和柳絮固然都是白的，但只有柳絮才能把雪花飘飞的姿态表现出来。有一定重量的盐，即使勉强把它撒在空中，也不可能有雪花那样的舞姿。谢安赞赏谢道韫的比喻，不是没有道理的。

事物和思想境界，总是有粗俗和高雅之分的。柳絮和盐比起来，实用价值不及后者，但在美的领域里，盐就不如柳絮那样惹人喜爱了。古往今来，诗人咏柳絮的诗句很多，如唐代杜甫诗“轻轻柳絮点人衣”（《十二月一日三首》其三），写得多美！这就是说，柳絮能创造一种美的境界，盐却不能。

大雪纷飞，这是一种自然景象，而撒盐却是一种人为的动作，用来比喻下雪，不伦不类。而且在生活中，谁又见到把盐向空中撒去呢？这是为比喻而勉强想出来的，缺乏生活基础。而飞絮也是一种自然景象，用来比喻下雪，贴切而自然。

用比喻，也会反映出一个人的艺术修养。用撒盐来比喻下雪，内涵是很贫乏的。除了知道有这么一回事之外，引不起任何联想。而一提到“柳絮因风起”，人们眼前马上会浮现出“杂花生树，群莺乱飞”的一片春天美景。而且像雪莱所歌咏的“寒冬即已到人间，春天亦不远”那样。在漫天飞雪的寒冬，想到飞絮，正是造物无言却有情，“每于寒尽觉春生”。一片生机盎然的世界，令人神往。凡此种种，岂是撒盐所可较于万一！

刘勰在《文心雕龙·比兴》中说：“比类虽繁，以切至为贵，若刻鹄类鹜，则无所取焉。”意思是：比喻的运用虽有各种各样，以用得十分切合的为好。要是把天鹅刻画得像鸭子，那便没有什么可取了。这话可以帮助我们进一步认识咏絮故事的价值。

古今传诵为广大读者喜爱的比喻，多是简洁明快，又是和人们生活体验密切关联着的。如李后主的“问君能有几多愁，恰似一江春水向东流”，江水东流，这是人们习见的景象，因此容易领会，效果也好。如果用人们生活中没有接触过的事物来作比喻，就谈不上有什么效果了。苏东坡曾写过一篇《日喻》，说的是一个从小失明的人不识太阳，有人告诉他“太阳的样子像铜盘”，盲人敲敲铜盘听到声音，后来听见钟声，以为是太阳；有人告诉他“太阳的光像蜡烛”，盲人摸到蜡烛的形状，后来拿到管状的乐器，以为是太阳。这就是说，盲人没有视觉，只能凭听觉和触觉来辨认事物，因此出现差错。运用比喻，要选择人们熟悉的，容易理解的事物，道理也是一样。

请求起用檀道济

——谈借代

1894年（农历甲午年），日本发动了侵略中国和朝鲜的甲午战争。国内舆论强烈要求清政府增援备战，以光绪帝和他的师傅翁同龢为首的一部分大官僚，也主张抵抗。一天早朝的时候，一位官员和同僚谈论形势时，说了这么一句话：“今军情紧急，非起用檀道济为大将不可。”旁边一个不学无术的满族御史，正愁自己尸位素餐，无所建树，为同列的朝官轻视，一听这话，觉得正可借来弥补自己的空白。于是第二天上朝时，就面奏光绪帝，请求起用檀道济为大将。光绪帝听了，开头是一怔，后来不觉哈哈大笑——笑那个满洲人实在太无知了。

原来檀道济是南朝初年的一员大将，他协助刘裕建立宋王朝，屡有战功。宋文帝元嘉八年（431），他带兵伐北魏，也是捷报频传。光绪朝那位官员提到檀道济，实际上是借来暗指当时名将董福祥。这样舍去人或事物的本来名称不用，而借用与其有某种联系的人或事物的名称来称呼，在诗文中是常见的。像唐朝安史之乱时，李白参加永王李璘幕府，曾写过十首《永王东巡歌》，其中有一首是这样的：

三川北虏乱如麻，四海南奔似永嘉。
但用东山谢安石，为君谈笑静胡沙。

诗中提到的谢安石，就是东晋守臣谢安，他曾在淝水之战中大破前秦苻坚入侵的百万大军。这里，李白是借用谢安来代替自己，表示愿意在这场内乱中为朝廷出力。

不用本来的名称而用相关的名称，采用这种借代的方法，是为了取得更好的表达效果。像光绪朝那位官员，在外敌入侵的时候，希望朝廷起用名将董福祥。不过在非正式场合，和同僚们随便谈论，直接提出董福祥的名字，这有诸多不便：同僚会怀疑是否出于和董福祥的私人感情？在众多将领中特别提到此人，是否会有某种用意？代朝廷决策是否含有邀功的意图？如此等等。现在借用一个历史上的人物来代替，自己的意思表达出来了，听者也能心领神会，而种种不必要的麻烦却可以避免——这就是运用借代的妙处所在。

可以想见，李白借用谢安石来代替自己，也是有其苦心的。不妨这样设想一下，如果直截了当地说："但用山东李太白，为君谈笑静胡沙。"人们读后印象将是如何呢？一定认为李白这样毛遂自荐是太狂妄了。现在借用一个历史人物，读者从这一历史人物的功绩，想到的是李白胸怀壮志，能像谢安那样运筹帷幄、决胜千里，感受就完全不同了。

运用借代，必须得体，即本体和借代之间应是铢两悉称，密切相关。像借檀道济来代董福祥，这是因为前者曾在对外族作战中立过战功，现在当日本帝国主义入侵之际，希望董福祥能阻敌于国门之外，是十分自然的。而谢安石是位儒将，和李白的身份也很相称，正因为如此，人们才不会引起误解。

借代接近于模糊语言，因疏忽而造成误解的可能性也是自然的。如欧阳修有一首寄给王安石的诗，里面有这样两句：

翰林风月三千首，吏部文章二百年。

第一句称赞王安石的诗，量多质好，可以与李白匹敌（李白曾供奉翰林）；第二句称赞王安石的文，起衰创新，可以和南朝的谢朓相当（谢朓在宋明帝朝曾为尚书吏部郎）。这里分别借翰林、吏部等官衔、职称来指代人物姓名。但是，唐朝的韩愈，也曾任吏部侍郎，后人称为韩吏部，名气上比谢朓更大。欧阳修诗中的"吏部"之所以不是指韩愈，仅仅因为沈约曾经称赞过谢朓，说是"二百年来无此诗也"，诗句中的"二百年"，正是据此而来。可是王安石却又忽略了这一点，他在答欧阳修诗中有这样两句：

他日若能窥孟子，终身安敢望韩公。

这就是说，王安石把欧阳修诗中的“吏部”，当作借指韩愈了。王安石对欧阳修原诗看得不够仔细，这是事实，但光从“吏部”这一借代来看，则确实是有误解可能的。这样误解的还不止王安石本人，直到宋朝黄彻写《䂬溪诗话》，还说“永叔以昌黎比介甫”。

光绪朝那个满族御史，把檀道济当作同代人，和缺乏历史知识有关，但更主要的，还在于他不懂得语言中有运用借代这种现象，结果贻笑大方，也就不是偶然的了。其实，语言中的借代现象，并不怎么冷僻，如口头语中的“三个臭皮匠，抵个诸葛亮”“说到曹操，曹操就到”，当然没有人误以为这里的“诸葛亮”“曹操”，是指历史人物本身。

上述那个满族御史硬把历史人物檀道济当作同代人，固然可笑，但这样的事并不是绝无仅有的，一些学有专长的行家，有时也免不了会“三十年老娘倒绷孩儿[1]”。如有人说白居易《长恨歌》中“峨眉山下少人行”这句不确，“明皇幸蜀，不行峨眉山也”，认为应该把“峨眉山”改为“剑门山”。还有“七月七日长生殿，夜半无人私语时”，有人说“长生殿乃斋戒之所，非私语地也”。认为华清宫中有飞霜殿，是寝殿，应当把“长生”改为“飞霜”云云。其实，峨眉山只是用来指代蜀中的山，长生殿只是用来指代唐室的宫殿，这是以特殊的事物借代一般的事物。文艺作品和记载史实的文章不同，没有一一落实的必要。像《长恨歌》开头一句“汉皇重色思倾国”，按照考据家的意见，是否也要将汉皇改为唐皇呢？

人们在运用语言时，总是有意无意地在追求最佳表达效果，借代的使用也是如此。

---

〔1〕三十年老娘倒绷孩儿：比喻一向做惯了的事，因一时疏忽而弄错了。

黄河之水天上来

——谈夸张

某地举行考试，地理试卷中有一道问答题：“黄河发源地在什么地方？”一个考生回答：“黄河之水天上来。”理所当然不给分。

这个考生的答语不是自己想出来的，而是引用大诗人李白的名句。李白乐府诗《将进酒》，开头有这样两句：

君不见黄河之水天上来，奔流到海不复回。
君不见高堂明镜悲白发，朝如青丝暮成雪。

黄河之水从高处奔腾而下，给诗人以好像来自天上的感觉。这感觉是和实际情况有很大区别的。《辞海》“黄河”条下对黄河发源是这样写的：“上源卡日曲出青海省巴颜喀拉山脉各姿各雅山麓。”一是想象，一是现实，看来是扯不到一块儿的。

在诗歌中是千古传诵的名句，拿来回答地理试题，却得不到分数，这是为什么呢？从这里正可看出艺术与科学的区别：艺术可以运用想象，科学却要根据现实，而两者在真实这一点上都是统一的。鲁迅说，夸张“却还是要诚实，‘燕山雪花大如席’是夸张，但燕山究竟有雪花，就含着一点诚实在里面，使我们立刻知道燕山原来有这么冷。如果说‘广州雪花大如席’那可就变成笑话了”。鲁迅所引的“燕山雪花大如席”也是李白的名句。李白到过北方，亲自体验过燕山一带的寒冷。为了让读者有深刻的印象，就在诗句中运用艺术的夸张。这是渲染主观感受，表达强烈的感情。所谓夸张，就是在客观现实的基础上，对事物进行扩大或强化的描述。黄河发源于青海，那边地势很高，河口之水真像是从天上流下来似的。诗人的感觉，还是以现实为基础的。同样，“朝如青丝暮成雪”也是一种夸张。事实上，头发不会在一天之间变白，但光阴迅速，人生易老，从青年到老年，有时真会有旦暮之感，因此，大诗人的夸张，也就容易为读者接受了。

说明现实情况的文字，不能使用夸张。相对的，对于文艺性文章中的夸张，也不能用纯现实的眼光来看待，不然的话就会闹出笑话。杜甫的《古柏行》中有这样两句：

霜皮溜雨四十围，黛色参天二千尺。

这是描写诸葛亮祠堂中又高又大的柏树。可是宋朝沈括却在《梦溪笔谈》中对诗句中的数字做了认真的计算，认为四十围乃是直径七尺，而树的高度却有二千尺，这岂不是太细长了吗？据此，沈括得出结论，说这是“文章之病”。其实杜甫这两句诗正是用的夸张，而沈括的周密计算，却是把艺术的真实和现实的真实混为一谈了。后人举出杜甫《潼关吏》中的句子“大城铁不如，小城万丈余”来驳斥沈括，哪里有一万丈高的城墙呢？

还有一件事，看来和沈括评杜甫诗有点类似。有个叫王郊的人，拿了自己写的《大夫竹》诗给苏东坡看，其中有这样一联：

叶排千口剑，干耸万条枪。

苏东坡看后说：“十条竹长一个叶子。”还说：“人们看了王郊的诗，能忍住不笑，这是很难的。”能不能说苏东坡和沈括犯了同样的错误，把艺术和现实混为一谈呢？这得作具体分析。作家运用一种修辞手法，总是有其目的的。杜甫用四十围、二千尺来形容古柏的高大，正是借此衬托诸葛亮的高大形象，所以此诗结尾一句“古来材大难为用”，明写古柏，暗里却指诸葛亮才大不能尽其用，实际上也是杜甫自咏怀抱。正如仇兆鳌所说：“古柏虽极高大，亦不能至二百丈。只是极形容之辞。”诗人极度形容古柏的高大，正是突出诸葛亮的雄才，寓歌颂人物于描摹古柏之中，含意是极为深远的。而王郊的诗，只写竹有很多叶子，很多干条，看不出有什么深意，似乎只在写实，这就难怪苏东坡讥笑他了。

夸张不是事实，如果当作事实来写，就牛头不对马嘴了。《史记·廉颇蔺相如列传》中，写到蔺相如看出秦王得璧后无意尝赵城，就设计把璧骗了回来。接着，“因持璧却立倚柱，怒发上冲冠”。头发直竖，仿佛要冲掉帽子，这是形容极度愤怒的夸张之词。“怒发冲冠”后来成为一个成语，引用的人很多。有一个史家引用这一成语，却自作聪明，在后面再加上一句，写成“怒发冲冠，冠为之裂”。这一来，真是画蛇添足、点金成铁了。上一句本是形容而已，加上一句，好像真有那么一回事了。扑朔迷离，叫读者如何理解呢？正如李白的诗句“白发三千丈，缘愁似个长”，如果改作“白发三千丈，屡剪又屡长”，岂不叫人笑疼肚子？

大跃进时期一些豪言壮语的歌谣，看来似乎也在使用夸张，如写麦粒“一辆汽车装一颗，压得汽车两头翘”；写肥猪是背上可以踢足球、落飞机等等，连作者自己也莫名其妙，怎能感染读者呢？

“岂容骨肉分离”

——谈双关

1987年5月6日《钱江晚报》上一篇题为《跨越海峡之桥——石浦港记事》的报道中，记载着这样一件事实：一艘台湾渔轮上的船员阿波，身受重伤，左臂齐肩而断，创口并发炎症。船长阿旺把船高速驶进石浦港，一靠埠，海军战士马上把阿波送到象山第二人民医院。经过李永才大夫的抢救，阿波不仅保住了性命，连断臂也接活了。台湾报纸当即报道了这一事件，标题是：岂容骨肉分离！

《钱江晚报》上那篇文章，在这一段记载前面加上的小标题是：

台湾报纸的一则
令人拍案叫绝的新闻标题。

“拍案叫绝”就是拍桌叫好，形容非常赞赏。仅仅六个字的标题，究竟好在什么地方，博得编者如此赞赏呢？原来这一标题好就好在一箭双雕，语带双关。从表面上来看，不能让骨肉分离，是指接活阿波手臂这一事实说的；但更深刻的，还是包含在骨子里的那层意思，即台湾同胞和大陆人民血肉相连，不能容忍再分裂下去了。

从这一实例中，正可看出双关的妙处。在当前台湾特定的政治气氛中，报纸不可能将当地人民要求祖国统一的愿望直截明白地表达出来，现在借报道阿波接活手臂的事实，巧妙地用上一个双关的标题，读者看了，自然心领神会，由此及彼，虽不明言也能自喻。双关这一修辞技巧，在这里真是运用得天衣无缝。

双关的两层意思中，重点总是隐藏在骨子里的深层意思，这看了上面的例子就可明白。如果不是为了那深层的意思，作者或许不会用这样的标题。但表面那层意思也不是可有可无的，它是触发深层意思的契机，没有前者，也不成其为双关了。而且像上例中阿波接活手臂的事实，非常鲜明生动，等于把海峡两岸人民迫切要求团圆的心情形象化了。而祖国对台湾同胞的关怀，更是尽在不言中。正是两层意思的相辅相成，大大丰富了这一标题的内涵。

双关，接近模糊语言。一般说来，科学性的文章中是不大使用的，而在文学作品中却用得很多。《红楼梦》第八回，写宝玉、黛玉同在薛姨妈处，宝玉要吃冷酒，宝钗笑着劝他："宝兄弟，亏你每日家杂学旁收的，难道就不知道酒性最热，若热吃下去，发散的就快；若冷吃下去，便凝结在内，以五脏去暖他，岂不受害？从此还不改了，快不要吃那冷的了。"宝玉觉得宝钗的话有理，就不吃冷酒了。在一旁的黛玉听后，别有一番滋味。接下去就有如下的一段精彩描写："黛玉磕着瓜子儿，只抿着嘴笑。可巧黛玉的小丫鬟雪雁走来与黛玉送小手炉，黛玉因含笑问他：'谁叫你送来的？难为他费心，那里就冷死了我！'雪雁道：'紫鹃姐姐怕姑娘冷，使我送来的。'黛玉一面接了，抱在怀中，笑道：'也亏你倒听他的话。我平日和你说的，全当耳旁风，怎么他说了你就依，比圣旨还快些！'宝玉听这话，知是黛玉借此奚落他，也无回复之词，只嘻嘻的笑两阵罢了。宝钗素知黛玉是如此惯了的，也不去睬他。"

"那里就冷死了我"，表面看来是黛玉对自己说的，骨子里则是隐射宝玉听了宝钗的话，不吃冷酒的事。至于教训雪雁的几句话，更是声东击西，借以挖苦宝玉。黛玉话中有话，宝玉和宝钗都听出来了，也就是双关起了作用。这段话，把黛玉的个性和她与宝玉、宝钗间的微妙关系充分描写出来，巧妙地展示了人物的内心世界，同时也是很切合人物身份的，像黛玉这样的大家闺秀，不会粗声粗气地同人家争吵，但她的小心眼儿，又使她心里放不下芥蒂，于是双关语就成为最好的表达方式。

现代文学作品中，运用双关也是很多的。峻青的短篇小说《党员登记表》开头是这样写的：

暴风雪在飞扬着……

1943年的海莱山区，颤栗在凛冽的寒冬里。

风卷着雪花，狂暴地扫荡着山野、村庄，摇撼着古树的躯干，撞开了人家的门窗，把破屋子上的茅草大把大把地撕下来向空中扬去，把冷森森的雪花撒进人家的屋子里，并且在光秃秃的树梢上怪声地怒吼着、咆哮着，仿佛世界上的一切，都是它的驯顺的奴隶，它可以任意地蹂躏他们，毁灭他们……

表面看来，这是描写山东东部海莱山区隆冬的景象，但是联系1943年这个年份来看，就可明白这不仅是写自然界的气候，也正是写恶劣的政治气候。作者有意选用颤栗、扫荡、蹂躏、毁灭等词语，像一条纽带那样，把表面的和深层的两种意义贯穿起来，把环境气氛渲染得十分鲜明。

像上面所举出的那样，双关不但可以用在文章中，也可用于报纸的标题或文章的题目上。作者往往有意选用带双关的词语作题目，这样寓意就更为深刻。如鲁迅先生的短篇小说《药》，不但是指治痨病的药——人血馒头，又指挽救中国命运的良药——唤醒民众。只有明白了这一点，才能对作品的主题有更深入的理解。又如契诃夫小说《装在套子里的人》，这个套子既指作品中人物别里科夫的装束、尊容等有形的套子，又指旧思想、旧习惯、旧势力等无形的套子，这后者才接触到人物的深层。又如杨朔的散文《海市》，既是指“海上偶然出现的幻景”，也指“那儿透过淡淡的云雾，隐隐约约现出一带岛屿”的真实的海市。

在日常语言中，一语双关的现象是很多的，运用得巧妙能言简意赅而含义丰富。有一则这样的广告：“红鸟牌鞋油愿为足下增光！”足下，是古代对人称呼的敬辞，用在这里，就是使用红鸟鞋油可以为您增添光彩。足下，照字面看，又是脚下的意思，这样来理解就是说红鸟鞋油为您脚下的皮鞋增添光泽，语言多么经济，含义又是多么耐人寻味。

从黄鹤楼到凤凰台

——谈创作、仿作和仿拟

武汉长江大桥南岸，原有一座黄鹤楼，是有名的古迹。此楼俯瞰长江，本来是登临胜地，又和一些神话故事牵连着，笼罩上一层惝恍迷离的神话色彩，因此更加吸引人了。

黄鹤楼之所以出名，还因为唐朝诗人崔颢曾经写过一首如下的《七律·黄鹤楼》：

昔人已乘黄鹤去，此地空余黄鹤楼。
黄鹤一去不复返，白云千载空悠悠。
晴川历历汉阳树，芳草萋萋鹦鹉洲。
日暮乡关何处是，烟波江上使人愁。

崔颢这首诗，把怀古、写景、抒情融合在一起，将常见的景物、常有的感情，用优美的诗的语言描绘出来，因而能引起读者的共鸣，给予人以美的艺术享受，不愧是难得的佳作。宋朝文学批评家严羽说：“唐人七律诗，当以此为第一。”能得到这么高的评价，也是不容易的。

崔颢这首诗如此闻名，首先当然因为它确实是一首好诗，是珍贵的艺术创作。此外还有一个原因，就是大诗人李白见了这首诗后，也十分佩服，甚至不再写黄鹤楼的诗。曾有人写过这样的诗句：“眼前有景道不得，崔颢题诗在上头。”连李白这样大诗人也自愧弗如，这首诗就更身价百倍了。

但才气横溢的大诗人李白，并不就此甘拜下风，而是希望在另一个场合胜过崔颢。果然，后来诗人到了金陵，就写了一首《七律·登凤凰台》：

凤凰台上凤凰游，凤去台空江自流。
吴宫花草埋幽径，晋代衣冠成古丘。
三山半落青天外，二水中分白鹭洲。
总为浮云能蔽日，长安不见使人愁。

凤凰台故址在今南京市凤凰山，它和黄鹤楼一样，是沿长江的名胜。李白这首诗，同样也传诵千古，许多评论家认为可以和崔颢的诗媲美，而内容则比崔颢写得更为深刻。李白这首诗，是在被权贵排挤出长安后漫游时所作。当时诗人的心情是苦闷的，但他并不像崔颢那样只写些个人身世之感，而是对当时政治的黑暗表示了愤慨，因此境界比崔诗阔大得多了。

李白的诗是仿作，但形式上却看不出模仿的痕迹。这就是比一般仿作高明的地方。因此，虽然是仿作，却不失为具有创造性的佳构。显然，诗人向崔颢学习的是精神、意境，不是字句形式的模拟。不过，从结构布局上来看，还是可以体会出两诗相似的地方。崔诗从怀古开始，李诗也是如此，他们都是从眼前的景物，引起对历史的回忆，从而抒发感慨。三四两句，崔诗从黄鹤不返、白云空存写出内心空虚之感。而李诗则借吴宫花草、晋代衣冠的变化，感叹盛时难再。比较起来，李诗借古喻今，寄托更为深远。五六两句，两诗都是写眼前景物：崔诗以汉阳树、鹦鹉洲历历可见，反衬乡关遥远；李诗也以眼前的“三山”“二水”遥遥在望，反衬长安不见。可说异曲同工，各有千秋。而最能看出两诗高下的，还在结尾处。七八两句，都写到作者自己，点出“愁”字。不过，崔诗只写因远离家乡而发愁，而李诗则是伤时事、忧帝室，立意更高。

崔颢的诗，是古典诗歌的名作，选入风行的《唐诗三百首》，不少人都会背诵。因此常被用来仿拟。如1931年九一八事变后，国民党政府准备放弃华北，把北平的古物南运，同时又不准大学生逃难，要他们替政府挣面子。针对这种现实，鲁迅就仿拟《黄鹤楼》诗，对投降派做了辛辣的讽刺：

阔人已骑文化去，此地空余文化城。
文化一去不复返，古城千载冷清清。
专车队队前门站，晦气重重大学生。
日薄榆关何处抗，烟花场上没人惊。

诗中对青年学生的处境表示深切的同情，对反动政府的不抵抗表示极大的愤慨，最后一句指责反动派过着荒淫无耻、醉生梦死的生活，对严重的国难无动于衷，于讽刺中反映出作者鲜明的爱憎。

仿拟和仿作不同。仿作往往取其神，不生硬套用原作的字句，而仿拟则多有意套用原诗的格式，甚至还特意保留了原作的某些词语，而内容又多具有讽刺的意味。

仿拟的生命在于讽刺，而套用现成的格式则是为内容服务的。鲁迅的诗，就是巧妙地利用旧形式，予以推陈出新，从而达到讽刺的目的。

仿拟不限于一首诗的套用，也可以是一个词语的套用。如鲁迅的《阿Q正传》中有这么一句：“后来这终于从浅闺传进深闺里去了。”这里的“深闺”是个旧词，如潘音诗：“深闺少妇思征戍，何处闻砧不动愁。”而“浅闺”则是模仿“深闺”这一现成的格式临时新创的。鲁迅的作品中，运用这样手法的地方很多，如杂文《这个与那个》中的两句：

一个阔人说要读经，嗡的一阵一群狭人也说要读经。岂但“读”而矣哉，据说还可以“救国”哩。

“阔人”是旧社会中的口语词，“狭人”则模仿“阔人”格式新创的。这和“深闺”与“浅闺”一样，应该是读者一眼就可以感到的，否则就不成其为仿拟了。

词语的仿拟和作品的仿拟一样，一定要含讽刺意味，才有生命力。

"诗用叠字最难"

——谈叠字

唐朝诗人王维的《七律·积雨辋川庄作》中，有这样两句：

漠漠水田飞白鹭，阴阴夏木啭黄鹂。

这首诗选在《唐诗三百首》中，熟悉的人很多。历来认为上面两句是袭用李嘉祐的诗，只在前面分别加上"漠漠""阴阴"一对叠字。但据清人翁方纲在《石洲诗话》中提到，李嘉祐是中唐时人，而王维则是盛唐诗人，说王维袭用李嘉祐诗句，这是近乎梦呓。不过翁方纲认为这两句诗的精神全在"漠漠""阴阴"这一对叠字上，却是无可非议的。

应该承认，"水田飞白鹭，夏木啭黄鹂"本来是两句好诗。因为是好诗，才有可能锦上添花，加上"漠漠""阴阴"之后，成为难得的佳句。原来的两句五言，其过人之处在于"飞""啭"两个动词的巧妙运用。本来，"飞"和"啭"都是不及物动词，后面是不带宾语的。如同样收在《唐诗三百首》中的王维《酬郭给事》诗："洞门高阁霭余晖，桃李阴阴柳絮飞。"以及李商隐《春雨》诗："玉珰缄札何由达，万里云罗一雁飞。"两个"飞"字都是按照不及物动词的一般用法，后面不带宾语。关于"啭"字，黄庭坚有两句嘲小孩子的诗，本来是"学语春莺啭，书窗秋雁斜"，后来改为"学语啭春莺，涂窗行暮鸦"。"春莺啭"这是比喻的说法，小孩子学语像春莺啼叫。说"啭春莺"，这是直接把小孩子的语音看作春莺在啼叫，显得更为亲切了。"白鹭飞""黄鹂啭"不过如实写下白鹭在飞翔，黄鹂在啼叫，是客观的。

“飞白鹭”“啭黄鹂”则是写诗人眼中的景象，含有主观感受在内了。所以，表面上是写眼前景象，实际上已含有内心欣悦的情绪。再说，水田上有几只鸟儿，首先感受到的是“飞”的动作，仔细辨认，方才看清飞的是白鹭。树上有几只鸟儿，首先是听到啼叫的声音，用心谛听，方才知道啼叫的是黄鹂。先写动作，再写动作的主体，正是真实地记下了认识的过程。

“漠漠”是形容水田分布广阔，一片茫茫。加上这一叠字，就把视野扩展到无限广阔的境界。辽阔的水田上，衬托着几只飞鸟，点与面互相配合，构成一幅十分优美的风景画。水田是静止的事物，加上“漠漠”这一形容词，就有了流动的气势，为“飞”的动作提供了广阔的背景，也写出了白鹭飞翔的自由自在。借景抒情，也就写出了诗人胸襟的开朗。

“阴阴”是形容夏木幽暗阴森，这就点明了树木的时令特征，令人想起陶渊明的诗句：“孟夏草木长，绕屋树扶疏。”正象白居易在《琵琶行》中用洁白的秋月来衬托琵琶声的美妙动听一样，这幽暗阴森的夏木，也为黄鹂婉转的啼声提供了一个优美的环境，给诗句增添了迷人的色彩。

一对叠字，看似简单，但用在具体的诗句中，却为作品提供了丰富的艺术魅力，全诗因之生色，大大增强了生命力。顾炎武在《日知录》中说：“诗用叠字最难。”难就难在要用得恰到好处，而王维诗中的这一联，正可看作运用叠字的典范。宋人叶梦得在《石林诗话》中说加了“漠漠”“阴阴”四字，“如李光弼将郭子仪军，一号令之，精彩数倍”，真是赞扬备至。

早在《诗经》中，就用了许多叠字，刘勰在《文心雕龙·物色》中曾举出几个例子：“‘灼灼’状桃花之鲜，‘依依’尽杨柳之貌，‘杲杲’为日出之容，‘瀌瀌’拟雨雪之状，‘喈喈’逐黄鸟之声，‘喓喓’学草虫之韵。”刘勰认为这些都是用少数字来概括复杂的情状，没有遗漏地描绘出来了。虽然此后经过千年来作家们的思索，也难以用别的字来代替。

《古诗十九首》中，也用了很多叠字，如“迢迢牵牛星，皎皎河汉女。纤纤擢素手，札札弄机杼”。这首诗通过对神话故事中牛郎织女形象的描绘，抒写男女离别之情。“迢迢”“皎皎”指写牛郎织女相隔的遥远；“纤纤”“札札”刻画织女美丽的形象和她灵巧的织布动作。同一首诗的结尾两句"盈盈一水间，脉脉不得语"，再用一对叠字，含蓄地写出人物的内心感情，十分传神。与叙事相配合，叠字的运用，到此又推进了一步。

宋朝女词人李清照，在《声声慢》开头连用七组十四个叠字："寻寻觅觅，冷冷清清，凄凄惨惨戚戚。"做了大胆的开创，前无古人，为历来评论家所激赏。徐釚在《词苑丛谈》中赞为"大珠小珠落玉盘"。好处就在于运用叠字，能真实写出内心的感情。

运用叠字，应该是服从于内容，为表情达意所需要。离开了这一点，只图斗奇夸巧，就会陷入形式主义的泥沼。如元人乔吉有一首如下的《天净沙》小令：

莺莺燕燕春春，花花柳柳真真。事事风风韵韵，娇娇嫩嫩，停停当当人人。

这是有意学李清照的，但由于只在形式上套用，就谈不上什么艺术价值了。清代陈廷焯在《白雨斋词话》中斥为"丑态百出"并不为过。万澍在《词律》中评论李清照的《声声慢》道："此遒逸之气，如生龙活虎，非描塑可拟。其用字奇横而不妨音律，故卓绝千古。人若不见才而故学其笔，则未免类狗矣。"乔吉真是用描塑来"故学其笔"，自然要画虎不成反类犬了。

“不敢说可不敢说”

——谈避讳

不少民族有这样的习惯，认为自己的名字不可让别人知道，不然的话，人家一呼名字，你的灵魂就会被勾摄去。这种习俗，可能起源于氏族社会。氏族中成员的名字，对外是保密的。这种把名字看得很神秘的习俗，是一种语言迷信的表现，甚至近代社会中，还受到这种习俗的影响。鲁迅的《从百草园到三味书屋》中，有这样两段：

长妈妈曾经讲给我一个故事听：先前，有一个读书人住在古庙里用功。晚间，在院子里纳凉的时候，突然听到有人在叫他。答应着，四面看时，却见一个美女的脸露在墙头上，向他一笑，隐去了。他很高兴，但竟给那走来夜谈的老和尚识破了机关。说他脸上有妖气，一定遇见“美女蛇”了；这是人首蛇身的怪物，能唤人名，倘一答应，夜间便要来吃这人的肉的。……

结末的教训是，所以倘有陌生的声叫你的名字，你万不可答应他。

随着社会的进步，对名字的神秘迷信色彩逐渐淡化，但习惯上还留下避讳现象，如美洲有些印第安人不愿让别人知道自己的名字。印度许多地方的妇女不许当众说出丈夫的名字。这种情形，在中国可说有过之而无不及，《康熙字典》在“丘”字下注明：“圣讳敬避。”就是说，这是孔子的名，书写时要回避不用。五代时有个大官名叫冯道，下属和门客就因此避讳不说“道”字。某次一个门客讲《道德经》，一开头就是“道可道，非常道”。面对这三个“道”字，照读不好，不读又不可能，最后挖空心思，就用“不敢说”来代替“道”字，读成“不敢说可不敢说，非常不敢说”。那个门客的拘谨和恐惧心理，真是活现纸上。在现代人看来，这是笑话一桩，可在古代，对尊长不能直呼其名，却被视为理所当然。反之，如果对别人直呼其名，说得轻一点是不恭敬，说得重一点就是意存侮辱了。明人张溥写的《五人墓碑记》中有这样一句：

然五人之当刑也，意气扬扬，呼中丞之名而詈之……

五位义士在临刑时“呼中丞之名”就是表示对毛一鹭这个魏忠贤私党极度的蔑视。

避讳是没有意义的陋习，有识之士从来不当作一回事。从前，地方官到任，下级就会来“请讳”，就是请告知长辈的名讳，以便说话和行文时可以避免。一位县官下马伊始，下级照例来请讳，县官大声说：“我不讲避讳，我要忌讳的是贪污国币，欺压百姓，凡触犯这些忌讳的，一定严惩不贷！”真可说是快人快语，也是对那些讲避讳者的有力讽刺。

汉字中的“名”，是个会意字，由“夕”“口”两部分构成。“夕”是晚上，“口”表示用口呼唤。黑夜时相遇，彼此看不清面目，就要通报姓名，所以“名”的本义是自道其名。如汉乐府《陌上桑》：“秦氏有好女，自名为罗敷。”后来引申开来，凡是人的名字都可叫“名”，如《木兰诗》：“军书十二卷，卷卷有爷名。”可见从文字学角度来看，“名”字没有什么神秘色彩。一个人的名，不让人知道，不让人叫，这是社会习俗形成的。但事实上要这样做是办不到的，为了解决这一矛盾，于是产生了双名制，即在“名”之外再来一个“字”，名用来自称，字则用来被称。现在笼统地叫作“名字”，则是已发展成为一个双音词了。由于字是从名衍化出来的，所以古人名和字之间往往有某种联系，如汉朝的张衡，字平子，“衡”也有“平”的意思。宋朝的刘过，字改之，字等于是名的补充。后来发展下去，名之外又有别名，字之外有号、别号，给后世带来许多不便。如清朝诗人龚自珍，字璱人，号定庵，又名巩祚，并曾改名易简，字伯定，晚年又号羽琌山民，真是五花八门。

有了双名制，问题并没有就此解决，因为后世变本加厉，把避讳的范围不断扩大，和名同音的字也不能说、不能用。唐朝诗人李贺，因为父名晋肃，就不去考进士，这是人们熟知的故事。其实这样的事例并不是个别的，如范蔚宗的父亲名泰，他就不做太子詹事；吕希纯的父亲名公著，他就辞去著作郎不做；刘温叟的父亲名乐，他就终身不听音乐、不参加游山玩水等快乐的事；徐积因为父亲名石，就不用石器，不踏石头……这样做实在太过分了，所以韩愈特地写了一篇《讳辩》。文中说：“父名晋肃，子不得举进士；若父名仁，子不得为人乎？”这就一针见血地指出这种避讳毫无意义，而且行不通。

避讳是社会发展的消极因素，但了解古人避讳的情形，对阅读古籍却有一定帮助。如《古诗十九首》中“青青河畔草”一首，绝不会是前汉的作品，因其中有“盈盈楼上女”一句，而“盈”是惠帝的名字。又如《敬亭山》诗，有人说是杜甫所作，但根据“孤云独去闲”一句，可断定非杜甫作，因为“闲”是杜甫父亲的名。相反，如果不弄清避讳，就会出差错，闹笑话。如李太白诗：“昔日绣衣何足荣，今宵贳酒与君倾。暂就东山赊月色，酣歌一夜送泉明。”有人觉得“泉明”没有意思，就改为“泉声”。殊不知“泉明”即渊明，东晋诗人陶潜。李白是唐朝人，避唐高祖李渊讳，有意把“渊”改为“泉”的。

“夏殷”与“褒妲”

——谈互体

杜甫在安史之乱时所写的长诗《北征》中，有这样两句：

不闻夏殷衰，中自诛褒妲。

意思是说唐玄宗能诛戮杨贵妃，因此唐朝能不像夏朝殷朝一样衰亡。杜甫为唐玄宗开脱罪责，把安史之乱完全归罪于杨贵妃，认为唐玄宗杀了她，正是消除了祸乱的根源。这一观点，曾经博得封建卫道士的喝彩，但却为具有民主思想的评论家所不取。用一个女子的血，来为封建统治者冲洗罪恶，这毕竟是说不过去的。

撇开思想内容不谈，这两句诗在语言上也有值得注意之处。把这两句诗细看一下，就会发现上一句中的“夏殷”和下一句的“褒妲”并不对应。据传说夏、商（殷）和西周王朝的末代君主，都是因迷恋一个女子而亡国的。这三个帝王和他们宠爱的妃子名字如下：

夏　桀：妃妺喜
商纣王：妃妲己
西周幽王：妃褒姒

由此可见，与夏商（殷）末代君主相对应的妃子应该是妺喜和妲己。不提西周，似乎也不应该提褒姒。这一点，从前早有人提出了。南宋胡仔在《苕溪渔隐丛话》中说：

老杜谓夏商诛褒妲。褒姒，周幽王后也，疑“夏”字为误，当云“商周”可也。

光从事实上来看，胡仔的话是对的。但像杜甫这样一位大诗人，对这点起码的历史常识总不会不知道。何况，“新诗改罢自长吟”，这位大诗人对遣词造句是很讲究的。不至于留下这样一个漏洞给后人指摘吧！原来，杜甫确实没有错。我们如果知道古汉语中一种特殊的修辞方法，对胡仔提到的这个疑点，就容易迎刃而解了。

古汉语中有一种叫“互体”的修辞方法，就是“在上文里包孕着下文未出现的词，在下文里含有上文应出现的词”。也就是两种事物或意境在上下文中互相体现、互相渗透、互相补充。如上面所说杜甫的两句诗，说得完全点，应是“不闻夏殷周衰，中自诛妹妲褒”。现在限于五言诗的字数，在上句略去“周”字，在下句略去“妹”字，于是就构成了互体。读者从上句中的“夏”字，可以体会出下句略去的“妹”字；从下句中的“褒”字，可以体会出上句略去的“周”字。

或许有人会说，像胡仔提出的那样，改为“不闻商周衰，中自诛褒妲”，不是更清楚明白吗？但这样一来，诗的意境就缩小了，概念就不完整了。夏商周合称“三代”，历史家是当作一个整体来看待的。而这三代的末代君主，亡国的原因又是相同的（按照传统的看法）。割裂开来，只提其二不及其三，读者会感到表达得不够完整。在这种情形下，互体就发挥它的作用。

杜甫诗中用互体的不止上述一处，宋人罗大经在《鹤林玉露》中说：

杜少陵（甫）《狂夫》诗云：“风含翠篠娟娟净，雨裛红蕖冉冉香。”上句风中有雨，下句雨中有风，谓之互体。

前句是写微风中摇曳的翠竹，亭亭挺立，美好洁净。后句写细雨中迎放的红荷，细细暗香，浮动飘散。可以看出，在微风句中带写了雨，翠竹因细雨的洗涤而青葱欲滴；在细雨句中暗写了风，红荷借微风的吹拂而香气流溢。弄清了互体，对这两句诗的欣赏可更为深入。

诗歌等韵文，因受字数的限制，采用互体是很多的。忽略了这一修辞现象，不但不能好好欣赏，有时还会引起误解，歪曲作者原意。

如《离骚》中有这样两句：

启九辩与九歌兮，夏康娱以自纵。

这里的“启”是人名，夏禹之子。“九辩与九歌”，古代的两支乐曲名，传说是启从天帝那里偷来带到人间的。“夏”即夏启；“康娱”，享乐；“自纵”，放纵自己。这两句是叙述夏启的行为。夏启从天帝那里偷来《九辩》与《九歌》两支乐曲之后，放纵享乐，毫无顾忌。过去一些注家，因为弄不清“启”与“夏”之间的互体关系，就做了种种不正确的解释：有说启不是人名，是“开”的意思，有说“夏”是“下”的借字；有的则把“夏康”连读，说是夏太康的省称，如此等等，都是因为没有弄清互体而曲解的。

当然，也不能任意扩大互体的概念，把不属于互体的语言现象也看作互体。如《孔雀东南飞》中有这样两句：

君当作磐石，妾当作蒲苇。

1983年第1期《语文战线》上有一篇题为《互训·互文·变文》的文章中，认为这里的“磐石”和“蒲苇”是互体，应理解为“君当作磐石蒲苇，妾当作蒲苇磐石”。联系后面的诗句来看，这样的理解是不对的。后面有这样几句：

府吏谓新妇，贺卿得高迁！
磐石方且厚，可以卒千年；
蒲苇一时纫，便作旦夕间。

前面两句话，是刘兰芝对焦仲卿说的。这里的“府吏谓新妇”以下的五句，是焦仲卿对刘兰芝的挖苦：“你叫我作磐石，磐石倒是方正厚实，过了千年也不会变；你自己说要做蒲苇，可是现在蒲苇的坚韧只不过短短一段时间罢了！”显然，这是不能作为互体看待的。

“爬灰”考

——谈辞格的兼用

读过《红楼梦》的人，都知道焦大其人。焦大是贾府的功臣，“他从小儿跟着太爷们出过三四回兵，从死人堆里把太爷背了出来，得了命；自己挨着饿，却偷了东西来给主子吃；两日没得水，得了半碗水给主子喝，他自己喝马溺”。就凭这些功劳，贾府上代对他另眼相待。焦大看不惯眼前贾府的一些“爷们”所作所为，时常发牢骚。那天晚上，要他陪秦钟回家，他又骂开了，先骂大总管赖二：“有了好差事就派别人，象这等黑更半夜送人的事，就派我。”最后甚至乱嚷乱叫说：“我要往祠堂里哭太爷去。那里承望到如今生下这些畜牲来！每日家偷狗戏鸡，爬灰的爬灰，养小叔子的养小叔子，我什么不知道？”

焦大不是造反派，他骂那些“爷们”，主要是恨铁不成钢。他也不是信口胡说，而是有凭有据的。像爬灰，就是指贾珍和儿媳干那见不得人的事。只不过别人不敢说，焦大喝醉了酒，就壮着胆子说出来了。

爬灰，据《红楼梦》新版原注，是指“公公与儿媳私通”。这是盛行在民间的一个词语，到处通行，由来已久。可是为什么把公公与儿媳妇私通叫作爬灰，却是言人人殊。有的书上说这是苏东坡的故事。苏东坡看见儿媳穿着短裤，露出大腿，就在积满灰尘的桌面上用手指写了两句诗来描绘，大意是把儿媳的大腿比作琵琶。刚好儿媳过来见到了，就在后面加上两句：“借与公公弹一曲，油水不落别人家。”苏东坡感到惭愧，就把灰上的字扒平了。照此看来，应该是“扒灰”了。其实这个故事并不可信，古代哪有女人穿着短裤在男人跟前露面的。好事者专从“爬灰”两字的字面上来编造故事，结果“爬”“扒”不分，连古代的习俗也不管了，岂不是和古人开玩笑。

爬灰有此含义，还得从语言上来探索。一个人在灰上爬，其结果必然是“污膝”，不说污膝而说爬灰，这是以原因代结果的借代法。探究出了污膝，和答案就只差了一步了。污膝者，“污媳”也，这是用同音字来替代的谐音法。“污媳”就是指公公奸污儿媳，事情不是很明白了吗？有人或许会说，直截了当说污媳不好吗？为什么要转弯抹角说爬灰呢？原来语言上有种讳饰法，即对不登大雅之堂的事，不直接说出来，而用别的词语来代替。把污媳说成爬灰，正如古代人把上厕所说成“更衣”一样，是忌讳把粗俗的字眼直接从口中说出。

这样，爬灰一词，就包含了三种修辞格，即借代、谐音、讳饰。在一般情况下，辞格多是分别使用的，比较简单，但在同一语言现象中，兼用多种辞格，也常常见到。如有人写了一副咏武则天的对联：

六宫粉黛无颜色
万国衣冠拜冕旒

上联是白居易的诗句，下联是王维的诗句，这样把现成诗句集起来，属于引用。上下两联，虽是不同诗人的作品，但配合自然，天衣无缝，这是属于对偶。以“粉黛”代嫔妃宫女，以“衣冠”代各国使节，以“冕旒”代帝王，这是属于借代。而“无颜色”和“万国”，又是夸张。在十四字中，兼用了引用、对偶、借代、夸张四种修辞格，真是绚丽多彩。

兼用的几种修辞现象，并不是不分主次，各自孤立的。如“爬灰”，以讳饰为主，借代和谐音，是从属于讳饰的。咏武则天的一联，以对偶为主，其他诸项，则是围绕对偶分别起着作用的。

“前言”要顾到“后语”

——谈双提分承句

某报在报道日本电影演员栗原小卷的艺术生涯的文章中，有这么一句话：

由于她从小学习小提琴和芭蕾舞，因此具备了优美的体形和一双富有乐感的耳朵。

这句话在造句上有缺陷，但是如果不仔细观察，却不大容易看出来。

写文章的人，讲究前后呼应，一篇文章这样，一句句子也是这样。前面怎样说，后面也就要怎样来照应。这不仅指句子的内容，句子的结构也是如此。上面这句话，前面提到“学习小提琴和芭蕾舞”，学习的对象有两样。后面用“具备了优美的体形和一双富有乐感的耳朵”来照应，具备的对象也有两方面。从这一点来说，前后是互相配合的，但再看得仔细点，就会发现有不够妥帖的地方。前面提到的两方面，是A1小提琴，B1芭蕾舞；后面的两方面，是A2优美的体形，B2一双富有乐感的耳朵。按照习惯，读者自然把A1和A2配合着来看，31和B2配合着来看，这样一来疑问就产生了：“优美的体形”同“学习小提琴”有什么关系呢？“一双富有乐感的耳朵”，同“学习芭蕾舞”有什么关系呢？显然，作者原来意思不是这样的，由于造句出了毛病，就容易引起读者的误解，如果改作如下的样子，就无懈可击了：

由于她从小学习芭蕾舞和小提琴，因此具备了优美的体形和一双富有乐感的耳朵。

像上面这样的句子，有人叫它作双提分承句。前面提到的两件事，和后面承前面说的两件事，次序要一致。俗话说：前言不搭后语。双提分承句容易犯的毛病，就是前后的话失去照应。

诗文中用双提分承句是常见的，仔细体会这类句子的结构，可以提高阅读能力，自己动手写作时，也可得心应手地来运用。如贺敬之在《回延安》中有这样两句：

千万条腿来千万只眼，也不够我走来也不够我看。

这是一个假设让步句，意思就是“即使有千万条腿和千万只眼，也不够我走和看”。前面的名词“腿”和“眼”，同后面动词“走”和“看”互相照应，密切配合。

又如魏巍的散文《路标》中有这么一句：

在雷锋的历史上，虽没有上甘岭冲天的火光，也没有云周西村惊人的风雷，但我们完全可以说，他同黄继光、刘胡兰同样的伟大。

后面的“黄继光”照应前面“上甘岭冲天的火光”；后面的“刘胡兰”照应前面“云周西村惊人的风雷”。这是历史事件和人物的照应。

双提分承句早在古代散文中就有了。下面是《史记·屈原列传》中的句子：

屈原……明于治乱，娴于辞令。入则与王图议国事，以出号令；出则接遇宾客，应对诸侯。王甚任之。

后面“入则与王图议国事，以出号令”是对前面“明于治乱”的补充说明；后面“出则接遇宾客，应对诸侯”是对前面“娴于辞令”的补充说明。前后配合，十分和谐。

上面几个例子，都是在双提之后配上一次的分承，此外也有两次分承的，如秦牧的散文《土地》中有一句：

水库和运河像闪亮的镜子和一条条衣带一样布满山谷和原野。

如果分开来说，可以拆成如下两句：

水库像闪亮的镜子一样布满山谷；
运河像一条条衣带一样布满原野。

“水库和运河”是双提，“像闪亮的镜子和一条条衣带一样”是第一次分承，“布满山谷和原野”是第二次分承。

古代散文中也有两次分承的，下面是韩愈《师说》中的一句：

句读之不知，惑之不解，或师焉，或不焉，小学而大遗，吾未见其明也。

前面提出“句读之不知”“惑之不解”两个问题，中间按照这个次序，用“或师焉”来承接“句读之不知”，用“或不焉”来承接“惑之不解”，这是第一次分承。后面又用“小学”来承接“句读之不知”和“或师焉”，用“大遗”来承接“惑之不解”和“或不焉”，这是第二次分承。

双提分承句语言简洁、结构严密，句子的容量较大，能把复杂的事情说得清楚、有条理，这是一种有用的句式，值得学习、运用。

联系紧密，前后配合

——谈详略呼应句

1979年第1期《诗刊》上，发表了陶斯亮同志写的《一封终于发出的信——给我的爸爸陶铸》。文章将悲痛的哀思、愤怒的控诉和深沉的呐喊交织在一起，是怀念老一辈革命家的悼词，又是讨伐林彪、江青一伙的檄文。人们读了这封信，都深深为之感动。一篇短短的文章，感人的力量从何而来呢？当然，主要是由于陶斯亮同志对父亲深情的爱和对林彪、江青反革命集团的刻骨仇恨。这种感情是十分真挚的，唯真情才能感人。真挚的感情要借语言表达出来，才能引起人们的共鸣，这封信中，有一种句子，凝聚着作者的爱与恨，更会打动读者的心。

这封信是抒情气氛很浓厚的散文，为了把内心感情真实地表达出来，作者采用了像下面这样的句子：

妈妈，您就痛痛快快地哭吧，您就把胸中积郁已久的愤怒和悲痛全都哭出来吧……

前后两个分句，主要成分都是“您哭”，这样似乎也可以把两句话合成一句，比如说：

妈妈，您就痛痛快快地把胸中积郁已久的愤怒和悲痛全都哭出来吧……

无论分成两句或合成一句，意思都是一样的，按照一般情况，合成一句似乎更利索些。那么，作者为什么要分成两句呢？显然，这和句子意思完整与否没有关系，主要是增强抒情的效果，使句子更充满悲痛的色彩。人们都有这样的经验，处在巨大悲痛之中，不可能一下子就把心中的积郁倾吐出来，而是采用由浅入深、逐步追加的形式，这是较之同一句子的反复更进了一步。像上面所引信中两个分句，由简到详，有鲜明的层次；前面一句较短，表达了凝聚的抒情气氛，略作停顿后，又加上较详的一句，让奔放的感情倾泻而出，充分表达了抑制不住的悲痛。如果合成一句，句子较长，内容较复杂，悲痛情绪的层次感就没有了，自然也就不能真实地再现作者的内心感情。

像这样的句子，简句在前，详句在后，互相配合，联系紧密，有人把它叫作详略呼应句。信中多次用到这类句子，而且都在表情达意上取得良好的效果。如下面一句：

它仅仅是一朵小小的白花，是女儿向您志哀和报春的一朵小小的白花。

作者把“信”比作白花，因为感到这朵花远远不足以寄托自己的哀思，所以说“仅仅是一朵小小的白花”。但光看了这一句，读者会感到不满足：为什么要把信比作白花呢？在详句中对这一点做了回答：因为“四人帮”打倒了，寒凝大地的日子已经过去，花是用来“报春”的，但父亲被迫害致死，这悲痛毕竟是难以消除的，用来“志哀”，所以花是白的。这是另一种意义的详略呼应句，详句具有补充、深化的作用。如果只用后面的详句，似乎也可一览无余，但抒情的层次看不出来。用一句话和用两句话，效果不一样。

上面两个例句都比较长，但形式上的长短，并不是这类句子的特点，详略呼应句也有很短的。信中有这样一句：

爸爸，女儿对不起您……女儿实在对不起您……

第一步想到的是“对不起”，但再一想，觉得这样说还不深刻，于是又补充说“实在对不起”。前后两句的差别，就只有“实在”这个副词，而就是这个副词，可以体会出作者的感情怎样逐步深化。

详略呼应句由简句和详句两部分组成，但却能给读者以整体感，这就是因为前后两句中都有相同的词语。这些词语像纽带一样，把两个句子紧紧地缩合起来，成为有机的整体。

不仅是抒情性文章，就是叙事性的文章，也常常用详略呼应句。下面是法布尔《大气》译文中的两句：

空气的动荡并不经常是轻微的，有时候是非常猛烈。……狂风也是一种动荡的空气，是一种像流水似的从这个地方流到那个地方的空气。

“狂风也是一种动荡的空气”，这个简句一方面可以和上面“空气的动荡”相照应，一方面也提示了详句的结构，可以为阅读下面较复杂的详句提供方便。

详略呼应句，前后两句说的必须是同一件事，否则即使结构相同，也不属于这种类型的句子，信中有这样一句：

我知道，您一定会原谅女儿的，可是，我又怎么能宽恕自己呢？怎么能不含着刻骨的仇恨诅咒万恶的林彪和“四人帮”呢？

“可是”以下的两个分句，虽然都有“怎么能……呢”这样相同的结构，但前后说的是不同的事情，所以不能算作详略呼应句。

掘井得人

——谈表达

古代有一户人家，居住的地方没有水源，每天食用的水，都要雇人从远处挑来。后来家里掘了一口井，挑水的劳力便可节省下来去干别的事了。户主人很高兴，就对邻人说：“我家掘了一口井，得了一个人。”邻人却错会了他的意思，以为他家从井中掘出一个人来，感到很稀奇，于是逢人便说，以致远道的人，都特地跑来看这稀奇事。户主人不得不向人们解释：“我说掘井得了一个人，意思是掘了井以后，不必再雇人挑水，节省了一个人的劳力，并不是从井里掘出一个人来。”

同样一件事，用语言来表达，往往可以有多种说法。如上面说的掘井这件事，就可以有下面的几种表达方式：

我家掘了一口井，节省了一个人的劳力。

掘了一口井，可以腾出一个人来干别的事。

掘了井以后，就不必再雇人挑水了。

掘了一口井，得了一个人。

说法很多，都围绕掘井的事，但语言的明确度是各不相同的。像“掘了一口井，得了一个人”，这样的说法，明确度很差，只有了解事情的人听了才明白。在一般的情况下，就得加以补充，用语言环境来增强这两句话的明确度。比如说：

我家掘了井以后，原来挑水的人可以去做别的事，真是掘了一口井，得了一个人啊！

像掘井得人这样的说法，古代有，现代也有。1987年4月17日第132期《文萃周报》上，有一篇摘自《大众日报》的短文，标题如下：

垃圾中“拣”出一座楼房

光看这标题，读者会感到莫明其妙，还可能以为垃圾堆得很高，把一幢楼房淹没了；后来把垃圾搬掉，楼房又重新显露出来。但这样解释很勉强，因为无法理解这个用引号标出的“拣”字。

原来事情是这样的：济南市郊区华山镇还乡店村民赵庆田，原是有名的贫困户。1983年7月起，他负责清理、运输垃圾，在三年时间里，他从垃圾堆中拣出废旧钢铁200余吨，纯收入12000元。他用这笔钱盖起了一座建筑面积为160平方米的二层楼。于是就有人说，他这座房子是从垃圾堆中“拣”来的。

像这样的表达方式，之所以要联系具体事实才能理解，是因为它的用语是比较曲折的。如从掘井想到水，从水想到挑水的劳力，从劳力想到人，现在把几个中间环节略去，直接把“掘井”和“人”联系起来，如果没有具体事实做媒介，自然不可能一下子就明了其意义了。又如垃圾—废旧钢铁—人民币—楼房，也有概念的曲折变化，隐去的中间环节，同样是探求其意义时必须掌握的。

这样的表达方式，明确度较差，但人们乐于使用，自有其原因。首先是言简意赅。像“垃圾堆中‘拣’出一座楼房”，如果用较明确的语言来说，应该是：“垃圾堆中拣出的废旧钢铁，换成人民币，可以建造一座160平方米的二层楼。”字数刚好是一比三。其次是鲜明生动，像“掘了一口井，得了一个人”，通过对比，把一口井的价值充分表达出来，这种效果，是烦琐的叙述所无法取得的。

像“掘井得人”，竟有人把这个“人”误解成具体的人，正说明这种表达方式是有缺陷的，这缺陷就是容易产生歧义。从前有一个相士，自诩能未卜先知，预见长辈的生死存亡。他先在一张纸上写了“父在母亡”四个字藏起来，然后要你说实际情况。如果你说父亲活着，母亲死了，他就拿出这四个字来解释说：“你没有说我早就知道了，你看，父亲在世，母亲先死了，不是算得很准吗？”如果另一个人说父亲死了，母亲活着，他也可拿同样的四个字作如下的解释："你看，父亲死在母亲之前，不是同你说的一样吗？"太简的话，容易产生歧义，相士正是利用这一点来骗人。

有一些笑话，也是利用歧义构成的。如下面的对话：

法官：你到商店偷东西，难道不为你妻子和女儿想想吗？

窃贼：我是想到妻子和女儿的，可是那家商店没有女人的衣服。

法官要窃贼为妻子和女儿着想，是希望他不要干犯罪的勾当牵累妻女，而那个窃贼根据习惯，误以为法官是在提醒他，偷东西也要拣妻女合用的。

到狗国去，还是到楚国去

——谈逻辑的力量

春秋时代，齐国的大夫晏婴出使楚国。楚王预先计划好要对晏婴进行羞辱。可是晏婴凭着他的机智，运用逻辑推理，同楚王展开针锋相对的辩论，终于使楚王哑口无言，自认失败。从这一故事中，我们可以看出逻辑的力量。

楚王知道晏子身材矮小，就叫人在城门边开了一道小门，让晏子从小门中进去。面对楚王的挑衅，晏子为了不辱国体，自然要展开争辩。但是，晏子如果只凭眼前事实来论争，比如说："我是齐国的使者，你们为什么叫我走小门？"这样一来，正好落入楚王设置的圈套，容易被抓住晏子身材矮小来答复，徒自取辱。晏子深知楚王的坏主意，即以其人之道还治其人之身，另辟蹊径，不慌不忙地说："这是狗洞呀，出使狗国的人，应该从狗洞进去，现在我是出使到楚国，怎么叫我从狗洞进去呢？"这一来，楚王自讨没趣，只好让晏子从大门进去。——第一个回合的交锋，晏子取得了胜利。

晏子当然没有系统地学习过《逻辑教程》，但他的话却是合乎演绎推理的——从一般性的前提得出特殊化的结论。把他的话用三段论表达出来是这样的：

如果我出使狗国，就应该从狗洞进去——大前提
我现在不是出使狗国（而是出使楚国）——小前提
所以，我不应该从狗洞进去。（结论）

分析一下晏子的推理过程：首先，他根据眼前事件作出假设（大

前提）。接着，对“出使狗国”做了否定（小前提）。既然对出使狗国做了否定，不应该从狗洞进去（结论）也是理所当然了。这样的推理是无懈可击的，除非楚王承认自己的国家是狗国。

接着，楚王会见晏婴时又故意发问：“齐国没有人吗？”言外之意，就是说为什么要派你这样一个矮子来出使。晏子如果只从自己本身来作答，比如说，自己是齐国的大夫，自己有才能，固然也可以。但这样并不能否定自己身体矮小的事实，也就不能堵住楚王的讥嘲。晏子撇开自己，却从齐国派遣使节这方面来作答，摆出事实，说明齐国并不是没有人才。晏子严肃地说：“我们齐国有这么一条规定，贤能的人派到贤能的国王那里去，无能的人派到不才的国王那里去。我最无能，所以派到楚国来了。”妙就妙在楚王用言外之意来羞辱晏婴，晏婴也就用言外之意来讽刺楚王，楚王还是得不到便宜。——第二回合的交锋，胜利还是在晏婴方面。

第二次交锋，晏婴还是用的演绎推理，把他的话用三段论来表达如下式：

只有无能的人才派到无能的国王那里去——大前提

我是无能的人——小前提

所以，我适宜于派到无能的国王那里——结论

这和前面一个三段论略有不同：前一个大前提用“如果”是必要条件，这里用“只有”，则是充分必要条件了。这一推理的妙处就在于晏子不是直接说楚王无能，而是先承认自己无能，但骨子里却是把自己的无能和楚王的无能联结在一起。楚王要否定自己的无能，就得承认晏婴的贤能，而这是违反他初愿的，于是只好在矛盾中败北。

楚王不肯认输，接下去又来一次交锋。两个差役缚着一个人经过面前，说是齐国人，犯了偷窃罪。楚王就看着晏婴说：“齐国人原来都是会偷窃的吗？”在这种情况下，晏子直接加以否认是不可能的，因为无法揭穿楚王的把戏。于是晏子以退为进，索性把其人其事承认下来，再采取迂回战术，把责任推向楚国。对于晏婴的话，楚王也是无法否认的。因为这个“齐国人”犯盗窃罪，已是楚王肯定的事实，而齐国人在齐国不盗窃，却是楚王无法举出事实来驳斥的。这样，也

就等于承认是楚国的水土（环境）养成了一个人犯盗窃罪。——第三个回合的交锋，晏婴还是稳操胜券。

晏婴对楚王的第三次交锋用的是类比推理。就是拿淮河以南的橘树，种到淮河以北，由于水土不同，果实的味道也就不同而变为枳，以此推断一个人在齐国不偷窃，而到楚国以后犯了偷窃罪，也是由于水土的不同。晏子要把齐国人偷窃的罪责归到楚国的环境，于是用“橘逾淮为枳”来类比。既然“橘逾淮为枳”已是客观存在的事实，而且原因只能归之于水土不同，这“齐人入楚为盗”归之于环境原因，也是无可辩驳的了。

三次辩难，晏子能随机应变，折服对方，正是凭借思维的敏捷和机智，能言之成理，自圆其说，充分体现了逻辑的力量。

父亲同胞

——谈概念

现在我们称居住在台湾的中国人为“台湾同胞”，居住在香港、澳门的中国人为“港澳同胞”。“同胞”这一名词，确切地说明了大陆人民和台湾、港澳人民血肉相连的关系。有些人听到“同胞”这个名词，觉得很新鲜。其实“同胞”的这样用法，并不是1949年后才有，早在辛亥革命后，“四万万同胞”（那时中国人口是四亿）的说法就很普遍。有这么一个笑话：一个学生写信向他父亲要钱，他想现在大家都在说四万万同胞，我父亲当然也包括在四万万同胞之内，于是提笔写道：

父亲同胞：

我在校缺少钱用，请你收到这封信后马上寄十元钱给我。

儿子同胞

父亲看了这封信，又好气又好笑，就寄给他一个铜板，并且写了如下的一封回信：

儿子同胞：

来信收到。现在寄给你一个铜板，你有四万万同胞，每人给你一个铜板，就比十元钱多得多了。

父亲同胞

这是一个笑话，但是，既然全国人民都可以称同胞，那么，在全国人民之内的父亲，为什么不能称同胞呢？

原来，概念既反映了事物的特有属性，同时也就反映了具有这些特有属性的事物。前者就是概念的内涵，后者就是概念的外延。概念的内涵和外延不是固定不变的。因为客观事物本身是发展变化的，人们对客观事物的认识也是发展变化的，所以概念的内涵和外延必然相应地发生变化。如“同胞”这一概念，最早是指双胞胎的兄弟姐妹，这是这个概念的原始意义。后来，把这一概念加以扩大，凡是同父母的兄弟姐妹，都可以称为同胞。再后来，同一国家的人也称同胞。宋人张载《西铭》中说：“民吾同胞，物吾与也。”这是辛亥革命后称国人为同胞的来源。

这里需要注意的是，随着概念外延的扩大，概念的内涵也相应起了变化。如“四万万同胞”用来指中华民族的成员，它已是一个集合概念，不是指四万万同胞中某一个具体的人，和原始意义的“同胞”不同，正如“词”和“词汇”不同一样。“词汇”是指一种语言里所有的词，也指某一范围内所使用的词的总和。一个词或几个词不能叫词汇。

使用语言是一种社会现象，它要服从社会的习惯，约定俗成，不能自我作古，也不能故意标新立异。把父亲称作同胞固然可笑，却还有比这更可笑的。有一个人看到墓碑上写着“先考先妣”，问人家怎么解释，人家告诉他，就是先父先母的意思。那人听了，以后写信给父母，就写“考妣大人膝下”。在那人看来，越不常见的字，越是古雅，用在文章中越能显示自己的才学。而父母读到这样的信，将要哭笑不得了。

概念是思维的细胞，其语言表现形式是词或词组。由于概念是在变化的，因此同一个词在不同的历史时代往往有不同的内涵。如“脸”字在古代汉语仅指颧骨部分，范围要比现代小得多。“脸”是古代妇女搽胭脂的地方。陈后主有“红脸桃花色”（《紫骝马乐府》）的诗句，如果把古代妇女的“红脸”看作京剧脸谱中的大红面孔，岂非大笑话。

内涵与外延的交叉关系

——谈概念的限制

1985年4月2日《人民日报》第3版，刊登了新华社记者写的《新中国第一部专利法正式生效》的新闻，眉题如下：

脑力劳动成果无偿占用的历史在我国结束

一位读者投书报社，认为这样写法不妥。“这是把有着明确外延的专利法的使用范围，不适当地扩大到所有脑力劳动的领域，在逻辑上是说不通的”。

这位投书者还进一步做了说明，并提出改正办法：“脑力劳动涉及的领域极为广泛，不仅涉及自然科学，也涉及社会科学、文学艺术以及国家事务管理、经济管理等许多方面。而4月1日正式生效的我国第一部专利法，仅仅适用于在科技领域里的脑力劳动成果，并不是包罗万象，囊括人类一切脑力劳动的‘综合专利法’。所以，在眉题和导语里加上‘科技领域’等字样，较为妥帖。”

概念和语词密切相联。概念是语词的思想内容，语词是概念的物质外壳。要使概念明确，必须加以适当限制，也就是要在语词前加上相应的限制语。如“脑力劳动”应用的范围很广。劳动之中，除开体力劳动都是脑力劳动。在“脑力劳动”之前加上“科技领域”，说成“科技领域的脑力劳动”，那么脑力劳动的范围，也即概念的外延就大大缩小，社会科学、文学艺术等领域的脑力劳动都排除在外。词语面前加上限制语，一般都有这样的作用。

加了限制语，可使概念明确，但限制语的作用，并不限于这一点。

一个词语用不用限制语，是大有区别的。

恩格斯《在马克思墓前的讲话》这篇文章，开头一句是这样的：

三月十四日下午两点三刻，当代最伟大的思想家停止思想了。

如果光从明确着眼，在“思想家”后面加上同位语“马克思”，说成“思想家马克思停止思想了”，读来也很明白。现在作者不用同位语，却在前面加上“当代”“最伟大”这样的限制语，这是为什么呢？

马克思是一位巨人，正像作者在这篇文章后面所说的那样：“这位巨人逝世以后所形成的空白，不久就会使人感觉到。”对这样一位巨人，只说“思想家马克思”，就不能表示出作者对他的崇敬和他在当代思想界的重要地位。可见，这里两个限制语并不单纯为了明确，还有其更深刻的意义。

在生活实践中，限制语有着重要作用。如在会场里找一个人，如果说明他是男人，就可把女人排除在外，使范围缩小。如果进一步说明是个中年男人，这样小孩、青年、老人都排除在外，范围就更小。如果再说明那个人是穿深蓝色制服的、戴眼镜的，范围缩得更小，寻找就十分容易了。

概念限制在刑侦工作中更有着巨大作用。据1986年4月29日陕西《法制周报》中一篇文章记载：1978年某月，某学院张教授家被抢。被害人诉说，是两个青年农民以换大米为名进行抢劫，现场留下一根铁棍和一些大米。两个罪犯是骑自行车来的，说明住处当天能返回。这就可以以该学院为圆心画一个圈，包括了三个区的上千个生产队。这是第一次摸索到的侦查范围。有了这样一个范围，就为逐步深入侦查提供了方便。

大米经过化验，含铅含镉量为零点二，是清水大米。附近产这种大米的有三百多个生产队，这样就在上千个生产队中剔除了大部分，范围进一步缩小，侦查更方便了。再把罪犯留下的大米进行分析鉴定，有含糖量少，子粒饱满、整齐、透明、色泽发青等特征。通过各方面对比，附近只有五个生产队的大米具有这特征。从三百多个队缩小到五个队，为侦查工作带来更大的方便。最后根据罪犯面貌、衣着等特征，在五个队中排查，很快就破了案。

从大米的限制语，可以看出概念外延与内涵的关系：

清水大米
含铅含镉量为零点二的大米
含糖量少的大米
子粒饱满的大米
整齐透明的大米
色泽发青的大米
……

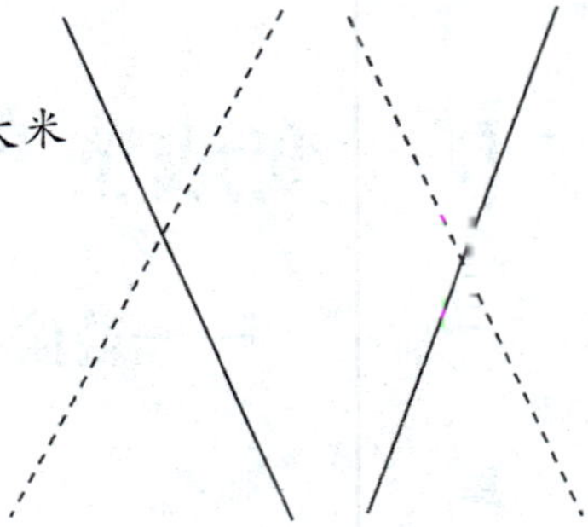

实线表示外延，虚线表示内涵。找出大米的特征越多，大米的内涵也就越丰富，相对的外延就缩小了。这就是概念的限制法。依靠这种方法，可以使茫无头绪的事情找到线索，最后获得解决。

“鱼”变成了“社会主义”

——谈偷换论题

现在，有了食品卫生法，但有的饮食店不严格执行，顾客对此啧有烦言。本来，有人提了意见，认真检查，加以改正，问题也就解决了。可是，有的饮食店却不是这样，顾客提了意见，服务员不但不虚心接受，还强词夺理，为自己护短，这就有损职业道德了。1987年2月15日《钱江晚报》上，一篇短文中有这样一段话：

有一回，我出差到内地，数月不知鱼味。作为东海之滨的顾客，忽然见到一家大饭店的菜谱上有“糖醋鱼”，怎不喜出望外？谁知菜到之后，竟是一盘臭烘烘的橡皮鱼。我说，这鱼是臭的。那服务工作人员说：“这是国营水产公司供应的，国营企业就是社会主义企业，社会主义难道是‘臭’的吗？”

在记下这段事实之后，作者还特别声明：“这是原话，有两人以上旁证，我一点也没有加油加醋。”

就是一个小学生，也会听出服务员的话是多么不近情理。鱼是活物，买进后不好好保鲜，却把责任推给水产公司，岂非有意欺骗顾客？人家说“臭”的是指鱼，可一转两转，却硬话人家是在说社会主义臭。猪八戒倒打一耙，不管如何巧舌如簧，也是毫无道理可言。

谈问题总要抓住讨论的中心，顾客说鱼“臭”，这是客观存在的事实，用鼻子闻一闻就可辨别出来。服务员实际上已是理屈词穷，不肯正视现实，却想用歪理压制顾客，这就是不折不扣的诡辩。

黑格尔说：“诡辩这个词通常意味着以任意的方式，凭借虚假的根据，或者将一个真的道理否定了，弄得动摇了，或者将一个虚假的道理弄得非常动听，好像真的一样。”［《哲学史讲演录》（第二卷）］像上面顾客所说“这鱼是臭的”，是一个主语所指十分明确的陈述句，也就是表示明确判断的命题。这里的“臭”，是针对鱼说的，主语“鱼”和谓语“臭”在命题中是不可分割地联系在一起的。现在服务员避开“鱼臭”这个命题，却说顾客是在讲社会主义臭，这是把一个真的道理否定了，而把一个虚假的道理讲得耸人听闻，这就是典型的诡辩。诡辩的特点是似是而非，表面上似乎说得很动听，实际上则是故意颠倒是非，因此，这种谬论具有更大的欺骗性。

俗话说：正理只有一条，歪理却有十七八条。事实正是如此。由于诡辩是一种歪理，其所使用的手法有多种多样，像攻其一点不及其余，断章取义，胡乱引申，玩弄字眼，混淆视听等等，都是诡辩家常用的手法。至于上面那个服务员的话，则属于偷换论题。

所谓偷换论题，就是指在证明过程中把需要证明的判断偷换为另一个判断。如顾客说“这鱼是臭的”，服务员如果不同意这个判断，就应该用事实来证明这鱼不是臭的，这才是正理。现在服务员心中有鬼，故意避实就虚，把鱼转换成鱼的来源——水产公司；再把水产公司转换成企业的性质——国营的社会主义企业；最后把“社会主义企业”这个偏正结构中的中心词“企业”删去，留下“社会主义”，来和谓语“臭”挂钩，变成一个虚假的命题——社会主义臭，这就是不折不扣的诡辩了。

偷换论题之所以会迷惑人心、混淆视听，就是因为原判断和偷换的判断有这样那样的联系，这样人们就会上当，产生似是而非的错觉。懂得什么叫诡辩，掌握了论证的规则，就可以针锋相对地驳斥这种谬论，使诡辩家暴露出荒唐的真面目。

“体目文字”“回互具辞”

——谈字谜

猜谜语，是孩子们喜欢的文娱活动。谜语中的字谜和语文知识有关，大人也很喜欢。《文心雕龙·谐隐》中，有一段谈到谜语的起源，原文如下：

昔楚庄、齐威，性好隐语。至东方曼倩，尤巧辞述。但谬辞诋戏，无益规补。自魏代以来，颇非俳优，而君子嘲隐，化为谜语。谜也者，回互其辞，使昏迷也。或体目文字，或图象品物，纤巧以弄思，浅察以炫辞，义欲婉而正，辞欲隐而显。

这段话的意思是说，从前楚庄王和齐威王，生性都爱好隐语。到了东方曼倩，更是擅长隐语。但只用来嘲谑嬉戏，对规劝补过没有好处。从魏代以来，看不起倡优，于是士大夫用来嘲谑的隐语，演化为谜语。所谓谜语，就是把言辞转换变化成使人昏迷不易理解的作品。有的描摹字形，有的刻画物体，用巧妙的聪明来卖弄才情，用浅显的事件来炫耀文采；用意必须委婉而雅正，铸辞必须含蓄而准确。

上面所说“体目文字”（描摹字形）就是指字谜而言。为了增加一定的难度，谜面要造成可以有多种解释，也就是使猜谜者昏迷不易理解。下面试举两个字谜来说明。

有一个谜底“一”的字谜，谜面是四句话：

上不在上，下不在下。
不可在上，且宜在下。

谜底就包含在“上、下、不、可、且、宜”六个字里。这六个字里都有“一”。“上”字中的一，不在上面而在下面；“下”字中的一，不在下面而在上面。“不可”两字中的一都在上面；“且宜”两字中的一都在下面——如果按照这样线索去猜，可说是很容易的，但这个字谜并不容易猜，原因就在谜面的四句话还可以有另外的理解。如“上不在上，下不在下”好像是指另一个字，它应该在上面，却又不在上面；应该在下面，却又不在下面。“不可在上，且宜在下”这两句看来似乎较明白，但和上面两句联系起来，又矛盾又统一，令人如坠五里雾中。言辞上的转换变化，正是这个字谜巧思所在。谜面似乎已明白地告诉你谜底是什么，却又加上一层烟幕，把你搞糊涂了，这就是“回互其辞，使昏迷也”。

另一个字谜，谜面也是四句话：

上面去下面，下面去上面。
两头去中央，中央去两头。

从内容上来理解，这四句话简直莫名其妙，不知应如何入手去猜。原来谜底是“至”字。要猜中这个字谜，关键就在于不要把这个“去”字作“去掉”的意思来理解，而要抓住“去”字的字形作分析。所谓“上面去下面”，就是说“至”字的上半“𠫔”刚好是去字的下半；“下面去上面”，就是说“至”字的下半“土”，刚好是去字的上半。“两头去中央”就是说“至”字的两头都是“一”，而这“一”刚好是去字的中间部分。“中央去两头”就是说“至”字的中间部分“厶”和“十”，刚好是去字的上下两头。这确是一个十分巧妙的字谜，很能看出作谜者的才思。

看了上面两个字谜，就可明白，“回互其辞，使昏迷也”是组成字谜的重要条件。没有这个条件，字谜就不能成立。比如，有下面这样一个字谜：

虫入笼中飞去鸟，七人头上一把草。
大雨落在横山上，半边朋友不见了。

分别猜“风、花、雪、月”四个字，由于直接从分析字形入手，没有什么“回互其辞”，不必动什么脑筋就可猜到，也就不会感到有多大的兴趣。像这样一猜就着的作品，只能算是比较低级的字谜。

当然，如果难度太大了，令人百思不得其解，人们也是不喜欢的。有一个字谜，谜面是杜甫的一句诗：“无边落木萧萧下。”因为太难了，没有人猜出过，最后还是制谜人自己说出来的。原来猜这个字谜，先要倒过来，从“萧萧下”猜起。南北朝时的南朝是宋、齐、梁、陈四个朝代，其中齐、梁两朝王室都是姓“萧”的，“萧萧下”就是指陈。猜到了这个“陳”字，先“无边”变成“東”字，再“落林”，“東”字去掉木字，就是“日”字，也就是这个字谜的谜底。试问，像这样处处设防，步步为营，有谁能猜得出呢？

有一种更巧妙的字谜，是内容和形式兼顾的，如有一个字谜，谜面是这样的：

一人立，三人坐，两人小，两人大，其中更有一二口，教我如何过？

谜底是繁体的“儉”字。谜面除了对谜底作字形分析外，同时，谜底也就是对谜面中最后一句的回答。这户人家，当初不讲计划生育，结果食指[1]浩繁，现在事已至此，要讲出路，就只有勤俭持家了。像这样兼筹并顾的字谜，制作的难度更大，更可见出作者的苦心孤诣。

大多数的字谜，一个谜面，总是只有一个谜底，但偶然也有一谜双底的情况。如以“夹生饭”为谜面，既可猜“炒”字，也可猜“炊”字，因为“少火”和“欠火”用在这里，意思是相差无几的，不过这样的情况毕竟很少。

〔1〕食指：比喻家庭人口。

人过大佛寺，寺佛大过人

——谈回文

浙江省新昌县城外南明山有座大佛寺。寺内大佛高达十丈，是南朝梁代时依山凿成的。佛寺对面建筑名“天然居”，有弘一法师题写的“天然胜境”匾额。有人曾写过这样一副对联：

人过大佛寺，寺佛大过人。
客上天然居，居然天上客。

上下联各有两句，都是第一句顺读，第二句倒读，文字则完全相同。这就是“字句回旋往返，都能成义可诵”的回文体。

回文本是一种修辞方式，是利用词序回环往复的语句，表达两种事物或情理的相互关系。如“美言不信，信言不美”“来者不善，善者不来”等。由于字句结构相同，能使两者关系表达得更清楚，也有助于记忆。

从回文这种形式，正可看出汉语词汇和语法的特点。像上面大佛寺这副对联，上联中两个“过”字，前一个“过”是经过的意思，后一个“过”是超过的意思。这是利用词的多义性造成倒顺两读的可能。下联中两个“上”字，前一个“上”是动词，后一个“上”是方位词。这是利用词性的变换造成两读的可能。

上联前一句中的“大佛寺”是个偏正式合成词，后一句的“寺佛”则成为偏正词组，而“大”字则让它独立起来成为谓语。下联前一句中的“天然居”也是个偏正式合成词，后一句的“居然”则成为副词，而“天”字让它连到下面去，组成“天上客”这样一个偏正词组。

由此可见，上面这副对联，造成倒顺两读的可能，一是利用汉字的一字多义，二是利用语法上的词性转变，三是利用字词搭配、组合的灵活性。

回文字句两两对称，这就为导入诗词等韵文开了方便之门。回文诗在晋代就出现了，苏伯玉的妻子曾作《盘中诗》，三字一句，共二百零七字，成圆形图，可以回环诵读。还有窦涛的妻子苏惠曾作《璇玑图》，长达八百四十一字，构成一幅纵横各为二十九字的图案，织入八寸见方的锦上，回环反复来读。

回文诗比回文联构造更复杂，但原理还是一样的。下面举一首历来传诵的苏轼的《题金山寺》诗为例：

潮回暗浪雪山倾，远浦渔舟钓月明。
桥对寺门松径小，槛当泉眼石波清。
迢迢绿树江天晓，霭霭红霞海日晴。
遥望四边云接水，碧峰千点数鸥轻。

从这首诗中可以看出回文的另外两个特点：首先利用两两相对的事物。两样事物并举，既可以甲对乙，也可以乙对甲。如顺读三四两句“桥对寺”“槛当泉”，倒读便成为“泉当槛”“寺对桥”；又如顺读第七句“云接水”，倒读便成为“水接云”。

其次，形容词应用范围的广泛，也给写作回文诗创造了条件。汉语中的形容词，可以放在名词前面作定语，也可以放在动词前面作状语，还可以充当句子中的谓语。如顺读五六两句，“迢迢”“绿”和“霭霭”“红”分别放在名词“树”和“霞”前面作定语，到读以后，“红霭霭”“绿迢迢”却分别充当谓语了。又如顺读第一句“潮回暗浪”，“暗”作“浪”的定语，倒读“暗回潮”，“暗”作动词“回”的状语了。顺读第二句“远浦渔舟”，“远”作“浦”的定语，倒读“鱼浦远”，“远”充作谓语了。顺读三四两句“松径小”“石波清”，“小”和“清”分别作谓语，倒读“小径”“清波”，“小”和“清”都变为定语了。

回文词的难度比回文诗更大，因为词是长短句，又要受到词牌的限制。但这些难不倒有才思的作者，下面是清初董以宁写的两读的回文词：

明月淡飞琼，阴云薄中酒。收尽盈盈舞絮飘，点点轻鸥咒。晴浦晚风寒，青山玉骨瘦。回看亭亭雪映窗，淡淡烟垂岫。（《卜算子》）

岫垂烟淡淡，窗映雪亭亭，看回瘦骨玉山青，寒风晚浦晴。咒鸥轻点点，飘絮舞盈盈。尽收酒中薄云阴，琼飞淡月明。（《巫山一段云》）

为了配合词牌，有些地方倒顺两读的句子停顿不相同，这样就更增加了难度，而作者仍能应付裕如，确是不易的。

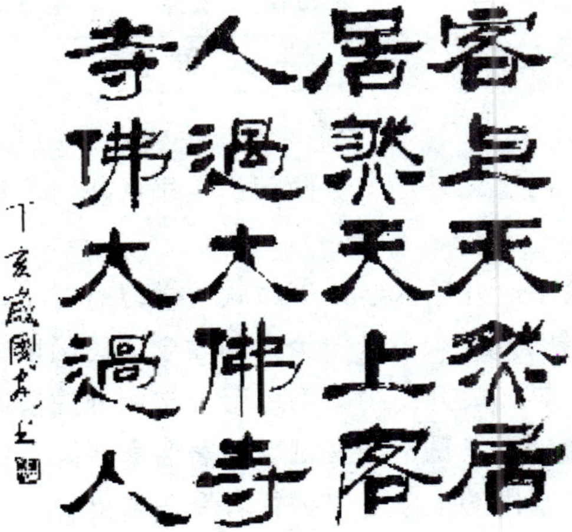

“高下相须，自然成对”

——谈对联

对联是汉字组合特有的一种形式，它要求修辞上的对偶，音的平仄，词的虚实，都要两两相对，虽然短小，却有难度，很能看出作者的才思。对联字数不多，容易记忆，因此古代的一些名联，一直为人们所传诵。明朝解缙写的一副对联，内容寓规箴于讽刺，很有意义，而在形式上，用字对仗都很严格，可说是一副典范性的对联。下面试加分析：

墙 上 芦 苇，头 重 脚 轻 根 底 浅

（平 仄 平 仄，平 仄 仄 平 平 仄 仄）

山 间 竹 笋，嘴 尖 皮 厚 腹 中 空

（平 平 仄 仄，仄 平 平 仄 仄 平 平）

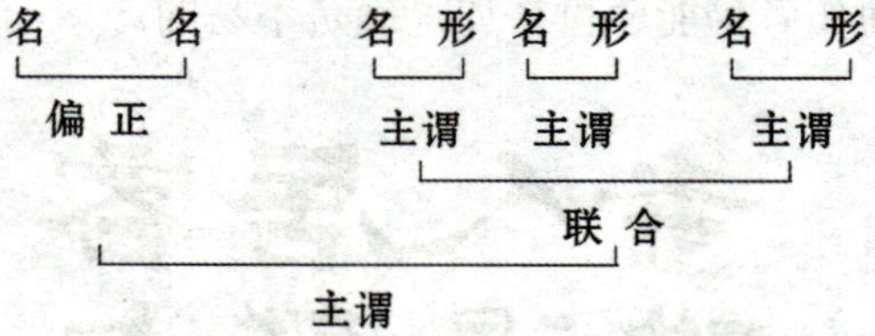

除了一、四两字之外，上下两句都是平仄相对。词性结构，则完全相同。

在封建社会中，儿童入学读书，就要学习对对子，平时也往往用出上联、求下联的方式来考查一个人的才学。民国以来，各级学校对这一考查方法，早已废弃不用。不过有一次例外的情况：1931年，清华大学举行新生入学考试，国文试卷由著名学者陈寅恪命题，其中有一题就是对对子，出的上联是“孙行者”。结果有一半以上的考生交

了白卷。当时有人在报纸上发表批评文章，认为大学不应该在试卷中让考生对对子。陈寅恪出来答辩，他说对对子最能测验出考生的中文水平，因为寥寥数字已经包含对词性的了解程度，以及平仄虚实的运用。经过这么一番解释风波也就平息了。

这道试题，虽然有许多考生答不出来，但也有答得好的。其中最受称赞的是对“胡适之”——“行”对“适”是动词对动词，“者”对“之”是虚词对虚词，美中不足的是“孙”和“胡”对不上来。后来有人以“祖冲之”相对，确是铢两悉称、天衣无缝了。看来真像陈寅恪所说，对对子看似小道，其中却大有学问。

对联字数有限，更要求精练，做到言简意赅、以少胜多。相传有人写了如下一副对联送给郑板桥：

三绝诗书画，一官归去来。

郑板桥看了，十分倾倒。仅仅十个字，就概括了郑的半生，而且都有来历。唐玄宗称赞郑虔诗书画三绝，郑板桥也是能诗能画善书。陶渊明辞彭泽令，赋《归去来兮辞》以见志，郑板桥在山东做过两任知县后，也辞官归隐，在扬州卖字卖画为生。用典贴切，寓赞扬之意于言外，确是难能可贵。

联中还有集句，就是集前人成句而成，这更是看似容易却艰难。因为前人诗句，都是根据具体情况而写的，要把两不相干的诗句集在一块儿，做到形式和谐、内容贴切，不但要有相当功力，还必须胸罗万卷。下面是一副比较好的集句联：

六宫粉黛无颜色，万国衣冠拜冕旒。

这副对联是咏武则天的，上联出自白居易的《长恨歌》，下联出自王维《和贾至舍人早朝大明宫之作》。两诗都选在《唐诗三百首》中。集句成对，居然天衣无缝，用来歌颂武则天，可说是天造地设，一点也看不出斧凿的痕迹，真可谓“文章本天成，妙手偶得之”。

为了增加对联的难度，人们往往在形式上做了种种限制，于是就出现了巧对。如下面一联：

三光日月星，四始风雅颂。

据说上联是辽国使臣拿来的，要求宋朝文人学士给对。对句难就难在第一个“三”不能重复。如果改用其他数字，又和下面三件事物不相称。最后还是苏东坡给对出来。妙就妙在四始“风、大雅、小雅、颂”，其中大雅、小雅可以合称为“雅”。

还有在声音上作限制的，如下面一联：

屋北鹿独宿，溪西鸡齐鸣。

这叫独韵对。上联五字，都是入声屋韵；下联五字，都是平声齐韵。一句五字，都要出于同一韵中，连缀成文，还要互相对偶，难度是很大的。

还有在字形上作限制的，如下面一联：

冻雨洒窗，东两点，西三点。

切瓜分客，上七刀，下八刀。

上联“冻”字是两点水加上东字，照应后面的“东两点”。“洒”字是三点水加上西字，照应后面的“西三点”。下联“切”字拆开来是“七刀”，照应后面的“上七刀”；“分”字拆开来是“八刀”，照应后面的“下八刀”。

《文心雕龙·丽辞》中说：“造化赋形，支体必双；神理为用，事不孤立。夫心生文辞，运裁百虑，高下相须，自然成对。”意思是说：“自然所赋予的形体，上下肢一定成双，这是造化的作用，显得事物不是孤立的。创作文辞，运思谋篇多方考虑，高低上下互相配合，自然构成对偶。”自然界的事物，多是成双对称的，人们从这里得到启发，就有了文辞上的对偶。从客观事物上来寻找对偶产生的原因，这是很有见地的。

“文章最难落笔便佳”

——谈修改

一谈到诗文修改，人们就会想起韩愈与贾岛斟酌文字，认真推敲的故事，因为这个故事，“推敲”也就成了新词。但人们在津津有味地谈推敲的故事时，似乎并没有进一步去留心贾岛的原诗，这样，也就不能更深入地理解这一故事的意义。

贾岛有一首《题李凝幽居》诗，内容如下：

闲居少邻并，草径入荒园。
鸟宿池边树，僧敲月下门。

这首诗写得并不好，各种选本中也很少收录，但却因“推敲”的故事，后面两句竟传诵千古。而“推敲”也随之成为诗人爱用的词语，如宋无诗：“小景画成时展玩，新诗吟得自推敲。”（《四库全书·集部，别集类，金至元，霞外诗集》）释善住诗：“爱闲忘俯仰，养静倦推敲。”（《御选元诗》）

贾岛曾出家为僧，法名无本。据诗题看来，敲的就是李凝幽居的门。这个“僧”大概就是作者自己了。既然写的是日常生活中的一幕，似乎只要按照生活实际来写就是了，但艺术是高于生活的，用艺术作品来反映生活，有一个提炼和加工的过程。推敲的故事，正是反映作者认真进行艺术构思，一个字也不放过的严肃的创作态度。

韩愈认为“敲”字好，大概因为“敲”字更合乎诗的意境。在静寂的晚上，一声“剥啄”，确可增添无限情趣，过去诗歌中写到这点的很多。如苏轼诗“骚人未要逃竞病，禅老但喜闻剥啄”（《再游径山》），朱熹诗“禅关夜扣手剥啄，丹经昼诵心精专”（《奉答景仁老兄赠别之句》）。贾岛诗中的“敲”字，也正是表现出这样的韵味。换作“推”字，就不可能有这样的境界了。

推敲的故事，是韩愈给贾岛改定诗句。而在一般情况下，作者总是把修改看作定稿前的一个创作步骤。鲁迅曾经说过，凡是已有定评的大作家，他的作品，全部就说明着“应该怎样写”。但是光从正面知道“应该怎样写”还不够，还应该知道“不应该那么写”。关于后者，鲁迅有一段精彩的说明：

> 不应该那么写这一面，恐怕最好是从那同一作品的未定稿本去学习了。在这里，简直好像艺术家在对我们用实物教授。恰如他指着每一行，直接对我们这样说——“你看——哪，这是应该删去的。这要缩短，这要改作，因为不自然了。在这里，还得加些渲染，使形象更加显豁些。”

在未定稿本中，可以看出作者对自己的作品怎样认真进行修改，从这里确实可以得到很大的启发。有一位学者，幼年生活贫困，不能上学校，他就刻苦自学，时常到学校门前，从丢弃的字纸中寻找老师的草稿，拿回家来细心揣摩，终于写出了一手好文章。这说明从别人草稿中看改笔，对提高写作能力是很有帮助的。可惜的是作者未定稿留下来的很少，幸而历代笔记中保留修改诗文的故事，分量很可观，同样可使我们从中得到教益。比如，读王安石的诗“春风又绿江南岸，明月何时照我还”（《泊船瓜洲》），随手翻过，印象不会很深，及至看了《容斋随笔》中有关这两句诗的记载，方知这个“绿”字，是经过多次修改后才定稿的。这样印象就大为深刻，对这个“绿”字自然也另眼看待，给予自己种种启发，自然也不在话下。

鲁迅的作品，从原稿上来看，修改的地方就很多。如《为了忘却的纪念》中那首“惯于长夜过春时”的七律，其中两句本来是这样的：

眼看朋辈成新鬼，怒向刀边觅小诗。

定稿改“眼”为“忍”，改“边”为“丛”。改动两个字，意境就大不相同。“眼看”，给人一种消极、无可奈何的感觉；改为“忍看”，义愤之情就跃然纸上。“刀边”这是站在圈子外面的说法，改为“刀丛”，就和被杀害的五位作家站在一起了。

修改自己作品，“如人饮水，冷暖自知”。从一些作者的自白中，也可体会出个中甘苦。如宋朝的潘阆，其《叙吟》自咏苦吟：“发任茎茎白，诗须字字清”，真是把艺术创作看得比生命还重。他的《贫居》诗中还有这样两句：“长喜诗无病，不忧家更贫。”精神生活的丰富，可以把贫困置之度外，这无愧是艺术家的襟怀。

唐彪在《读书作文谱》中说：“文章最难落笔便佳。”这确是经验之谈。好文章是改出来的，所谓出口成章、文不加点，如果真有这样的人，一定是在动笔之前，做了充分的酝酿。平常所说的打腹稿，大概就是指这种情形。

文章为什么要修改，修改有什么好处，清人李沂曾在《秋星阁诗话》中说过一段生动的话：

> 能改则瑕可为瑜，瓦砾可为珠玉。子美云：“新诗改罢自长吟。”子美诗圣，犹以改而后工，下此可知矣。昔人谓：“作诗如食胡桃、宣栗，剥三层皮方有佳味。”作而不改，是食有刺栗与青皮胡桃也。

经过修改，瓦砾可以变为珠玉，这并不是什么夸张。认真修改，好的文章固然可以锦上添花，不好的文章也可化腐朽为神奇。

马克思在写完《资本论》第一卷之后，还要做一次文体上的修饰。他给恩格斯写信说：“这自然就像生小宝宝一样，在一阵剧痛以后用舌头去遍舔那活宝宝，多愉快呀！”只有身历其境的人，才能体会到这种愉快。

形形色色的八股

——谈公式化

一个老师上作文课，还没有写出题目，学生已在“作文”了。老师拿来一看，写的是“光阴如箭，日月如梭”八个字。学生见老师感到奇怪，就说：“这样的开头，随便什么题目都是用得上的。如果题目是《春游》，我就可以写：‘光阴如箭，日月如梭，不觉已盼到了春游的日子。’如果题目是《童年的回忆》，我就可以写：‘光阴如箭，日月如梭，童年时代已经逝去，但儿时的生活，还印在我的脑中。’如果题目是《我的好友》，我就可以写：‘光阴如箭，日月如梭，我和好友×××分别不觉两年了。’……”

这个学生把作文秘诀向老师交了底，态度坦率可嘉，但这样方法是否值得提倡，则是另一回事了。其实这种作文法，也不是学生发明的。早在明朝，应付科举考试的考生，就有一套现成的作文方法。学者杨慎在自己的文集中，就曾对这种方法做过介绍，不过介绍的目的不是提倡而是批判。

明朝应付科举考试的考生叫举子，他们的文章空洞冗长。开头叫作“马笼头”，意思是不必看准试题，处处可用。又叫作“舞单枪鬼”，意思是一下子就跳出来，不必管来龙去脉。接下来一百多字，叫作“寿星头”，是说外表看来像样，实际上则是长而空虚。文章中照例还用一些现成句式，如“存乎……存乎……”，“此之谓……此之谓……”，“有见乎……无见乎……”，总名叫作“救命索”。不管是否和题目相配合，篇篇都可照此办理。杨慎对这种现象深表不满，感叹说：“老师用这种办法来教学生，上面用这种办法来取士子，不知到什么时候才会停止？”

明清科举考试用八股文，这是字句上有严格规定、格式呆板的文章；题目又来自《四书》《五经》，所以一般都认为这是封建统治者扼杀人才、统制思想的工具。据清人蔡尔康《纪闻类编》记载，明亡之后，有人在红纸上大书“奉送大明江山一座”，下面写“八股朋友同具”。作者认为“聪明才智之士，一生有用之精神，尽消磨于无用八股之中”，是导致政治腐败的原因。鲁迅先生在《伪自由者书》中“透底”一文里，曾对八股的产生和性质做过精辟的论述：“八股原是蠢笨的产物。一来是考官嫌麻烦——他们的头脑大半是阴沉木做的，——什么代圣贤立言，什么起承转合，文章气韵，都没有一定的标准，难以捉摸，因此，一股一股地定出来，算是合于功令的格式，用这格式来‘衡文’，一眼就看得出多少轻重。二来，连应试的人也觉得又省力，又不费事了。”文章是客观事物的反映，客观事物纷繁复杂，文章自然也应该多种多样。我国传统的文论，强调“文无定法”，这是有一定道理的。可是后来一些形式主义者，给文章定出种种格式；写文章的人贪图方便，也就按照现成格式去套，于是就出现了公式化。这样一来，呆板的形式限制了活泼的内容，文章的生命力也就丧失了。

早在清朝灭亡之前，“废科举，兴学校”，八股文早已宣告寿终正寝。但八股腔阴魂不散，到了五四运动前后，摇身一变，又出现了洋八股。鲁迅先生在许多文章中反对过洋八股，认为“八股无论新旧，都在扫荡之列”。洋八股经过鲁迅的批判，不敢像过去那样猖獗，但并没有犁庭扫穴，彻底加以摧毁。结果谬种流传，抗日战争时期在解放区又出现了党八股。经过整风运动，文风有了转变，但八股还要作垂死挣扎，到了十年动乱时期，乔装改扮，又以帮八股面目出现了。有人曾用这样三句话来概括帮八股的“特色”：开头形势大好，中间拼凑抄报，结尾高呼口号。帮八股就是这样内容空洞的公式化的三部曲。

清朝钱泳（号梅溪居士）在《履园丛话》中曾把八股文比作猪，他说牛羊犬马，各有名家，但从来没有一个画家把猪画到作品中去。各体诗文，都可写在屏障上作为艺术品来欣赏，但没有人把八股文写了挂起来的。这话真是一针见血地指出了八股文毫无价值。八股文如此，等而下之的各种八股腔也都如此。作为文章来说，八股的要害就是公式化，公式必然千篇一律，必然僵死而无生命可言。这就是为什么写文章必须反对公式化的原因。

此西瓜出卖

——谈废话

在旧社会，毕业即失业，大学毕业生找不到对口工作的很多。有一个大学毕业生，为了维持生活，只得去卖西瓜。但他不会叫卖，就用纸写了“此西瓜出卖”五个字，贴在西瓜上，坐在一旁等人来买。

一会儿，过来一个人，看看西瓜上的纸条，对那个大学生说：“放在你面前的不就是西瓜吗？那么只要写‘西瓜出卖’就够了，何必再加一个‘此’字呢？”大学生一听，很有道理，就把“此”字撕去了。

不久又过来一个人，看了纸条上的字，就说：“你放着的就是西瓜，西瓜谁不认识，何必再写？”卖瓜的大学生听了觉得也有道理，又把“西瓜”两字撕去，留在纸条上的就只有“出卖”两个字。

又一个人过来了，看了纸条笑着说：“‘卖’就是出售的意思，前面何必再加‘出’字呢？”卖瓜的一听觉得不错，就撕去“出”字，纸条上只剩下一个“卖”字了。

一个行人看看纸条，又议论开了：“这大街集市上放的东西哪一样不是出卖的，为什么独有你要写个‘卖’字呢？”那个倒霉的大学生还是虚心地接受意见，把最后留下的这个“卖”字也撕去了。

有一个成语叫“不言而喻”，意思是不需要说明，就可以明白。语言文字是交流思想的工具，但有时一些事情已成为社会上的习俗，大家都在这样做，你不说别人也明白，这就不必说、不必写了。还有一个成语叫“剌剌不休”，这是形容话多，说个不停。这和“滔滔不绝”的印象相反，是个贬义词。如果别人对你有这样的感觉，就说明你的话是毫无新意的老生常谈。至于像那个大学生，卖西瓜也要贴纸条，虽只五个字，却是毫无意义的废话。

写文章废话连篇，大多是由于没有明确写作的目的。所谓“洋洋千言，离题万里”就是指的这种情形。《颜氏家训》中记载这样一个故事：晋朝一个姓王的博士（官名）想买一头驴子，先写文契，一连写了三大张纸，还见不到一个“驴”字。“博士买驴，书券三纸，未见驴字”就成为传诵的笑柄。书呆子喜欢舞文弄墨，拿起笔来，就想卖弄一下自己的文才，结果连为什么写这个文契也忘了。一般说来，这是文章中出现废话的普遍原因。

不要以为写点废话只是文风问题，影响所及，其害非浅。明朝初年刑部主事茹太素向皇帝上疏报告五件事，一共写了17000字。明太祖叫人来读，读了6370字，还没有讲到具体的事情，他发火了，下旨打了茹太素100大板。第二天再听人读，读到16500字，方才讲到这5件事的内容。明太祖为了防止后人再犯茹太素的毛病，就规定了上疏陈事的法则：“若官民有言者，许陈实事，不许繁文。”后来还立了“案牍减烦式”，颁发到各衙门执行。从这件事上，可以看出当时讲废话风气的严重和明太祖根绝讲废话的决心。明太祖这样做并不过分，因为明朝开国之初，百废待举，重要的是办实事，如果浮文泛滥，就不可能励精图治，创一代之新风。

好的文章，都是经过作者精心修改，而修改的一个重要方面，就是删去可有可无的话。修改也叫“删改”，这是很有道理的。欧阳修写《醉翁亭记》，原来开头是从滁州四面的山写起，用了100多字。最后定稿，才把这些话都删去，而用“环滁皆山也”5个字来概括。这是因为文章的题目是《醉翁亭记》，和写《滁州山水记》不同。如果开头用很多文字来写四面的山，喧宾夺主，文章就不切题了。

契科夫说：“写得好的本领，就是懂得什么地方应该删去的本领。”他还打过这样的比方：雕刻一座人像，只要把不应当留着的地方凿去就是了。有些文章中的废话很多，并不是写的人存心要这样做，而是不懂得什么地方应该删去。锻炼这方面的本领，正是写作的基本功。鲁迅说：“写完后至少看两遍，竭力将可有可无的字、句、段删去，毫不可惜。”本领从实践中来，能养成多看、多删的习惯，废话自会逐步减少以至根绝。

一份反面教材

——谈奇文

东晋陶渊明有两句脍炙人口的诗：“奇文共欣赏，疑义相与析。”（《移居二首·其一》）这里的“奇文”是指新奇的文章，是带有褒义的。但现在人们引用陶渊明的这两句诗，已经带有讽刺的意味。现在所谓奇文，是指那些内容怪诞、字句不通的文章。时至今日，“奇文”已由褒义变成贬义了。

当然，文章的内容，偶然有点谬误，字句上有些小毛病，不能一概称为奇文。凡是称为奇文的，总是内容违反常识，词句不合语言习惯。国民党统治时代山东省主席韩复榘，讲话似通非通，常常闹笑话。可是他偏偏不肯藏拙，还时常跑到各处去献丑，是不折不扣的制造奇文专家。有一次，他在齐鲁大学校庆会上发表演说，信口开河，集怪诞之大成。这篇演讲词，成为传诵一时的奇文，现在仍可看作是奇文的典范。为了说明什么是奇文，特将这篇演讲词录在下面，并略加分析。

诸位、各位、在其位：

今天是什么天气？今天是演讲的天气。开会的人来齐了没有？看样子大概有五分之八啦，没来的举手吧！（无人举手）很好，很好，都到齐了，你们来得很茂盛，敝人也实在是感冒。……今天兄弟召集大家，来训一训，兄弟有说得不对的地方，大家应该互相谅解，因为兄弟和大家比不了。你们是文化人，都是大学生，中学生和留学生，你们这些乌合之众是科学科的，化学化的，都懂七八国的英文，兄弟我是大老粗，连中国的英文也不懂。……你们是笔筒里爬出来的，兄弟我是炮筒里钻出来的。今天到这里讲话，真使我蓬荜生辉，感恩戴德。

其实我没有资格给你们讲话，讲起来嘛就像……就像……对了，就像对牛弹琴。

今天不准备多讲，先讲三个纲目。行人都靠右走，着实不妥，实在太糊涂了，大家想：那左边留给谁呢？还有件事，兄弟我想不通，外国人在北京东交民巷都建了大使馆，就缺我们中国的。我们中国为什么不在那儿建个大使馆？说来说去中国真是太软弱了！还有，总务处长，要不是你贪污了，那学校为什么这样穷酸？十来个人穿着裤衩抢一个球像什么样子，多不雅观！明天到我公馆再领笔钱，多买几个球，一人发一个，省得再你抢我夺。

短短一篇演讲稿，真是百孔千疮，即使是专医文病的高手，恐怕也无从下笔修改。这篇奇文最大的特色就是文不对题。明明是在齐鲁大学校庆会上的讲话，内容却没有一句关系到校庆，信口开河，用这样大杂烩来款待听众，实际上是暴露了旧官僚处处以我为中心，一味瞎吹的恶习。归根结底，这也是一种八股，可名之为官八股。熟习了这一套，不管校庆会也好，追悼会也好，处处可以套用。反正在旧官僚的眼中，老百姓都是群氓，都得听我的。“文如其人”，一篇演讲稿，正反映出演讲者的本质特性。所谓“训一训”，所谓“对牛弹琴”，不能简单地看作用词不当，这正是旧官僚在官场中长期养成的习性的自然流露。

固然，这篇演讲稿是文不对题，但韩大人为什么要说这些内容，却也值得探索。结尾他讲了三个“纲目”，作为一个省的主席，连大使馆的性质也不知道，说明旧官僚闭目塞听到了何等严重的地步。至于行人靠右走，只要实地到街上去观察一番，便可了然。现在竟作为一个问题提出来，正可看出这个省主席把自己关闭在公馆里，如置身世外桃源，“不知有汉，无论魏晋”，现实社会对他来说已完全是陌生的东西了。而他郑重其事提出这些问题，把他的独特见解公之于众，目的还在一鸣惊人，以此显示自己洞察一切，具有非凡深刻的观察力。

一般说来，评价一篇文章，总可分为内容与形式两个方面，如果有毛病，也可从这两个方面去找。这篇演讲词之成为“绝妙文章”，还在于它的一些毛病，竟分不清是属于内容方面的，还是属于形式方面的。比如说：“今天是演讲的天气”，看了这句话，总觉得似懂非懂，但究竟是内容方面有问题，还是形式方面有问题呢？一时却不容易搞清楚。演讲和天气拉扯在一块，究竟是什么意思呢？比如说，晴天是演讲的天气，雨天则不是演讲的天气了。究竟是不是这个意思，除了演讲者自己，恐怕没有人猜得透的。

把这篇演讲词选入《文章作法》，可以作为反面教材给读者如下的启发：

写文章，一定要有的放矢。开口、动笔之前，要好好想一想，我为什么要讲这些话，为什么要写这些内容。在这篇文章中，我准备告诉读者一些什么。千万不要像这位韩主席那样，事先毫无准备，东拉西扯，动辄训人，把听众、读者看作牛，自己则是无所不知的博学之士。

话是讲给人家听的，文章是写给读者看的。要多为对象着想，让人家愿意接受，有所收获。千万不要像这位韩主席那样，连自己也搞不清楚的事，偏偏不懂装懂，只管瞎吹，不怕识者齿冷。

平时要多听听人家的说话，取长补短，不断提高自己的说话能力。千万不要像这位韩主席那样，只顾张开血盆大口，“飞流直下三千尺”，到头来是害了别人，也害了自己。

由博返约

——谈读书方法

前几年人民文学出版社重印大仲马的《基督山伯爵》，译者蒋学模在“后记”中对此书做了评价，认为在世界文学史上，大仲马的地位不及雨果，《基督山伯爵》的价值也不及《悲惨世界》。这是从反映现实的深度和广度来说的，但《基督山伯爵》毕竟还是有其自己特色的，其中有很多章节耐人寻味，用心的读者不难从中得到启迪、获得教益。

有人说，好的文学作品是生活教科书，这里的“生活”一词，外延应看得比较广泛，即不仅是指立身处世、待人接物之道，就是在求取知识方面，也可以从中摸索出一些有用的方法。

《基督山伯爵》第十六章“一个意大利学者”中，写到邓蒂斯在伊夫堡监狱中意外地碰上了另一个犯人——法利亚长老。长老告诉邓蒂斯，他在狱中写成论建立意大利统一王国的专著，“印出来可以成为一册四开本的大书”。邓蒂斯对此表示怀疑，因为写这样一部巨著，是需要许多书作参考的，可狱中却什么书也没有。于是 法利亚长老就告诉邓蒂斯写书的秘密。原来入狱前，他在罗马的书房里，有将近五千本书。他读了许多遍之后，发觉一个人只要熟读150本精选过的书就够用了。他用三年时间把这150本书记在脑子里。由于有了这笔本钱，入狱之后，只要略微回忆一下，“就可以清楚记起它们的内容，就像把书本摊开在我面前一样”。这就是说，法利亚长老已把他书房里主要的150本书的内容装进他的脑中。这些内容看不见、摸不着，却可以随着他的身子进入狱中，在写他的巨著时，随时取用作参考。

任何艺术的真实，都离不开生活的真实。《基督山伯爵》中这段情节，是作者虚构的，但却有大仲马自己的生活经验在里面。在现实生活中，类似这样的情况也并不是没有。我国经济学家孙冶方，“文革”一开始就被投入监狱，但他并没有放弃经济理论的研究。从入狱第二天开始，他就用一个月的时间，把已经构思多年的《社会主义经济论》的提纲，打了一遍腹稿。这份腹稿，一共有22章183节。从此以后，他每月总要默诵一遍，坚持不懈，还随时进行补充。就是这样，在失去自由的7年中，他把整个提纲的腹稿默诵了85遍。出狱后，这本用腹稿写成的书，终于在1979年出版。这一事实，正可说明《基督山伯爵》中关于法利亚长老写书的话，并非只是凭空想象的无稽之谈。

《基督山伯爵》中这一段情节，实际上也是告诉我们一种读书的方法。法利亚对自己读书经验的介绍，和我国传统的读书方法——由博返约，十分近似。一个人有幸能读到许多书，这当然是值得高兴的。但如果只是把许多知识杂乱无章地堆积起来，不能提要钩玄，取精用宏，也就只不过让自己变成书橱，起不了什么作用。从这一点来说，法利亚长老的读书经验，很有借鉴作用。

对法利亚长老介绍读书经验的话，要特别注意“精选”和“熟读”。从五千本书中挑出150本，不能像瞎子摸象那样盲目摸索，而必须经过精选。所谓精选，是指选取最有代表性的，又是五千本书中的精华。这就要靠平时的博览和精深的鉴别能力。选定之后，还要熟读，只有经过深思熟虑，才能真正掌握内容；也才能做到触类旁通，对另外的书，不是抛在一边，而是由此及彼，必要时仍能应用。

古希腊戏剧家埃斯库罗斯说：“聪明人不是具有广博知识的人，而是掌握有用知识的人。”这话正可与法利亚长老的读书方法联系起来看。从目的性方面来说，精选就是选取对于自己有应用价值的，用志不分，才能有所收获；而熟读，就是把书本中的知识经过消化，了然于胸，这样才能更好地应用。

下篇

写作的故事

内容提要

本篇选取一些古今中外有关语言的小故事，以讲故事的方式，从字到词，从句到篇，从语法到修辞，从创作到评赏，深入浅出，生动形象地阐发了汉语言文学的本源和真谛；静心阅读这些从容恬淡的文字，细细品味发人深省的小故事，能领悟到文学艺术的真、善、美，有益于激发学习语言的兴趣，潜移默化地提升阅读能力及表达技巧。

三眼灶秀才

——谈汉字的形体

现在报刊上使用的铅字，其中一部分已经经过了简化，比较容易写了。简化汉字推行以来，深受广大群众欢迎。实践已经证明，它减轻了学习和使用汉字的负担，有利于广大群众掌握科学文化知识。

现在我们在书写简化字的时候，大概不会想到过去的读书人，为了写好一些笔画繁多的字，是吃了怎样的苦头。就拿‘灶”字来说，经过简化，只有七笔，写起来没有什么困难了。但原来没有经过简化的繁体字，一共有二十一笔，由“穴”“土”“黽”三部分组成。不但笔画多，而且十分难写。据说清朝有个童生去考秀才，文章中用到一个“灶”字，要把笔画这么多的字写到小小的方格子里去，确实有点困难，结果一个字占了三个方格。事情传开去，人家就取笑他，叫他“三眼灶秀才”。其实，在汉字没有简化之前，烧“三眼大灶”的，何止这个秀才呢？

汉字大多由两部分拼成，或上下，或左右。写得潦草一点，容易把一个字写成两个。明代冯梦龙《广笑府》里记载一个故事：一个县官写了条子叫差役去买猪舌，“舌”字写得太长，差役看成“买猪二口”，到各处寻买，只买到五百口，只好向县官哀告，请求减半。传说王安石写字很潦草，他写的字人家看不清楚，拿去问他，他自己也看不清，反而怪人家为什么不早点去问他。这情形或许是个别的，但也可看出汉字难写。

因字形相近而误写，这种情形在古代就有了。《吕氏春秋·察传》中载：孔子的学生子夏到晋国去，路过卫国，听到有人在读历史书，有“晋师三豕涉河”一句，子夏听了说：“不是‘三豕’，是‘乙亥’。

这是因为字形相近而搞错了。”到了晋国探询一下，果然是“晋师乙亥涉河”。南朝刘勰《文心雕龙·练字》中还指出：《尚书大传》中有“别风淮雨”，《帝王世纪》则作“列风淫雨”。“列风”即“烈风”，“淫雨”指过多的雨。“别风淮雨”是抄错的。后汉傅毅写《靖王兴诔》用了“淮雨”，这是以讹传讹。上面仅是古籍中有记载的事实，实际上写错的一定很多。

汉字笔画有限，形近字很多，这是难写的一个重要原因。如“礼貌”的“貌”，右边的“皃”即“貌”的本体字。《说文解字》上说：“皃，颂仪也，从人、白，象人面形。”“颂”就是现在的“容”字。一个人的容仪见之于外就是“皃”。上面的“白”不是黑白的白，而是人面的象形。可是现在常把右面写成“兒”，“兒”是“儿”的繁体字，同容貌没有关系。“皃”和“兒”形体相近，所以容易误写。

又如“臽”是“陷”的本体字，篆文写作“臽”，“凵”是坑的形象，“臼”，坑中四点，像乱石等高低不平，“⺈”是“人”的象形。整个字形，像一个人的脚落到坑中去。后来加了偏旁写成“陷”。“馅”“焰”的偏旁也是“臽”，韵母都是“ian”。和“臽”形体相近的有“舀”。“舀”篆文作“舀”。“凵”像缸缶之类的容器，“臼”其中四点是米粒谷粒等形象，“爪”就是“爪”，手下垂的样子。整个字形，就是伸手入容器中抓取东西。“滔”“蹈”“稻”“韬”的偏旁也是“舀”，韵母都是“ao”。

又如“朿”，中间的“冂”是像木条上的钩刺，后来加偏旁写成“刺”。“枣”“棘”都与“朿”有关，“枣”单生而高，“棘”丛生而矮，从字形上可以看出来。“束”中间是“口”，像绳子把木头捆起来，所以“束”有“束缚”的意思。“速”“竦”的声旁都是“束”。

像这样形体近似的字很多，现在大多用作偏旁，细加辨认，并懂得一些造字的原理，就可避免写错。

读过鲁迅小说《孔乙己》的人，都记得孔乙己曾经说过“回”字有四种写法。其实汉字中同一个字有两种以上写法的很多，如下面一些字都有四种以上写法：

窗——窓、窗、窻、牕、牎

咱——喒、偺、偺、伯

携——攜、擕、擕、攜

橹——艣、樐、艪、樚

雕——彫、鵰、凋、琱

亩——畝、晦、畆、畂、畒

经过异体字整理，只选用其中的一个，方便了不少。但古籍中不同字体还保留着，所以仍有了解的必要。

写简化字，仍然要注意规范化。有些字的简化写法，过去不统一，现在要按照规范来写。如“岁”不要写成“岁”，“导”不要写成“寻”。对于一些简化字要弄清笔画，不然的话，查字典就会发生困难。如下面一些字：

镇 “金”作偏旁，简化后共五笔，第二笔是横不是点，第五笔是不出头的竖提。

饱 “食”作偏旁，简化后共三笔，第二笔是横钩，第三笔竖提。

长 简化后共四笔，中间一竖上下相连。

纟 “糸”作偏旁，简化后共三笔，第二笔下面没有一点。

有些难写的字更要仔细辨认，弄清笔顺。这样既不会写错，而且可以写得比较美观。如下面一些字：

皋 从“白”从“大”从“十”。“白”下不从“木”。“翱”“嗥”等字同。

敝 左面中间一竖上下相连，共十一笔。

兜 上半从“白”从“𠂆”，下从“儿”。

盥 上半从“水”从“白”，下从“皿”。

灰 上从“𠂇”，不从“厂”。“恢”“诙”等字同。

对于部分形体相似的字，更要细加区别，如：

┌剥 左面从“录”，上半是“彐”；“绿”字右面同。
└缘 右面从“彖”，上半是“彑”；“椽”字右面同。

┌摇 右下从“缶”。“遥”“鹞”“傜”等字同。
└淫 右下从“壬”。

┌羌 中间一竖连下左撇，共七笔。
└美 从“羊”从“大”，共九笔。

┌隔 右面“冂”内一横，“融”字同。
└献 从“南”从“犬”，左面“冂”内二横。

都都平丈我

——再谈别字

清朝有个私塾先生，教学生读《四书》，把“郁郁乎文哉”读作“都都平丈我”，小学生也就照读不误。后来有个人到私塾来，纠正学生的别字，告诉他们正确的读法，学生反而感到惊奇不已，纷纷逃散。于是有人写了一首诗道：“都都平丈我，学生满堂坐；郁郁乎文哉，学生都逃散。”汉字形体相近、读音相同的很多，一不小心，就会混淆起来，读别字，写错字。有一个讥笑读别字的笑话：一个塾师生前常读别字，死后去见阎王，阎王说他生前专读别字，贻误人家子弟，要罚他做狗。塾师向阎王请求说：“做狗也好，但要求做母狗，不要做公狗。”阎王问他为什么？他说《四书》上有这样的话：“临财母狗得，临难母狗免。”原来他又把“临财毋苟得，临难毋苟免”读成了别字。阎王见他死后还要读别字，勃然大怒，要罚他做猪。塾师说：“做猪也好，但请给我做南方猪，不愿做北方猪。”原来他又是把《四书》中的“南方之强与，北方之强与”读了别字，而且读成破句，变成“南方猪强于北方猪”。

笑话的产生也有现实基础，这现实基础就是汉字确实难写、难读。文字学古代叫作“小学”，意思这是小学生初学识字的第一步功夫。可是现在，说文之学，《尔雅》之书，已成为专家研究的典籍；六书源流、篆隶演变，能知其三昧者又有几人？识字不外乎形、音、义，说来简单，做来却难。“交代”写成“交待”，报刊上比比皆是。难怪专家们要大声疾呼：正确的写法笔画较少，为什么偏偏要去写笔画较多的别字呢？至于“不假思索”讹为“不加思索”，已是积重难返；“故步自封”变为“固步自封”，只好予以承认。正字之难，于此可见。

汉字难读，也有一个故事。一个书生问和尚：“‘南无’的读音明明是‘nán wú’，你们出家人为什么要念作‘nā mō’呢？”和尚回过来问书生道：“‘於戏’的读音明明是‘yū xì’，你们读书人为什么要读作‘呜呼’？你‘呜呼’了，我自然要‘南无’了。”这个富有幽默感的故事，就是利用汉字读音分歧构成的。由此也可看出要正确读出汉字的字音，并不很容易。

现代通用汉字，形声字占绝大多数，明白形声字构造规律，有助于正确书写，避免写错别字。如下面一些字，每组的声旁形体相近，要仔细辨认：

┌舀——滔、稻、韬、掐、蹈
└臽——陷、馅、谄、阎、掐
┌叚——假、葭、暇、瑕、遐
└段——椴、缎、锻
┌朿——刺、棘、策、枣
└束——踈、漱、簌、速、悚、敕、剌
┌夬——块、快、决、玦、诀、缺
└央——泱、殃、鸯、映、英、怏

特别要注意像“掐”和“掐”，“刺”和“剌”，“快”和“怏”等字，形旁相同，声旁形近，一旦粗心写错，就成为另一个字，音义都不同。此外还要注意和会意字的区别。如：

┌抖：形声字，从“斗”得声，发抖。
└科：会意字，从“禾”“斗”，用斗量禾（粮食）的意思，从字形上看不出读音。
┌唁：形声字，从“言”得声，吊唁。
└信：会意字，从“人”“言”，人言为信。从字形上看不出读音。

字的读音，一方面要注意字形不同而读音相同的同音字。如：

ài：隘、爱、瑷、唉、艾、碍

bào：抱、鲍、铇、刨、豹、报、暴

cháng：长、常、裳、徜、尝、肠、场

dài：代、袋、殆、待、苛、逮、戴

另一方面也要注意字形相同而读音不同的多音字。读音不同，字义往往也不同，所以多音字也往往是多义字。如：

薄：báo（厚薄） bó（刻薄） bò（薄荷）

参：cān（参观） cēn（参差） shēn（人参）

差：chā（差别） chà（差劲） chāi（出差）

强：jiàng（倔强） qiáng（强盛） qiǎng（强迫）

字义方面，也有些意义相近的字，要注意区别。如：

连—联　这两字读音相同，有些地方可以通用。如“连贯”也可写作“联贯”，“联结”也可写作“连接”。“连”字用在比较具体的场合，如“骨肉相连”“藕断丝连”。“联”字用法较为概念化，如“联合”只指不分散，“联欢”只指一起欢聚。

繁—烦　这两字读音相同，也有可以通用的地方。如“繁难”也可写作“烦难”，“烦冗”也可写作“繁冗”。“繁”指繁多、复杂，它的反义字是“简”；“烦”指又多又乱。“要言不烦”的“烦”不能写作“繁”，“繁荣昌盛”的“繁”不能写作“烦”。“繁”带褒义，如“繁多”“繁华”；“烦”带贬义，如“烦闷”“烦恼”。

今天的汉字，是从公元前十四世纪殷商时代的甲骨文衍变而来的，具有悠久的历史，朝鲜、越南、日本都使用过汉字。日本现在还用部分汉字和字母配合在一起记写日语。在国内，由汉字书写的统一的书面语言，对各民族和汉族许多方言地区的人们产生了一种凝聚的力量。我国历史上留下来的丰富的文化典籍，都是用汉字书写的。汉字的巨大作用不可低估。我们要认真学好汉字，掌握科学文化知识，为振兴中华服务。

"枇杷"和"琵琶"

——谈谈同音词

前清时，一位黄姓官员收到友人来信，误将黄写成了王。于是，这位黄姓官员写了如下的一封辨姓诗：

江夏琅琊未结盟，廿头三画最分明。
他家自接周吴郑，敝姓曾连顾孟平。
须向九秋寻菊有，莫从四月问瓜生。
右军若把涪翁换，辜负笼鹅道士情。

第一句意思是说，我姓黄，同王姓是没有什么关系的。"江夏"是黄姓的郡望，"琅琊"是王姓的郡望。魏晋至隋唐时每郡显贵的世族称为郡望，意即世居某地为当地所仰望。第二句是说，"黄"是"廿"字头，"王"字三画一竖，两者区别明显。三、四句说，"赵钱孙李，周吴郑王"，《百家姓》里，王姓紧跟在"周吴郑"之后；"伍余元卜，顾孟平黄"，姓黄的则是在"顾孟平"之下。"他家""敝姓"，不容混淆。第五句意思是，《礼记·月令》中有"季秋之月……菊有黄花"的话，我们姓"黄"的，正是和菊花有关的。第六句则说，至于姓"王"的，与"孟夏之月……王瓜生"的"王"同字。九秋开的黄菊花就不要和四月生的王瓜纠缠在一起了。七、八两句用了一个典故。王右军即东晋书圣王羲之，有一个道士曾以一笼鹅为代价，请他写一篇《黄庭经》。涪翁则是宋朝诗人黄庭坚，其姓名与《黄庭经》相近。诗意是说，如果把王右军换成黄庭坚，虽然都是书法家，却会辜负道士送鹅的盛情了。

方块汉字同音的很多，有的在普通话里读音是不同的，可是在一些方言区里却是相同的。如“黄”，在普通话里读“huáng”；“王”，在普通话里读“wáng”，两者不会混淆。但在吴语区里，这两个字声音相同，不容易辨清，因此在口头报姓时，不得不麻烦些，说或“大肚黄”（或草头黄）或“三画王”。

由于同音字多，汉语词汇中的单音词逐步向双音词发展，就成为一种自然的趋势。但双音词中，仍然有字音相同的词语存在。如：

战友——占有
著名——注明
久经——酒精
食用——实用
无味——无谓——无畏
公议——公意——工艺
就是——旧式——救世——旧事
公事——公式——工事——攻势

相传有个人把“枇杷”错写成了“琵琶”，于是有人作了一首诗嘲笑他：

枇杷不是此琵琶，只为当年识字差。
若使琵琶能结果，满城弦管尽开花。

除了“枇杷”“琵琶”之外，“蚱蜢”（昆虫）与“舴艋”（小船）也是事物不同而字音相同的，有人还利用这样的同音字造成下面的巧对：

筵上枇杷，本是无声之乐；
草间蚱蜢，还同不系之舟。

在一些文学作品中，有时也利用词的同音作为展开情节的手段。如老舍的《龙须沟》中，有一处这样的对话：

大妈　什么事儿呀，都是眼见为真；老沟还敞着盖儿，没填上哪！

娘子　那还能不填上吗？留着它干什么呀？老太太，对街面儿上的事您太不积极啦！

大妈　什么鸡极鸭极的，反正我沉得住气，不乱捧场，不多招事。

这里作者借大妈不懂新名词“积极”，当作“鸡极”，引出话题。

我国古典文学，特别是南北朝乐府民歌中，利用谐音作为一种修辞手段，是极普遍的现象。下面举一首《子夜歌》为例：

高山种芙蓉，复经黄檗坞。
果得一莲时，流离婴辛苦。

这里“芙蓉”谐音“夫容”，指女子的所爱；“莲”谐音“怜”，指得到情人的爱怜。

语言中存在同音词，历史上也曾为民间艺人所用，作为说话中的资料。如五代时民间艺人李可及，表演三教论衡，利用同音词说释迦、老子、孔子儒释道三教的三个重要人物都是妇人。有人问他为什么说释迦是女人，他说：“《金刚经》云：‘敷座而坐。’若非妇人，何须‘夫’坐然而‘儿’坐也？”这是利用“敷”“夫”同音，“而”“儿”同音，而“儿”又是女人的自称。接着又问他为什么太上老君也是女人，他说：“《道德经》云：‘吾有大患，为吾有身；及吾无身，吾有何患？’倘非妇人，何患于有‘身’乎？”这是利用“身”“娠”（怀胎）同音。最后问他为什么说孔子也是女人，他说：“《论语》云：‘沽之哉！沽之哉！吾待贾者也。’向非妇人，待‘嫁’奚为？”这又是利用“贾”“嫁”同音。

同音现象，也会给生活带来不便，甚至闹出笑话。有这样一个故事：北方有一户人家，托人去买几条竹竿，那人却听作“猪肝”，就到肉店买了一副猪肝回来，多余的钱，还买了一副猪耳朵和一个猪心，准备自己享用。那家主人见他买错了，就责备他说：“你的耳朵呢？”那人大吃一惊，连忙把猪耳朵拿出来说：“耳朵在这里。”主人见他误会了，又说：“你的心呢？”那人更惊呆了，急忙把猪心拿到主人面前说：“心在这里。”其实，也难怪那人听错，在普通话里，“竹竿”和“猪肝”的语音都是zhu gan，区别仅仅在于“猪”是阴平，“竹”是阳平。

双音词中同音的，毕竟比单音词中同音的来得少，而且也是有办法避免误解的。比如，在具体应用时，就可分别说明“晾衣的竹竿”和“吃的猪肝”。

同音词的存在，是语言中的客观现象，要完全避免是不可能的。因为世上事物无限，还在不断增多，而人类的语音变化，毕竟是有一定限度的。我们只要注意具体应用时的语言环境，语音上这个小小的“缺陷”是完全可以弥补的。古汉语中的单音词，既然可以用发展成为双音词来解决矛盾，那么现代汉语中的双音同音词，也正可以用结合句子来理解的办法解决这一矛盾。

“窃书不能算偷”

——再谈谈同义词

同一种人，同一种东西，有两个或两个以上名称，这种情形是很多的。比如明清时代，童生经过本省各级考试取入府、州、县学的，通名生员，习惯上人们也称生员为秀才。有的童生怕自己文章不好考不取，往往请生员代考。当然，这是违反考试制度的，一经查出，代考的生员就要被赶出试场，甚至还要受到责打。某县县学举行考试，一个生员代替童生考试被查出了，被监试人员责打，那个生员一时情急，连忙大叫：“生员不是秀才，生员不是秀才。”监试人员听了觉得好笑，就边打边说：“我不打你秀才，就是要打你生员。”

那个秀才，平日自称生员，已成了习惯，情急之下，只记得秀才不可以代童生应考，却忘了生员就是秀才，于是闹出了笑话。

一物两名，在语言学上叫作同义词，有时也包括意义相近的词。同义词即使所指对象是完全同一的，在用法上也会有细微的区别。如上面举出的“生员”和“秀才”，在一定情况下，所指的对象完全相同，但应用场合不完全一样。自称一般用“生员”，称人则用“秀才”。此外如“母亲”和“妈妈”，也是一对同义词；“母亲”一词比较庄重，比如把祖国比作母亲时，就不能代之以“妈妈”。“妈妈”的称呼比较亲切，情调和“母亲”不同。峻青的短篇小说《党员登记表》，提到黄淑英的母亲时，很多地方都用“妈妈”，但在下面一句中却用“母亲”：“可以想象，母亲的遭遇，也决不会比女儿好多少。”细加体会，可以看出作者在这里变换一下名称，是完全必要的。

变换同义词，有时还有一种微妙的作用。鲁迅的小说《孔乙己》中有这么几句：

……他们又故意的高声嚷道，“你一定又偷了人家的东西了！”孔乙己睁大眼睛说，“你怎么这样凭空污人清白……”“什么清白？我前天亲眼见你偷了何家的书，吊着打。”孔乙己便涨红了脸，额上的青筋条条绽出，争辩道：“窃书不能算偷……窃书……读书人的事，能算偷么？”

“偷”和“窃”是一对同义词，所不同的是“窃”是文言词，在现代汉语中，除了组成“偷窃”这样的双音合成词之外，一般不单独用。孔乙己在对话中说“窃书不能算偷”，这是自相矛盾的。除了写出他掉书袋[1]之外，还有一个原因，就是因为“窃”是文言词，听起来文雅一点。孔乙己没有胆气否认偷书，只好把偷书说成窃书，借此来为自己的不道德行为掩饰，但事实上却是欲盖弥彰，更加显出他的狼狈相。孔乙己想用同义替代的办法，来为他的偷窃行为作辩护，实际上这同偷换概念一样，是一种并不高明的诡辩术，是骗不了人的。

正确理解和使用同义词中的近义词，具有重大的意义。列宁在《国家与革命》中曾谈到一件事：恩格斯在《反杜林论》中曾说过这样一句话：“国家不是‘被废除’的，它是自行消亡的。”社会党人断章取义，把这句话接受下来，目的就是用来对抗无产阶级的暴力革命。列宁针对社会党人这种割裂马克思主义的反革命阴谋，明确地指出：

实际上恩格斯在这里所讲的是以无产阶级革命来“消灭”资产阶级的国家，而他讲的消亡是指社会主义革命以后的无产阶级国家制度的残余。恩格斯认为资产阶级国家是不会“自行消亡”的，而要由无产阶级在革命中来“消灭”它。在这个革命以后，自行消亡的是无产阶级的国家或半国家。

这里列宁对社会党“对马克思主义的最粗暴的歪曲”的批判，就是围绕着正确阐释“消亡”和“消灭”这一对同义词来展开的。为了使这两个词的差别更容易看出来，列宁在它们前面分别加了限制语：“自

〔1〕掉书袋：指好卖弄学问者。

行消亡”和“以无产阶级革命来消灭”。再进一步指出，“消亡”和“消灭”适用对象是完全不同的。“语言是思想的直接现实”，只要把“消亡”“消灭”这一对同义词解释清楚，社会党借用马克思主义词句来反对革命的阴谋，也就暴露无遗了。

作品里使用同义词，可以避免用词的单调重复，使语言富于变化。如白居易的《琵琶行》中，有这样两处：

浔阳地僻无音乐，终岁不闻丝竹声。

我闻琵琶已叹息，又闻此语重唧唧。

“音乐”和“丝竹”，“叹息”和“唧唧”，都是同义词，如果只用其中的一个，诗句的艺术性就将大为减色。又如鲁迅在《不应该那么写》一文中，有如下几句：

读书人家的子弟熟悉笔墨，木匠的儿子会玩斧凿，兵家儿早识刀枪：没有这样的环境和遗产，是中国的文学青年的先天的不幸。

这里用了两组同义词。第一组是“子弟”“孩子”“儿”；第二组是“熟悉”“会玩”“早识”；基本意义是相同的，却有细微差别。“笔墨”说“熟悉”，“斧凿”说“玩”，“刀枪”说“识”，安排恰当，不能互换。

同义词还有助于恰如其分地表达丰富的思想感情。如刘白羽《海上的遭遇》中有这么一句：

（彭参谋长）一会到上面看看水手们，望望放瞭望哨的警备员，一会瞧瞧前舱里的人是不是休息了。

这里的“看看”“望望”“瞧瞧”，意思都是一样的，交互着用，既是为了避免字面的单调，也可以把彭参谋长关心战士们的思想感情真实地表达出来。

使用同义词，有时还可以把客观情况写得更加真实。穆青等写的《为了周总理的嘱托……》中有这么几句：

他们抄了吴吉昌的家，找出他培育的一包包棉花良种，诬蔑说：“看哪，这就是黑劳模偷藏棉子榨油吃的证据。”

……

那些人见吴吉昌不低头……进而捏造罪证，诬陷他是反革命，对他进行了令人发指的残酷迫害。

……

前面用“诬蔑”，后面用“诬陷”。“诬蔑”是捏造事实毁坏别人的名誉，“诬陷”则是诬告陷害，使人受到法律制裁。变换一下同义词，更真实地反映少数别有用心的人对吴吉昌迫害的逐步升级。

鸡松、鱼松、儿童松

——再议简称

据《北京晚报》载，某副食店挂着如下的一块牌子：

本柜经营，欢迎选购：猪肉松、牛肉松、鸡松、鱼松、儿童松。

“儿童松”和“鱼松”等并列，实在令人大吃一惊。好奇的顾客走近去一看，原来柜台里放的是“儿童保健肉松”。

“儿童保健肉松”居然可以简称为“儿童松”，实在是匪夷所思。这也说明当前社会上滥用简称到了多么严重的地步。为了祖国语言的纯洁和健康，这实在是一个值得重视的问题。

简称在我国古籍中早就有了，最常见的一种是用数字来概括同类事物。如《周礼·春官外史》中就有“掌三皇五帝之书”的话。但因年代久远，三皇五帝究指哪几个历史人物，后代说法不一。这也说明用简称是有弊病的，日子一多，人们会忘记本来的名称。还有同一个简称，往往所指内容不同，拿“五子”这一简称来说，具体内容就有下面几种：

①夏朝太康的五个弟弟。《离骚》中有“不顾难以图后兮，五子用失乎家巷”。

②春秋时齐国管仲、宁戚、隰朋、宾胥无、鲍叔牙等五人。见《国语·齐语》注。

③春秋时秦国由余、百里奚、蹇叔、丕豹、公孙支等五人。见《史记·李斯传》索隐。

④宋朝周敦颐、程颐、程颢、张载、朱熹等五人。见清何凌汉《宋元学案·叙》。

简称当然也有好处，如“四书”“五经”“十三经”“二十四史”，已为大家所熟知。“三教九流”“三姑六婆”等也已成为口头语言中的词语。

四字格成语，限于字数，对于人名也多用简称，只举其姓名中的一字。如：

马工枚速：指司马相如和枚皋。他们二人为文，一工一速。后用来称誉各有所长。

萧规曹随：西汉初年萧何任丞相，规划、制订法令；曹参继任，按萧何那一套办事。

此外书名中提到的人名，也多采用简称。如宋朝娄机的《班马字类》和南宋倪思的《班马异同》，“班马”都指《汉书》的作者班固和《史记》的作者司马迁。

此外，有些简称，已凝固成一个词，意思也有了变化。如杜甫诗“漫卷诗书喜欲狂”，“诗”“书”本来是两种书的专名，即《诗经》和《尚书》，连用在一起，只解作一般的书籍。又如杜甫诗“纵使卢王操翰墨，劣于汉魏近风骚”，“风”本指《国风》，“骚”本指《离骚》，合用泛指《诗经》《楚辞》。

古人文章中还有一种特殊的简称。如：

杨意不逢，抚凌云而自惜；钟期既遇，奏流水以何惭！（王勃《滕王阁序》）

郦元之所见闻，殆与余同，而言之不详。（苏轼《石钟山记》）

“杨意”是杨得意的简称，“钟期”是钟子期的简称，“郦元”是郦道元的简称。此外如把诸葛亮称作“葛亮”，司马迁称作“马迁”，也同属一类。但这样任意割裂人名，就是古人也很不赞成。

又有以骚人墨客而合之曰骚墨（见《云南志》诗文），以汗牛充

栋而合之曰汗充（见《云南甲午试录序》），皆文理不通，足以发后世一笑。（《升庵诗话》卷十一）

简称是对全称而言的。把比较复杂的名称紧缩为比较简单的语言单位，也是有一定规律的。大概有两种类型：

（一）词语缩减。这就是从全称中抽出几个成分来构成简称，如把“中国人民解放军”简称为“解放军”，这是留下全称中的中心词；把“工业农业”简称为“工农业”，这是让两个并列的偏正词组共用一个中心词；把“科学研究”简称为“科研”，则是从全称的每一部分中各取一字构成简称。

（二）标数概括。就是用数字概括几项具有共同成分的词语构成简称的方式。如“废渣、废水、废气”简称“三废”；“思想好、学习好、身体好”简称“三好”。

简称不能生造、滥用，在比较重要文件中，仍应使用全称。

明白了简称的规律，再回过头来看看“儿童松”，就可明白这是一个生造的简称，而且与“鸡松、鱼松”等并列在一起，给它制造了一种语言环境，更容易引起极大的误解：既然“鸡松”“鱼松”是用鸡和鱼做成的肉松，那么“儿童松”似乎也是用儿童做成的肉松了。全称“儿童保健肉松”，“儿童保健”是以整体作为肉松的修饰语，意即“供儿童用来保健”。把不可分割的整体硬加割裂，造成的简称自然与原来的全称完全对不上号了。

“搏虎”不等于“救火”

——谈谈方言词语

我们祖国有悠久的历史、辽阔的国土，由于历史和地理的原因，汉语中一直存在着许多方言。《孟子·滕文公》中有这样一段话：

孟子谓戴不胜曰：“……有楚大夫于此，欲其子之齐语也，则使齐人傅诸？使楚人傅诸？”曰：“使齐人傅之。”曰：“一齐人傅之，众楚人咻(打扰)之，虽日挞而未求其齐也，不可得矣；引而置之庄岳(齐地）之间数年，虽日挞而求其楚，亦不可得矣……”

从这则记载看来，早在先秦时代，各地区就存在着方言的差别。方言的存在，会给人们生活交往带来不便。《尹文子》中曾记载这样一个故事：郑（现在河南）人把没有雕琢过的玉叫作“璞”，而周（现在陕西）人把没有风干的鼠肉叫作“朴”。周人带了“朴”（就是死老鼠）到郑国去，对郑国的商人说：“要买‘朴’吗？”郑人以为他带来的是“璞”，就说要的。可是拿出来一看，却是死老鼠，当然不要了。

过去一些笔记小说中，也记载着有关方言的故事。如明朝刘基写的《郁离子》中，有一则《冯妇》的故事。东瓯地方的人把“火”叫作“虎”，“火”“虎”声音是没有区别的。那地方的人不会做屋瓦，盖屋都用茅草，因此火灾很多，人们对此都感到痛苦。那边有个商人到晋国去，听到晋国有个叫冯妇的人会搏虎，冯妇所到之处就没有虎了。商人回来把这消息告诉东瓯君，东瓯君大喜，叫那个商人带了礼物到晋国去聘请冯妇。冯妇到来后，东瓯君亲自去迎接他，待为上宾。第二天市上发生火灾，人们跑来告诉冯妇。冯妇捋袖伸臂跟着人们前去，可是找不到老虎。大火快烧到宫室了，人们就把冯妇推向火里。冯妇到死还不明白东瓯人为什么要把他烧死。

上面只是一个寓言故事，但在现实生活中因方言隔阂而造成不幸的事也是有的。清代的笔记中曾记下这样一件事实：有一户人家的婴儿生了病，托邻人到药店去买“活儿丹”，那个邻人不是本地人，把“活儿丹”听作“活络散”，买回来给婴儿吃，当天婴儿就死了。事后查究原因，方才知道这不幸事件是因方言隔阂造成的。现在上海等大城市，商店营业员由于不会讲普通话和顾客造成纠纷，也时有所闻。语言是人们交流思想的工具，语言不统一，影响是多方面的。

现在人们的交往更加频繁，对于语言准确性的要求也更高。因此，进一步推广普通话已成为刻不容缓之举。学好以北京语音为标准音，以北方话为基础方言，以典范的现代白话文著作为语法规范的普通话，是当前迫切的任务。

推广普通话，并不是说方言就一点没有用处了。方言中的许多词语，是可以为汉民族共同语所吸收来丰富词汇的。“五四”以来许多文学作品中就吸收了不少的方言词语。文学作品中用一些方言词语，可以使作品带上地方色彩，更有现实感。如鲁迅《阿Q正传》中，写阿Q看到小D也把辫子用一条筷子盘起来，心里很不高兴，“他很想即刻揪住他，拗断他的竹筷”。这里的“拗”字，就是浙东一带的方言。又如“搞”字，本来是西南地方的方言词，1949年以来，报刊上普遍使用这个词，现在已无疑地进入普通话的词汇中了。

方言词大多是在口头上使用的，往往更有生活气息，偶一用之，可以使语言的色彩更加鲜明。有时文章中用了方言词，还富有幽默感。毛泽东主席在《反对党八股》中用过“瘪三”；在《新民主主义论》中用过“像煞有介事”；在《评国民党对战争责任问题的几种答案》中用过“一塌括子”；这些都是方言词语。仔细体会，就会感到用得很恰当。“人民的语汇是很丰富的，生动活泼的，表现实际生活的。”（毛泽东《反对党八股》）方言词语就属于人民群众的语言。

但是，如果在作品中滥用方言土话，那是一种自然主义的倾向，也是不足取的。高尔基说：“不消说，口头语在文学作品描写人物的对话中，还仍然保留着，但保留的量是很少的，只是为了使被描写的人物的特征更造型化、浮雕化，使人物显得更生动灵活时才用着。”从这段话中，可以明白应该怎样正确看待方言词语。

如果某一地方性的概念，在全民语言中没有与之相应的确切的名称，或者这个概念用方言词语来表示，更能传达特殊的地方性的事物特征，那么，用方言词语是适当的。超出这个限度，就近于滥用了。

不能"胶柱鼓瑟"

——谈词义的解释

现在参加各种考试，准考证上都贴有照片，这已是很普遍的情况。以前没有照片，参加考试需要填面貌册。所谓面貌册，就是填写每人面部的特征，不过用文字来填写，不可能像小说一样作详细的描写。如参加考试的大多数是青年人，一般就填有"微须"一项。微须者，略有胡须也。

据说清朝有一次考试，许多考生照例在面貌册里填上"微须"。不料监考官却认为"微须"就是"无须"，凡是有胡须的考生一律不准入场。一时考生大哗，问他有什么根据，那个监考官不慌不忙举出《论语·宪问》中"微管仲，吾其被发左衽矣"这句话的朱熹注解："微，无也。"有一个考生不服，举出《孟子·万章》中孔子"微服而过宋"这句话来质问监考官："如果'微'只能解作'无'，那么孔老夫子脱得赤精条条经过宋国，成何体统？"考官语塞，只得允许考生进场。

那个监考官真是胶柱鼓瑟，拘泥不化；而那位考生见机行事，用孟老夫子的话和孔老夫子的话对比，足见其熟读经书，远出于那个监考官之上。其实朱熹在《四书集注》中把孔老夫子这句话里的"微"字解作"无"，不是很全面的。杨伯峻《论语译注》中对这个"微"字的解释是："假若没有的意思，只用于和既成事实相反的假设句之首。"这就比朱熹的解释全面了。从而也可知道孔子这句话，应该译作："假若没有管仲，我们都会披散着头发，衣襟向左边开（沦为落后民族）了。"进而也可明白，范仲淹《岳阳楼记》中"微斯人，吾谁与归？"也应译成"如果没有这样的人，我和谁同道呢？"那个监考官把"微须"解作"无须"，不仅是张冠李戴，简直是一窍不通呢！

一词多义，这是汉语词汇常见的现象，这在古汉语中尤其如此。从上面这一事实我们还可明白，一个词应该怎样解释，和语言环境是有很大关系的。这就是说，词语的解释，要结合语法来理解。“微”可以解作“无”，但用法并不和“无”等同，它只用于假设句中。此外古汉语中可以解作“无”的，还有一个“靡”字，但用法又和“微”不同，它只用于否定句中，如：

1.靡不有初，鲜克有终。（《诗·大雅·荡》）

2.明道德之广崇，治乱之条贯，靡不毕见。（司马迁《史记·屈原列传》）

3.靡计不施，迄无济。（蒲松龄《聊斋志异·促织》）

我们祖先造字的时候，有了一个意思就造一个字，一字原本只有一个义，就是本义。但世上事物很多，尤其是抽象的概念层出不穷，每一种事物、每一种概念，如果都要造一个字，这是不可能的，于是就让已有的某一个字来承当两种或两种以上的意义，于是除了本义之外，又有了引申义。引申义一般都有着或多或少或近或远的联系，而且往往是围绕着一个中心，那个中心就是字的本义。例如：

1.屋极有窗以达气。（方苞《狱中杂记》）

2.所得表众亦极七八万耳，尚怀狐疑。（司马光《资治通鉴·赤壁之战》）

3.劳苦倦极，未尝不呼天也；疾痛惨怛，未尝不呼父母也。（司马迁《史记·屈原列传》）

上面三句中都有“极”字。“极”，《说文》训为“栋”。段玉裁认为这个“栋”就是指“梁”，也就是指屋脊，屋子的顶部。“极”“栋”“梁”三字都从“木”。第一句的“极”，就是指屋梁。从字形看，就是用的本义。再从句子结构来看，这句中“极”字前面有名词“屋”作定语，它在句中是作主语用的，因此它是一个名词。这词性和成分，也有助理解词的意义。

段玉裁《说文解字注》在“极”字下说：“引申之义，凡至高至远皆谓之极。”第二句的“极”，正是用的引申义，表示最大限度，是个副词，在现代汉语中，副词不能直接与数词相结合。“极七八万耳”相当于“最多七八万”。

第三句“倦极”，容易理解做“疲倦到极点”，其实这个“极”和上一句的“极”意义不同，是疲困的意思。新版《楚辞》在这一义项下引《圣主得贤臣颂》：“匈喘肤汗，人极马倦。”“极”和“倦”对举。这里的“倦极”和下面的“惨怛”都是联合结构。“倦”和“极”是同义连用。

弄清了词的本义和引申义，对理解词义很有帮助，但光凭这些还不够，有时还要根据句子所写的内容来理解。例如：

1.秦有余力而制其弊，追亡逐北，伏尸百万，流血漂橹。（贾谊《过秦论》）

2.修橹轒輼，具器械，三月而后成；距堙，又三月而后已。（孙武《孙子兵法·谋攻》）

3.羽扇纶巾，谈笑间，樯橹灰飞烟灭。（苏轼《念奴娇·赤壁怀古》）

以上三句中都有“橹”字，都是名词，指具体的东西。第一句中的“橹”是指大盾牌。因为这里所写的是战场上的情况：“伏尸百万”，大量的士兵战死了；“流血漂橹”，战士身上流出来的血把大盾牌都漂浮起来了（当然这是夸张的说法）。

第二句中的“橹”，也有人解作大盾牌。粗粗看来，上下几句写的都是准备作战的情况，“橹”解作大盾牌似乎也没有什么不可以。但仔细推敲一下，就觉得不很确切了。这里写的是攻城，那么应该写攻城的武器，如《诗·秦风·无衣》：“王于兴师，修我戈矛。”而大盾牌是防御的武器，用在这里有点不可理解。和“橹”并列的“轒輼”是攻城用的战车，所以这个“橹”应解作“望楼”才恰当。

第三句和“橹”并列的是“樯”（桅杆），写的是曹操水军覆灭的情况。这里的“橹”就是指摇船的工具。“橹”的这一义项，一直沿用到现代汉语。

理解词义，还要懂得语言是发展的，不能用后起的词义勉强去解释古籍中的词。如诸葛亮《出师表》：“故五月渡泸，深入不毛。”这个“毛”字，有人照后起义来解释，认为是毛发，诸葛亮文章中用的是比喻义，田野上的草好像人头上的毛发。其实这个“毛”就是指草本植物，包括野草和庄稼。《列子·愚公移山》：“以残年余力，曾不能毁山之一毛。”这个“毛”也就是草。先秦古籍中，“毛”都是解释为草的。

读古书可以从较早的典籍中找语源。反过来说，如果用后代的词义去解释较早的古籍中的文字，就会格格不入，甚至闹笑话。如大家熟知的杜甫两句诗：“读书破万卷，下笔如有神。”这个“破”字，清代仇兆鳌在《杜诗详注》中解释得很清楚：“书破，犹韦编三绝之意。盖熟读则卷易磨也。”“万卷”强调读书数量之多，“破”字则强调读得熟。联系下句来看，要做到“下笔如有神”，光靠匆匆翻阅、走马看花是不够的，还得熟读。可是有人说读书可以不求甚解，用杜甫这两句诗来作论据，把这个“破”字解作“突破”。“破”字可以解作“突破”，他的根据就是现在报纸上常常看到的“破纪录”。用现代报纸上出现的词语来解杜诗，不要说是否正确，这种治学态度就是很不严肃的。

一词多义，是很普通的现象。结合具体作品来解释，要做到认真细致。像清朝那个监考官，执一端以概其余，实在是自欺欺人。

“撤退”与“逃跑”

——词语与观点的关系

第二次世界大战期间，一个红军战士跑到斯大林面前报告说：“驻在波罗的海列宁格勒附近的德国兵舰撤退了。”斯大林听了马上纠正说：“不，是逃跑了。”

“撤退”和“逃跑”，说的都是德国兵舰离开列宁格勒附近海面，但却代表不同的说话人的不同立场。“撤退”是站在纳粹德国侵略者或者客观陈述者的立场说的，而“逃跑”则是站在苏联红军和苏联人民立场说的。同一件事，由于说话人立场不同，会有不同的说法。如果不会分辨，就会丧失立场，替敌人说话了。说话、写文章该用什么词语，这不仅仅是技巧问题，往往还同一个人的政治素养有关。

第一次国内革命战争的时候，农民在乡里造反，搅动了绅士们的酣梦。对农民这种行动，地主阶级不必说，从中层以上社会到国民党右派，都认为“糟得很”。甚至很革命很进步的人，口中也脱不了这个“糟”字。总而言之，无论什么人都无法完全否认这“糟”字。可是毛泽东主席却一针见血地指出：“‘糟得很’，明明是站在地主利益方面打击农民起来的理论，明明是地主阶级企图保存封建旧秩序，阻碍建设民主新秩序的理论，明明是反革命的理论。”“农民的举动，完全是对的，他们的举动好得很！‘好得很’是农民及其他革命派的理论。”“糟得很”和“好得很”仅只一字之差，但这两个不同的字，却代表对待农民革命运动截然相反的两种态度。毛主席抓住最能说明问题的两个字，把当时中国国内复杂的阶级关系及其政治态度，剖析得一清二楚。

在中国革命的各个阶段，毛主席都善于抓住关键性的问题，用极为简练的词语把对立的观点之间的矛盾分析得十分透切，具有很大的说服力。如在抗日战争的头一年，许多人惧怕妥协，怀疑政治不能进步。毛主席就特地在《论持久战》中安排一节来谈这问题，标题就是《妥协还是抗战？腐败还是进步？》。对第一个问题，在做了具体分析之后，就得出这样的结论：“妥协的危机是存在的，但是能够克服。‘敌人、中国、国际’这三种因素结合起来，就能克服妥协危机，坚持抗战到底。”对于第二个问题，毛主席认为“十个月的中国人民的进步抵得上过去多少年的进步，并无使人悲观的根据”。“革命战争是一种抗毒素，它不但将排除敌人的毒焰，也将清洗自己的污浊”。善于利用事物的对立面，用明确的词语作纲领性的提示，就能把话说到点子上，使人一看就明白。

在人民解放战争取得决定性胜利，国民党政权土崩瓦解的时候，美国发表了艾奇逊国务卿给杜鲁门总统的信。艾奇逊在信中说：“……那些在宗教、慈善事业和文化方面团结中美两国人民的纽带，一直在加深着美国对中国的友谊……”为了揭露艾奇逊的谎言，毛主席特地为新华社写了评论，题目就是《“友谊”，还是侵略？》。评论中先明确指出：“艾奇逊当面撒谎，将侵略写成了‘友谊’。”接着就列举事实，证明美国口中的所谓“友谊”，实质上就是侵略。历史事实是客观存在的，帝国主义看来是“友谊”，中国人民看来却是侵略。“以子之矛，攻子之盾”，把美国所谓“友谊”的货色拿出来示众，从而得出侵略的结论，驳斥得多么有力！在艾奇逊连篇累牍的花言巧语中，毛主席抓住关键性字眼，并站在中国人立场来理解这一字眼，不是“友谊”而是侵略，成为如山的铁案，善于伪装的艾奇逊终于被驳得体无完肤。

我国古籍中有许多名文，往往在关键性词语上略作变化，就能说明问题，做到以少胜多、言简意赅。如《赤壁之战》是《资治通鉴》中的名篇，其中对战前东吴内部“和”与“战”的争议做了较详细的叙述。作者对各人的态度并没有多作说明，只在人称上略作变化，有如画龙点睛，各人内心世界便昭然若揭。如孙权对曹操的称呼，先后变换了三次。开头听了诸葛亮的话后，孙权说：“非刘豫州莫可以当曹操者。”后来听了周瑜对形势的分析后，孙权说：“老贼欲废汉自立久矣……孤与老贼势不两立……”再后向周瑜布置作战计划，又说：

“卿能办之者诚决，邂逅不如意，便还就孤，孤当与孟德决之。”第一处称“曹操”，说明当时孙权对作战还没有做过具体的考虑，只是诸葛亮借刘备“安能复为之下乎”来激怒，孙权才这么说了一句。第二处在周瑜说了“保为将军破之”之后，孙权才对作战下定了决心，两声“老贼”，说明孙权确实已和曹操势不两立。第三处称“孟德”，因为这时已在对战争做具体布置，把曹操看作与自己较量的一方，按照古人习惯，先礼后兵，也为了呼应前面曹操来信中称孙权为“将军”，所以语气比较客气。这样，通过对敌对方面人物称呼的三次变换，孙权在不同时期的心理也表达出来了。

在接到曹操来信后，紧接“权以示群下，莫不响震失色”，投降派张昭首先发言，一开口就是“曹公，豺虎也”，在这关键时刻，居然称曹操为“曹公”，张昭的内心世界，不用多加说明，就已十分清楚。正是在这一声“曹公”之下，张昭眼中的对方全是优势，东吴方面则全是劣势，这些就不是偶然的了。把张昭这一段话和下面周瑜对形势的分析对照起来看，是很有意思的。

同是一个曹操，在孙权口中是“老贼”，而在张昭口中则是“曹公”，看起来司马光只是作如实的记录，而两人的神情态度，已跃然纸上，确实胜过细致的描写。

岁临宴杯酒

——文字的特殊功能

从前有一个数学教师，教学方法古板，对学生要求却很严格。他向学生讲圆周率，要学生背，背到小数点以下22位。学生只好死记硬背，但无论如何也记不牢。有一天，老师布置好了这个作业，就带了一壶酒，登上学校旁边小山头，自斟自酌起来。恰好有一个聪明的学生坐在树荫下背记圆周率，遥望老师在山顶饮酒，触景生情，随口念出一段歌词。就是靠这段歌词，很快把圆周率记熟了。等老师回来，就很容易地把圆周率背了出来。他还向同学传授“秘诀”，原来歌词与圆周率是这样配合的：

3. 14	159	26 535	897	932	384	626	
山巅 一师	一壶酒	尔乐误杀吾	把酒吃	酒杀尔	杀不死	乐尔乐	

这正是语言文字的特殊用处。数字是抽象的东西，很难记忆。据说古代埃及人计数，一定要说成“一块石子，两块石子，三块石子”，才能把数字“1、2、3”记住。上面的歌词也正是起这样的作用，它赋予抽象的数字以意义，用谐音的方法变成语言，成为可理解的一句话，这样就很容易记住了。可见记忆的基础在理解，理解了，就能够记得牢。

在日常生活中，人们时常要和数字打交道。比如，电话号码、电报挂号等，等要用时翻检，很不方便。如能配以可记忆的文字，就会方便得多。

抗日战争前，上海有一家云飞出租汽车公司，电话号码是30189。后来又有资本家开了一家祥生出租汽车公司和它竞争。祥生公司的电话号码是40000，远比云飞公司好记，一时叫出租汽车的都集中到祥生公司。云飞公司为对抗起见，登报征求自己电话号码的谐音。后来得奖的一句话，和云飞公司的电话号码是这样配合的：

30189

岁临宴杯酒

当时正是岁尾年头，这句话结合人们的生活，大家很快记住了，云飞公司的劣势也挽回了。语言文字的特殊功能，于此可见一斑。

有经验的教师，在教学中也善于利用这一办法来帮助学生记忆不能理解的数字。如哥伦布发现新大陆是在公元1492年。这也算世界史上的大事，这一年份是应该记住的。有位教师就用谐音“以试球耳”来帮助学生记忆，效果很好。而且这一谐音的意义是和发现新大陆这一史实配合着的，这样就更不会和其他年份搞错。哥伦布开辟新航路，不正是以此来试试地球是不是圆的吗？

据说清朝末年，上海务本女学最早开设音乐课，那时音乐教师缺乏，沈心工在日本一家唱歌速成班学习了三个月，就回来担任务本女学的音乐教师。沈心工教学认真，而且会动脑筋。当时学生还不习惯把简谱中的“1 2 3 4 5 6 7”念成“多来米发梭拉西”，往往直接把数字唱出来。沈心工动了一番脑筋，就把七个音编为一句诗“独览梅花扫腊雪”，学生很快记住，就不再读错了。

不能理解的不只是数字，如中国史上的朝代名称，也不容易记住。有人把五代的“梁唐晋汉周”谐音成“良糖浸好酒”，也是帮助记忆一法。过去私塾里要背《百家姓》，四个姓联成一句，这也是不好理解的。于是有人想办法，在每句之后，配上一句可以理解的话或成语，这样也就便于记忆了。比如：

赵钱孙李——彬彬有礼

周吴郑王——眼泪汪汪

冯陈褚卫——各就其位

蒋沈韩扬——喜气洋洋

帮助记忆的另一种办法是编口诀。算术里的九九表，珠算里的乘除口诀，以至中医书里的汤头歌诀，都起了帮助记忆的作用。

中国历史上的朝代很多，容易遗漏、颠倒。《三字经》里有一部分就是把朝代按次序排列，略加说明，易背易记，过去帮助初学者记忆历史朝代曾起过一定作用，今天看来，也还是有参考价值的。

朝代部分的《三字经》（民国重定版）如下：

自羲农，至黄帝。并项喾，在上世。
尧舜兴，禅尊位。号唐虞，为二帝。
夏有禹，商有汤。周文武，称三王。
夏传子，家天下。四百载，迁夏社。
汤伐夏，国号商。六百载，至纣亡。
周武王，始诛纣。八百载，最长久。
周共和，始纪年。历宣幽，遂东迁。
周道衰，王纲坠。逞干戈，尚游说。
始春秋，终战国。五霸强，七雄出。
嬴秦氏，始兼并。传二世，楚汉争。
高祖兴，汉业建。至孝平，王莽篡。
光武兴，为东汉。四百年，终于献。
魏蜀吴，争汉鼎。号三国，迄两晋。
宋齐继，梁陈承。为南朝，都金陵。
北元魏，分东西。宇文周，与高齐。
迨至隋，一土宇。不再传，失统绪。
唐高祖，起义师。除隋乱，创国基。
二十传，三百载。梁灭之，国乃改。
梁唐晋，及汉周。称五代，皆有由。
赵宋兴，受周禅。十八传，南北混。
辽与金，皆夷裔。元灭金，绝宋世。
莅中国，兼戎狄。九十年，反沙碛。
太祖兴，称大明。纪洪武，都南京。
迨成祖，迁宛平。十六世，至崇祯。
权阉肆，流寇起。自成入，神器毁。
清太祖，兴辽东。金之后，受明封。
至世祖，乃大同。十二世，清祚终。

诸葛子瑜之驴

——再谈学习语法

诸葛亮是中国人民非常熟悉的一个历史人物，他曾帮助刘备建立蜀国。诸葛亮有一个哥哥叫诸葛瑾，字子瑜，因为避乱到了江东，在孙权手下做长史。

诸葛瑾的儿子诸葛恪，是一个十分聪明的孩子。有一次孙权举行宴会，诸葛瑾带着儿子也去参加。诸葛瑾的脸很长，东吴人都笑称其为长脸驴。孙权寻他开心，叫人牵来一匹驴子，在一张纸头上面写了“诸葛子瑜”四字，贴在驴子的面部。宾客们都大笑起来。诸葛恪却不慌不忙，走到孙权面前，请求给他一支笔添加两个字。拿到笔后，他就在“诸葛子瑜”下面加上“之驴”两字。宾客见了大为赞赏，于是从取笑诸葛瑾的长脸转而为称赞诸葛恪的聪明了。

诸葛恪不愧是一个聪明的孩子。“诸葛子瑜”本来是一个单词，写在纸上，也没有什么可笑。但把这张纸头贴在驴子面部，等于说驴子的面就是诸葛子瑜的面，自然十分可笑了。可是后面加上“之驴”两字为什么没有什么可笑了呢？因为“诸葛子瑜之驴”主要是指驴子，“诸葛子瑜”只是用来说明驴子是属于谁所有。贴在驴子头上等于说“这是诸葛子瑜的驴子”，当然没有什么可笑了。

“诸葛子瑜”是一个名词，“诸葛子瑜之驴”是一个偏正词组。在这个偏正词组中，“诸葛子瑜”处于定语的地位，中心词则是“驴”。——这就是语法。

有人或许会觉得奇怪：“语法”这名词近百年才有，诸葛恪的时代离现在一千七百多年，哪来的语法呢？其实，一般所说的语法，是指语言学家研究某一族语所归纳出来的用词造句的规律，即语法学。

但在语言自身中本来是有语法的，因此有了语言的实践，也就懂得了语法。这正如没有看过文章作法之类的书籍也会写文章一样。

像诸葛恪那样没有学过语法的人，也懂得用词的规律，于是有些人就认为不必学习语法。这种看法也是片面的。诸葛恪懂得用词的规律，他是从语言实践中学得的。我国在《马氏文通》出版之前，没有专门的语法著作，但也出过像贾谊、司马迁这样的散文名家，李白、杜甫这样的大诗人。他们的成就，主要靠熟读多写，即杜甫所说的“读书破万卷，下笔如有神”。俗话所说的“熟读唐诗三百首，不会吟诗也会吟”（清·孙洙《唐诗三百首序》），也是这个意思。但我们今天学习语文，并不单纯是为了做作家、诗人，很多人学习语文，主要还是把它当作一种工具，提高阅读和写作的能力。有了这个基础，求取任何方面的知识都方便得多。打基础仅仅是求取知识的准备阶段，因此所花的时间不能占得太多。多读多写，感性知识积累多了，自然也能体会出用词造句的规律，但这样所花的时间很多，而且往往知其然而不知其所以然。如果有了一定的读写基础之后，再学一点语法知识，把从读写中得来的知识系统化，这样就可更快提高读写能力。我们称赞诸葛恪聪明，但我们的时代和诸葛恪的时代不同了，我们要掌握科学的学习方法，这样人人都可变成聪明人。

学了语法，有助于更好地理解句子结构，准确了解句子所表达的意义。如《史记·西门豹治邺》中，写西门豹当邺地县官时，用巧妙的办法给当地人民解除为河伯娶妇的痛苦，接下去就兴修水利，但老百姓怕烦苦，不高兴那样做。西门豹就说了下面这样两句话：

民可以乐成，不可与虑始。今父老子弟虽患苦我，然百岁后期令父老子孙思我言。

这里“民可以乐成，不可与虑始”，意思应该是“对于老百姓，我们可以和他们共享成果，不可以和他们商讨创业”。“可以乐成”和“可与虑始”结构一样，“可以”也就是“可与”。“与”是介词，它的宾语就是提在句首的“民”。而这句话的主语“我们”却是省略了。如果不懂得古汉语这种特殊的语言现象，只凭字面理解为“老百姓可以共享成果，不可以商讨创业”，这就非常别扭了。

还有“父老子弟”和“父老子孙”，从形式上看来是一样的，其实结构并不相同。“父老子弟”是联合结构，“父老与子弟”，意即年长的一辈和年轻的一辈。“父老子孙”是偏正结构，“父老之子孙”，因为前面后“百岁后”，那时父老当然已经去世了，“思我言”的当然只能是父老的下代。

又如《列子·愚公移山》中写到愚公带领家人和邻居移山，智叟出来劝阻。愚公长叹以后，对智叟说了一段话，开头一句是这样的：

汝心之固，固不可彻，曾不若孀妻弱子。

有的读者理解为“孀妻与弱子”。但根据上文“邻人京城氏之孀妻有遗男，始龀，跳往助之”，看来参加移山壮举的只有那个“弱子”，“孀妻弱子”理解为“孀妻之弱子”较好。或许那位孀妻对自己孩子参加移山也是支持的，曾说过鼓励的话，但这在文中没有交代，我们只能根据已有的语言现象来判断。

从上面例子可以看出，懂得了语法，即懂得了用词造句的规律，有助于准确理解文章的内容。像上面举出的“孀妻弱子”，如果懂得古汉语中的词组往往只凭词序来组合而不用虚词，那就可以作全面考虑而不胶柱鼓瑟了。

学习语法，还可以帮助我们明白语言现象的所以然，既可以了解句子结构的规律，也可以检查出句子错误的所在。例如：

祈年殿的灯火辉煌，更显得雄伟壮丽。

这是一个病句，有些人凭语感或许也能看出应当去掉“的”字，但还不能解答“为什么”。如果你懂得“祈年殿”是整个句子的主语，“灯火辉煌”是主谓词组作谓语，而主语和谓语中间是不能加“的”字的，这样不但知其然，而且知其所以然，理解当然更透彻了。举一反三，看到下面这样的句子，也就可以作出正确的理解：

先达德隆望尊，门人弟子填其室，未尝稍降辞色。

这是宋濂《送东阳马生序》中的一个句子。这是并列复句，包含三个分句。有人认为这里第一个分句的主语是“先达”，第二个分句的主语是“门人弟子”，第三个分句的主语应该也是“先达”，但由于前一个分句的主语是“门人弟子”，容易使读者误会第三个分句的主语也是“门人弟子”，因此这句话的结构不够严密。其实这样的分析是不对的。应该是这里两个分句的主语都是“先达”，第一个分句“德隆望尊”由两个主谓词组组成的联合词组作谓语；第二个分句，“门人弟子填其室”，系主谓词组作谓语；第三个分句主语承前省，更是非常明白的。

语法不但要学习，而且要认真学习。只有系统地掌握了用词造句的规律，才能自觉避免错误，把文章写通顺；阅读别人的文章，也就不会产生误解了。

“矣”和“乎”

——小议虚词

明朝末年的大汉奸洪承畴，他本来是带兵驻扎在山海关外的蓟辽总督。当清军进犯的时候，松山一役，他兵败被俘。顺治帝的叔父多尔衮，为了要利用他做鹰犬，就千方百计诱迫他投降。洪承畴后来终于投降，成为可耻的汉奸。崇祯帝自杀，明王朝覆亡后，他随着清军回到北京，仍住在他原先在北京的住宅里。明朝大官的住屋，照例在大门上贴一副对联，联文是“君恩深似海，臣节重如山”。厚颜无耻的洪承畴，做了汉奸住进原先的房子后，大门上这副对联仍没有撕去，他自己不以为耻，北京城里的老百姓却气愤不过。有一天夜里，有一个人在那副对联下面各添加一个虚字，变成这样的——

君恩深似海矣
臣节重如山乎

原来洪承畴兵败被俘的消息传到北京后，崇祯帝认为他是一个忠臣，一定不会投降敌人，肯定被杀害了。于是在北京设坛，先后祭奠他多次。“君恩深似海矣”，这个“矣”字，就是用十分肯定的语气，指明崇桢帝对洪承畴确实是君恩似海。可是洪承畴怎样呢？被俘之初，他以绝食表示将一死报国，但禁不住敌人用美人、地位作诱饵，最后还是投降了。“臣节重如山乎”，一个“乎”字，正是代表汉族人民对洪承畴提出严正的诘问。“矣”“乎”两个虚字，正像两把闪闪发亮的刺刀，直戳向洪承畴的心脏。难怪他看到之后，羞愧难当，一连好几天不敢出门。这说明出卖民族，做了汉奸，好比“老鼠过街，人人喊打”，日子是很不好过的。

好多人以为既然叫作虚字，它的意义很虚，那就无足轻重。这是很大的误解。从上面这一事实看来，虚字在句中的作用举足轻重，绝不是可有可无的。一些有名的作家，在运用虚字时，往往是经过再三斟酌，才决定取舍的。如北宋欧阳修写《昼锦堂记》，开头两句本来是“仕宦至将相，富贵归故乡”，写好后反复诵读，总觉得这两句话不够妥帖，最后才决定在上下句各增一虚字，改为“仕宦而至将相，富贵而归故乡”，经过这样一改，就成为千古传诵的名句。从音节上来说，原来每句五字，显得太局促，思想上没有回旋余地；现在加上一个“而”字，写出前一事之后，作适当延宕才再接上后一件事，就富有韵味。可见顺口不顺口，还是受内容决定的。

虚字不仅对一句话起作用，有时会直接关系到一篇文章的风格。如北宋欧阳修的《醉翁亭记》，全文用了四十一个“也”字，造成独特的咏叹气氛，展现一种轻松活跃的意味，恰当地表达了作者豁达的性格、超脱的襟怀。我们只要反复诵读，就能体会出这种情调。好比一唱三叹，余音绕梁，起到了实字所不能起的作用。

虚字，现在一般语法书叫“虚词”，就是指副词、介词、连词、助词、叹词、语气词等六类词。虚词一般没有实在意义，也不能单独回答问题，只是在造句时起一定的语法作用。阅读古籍，由于对虚词理解不同，同样一句话，往往会有不同的解释。如《孟子·公孙丑上》（一作《曾子·子思子》）中有这样一句话：

自反而不缩，虽褐宽博，吾不惴焉；自反而缩，虽千万人，吾往矣。

这里“吾不惴焉”，按照王引之在《经传释词》中的解释，认为“不”是助词，无义，“焉”是语气词，用在句末，用来加强语气。按照这样理解，全句应译为：

反躬自问，正义不在我，对方纵是卑贱的人，我也会感到惊惧；
反躬自问，正义在我，对方纵是千军万马，我也勇往直前。

而当代裴学海（1899—1970）的《古书虚字集释》则认为“吾不惴焉”

的“不”是否定副词，“焉”是表疑问的语气词，同“乎”。按照这样理解，则应译为：

反躬自问，正义不在我，对方纵是卑贱的人，我能不惊惧吗？……

另外，当代杨伯峻《孟子译注》又认为“焉”是代词，相当于“之”，“惴”是动词使动用法，“使他惊惧”之意。按照这样理解，就应译作：

反躬自问，正义不在我，对方纵是卑贱的人，我不去恐吓他；……

三种说法，各有短长，我们只能斟酌取舍，择善而从。《孟子》成书于两千多年前，两千多年前的人写的文章，解释不能统一，这也是不足为奇的。

我们写文章，要正确使用虚词，这样才能把意思表达得正确无误。不然的话，就会引起歧义或费解。如下面几句话，就是因为虚词使用不当，因而造成了语病。

①我想对他说几句安慰的话，但是动了动嘴唇，终于说不出来。

②从前几年开始，通过几次试验，我们品种改良工作终于取得了成效。

③出席大会的除全校教师外，还有毕业班学生，以及兄弟学校的代表也参加了这个大会。

④这次大会是一次成功的大会，对今后工作将起着促进的作用。

例①属于副词的误用。“终于”表示经过较长过程最后出现某种结果，如“经过反复试验，终于取得成功”。这里前后意思不具备这种情况，应把“终于”改为“还是”。

例②属于介词的误用。“通过”组成的介词结构，是介绍出作为媒介的人、事物或手段。“经过”组成的介词结构，是表示某一动作、行为的过程，由于这一过程的完成，使得某种情况得以发生。这句中的“通过”应改为“经过”。

例③属于连词的误用。“以及”只能连接名词、代词或偏正词组。这里的“以及”前后是两个分句，不妥当，应删去。

例④属于助词的误用。动态助词“着”表示动作行为的持续。“将起促进的作用”，是对未来动作行为的预计，不能用“着”，应删去。

今年真好晦气

——标点一席话

唐朝诗人杜牧有一首题作《清明》的七绝，原诗如下：

清明时节雨纷纷，路上行人欲断魂。
借问酒家何处有，牧童遥指杏花村。

有人把它改成长短句，读作如下的样子：

清明时节雨，
纷纷路上行人，
欲断魂。
借问酒家何处，
有牧童，
遥指杏花村。

居然仍旧词义通达，朗朗上口。由此正可看出我们祖国语言的灵活性。下面试作分析：

原诗的开头“清明时节雨纷纷”，本来是完整独立的一句。“清明时节”是状语；“雨”，名词作主语；“纷纷”，形容词作谓词。改读后的“清明时节雨”，仍旧是独立的一句，不过结构、词性起了变化。“清明时节”是偏正词组作主语；“雨”，作谓语，已由原来的名词转化为动词，“下雨”的意思。同样一个“清明时节”，在原句中是状语，改读后成为主语。同样一个“雨”字，在原句中是名词用作主语，改读后变为动词作为谓语——这些地方充分体现出汉语的灵活性。一篇作品，移动标点，可以有两种读法，就是利用语言上这种灵活性。

原诗的第二句，“路上行人欲断魂”，也是一句完整的话。改读后把上面一句的“纷纷”移下来，成为“纷纷路上行人”。之所以可从这样读之，是因为在汉语中形容词既可作谓语，又可作定语。原句中的“纷纷”和“雨”字构成主谓关系，改读后移到下句，便和“行人”构成偏正关系了。主语前面多了一个形容词，字数较多，于是在主谓之间略作停顿，加一逗号，这样的改读，也是语言灵活性的一种表现。

原诗的第三句，“借问酒家何处有”，“问”的主体和“问”的对象都省略了，只留下“问”的内容“酒家何处有”，这是“何处有酒家”的变化形式。改读后“借问酒家何处”，就是“酒家在何处”的意思。按照现代汉语造句规律，疑问代词“何处”可以作谓语。“何处有”，“何处”是状语；“酒家何处”，“何处”是谓语，意思同样完整，再一次体现了汉语的灵活性。

原诗第四句，“牧童遥指杏花村”，也是一句完整的句子。改读后把上句的“有”字移下来，并在“牧童”后稍作停顿，这又是利用现代汉语中表存在的动词“有”既可放在句中，又可放在句首的灵活性。

一首诗的改读，其中正包含许多语法知识呢！还有另一个改读旧诗的故事，可以与上一例参看。有人写王之焕的《出塞》诗，漏掉了第一句末字“间”，就改读成如下形式的长短句：

黄河远上，
白云一片，
孤城万仞山。
羌笛何须怨，
杨柳春风，
不度玉门关。

与上一例的改读，有异曲同工之妙。

由于汉语组织灵活，可以这样读，也可以那样读，就有人利用这一点设置疑阵。如相传祝枝山曾在一家劣绅大门上写了如下十二个字：

今年真好晦气全无财帛进门

劣绅见了大怒，向祝枝山提出交涉。祝枝山却不慌不忙，加上断句，读成“今年真好，晦气全无，财帛进门”。那劣绅也就无话可说了。

在实际生活中，字句不加标点造成误解的也时有所闻。据说有一次某小学老师带着小朋友去远足，中途三个小朋友走失了，老师派几个同学去找。过了一会儿，去找的几个小朋友派一个代表回来，向老师递上一张纸条：上面写着：

小明找不到小刚小琳很着急我们继续在找

由于没有加上标点，这张纸条就有三个可能的读法：

小明找不到，小刚、小琳很着急……
小明找不到小刚，小琳很着急……
小明找不到小刚、小琳，很着急……

按照第一种读法，小刚、小琳因为找不到小明，所以很着急。按照第二种读法，小明去找小刚没有找到，着急的是小琳。按照第三种读法，小刚、小琳找不到，着急的是小明。

中国古书没有标点，由读者自己断句。断句的记号只有两种，一种像现在的顿号，用在一句话中间，叫作“读”（读dòu）；一种像现在的句号，用在一句话的末了，叫作“句”。合起来就叫“句读”。鲁迅先生在一篇文章中谈起，有些人读古书，圈点了一二页就点不下去了，说明“句读”也不是容易的事情。例如《大学》中有这样一句：

知止而后有定，定而后能静，静而后能安，安而后能虑，虑而后能得。

含义是：“知道应该达到的境界才能够使自己志向坚定；志向坚定才能够镇静不躁；镇静不躁才能够心安理得；心安理得才能够思虑周详；思虑周详才能够有所收获。”

从前有甲乙两个塾师，同时读《大学》，甲塾师把这句话读成：

知止而后有定定，而后能静静，而后能安安，而后能虑虑，而后能得

觉得后面少了一个“得”字。乙塾师却读成这样的：

知止而后有，定定而后能，静静而后能，安安而后能，虑虑而后能，得

觉得后面多了一个“得”字。两个塾师碰在一起谈起来，甲塾师恍然大悟道：“怪不得我读来少一个‘得’字，原来这个‘得’字跑到你的书里去了。”

上面是读错的例子。也有这种情况：一处地方，两种读法都说得过去，仁者见仁，智者见智，就只能凭读者自己去判定了。如东晋陶渊明《桃花源记》中有一句，一般是这样标点的：

忽逢桃花林，夹岸数百步，中无杂树，芳草鲜美，落英缤纷。

有人则认为照下面读法较好：

忽逢桃花林夹岸，数百步中无杂树……

不要以为小小标点无足轻重，看来大有文章呢！

甚矣伤寒

——语言的误解和歧义

有这么一个笑话：一个人欠了人家很多钱，讨债人坐了一屋子，后来的人只好坐在门槛上。那个人走过去对一个坐在门槛上的债权人说：“明天请早点来。”这个债权人以为要还他的钱了，心里很高兴，就主动劝其他债权人散去。第二天一早，他来到那人家里，债务人却对他说：“昨天委屈你坐门槛，所以请你今天早点来，可以坐凳子。”

同样一句话，出在债务人口中，是有意捉弄；而在债权人听来，却当作是好意。这说明领会一句话的意思，同听话人的心理有关。债权人来讨债，一心想把钱讨回，于是听人家的话，也总是从这一点出发。同时，这个笑话也说明了一个道理，就是听人家的话，如果不细心领会，的确有误解的可能。

古籍上还记载这样一个故事：妻子替丈夫缝裤子，问丈夫缝成什么样，丈夫回答：“照旧裤的原样。”旧裤是破的，于是妻子也就把缝好的新裤“照原样”剪破。丈夫所说的原样，是指裤子的尺寸、样式，但妻子却把旧裤的“破”也加到原样中去，于是闹出了笑话。

有时话说得太简略了，也会引起听者的误解。《吕氏春秋》中记载这样一个故事：

宋之丁氏，家无井，而出溉汲，常一人居外。及其家穿井，告人曰：“吾穿井得一人。”有闻而传之者曰：“丁氏穿井得一人。”国人道之，闻之于宋君。宋君令人问之于丁氏。丁氏对曰：“得一人之使，非得一人于井中也。”

把“得一人之使”说成“穿井得一人”，当然要引起很大的误会了。

别有用心的人，还会利用语言上的歧义现象，施展阴谋手段。据说明朝嘉靖年间，葡萄牙人来到澳门，要求地方官给他“一指之地”用来系缆。地方官想一个手指头那么大的地方也是小事，就和葡萄牙人签订条约答应了。谁知后来葡萄牙人说“一指之地”是用手指一次所指到的地方，澳门就这样被强占去了。地方官理解的“一指之地”，把这个“指”当作名词，“一指”即是“一个手指”。可是葡萄牙侵略者故意曲解，把这个“指”解作动词，这样一来，“一指”变作“一次所指”。由此也可以看出使语言文字含义单一，避免歧义，确实十分重要。

古汉语词语简短，省略较多。这一情况，也会给理解文义造成困难，有时同一句话往往会有多种解释。如唐代杜牧《阿房宫赋》中“歌台暖响，春光融融；舞殿冷袖，风雨凄凄”。其中“歌台暖响”“舞殿冷袖”，高中语文课本中是这样解释的：

人们在台上唱歌，歌乐声响起来，好像充满着暖意；
人们在殿中舞蹈，舞袖飘拂，好像带来寒气。

这样解释，有勉强的地方。“暖响”和“冷袖”是对举的，“冷袖”的“袖”是名词，“暖响”的“响”应该也是名词。正如西汉贾谊《过秦论》中“天下云集响应”，“云集”是“名+动”，“响应”也是“名+动”。现在把“响”解作“响起来”，当作动词来处理，不尽妥当。还有，原文“暖响”“冷袖”，是“暖”“冷”在前，“响”“袖”在后，而解释中却把先后次序颠倒过来，恐怕也是勉强的。

有人认为这里的“暖”“冷”是形容词的使动用法，两句应解作：

歌台的热气使得音响暖和；
舞殿的强风使得袖管寒冷。

把响解作“音响”，名词处理，认为“暖响”和“冷袖”都是动宾关系，光就这部分来说，是比较令人满意的。但原文中只有一个“暖”字，既然已看作使动用法，解作“使得音响暖和”，那么把前面的“歌台”解作“歌台的热气”，这“热气”又是从何而来呢？如果把译文倒过来改为文言，则应是“歌台之暖暖响”了。下面一句让“冷”字一身兼二职，也是同样。

还有第三种解释。有人认为这两句省略了介词“于”，应是“歌台暖于响”“舞殿冷于袖”。这样就应作如下的解释：

由于音响（喧呼的热气）歌台便暖和起来。
由于舞袖（挥动的凉风）舞殿便寒冷起来。

这样解释有个很大的漏洞。如果真的是省略了介词“于”的话，那么这里的“于”放在形容词“暖”“冷”之后，只能解作“比”。这在同一篇《阿房宫赋》中就有好几个例子。如：

使负栋之柱，多于南亩之农夫；架梁之椽，多于机上之女工；钉头磷磷，多于在庾之粟粒；瓦缝参差，多于周身之帛缕；直栏横槛，多于九土之城郭；管弦呕哑，多于市人之言语。

这里“于”字放在形容词“多”字之后，都解作“比”。显然，这两句不能理解作“歌台比响暖”“舞殿比袖冷”。因此，说这里省略了介词“于”是没有根据的。

既然三种解释都有不能令人满意之处，那就有待于继续探索了。

又如《史记·项羽本纪》写鸿门宴部分，记刘邦中途离开，担心没有向项羽告辞，樊哙说：“大行不顾细谨，大礼不辞小让。”这两句话旧的高中语文课本是作这样解释的：

做大事不必顾虑细枝末节，讲大礼不必讲究琐屑的礼让。（行：行为、作为；让：礼让）

而新课本的解释则是这样的：

做大事不必顾虑细枝末节，讲大礼不必避免小小的责备。（让：责备）

比较起来，自是新的解释较好。因为前面刘邦说："今者出，未辞也，为之奈何？"他担心的正是项羽的责备。

有时，一句话有两种解释，可能同一个人的语文水平有关，并不是真的有歧义。据说有一个医生对同行说："伤寒中最难治的是甚矣伤寒。"大家觉得"甚矣伤寒"这个名词没有听到过，就问他出自何书。那个医生举出的是《伤寒论》中"甚矣伤寒之难治也"一句。其实这是一个变式句，原来是"伤寒之难治也甚矣"。"伤寒之难治也"是主语，"甚矣"是谓语。为了强调谓语部分，所以把它移在句首。如果像那位医生的理解，"甚矣伤寒"成为偏正词组作主语，"难治也"作谓语，这个"之"便成为多余的了。原来"伤寒之难治也"是主谓词语作主语，按照古汉语的规律，化独立的句子为主谓词组，中间应加"之"字。这个医生的误解，只是因为他语文水平差，并不是这句话有两种解释。

此西瓜出卖

——再谈废话和累赘

在旧社会，毕业即失业，知识分子找不到对口工作的很多。有一个大学生，毕业后无事可做，为了维持生计，只得去卖西瓜。但他不会叫卖，就用红纸写了“此西瓜出卖”五字，贴在西瓜上，坐在一旁等人来买。

一会儿，过来一个人，看看西瓜上的纸条，对那位卖瓜的大学生说：“放在你面前的不就是西瓜吗？那么只要写‘西瓜出卖’就好了，何必再加一个‘此’字呢？”那个大学生听听有道理，于是就把“此”字撕去了。

不久又过来一个人，看了纸条上的字，就对那个大学生说：“你放着的就是西瓜，西瓜谁不认识，再写干什么？”那个大学生听了觉得也有道理，就把“西瓜”两字撕去，留在纸条上的就只有“出卖”两个字了。

又来了一个人，看看纸条笑着说：“‘卖’字就是出卖的意思，前边何必再加‘出’字呢？”卖瓜的一听觉得也不错，就撕去“出”字，只剩下一个“卖”字。

又一个人走到西瓜摊前，看到这个“卖”字，又议论开了：“这大街集市上放的东西，哪一件不是出卖的？为什么独有你要写一个‘卖’字呢？”卖瓜的还是虚心地接受那个人的意见，把最后这个“卖”字也撕去了。

文字是济语言之穷。比如，人在远地，不能和对方谈话，就只得用文字来写一封信。至于双方面对面在一起，讲话就可沟通彼此的意见，何必还要用文字呢？还有，如果一定要用文字，也要“量体裁衣”，就是文章写多长，要根据内容来决定。十句话可以说清楚的，偏偏要写二十句，其中十句就是废话。还有，写文章要有的放矢，无关的话也拉杂写上去，空话连篇，就累赘可厌。

北齐颜之推《颜氏家训·勉学》篇中记载一个故事：晋朝一个姓王的博士（官名）想买一头驴子，先写契约，一连写了三张纸，还见不到一个“驴”字。“博士买驴，书券三纸，未见驴字”，成为笑柄。书呆子好舞文弄墨，拿起笔来，就想卖弄一下自己的文才，结果连写的目的也忘记了。所谓“洋洋千言，离题万里”，已不是偶然见到的情况。

废话空话，泛滥成灾，于是就有人模仿八股文的腔调“以子之矛，攻子之盾”，用废话来讽刺写废话的人，如下面一则以“鸡”为题的八股调：

有白鸡焉，有黑鸡焉；有不白不黑之鸡焉，是之为花鸡。有雄鸡焉，有雌鸡焉；有不雄不雌之鸡焉，是之为骟鸡。

空洞无物，完全是文字游戏。重复累赘，和空话废话同样可厌。有人写了一首《宿山房即事》，就是颠来倒去用同一意思的字眼。这诗如下：

一个孤僧独自归，关门闭户掩柴扉。
半夜三更子时分，杜鹃谢豹子规啼。

第一句，“一”“孤”“独”，都是指单一；第二句，“关门”“闭户”和“掩柴扉”，指的都是同一动作；第三句，“半夜”就是“三更”，也就是“子时”；第四句，“杜鹃”“谢豹”“子规”，是一种鸟的三个不同名称。

相传明朝初年（洪武九年），邢部主事茹太素向皇帝上疏报告五件事，一共写了17000字。明太祖叫人来读，读了6370字，还没有讲到具体的事情，全部是空话。明太祖大发脾气，派人将茹太素打了一顿。第二天再听人家读，读到16500字，方才讲到这五件事的内容。如果茹太素一开头就把5件事讲出来，是可以免去这顿痛打的。明太祖为了防止后人再犯茹太素的毛病，就规定了上疏陈事的规则：“若官民有言者，许陈实事，不许繁文。”后来还立了“案牍减繁式”，颁布到各衙门执行。从这件事上，可以看出当时讲废话风气的严重和明太祖根绝讲废话的决心。

1942年2月，毛泽东主席在延安干部会议上作了《反对党八股》的报告。在这篇文章中，毛主席提出了党八股的八大罪状，第一条就是“空话连篇，言之无物”。毛主席用“懒婆娘的裹脚，又长又臭”来形容那些写得很长但是没有内容的文章。毛主席认为在战争的时期，应该研究一下怎样把文章写得短些、精粹些。提出“应当禁绝一切空话”。现在建设新经济时期，同样需要把文章写得短些、充实些。现在刊物上有一分钟小说，报纸上有一句话新闻，都是在“短”字上下功夫。这样做无疑是有好处的。

上面举出的，都是废话、空话的例子。其实，好的文章，都是经过作者精心的修改，而修改的一个重要方面，就是删去不必要的话。修改也叫“删改”，这是很有道理的。我们现在看到的前人名作，都是最后定稿，究竟经过怎样的修改，在定稿中是看不出来了。有一个故事倒很可以说明这方面的问题。据说宋代欧阳修写《醉翁亭记》，原来开头是从滁州四面的山写起，用了一百多字。最后定稿，才把这些话都删去，而用“环滁皆山也”五个字来概括。看来欧阳修是很懂得文章中不可有废话这个道理的。

俄国作家契诃夫说：“写得好的本领，就是删掉写得不好的地方的本领。”他还打过这样的比方：雕刻一座人像，就是把不应留着的地方凿去就是了。有的人文章中废话很多，并不是他存心要这样做，而是不懂得什么地方应该删去。锻炼这方面的本领，也正是写作的基本功。鲁迅说：“文章写完至少看两遍，竭力将可有可无的字、句、段删去，毫不可惜。”本领从实践中来，能养成多看、多删的习惯，废话自会逐步减少以至消失。

“前言”要顾到“后语”

——再谈双提分承句

某报在报道日本电影演员栗原小卷的艺术生涯的文章中，有这样一句话：

由于她从小学习小提琴和芭蕾舞，因此具备了优美的体形和一双富有乐感的耳朵。

这是一句在造句上有缺陷的病句，但不是仔细体会，却不大容易看出来。

写文章的人，讲究前后呼应。一篇文章这样，一个句子也是这样。前面怎样说，后面也就要怎样来照应。上面这句话，前面提到“学习小提琴和芭蕾舞”，“学习”的对象有两样；后面用“具备了优美的体形和一双富有乐感的耳朵”来照应，“具备”的对象也有两方面，从这一点上来说，句子前后是互相配合的。但再看得仔细点，就会发现有不够妥帖的地方。前面的两方面，是“小提琴”在前，“芭蕾舞”在后；后面的两方面，是“优美的体形”在前，“一双富有乐感的耳朵”在后。这就产生了参差而不对称的情况。如果按这句原来的次序分写为两句较简单的句子，则是这样的：

由于她从小学习小提琴，因此具备了优美的体形；
由于她从小学习芭蕾舞，因此具备了一双富有乐感的耳朵。

“优美的体形”，同“学习小提琴”有什么关系呢？“一双富有乐感的耳朵”，同“学习芭蕾舞”有什么关系呢？这样一来，句子的毛病就容易看出来了。假使改作如下的样子，就无懈可击了：

由于她从小学习芭蕾舞和小提琴，因此具备了优美的体形和一双富有乐感的耳朵。

像这样的句子，叫作“双提分承句”。前面提到两件事，后面承前面说的两件事，次序要和前面一致。这关系到文章的通顺，也关系到文章的美质。俗话说：“前言不搭后语。”双提分承句容易犯的毛病也就是前言不搭后语。

这样的毛病，有时在较好的文章中偶然也会出现。如杜鹏程《保卫延安》（打粮站）中有这样一句：

战斗前的紧张，打击敌人的兴奋，成功的希望，英雄的业绩，这一切想法和情绪都在鼓励他。

有人指出，这句也正是犯了前言不搭后语的毛病。因为“战斗前的紧张，打击敌人的兴奋”，是“情绪”而不是“想法”；而“成功的希望、英雄的业绩”，是“想法”不是“情绪”。所以应把“情绪”和“想法”的次序对调一下。

又如科学小品文《眼睛与仿生学》中有这么一句：

如果我们能够研制出一种类似鹰眼的搜索、观测技术系统，就能够大大扩充和提高飞行员的视野和视敏度。

后一分句是双提分承句，即“扩充视野”和“提高视敏度”。但“视野”只能说“扩大”，不能说“扩充”。“扩充”是扩大、充实的意思，内涵比“扩大”丰富，用在这里不妥。这是属于双提分承句内部动词和宾语配合不当的例子。

散文和诗歌中，用双提分承句是常见的。仔细体会这些句子的结构，可以提高阅读能力，在自己动手写作时，也就可以得心应手地来运用这类句子。下面举出一些例子略加分析。

贺敬之在《回延安》中有这样两句：

千万条腿来千万只眼，
也不够我走来也不够我看。

这是一个假设让步句，意思就是“即使有千万条腿和千万只眼，也不够我走和看”。名词“腿”和“眼”与动词“走”和“看”前后照应。

毛泽东主席《改造我们的学习》中，有这么一句：

如果我们回想一下，我党在幼年时期，我们对于马克思列宁主义的认识和对于中国革命的认识是何等的肤浅，何等的贫乏，则我们现在对于这些认识是深刻得多，丰富得多了。

前面的“肤浅”，后面用“深刻”照应；前面的“贫乏”，后面用“丰富”照应。这是属于反义词前后照应。

魏巍的散文《路标》中有这么一句：

在雷锋的历史上，虽没有上甘岭冲天的火光，也没有云周西村惊人的风雷，但我们完全可以说，他同黄继光、刘胡兰同样的伟大。

后面的“黄继光”，照应前面“上甘岭冲天的火光”；后面的“刘胡兰”，照应前面“云周西村惊人的风雷”。这是历史事件和人物的照应。

毛泽东主席《关于正确处理人民内部矛盾的问题》中有这么一句：

我们历来就主张，在人民民主专政下面，解决敌我之间和人民内部的这两类性质不同的矛盾，采用专政和民主这样两种不同的方法。

后面的“专政”，照应前面“敌我之间（的矛盾）”；后面的“民主”，照应前面“人民内部（的矛盾）”。这是政策概念与具体内容的照应。

上面的例子，都是在双提之后配上一次的分承。

此外也有两次分承的。如秦牧散文《土地》中的一句：

水库和运河像闪亮的镜子和一条条衣带一样布满山谷和原野。

如果分开说，可以析成如下的两句：

水库像闪亮的镜子一样布满山谷；
运河像一条条衣带一样布满原野。

“水库和运河”是双提，“像闪亮的镜子和一条条衣带一样”是第一次分承，“布满山谷和原野”是第二次分承。

又如唐代韩愈《师说》中有这么一句：

句读之不知，惑之不解，或师焉，或不焉，小学而大遗，吾未见其明也。

前面提出“句读之不知”“惑之不解”两个问题，后面按照这个次序，用“或师焉”来承接“句读之不知”，用“或不焉”来承接“惑之不解”；这是第一次分承。后面又用“小学”来承接“句读之不知”“或师焉”，用“大遗”来承接“惑之不解”“或不焉”；这是第二次分承。

“双提分承句”语言比较简洁，却可以表达较复杂的意思，句子结构严密，是一种很有用的句式。

联系紧密，互相呼应

——再谈详略呼应句

1979年第1期《诗刊》，刊登了《一封终于发出的信——给我的爸爸陶铸》（以下简称《信》）。这是陶斯亮同志为悼念父亲——老一辈无产阶级革命家陶铸同志而写的一篇抒情散文。文章将悲痛的哀思、愤怒的控诉和深沉的呐喊交织在一起，是怀念老一辈革命家的悼词，又是讨伐林彪、江青一伙的檄文。人们读了这篇文章，都深深为之感动。一篇短短的文章，感人的力量从何而来呢？当然，主要因为陶斯亮同志对她父亲深情的爱和对林彪、江青反革命集团刻骨的仇恨，这两种感情都是十分真实的。唯真情才能感人。此外，文章中的一些表达方式，也值得注意。这里专谈一种句式。

《信》是一篇抒情散文。为了增强抒情气氛，作者采用了像下面这样的句子：

妈妈，你就痛痛快快地哭吧，你就把胸中积郁已久的愤怒和悲痛全部哭出来吧……

本来，这两句话也可合成一句，比如说：

妈妈，你就痛痛快快地把胸中积郁已久的愤怒和悲痛全部哭出来吧……

合成一句以后，内容复杂，句子较长，不如分成两句来得清楚。更重要的是，把两句话合起来，强烈的抒情气氛就减弱了。原来的两句，前面一句较短，表达凝聚的抒情气氛，略作停顿后，又加上较长的一句，让奔放的感情倾泻而出，充分表达了抑制不住的悲痛。两相配合，就真实地再现了作者的悲痛之情。

像这样的句子，叫作详略呼应句。这种句子一般是简句在前，详句在后，联系紧密，互相响应。又如：

> 它仅仅是一朵小小的白花，是女儿向您志哀和报春的一朵小小的白花。

作者把“信”比作白花，感到这朵花远远不足以寄托自己的哀思，所以说“仅仅是一朵小小的白花”。光是这么一句，还没有说明这朵小白花所包含的深刻意义，于是又用长句作了补充。如果只用后面一句，抒情的层次就看不出来。用一句话和用两句话，效果不一样。

详略呼应句由简句和详句两部分组成，但却能给人以整体感，也就是因为前后两部分中都有相同的词语，这些词语像纽带一样，把两个句子紧紧地缩合起来了。

下面一句比较简单，也是同类型的句子：

> 爸爸，女儿对不起您……女儿实在对不起您……

第一步想到的是“对不起”，但再一想，觉得这样说还不够，于是又说“实在对不起”，前后两句的差别，就只在“实在”这个副词。而就是这个副词，把抒情的层次真实地表达出来了。

不仅是抒情性文章，就是议论性和记叙性文章，也常常用详略呼应句。如下面毛主席的一句话：

> 真正的铜墙铁壁是什么？是群众，是千百万真心实意地拥护革命的群众。

去掉“是群众”三字，并不损害句意的完整，但有了这三字，表达的效果就大大加强。前面是一个问句，读者看到这个问句，自然迫切地希望看到答案。现在用简短的三个字做了回答，就能满足读者的初步要求。但用暗喻形式把群众比作铜墙铁壁，不是一下子就能理解的。下面再用一个长句作补充，就能进一步满足读者的要求。这里简句对前后词语还起着联系作用，使句子的结构更显得紧密。

又如法布尔《大气》译文中有这样的句子：

空气的动荡并不经常是轻微的，有时候非常猛烈。……狂风也是一种动荡的空气，是一种像流水似的从这个地方流动到那个地方的空气。

“狂风也是一种空气”，这个简句一方面可以和上面“空气的动荡”相配合，一方面也提示了详句的结构，可以为阅读下面较复杂的句子提供方便。

详略呼应句，前后两部分讲的必须是同一件事，否则即使结构相同，也不是属于这种类型的句子。如《信》中的下面一句：

我知道，您一定会原谅女儿的，可是，我又怎么能宽恕自己呢？怎么能不含着刻骨的仇恨诅咒万恶的林彪和“四人帮”呢？

“可是”以下的两个分句，虽然都有“怎么能……呢”这样相同的结构，但两句讲的是不同的事情，所以不能算作详略呼应句。

“屡战屡败”和“屡败屡战”

——再谈材料的安排与词序

唐朝诗人李涉，号清溪子，他曾写过一首七言绝句，题目叫《登山》，原诗如下：

终日昏昏醉梦间，忽闻春尽强登山。
因过竹院逢僧话，又得浮生半日闲。

李涉在文宗大和年间曾任过太常寺太祝、国子博士这样的小官，自感不得志；而案牍劳形，更使他苦闷。诗的开头一句，正是反映他这种心情。第二句写他听到春天将尽，勉强摆脱俗务，登山寻春。三、四两句写他经过竹院时碰到一个和尚，和方外人一阵子谈话，俗虑顿消，深以在碌碌浮生中能得到这半日的清闲，引为难得快事。全诗用前后对照的手法，写出他厌倦俗务、追求清闲生活的心情。

后来有一个人，也和李涉一样到山寺去游览，也碰到一个和尚。可是这个和尚俗不可耐，而且耳聋昏聩，答非所问，和他谈话一点没有兴趣。那人大为扫兴，就写一首诗记述这段经历。这首诗全用李涉原句，不过把次序颠倒一下，改为如下的样子：

忽闻春尽强登山，又得浮生半日闲。
因过竹院逢僧话，终日昏昏醉梦间。

诗还是这四句，一经更动先后，情调便与原诗大不相同。由此可以得出一个道理：写诗写文章，即使是同样的语句，把次序颠倒一下，含义便会大不相同。关键就在于，诗文的结语，往往是重点所在。百川归海，前面的语句，都是为这结语作对照、陪衬、铺垫的。李涉的诗，末句是“又得浮生半日闲”，给人一种轻松、愉悦的感觉。后人的那首诗，结语是“终日昏昏醉梦间”，气氛是厌烦、沉闷的。结句不同，情调也就各异。

作一首诗，写一篇文章，什么先说，什么后说，确实有很大的关系。会写文章的人，总是在这上面认真考虑、仔细斟酌的。如《史记·荆轲传》写荆轲“与盖聂论剑，盖聂怒而目之，荆轲出”。有人去叫荆轲回来，荆轲已经离开了。于是盖聂说：“固去也，吾曩者目摄之。”照盖聂看来，荆轲是因为害怕他才离开的。下面又写：“鲁句践与荆轲博，争道，鲁句践怒而叱之，荆轲嘿而逃去，遂不复会。”荆轲为什么逃去，这里也没有交代。无论讨论剑术也好，玩棋戏也好，为什么荆轲一看到对方发怒就离开，是不是真如盖聂所说，是因为胆怯害怕呢？如果荆轲真是这样一个人，为什么后来能接受燕太子丹的委托，无所畏惧地入秦廷刺秦王呢？按照一般人的想法，这里似乎需要交代一下。作者司马迁也是明白这一点的，但是他不是在紧接这两件事之后就作出交代，直到荆轲传的结尾，才写上这样几句：

鲁句践已闻荆轲之刺秦王，私曰：“嗟乎！惜哉！其不讲于刺剑之术也！甚矣吾不知人也！曩者吾叱之，彼乃以我为非人也！”

前面写到的事情，到最后才作出交代，这样写有几点好处：（一）说明荆轲的智勇深沉，不是一下子就能看出来的。盖聂以为他胆小害怕，这看法是错误的。鲁句践也要等荆轲作出刺秦王的行动后，才真正了解荆轲的为人。“彼乃以我为非人也”，就是说，荆轲认为鲁句践是不讲道理的人，不愿同他作无谓的争吵，这才逃走，并不是他胆怯。一石二鸟，盖聂对荆轲估计的错误，自然也不必再另提。（二）结尾的几句话，对荆轲有贬有褒，作出比较全面的评价。要去行刺秦王，却不讲究刺剑之术，以致功未成而身死，这是对荆轲的批评。但荆轲毕竟是一个有智谋、有勇气的人，用鲁句践的自责来说明这一点，这又是对荆轲的赞美。由此可见，司马迁对《荆轲传》材料安排上哪些先写、哪些后写，是经过一番深思熟虑的。近代林纾在《春觉斋论文》中说：“《荆轲传》终写荆轲之勇，行刺之难，而史公冷眼看出荆轲剑术之疏，于传末用鲁句践一言，闲闲回顾篇首。此等收笔，直入神化。”对司马迁笔法推崇备至，不是没有道理的。

哪些先写，哪些后写，不仅仅是写作技巧的问题，有时还包含着重大的意义。《战国策·齐策》中有这么一段话：

齐王使使者问赵威后。书未发，威后问使者曰：“岁（年成）亦无恙耶？民亦无恙耶？王亦无恙耶？”使者不说（悦）曰：‘臣奉使使威后，今不问王，而先问岁与民，岂先贱而后尊贵者乎？”威后曰：“不然，苟无岁，何以有民？苟无民，何以有君？故有问，舍本而问末者耶？”

齐王派使者问候赵威后，威后还没有拆阅齐王的来信，首先就问齐国年成怎样，人民怎样，最后才问到齐王。齐使对此大为不满，认为赵威后先贱后贵，这是本末倒置。赵威后却说出一番道理来，说她这样问正是先重后轻。如果像齐使所说那样，先问齐王，那才是本末倒置了。两种先后次序，反映两种不同的观点。

一篇文章里哪些先写，哪些后写，要认真考虑；一句话中，哪些在前，哪些在后，也要仔细斟酌。汉语表示词与词关系的语法手段主要是词序和虚词，除了正确使用虚词之外，词序的安排，就是作者煞费苦心的所在。如孙犁的《荷花淀》，开头一段是这样的：

月亮升起来。院子里凉爽得很，干净得很。白天做好的苇眉子湿润润的，正好编席。女人坐在小院当中，手指上缠绞着柔滑修长的苇眉子。苇眉子又薄又细，在她怀里跳跃着。

这里三次提到“苇眉子”，而且都带有修饰性词语。但这些修饰性词语前后次序不同。“白天做好的苇眉子湿润润的”，也可说成“白天做好的湿润润的苇眉子”，现在为了要和后面“正好编席”紧扣，所以把“湿润润的”放在“苇眉子”后面。“手指上缠绞着柔滑修长的苇眉子”，这里“柔滑修长”放在“苇眉子”前面作定语，因为这个“苇眉子”是宾语，和定语一起，都直接和前面的动词“缠绞着”发生关系。最后一处，“苇眉子又薄又细”，不说“又薄又细的苇眉子”，因为后面还有“在她怀里跳跃着”，“又薄又细”和“跳跃”有关，所以要让这两个词语靠近。

词语顺序的变化有时会引起意思很大的改变。清代曾国藩老吃败仗，他给皇帝的奏折中写道："臣……屡战屡败……"他手下的一个谋士看了之后，把奏折中"屡战屡败"这四个字稍稍改变了一个顺序，成为"屡败屡战"。奏折呈上去后，曾国藩不但没有被皇帝治罪，反而受到皇帝的嘉奖。

词序一经调换，意思就不一样了：屡战屡败，明知道败却去战，这是不明智的；屡败屡战，战斗败了，却还坚持为了国家，不放弃，继续战斗，勇气可嘉。

其实，"屡战屡败"是一种紧缩句。说得完全点，就是"虽然屡战，仍然战败"。"虽然"用于副句中，表示一种让步，然后在主句里说出正面的意思来。全句意思是说，乙事并不因为甲事而改变情况，即"屡败"的情况，不因"屡战"而改变。可见"屡战"和"屡败"有主次之分，重心是在"屡败"。颠倒一下，改为"屡败屡战"，意思就是"虽然屡败，仍然屡战，"重心就落在"屡战"上了。前者是多次失败，给人垂头丧气的感觉；后者是连连作战，给人以勇气百倍的感觉。

写的是同一事实，但由于词序不同，情味就大异其趣。词序在汉语中的作用，在这一例子中完全表现出来了。由此可见，词序同写作的关系，确是十分密切。

“犀兕有皮，色资丹漆”

——谈作品的文采

唐朝大诗人白居易任谏官时，因为屡次上疏批评朝政，触怒了宪宗皇帝，于元和十年（815）被贬为江州司马。这一年诗人四十四岁，从繁华的都城迁谪到荒僻的南方，诗人内心是痛苦的，但在诗歌创作上却获得了新的成就。

第二年深秋，诗人在湓浦口送客，碰到一位弹琵琶的女艺人。诗人有感于那位女艺人的不幸遭遇，同时联想起自己的迁谪生活，写下了有名的长诗《琵琶行》。

在这首诗里，诗人表现了高度的概括力，仅仅用了百余字，就刻画出一个女艺人的动人形象。诗人对女艺人不幸遭遇的描述，显示了他对下层妇女的同情。诗人还把自己的不幸遭遇和女艺人的命运做了对比，发出了“同是天涯沦落人，相逢何必曾相识”的感慨。这首诗的音乐性很强，诗人用很多生动的比喻来描写琵琶声，给人以强烈的印象，也一直为人们所欣赏。

从《琵琶行》全诗看来，诗人运用艺术语言是获得很大的成功的。文学作品，特别是诗歌，要有适当的文采，才能表现出艺术的魅力。下面我们就来谈谈这首诗的文采。

音乐艺术，是诉之于人们的听觉的。现在要用书面语言把它再现出来，这就有较大的难度。诗人凭他高度的艺术修养，却能应付裕如。对琵琶声的再现，作者主要是采用比喻的手法。有些地方是直接用明喻，如：

大弦嘈嘈如急雨，小弦切切如私语。

曲终收拨当心划，四弦一声如裂帛。

诗句中用上比喻词“如”，把本体和喻体的关系交代得很清楚，让读者一看就明白。用人们熟悉的“急雨”和“私语”来比喻大弦发出的嘈嘈声和小弦发出的切切声，好像琵琶的音响就在耳边。用“裂帛”的清脆来比喻乐曲终了时四弦汇成的声音，十分帖切。

有的地方，诗人又采用暗喻的形式。如：

嘈嘈切切错杂弹，大珠小珠落玉盘。

这里没有比喻词“如”“似”等，只是把本体和喻体并列起来，在读者印象中形成“同一”的感觉，这是较明喻更进了一步。

有时，只写出喻体，本体和比喻词都不见了。如：

间关莺语花底滑，幽咽泉流冰下难。

这是直接让读者领略花底莺语和冰下流泉。弹奏者出神入化的技艺，深深感染了诗人，默坐静听，已经忘记了是身在客船中，而是好像置身于大自然的怀抱之中。

比喻的方式是多样的，比喻的设想是确切的。艺术家的想象力，在这里得到充分的发挥。

艺术描写不是简单地再现现实，有时需要概括集中，有时需要渲染强调。为了更好地表达内容，必要时诗人就运用夸张的手法。如：

千呼万唤始出来，犹抱琵琶半遮面。
五陵年少争缠头，一曲红绡不知数。
今夜闻君琵琶语，如听仙乐耳暂明。

那位女艺人，从前是长安倡女（歌女），眼下则是商人妇。现在有人要她出来献技，必然会产生矛盾心理。诗人没有花过多的笔墨来描写那位女艺人当时的精神状态，只用“千呼万唤”这样夸张性的词语，写她出来之难。这一夸张内涵十分丰富，但语言却是如此精练，正可看出诗人运用艺术语言的能力。

唱一支曲，所得到的缠头——红绡竟是多得不知其数，用上这么一个夸张，当时这位女艺人红极一时的身价，也就不必再多作描写。用在女艺人身上，这一夸张是十分典型的。

“如听仙乐耳暂明”，这是借助于比喻的方式来表现的夸张。“此曲只应天上有，人间能得几回闻？”世间的乐器，毕竟不是仙乐，用这样的夸张来作比喻，正是写出诗人对女艺人的演技极度倾倒。

诗歌中的语言，要求有变化，要求具体形象。修辞上的借代，正是适应这种需要而产生的。如：

曲罢曾教善才服，妆成每被秋娘妒。
浔阳地僻无音乐，终岁不闻丝竹声。
春江花朝秋月夜，往往取酒还独倾。

“秋娘”本来是一个美丽的女子的名字，这里以专名代通名，借指美丽的女子。由于“秋娘”已是大家熟知的美丽的女子，这就比笼统用“美女”更形象和具体。

“丝竹”也是指音乐，这是用具体事物代替抽象概念。由于上一句已经用了“音乐”，下一句如要再用，就显得重复单调。借代在这里发挥了很好的作用。

“春江花朝秋月夜”，就是指美好的时光，亦即良辰美景，但比说美好的时光更鲜明更吸引人。这是用具体的景象来代替概念化的叙述。

为了使上下两个句子的联系更显得紧凑，诗句中往往用上一句结尾的字或词来做下一句的开头。如：

醉不成欢惨将别，别时茫茫江浸月。
冰泉冷涩弦凝绝，凝绝不通声暂歇。

这样的修辞方式叫作“顶真”。顶真可以使前后语句扣合得更紧密，也就是造成前后意思的连贯。“醉不成欢惨将别”，上一句以“别”这一动作结束；“别时茫茫江浸月”，下一句就在“别”字上再做文章。“冰泉冷涩弦凝绝”，上一句以“凝绝”这一情况结束；“凝绝不通声暂歇”，下一句就顺着上一句，说明凝绝以后怎样。用了顶真，上下两句有藕断丝连之妙。

有时，诗句中用了一个词语，表面上指甲，实际却又兼指乙，即言在此而意在彼。如：

去来江口守空船，绕船月明江水寒。

“空”表面上是指船，实际上是兼指精神的空虚。“寒”表面上是指江水，实际上是兼指内心的寒。像这样一个词兼指两方面。修辞学上叫“双关”。双关就是一词多用，可使语言精练。

此外，诗句中还有许多叠字，如“瑟瑟”“嘈嘈”“切切”“唧唧”“凄凄”。这些叠字，增加了诗句的音乐美，使语言更具有节奏感。

南朝梁国刘勰在《文心雕龙·情采》篇中说：“虎豹无文，则鞟同犬羊；犀兕有皮，而色资丹漆：质待文也。”意思就是虎皮豹皮如果没有毛色花纹，就同狗皮羊皮一样；犀牛兕牛皮有用，但还靠漆上朱红来显示色彩：可见质地还需要文采。对今天的人们来说，懂得了文采，就可以把文章写得更美更动人。阅读名家作品时留心文采，对提高写作能力很有帮助。

“诗用叠字最难”

——再谈诗文中的叠字

谈词的人，常把唐朝的李白、五代的李煜、宋朝的李清照并提，合称“词家三李”。李白主要是诗人，词作传世不多。李煜和李清照，就身世和词风来说，确有许多类似之处。李煜前半期过的是帝王生活，所作的词，主要是描写宫廷欢乐生活；后半期过的是俘虏生活，词风趋于凄苦，境界始大。李清照前半期过的也是安定幸福的生活，词作多写闺房之乐；后半期过的是流亡生活，国亡家破之痛，使她的词风趋于悲凉。而李清照后期作品中，《声声慢》尤其为人传诵。这首词如下：

寻寻觅觅，冷冷清清，凄凄惨惨戚戚。乍暖还寒时候，最难将息。三杯两盏淡酒，怎敌他、晚来风急？雁过也，正伤心，却是旧时相识。

满地黄花堆积，憔悴损，如今有谁堪摘？守着窗儿，独自怎生得黑。梧桐更兼细雨，到黄昏、点点滴滴。这次第，怎一个愁字了得！

这首词开头连用七组十四个叠字，结尾处又用两组四个叠字照应，做了大胆的开创，前无古人，为历来评论家所激赏。清代徐釚在《词苑丛谈》中赞为“大珠小珠落玉盘”；近代吴灏在《历朝名媛诗词》中则认为“其佳处在后又下‘点点滴滴’四字，与前照应有法，不是草草落句”。总之，都认为这首词中的叠字用得好。

“寻寻觅觅”四字，反映作者流亡生活中忽忽如有所失的心境。因为心情空虚，无可寄托，就好像丢失了什么东西那样。作者要寻觅的不是一件具体的东西，可能是流亡前欢乐的生活、心爱的文物，也可

能是与丈夫赵明诚志同道合的爱情。这些不是像丢失一件东西那样可以马上找到的。用叠字"寻寻觅觅"，真实地写出了那种彷徨四顾、欲罢难休的情景。冷酷的现实告诉词人，过去的欢乐不可能再找到了。于是词人如梦方醒，转到眼前的现实，"冷冷清清"四字，既是指环境，也是指词人的心情。接下去"凄凄惨惨戚戚"，直写内心感觉，伤心人的怀抱，如泣如诉，令人不忍卒读。沈宜荣在《宋词赏析》中说："'凄凄'一叠，是外之环境与内之心灵相连接的关键，承上启下。在语言习惯上，凄可与冷、清相结合，也可以与惨、戚相结合，从而构成凄冷、凄清、凄惨、凄戚诸词，所以用'凄凄'作为由'冷冷清清'之环境描写过渡到'惨惨戚戚'之心灵描写的媒介，就十分恰当。"可见运用叠字的精当。而结尾处又用描写雨声的"点点滴滴"二组四个叠字与开头的叠字相照应，使全词更增加了一层悲凉的气氛，把意境写得更为动人。

用叠字，是一种修辞的方式，这种方式的运用，应该是服从于内容，为表情达意所需要。离开了这一点，就会出现形式主义的倾向。元朝人乔吉有一首《天净沙》小令如下：

莺莺燕燕春春，花花柳柳真真。事事风风韵韵。娇娇嫩嫩，停停当当人人。

全篇都用叠字组成，是有意学李清照的。但由于只是在形式上套用，艺术价值就完全不能和李的那首《声声慢》相提并论。《白雨斋词话》中斥之为“丑态百出”也不为过。其实这已经是一种文字游戏了。明朝万树在《词律》中评价李清照的《声声慢》道：“盖其遒逸之气，如生龙活虎，非描塑可拟。其用字奇横而不妨音律，故卓绝千古。人若不及其才而故学其笔，则未免类狗矣。”乔吉正是用描塑来“故学其笔”，自然要画虎不成反类犬了。

早在《诗经》中，就有许多叠字。南朝梁国刘勰在《文心雕龙·物色》中说：“诗人……写气图貌，既随物以宛转；属采附声，亦与心而徘徊。故‘灼灼’状桃花之鲜，‘依依’尽杨柳之貌，‘杲杲’为日出之容，‘瀌瀌’拟雨雪之状，‘喈喈’逐黄鸟之声，‘喓喓’学草虫之韵。”刘勰认为这些都是用少数字来概括复杂的情状，没有遗漏地描绘出来了。虽然此后经过千年来作家们的思索，也难以用别的字来代替。

在具体的诗歌中，运用叠字的好处更可以明显地看出来。下面举《诗经·周南·芣苢》为例：

采采芣苢，薄言采之。采采芣苢，薄言有之。
采采芣苢，薄言掇之。采采芣苢，薄言捋之。
采采芣苢，薄言袺之。采采芣苢，薄言襭之。

全诗隔句都用叠字，配合“采”“有”“掇”“捋”等动词的变换，写出一群妇女在采芣苢（车前子）时的欢乐情景。正如方玉润在《诗经原始》中所说：“涵泳此诗，恍听田家妇女，三三五五，于平原绣野，风和日丽中群歌互答，余音袅袅，若远若近，忽断忽续，不知其情之何以移而神之何以旷。”诗的生动形象，同反复用叠字很有关系。

汉代五言古诗中，也有很多用叠字的。如下面《古诗十九首》中的一首：

迢迢牵牛星，皎皎河汉女。
纤纤擢素手，札札弄机杼。

终日不成章，泣涕零如雨。
河汉清且浅，相去复几许？
盈盈一水间，脉脉不得语。

这首诗通过对神话故事中牛郎织女形象的描绘，抒写男女离别之情。开头四组叠字，描写牛女相隔的遥远，刻画织女美丽的形象和她灵巧的织布动作，都很鲜明。结尾又用两组叠字，含蓄地写出人物的内心感情，十分传神。后人高度评价《古诗十九首》，认为“惊心动魄，一字千金”，当然也包括巧妙运用叠字在内。

唐朝诗人王维在《七律·积雨辋川庄作》中有这么两句：

漠漠水田飞白鹭，阴阴夏木啭黄鹂。

有人指出这两句是袭用李嘉祐的诗句，只在两句的前面加上“漠漠”“阴阴”四个字。但后来一些评论家都认为这四个字加得好。如宋朝叶梦得在《石林诗话》中说：“此两句好处，正在添‘漠漠’‘阴阴’四字，此乃摩诘为嘉祐点化，以自见其妙。如李光弼将郭子仪军，一号令之，精采数倍。”这里的“漠漠”是形容水田分布广阔，一片茫茫；“阴阴”是形容夏木幽暗阴森。加上这二组叠字，就把场景描写得非常鲜明生动。

明末清初顾炎武在《日知录》中说：“诗用叠字最难。”这“难”是指用得恰当。用叠字也和其他写作技巧一样，要下功夫，才能显出特色。

高下相须，自然成对

——再谈对偶和对联

毛泽东主席在《改造我们的学习》中引用过一副对子：“墙上芦苇，头重脚轻根底浅；山间竹笋，嘴尖皮厚腹中空。”并且加以说明道：“对于没有科学态度的人，对于只知背诵马克思、恩格斯、列宁、斯大林著作中的若干词句的人，对于徒有虚名并无实学的人，你们看，像不像？”这副对子原是明朝初年解缙作的，毛主席加以引用，推陈出新，用来讽刺上述一些人，真是再恰当不过了。

对子也叫对联，我国习俗往往在厅堂的柱子上张贴对联，所以对联也叫楹联。但对联的应用逐渐广泛，目前已不是楹联这个名称所能包举的了。

对联来源于诗歌中的对偶句。中国历史上的骈文，就是句子两两相对的。律诗的中间四句规定是两对。此外散文中也有插用对偶句的。绝句一般不用对偶，但也有全用对偶的，如下面一首唐柳宗元的《征人怨》：

岁岁金河复玉关，朝朝马策与刀环。
三春白雪归青冢，万里黄河绕黑山。

对偶字句整齐，易于记诵，许多传诵名句，往往是对偶句。如唐代王勃的“落霞与孤鹜齐飞，秋水共长天一色”（《滕王阁序》），以描写鲜明流传；北宋范仲淹的“先天下之忧而忧，后天下之乐而乐”（《岳阳楼记》），以含意深刻见称；此外也有以用典贴切、构思精妙被人称赞的。如范仲淹幼时曾随母改嫁易姓朱，及后归本家，启文中说：“志在逃秦，入境遂称于张禄；名非霸越，乘舟偶效于陶朱。”用范睢、范蠡，都是当家故事。王勃《滕王阁序》中说：“物华天宝，龙光射斗牛之墟；人杰地灵，徐孺下陈蕃之榻。”故事人物，都切合当地风光。

对偶有严对和宽对的区别。严对要求上下句字数相等，结构相同，没有重复的字，还要求平仄协调。宽对除了要求上下句字数相等外，其他方面的要求都较宽。如上引解缙那副对子，分析起来是这样的：

墙　上　芦　苇，　头　重　脚　轻　根　底　浅
（平　仄　平　仄，　平　仄　仄　平　平　仄　仄）
山　间　竹　笋，　嘴　尖　皮　厚　腹　中　空
（平　平　仄　仄，　仄　平　平　仄　仄　平　平）

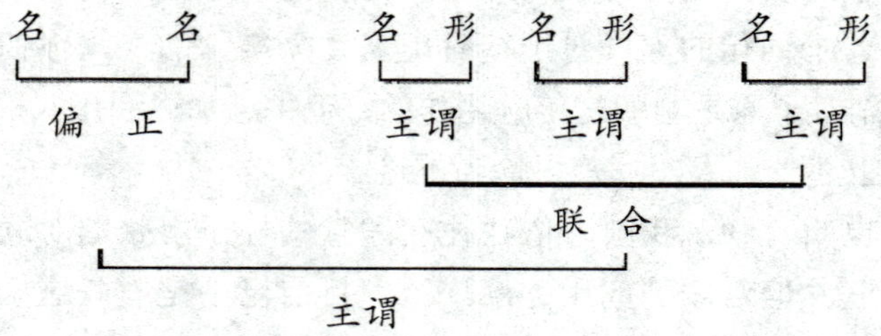

除了一、四两字之外，上下两句都是平仄相对；词性结构则完全相同。这可以说是严对的例子。

对偶句独立应用，就成为对联。对联言简意赅，往往能以少胜多。一些学者常在自己住处或书室内挂上一副对联，用来表示主人的志趣、性格。如明末清初学者王夫之，他的住屋就挂有他自撰的如下一副对联：

六经责我开生面，
七尺从天乞活埋。

内容就是联主平生的概括。王夫之在清兵南下时，曾举兵阻止于衡山，南明亡后伏居湘西山区瑶洞，刻苦著作四十年，始终没有和清王朝合作。

近代诗人洪允祥平生好读书，通经史，工骈文，善诗能书，时嬉

怒笑骂，人称“狂生”。他在书室中挂着这样一副对联：

客有来时，人相鬼相菩萨相；
我所到处，诗多书多酒瓶多。

玩世不恭，滑稽幽默，从一副小小对联可以看出其为人。

对联可以为自己而作，也可以赠人。相传有人写了如下一副对联送给郑板桥：

三绝诗书画，
一官归去来。

十个字概括了半生，而且都有来历。唐玄宗称赞郑虔诗书画三绝，郑板桥也是能诗能画善书；陶渊明辞彭泽令，赋《归去来辞》以见志，郑板桥在山东做过两任知县后，也辞官归隐，在扬州卖画为生。据说郑板桥看到这副对联，十分倾倒。

挽联是对联的一种常见形式。好的挽联，表达生死双方的情谊，很能感人。下面小凤仙挽蔡锷联，曾经传诵一时：

万里南天，鹏翼直上扶摇，那堪忧患余生，萍水姻缘成一梦；
几年北地，燕支自悲沦落，赢得英雄知己，桃花颜色亦千秋。

挽联多是对他人的，但也有自挽的。如下面一联：

何事尚关心，最难抛满架图书，一庭花木；
而今方撒手，好去寻未游山水，先逝亲朋。

作者茅元辂，清乾隆举人。后绝意仕途，常行迹于山水间，读书以自娱，活到八十多岁，临终作此联，反映他一生的志趣。

对联也是一种讽刺文学，用对联进行讽刺的手法很早就有了。如下面讽刺秦桧和他妻子王氏的一副对联：

咳，仆本丧心，有贤妻何至若是？

啐，妇虽长舌，非老贼不到今朝！

用第一人称口吻，让秦桧和其妻互相责难，别具构思。

抗日战争前，上海大流氓黄楚九办大世界小世界游乐场所，还开办日夜银行为赌客提供方便。死时负债累累，有人就写了如下一副对联加以讥嘲：

楚楚有致，廿载光阴图世界；

九九归原，一双空手见阎王。

把他的名字“楚九”嵌在上下联，概括了他投机的一生。

此外也有人拿上下联作对比，有褒有贬，发人深省。如下面题杭州岳飞墓的一副对联：

青山有幸埋忠骨；

白铁无辜铸佞臣。

在赞扬忠良岳飞的同时痛斥秦桧等奸佞，形成鲜明的爱憎。

也有人拿明末大汉奸洪承畴和民族英雄史可法作对比的：

史笔流芳，虽未成功终可法；

洪恩浩荡，不能报国反成仇。

上联首尾嵌史可法姓名，下联首尾嵌洪承畴姓名（名字用谐音），表达了汉族人民的正气。

过去私塾里把对对子作为语文教学的一种手段，社会上也往往用对课来考查一个人的才学。为了增加对课的难度，往往在形式上作了种种安排和限制。如下面一联：

三光日月星；

四诗风雅颂。

该联看似简单，实际上难度很大，因为“三光日月星”一联只有五字，对联不能重字，如“三才天地人”之类已不能对。下联首字若改用其他数字，则日月星三字很难相对。《风》《雅》《颂》都是“诗”，但“三诗风雅颂”重了一个“三”字，明显不能成对。妙就妙在《雅》又分《大雅》和《小雅》，两个“雅”可以合而为一，这样就使“风雅颂”成为“四诗”，正好相对。据说上联是北宋时辽国使臣拿来的，要求宋朝士大夫给对。最后是苏东坡给对出的。

下面一副拆字对也是很巧妙的：

冻雨洒窗东两点西三点；
切瓜分片上七刀下八刀。

上联“冻”字是两点水加上“东”字，照应后面“东两点”；“洒”字是三点水加上“西”字，照应后面的“西三点”。下联的“切”字拆开来是“七刀”，照应后面的“上七刀”；“分”字拆开来是“八刀”，照应后面的“下八刀”。

不过专门在形式上加难度的对联，已是一种文字游戏，内容往往没有什么意义。

正如南朝梁国刘勰《文心雕龙·丽辞》篇说：“造化赋形，支体必双，神理为用，事不孤立。夫心生文辞，运裁百虑，高下相须，自然成对。”认为对偶是符合事物本身特点的。当然，诗文中使用对偶句，可以增添文采，但用得太多，会使形式呆板而缺乏变化，也是不好的。

“柳絮因风起”

——再谈谈比喻

过去，人们常常用“咏絮之才”这个成语来称赞有才学的女子，这是从下面一个故事产生的：

东晋的谢道韫，是安西将军谢奕的女儿。一次冬日谢氏家族聚会，正赶上大雪鹅毛般片片落下，谢道韫的叔父谢安于温酒赏雪之余，雅兴大发，问在座的谢氏后辈，飘飘大雪何所似？（可以用什么来比拟下雪呢？）谢道韫的堂哥谢明接口：“撒盐空中差可拟。”（撒盐空中，大概可以用来比拟下雪吧。）谢道韫马上微哂道：“未若柳絮因风起。”（还不如用柳絮随风飞起来比拟好。）简单一句，谢道韫的诗情才气相比她堂哥何啻霄壤！谢安对道韫的比拟大为赞赏。

一个比作“撒盐空中”，一个比作“风卷柳絮”，因为盐和柳絮都是白的，都像雪。但为什么谢安特别赞赏谢道韫的这个比喻呢？这因为一件事情，和它相像的东西总不止一样。拿下雪来说，除撒盐和飞絮之外，也有人用“飘鹅毛”来比喻的；此外，古人还有这样的诗句：“战罢玉龙三百万，败磷残甲满天飞。”既然同一事物可以用许多东西来比喻，就有一个选择问题，就有一个贴切与否的问题。“撒盐”仅仅取颜色相似，而“飞絮”不仅颜色相似，还把雪花飘飞的态势也描绘出来了。前者只是“形似”，后者则达到了“神似”，大有高下之分。

选用比喻，还同人的身份、生活环境有关。谢道韫是一个贵族小姐，她生活悠闲、心境愉快，看到雪花，自然而然地会想到阳春三月的柳絮。如果是旧社会一个穷人家的女孩子，她看见雪花，想到的恐怕不会是柳絮而是棉絮了。

比喻这种修辞方式出现很早，在《诗经》中就有许多好的比喻。如《硕女》中描写一个美丽的女子，就用上许多比喻：

手如柔荑，肤如凝脂，
领如蝤蛴，齿如瓠犀。
螓首蛾眉。巧笑倩兮，美目盼兮。

在屈原的作品里，更是大量运用比兴，使比喻这种方式有了更进一步的发展。汉代王逸在《离骚经序》中说过这样一段话：

《离骚》之文，依《诗》取兴，引类譬喻。故善鸟香草，以配忠贞；恶禽臭物，以比谗佞。灵修美人，以媲于君；宓妃佚女，以譬贤臣；虬龙鸾凤，以托君子；飘风云霓，以为小人。其词温而雅，其义皎而朗。

所谓“善鸟香草，以配忠贞”，这种比喻方式，对后世影响很大。后人的作品，往往直接采用《离骚》的喻体。如鲁迅《自题小像》诗：

灵台无计逃神矢，风雨如磐暗故园。
寄意寒星荃不察，我以我血荐轩辕。

第三句中的“荃不察”，就是来自《离骚》“荃不揆（察）余之衷情兮”。荃是香草，本来比喻君王。鲁迅的诗则借指祖国人民。鲁迅要把爱祖国的热诚托寒星转达，可是祖国人民还在清王朝的封建统治下，不可能察识他这一番爱国的忠诚。借用《离骚》中的比喻，却赋予它新的含义。

南朝梁国刘勰在《文心雕龙·比兴》中指出，比喻这种手法，在用作比方的事物上没有一定：有的比声音，有的比形貌，有的比心思，有的比事物。他举出宋玉《高唐赋》里“纤条悲鸣，声似竽籁”（细枝发出悲切的声音，好像吹竽）作为比声音的例子；举出枚乘《菟园赋》里“猋猋纷纷，若尘埃之间白云”（鸟在天上快飞，像尘埃夹杂在白云里）作为比喻形象的例子；举出贾谊《鹏赋》“夫祸之与福兮，何异纠缠”（灾祸同幸福，跟三股绳纠结在一起有什么不同？）作为用事物比道理的例子；举出王褒《洞箫赋》里“优柔温润，如慈父之畜子也”（优柔温和，像慈父抚育儿子）作为用声音来比用心的例子；举出马融《长笛赋》里“繁缛络绎，范蔡之说也”（繁多丰富，连续不断，是范雎蔡泽的辩说）

作为用音乐来比辩说的例子；举出张衡《南都赋》里“起郑舞，茧曳绪”（跳起郑国的舞蹈，好像蚕茧抽丝）作为把舞姿比作事物的例子。

其实就本体和喻体的关系来说，是不可能尽举的。拿现代作品来说，有许多比喻的样式，就是刘勰举出例子中所没有的。像朱自清《荷塘月色》中“叶子和花仿佛在牛乳中洗过一样，又像笼着轻纱的梦”，用不可捉摸的梦来作喻体，比喻具体的事物，设想奇特。又如“光与影有着和谐的旋律，如梵婀玲上奏着的名曲”，用乐曲来比喻光和影，也就是用不能目睹的声音来比喻可以用眼睛看到的光和影。这些都是刘勰不曾举出的。

不管本体和喻体的关系是怎样复杂多样，两者之间总要有相似点，这是构成比喻的基础，也是理解比喻的关键。如上举《荷塘月色》中把月光下的叶子和花比作笼着轻纱的梦，因为两者都有惝恍迷离的感觉。用名曲来比喻光和影，它们的类似点是旋律。宋代苏轼写过一篇《日喻》，说的是一个从小瞎了眼的人不识太阳，向眼睛无病的人询问。有人告诉他：“太阳的样子像铜盘。”盲人敲敲铜盘听到声音。后来听到钟声，以为是太阳。有人告诉他：“太阳的光像蜡烛。”盲人摸摸蜡烛知道了形状。后来拿到管状的乐器以为是太阳。这就是说，盲人没有视觉，不能从形状上来懂得太阳和其他事物的类似点。人家明明告诉他太阳的形状像铜盘，他却从声音上当作太阳和铜盘的类似点；人家明明告诉他太阳的光像蜡烛，他却从触觉上去找太阳和蜡烛的类似点。这样当然不能了解本体的实况了。后来人们用“扣盘扪烛”这个成语来比喻不经实践，认识片面，难以得到真知。

比喻一般分为明喻、暗喻、借喻。要注意的是不同形式的比喻有不同的应用场合，具体运用时应根据实际情况来选取。如毛泽东主席在《论持久战》中为了回答“英勇战斗于前，又放弃土地于后，不是自相矛盾吗？这些英勇战斗者的血，不是白流了吗？”这样的问题，曾写过这样一句话：

> 吃饭就一直吃下去，睡觉就一直睡下去，英勇战斗就一直打到鸭绿江，这是主观主义和形式主义的幻想，在实际生活里是不存在的。

这是并列性暗喻，在“英勇战斗就一直打到鸭绿江”这个本体之前，有两个喻体，构成排比的形式，一气呵成，很有说服力。如果改为明喻的形式，比如说，“英勇战斗就一直打到鸭绿江，好像吃饭就一直吃下去，睡觉就一直睡下去……”表达效果就差了。

黄河之水天上来

——再谈夸张

某地举行考试，地理试卷上有一道问答题是“黄河发源于何处”？一个考生回答：“黄河之水天上来。”理所当然地不得分。

那个考生的答语不是自己想出来的，这是唐朝大诗人李白的名句。李白乐府诗《将进酒》开头几句是这样的：

君不见黄河之水天上来，奔流到海不复回；
君不见高堂明镜悲白发，朝如青丝暮成雪。

黄河之水从高处奔腾而下，正好像来自天上，可是一流到海里就不再回来了；人生也是如此，逝去的美好时光不可能再现，在高堂的明镜中照见白发，不觉悲从中来，因为不久前还是乌黑的，现在却白如霜雪了。

在诗歌中是千古传诵的名句，拿来回答地理试题，却得不到分数，这是为什么呢？原来这正是艺术与现实的区别所在。各种文学作品，题材都来自现实，如李白诗句中写到黄河，因为现实世界中确实有条黄河。神话故事牛郎织女中的天河，也是根据宇宙中的银河想象而来的。但艺术又不是现实简单的再现，它往往用种种艺术手段把现实中的一切表现得更概括、更集中、更鲜明、更突出。比如黄河发源于青海，那边地势极高，黄河之水，真像从天上流下来似的。于是诗人把这种感觉直接写到诗句中去。这是在客观现实的基础上，对事物进行扩大或强化的描述。修辞学上给这种表现方法一个专门的名词，叫作“夸张”。下面“朝如青丝暮成雪”也是一样。事实上，头发不会在一天之间变白，但光阴迅速，人生易老，从青年到老年，有时真会有旦暮之感。古语说"人生如白驹过隙"，也是这个意思。

夸张是一种艺术手段，经过夸张的事物，已做了一定的强调，渗入作者的主观因素，它已不是事物的本来面目。因此，在要求"如实"解答现实情况的试卷中，就不能用这种方法。

说明现实情况的文字，不能使用夸张；同样，对于文艺性文章中的夸张，也不能用纯现实的眼光来理解，不然的话就会闹出笑话。唐朝杜甫的《古柏行》中有这样两句：

霜皮溜雨四十围，黛色参天二千尺。

这是描写夔州孔明庙中又高又大的柏树。可是宋朝沈括却在《梦溪笔谈》中对这两句诗中的数字做了认真的计算，认为四十围乃是直径七尺，而树的高度却有二千尺，这岂不是太细长了吗？据此，沈括作出结论，说这是"文章之病"。其实杜甫这两句诗正是用的夸张，而沈括却根据数字做了精密的计算，正是把艺术和现实混为一谈。后人举杜甫的《潼关吏》中的句子"大城铁不如，小城万丈余"来驳斥沈括，哪里有一万丈高的城墙呢？

是写实，还是夸张，一般来说是不会混用的，但有时也会出现分辨不清的情况。如范仲淹《岳阳楼记》中有这么一段：

若夫淫雨霏霏，连月不开；阴风怒号，浊浪排空；日星隐耀，山岳潜形；商旅不行，樯倾楫摧；薄暮冥冥，虎啸猿啼。登斯楼也，则有去国怀乡，忧谗畏讥，满目萧然，感极而悲者矣。

这里的"薄暮冥冥，虎啸猿啼"，一般都解作"到了傍晚，灰蒙蒙的一片，只听得虎在长啸猿在哀鸣"。也就是说，"虎啸猿啼"是写实。但也有人认为，在岳阳楼根本不可能听到虎啸猿啼，这是用比喻形式表达的夸张。这段写的是洞庭湖阴雨天的景象，"阴风怒号"以下几句，写的是白天景象；"薄暮冥冥"两句，则是写的晚间景象，因为天黑了，只能从声音上来着笔，"虎啸猿啼"只是比喻，用来夸张洞庭湖风浪声的惊人可怖。这样理解也不是没有道理的。

夸张的基础在于现实，如果忘记了这一点，任意作奇怪的描写，那就会变成文字游戏，没有艺术价值了。如大跃进时期有人写农业生产的发展，说是一辆卡车只能装一颗麦粒，大猪背上可以开汽车。读了只给人以不真实的感觉，一点没有艺术意味。像这样的“夸张”是不足取的。

夸张还要同其他的艺术表现手法区别开来。如下面毛泽东主席《蝶恋花·答李淑一》词：

我失骄杨君失柳，杨柳轻飏，直上重霄九。问讯吴刚何所有，吴刚捧出桂花酒。

寂寞嫦娥舒广袖，万里长空，且为忠魂舞。忽报人间曾伏虎，泪飞顿作倾盆雨。

除了末句用夸张手法外，就全首词来说，用的是浪漫主义表现手法，不是夸张。

还有笑话中的说大话，故意把事物夸大以博一笑，这也不是夸张。如下面《时尚笑谈》中一则：

昔一人上京公干，嘱其仆曰：“途路之间，江湖闹处，凡说家中事，务要大些说。”仆曰：“晓得。”又与一人同行，其人指水牛曰：“好大牛。”仆曰：“稀罕他，我家犬还大些。”又指高楼曰：“好高楼。”仆曰：“稀罕他，我家马房还要大些。”又指船说：“好大船。”仆曰：“稀罕他，我家主母的鞋还更大些。”

崔颢的黄鹤楼诗

——再谈创作、仿作和仿拟

现在的武汉长江大桥武昌桥头，原有一座黄鹤楼，耸立在南岸，是有名的古迹。据《南齐书·州郡志》上记载，仙人子安曾乘黄鹤经过这里，因而得名。又据《太平寰宇记》上说是费文祎驾黄鹤登仙，曾在此休息，后人就在这里建了黄鹤楼。此外《述异记》上还说荀瓌曾在江夏黄鹤楼上休息，看见西南方向有一件东西飘然而来，慢慢从高空中降落，一会儿已到了眼前，原来是一位骑鹤的贵宾，荀瓌就和他相对而坐。过了不久，贵宾告辞而去，跨上仙鹤，一会儿就不见了。现在“杳如黄鹤”这一成语，由此而来。上面三种说法各不相同，但都和黄鹤楼有关，可见黄鹤楼这一胜地，也和祖国各地其他古迹一样，是同一些神话故事牵连着的。黄鹤楼俯瞰长江，本来是登临胜地，再加笼罩上一层惝恍迷离的神话色彩，就更加吸引人了。

黄鹤楼之所以出名，还因为唐朝诗人崔颢曾经写过一首有关此楼的诗。这首诗是：

昔人已乘黄鹤去，此地空余黄鹤楼。
黄鹤一去不复返，白云千载空悠悠。
晴川历历汉阳树，芳草萋萋鹦鹉洲。
日暮乡关何处是？烟波江上使人愁。

崔颢这首诗，把怀古、写景、抒情融合在一起，将人们常见的景物、常有的感情，用优美的诗的语言表达出来，能引起读者共鸣，给人以美的艺术享受，不愧是难得的佳作。宋代诗论家严羽说：“唐人七律诗，当以此为第一。”这么高的评价，此诗是当之无愧的。

崔颢这首诗如此出名，首先当然因为它的确是一首好诗，是珍贵的艺术创作。此外还有一个原因，就是它曾经使大诗人李白折服。传说李白见了这首诗，曾说：“眼前有景道不得，崔颢题诗在上头。”连李白这样的大诗人也自愧不如，搁笔了，这故事传扬开去，崔颢的诗就身价百倍了。

李白十分佩服崔颢这首好诗，甚至不再写题咏黄鹤楼的作品，但才气横溢的大诗人，并不就此甘拜下风，而是希望在另一个场合胜过他。果然，后来诗人到了金陵，浏览凤凰台，就写了一首《登金陵凤凰台》的七律，有意仿效崔颢的黄鹤诗。这首七律如下：

凤凰台上凤凰游，凤去台空江自流。
吴宫花草埋幽径，晋代衣冠成古丘。
三山半落青天外，二水中分白鹭洲。
总为浮云能蔽日，长安不见使人愁。

凤凰台故址在今江苏省南京市凤凰山。相传南朝刘宋元嘉年间，有凤凰集于此山，乃筑台，山和台也由此得名。它和黄鹤楼一样，是长江沿岸的名胜。李白这首诗，同样也传诵千古，许多评家认为可与崔颢的诗媲美，有的还认为超过了崔颢的诗。就内容来看，李白的诗比崔颢的诗丰富得多了。诗人这一作品，正是被权贵排挤出长安后漫游时所作。诗人写这一诗作时心情是很不得意的，但他并不像崔颢那样只写了些个人身世之感，而是对当时政治黑暗表示了愤慨，境界比崔诗阔大得多了。

李白的诗是仿作，但从形式上看来，却看不出模仿的痕迹，好就好在这里。原来诗人学习的是精神、意境，不是字句的形式。如果我们从两诗的结构布局上来看，就约略可以看出两诗相似的地方。崔诗从怀古开始，李诗也是如此。他们都是从眼前的景物，引起对过去的回忆，从而抒发感慨。三四两句，崔诗从黄鹤不返、白云空存，进一步写出内心空虚之感；而李诗则借吴宫花草、晋代衣冠的想象，感叹盛时难再。比较起来，李诗借古喻今，寄托更为深远。五六两句，两诗都是写眼前景物。崔诗以汉阳树、鹦鹉洲历历可见，反衬乡关遥远；

李诗也以眼前的“三山”“二水”，反衬长安不见。可说异曲同工，各有千秋。而最能看出二诗高下的，还在最后两句。七八两句，都联系到作者自己，点出“愁”字。不过，崔诗只写自己因远离家乡而发愁，而李诗则是伤时事、忧帝室，不仅仅是为个人，立意更高。这一点几乎是历来的评家所公认的。

无独有偶，李白仿崔颢《黄鹤楼》的诗作《登金陵凤凰台》，到了宋朝，又有郭功甫仿李白作品，另写一首咏凤凰台的诗。这首诗如下：

高台不见凤凰游，浩浩长江入海流。
舞罢青娥同去国，战残白骨尚盈丘。
风摇落日吹行棹，潮拥新沙换故洲。
结绮临春无觅处，年年荒草向人愁。

尽管这首诗曾经得到王安石的赞赏，但毕竟不及李白那首，后来很少有人提起。可见，仿作也是一种艺术创造，大有高下之分。而且由于已有佳作在前，要想超越，就非得作很大努力不可。古代诗集中模拟之作很多，但真正能称得上佳构的却不多见，原因就在于此。

崔颢的诗，是古典诗歌的名作，并且选入风行一时的《唐诗三百首》，许多人都能背诵。于是就有人利用这一人们熟悉的格调来写讽刺诗。如1931年九一八事变后，国民党政府准备放弃华北，把北平的古物南运，同时又不准大学生逃难，要他们留在北平城里。面对这种现实，鲁迅先生就仿拟《黄鹤楼》诗对投降派做了辛辣的讽刺。原诗如下：

阔人已骑文化去，此地空余文化城。
文化一去不复返，古城千载冷清清。
专车队队前门站，晦气重重大学生。
日薄榆关何处抗，烟花场上没人惊。

诗中对青年学生的处境表示无比的同情，对反动政府的妥协卖国表示极大的愤慨。作者的爱憎是十分鲜明的。

仿拟和仿作不同，从内容上看，它总是带讽刺意味的；而形式上则是有意套用原诗的格式，甚至还特意保留了原诗的某些词语。这只要拿鲁迅先生所作和崔颢原诗比较一下，就可以明白看出。

仿拟的生命在于讽刺，而套用现成形式则是为内容服务的。鲁迅先生的诗，就是巧妙地利用旧形式，从而达到讽刺的目的。就是在今天，仿拟作为一种修辞格，还是可以利用的。不久前，一位作者有感于冷库专家陈廷骧出国，也就套用了崔颢的《黄鹤楼》诗写了一首如下的讽刺诗：

国外聘请专家去，此地听任专家流。
专家一去不复返，官僚依旧笃悠悠。
人才济济笼中鸟，关卡重重棚里牛。
制度何时能改革，一头白发使人愁。

选取典型，针砭时事，也能充分发挥仿拟的作用。

人过大佛寺，寺佛大过人

——再谈回文和回文诗

回文本来是一种修辞格，是运用词序回环往复的语句，表现两种事物或情理的相互关系。如“美言不信，信言不美”“来者不善，善者不来”“骄傲不进步，进步不骄傲”等等。由于字句结构相同，能够把两者的关系表达得更清楚，也有助于记忆。

像上面所举出的回文，只是词序回环往复；另一种回文，则是指倒读、顺读都一样可以读得通，不仅它的意思通顺，而且颇具趣味，这是比上一种回文更进一步了。

浙江省新昌县郊区南明山，有座大佛寺。大佛身高十丈，手掌到指尖，长一丈二尺五寸，两膝髁之间的距离达四丈五尺。它开凿于南朝齐永明四年（486），完成于梁天监十五年（516），整整凿了三十年。大佛倚山凿成，佛前建高阁，名“天然居”。有人曾写了如下的一副回文联：

人过大佛寺，寺佛大过人。
客上天然居，居然天上客。

上下联各有两句，都是第一句顺读，第二句倒读。这当然比前一种回文更为巧妙，从这里也可以看出汉语词汇和语法的特点。

上联两个“过”字，前一个“过”是经过的意思，后一个“过”是超过的意思。造成倒顺两读的可能，其中一个条件就是利用“过”的词义的多义性。下联两个“上”字，前一个“上”是动词，第二个“上”是方位词，这是利用词性的变换造成两读的可能。

上联的“大佛寺”，本来是一个偏正式合成词；下句的“寺佛”成为偏正词组，由上句的以“寺”为中心变成以“佛”为中心，而“大”字则让它独立起来成为谓语。下联“天然居”本来也是一个偏正式合成词，以名词“居”作为中心；下句“居然”则成为副词，“天”连到下面去，“天上客”成为偏正词组。

由此可见，倒顺两读回文的构成，一是利用汉字的一字多义，二是利用词性转变，三是利用汉语词搭配、组合的灵活性。

由回文对联进一步发展，就产生了回文诗。诗比联更为复杂，但构成原理还是一样的。下面举一首历来传诵的回文诗为例，后一首是前一首的倒读。

潮回暗浪雪山倾，远浦渔舟钓月明。
桥对寺门松径小，槛当泉眼石波清。
迢迢绿树江天晓，霭霭红霞海日晴。
遥望四边云接水，碧峰千点数鸥轻。

轻鸥数点千峰碧，水接云边四望遥。
晴日海霞红霭霭，晓天江树绿迢迢。
清波石眼泉当槛，小径松门寺对桥。
明月钓舟渔浦远，倾山雪浪暗回潮。

从这首诗不难看出，回文之成为可能，首先，就是利用两两相对的事物。两样事物并举，既可以甲对乙，也可以乙对甲。如前一首三、四两句，可以说“桥对寺（门）”，也可以说“寺对桥”；可以说“槛当泉（眼）”，也可以说“泉当槛”。又如前一首第七句“云接水”，也可以说“水接云（边）”，情况也是一样的。

其次，形容词应用范围的广泛，也给回文诗创造了条件。汉语中的形容词，可以放在名词前边作定语，也可以放在动词前边作状语，还可以当句子中的谓语。如前一首诗五、六两句，“迢迢绿”和“霭霭红”分别放在名词“树”和“霞”前面作定语；倒读以后，像第二首诗的三、四两句，“红霭霭”和“绿迢迢”，却分别当句子中的谓语了。如前一首诗第一句“潮回暗浪”，这个“暗”是作“浪”的定语；倒读“暗回潮”，“暗”却作“回”的状语了。第二句“渔浦远”，这个“远”字是作谓语的，倒读“远浦渔舟”，“远”却作“浦”的定语了。三、四两句中“松径小”“石波清”，“松”和“石”分别作“径”和“波”的定语，“小”和“清”分别作谓语。倒读“小径松门”“清波石眼”，“小”和“清”分别作“径”和“波”的定语，“松”和“石”分别作“门”和“眼”的定语，后面四句也多是利用形容词的灵活性。

下面一首回文诗，本来刻在广东高州观山寺的石壁上，可惜已在十年浩劫期间遭到破坏。这诗不论是顺读倒读都是一首渔舟唱晚七律诗，浑成自然，无限妙趣。

悠悠绿水傍林偎，日落观山四望回。
幽林古寺孤明月，冷井寒泉碧映台。
鸥飞满浦渔舟泛，鹤伴闲亭仙客来。
游径踏花烟上走，流溪远棹一篷开。

倒读诗如下：

开篷一棹远溪流，走上烟花踏径游。
来客仙亭闲伴鹤，泛舟渔浦满飞鸥。
台映碧泉寒井冷，月明孤寺古林幽。
回望四山观落日，偎林傍水绿悠悠。

州官放火

——谈语言中的忌讳

现在人们大多只有一个名字，一人一名，很方便。但古代人则用双名制，“名”和“字”是分开的。如汉朝张衡字平子，唐朝韩愈字退之。名是自称，对自己称名，有谦虚的意味；字是被称的，对别人称字，有尊敬意味。如果写信，开头称呼对方，应该写“字”，结果提到自己，就要具“名”。对人如果直呼其名，这是不恭敬的。明朝张溥的《五人墓碑记》中有这么一句：

然五人之当刑也，意气扬扬，呼中丞之名而詈之，谈笑以死……

这里五位义士在临刑时“呼中丞之名”，就是表示对毛一鹭这个魏忠贤爪牙的极度蔑视。

对人不能直呼其名，对皇帝和自己父亲的名，则更是忌讳，他们名里的字在口上头不能说，在书面上不能写。即使用在其他地方也是如此。打开《康熙字典》一看，“丘”字下没有解释，只有四个字：“圣讳敬避。”就是说，“丘”字是圣人孔子的名，要避讳。从唐朝以来，实行考试制度，考生试卷上如果出现了“丘”字或这一朝代皇帝的名，不但不取，还要受罚。唐朝诗人李贺的父亲名晋肃，因为“晋”和“进”同音，李贺为此不去考进士。可见当时避讳的风气之一斑。

有时不得已要提到皇帝、父亲名中的字，就要设法避讳。避讳的方法主要有两种：一种是用同义的字来代替。如柳宗元《捕蛇者说》末句：“故为之说，以俟夫观人风者得焉。”这里的“人风”其实就是“民风”，因避唐太宗李世民的讳，改“民”为“人”。另一种避讳方法是缺笔，如《红楼梦》中提到林黛玉写“敏”字总是不写末笔，因为这是她母亲的名字。

后面推而广之，连同音的字也要避讳了。如《五杂俎》记载这样一个故事：田登作郡，自讳其名，触者必怒，吏卒多被榜笞，于是举州皆谓灯为火。上元放灯，许人入州治游观，吏人遂书榜揭于市曰：“本州依例放火三日。”俗语“只许州官放火，不许百姓点灯”即由此而来。

这样因避讳恶俗而造成的笑话是很多的，如《籍川笑林》载：五代时冯道门客讲《道德经》首章，有“道可道，非常道”。门客见“道”字是冯名，乃曰：“不敢说可不敢说，非常不敢说。”

这实在是使人难以相信的，但在重视避讳的封建社会里，出现这种情况却是不足为奇的。

避讳不限于一个人的名字，凡是身体上的缺陷也在忌讳之列。阿Q忌讳人家说他头上的癞痢疤，后来连“光”“亮”也要讳。此外不吉利的事也要忌讳。《祝福》中写鲁四老爷听到祥林嫂的死讯后说：“不早不迟，偏偏要在这时候，——这就可见是一个谬种！”因为大年夜忌讳讲不吉利的事，所以没有把“死”字说出来。后来短工来冲茶，“我”问起祥林嫂怎么了，短工回答是“老了”，又用“老”字来代替“死”字。

古籍中写到忌讳的地方也是很多的，如《战国策·赵策》中写触龙说赵太后，有这么一句：“一旦山陵崩，长安君何以自托于赵？”“山陵崩”就是指赵太后的死，因为当着赵太后的面，所以用“山陵崩”来讳饰。又如《汉书》中写张释之执法，张释之对汉文帝讲的话中，有这么一句：今盗宗庙器而族之，有如万分之一，假令愚民取长陵一抔土，陛下且何以加其法乎？“取长陵一抔土”是盗墓的讳饰说法。

忌讳纯然是一种迷信，毫无意义，封建社会的人们也早已认识到这一点。明代许自昌《樗斋雅谑》中记载一则小故事：近一友有母丧，偶食红米饭，一腐儒以为非居丧者所宜。诘其故，谓红，喜色也。友曰：“然则食白米饭者，皆有丧耶？”这个反驳，是对那些讲忌讳的迂腐者有力的讽刺。

但到今天，种种迷信的忌讳在一部分人中还有市场，而最有力的驳斥还是事实。据1983年2月上海《新民晚报》载，一天上午，有位外地来沪的老人，在饮食店买了两只馒头，走到一户人家门前，突然倒在地上死去。这事在里弄传开后，少数有迷信思想的居民就说：“这是死鬼找上门了，走到哪家门口，那家就要晦气。”这户人家的主人听了，心里老大不高兴，认为实在不吉利。晚上别家都打开电视机，收看凯歌电视机有奖储蓄的开奖实况转播，那户人家却天落暗就上床睡了，担心会有什么“飞来横祸”。到了第二天，却传来中了头奖的好消息。这是现实生活中的巧合，但却是对那些有迷信思想、讲忌讳的人很好的教育。

到狗国去，还是到楚国去?

——再谈谈逻辑的力量

春秋末期，齐国大夫晏子出使楚国，楚王预先计划好要对晏子进行三次侮辱，想显显楚国的威风，可是晏子凭着他的机智和严密的逻辑推理，和楚王展开针锋相对的辩论，终于使楚王哑口无言，维护了自己和国家的尊严。故事赞扬了晏子机智勇敢、灵活善辩的外交才能与不惧大国、不畏强暴的斗争精神。从这一故事中，我们可以看出逻辑的力量。

楚王知道晏子身材矮小，就叫人在城门边开了一个小门，叫晏子从这个小门中进去。面对楚王的挑衅，晏子却不慌不忙地说："这是狗洞呀！出使狗国的人，应该从狗洞进去；现在我是出使到楚国，怎么叫我从狗洞进去呢？"这一来，楚王自讨没趣，只好让晏婴从大门进去。——第一个回合的交锋，晏子取得了胜利。

接着会见晏婴，楚王又故意发问："齐国没有人吗？"言外之意，就是为什么要派你这样一个矮子来出使。晏子仍然镇静地回答："齐国怎么会没有人呢？在我们都城里，行人摩肩接踵，每人挥一把汗就像下雨一样，大家把袖子张开来就可把阳光完全挡住。不过我们齐国有这么一条规定，贤能的人派到贤能的国王那里去，无能的人派到不才的国王那里去。我最无能，所以派到楚国来了。"妙就妙在楚王用言外之意来羞辱晏婴，晏婴也就用言外之意来讽刺楚王，楚王还是得不到便宜。——第二个回合，胜利还是在晏婴方面。

楚王不肯认输，接下去还是按预定计划进行。两个差役带着一个缚着的人经过面前，楚王故意问道："这个人为什么缚起来呀？"一个差役就回答说："这是齐国人，犯了偷窃罪。"楚王就看着晏婴说：

“齐国人原来都是会偷窃的吗？”晏婴想了一下，站起来回答说：“我听到有这么的事：橘树生长在淮河以南是橘树，生在淮河以北就变枳了。橘和枳只是叶子相似，果实的味道却完全不同，这是因为水土各异的缘故。现在一个人在齐国不偷窃，到了楚国就偷窃，莫非是楚国的水土使人会偷窃吗？”楚王一听，又羞又愧，只得苦笑着说：“有才学的人是不可以和他开玩笑的，我反而自己露出马脚来了。”——第三个回合的交锋，晏婴还是稳操胜券。

晏婴之所以能在三个回合的交锋中连战皆捷，主要是他善于运用逻辑推理，因而使自己立于不败之地。下面我们就来说说晏婴是怎样运用逻辑推理的。

一、二次交锋，晏婴用的都是假言推理。假言推理，又称假言三段论，这是反映因果和事物的相互联系的规律性的演绎推理。假言推理由三个判断构成：它的大前提是个假言判断，小前提和结论则是直言判断。把两次交锋中晏婴的话用公式表达出来就是这样的：

第一次：
如果我出使狗国，就应该从狗门进去；
我现在不是出使狗国（而是出使楚国）；
所以，我不应该从狗门进去。

晏婴的机智就表现在这上面，如果他用另外的话来责难，比如说“这里明明有大门，你们为什么不让我走大门而要我走小门”，“为什么你们自己走大门，却要外国使者走小门”，等等。这样正好落入楚王设置的圈套，会被抓住你身体矮小来答复，徒自取辱。现在用上这样一个假言推理，如果让晏婴进小门，受辱的不是晏婴而是楚国了。妙就妙在这里。

第二次：
只有无能的人才派到无能的国王那里去；
我是无能的人；
所以，我适宜派到无能的国王的地方来。

晏婴这段话的妙处就在于不是直接说楚王无能，表面上他只是说自己无能，但骨子里却把自己的无能和楚王的无能联结在一起，楚王要否定自己的无能，先得承认晏婴的有才，而这又是楚王所不愿意的，于是只好在矛盾中败北。

上面两种假言推理又有些区别。前一种属于必要条件假言推理的否定式，这种假言推理是以必要条件假言判断为大前提的。否定式就是小前提否定了大前提中的条件，结论又否定了大前提中的推断。第二种属于充分必要条件假言推理，这种假言推理是以充分必要条件假言判断为大前提的。即大前提的前件是后件的既充分又必要条件；而后件也是前件的既充分又必要的条件。“只有无能的人才派到无能的国王那里去”，反过来也可以说“只有无能的国王那里才派无能的人去”。

晏婴对楚王的第三次交锋用的是类比法。即以淮河以南的橘树种到淮河以北以后，由于水土不同，果实的味道不同而变为枳；同一个人在齐国不偷窃，而到楚国后进行偷窃，推断也是由于水土不同。这里晏婴要把齐国人偷窃的原因归到楚国的环境上，于是用“橘逾淮为枳”来类比。橘逾淮为枳的原因已经明确是水土不同，从而断定齐人入楚为盗也是因水土不同。这一类比，可以看出晏婴的机智，但应该说是比较勉强的，因为植物和人，两者属性是不同的。

形式逻辑是研究抽象思维的形式和规律的科学。所谓思维，就是对客观对象的抽象反映，也即根据已经获得的知识，进行一番思考，以便解决问题的大脑活动。毛泽东主席曾经说过这样的话：

《三国演义》上所谓“眉头一皱计上心来”，我们普通说话所谓“让我想一想”，就是人在脑子中运用概念以作判断和推理的工夫。

这就是对“思维是什么”很好的回答。思维形式有三类，即概念、判断、推理。学习一点逻辑知识，可以做到概念明确、判断恰当、推理有逻辑性，这对于说话、写文章，以至认识事物、思考问题都是很有用的。

“父亲同胞”

——再谈词义和概念的关系

现在我们称居住在台湾的中国人为“台湾同胞”，居住在香港、澳门的中国人为“港澳同胞”。“同胞”这一名词，确切地说明了大陆人民和台湾、港澳人民血肉相连的关系。有些年轻人听到“同胞”这个名词感到很新鲜，其实，这并不是中华人民共和国成立后才有的新名词，早在辛亥革命后，“四万万同胞”（那时中国人口是四亿）的说法就很普遍。有这么一个笑话：一个学生写信向他父亲要钱，他想现在大家都在说四万万同胞，我父亲当然也包括在四万万同胞之内，于是他提笔写道：

父亲同胞：

我在校缺少钱用，请你收到这封信后马上寄十元钱给我。

儿子同胞×××

他父亲看了这封信很生气，就寄给他一个铜板，并且写了下面这样一封回信：

儿子同胞：

现在寄给一个铜板。你有四万万同胞，每人给你一个铜板，就比十元钱多得多了。

大家都把这样的事当作笑话看待。但是，既然全国人民可以称同胞，那么，在全国人民之内的父亲，称同胞为什么可笑呢？

原来一个词往往不止表达一个概念，也就是说，同一个词，可能不止一个意义。如“同胞”一词，最早应该是用于双胞胎兄弟姊妹，这是这个词的原始意义，词义的范围最小。后来，把这一意义加以引申，凡是同父母的兄弟姊妹，都可以称为同胞。当这样用的时候，词义的范围扩大了。再后来，同一个民族的成员，都可以称为同胞，这正如说“黄帝子孙”一样，认为汉民族都是黄帝轩辕氏之后。当这样用的时候，词义的范围更大。这里需要注意的是：随着词义外延的扩大，词义的内涵也逐步趋向于概念化。如“四万万同胞”，用来指中华民族的成员，它是一个集体概念，不是指四万万同胞中某一个具体的人。这就是为什么用“同胞”称呼父亲是可笑的原因所在。“台湾同胞”和“港澳同胞”也是如此。假如有一个大陆的人，他的舅舅住在香港，书信中也决不能称为“舅舅同胞”。

说话写文章，概念要明确。这就是要求我们在一个思维过程中自始至终保持概念的同一，不可以随意改变概念的内涵和外延。概念是用词来表达的，如果先用一个词去表达某个概念，以后又不加说明地用这个词去表达其他概念，这样，概念就不明确了。例如：

在我们社会主义国家里，劳动是光荣的。不论是当工人，当农民，还是当老师，当记者，都只是社会分工的不同，不能说有高低贵贱。为了早日实现四个现代化，我们要在自己的生产岗位上积极劳动，为国家创造更多的物质财富。

上面这段话中，第一个“劳动”后面列举工人、农民、教师、记者，可见是把体力劳动和脑力劳动都包括在内。而第二个“劳动”后面，只提物质财富，显然是只指体力劳动。在短短的一段文章中，前后两个“劳动”体现的概念不一样，前一个“劳动”所指的范围大，后一个“劳动”所指的范围小。这样随便混用，就会造成读者思想上的混乱。如果把“为国家创造更多的物质财富”改为“为国家创造更多的物质和精神财富”，或者“为国家多作贡献”，就没有毛病了。

两个词所表达的概念外延大小不同，会造成混乱，如果两个词所表达的概念不是指的同一对象，也是违反了逻辑上的同一律。例如：

半年来我们在校办农场参加劳动，同学们生产热情都很高，不怕苦，不怕累，克服各种困难，终于夺得了农作物的大丰收。这使同学们都受到很深刻的教育，思想上有了很大提高。大家纷纷表示，一定要十分珍视这次大丰收，把它贯彻到学习中去。

这里两次出现“大丰收”，但所表达的概念不是一样的。第一个“大丰收”之前有“农作物”作定语，指的是物质上的收获。第二个“大丰收”用在“思想上有了很大提高”之后，后面又说要“贯彻到学习中去”，可见指的是精神上的收获。前者是本义，后者是引申义，不加说明地用在一起，就会造成混乱。

像“劳动”“丰收”等词语，孤立起来看，它们所表达的概念不是单一的，因此，在具体运用时，要注意保持概念的确定性。值得注意的是，像林彪、江青反革命集团，他们往往有意识地用偷换概念的手法，来造成人们思想上的混乱，以达到其破坏的阴谋。比如，他们故意混淆无产阶级的智育和“智育第一”这两个不同的概念，使人们不敢抓智育。又如，他们把经验和“经验主义”这两个有原则区别的概念混为一谈，妄图把“经验主义”这顶帽子扣在一大批有丰富的革命经验的老干部头上，罪恶目的就是阴谋篡党夺权。所以，学习逻辑，明确概念，实在具有重大的意义。

除了反革命阴谋家有意用偷换概念来制造混乱之外，古代的一些著作，有些地方由于受到文字的限制，同一个词前后所表达的概念往往不一致。如《吕氏春秋·察今》中有如下一段话：

凡先王之法，有要于时也。时不与法俱在。法虽今而在，犹若不可法。故释先王之成法，而法其所以为法。

这里“法”字共出现七次。除第四、第六两个“法”字作动词用之外，其余五个“法”字都是名词。这五个作名词的“法”，意思并不完全相同。像第一次“凡先王之法”，这个“法”字可理解为法令制度，它的概念是比较抽象的。但第二、第三两处的“法”，指的是留存到今天的，即作者写这篇文章的时候，这就不可能与第一处的“法”概念完全相同，而只能理解为记录古代法令制度的条文。不分清这一点，就不能透彻理解这段话的含义。

又如韩愈《马说》开头两句是这样的：“世有伯乐，然后有千里马；千里马常有，而伯乐不常有。”

这里“千里马”出现两次。前面说有了伯乐，然后有千里马；后面却说伯乐不常有，而千里马则是常有的。这岂非矛盾？原来前一处“千里马”是指千里马之名，后一处“千里马”是指千里马之实。千里马是客观存在的，但未经伯乐指出，人们不认识千里马，也就无以给它题上千里马之名了。由于作者用同一个“千里马”兼指名与实，如果不仔细体会，就难免要发生误解了。

逸马杀犬于道

——谈文章繁简

《唐宋八大家丛话》中记载一个故事：有一天，欧阳修和朋友一起出游，“有奔马毙犬于道”，欧阳修说：“请您把眼前的事记下来。”朋友说：“有犬卧通衢。逸马蹄而死之。”欧阳修认为这样说太啰唆，就对他的朋友说：“假如叫您写历史书，恐怕连万卷也写不完全。”朋友问：“照您的意思应该怎样写呢？”欧阳修说：“逸马杀犬于道。”

北宋沈括在《梦溪笔谈》里也记载了一个差不多的故事：穆修、张景两个人一起上朝，路上看见有一匹马狂奔过来，踩死了一只黄狗。两个人就分别把这件事记下来。穆修写的是“马逸，有黄犬遇蹄而毙”。张景写的是“有犬死奔马之下”。沈括自己也写了一句“适有奔马践死一犬”。

自从有了这些记载，“黄犬奔马句法优劣论”就成为人们热烈讨论的话题，而且牵涉的范围很广。这里只根据上面的故事来谈谈文章的繁简。

《唐宋八大家丛话》和《梦溪笔谈》记载这件事无非是想说明欧阳修的句子最短，或者沈括本人的句子最恰当。其实句子的长短要看表达的需要。

欧阳修对他朋友的说法不满意，主要因为不够简洁。这是他从写史书的角度来评论的。其实不仅欧阳修是这样看法，历来很多评论家也主张文章要写得简洁。但也有人从古籍中举出具体例子，认为文章用繁笔也未见得不好。如洪迈的《容斋随笔》中曾举出下面《礼记·杬弓》中的几句话：

石骀仲卒，有庶子六人，卜所以为后者，曰：“沐浴佩玉则兆。”五人者皆沐浴佩玉。石祁子曰：“孰有执亲之丧而沐浴佩玉者乎？”不沐浴佩玉。

洪迈认为这段话如果后人来写，一定减省成为如下的样子：……沐浴佩玉则兆。五人者如之，祁子独不可，曰：“孰有执亲之丧而若此者乎？”

他并且加以评论，认为经过减省，“似亦足以尽其事，然古意衰矣”。什么是古意，他没有加以解说，大概是指《桧弓》的文字比较朴素，只是按照事实直书，没有多加修饰。从修辞角度来看，“沐浴佩玉”四字是这段文字的重点，重复四次，正是为了让读者把注意力集中在这上面。经过删繁就简，只留下一个“沐浴佩玉”，只是平平叙述一件事，虽然“足以尽其事”，但表现的效果却大大减弱了。

像这样用繁笔的例子，在现代作品中也有。如鲁迅在《社戏》里写“我”早年看戏，对靠唱工的文戏感到无味，怀着焦躁的心情等待名角小叫天出场。当时的心情是这样写的：

……于是看小旦唱，看花旦唱，看老生唱，看不知什么角色唱，看一大班人乱打，看两三个人互打，从九点多到十点，从十点到十一点，从十一点到十一点半，从十一点半到十二点——然而叫天竟还没有来。

特地用这样繁笔，因为非如此不足以写出焦躁不安的心情；读者看到这段文字，内心自然也会引起共鸣。这就是繁笔所起的艺术效果。

抽象地来讨论繁笔好还是简笔好，这是得不出明确的结论的。繁笔有繁笔的用处，简笔有简笔的用处。文章应详则详，应略则略。“文似看山不喜平”（清·袁枚《随园诗话》），一篇好的文章，总是写得有详有略，繁简适宜。如下面《孟子·齐人有一妻一妾章》：

齐人有一妻一妾而处室者。其良人出，则必餍酒肉而后反。其妻问所与饮食者，则尽富贵也。其妻告其妾曰：“良人出，则必餍酒肉而后反；问其与饮食者，尽富贵也，而未尝有显者来，吾将瞯良人之所之也。”

蚤（早）起，施从良人之所之，遍国中无与立谈者。卒之东郭墦间，之祭者，乞其余；不足，又顾而之他，此其为餍足之道也。其妻归，告其妾曰：“良人者，所仰望而终身也，今若此！”与其妾讪其良人，而相泣于中庭。……

这里第一段文字，顾炎武曾举作用繁笔的例子，并且说：“此必须重叠而情事乃尽。此《孟子》文章之妙。使入《新唐书》……则必曰，‘其妻疑而瞷之’……而已矣。是故辞主乎达，不主乎简。”但就在同一篇文章第三段，只用“今若此”三字，就概括了第二段大部分内容，文字又十分简省。正是因为有繁有简，文章才跌宕多姿，曲尽其妙。

好的诗文，无不在材料的详略安排上下过一番功夫。如陶渊明的《桃花源记》，开头“晋太元中，武陵人捕鱼为业”，对人物的时代、籍贯、职业，只用一句话带过。以下就详写他发现桃花源的经过，在桃花源中的所见所闻。而出来以后，“及郡下，诣太守，说如此”，只用“如此”两字，就概括前面大段文章，简笔又用得恰到好处。

又如白居易的叙事诗《琵琶行》，开头“浔阳江头夜送客”，只一句话，就把时间、地点、事件交代清楚，下面转入本文。写两次听琵琶弹奏，第一次用墨如泼，把美妙的琵琶声描写得淋漓尽致；而第二次惜墨如金，只用“凄凄不似向前声，满座重闻皆掩泣”两语带过。这样就显得波澜起伏，有张有弛。如果第二次再来一次详写，则强弩之末，不能对前面的描写有所突破，就将成为画蛇添足了。

明代学者顾炎武说：“文章岂有繁简耶？昔人之论，谓如风行水上，自然成文，若不出于自然，而有意于繁简，则失之矣。”这是对繁简做了根本上的阐述。繁简是由文章内容决定的，“出于自然”，根据文章内容来作安排。如果仅仅看作一种写作技巧，刻意为之，就像一件雕塑显出斧凿的痕迹，反而不自然了。

“是”和“这”

——谈一字师

1942年，郭沫若创作的历史剧《屈原》在重庆上演。剧本里五幕一场里有一段戏是宋玉要离开屈原，婵娟斥责宋玉。婵娟指着宋玉说：“宋玉，我特别恨你，你辜负了先生的教训，你是没有骨气的文人！”一天晚上，郭沫若在后台对演婵娟的张瑞芳说，这句话在台下听起来不够味。他提出在“没有骨气的”下面加上“无耻的”三个字。当时扮演钓翁的张逸生在旁插话说：“‘你是’不如‘你这’。‘你这没有骨气的文人！’那就够味了。”郭沫若听了，觉得改得非常恰当，就照张逸生的意思做了修改。

这一故事很有意思。郭沫若在写作剧本时，当时是经过认真考虑的。但千虑一失，总难免有不够妥当的地方。张逸生写剧本的经验不如郭沫若丰富，但偶然的一得之见，却可以使文坛巨匠佩服。“他山之石，可以攻玉”，这话很有道理，张逸生无愧是郭沫若的一字师。

张逸生之所以能提出这样中肯的意见，还在于他有舞台经验。剧本和小说不同，它不光是用眼睛看，而且还要用口念。台词的优劣，只拿脚本来看看往往是看不出的，用口一念，优劣就显现出来了。“你是……”，这是判断句的格式，也用来叙述一件事实。这样的句子，能使人“明白”是这样，但不一定能“感到”是这样。婵娟的话，是对宋玉的斥责，应该是充满憎恶之情的。郭沫若认为不够味，就是因为原来那句话没有充沛的感情。“你这……”直指宋玉，做了毫不含糊的肯定，婵娟义愤填膺之情便跃然纸上。在舞台上念出来，就有震撼人心的力量。可见关键所在，一个字出入也是很大的。

一字师的故事，历史上留传下来的很多。仅仅教人家一个字而可以称为“师”，这一个字的改动一定是很有分量的。结合具体的诗文来看，往往原因各不相同，并不是简单一个“好”字所能概括的。下面试再举数例。

宋朝的范仲淹，曾写过一篇《严先生祠堂记》。严先生就是严光，字子陵，余姚人。他是东汉光武帝的贫贱之交。光武帝做了皇帝后，找他去做官，他不愿做官，隐居在富春江边钓鱼。他钓鱼的地方后人筑了钓台，并建起了祠堂。范仲淹这篇《记》，是歌颂严子陵的，最后的话语本来是这样的：

云山苍苍，江水泱泱，先生之德，山高水长。

用壮丽的江山来衬托严子陵不慕荣利的高尚品德，这十六个字很有气势。范仲淹写好后拿去给他的朋友李泰伯看，请他提些意见。李泰伯看了很钦佩，对范仲淹说：“你这篇文章写得很好，一定能够留传千古。但因为写得好，后人也必然要作咬文嚼字的挑剔。为使这篇文章完美无缺，我提议改动一个字。”李泰伯的意见，就是把“德”字改为“风”字。范仲淹想了想，认为改得十分好，就照办了。

李泰伯这位一字师，也确实当之无愧。“风”字确实是比“德”字好得多。

为什么呢？

“德”字较实，适宜于用来赞扬同时代的人，但北宋距离东汉时间较长，严光是个历史人物，用“德”字感到太板滞。而“风”字则较为流动。早在春秋时代，相传是孔子学生子夏所作的《诗序》中，就有“风，风也，教也；风以动之，教以化之”的话。用“德”字，只限于赞扬严光本人；用“风”字，就包括严光的品德对后世的影响。歌颂之意，更为广大深刻。

《论语·颜渊》篇有“君子之德风，小人之德草。草上之风，必偃”的话。“德”可以用于君子，也可以用于小人。配合全篇文章的歌颂格调，用“风”字也比用“德”字好。附带说一句，范仲淹文章结尾四句是韵文，第三句末字例应用仄声。这里的“风”作教化解，应读去声，所以从声律上来讲也是和谐的。

文章中的一个字，好比人体中的一个细胞，局部服从全体，一个字是否用得恰当，还要从整篇文章来考虑。从这一角度来看，“风”字的好处更可明显看出来。

郑谷替和尚齐己改诗的故事，也是传诵很广的。唐末和尚齐己写了一首《早梅》诗，有两句是“前村深雪里，昨夜数枝开”。他拿去给当时有名的诗人郑谷看。郑谷看后说：“题目中有个‘早’字，那么诗句也应该突出这个‘早’字。‘数枝’不能算早，不如改成‘一枝’。”齐己听了，连忙下拜，认为这一个字改得好。

郑谷的改笔，说明一个道理，就是写诗文要切题。写作时可能先定下题目再写，也可能写好后再加题目。但无论如何，诗文内容一定要切合题目。唐代杜甫《秋兴八首》，是诗集中名篇。后人评论说：“秋兴者，遇秋而遣兴也，故八首写秋字意少，兴字意多。”无论哪一字多，哪一字少，全诗总是十分切合题目的。可见名家之作，对这方面也是十分注意的。

宋代魏庆之《诗人玉屑》中还记下一个一字师的故事。肖楚才做溧阳知县的时候，当时州的长官是张乖崖。一天张乖崖请吃饭，肖楚才看到张的案头放着一首诗，其中两句是“独恨太平无一事，江南闲杀老尚书”。肖把“恨”字改为“幸”字。张乖崖问起后，肖楚才对他说：“这是我保全你，使您免遭横祸。您功高位重，正有奸人在窥伺您。现在天下一统，您却要‘恨太平’，这是什么意思呢？”张认为肖是他的一字之师。

“恨太平”即于天下太平不满，“幸太平”乃以天下太平而感庆幸，一字之改而诗意迥异。在屡兴文字狱之封建时代，肖楚才之改，不仅点铁成金，亦可谓起死回生，即以一字救张乖崖一命也！

所以，这一改很有必要，张乖崖感激肖楚才是有道理的。因为古往今来，确实有这么一些小人，想方设法陷害人家。虽然从语法上看，“恨”的宾语不是“太平”而是“太平无一事”。张乖崖想为国效劳，施展抱负，但天下太平，无事可做，因此他感到闲得慌。把两句诗联系起来看，这意思是很明白的。但是古人说：“诗无达诂。”要想陷害张乖崖的奸人，是可以抓住“恨”字任意曲解的。肖楚才为张乖崖担心不是没有道理。

推敲

——谈作品的修改

鲁迅在《不应该那么写》一文中曾经这样说，凡是已有定评的大作家，他的作品，全部就说明着“应该怎样写”。也就是说，认真阅读名家的作品，就可从中体会出写文章的方法。但光是从正面知道“应该怎样写”还不够。鲁迅这样说：

应该这么写，必须从大作家们的完成了的作品去领会。那么，不应该那么写这一面，恐怕最好是从那同一作家的未定稿本去学习了。在这里，简直好像艺术家在对我们用实物教授。恰如他指着每一行，直接对我们这样说——“你看——哪，这是应该删去的。这要缩短，这要改作，因为不自然了。在这里，还得加些渲染，使形象更加显豁些。”

在未定稿本中，可以看出作家对自己的作品怎样认真进行修改，从这里确实可以得到很大启发。据说有一位学者，幼年生活贫困，不能上学，他就刻苦自学，时常到私塾门前，从字纸中寻找老师丢弃的草稿，拿回家来细心揣摩，终于写出了好文章。这说明看人家的改笔，对自己写作是很有帮助的。可惜的是作家的未定稿留下来的很少，而文学史上流传下来的有关修改作品的故事，却同样使我们可以从中得到教益。

唐代贾岛有一首《题李凝幽居》诗：“闲居少邻并，草径入荒园。鸟宿池边树，僧敲月下门。”这首诗写得并不算好，各种选本中也很少收录，但却因一个故事出了名。这首诗第四句中的“敲”字，贾岛原来用的是“推”字，后来改为“敲”字，又不确定哪个字好。最后还是韩愈替他决定用“敲”字好。因这个故事，也就多了一个新词。后人就用“推敲”来比喻斟酌字句，反复琢磨。

贾岛曾出家做过和尚，法名无本。据诗题看来，敲的就是李凝幽居的门，这个“僧”也大概就是作家自己了。既然写的是生活，似乎按照生活实际来写就是了。但艺术是高出于生活的，用艺术作品来反映生活，有一个提炼加工的过程。所以推敲的故事，反映作者认真进行艺术构思，一个字也不放过，是很有意义的。

韩愈认为“敲”字好，大概因为“敲”字更合乎诗的意境。在静寂的晚上，一声“剥啄”，确可增添无限情趣。

王安石改诗的故事，也是脍炙人口的。“春风又绿江南岸”，从“到、过、入、满”等字到最后决定用“绿”字，想见诗人为了寻找一个最恰当的字，付出了多少心血。“绿”比其他的字好，好就好在换了一个“绿”字，整个诗句就富有诗情画意了，使人感到江南一片翠绿，春意盎然的生动景象跃然纸上。王安石这种一丝不苟、认真严谨的创作态度值得称道。同时也告诉我们，“文章本天成，妙手偶得之”（南宋·陆游《文章》），这“偶得”并不是信手拈来毫不费力，而是要付出艰辛的艺术劳动的。

黄庭坚也有一个改诗的故事。他曾写过两句嘲小孩子的诗，本来是“学语春莺啭，书窗秋雁斜”，后来改为“学语啭春莺，涂窗行暮鸦”。原诗第二句“书窗秋雁斜”，说小孩子会在窗纸上写字，而且写出的字像斜飞的秋雁那样整齐，这不符合真实情况，也不能写出小孩子天真烂漫的神态。定稿改为“涂窗行暮鸦”，就好得多了。不说“写”而说“涂”。这才是小孩子动作的真实描写；而散乱的暮鸦，也自然较秋雁更合乎小孩子的涂抹。

杜甫“新诗改罢自长吟”，把修改作品当作一种艺术享受，而“语不惊人死不休”，则更写出他在修改上面如何狠下功夫。总之都从不同角度说明他是十分重视作品的修改。“老去渐于诗律细”，这个“细”字是双关的，既是指不放松诗律的细微处，也是指细心斟酌诗律。

在作品中自述修改甘苦的作家是很多的。如宋朝的潘阆有诗自咏苦吟：“发任茎茎白，诗须字字清。”真是把艺术创作看得比生命还重。他《贫居》诗中还有这样二句：“长喜诗无病，不忧家更贫。”精神生活的丰富，可以把贫困置之度外，这正是真正艺术家的襟怀。

现代作家对作品精心修改的事例更多。如鲁迅的作品，从原稿上来看，修改的地方就很多。《为了忘却的纪念》中那首“惯于长夜过春时”的诗，其中两句本来是这样的：

眼看朋辈成新鬼，怒向刀边觅小诗。

定稿改“眼”为“忍”，改“边”为“丛”。改动两个字，意境就大不相同。“眼看”，给人一种消极、无可奈何的感觉；改为“忍看”，义愤之情就跃然纸上。“刀边”，这是站在圈子外面的说法；改为“刀丛”，就和被杀害的五位作家站在一起了。

又如在《阿Q正传》中，当阿Q从城里回到未庄时，初稿上是这样写的：他走近柜台，从腰间伸出手来，满把是钱，在柜台上一扔说：“现钱！打酒来！”

定稿中把“满把是钱”改为“满把是银的和铜的”。这样一改，语言是更形象了，而阿Q得意扬扬的心情，旁人羡慕的眼光，也就从这上面表现出来了。

魏巍也是认真严肃对待自己的作品，对已经发表出版的作品，也还要反复修改。如《谁是最可爱的人》，在不同版本中就可以看出有

三种不同的字句。如：

在汉江南岸的日日夜夜里，有一天他从阵地上下来做饭。

这是1953年3月人民文学出版社《朝鲜通讯报告选》中的原文。在1973年7月单行本里，把“日日夜夜里”改为“那些日子里”。到1978年收入初中第四册语文误本时，又改为“阻击敌人的日子里”。可以看出，两次修改，一次比一次明确。

鲁迅曾经说过：“我做完之后，总要看两遍，自己觉得拗口的，就增删几个字，一定要它读得顺口。”老舍也说：“我写文章总是改了又改，只要写出一句话不现成，不响亮，不像口头说的那样，我就换一句更明白、更通俗的，务期接近人民口语中的话。”两位语言大师的话，都反映他们对自己作品极端负责的态度。可以想见，一个作家这样做，并不会感到麻烦，却认为这是极大的快乐。面对自己的劳动成果，写作过程中的艰辛，都抛到九霄云外了。马克思在写完《资本论》第一卷之后，还要做一次文体上的修饰，他给恩格斯写信说：“这自然就像生小宝宝一样，在一阵剧痛以后用舌头去遍舐那活宝宝，多愉快呀！”只有身历其境的人，才能体会到这种愉快。

“古人诗句犯师兄”

——略谈诗文的抄袭和再创造

现在所说的抄袭，据《辞海》的解释是：“窃取别人的文章以为己作。”引例是《红楼梦》第八十四回：“不能自出心裁，每多抄袭。”《辞源》中所引例子相同。大概这个词是曹雪芹最早用起来的。当然，严格点说，是刘鹗最早用起来的。

更早的著述中，则是用“剽窃”。唐代柳宗元《辩文子》：“其浑而类者少，窃取他书以合之者多。凡孟、管辈数家，皆见剽窃。”可见剽窃之风由来已久。

宋代江少虞《宋朝事实类苑》中载着一个故事：宋朝有九个和尚，都会写诗，其中惠崇最有名。惠崇曾有“河分岗势断，春入烧痕青”之句，传诵都下，他由此出了名，而另外一会写诗的和尚默默无闻，便妒忌他，就说他是剽窃前人诗句。其中的一个福建和尚文兆就写了一首诗嘲笑惠崇。原诗如下：

河分岗势司空曙，春入烧痕刘长卿。
不是师兄偷古句，古人诗句犯师兄。

前两句写得有凭有据，后两句则从反面落笔，好像在替惠崇辩白，而效果则是坐实剽窃无疑。诗写得很有幽默感。

无独有偶，宋代陈亚也有一首《嘲窃古人诗句》的诗：

昔贤自是堪加罪，非敢言君爱窃词。
叵耐古人无意智，预先偷子一联诗。

诗意与文兆一首相同。有人反复取同一题材作诗，正可说明剽窃风之盛。

按照上面两首诗意，所谓剽窃，就是一首诗或者一篇文章里，有些句子是从别人作品里抄袭来的。此外，也有把别人的诗作全部冒为自己作品的。明朝冯梦龙在《古今谭概》中记下一个故事：唐朝李播在蕲州做官，有个叫李生的秀才来拜见，献上诗卷。李播一见大惊道：“这是我的旧稿，为什么反而拿来给我看？”李生惭愧地说：“我拿了你的诗卷冒充我自己写的，在江淮一带已经多年了，现在就请你把这些诗送给我吧。”这和把别人诗句掺在自己作品中又有不同，已经完全是一种偷窃行为了。

在诗文中袭用前人的成句，也不能笼统地都说成是抄袭。如宋朝林和靖咏梅花诗中有这么两句：

疏影横斜水清浅，暗香浮动月黄昏。

这两句诗后人认为是咏梅绝唱，实际上却是袭用江为的“竹影横斜水清浅，桂香浮动月黄昏”两句诗，只更动了两个字。清代顾嗣立在《寒厅诗话》中加以评说，不但不认为是抄袭，反而说是点铁成金。这因为虽只相关两个字，但却已构成了新的意境，赋予了新的主题，因此应看作是一种艺术上的再创造。

宋人词作里，很多是用前人诗句略加变化写成的，历来也不认为是抄袭。如“寒鸦千万点，流水绕孤村”，是隋炀帝的诗句，秦少游改为“寒邪数点，流水绕孤村”，写入词中。明朝王世贞在《艺苑卮言》中认为“语虽蹈袭，然入词尤是当家”。

最有趣的是辛弃疾的《水龙吟·昔时曾有佳人》，词牌下有个小标题：“爱李延年歌、淳于髡语，合为词，庶几《高唐》《神女》《洛神赋》之意云。”全词如下：

昔时曾有佳人，翩然绝世而独立。未论一顾倾城，再顾又倾人国。宁不知其，倾城倾国，佳人难得。看行云行雨，朝朝暮暮，阳台下，襄王侧。

堂上更阑烛灭，记主人留髡送客。合尊促坐，罗襦襟解，微闻芗泽。当此之时，止乎礼义，不淫其色。但啜其泣矣，啜其泣矣，又何嗟及。

这首词，没有一句是自己的创作，全部是一种集句的形式。上片开头三句，是用《汉书·外戚传》中的李延年歌词：“北方有佳人，绝世而独立。一顾倾人城，再顾倾人国。宁不知倾城与倾国，佳人难再得。”最后一句，是用宋玉《高唐赋》中“旦为朝云，暮为行雨，朝朝暮暮，阳台之下”。全是据前人诗文变化而来。

下片第一、二句，是用《史记·滑稽列传》中“日暮酒阑，合尊促坐……堂上烛灭，主人留髡而送客，罗襦襟解，微闻芗泽”。第三句是用《毛诗·关雎传序》：“故变风发乎情，止乎礼义……忧在进贤，不淫其色。”最后一句是用《诗·王风·中谷》：“有女仳离，啜其泣矣，啜其泣矣，何嗟及矣！”同样是集句形式。

词句都是现成的，但绝不是文字游戏，而是借旧瓶装新酒，结合当时形势，赋予新的含义。上片的“佳人”，是借指以秦桧为代表的投降派，他们受到君王的宠幸，干着“倾国倾城”的勾当。下片的“淳于髡”代表另一类型的人物。投降派拉他们同流合污，但他们“止乎礼义”，坚持自己的主张，结果在政治上被排斥，落得个“啜其泣矣”

的下场。

因此，是抄袭，还是再创造，不能光从形式上看，而是要看它在内容上是否赋予了新意。清章学诚在《文史通义·说林》中曾用禽鸟作为譬喻说明这个意思。文章的思想内容好比鸟的身体，文章的文辞好比鸟的羽翼。有大鹏鸟这样的身体，才可以运用垂天之翼；假如一只小雀借用猛禽的羽翼，那么没有张开翅膀就要掉下来了，更何况大鹏的巨翼呢！所以修饰辞藻，不必忌讳借用成句，而要重视形式是否和内容相称，同时也要考虑到自己的能力是否能够胜任。

章学诚的比喻是有道理的。正如一个寓言中所说的那样，无论乌鸦怎样用孔雀的羽毛来装饰自己，乌鸦毕竟是乌鸦，并不能改变它的本质。

上面是说文学作品，至于学术著作中引用参考资料，则是另一种情况。东汉班固写《汉书》，汉朝初年的史实，多用《史记》原文，后人也并不认为是抄袭。因为人们明白，班固要写一部断代史，也只能如此。就是西汉司马迁写《史记》，同样也是利用前人著作的。评价这样的作品，主要就是看作者组织材料的能力。

清梁启超曾经说过一句话："善抄书可以成著作。"他举的例子，就是清朝学者阮元的学生编写《经籍纂诂》的事。这部书是把历代经籍的注解汇集起来，功夫全在于辛勤蒐集。就是这样一部抄起来的书，却成为研究古籍训诂不可少的参考书。

“天地乃宇宙之乾坤”

——小议八股源流

在中国文学史上，以司马迁、韩愈为代表作家的散文，是文章的主流。此外还有盛行于南北朝时的骈文，这是讲究对仗和声律的一种重视形式的文体，是文章的支流。此外，在明清两朝还产生过一种八股文，这是科举考试制度所规定的文体，每篇由破题、承题、起讲、入手、起股、中股、后股、束股八部分组成。在起股至束股中，都有两股排比对偶的文字，合共八股，所以叫“八股文”。这是文章的一股逆流。

八股文文体形式死板，内容要根据宋代朱熹《四书集注》等书“代圣人立说”，是束缚人们思想、维护封建统治的工具。鲁迅在《伪自由书·透底》中曾对这种文体的产生和性质做过精辟的论述。鲁迅说：“八股原是蠢笨的产物。一来是考官嫌麻烦——他们的头脑大半是阴沉木做的，——甚么代圣贤立言，甚么起承转合、文章气韵，都没有一定的标准，难以捉摸，因此，一股一股地定出来，算是合于功令的格式，用这种格式来‘衡文’，一眼就看得出多少轻重。二来，连应试的人也觉得又省力，又不费事了。……”这种形式上有严格限制的文章，发展下去，势必成为陈言套语。清代梁绍壬《两般秋雨庵随笔》曾记有人作文来嘲笑八股滥调的，颇堪一笑。这段文字如下：

天地乃宇宙之乾坤，吾心实中怀之在抱，久矣夫！千百年来，已非一日矣！溯往事以追维，曷勿考记载而诵诗书之典要；元后即帝王之天子，苍生乃百姓之黎元。庶兮哉！亿兆民中，已非一人矣。思入时而用世，曷弗瞻黼座而登廊庙之朝廷？

同义重复，毫无内容，这是对八股文有力的嘲笑。有识之士，对这种束缚思想的文体，都是抱贬斥态度的。《履园丛话》的作者清朝钱梅溪，曾把八股文比作画中之猪。他认为牛羊犬马，各有名家，但没有一个画家愿意把猪画到作品中去。各体诗文，都可写在屏障上作为艺术品来欣赏，但从来没有人把八股文写了挂起来的。指出八股文毫无价值，真可谓一针见血。《随园诗话》记载：清朝吴江人徐大椿（字灵胎）性格诙谐，年近八旬，还作歌讽刺八股文人，中肯风趣，《刺时文》如下：

读书人，最不济；作时文，烂如泥。国家本为求才计，谁知道变成了欺人技。三句承题，两句破题，摆尾摇头，便道是圣门高第。可知道三通、四史是何等文章？汉祖、唐宗是哪一朝皇帝？案上放高头讲章，店里买新科利器，读得来肩背高低，口角嘘唏，甘蔗渣儿，嚼了又嚼，有何滋味？辜负光阴，白日昏迷一世。就教他骗得高官，也算是百姓朝廷的晦气。

对八股文深恶痛绝，真可谓溢于言表。

早在清王朝覆亡之前，“废科举，兴学校”，八股文早已宣告寿终正寝。但八股腔阴魂不散，到了五四运动以后，摇身一变，又出现了洋八股。这是一些浅薄的资产阶级和小资产阶级知识分子发展起来的东西，并经过他们的传播，长时期地在革命的文化队伍中存在着。鲁迅在许多文章里反对过这种洋八股，他批判洋八股说：“八股无论新旧，都应当扫荡。……例如只会‘辱骂’‘恐吓’甚至于‘判决’，而不肯具体地切实地运用科学所求得的公式，去解释每天的新的事实、新的现象，而只抄一通公式，往一切事实上乱凑，这也是八股。”“借问汉宫谁得似，可怜飞燕倚新妆”（李白《清平调·其二》），洋八股虽然披上了“洋”装，但其本质还是和旧八股一样，徒具形式而缺乏新鲜内容，只能把一通公式往一切事实上乱凑。一些资产阶级和小资产阶级知识分子喜欢这一套，也因为腹中空虚，拿不出货色，不能具体运用科学所求得的公式去解释事实、分析问题。

洋八股经过鲁迅的批判，不敢像过去那样猖獗，但并没有犁庭扫穴，彻底加以摧毁，结果谬种流传，到抗日战争时在解放区又出现了党八股。1942年整风运动时，毛泽东主席对党八股曾大张挞伐，专门写了《反对党八股》这篇文章。毛主席认为党八股也就是一种洋八股，所不同的是除了洋气之外，还有一点土气。毛主席认为，“党八股这个形式，不但不便于表现革命精神，而且非常容易使革命精神窒息。要使革命精神获得发展，必须抛弃党八股，采取生动活泼新鲜有力的马克思列宁主义的文风”。毛主席还把党八股归纳为八大罪状。经过整风运动，党八股已是“老鼠过街，人人喊打”，文风开始向好的方面发展了。

但党八股没有完全消失，还要作垂死挣扎。到十年动乱时期，有机可乘，党八股就乔装打扮，又以“帮八股”面目出现了。但就其本质来说，帮八股和党八股是完全不同的。如果说党八股是主观主义和宗派主义的宣传工具，则帮八股是江青反革命集团阴谋篡党夺权的御用工具。正因为帮八股具有这样的性质，它的手法就更为恶劣，混淆是非，颠倒黑白，甚至连最基本的逻辑规律也不顾了。形式上，言必称马列，实际上，是任意阉割马列主义的词句，曲解马列主义经典著作。

打倒“四人帮”后，对林彪、江青两个反革命集团的种种谬论做了彻底的批判，帮八股已没有市场了。下面引用了一段批判文章，可帮助我们认清帮八股的丑恶面目：

“四人帮”手中无真理，周围无群众，专靠打棍子、扣帽子过活。谁要是一谈“学文化”，他们就劈头给谁一棍子，说你“去掉两头，光要中间，眼睛只盯住‘文化’！谁要是一抓智育，他们就给谁扣上‘智育第一’‘文化至上’的大帽子，加上‘复旧’‘走老路’的罪名。他们故意混淆无产阶级的智育和‘智育第一’这两个不同的概念，把人们的思想搞乱，使人们不敢抓智育，这不是在破坏教育革命，破坏社会主义革命，破坏社会主义建设，又是什么？”

谈起八股，源远流长，世代相传，无非都是害人之物。据清光绪年间蔡尔康《纪闻类编》记载，明亡之后，有人在红纸上大书“奉送大明江山一座”，下面写着“八股朋友同具”。这张纸张贴在皇城大门上。把明亡完全归咎于八股文，这或许有点过激，但“聪明才智之士，一生有用之精神，尽消磨于无用八股之中”，总也是造成人才浪费、政治腐败的原因之一。今后只要大家对八股的祸害有深刻的认识，彻底埋葬八股，完全是可能的。

悬梁刺股和映雪囊萤

——谈欣赏诗歌

一本以小学高年级学生为主要阅读对象的儿童杂志，曾刊登过一首题为《苦读》的古诗，原诗如下：

孙敬头悬梁，苏秦锥刺股，车胤囊萤学，孙康映雪读。
诸人家虽贫，有志自勤苦，终亦酬壮志，功名传千古。

这首诗刊出后不久，就有人提出了批评，认为“这首古诗，无论从思想性和艺术性来看，我觉得都是不可取的。鼓励儿童刻苦读书，引导他们为获取知识而顽强努力，固然无可非议，但若真要用‘头悬梁、锥刺股’的那种劲头要求起来，我看是非把我们的孩子吓怕吓退不可的。为什么要以跟上刑罚差不多的学习方法来做我们儿童的楷模呢？”另一种批评更激烈：“要孩子们学些什么呢？学‘刺股’吗？锥子下去，鲜血直流，那味道够小孩子瞧的；学‘悬梁’吗？脑袋吊起来，也未必能‘学而优’；‘囊萤’‘映雪’呢？浪费时间不说，认真做起来，我敢保证，百分之百要弄成近视眼，岂不是害了小朋友？”

其实，这样的批评是不是有道理，一个古老的笑话已经做了回答：

车胤碰到孙康，问他为什么不读书，孙康回答说：“今天晚上没有雪。”孙康问车胤：“你为什么不读书？”车胤回答说：“秋天过了，没有萤火虫。”

把上面两种批评和这个笑话相提并论，似乎对不上号，而本质却是差不多的。车胤囊萤，孙康映雪，因为他们出身贫苦，白天要劳动，晚上读书也买不起油，于是想出这样办法来。当然不是说，找不到萤火虫，车胤就不读书；天没有下雪，孙康就睡懒觉。同样的，孙敬并不是一拿起书本，就把脑袋吊起来；苏秦也不见得每逢读书，就大刺其股。后人对这些勤学故事津津乐道，也无非是钦佩他们勤学的精神可嘉，并不是一定要去生搬硬套。学习不等于看样，这一点必须严格区别开来。

有一个“破釜沉舟”的故事，说的是项羽带兵作战，渡河后把船都凿沉，把锅子都敲破，只带了三天的粮食，“以示士卒必死，无一还心”。成语“破釜沉舟”由此而来，一般词典对这一成语的解释是：“比喻下决心不顾一切干到底。”假如现在有位将军带兵作战，为了表示下定决心干到底，一定要把车船敲破，饭锅砸碎，岂不要被人家当作笑话讲？

宋真宗赵恒曾作《劝学篇》一诗：

富家不用买良田，书中自有千钟粟。
安居不用架高堂，书中自有黄金屋。
娶妻莫恨无良媒，书中自有颜如玉。
出门莫恨无人随，书中车马多如簇。
男儿欲遂平生志，五经勤向窗前读。

“文化大革命”时，这首诗曾被反复批判过，其实也不过强调读书之乐，胜过世间庸俗的物质享受。《聊斋志异》中有一篇《颜如玉》，写的是一个书生天天读书，后来书中跳出一个女子来，自名颜如玉。当然，这只是“志异”小说，不会有人相信真的有这么一回事。

宋代苏轼有如下几句诗（《书鄢陵王主簿所画折枝二首》）：

论画以形似，见与儿童邻。
赋诗必此诗，定知非诗人。

这正是对不善于作画作诗的人的批判，同样也是对不会读诗的人的批判。所谓“此诗”，就是指诗句所写到的具体事物。如果诗的内容只限于这些具体事物，此外并无深意，并无寄托，这就不是好诗，写的人也不是诗人。同样的，读诗只着眼于诗句所写到的具体事物，这就不能真正懂得诗的好处。清王国维在《人间词话》中说：“诗人对宇宙人生，须入乎其内，又须出乎其外。入乎其内，故能写之；出乎其外，故能观之。入乎其内，故有生气；出乎其外，故有高致。”所谓“入乎其内”，就是对客观事物作细致的观察，这样才能写得真实，有生活气息。但光是做到这一点还不够，还要出乎其外，这就是不要被具体事物所束缚，要从中看出深意。只有这样，作品的立意才高。孔子说：“岁寒，然后知松柏之后凋也。”孔子不是一个植物学家，这句话不是简单地告诉我们一种自然现象，而是说环境越恶劣，越能看出一个人的气节。杜甫的诗句：“新松恨不高千尺，恶竹应须斩万竿。”（《登楼将赴成都草堂途中有作先寄严郑公五首（其四）》）单纯认为诗人爱松树，不喜欢竹子，这样读诗，又有什么意味？读诗，就要懂得“此诗”之外还有诗，写照之外还有个传神的问题。诗外有诗，就是说诗还有一个潜在世界，语言文字之外还有“弦外之音”。

唐杜牧有一首七绝，题目是《将赴吴兴登乐游原》，原诗如下：

清时有味是无能，闲爱孤云静爱僧。
欲把一麾江海去，乐游原上望昭陵。

这首诗是作者于唐宣宗大中四年（850）将离长安到吴兴（今浙江湖州）任刺史时所作。乐游原在长安东南，地居京城最高处，是当时著名的浏览胜地。在这以前，诗人在京城任吏部员外郎，对投置闲散、无所作为的处境深为不满。当时朝廷中党争激烈，宦官擅权，中央和藩镇及少数民族时有战斗，而诗的开头却说是“清时”（清平的时代）；诗人很想施展抱负，而诗中却说“无能”。这些都是反语见意，用来发泄胸中愤懑不平之气，如果直接照字面来理解，刚好与作者的本意背道而驰。诗中提到“望昭陵”，昭陵是唐太宗的陵墓，末句正是对唐太宗朝政的向往，正意也就是对当时宣宗朝政的讽刺。这是一首讽刺诗，采用了“托事于物”的兴体写法，诗人对祖国的热爱，对盛世的追怀，对自己生不逢时、无所施展的悲愤，无不包括在内。只从字面来看，这些意思就无从领会出来。

诗的含意有深浅，从“下里巴人”到“阳春白雪”，其间有很大的差距。但不能光从字面上来理解，则是任何诗都一样的。

“大江东去”和“晓风残月”

——词的音乐美

谈到宋词，一提起苏轼的《念奴娇·赤壁怀古》，人们就会联想起柳永的《雨霖铃》“寒蝉凄切”。这是由大家熟悉的一个故事引起的。这一故事最早见于宋代俞文豹著的《吹剑续录》。原文如下：

东坡在玉堂，有幕士善讴，因问：“我词比柳词何如？”对曰：“柳郎中词，只好十七八女孩儿执红牙拍板，唱‘杨柳岸晓风残月’；学士词，须关西大汉，执铁板，唱‘大江东去’。”公为之绝倒。

这一故事流传后，所谓“大江东去苏学士，晓风残月柳屯田”，也就成为词苑美谈。许多人也就拿苏、柳这两首词加以比较，用来说明宋词中豪放、婉约两种不同的风格。这也正好说明《吹剑续录》中提到的那位幕士的话是很有意义的，他所举出的苏、柳两首词，正是他们典型的代表作，也最能说明豪放、婉约两种风格的特征。他用来作比喻的话，也十分形象，富有风趣，寥寥数语，却能切中要害，十分恰当。

这里我们特别要注意那位幕士是“善讴”者，他对苏、柳两家词的评价，是从音乐角度来作比较的。词不同于诗，它是可以合乐的，这在北宋尤其如此。北宋许多词人的作品，很多是宴游席上即兴命笔，交歌妓吟唱的。因此，谈词的风格，就离不开乐律。浅斟低唱代表柔性美，铜琵铁板代表刚性美。过去曾有人用“骏马秋风冀北，杏花春雨江南”（吴冠中对联）这样两句来说明刚性美和柔性美。这两句话用来说明宋词中豪放婉约两种风格，也是适用的。刚性美是一种美，柔性美也是一种美，正如鱼与熊掌都是美味，是不分轩轾的。那位幕士不愧是音乐行家，他没有对两家词强分优劣，只是说明他们各有所长。

下面我们就循着那位幕士的话，来谈谈宋词的音乐美。

诗分平仄，词分四声，这是大家都知道的。平仄四声和乐律有关，但并不包括乐律的全部。探索宋词的音律，还应更深入、细致些。而对于豪放、婉约两种风格来说，特别要注意音韵上的洪细律。所谓豪放、婉约风格，同字音洪细所占的比例有密切关系。现在将苏、柳这两首词录在下面，其中洪音字用着重号标出，没有标出的就是细音字。

念奴娇·赤壁怀古（宋·苏轼）

大江东去，浪淘尽、千古风流人物。故垒西边，人道是、三国周郎赤壁。乱石穿空，惊涛拍岸，卷起千堆雪。江山如画，一时多少豪杰。

遥想公瑾当年，小乔初嫁了，雄姿英发。羽扇纶巾，谈笑间、樯橹灰飞烟灭。故国神游，多情应笑我、早生华发。人生如梦，一尊还酹江月。

雨霖铃（宋·柳永）

寒蝉凄切，对长亭晚，骤雨初歇。都门帐饮无绪，留恋处，兰舟催发。执手相看泪眼，竟无语凝噎。念去去千里烟波，暮霭沉沉楚天阔。

多情自古伤离别，更那堪冷落清秋节。今宵酒醒何处？杨柳岸，晓风残月。此去经年，应是良辰好景虚设。便纵有千种风情，更与何人说！

苏词《念奴娇》共100个字，洪音占43个；柳词《雨霖铃》共102个字，洪音仅占25个。这种洪细音分配情况，该不是偶然的吧。这两首词风格迥异，正是建立在这种不同的音律基础上的。如果要对苏、柳这两首词作鞭辟入里的分析，除了词的内容之外，对这方面也是不应忽略的。

由此也可明白，《吹剑续录》中谈到的那位“善讴”的幕士，为什么要特地举出这两句来说明苏、柳词风的不同。原来“大江东去”4个字中，洪音要占到3个；而“杨柳岸晓风残月”，7个字中细音却要占到5个。这是最能说明风格差异的两个典型的例句。如果认为这两句不同只在于一写景壮阔，一写景凄凉，还是不够全面的。

上面说过，宋词是可以配合乐曲吟唱的。由于词的乐谱已经失传，具体的唱法现在已不可能知道。但从前人的记述中，我们还是可以探得一些消息的。如《吹剑续录》中提到的那位幕士的话，不仅对理解苏、柳这两首词有帮助，同时也向我们指出一条欣赏宋词的途径。比如，李清照《声声慢》词，一开头连用了14个叠字："寻寻觅觅，冷冷清清，凄凄惨惨戚戚。"给人一种低沉、压抑的感觉。这种感觉也正是从词的声律而来。这14个字中，只有"冷冷""惨惨"4个字是洪音，另外10个字都是细音，这也绝不是偶然的。

“柳絮飞来片片红”

——诗文的布局

宋朝人的笔记小说中，记载着一则司马光的故事，写的是有一天司马光出外闲游，登上附近的峻岭，看见大石上坐着两个年轻人，便也坐在一旁休息。不久那两个年轻人吟起诗来，司马光在一旁静听。年轻人看不顺眼，便问司马光是不是也能作诗。司马光也就不客气，吟出两句诗来：

一上一上又一上，看看行到岭头上。

两个年轻人听了不觉大笑。显然，他们认为这不能算是诗。等他们笑过后，司马光说：“我的诗还没有完呢！”接着又念了两句：

乾坤只在掌拿中，四海五湖成一望。

年轻人听了，万分敬佩，向司马光行礼致歉后才离去。

司马光这首《岭头诗》，开头两句的确平淡得很，看不出有什么特色。但后两句却气势雄伟，借眼前景象，抒胸中抱负，令人想见作者的风度。这告诉我们，看诗文作品要看全篇，截取其中一二句或一部分，往往看不出好处，甚至还会误解作者的意思。这首诗的开头两句，写上岭的经过，只是为后面两句作铺垫，后面两句，才是精义所在。一般诗文布局，往往如此。

与上述相类似的，还有一个故事。几个文人聚在一起赏雪写诗，有一个人开头写了这么两句：

一片两片三四片，五片六片七八片。

众人看了大笑，这样一二三四数着雪片，怎能算是诗呢？那人却不慌不忙，写出了后面两句：

九片十片无数片，飞入梅花都不见。

众人这才十分佩服。宋代林和靖这首雪梅诗的结构特点，就是以看似呆板的前三句，带出飞扬灵动的第四句。由于有前面三句作陪衬，后面的第四句就更显出活泼可爱。像这样的诗，看来平平淡淡，也没有什么警句，其实却是匠心独运，在构思上巧下功夫。读惯了起承转合、四平八稳的诗句之后，读到这样的诗，就为之耳目一新。

诗文要看全篇，有时一个诗句，孤立起来看似乎不通，放在全诗中却成为佳句。从前有人写了一句诗："柳絮飞来片片红。"人家都说不合事实，柳絮是白的，怎么会变成红色呢？那人说："这是我诗中最后一句，前面还有三句。"合起来就是这样的：

廿四桥畔廿四风，凭栏犹忆旧江东。
夕阳返照桃花坞，柳絮飞来片片红。

这样一来，原来不通的句子，竟变成好诗了。在一定环境下，原来白色的柳絮会变成红色，暗喻一个人资质平庸，借助良好的时机，也可有所作为。

有的诗，不是平铺直叙、一泻而下，而是回环曲折，甚至欲扬先抑，故作惊人之笔。有一个人，母亲生日，请同街的一位诗人写祝寿诗。诗人毫不思索，拿起笔来就写上一句：

对门老妇不是人

那人不觉发呆，我请你写祝寿诗，你怎么骂起我的母亲来了。诗人看了邻居大惑不解的样子，就又续上一句：

原来是个活仙神

那人看了顿时大喜，觉得这位诗人真是善颂。正在高兴之际，诗人又加了一句：

生个孩儿会做贼

那人大吃一惊，怎么现在又骂起我来了呢？正在思索，诗人写出了最后一句：

偷得蟠桃献母亲

原来用的是东方朔的故事，刚好切合祝寿的主题。于是那人高高兴兴拿着诗回去了。

古人论文，有“文似看山不喜平”（清·袁枚《随园诗话》）的说法，也就是比喻文章要峰峦起伏、错落有致。又说文章要蓄势，要层层深入，而不要一览无余，开头就把话说尽。许多好文章耐看，原因就在于此。如汉代贾谊《过秦论（上）》，写秦王朝怎样从弱到强、由小变大，极尽铺张的能事。但这样写的作用何在，一直不作交代。直到最后，用上一个长句“然秦以区区之地，致万乘之势，序八州而朝同列，百有余年矣；然后以六合为家，殽函为宫；一夫作难而七庙隳，身死人手，为天下笑者，何也？仁义不施而攻守之势异也”点明论点，到此文章宣告结束，真是气势磅礴。

唐代王勃的《滕王阁序》，也是层层深入，把重心放在后半篇。唐高宗时，阎氏任洪州牧，秋日，在滕王阁上宴饮宾僚，恰巧王勃省亲路过南昌，也参加了宴会。按照古人习惯，在宴会席上，是要吟诗作文的。阎都督这次请客，也有一个目的，就是要夸耀一下他女婿的才学，因此当纸笔递到宾客面前时，宾客都推辞不写。可是王勃却把纸笔接了下来。阎都督感到很不高兴，就叫人把王勃写的文字逐句报告给他。听了开头之句，阎都督都说很平常，不见得好。直到听了“落霞与孤鹜齐飞，秋水共长天一色”两句，才拍手叫好。

看来阎都督也是一位衡文的高手。王勃这篇文章，前半篇确实较为平庸。如开头“豫章故郡，洪都新府”，两句话八个字，说的只是同一个地方。下面也大多是写眼前风物的应景文字。像“都督阎公之雅望，棨戟遥临；宇文新州之懿范，襜帷暂驻。十旬休假，胜友如云；千里逢迎，高朋满座”云云，只是歌功颂德的俗套，立意也不高。而到了后半篇“关山难越，谁悲失路之人；萍水相逢，尽是他乡之客”，文章中有了“我”，笔势开始深沉。至于“怀帝阍而不见，奉宣室以何年”，则写出了自己怀才不遇的愤懑心情，也正是封建社会中知识分子的共同命运，正面提出社会现实问题，内容就比较实际。而“孟尝高洁，空怀报国之情；阮籍猖狂，岂效穷途之哭”，更是道出了失意者的心情，有血有肉，与前半篇的应景文字，迥乎不同了。

文无定法，变化多端。定一个框框来套，容易把文章看死。这里所举的诗文布局，也只能是一格而已。

人比黄花瘦

——作品与个性

宋朝女词人李清照，写过一首《醉花阴》，原词如下：

薄雾浓云愁永昼，瑞脑销金兽。佳节又重阳，玉枕纱厨，半夜凉初透。东篱把酒黄昏后，有暗香盈袖。莫道不销魂，帘卷西风，人比黄花瘦！

这首词是李清照寄给丈夫赵明诚的。据说赵明诚看了之后非常叹赏，一心想胜过它，于是谢绝客人，三日夜废寝忘食，写了五十首《醉花阴》，把李清照这一首杂在里面，拿去给友人陆德夫看。陆德夫再三体味，最后说：“只有三句最好。”明诚问他是哪三句，陆德夫说：“莫道不销魂，帘卷西风，人比黄花瘦。”正是李清照这首词中的句子。这三句不愧是千古绝唱，再加有了这个传说，更为许多人所称道。

这首词塑造了一个多愁善感、为情消瘦的少妇形象。开头两句，写阴沉的天气，正是通过环境描写，展示人物的内心世界。瑞脑香消，一方面写闺中少妇寂寞无聊的心情，一方面也是反衬愁思难消。“佳节又重阳”，一个“又”字，点出和丈夫离别之久，这句又隐喻“每逢佳节倍思亲”之意。上片末句的“凉”字，不仅写气候，而且语带双关，也显示出少妇内心的凄凉之感。下片开头两句，是从半夜回溯当天黄昏；“有暗香盈袖”，明写有，暗写无，这“有”是“只有”的意思，意即独处空闺，除此之外，是一无所有。这样自然过渡到最后三句——爱人啊，你不要以为我把酒东篱，寻欢作乐，我内心却是在为离别而忧愁。你不信吗？你看，当西风吹起帘子的时候，屋里的人比篱边的菊花还要消瘦呢！菊花是高雅的，在萧瑟西风中，给人以瘦溜溜的感觉。而闺中少妇却比菊花还要瘦三分。这里是将花比人，也是将人比花。篱边之菊，屋中之人，两相映衬，同病相怜，构成一幅“秋闺对菊图”。

词的最后三句，千古传诵，究竟好在哪里呢？

诗的语言，要求内涵丰富。正像苏联诗人马雅可夫斯基所说的那样，要从一千吨语言的矿藏中提炼出一克语言的精华。我国成语所说的“言有尽而意无穷”“意在言外”，也是这个意思。这三句展现闺中少妇的内心世界，写她凄凉愁苦的心情，但不是尽情倾吐，而是婉约含蓄，哀而不伤，怨而不怒，这切合封建社会中有文化修养的女性的性格，是个性化的语言。

诗人巧妙地运用了比兴的手法。写少妇的凄凉愁苦，不是直抒胸臆，而是借西风中的菊花来衬托。萧瑟西风中的菊花，成为少妇的象征；而菊花的高雅绝俗，也就是诗人性格的体现。帘子、西风、菊花，这些都是常见的事物，但一经诗人加以巧妙的安排，便具有独特的意境。

诗人还巧妙地采用拟人的手法，把自然界的一切都写活了。帘子是被西风吹起的，诗人不用“吹”而说“卷”，好像西风也有像人那样一双灵巧的手。诗人还把用之于人的“瘦”字用在菊花上，也就是把菊花看作与闺中少妇同病相怜的伴侣。既同情菊花受西风的欺凌，又哀伤少妇身世的不幸。写菊即是写人，写人即是写菊，合二为一。语言极为精练，感染力十分丰富。

这首词的语言具有鲜明的个性，同其他写菊花的诗作一比较，可以看得更清楚。

“采菊东篱下，悠然见南山”，这是东晋陶渊明的诗句。诗人在东篱下采菊，悠然自得地望见南山，写出他内心世界的平静闲适。这是一种物我两忘的境界。正像诗的结尾两句所说的那样：“此中有真意，欲辨已忘言。”只可心领神会而不可言传。作者超尘脱俗的形象，借菊花显现出来了。这里的菊花已不是李清照词中憔悴的女郎，而是襟怀高洁的隐士。

“待到秋来九月八，我花开后百花杀。冲天香气透长安，满城尽带黄金甲。”这是唐朝农民起义领袖黄巢《不第后赋菊》诗。这里的菊花，不是憔悴的女郎，也不是高洁的隐士，而是一位赳赳武夫。头两句结合时令特征，写菊花傲然挺立。暗示农民起义军勃兴之日，就是封建统治阶级灭亡之时。后面两句通过对菊花盛开时景象的描绘，展现出农民起义军取得胜利后的灿烂前景。作者给菊花创造了空前的意境和崇高的形象，这也就是农民起义军顽强不屈性格的体现。鲜明的个性，简直呼之欲出。

“荷尽已无擎雨盖，菊残犹有傲霜枝”，宋代苏轼《赠刘景文》这两句诗，把一般人看来是肃杀悲凉的秋冬季节，写得生气盎然。这里的菊花，面对霜风，傲然不屈，表现了大无畏精神。诗人热情歌颂菊花，把自己的感情移入花中，把菊花人格化了，俨然是一位气节凛然的大丈夫。“犹有”两字，突出菊花的坚强，令人肃然起敬。

“宁可枝头抱香死，何曾吹堕北风中？”这两句诗的作者是南宋末年的爱国志士郑所南的《题菊诗》。郑所南宋亡后坐卧不向北；画兰不画土，因为国亡无所着土。这两句诗也含有这些意思。菊花“宁可枝头抱香死”正是象征汉族人民不甘心在异族统治的土地上生活；第二句的“北”字，也是双关来自北方的蒙古人。作者的爱国主义思想，完全借菊花的形象表达出来了。

同样一种菊花，在不同作者的笔下，却有了不同的形象，赋予了不同的个性，造成异彩纷呈的艺术魅力。俄国文学批评家别林斯基说：“文学是用人类的自由语言来表达，人类的语言是声音、是图画、是明白说出的一定的概念，所以，文学包含其他基本的一切因素，好像浑然一体地用尽各种艺术所单独具有的一切手段。”这话中肯地说明了作为语言艺术的文学的特征。像上面这些菊花诗的内涵，用其他艺术手段——如图画来表达，就有很大的困难，或者完全不可能，而在诗歌中却可以应付裕如。这样的情形，在诗歌中是极为普遍的。如毛泽东主席曾写过一首《卜算子·咏梅》词，这是“读陆游咏梅词，反其意而用之”，所塑造的梅花形象，和南宋陆游词中截然不同，体现了与陆词格调迥异的个性。陆游词中的梅花是“已是黄昏独自愁，更著风和雨”，而毛主席词中的梅花则是“已是悬崖百丈冰，犹有花枝俏”；陆游词的梅花是“无意苦争春，一任群芳妒”，而毛主席词中的梅花则是“俏也不争春，只把春来报”。个性化的语言，就是这样赋予了自然界万物以神态不同、精神各异的生命。

“吹落黄花满地金”

——艺术和事实的辩证关系

流传着这么一个故事：

一次，苏东坡在王安石书房里看到有一首尚未完成的咏菊诗，开头两句是：“西风昨夜过园林，吹落黄花满地金。”苏东坡认为这两句诗写的内容不合事实：菊花是不落瓣的，何来“满地金”呢？便提起笔来续写了两句：“秋花不比春花落，说与诗人仔细吟。”王安石见到续诗，心中大为不悦：这苏轼轻薄之性依然不改，不道自己才疏学浅，不知有黄州菊花落瓣的特例，反倒来讥讽老夫。我让你到黄州去看个究竟。于是又向天子进言，改迁苏轼为黄州团练副使。

苏轼谪贬黄州当年重九，正是菊花盛开季节，数日风雨下来，苏轼与好友陈季常到后院看菊，但见满地铺金，枝上全无一朵。这让苏轼想起去岁在王安石府上续诗一事，叹道：原以为王荆公错断菊花落瓣，现在看来他倒不错，我却错了，真让子瞻愧服矣。

这一故事出自冯梦龙编的《警世通言》中《王安石三难苏学士》。既是小说家言，这故事也就是虚构的。后来引用这一故事的人，都认为苏东坡对菊花了解得不全面，对王安石是批评错了。现在我却要为沉冤八百多年的苏东坡说几句话。

文学作品不同于科学著作，它总是针对具体事物来写的。王安石的第一句“西风昨夜过园林”，时间是昨夜，地点是汴京他的住所的园林。在此时此地，菊花是不落瓣的，所以第二句“吹落黄花满地金”，显然是错了。要苏东坡到黄州去看看落瓣的菊花，来证明他的诗没有写错，那么是不是可以说郑所南的两句诗“宁可枝头抱香死，何曾吹堕北风中”也错了呢？离开写作时的典型环境来谈是非曲直，这是作不出客观的判断的。清朝诗人黄遵宪（字公度）有一首《以莲菊桃杂供一瓶作歌》的诗，里面有这样几句：“人言今日是新岁，百花烂漫堆案头。……莲花衣白菊花黄，夭桃侍侧添红妆。”如果这首诗是在中国写的，就完全是不合事实的胡说。而黄氏这首诗是在新加坡写的，在“这一”地方，确实有莲菊桃并开的奇观。如果有人要黄公度到中国来看看，让他认识自己的诗写错了，岂非笑话？

清代王士禛《渔洋诗话》中记载着这样一个故事：毛奇龄不喜欢苏东坡的诗。一天宾客聚会，他又诋毁讥笑苏诗。一位座客站起来说：“‘竹外桃花三两枝，春江水暖鸭先知’，难道这样的诗也不好吗？”毛奇龄说：“鹅也先知，怎么只说鸭呢？”毛奇龄也和王安石一样是个缠夹二先生[1]。苏东坡说汴京菊花不落瓣，王安石偏偏要扯到黄州去；苏东坡诗中说的是鸭，毛奇龄偏偏要扯到鹅上去。“竹外桃花”云云，是苏东坡的一首题画诗，画中是鸭，诗当然也只能说鸭。难道一定要像编植物学教科书那样，在后面再加上附注：“除鸭之外，鹅也能先知春江水暖”才算不错吗？

以偏概全，在逻辑思维中算是一种毛病，但在形象思维中却并不如此。当然，生活中的客观事实，是不能违反的。据说有人写诗寄给驻守在海岛的解放军战士，其中有这么两句：“在熹微的晨光中，蘸着海水磨刺刀。”战士们看了并不赞赏，回信给那位诗人说：“我们在大陆准备去海岛时，第一件事就是要把枪上的刺刀磨好，而且渡海时要十分小心，不能让刺刀碰着海水。因为海水是咸的，刺刀碰上它就会生锈。你说蘸着海水磨刺刀，这在我们生活中是没有的。”那位诗人因为不懂得海岛上战士的生活，让想象的翅膀随意飞翔，结果就越出了写诗所允许的范围。

有一篇小说，作者塑造了一位苦钻农业技术的青年农民，内中有这样一段描写：

突然，他见一棵豆子动了一下。他连忙拨开豆丛，到跟前仔细一看，

〔1〕缠夹二先生：方言，指头脑不清，言行多生枝节的人。

原来是一只螳螂在跳来跳去。他捉住了它，想：是不是你捣的鬼，把豆荚弄开了，想偷吃里面的豆粒？他报复似的剥开螳螂的肚皮，仔细地观察了一番。但它肚皮里只有青草，并没有豆瓣。他失望地抛开螳螂，又静心地观察起来。

这段描写是失实的。螳螂是吃荤的，肚里哪来的青草？这样写也歪曲了人物的形象：一个钻研农业技术的农民，难道连螳螂的习性也不知道？他何至于去残害农民的吃害虫的好朋友呢？

我们说文学作品不能违反现实，也不等于说诗文中写到客观情况一点也不能更动。艺术可能比现实更集中。有这么一个故事：有一次拍战争片，有一个镜头是许多大炮排列起来，一齐向敌人开火。一位参加演出的解放军战士说："在战场上是没有这样情景的。为了防止被敌人发现目标，大炮必须分散，而且要用伪装隐藏起来。"导演回答他说："你说的是事实的真实，而电影中运用的则是艺术的真实。"导演的意思是说艺术的真实比事实的真实更集中、更突出。不是集中起来万炮齐鸣，就显示不出我们解放军的威力。而这样做的基础是解放军确实有这许多大炮，确实有巨大的作战能力。这就是说，艺术的真实植根于事实的真实，但也并不是随意歪曲事实的真实。像王安石那样，把目标转移到自己选定的典型环境之外，以此来辩解自己对现实的歪曲，这种手法实在是不高明。

螳螂的故事来自小说中虚构的情节，我们这里说到的王安石和苏东坡的"菊花案"，也只是小说中的故事，而不是历史上的真实事件。

寒山寺的钟声

——谈作品中的真实性

下面这首题为《枫桥夜泊》的七绝，是唐朝诗人张继作的：

月落乌啼霜满天，江枫渔火对愁眠。
姑苏城外寒山寺，夜半钟声到客船。

这首诗为许多人所爱读，流传很广，在日本也有很多人知道。大家喜欢这首诗，因为它真实地写出了一个作客他乡的游子的羁旅之情，而这种情绪又不是简单地陈述出来，而是通过景物的描绘，让读者自己去领略、感受。孤舟夜泊，月落乌啼，渔火钟声，这些可以说是游子经常遇到的典型环境。唯其如此，一看到这首诗，读者眼前自然会浮现出鲜明的景象。这景象中的人物，好像不是诗人张继，而是读者自己了。

没有到过枫桥、寒山寺的读者，尚且会凭自己的生活经验与诗人共鸣共感，那么亲身到过这一地方的人，感受自然会更深刻了。下面清朝诗人王士禛的两首七绝，很明显可以看出是受张继诗的影响：

（一）

日暮东塘正落潮，孤篷泊处雨潇潇。
疏钟夜火寒山寺，记过吴枫第几桥。

（二）

枫叶萧条水驿空，离居千里怅难同。

十年旧约江南梦，独听寒山半夜钟。

诗题是《夜雨题寒山寺寄西樵、礼吉》。西樵、礼吉是王士禛两位哥哥的别号，他们十年以前，就曾相约同游江南，现在非但不能同游，而且离居千里。作客他乡，夜雨怀人，诗中也充满了真挚的感情。

在王士禛写这首诗后六十年，有位鲍珍，泊舟枫桥，想起王氏题诗的事，也写了一首七绝：

路近寒山夜泊船，钟声渔火尚依然。
好诗谁嗣唐张继，冷落春风六十年。

作者认为王氏的诗，可与张继原作媲美，也隐然含有以自己的诗追配王氏之意。

一首好诗，会产生长远的影响，从这里也可看出文学作品的社会效果。

但是，在这首诗的流传过程中，也有人认为有不够完善的地方。宋朝欧阳修在《六一诗话》中提到，半夜三更不是打钟的时候，张继诗中“夜半钟声”，是诗人贪求好句凭主观造出来的。但后人都认为欧阳修这一指摘不合事实，寒山寺是半夜打钟的，唐以后仍是如此。如宋朝孙觌《过枫桥寺》诗：“白首重来一梦中，青山不改旧时容。乌啼月落桥边寺，倚枕犹闻半夜钟。”宋代陆游《宿枫桥》诗：“七年不到枫桥寺，客枕依然半夜钟。风月未须轻感慨，巴山此去尚千重。”上引王士禛、鲍珍的诗，也都提到钟声。可见凭主观的不是张继而是欧阳修。

钟声的官司结束了，近来又有人对张继的诗提出另外的见解。这次不是说原诗有不合事实的地方，而是对诗中一些词语的传统解释提出了不见的意见。

其一是认为“乌啼”不是乌鸦叫，因为“乌鸦的习性，在日落之后黎明之前是不啼叫的”。张继诗中的“乌啼”是指“乌啼桥”，这桥在寒山寺西三百米处，不过在清朝同治年间已经毁掉了。这一新说，马上有人提出异议。首先，乐府中有《乌夜啼》的曲名，正可说明乌鸦在夜间并不是绝对不叫。其次，唐以前寒山寺附近有座乌啼桥，只是根据寺中住持口说，并无文献可证。即使同治以前有此桥名，安知不是在《枫桥夜泊》脍炙人口之后，由好事之徒命名的呢？

其二是说诗中的“江枫”是指江村桥和枫桥。这一新说同样也有人提出异议。抛开诗意、诗境不说，如果“江枫”真的是指两座桥，那么题目也应改为《江村桥枫桥夜泊》了。

其三是对诗中的“愁眠”，新解者也有发现，说这是山名，是运河西岸对着寒山寺大约二公里远的两座山之一。这样一来，“江枫渔火对愁眠”就是江村桥、枫桥、渔火对着愁眠山的意思。不要说好事者会根据张继的诗给荒山加上一个“愁眠”的名称，假定这句诗真的可以这样解释的话，还有什么诗的意味呢？还谈得上什么感情移入呢？而羼入这样毫无诗趣句子的诗，居然传诵千古，实在是不可思议的。

从寒山寺有无夜半钟声的讨论，我们可以明白：读者要求作品中所写的事物，是符合客观真实的，这也正是作品真情实感的基础。通过讨论，明白诗人所写无误，也就进一步肯定了作品的价值。这样的讨论，在现代作品中也是有的。如朱自清《荷塘月色》中有这么一句：“这时候最热闹的，要数树上的蝉声与水里的蛙声。”有的读者就提出疑问，夜里能听到蝉声吗？经过讨论，有的读者对生活做了回忆，有的读者去实地调查，最后证明夜里是可以听到蝉声的。问题解决了，大家就觉得《荷塘月色》中所描写的景物更加真实动人。

文学作品中所描写的客观事实，当然不是现实世界一切的简单记录和原封不动的照搬，它可以有必要的取舍、适当的加工。但这些都不可以违背客观事物的真实。鲁迅曾说过这样的话：李白诗句“燕山雪花大如席”，这里有艺术的夸张，并不是客观事物的原样。但燕山毕竟有雪花，而且这雪花确实很大，这是客观的真实，诗人的艺术加工，正是建立在这一客观事实之上的。如果说“广州雪花大如席”，那不是艺术夸张，而是说谎了。

世上事物繁多，一个艺术家不可能一一亲眼见到、亲自体会，因此偶有失误，也是难免的。宋代苏东坡曾写过一个小故事，说四川有个读书人爱好书画，有一幅戴嵩画的牛特别喜爱。有一天拿出来晾晒，一个牧童见了大笑说：“这张画里画的是打架的牛。牛打架时，力量都用在角上，尾巴夹在大腿股中间。画中的牛却摇着尾巴，太荒唐了。”牧童不会画画，但他却看惯斗牛的样子，所以能纠正画家的失误。文学创作也是这样，留心各种事物，多看看，这是十分必要的。

三句不离本行

——作品与生活的关系

流传这样一个故事：大雪天，富翁请一个大官和一个文人在家饮酒赏雪，文人提议联句作诗，他自己先吟了一句："大雪纷纷满天。"大官接了一句："都是皇家瑞气。"富翁不会作诗，坐在暖和的屋子里，看看外面的雪景，随口说了一句："落它三年何妨？"刚巧有一个乞丐蜷缩在墙角，冻作一团，忽听窗内传来一声"落它三年何妨"，不觉怒火中烧，马上回骂一句："放你娘的臭屁！"乞丐这一骂，却把一首六言联句诗完成了。

"诗言志"，乞丐这一句虽然粗俗，却表达了内心的感情，语气也合乎他的口吻。这一句诗，对饱食终日、不知穷人疾苦的富翁，做了声色俱厉的斥责，就内容来说，具有鲜明的爱憎。

另外三人的诗句，也都反映他们的生活和处境。文人吟风弄月，对着漫天大雪，来上一句如实的描写，这是他的拿手好戏。大官久处宦海，养成了阿谀奉承的习惯，逢场作诗，也忘不了这一套。富翁养尊处优，席丰履厚，心目中只有自己一个，看到眼前雪景有趣，就盼它落个三年，别的他就什么也不管了。

俗话有"三句不离本行"的说法，这话不假。一个人受到出身、职业、生活环境的影响，说话写文章，有意无意总会把自己熟悉的一套流露出来。明朝耿定向的《权子杂俎》中记有这样一则故事：

吴中有一老故微而窭，初弄蛇为生。其长子行乞，次子钓蛙，季子讴采莲歌以丐食。晚致富厚。一日其老聚族谋曰："吾起家侧微，今幸饶于资，须更业习文学，方可振家声也。"于是延塾师馆督令三子受业。逾年，塾师时时誉诸子业日益。其老乃具燕集宾，延名儒试之。名儒至，则试以耦语，初试季子云：“纷纷柳絮飞。”季子对曰：“哩哩莲花落。”继试仲子曰：“红杏枝头飞粉蝶。”仲子对曰：“绿杨树下钓青蛙。”卒试长子云：“九重殿下，排两班文武官员。”长子对曰：“十字街头，叫几声衣食父母。”其老窃聆之，咤曰：“阿曹云云，犹旧时所弄蛇家语也。”

要改变，得先从生活上来改变，抛弃旧的一套，熟悉新事物。如果只学一些文字句读，没有新的内容，最后还是只好把老的一套搬出来。上面这个故事实际上是一则寓言，作者是有所寄托的。

除了生活习惯之外，一个人的职业套语，也是不容易去掉的。明冯梦龙的《广笑府》中有如下一则故事：

苏人有二婿者，长秀才，次书手，每薄次婿之不文。次婿恨甚，请试。翁指庭前山茶为题。咏曰：“据看庭前一树茶，如何违限不开花？信牌即仰东风去，火速明朝便发芽。”翁曰：“诗非不通，但纯是衙门气。”再命咏月。咏曰：“领甚公文离海角，奉何信票到天涯。私度关津犹可恕，不合黄夜入人家。”翁大笑，曰：“汝大姨夫亦有此诗，何不学他？”因请诵之。闻首句云：“清光一片照姑苏。”哗曰：“此句差了，月岂偏照姑苏乎？须云‘照姑苏等处’。”

职业同行语是在长期从事某一职业的过程中掌握起来的，养成习惯后，也就不容易抛弃；甚至听到了不合同行语的话，反而当作是错的。这种情况在日常生活中时常可以碰到。上面故事中说到的那个衙门书手，天天同有固定格式的公文打交道，写别的东西，也总是要套用熟悉的一套。生活、职业对一个人的影响，在这方面也可以明显看出来。

相反，如是一个人离开自己的生活，去写自己所不熟悉的事情，也常会犯“失真”的毛病。如《长恨歌》是唐代白居易的名篇，但由于白氏不熟悉宫廷情况，其中就有不符合事实的描写。突出的是“孤灯挑尽未成眠”一句。只有老百姓家里才点油灯用灯芯，至于皇宫里则是“高烧红烛待君王”，哪里有皇帝去挑灯芯的事？宋代江少虞《宋朝事实类苑》里下面一则记载也是说的这种情况：

晏元献公（殊）虽起田里，而文章富贵，出于天然。尝览李庆孙《富贵曲》云："轴装曲谱金书字，树记花名玉篆牌。"公曰："此乃乞儿相，未尝谙富贵者。"故公每吟咏富贵，不言金玉锦绣，而唯说其气象。……若曰"楼台侧畔杨花过，帘幕中间燕子飞"，"梨花院落溶溶月，柳絮池塘淡淡风"之类是也。

没有体验过劳动人民生活的，写不好劳动人民，道理也是一样的。应该写自己熟悉的东西，不断扩大生活面，题材也自然广泛了。

王昭君的形象

——文学作品中的历史人物

粉碎“四人帮”后，曹禺同志写了新的剧作《王昭君》，得到了读者的好评。王昭君对汉朝和匈奴的和好关系，曾起过一定作用。这一作用，历史学家翦伯赞曾给予正确的评价。他在《内蒙访古》中说过这样的话：

然而现在还有人反对昭君出塞，认为昭君出塞是民族国家的屈辱。我不同意这样的看法。因为在封建时代要建立民族之间的友好关系，不能像我们今天一样，依靠各族人民之间的共同的阶级利益、经济基础和意识形态来实现，主要的是依靠统治阶级之间的和解，而统治阶级之间的和解又主要的是决定于双方力量的对比，以及由此产生的封建关系的改善。和亲就是改善封建关系的一种方式。当然，和亲也是在不同的历史条件下出现的，有些和亲是被迫的，但有些也不是被迫的，昭君出塞就没有任何被迫的情况存在。如果不分青红皂白，只要是和亲就一律地加以反对，那么在封建时代还有什么更好的方法可以取得民族之间的和解呢？在我看来，和亲政策比战争政策总要好得多。

历史学家对和亲政策做了全面的评价，那么王昭君的历史地位也就不言而喻了。但在漫长的封建社会中，人们对王昭君的评价是十分复杂的。下面我们结合王昭君的历史，来谈谈诗歌中对王昭君的评论。

据史书记载，王昭君在汉元帝时被选入宫，竟宁元年（公元前33年）匈奴呼韩邪单于入朝求和亲，她自请嫁匈奴。后来从这一史实中，又附会出一些传说，说是元帝后宫很多，叫画工绘宫人容貌，按图招幸。

许多宫女都贿赂画工，独王昭君自恃貌美不贿，画工毛延寿就故意把她画得很难看。后来王昭君去和亲，临行元帝才知道她容貌是后宫第一云云。这些给王昭君故事涂上一层传奇的色彩，也反映在歌咏王昭君的诗作中。

下面晋石崇的一首《明君曲》诗，是较早咏王昭君之作：

我本汉家子，将适单于庭。
昔为匣中玉，今为粪上英。

过去封建社会中评家也认为这首诗“格调低下”。昭君在汉宫也不过是一个宫女，却说她是“匣中玉”，实在褒贬失当；说和亲后的昭君是“粪上英”，更是对兄弟民族的歧视。

杜甫的一首咏昭君诗《咏怀古迹·其三》，是集中名篇：

群山万壑赴荆门，生长明妃尚有村。
一去紫台连朔漠，独留青冢向黄昏。
图画省识春风面，环佩空归夜月魂。
千载琵琶作胡语，分明怨恨曲中论。

后来评论认为“此诗风流摇曳，杜诗之极有韵致者”（清·仇兆鳌《杜诗详注》引陶开虞语）这是只从形式上着眼。清代朱瀚说：“起处，见钟灵毓秀而出佳人，有几许珍惜。结处，言托身绝域而作胡语，含许多悲愤。”（清·仇兆鳌《杜诗详注》）就是说杜甫认为昭君的遭遇是不幸的，她心中充满怨恨——怨己之远嫁，恨汉之无恩也。

后人（明·王嗣奭《杜臆》）认为杜甫《咏怀古迹》五首“皆借古迹以见己怀，非专咏古迹也”。昭君一首，也不例外，“盖入宫见妒，与入朝见妒者，千古有同感焉”。这种看法，不无理由。这也是咏昭君诗特别多的原因之一。

唐代白居易也有一首咏昭君的诗《相和歌辞》：

汉使却回凭寄语，黄金何日赎蛾眉？
君王若问妾颜色，莫道不如宫里时。

明代瞿佑《诗话》说："诗人咏昭君者多矣，大篇短章，率叙其离别怨恨而已。唯白乐天云……此不言怨恨，而惓惓旧主之思，过人远甚。"这可以代表正统派评论家的看法。在正统派看来，诗是要写得温柔敦厚的，所以设想昭君没有什么怨恨，在任何处境下，都是惓惓怀旧。

而下面宋代王安石这首《明妃曲》，却与白诗大异其趣：

明妃初出汉宫时，泪湿春风鬓脚垂。
低徊顾影无颜色，尚得君王不自持。
归来都怪丹青手，入眼平生几曾有？
意态由来画不成，当时枉杀毛延寿。
一去心知更不归，可怜着尽汉宫衣。
寄声欲问塞南事，只有年年鸿雁飞。
家人万里传消息，好在毡城莫相忆。
君不见咫尺长门闭阿娇，人生失意无南北。

这首诗也是有寄托的，借咏王昭君表示对封建王朝扼杀人才的不满，也抒发作者受排挤、不为仁宗所重用的愤慨。拿汉武帝陈皇后与王昭君作对比，深刻揭露了在封建统治下，人才总是得不到重视的。

下面是明朝范兆祥《昭君怨》（清·赵翼《瓯北诗话》）的诗：

独跨雕鞍出汉宫，琵琶声断戍楼空。
金钿换取龙泉剑，寄与君王斩画工。

清代赵翼认为这是士子借咏王昭君斥监考官，实际上已是凭主观来改造王昭君这一形象了。

金国赵秉文的诗《昭君出塞图》，则是用对比来写的：

无情汉月解随人，羞向天涯照妾身。
闻道将军侯万户，已将功业上麒麟。

前两句咏昭君，后两句咏将军，只是泛泛作了比较，言外之意，让读者自己去体会。而唐人胡曾的《汉宫》，则写得比较露骨了：“明妃远嫁泣西风，玉箸双垂出汉宫。何事将军封万户，却令红粉为和戎。”把王昭君和将军对立起来，也就是把和亲与战争对立起来，基本上还是从和亲屈辱这一思想出发的。

明朝杨一清的《咏昭君》，则是另一种对比：

骊山举火因褒氏，蜀道蒙尘为太真。
能使明妃嫁胡虏，画师应是汉忠臣。

内容不过是从女人是祸水这一点上引申出来的。把王昭君和褒姒、杨玉环并举，是不伦不类的。为毛延寿翻案是得不到读者同情的。

王昭君的历史和传说并不复杂，但一到诗人手里，却异彩纷呈，各抒己见，从思想内容到艺术巧妙，都各有特色。从写作角度来看，从中正可体会出怎样打开思路，对同一题材从不同角度落笔，作出创见。

编者注 看完本书，你是否发现上篇《语林散叶》与下篇《写作的故事》有多篇同题文章？如果说《语林散叶》的短文是语法修辞的知识科普，那么《写作的故事》的长文便是写作知识的小论文，分析更全面更透彻，对比阅读，有助于提高写作能力和鉴赏分析能力。

因为本文集系学生对恩师遗作的纪念性出版，故两稿皆印，未作归并。不妥之处，万望大家海涵。

林世堂文集

L I N S H I T A N G W E N J I

③ 诗评选笺　诗话选笺

林世堂◎著

中国出版集团　现代出版社

图书在版编目（CIP）数据

林世堂文集 / 林世堂著. -- 北京 : 现代出版社，2017.7

ISBN 978-7-5143-6358-6

Ⅰ．①林… Ⅱ．①林… Ⅲ．①中国文学－当代文学－作品综合集 Ⅳ．①I217.2

中国版本图书馆CIP 数据核字(2017) 第197559 号

林世堂文集

作　　者　林世堂
责任编辑　李　鹏
出版发行　现代出版社
地　　址　北京市安定门外安华里504号
邮政编码　100011
电　　话　010-64267325　010-64245264（兼传真）
网　　址　www.1980xd.com
电子邮箱　xiandai@vip.sina.com
印　　刷　成都新千年印制有限公司
开　　本　787mm×1092mm 1/16
印　　张　52
字　　数　766千
版　　次　2017年7月第1版　2020年1月第2次印刷
书　　号　ISBN 978-7-5143-6358-6
定　　价　120.00元（全三册）

目录
CONTENTS

上篇　诗评选笺

下篇　诗话选笺

上篇

詩評选箋

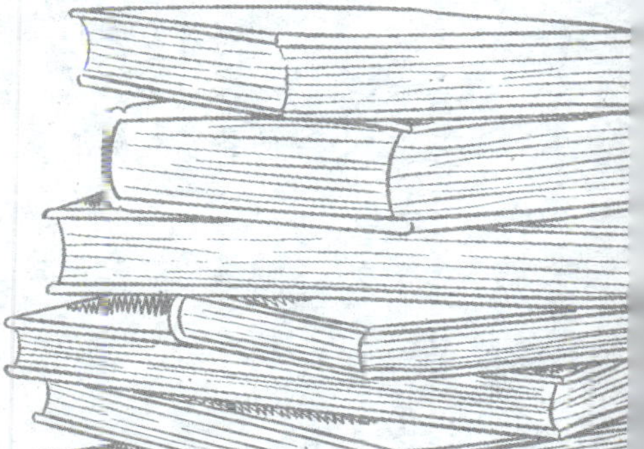

内容提要

本篇系作者为解决阅读我国历代诗评存在披阅费时、检索困难而作的一种整理民族文化典籍的新尝试，即披沙拣金，将散见于数以百计的古籍中古代诗论家对创作和欣赏古典诗歌的各种零星诗评进行收集，精心捃摭，以名诗名句为主线，加以排比分类，并注重将讨论同题的各家见解汇集，进行条分缕析，见地独到。

序

我国古典诗歌中，流传着许多精彩动人的名著。历代诗话、笔记等著作中，时时可以见到评论这些诗篇的文字。有的各抒所见，记下读者的体会；有的反复辩难，讨论其中的疑义。这些记述，既保存了古代诗论家对创作和欣赏古典诗歌的见解，也给后人以启发，可帮助我们做进一步的探索。但这些文字，散见在数以百计的古籍中，披阅费时，检索困难，学者不免望洋兴叹。

这个部分，主要就是做一番披沙拣金的工作，把散见于各处的零星的文字收集起来，加以排比分类。必要时做些融会贯通的阐释，但仍以评论中所涉及的为限，并不对全诗做面面俱到的评论。

林世堂

序于新昌寄寓

孔雀东南飞

《孔雀东南飞》质而不俚，乱而能整，叙事如画，叙情若诉——长篇之圣也。

明·王世贞《艺苑卮言》

《孔雀东南飞》这一长篇叙事诗和前面的小序最早见于南朝陈国徐陵（507—583）编的《玉台新咏》，原题《焦仲卿妻》，有的本子题为《古诗为焦仲卿妻作》，通行本则直接以首句为题。也有题为《庐江小吏妻》的。全诗共一千七百六十五字，为乐府民歌中第一长诗。诗中叙写汉末庐江郡的一起家庭悲剧：焦仲卿的妻子刘兰芝不为焦母所喜，被逼回娘家。兰芝之兄强迫她嫁给太守的儿子，她不屈投水自杀，仲卿闻之，也上吊而死。

王世贞用四句话对这首长诗做了概括的评价："质而不俚"，指风格的朴实，按照情节发展逐步叙述，没有过分的渲染，也没有写得庸俗化。"乱而能整"，指结构的条理清楚，对众多的人物和事件能处理得井然有序。"叙事如画"，指对故事不是呆板的直叙，而能在读者眼前呈现出一幅幅画面。"叙情若诉"，指写人物的内心世界真实动人，如泣如诉，能扣动读者的心弦。

清代沈德潜《说诗晬语》说这首长诗"杂述十数人口中语，而各肖其声口性情，真化工笔也"。语言是直接揭示人物性格特征和思想感情的手段；叙事作品中，好的语言都能做到如闻其声、如见其人，即具有个性化。这首长诗中的语言正具有这样的特点。焦仲卿和刘兰芝在爱情上同是受逼迫的，但由于两人性格不同，语言也就各异。刘兰芝个性坚强，看出同恶婆婆已没有相处的可能，便决定回到娘家去。焦仲卿则比较软弱，对阿母抱有幻想，希望能缓和矛盾，维持和平的生活。这些在诗中并无一字直接道出，而是通过人物的语言来表现。开头十八句兰芝对仲卿的诉说，摆出了矛盾之后，“妾不堪驱使，徒留无所施。便可白公姥，及时相遣归”四句，就鲜明地写出了兰芝清醒的头脑和坚强的个性。接下去三十二句写仲卿与其母的问答，仲卿说的“结发同枕席，黄泉共为友”，既写出他忠于爱情，也写出他劝母的一片苦心。而“今若遣此妇，终老不复取”两句，把一个懦弱者的痴心，更是写得如闻如见。“小子无所畏，何敢助妇语；吾已失恩义，会不相从许”四句，配合“槌床便大怒”的动作，把一个专横的老妇写得跃然纸上。作品也没有把人物的个性简单化。兰芝临行时对小姑说的“勤心养公姥，好自相扶将；初七及下九，嬉戏莫相忘”四句，展示了她个性的另一面：存心忠厚又有丰富的感情。前后合起来看，可以对兰芝的个性了解得更全面。

人物个性化的语言，如果和人物个性化的动作配合起来，效果就会更好。如上面提到的阿母“槌床便大怒”这一动作，一和语言配合，泼辣的个性就更呼之欲出了。焦仲卿和刘兰芝这对苦命鸳鸯，最后都是以一死来表示对爱情的专一，但行动各不相同。兰芝是“揽裙脱丝履，举身赴清池”，态度何等坚决！仲卿是“徘徊庭树下，自挂东南枝”，于决绝之中又带犹豫。两者相得益彰，形成这篇长诗的一个显著特色。

清代贺贻孙《诗筏》中下面这段话，指出了这首长诗另一方面的特色：

> 叙事长篇动人啼笑处，全在点缀生活……《焦仲卿》篇，形容阿母之虐，阿兄之横，亲母之依违，太守之强暴，丞吏、主簿、一班媒人张皇趋附，无不绝倒，所以入情。若只写府吏、兰芝两人痴态，虽刻画逼肖，决不能引人涕泗纵横至此也。

主要人物当然应该写好，但只写二三个主要人物，没有其他人物做陪衬，作品就缺乏生活气息。阿母、亲母、阿兄、太守等，虽然没有像仲卿、兰芝那么重要，但有了他们，才能展开生活画面，也才能更深入地把主要人物写好。试想如果没有阿母和阿兄，兰芝的性格特征就不能写得如此鲜明。阿母和阿兄，都是兰芝的对立面，他们对兰芝都采取粗暴的压迫态度，但却又有所不同。在阿母眼中，“此妇无礼节，举动自专由”，她凭仗封建家长的权利，要求兰芝像奴隶般绝对服从。而在阿兄看来，“先嫁得府吏，后嫁得郎君，否泰如天地，足以荣汝身”。表面好像是为阿妹着想，实际上则是借与太守联姻，来抬高家族的地位。他的世俗眼光，自与阿母不同。从与阿母矛盾中，我们看到兰芝性格坚强不屈的一面。从与阿兄的矛盾中，我们看到兰芝忠于爱情、蔑视权势的一面。通过两个次要人物的言行，把兰芝的形象塑造得更全面、更完整。而作品自然也充满了生活气息，让读者体会到现实社会的世态。

长诗也不乏细节描写处，明代谢榛《四溟诗话》注意到这些描写的作用。他说：“《孔雀东南飞》一句兴起，余皆赋也。其古朴无文，使不用妆奁服饰等物，但直叙到底，殊非乐府本色。”接下去他在诗中选了三个例子，归纳说：“此皆似不紧要，有则方见古人作手，所谓没紧要处便是紧要处也。”他从这些地方见出古人作手，但在全诗中起什么作用，却没有进一步说明。好的细节，不会游离于作品之外的；要认识细节的价值，还得联系整个作品来看。如“妾有绣腰襦”以下八句，这是兰芝大归前晚，向仲卿倾诉心情时所说。列举妆奁各物，看似琐碎，其实正是借此写出兰芝当时的复杂心态：旧物还是鲜明夺目，而人事反复已不堪问，抚今思昔，能不慨然！想象兰芝在检点这些奁物时，内心千回百转。性格坚强，并不等于无情，有此几句，才把兰芝被迫大归的刻骨惨痛心情具体表现出来。又如“鸡鸣外欲曙”以下十二句，写兰芝大归那天早晨的装束外貌，如果光从字面上看，像新嫁娘那样品头评足，似乎也看不出有什么必要。其实言在此而意在彼，是借外表美写兰芝的心灵美。“鸡鸣入机织，夜夜不得息”，“女行无偏斜，何意致不厚”，“兰芝惭阿母，儿实无罪过”等句，写兰芝的勤劳善良，都是比较抽象的。有此一段，借外貌以现内心，才把兰芝的美好形象典型化、具体化了。再如“交语速装束”以下十二句，写太守家聘礼的丰厚，极尽铺张。这也正是反衬兰芝对此无所动心，富贵不能淫的高贵品质。所谓“没紧要处便是紧要处”，即指此等意在言外之笔。

《孔雀东南飞》长篇巨制，对后世必然会起到种种影响。清代沈德潜《说诗晬语》就以之与唐人作品相比较，作出如下的评论：

……中别小姑一段悲怆之中，自足温厚。唐人《弃妇篇》直用其语云：“忆我初来时，小姑始扶床；今别小姑去，小姑如我长。”下节去“殷勤养公姥，好自相扶将”；而忽转二语云：“回头语小姑，莫嫁如兄夫。”

轻薄之言，了无余味。此汉唐诗品之分。

作《弃妇篇》的唐人，指顾况。沈德潜认为顾况的作品“轻薄”“无余味”，因为太剑拔弩张，违反了温柔敦厚的诗教。诗要写得含蓄，但也要有个性。刘兰芝是一个写得成功的典型，但不能因此排斥她的个性。用“温柔敦厚”作为一个框子，以此来衡量诗歌的好坏，这是有很大的片面性的。

贺贻孙《诗筏》则是着眼于艺术技巧，来和其他作品相比较：

长庆长篇，如白乐天《长恨歌》《琵琶行》，元微之《连昌宫词》诸作，才调风致，自是才人之冠。其描写情事，如泣如诉，从《焦仲卿》篇得来。所不及《焦仲卿》篇者，政在描写有意耳。拟之于文，则龙门之有褚先生也。盖龙门与《焦仲卿》篇之胜，在人略处求详，详处复略，而此则段段求详耳。

《长恨歌》等不及《孔雀东南飞》之处，贺贻孙认为在于“段段求详”，即没有做好剪裁功夫。清代施补华《岘佣说诗》曾说《琵琶行》中“我从去年……”一段写得太烦冗，“如老妪向人谈旧事，叨叨絮絮，厌渎而不肯休也”，就是这个意思。而《孔雀东南飞》中三处细节描写，可以看作是略处求详的例子。兰芝回到娘家后，告诉亲母“儿实无罪过”，接下去母女之间应有一番凄怆悲痛的情景，而诗中只用“阿母大悲摧”一语带过；兰芝与仲卿以身殉情，这是故事的高潮，而诗中只分别用两句带过。这些地方又可看作详处复略的例子。“文似看山不喜平”（清·袁枚《李觉出身传评语》），有详有略，才能显出感情的变化，情节的起伏。

多数评论家都肯定《孔雀东南飞》有其独到之处，清代毛先舒《诗辩坻》赞为“汉人奇作”，也即认为是难得的佳构。但明代陆时雍却对此诗大加贬斥。他在《诗镜总论》中说：“《焦仲卿》诗中有数病：大略繁絮，不能举要，病一；粗丑不能出词，病二；颓顿不能整格，病三。”他举出三点疵病，却没有用实例来说明。接下去用“尤可举者，情词之讹谬也”一提。结合诗中的具体描写，一一指出其不足之处。如说“非为织作迟，君家妇难为”“妾不堪驱使，徒留无所施”等语，出于媳妇之口是不适宜的。这正可说明，焦母不是个别的人物，她是封建礼教的化身。千载而后，还是有站在封建主义立场上的人代她说话。如说“兰芝仰头答：理实如兄言。处分适兄意，那得自任专”等句，“意当时情事，断不如是。诗之不能宛述备陈亦明矣”。读诗是可以“以意逆志”的，但凭自己的主观随意性，来推翻原作的艺术构思，这就不是正确的文艺批评态度了。“略处能详，详处复略”，正是这首长诗写得成功之处；要求处处“宛述备陈”，这不是和开头提出的“繁絮不能举要”自相矛盾吗？如说“左手持刀尺，右手执绫罗，朝成绣夹裙，晚成单罗衫”数句，“其亦何情作此也？”按照评者的设想，应该是“或密语以寄情，或留物以示意。不则慷慨激烈，指肤发以自将；不则纡郁悲思，遗饮食于不事”。只有自己设想种种才是好的，却没有考虑作者为什么要这样写。不知具有坚强个性的兰芝，在下定决心一死之前，也不会向人示弱的；并且，她看似镇静的动作，也正是为了迷惑旁人对她的防范。怀疑“何情作此”，正是因为没有全面地认识人物的个性。如说“……未至二三里，摧藏马悲哀；新妇识马声，蹑履相逢迎”等句，“当是时，妇何意而出门？夫何缘而偶值？诗之未能当情又明矣。”像这些交代清楚的叙述，还要作吹毛求疵的指摘，这无关对作品的评价，而是评者的水平问题了。最后，如说“其后府吏与母永诀，回身入房，此时不知几为徘徊，几为惋愤，而诗之情色，甚是草草。此其不能从容据写又甚矣”。这又是要求处处详写，和前面提出的“繁絮不能举要”自相矛盾了。总之，陆时雍指出的各点不足之处，对照其他评论来看，则正好是此诗的特色、优点。

【附】

孔雀东南飞（汉乐府）

序曰：汉末建安中，庐江府小吏焦仲卿妻刘氏，为仲卿母所遣，自誓不嫁。其家逼之，乃投水而死。仲卿闻之，亦自缢于庭树。时人伤之，为诗云尔。

孔雀东南飞，五里一徘徊。“十三能织素，十四学裁衣，十五弹箜篌，十六诵诗书。十七为君妇，心中常苦悲。君既为府吏，守节情不移。贱妾留空房，相见常日稀。鸡鸣入机织，夜夜不得息。三日断五匹，大人故嫌迟。非为织作迟，君家妇难为！妾不堪驱使，徒留无所施。便可白公姥，及时相遣归。”

府吏得闻之，堂上启阿母：“儿已薄禄相，幸复得此妇。结发同枕席，黄泉共为友。共事二三年，始尔未为久。女行无偏斜，何意致不厚？”

阿母谓府吏：“何乃太区区！此妇无礼节，举动自专由。吾意久怀忿，汝岂得自由！东家有贤女，自名秦罗敷。可怜体无比，阿母为汝求。便可速遣之，遣去慎莫留！”

府吏长跪告：“伏惟启阿母：今若遣此妇，终老不复取！”阿母得闻之，槌床便大怒：“小子无所畏，何敢助妇语！吾已失恩义，会不相从许！”

府吏默无声，再拜还入户。举言谓新妇，哽咽不能语：“我自不驱卿，逼迫有阿母。卿但暂还家，吾今且报府。不久当归还，还必相迎取。以此下心意，慎勿违吾语。”

新妇谓府吏：“勿复重纷纭。往昔初阳岁，谢家来贵门。奉事循公姥，进止敢自专？昼夜勤作息，伶俜萦苦辛。谓言无罪过，供养卒大恩；仍更被驱遣，何言复来还！妾有绣腰襦，葳蕤自生光；红罗复斗帐，四角垂香囊；箱帘六七十，绿碧青丝绳，物物各自异，种种在其中。人贱物亦鄙，不足迎后人，留待作遗施，于今无会因。时时为安慰，久久莫相忘！”

鸡鸣外欲曙，新妇起严妆。著我绣夹裙，事事四五通。足下蹑丝履，头上玳瑁光。腰若流纨素，耳著明月珰。指如削葱根，口如含朱丹。纤纤作细步，精妙世无双。

上堂拜阿母，阿母怒不止。“昔作女儿时，生小出野里。本自无教训，兼愧贵家子。受母钱帛多，不堪母驱使。今日还家去，念母劳家里。”却与小姑别，泪落连珠子：“新妇初来时，小姑始扶床；今日被驱遣，小姑如我长。勤心养公姥，好自相扶将。初七及下九，嬉戏莫相忘。”出门登车去，涕落百余行。

府吏马在前，新妇车在后。隐隐何甸甸，俱会大道口。下马入车中，低头共耳语：“誓不相隔卿，且暂还家去；吾今且赴府，不久当还归。誓天不相负！”

新妇谓府吏：“感君区区怀！君既若见录，不久望君来。君当作磐石，妾当作蒲苇，蒲苇纫如丝，磐石无转移。我有亲父兄，性行暴如雷，恐不任我意，逆以煎我怀。”举手长劳劳，二情同依依。

入门上家堂，进退无颜仪。阿母大拊掌，不图子自归：“十三教汝织，十四能裁衣，十五弹箜篌，十六知礼仪，十七遣汝嫁，谓言无誓违。

汝今何罪过，不迎而自归？”兰芝惭阿母：“儿实无罪过。”阿母大悲摧。

还家十余日，县令遣媒来。云有第三郎，窈窕世无双。年始十八九，便言多令才。

阿母谓阿女：“汝可去应之。”

阿女含泪答：“兰芝初还时，府吏见丁宁，结誓不别离。今日违情义，恐此事非奇。自可断来信，徐徐更谓之。”

阿母白媒人：“贫贱有此女，始适还家门。不堪吏人妇，岂合令郎君？幸可广问讯，不得便相许。”

媒人去数日，寻遣丞请还，说有兰家女，丞籍有宦官。云有第五郎，娇逸未有婚。遣丞为媒人，主簿通语言。直说太守家，有此令郎君，既欲结大义，故遣来贵门。

阿母谢媒人：“女子先有誓，老姥岂敢言！”

阿兄得闻之，怅然心中烦。举言谓阿妹：“作计何不量！先嫁得府吏，后嫁得郎君，否泰如天地，足以荣汝身。不嫁义郎体，其往欲何云？”

兰芝仰头答：“理实如兄言。谢家事夫婿，中道还兄门，处分适兄意，那得自任专？虽与府吏要，渠会永无缘。登即相许和，便可作婚姻。”媒人下床去，诺诺复尔尔。还部白府君：“下官奉使命，言谈大有缘。”府君得闻之，心中大欢喜。视历复开书，便利此月内，六合正相应。良吉三十日，今已二十七，卿可去成婚。交语速装束，络绎如浮云。青雀白鹄舫，四角龙子幡。婀娜随风转，金车玉作轮。踯躅青骢马，流苏金镂鞍。赍钱三百万，皆用青丝穿。杂彩三百匹，交广市鲑珍。从人四五百，郁郁登郡门。

阿母谓阿女：“适得府君书，明日来迎汝。何不作衣裳？莫令事不举！”阿女默无声，手巾掩口啼，泪落便如泻。移我琉璃榻，出置前窗下。左手持刀尺，右手执绫罗。朝成绣夹裙，晚成单罗衫。晻晻日欲暝，愁思出门啼。府吏闻此变，因求假暂归。未至二三里，摧藏马悲哀。新妇识马声，蹑履相逢迎，怅然遥相望，知是故人来。举手拍马鞍，嗟叹使心伤：“自君别我后，人事不可量。果不如先愿，又非君所详。我有亲父母，逼迫兼弟兄。以我应他人，君还何所望！”府吏谓新妇：“贺卿得高迁！磐石方且厚，可以卒千年；蒲苇一时纫，便作旦夕间。卿当日胜贵，吾独向黄泉。”新妇谓府吏：“何意出此言！同是被逼迫，君尔妾亦然。黄泉下相见，勿违今日言！”执手分道去，各各还家门。生人作死别，恨恨那可论！念与世间辞，千万不复全。

府吏还家去，上堂拜阿母：“今日大风寒，寒风摧树木，严霜结庭兰。儿今日冥冥，令母在后单。故作不良计，勿复怨鬼神！命如南山石，四体康且直！”阿母得闻之，零泪应声落：“汝是大家子，仕宦于台阁。慎勿为妇死，贵贱情何薄？东家有贤女，窈窕艳城郭。阿母为汝求，便复在旦夕。”府吏再拜还，长叹空房中，作计乃尔立。转头向户里，渐见愁煎迫。

其日牛马嘶，新妇入青庐。奄奄黄昏后，寂寂人定初。“我命绝今日，魂去尸长留！”揽裙脱丝履，举身赴清池。府吏闻此事，心知长别离。徘徊庭树下，自挂东南枝。

两家求合葬，合葬华山傍。东西植松柏，左右种梧桐。枝枝相覆盖，叶叶相交通。中有双飞鸟，自名为鸳鸯。仰头相向鸣，夜夜达五更。行人驻足听，寡妇起彷徨。多谢后世人，戒之慎勿忘！

木兰诗

《木兰词》云："问女何所思，问女何所忆。女亦无所思，女亦无所忆。""东市买骏马，西市买鞍鞯，南市买辔头，北市买长鞭。"此乃信口道出，似不经意者，其古朴自然，繁而不乱。若一言了问答，一市买鞍马，则简而无味，殆非乐府家数。"万里赴戎机，关山度若飞。朔气传金柝，寒光照铁衣。将军百战死，壮士十年归。"绝似太白五言近体，但少结句耳。能于古调中突出几句律调，自不减文姬笔力。"雄兔脚扑朔，雌兔眼迷离；双兔傍地走，安能辨我是雄雌？"此结最着题，又出奇语。若缺此四句，使六朝诸公补之，未必能道此。

明·谢榛《四溟诗话》

上面这段话，没有对木兰诗作全面的评价，而是选出四处写得好的地方，谈他自己的体会。我们还可根据这些体会，多问几个"为什么"，作进一步的探索。开头四句，如果压缩成"问女何所思，女亦无所思"两句，意思也已经明白，现在同义反复，扩展成四句，这有什么必要呢？只用两句，不过写出有这么一回事，却表现不出阿爷对女儿的关切，和木兰反复思考的复杂情绪。扩展成四句，就把人物的内心世界写活了。女儿代父从军，这是旷古未有的奇事，木兰要作出这样的决定，心情不会是很简单的，诗句没有"一言了问答"正是吻合特定情况下人物的特定心情。

"东市买骏马"四句，看起来是违反事实的。市场交易，总是把互相关联的事物放在一起进行买卖的，绝不可能出现四处奔波的情形。诗人有意把事实的真实改变一下，是为了用艺术夸张来表现人物兴奋愉快的心情。木兰关心年老的父亲，迫切希望代父从军。一旦愿望得以实现，高兴劲儿是可想而知的。这四句好就好在结合人物的行动，把内心的激动情绪淋漓尽致地表现出来。这种效果，绝不是"一市买鞍马"所能获得的。

“万里赴戎机”六句，有人看出与全诗格调不一致，宋代严羽《沧浪诗话》说：“《木兰歌》最古，然‘朔气传金柝，寒光照铁衣’之类已似太白，必非汉魏人诗也。”清代潘德舆《养一斋诗话》也认为这几句“声律对偶无不谐，此必距唐人甚近，北周、隋人之作也”。民歌非成于一人之手，经过不断加工补充，出现像近体诗那样“声律对偶无不谐”的句子，也是不可避免的。不过这几句从全诗的情节结构上来看，还是必要的，最大的可能是经过后人润色修饰，虽然不是天衣无缝，却也衔接得很自然。木兰代父从军，而真正写战争的仅“将军百战死，壮士十年归”两句，尤非意料所及。

结尾四句，谢氏评为“最着题”，妙处就在于用了一个恰切的比喻，和终场的欢乐气氛十分融洽。这一比喻是“奇语”，奇就奇在分开来看，“扑朔”“迷离”是不同的，但这两句又是互文，意即雄兔雌兔脚扑朔、眼迷离，这样看来又是相同的了。正是把相同与不同交织在一起，这一比喻就和整个故事水乳交融，令人拍案叫绝。这一凝结着智慧的创造，以六朝诸公为代表的文人学士，确是想不到的。

除上面几处之外，诗中不乏精彩的片段。清代贺贻孙《诗筏》说：“《木兰诗》有阿姊理妆、小弟磨刀一段，便不寂寞。而‘出门见伙伴’，又是绝妙团圆剧本也。”诗的开头，只有阿爷与木兰父女俩的对话，现在随着情节的展开，高潮的到来，爷娘、阿姊、小弟一齐出场，而各自的动作，又切合其身份，围绕着欢迎木兰归来一个中心，这样就能做到如线贯珠，乱而能整。诗的结尾，是个大团圆的场面。情节发展至此，该写的都写了，似已成强弩之末，诗中却出人意料地安排木兰精心打扮会见伙伴的场面，把炽热的气氛进一步推向高潮，言已尽而意无穷，既是意料之外，又在情理之中。文章天成，妙手偶得，不然，煞费苦心也是写不出来的。

民间文学是诗人创作的源泉，《木兰诗》同样对后世诗人产生重大影响。宋代唐庚、强行父《唐子西文录》记“杜子美祖《木兰诗》”，宋代曾季狸《艇斋诗话》更举出具体例子：“老杜《还成都草堂诗》云‘城郭喜我来’‘大官喜我来’等语，本古乐府《木兰诗》‘爷娘闻我归’‘阿姊闻我归’之语，老杜用此体。”其实只是指出字句上的模拟是远远不够的。从《哀江头》《兵车行》等细节描写的真实和环境气氛的渲染等来看，更可体会到大诗人怎样善于向民间文学吸取营养。

后来诗人在作品中提到木兰，也可说明他们对《木兰诗》的熟悉和喜爱。如唐代白居易《戏题木兰花》诗：“怪得独饶脂粉态，木兰曾作女郎来。”唐代杜牧有《题木兰庙》诗：“弯弓征战作男儿，梦里曾经与画眉。几度思归还把酒，拂云堆上祝明妃。”宋代魏泰《临汉隐居诗话》称此诗“殊有美思”。至唐人韦元甫所作的《木兰歌》，是同一故事的另一种写法，正可比较民歌与文人作品的不同风格。

宋代蔡絛之《碧湖杂记》说：“古乐府《木兰诗》，乃女子代父征战，十年而归，不受封爵。女子作男儿，其事甚怪。”宋代程大昌《繁演露》也有同样记载，不过补充说明：“或者疑为寓言。”蔡氏则把文学作品中的人物直接作为历史人物来看待了。清代潘德舆《养一斋诗话》引尤侗（号西堂）说，谓“木兰，魏氏，谯人，代父从军，凯旋不受爵。炀帝知之，欲纳入宫，遂自尽，赠孝烈将军”。按《木兰诗》最早著录于南朝陈僧智匠所撰《古今乐录》，说是隋时人，言之凿凿，其实这是较之看作一般历史人物更为荒唐。

以上各种记载把木兰看作历史人物，多是没有根据的臆说。而清代姚莹《康輶纪行》中，却用大量文字，对木兰其人其事，做了详细的考证。他先做这样的肯定：“木兰盖古代武威，今凉州人也。其从军事，在孝文帝太和二十年后，宣武帝景明、正始年间。”他先根据诗中“脱我战时袍，著我旧时裳”及“归来见天子，天子坐明堂”几句，说明“以羌胡女子而为裳衣，显然变服从中国”。“孝文帝太和十六年，始作明堂；十八年，始禁胡服。以此二事证之。故知木兰为孝文帝作明堂、禁胡服以后人也”。他这样立论，基础是前人所说，木兰是北魏人。又根据“黄河流水鸣溅溅”“燕山胡骑鸣啾啾”各句，说明“详此诗意，是木兰之家，去黄河仅一日，而所宿之黄河边，去黑水亦仅一日，黑水距其家，不过二日。非武威而何？”再就战事来说，“木兰从军，十年乃归，且有‘将军百战死’之语。度其从军之久，情节多与史合，故知为太和、正始年间屡次用兵西域时事也。”最后，他得出这样的结论：“盖北魏之世，西北塞外，岁常用兵，未有如木兰从军之久者。以非大将，故史略之。非无名氏一辞，则奇女子竟湮没矣。孰谓文章不足多乎？”对一首民歌作如此精密周详的考证，把研究历史的钩沉方法用之于诗歌，这只能看作是考据家的一种癖好。

【附】

《木兰诗》选自宋朝郭茂倩编的《乐府诗集》。对它产生的时代，众说纷纭。多数研究者认为它是北朝民歌，可能经过唐代文人的修改润饰，但仍保留着特有的民歌风味。

木兰诗（北朝民歌）

唧唧复唧唧，木兰当户织；不闻机杼声，惟闻女叹息。问女何所思，问女何所忆。女亦无所思，女亦无所忆。昨夜见军帖，可汗大点兵；军书十二卷，卷卷有爷名。阿爷无大儿，木兰无长兄；愿为市鞍马，从此替爷征。

东市买骏马，西市买鞍鞯，南市买辔头，北市买长鞭。旦辞爷娘去，暮宿黄河边，不闻爷娘唤女声，但闻黄河流水鸣溅溅。旦辞黄河去，暮至黑水头，不闻爷娘唤女声，但闻燕山胡骑鸣啾啾。

万里赴戎机，关山度若飞。朔气传金柝，寒光照铁衣。将军百战死，壮士十年归。

归来见天子，天子坐明堂。策勋十二转，赏赐百千强。可汗问所欲，木兰不用尚书郎，愿驰明驼千里足，送儿还故乡。

爷娘闻女来，出郭相扶将；阿姊闻妹来，当户理红妆；小弟闻姊来，磨刀霍霍向猪羊。开我东阁门，坐我西阁床，脱我战时袍，著我旧时裳。当窗理云鬓，对镜贴花黄。出门看火伴，火伴皆惊忙：同行十二年，不知木兰是女郎。

雄兔脚扑朔，雌兔眼迷离，双兔傍地走，安能辨我是雄雌？

木兰歌（唐·韦元甫）

木兰抱杼嗟，借问复为谁。欲闻所戚戚，感激强其颜。
老父隶兵籍，气力日衰耗。岂足万里行，有子复尚少。
胡沙没马足，朔风裂人肤。老父旧羸病，何以强自扶。
木兰代父去，秣马备戎行。易却纨绮裳，洗却铅粉妆。
驰马赴军幕，慷慨携干将。朝屯雪山下，暮宿青海傍。
夜袭燕支虏，更携于阗羌。将军得胜归，士卒还故乡。
父母见木兰，喜极成悲伤。
木兰能承父母颜，却卸巾鞲理丝簧。

昔为烈士雄，今为娇子容。
亲戚持酒贺父母，始知生女与男同。
门前旧军都，十年共崎岖。本结弟兄交，死战誓不渝。
今者见木兰，言声虽是颜貌殊。
惊愕不敢前，叹息徒嘻吁。世有臣子心，能如木兰节。
忠孝两不渝，千古之名焉可灭？

大风歌

十二年冬，上破布军于会缶。布走，令别将追之。

上还，过沛，留。置酒沛宫，悉召故人父老子弟佐酒。发沛中儿得百二十人，教之歌。酒酣，上击筑，自歌曰："大风起兮云飞扬，威加海内兮归故乡，安得猛士兮守四方！"令儿皆和习之。

东汉·班固《汉书·高帝纪》

唐代李善《文选注》对这首歌作如下的解释："风起云飞，喻群雄竞逐，天下乱也。威加海内，言已靖乱而天下已定也；夫安不忘危，故思猛士以镇之。"三句话，按照时间先后，写出了反抗暴秦、平定群雄、期望安邦的过程。这是一个开国帝王斗争生活的实录，同时也袒露了他阔大的胸襟。清代袁枚《随园诗话》说："诗难其真也，有性情而后真；否则敷衍成文矣。"刘邦早在做泗上亭长时，"尝徭咸阳，纵观秦皇帝，喟然太息曰：'嗟乎！大丈夫当如此矣。'"他可爱之处，就在于坦率、真切。他要做皇帝，要统治天下，就毫不掩饰地说出来。近代王国维《人间词话》说《古诗十九首》中"'昔为倡家女，今为荡子妇。荡子行不归，空床难独守'，'何不策高足，先据要路津？无为守贫贱，轗轲常苦辛'等，可谓淫鄙之尤。然无视为淫词、鄙词者，以其真也"。对刘邦的《大风歌》，也正可如此看待。

宋以来对《大风歌》都给以好评，如宋代葛立方《韵语阳秋》说它"志气慷慨，规模宏远，凛凛乎已有四百年基业之气"；宋代陈岩肖《庚溪诗话》赞为"不事华藻，而气概远大"；明代王世贞《艺苑卮言》也说"气笼宇宙，张千古帝王赤帜"。这些赞语，已不仅仅是对一首歌词的倾倒，隐然含有对英雄人物崇拜之意。秦的暴政，使后世也谈虎色变。于是对于结束暴政统治的英雄，也就借其自己作品予以讴歌。

但另一方面，也有人看出，这首歌固然是慷慨激昂，不过和开国君王的作风比较起来，还不能说是很完美的。宋代黄彻《䂬溪诗话》对此做了剖析：

"……时帝有天下已十三年。当思耆艾贤德，与共维持，独专意猛士，何也？岂马上三尺，谩骂余态，未尽革哉？治道终以杂霸，盖有由。然其前年下诏曰：'贤士大夫，吾自尊显之。'是年下诏曰：'与天下之贤士大夫，同安辑之。'窃谓播告之词，乃秉笔代言；非若耳热之歌，乃中心所欲也。"

黄彻提出的，其实是一个现实问题。经过南征北战登上皇帝宝座的刘邦，是深深懂得武力的重要的：过去没有武力，他不能成为九五之尊；将来没有武力，他的子孙就不能维持统治。还是王世贞说得中肯："安不忘危，其霸心之存乎？"清代沈德潜则从另一个角度提出自己的看法："时帝春秋高，韩、彭已诛，而孝惠仁弱，人心未定，思猛士其有悔心乎？"谢榛《四溟诗话》则认为刘邦一方面高唱"安得猛士兮守四方"，一方面却杀戮功臣，这是"行不顾言"。其实刘邦既不会悔，也管不了行不顾言。他的确需要猛士来为他守四方，不过他需要的猛士是猎人手下的走狗，而不是和他平起并坐的分权者，更不会是觊觎他的帝位，准备取而代之的野心家。

一首好诗，内容和形式总是和谐地统一着的。在倾倒于气势的同时，也不能忽略其艺术成就。明代李东阳《麓堂诗话》认为《大风歌》只三句，却"感激悲壮，语短而意益长"，"后世穷技极力，愈多而愈不及"。他还用自己的一首题竹诗《墨竹》，来作形象的说明：

莫将画竹论难易，刚道繁难简更难。
君看萧萧只数叶，满堂风雨不胜寒。

简短意味着集中，刚其枝叶，存其主干，就更是得有力；读者的注意力不会被次要的东西所分散，中心自然会更见突出。唐代刘禹锡说："片言可以明百意，坐驰可以役万里，唯工于诗者能之。"（《董氏武陵集记》）也就是这个意思。

清代费锡璜《汉诗总说》指出《大风歌》对后世诗人的影响："前辈称曹子建、谢朓、李白工于发端，然皆出于汉人。""'大风起兮云飞扬'是岂六朝、唐人所及？太白辈将此等诗千回百折读之，然后工于发端耳。”万事开头难，写诗作文，一般认为发端是难点所在。因为难，好的开端，如南朝齐国谢朓的“大江流日夜，客心悲未央”历来就受到赞赏（《暂使下都夜发新林至京邑赠西府同僚》）。费锡璜特别指出《大风歌》开头一句气势磅礴，对后来的诗产生很大的影响。清代贺贻孙《诗筏》说：“发语难得有力，有力故能挽起一篇之势；结语难得有情，有情故能锁住一篇之意。能挽起一篇，故一篇之情亦动；能锁住一篇，故一篇之势亦完，两相资也……但结语犹易得，若发语有力，则虽唐人名家，亦人不数篇而已，故发语尤难。”发端是诗歌创作的一部，它也来自生活。长期群雄角逐的生活，是刘邦创作《大风歌》的基础，开头一句，好就好在十分形象，又十分概况地总结了这种生活。

继刘邦之后，汉武帝刘彻也作有歌辞。据《汉武帝故事》载：

上行幸河东，祠后土。顾视帝京，欣然中流，与群臣饮燕。上欢甚，乃自作《秋风辞》曰：

秋风起兮白云飞，草木黄落兮雁南归。
兰有秀兮菊有芳，携佳人兮不能忘。
泛楼船兮济汾河，横中流兮扬素波。
箫鼓鸣兮发棹歌，欢乐极兮哀情多。
——少壮几时兮奈老何！

两代帝王，诗的风格有很大不同。明代谢榛《四溟诗话》做了如下的评论：

汉武帝“秋风起兮白云飞”，出自“大风起兮云飞扬”；“兰有秀兮菊有芳，怀佳人兮不能忘”，出自“沅有芷兮澧有兰，思公子兮未敢言”。汉武读书，故有沿袭；汉高不读书，多出己意。

谢榛的话说得很中肯，刘邦戎马倥偬，不会想到读书，他“情动于中而形于言，言之不足故嗟叹之，嗟叹之不足故永歌之，永歌之不足，不知手之舞之，足之蹈之”（《毛诗序》）。在高帝纪中还有“上乃起舞，忼慨伤怀”和“游子悲故乡”数语。这一切都说明《大风歌》是直抒胸臆之作，没有在文字上作什么修饰。而刘彻却不同，他主政之暇，自有机会浏览古代典籍，一旦兴到作诗，前代诗人的现成句子，自会奔来眼底，要想摆脱也不可能。而最重要的还在于生活有很大的不同：横戈跃马的斗争结束了，代之以宫廷宴饮。于是乐极生悲，慨叹青春难驻，生命有限，为个人想得多，也是很自然的事了。孟子说的“居移气，养移体”，环境影响生活，从而影响意识，人们很难逃脱这一规律的。

【附】

歌风台（唐·林宽）

蒿棘空存百尺基，酒酣曾唱大风词。
莫言马上得天下，自古英雄尽解诗。

过歌风台（元·张昱）

世间快意宁有此，亭长还乡作天子。
沛宫不乐复何为？诸母父兄知旧事。
酒酣起舞和儿歌，眼中尽是汉山河。
韩彭受诛黥布戮，且喜壮士今无多。
纵酒极欢留十日，感慨伤怀涕沾臆。
万乘旌旗不自尊，魂魄犹为故乡惜。
从来乐极自生哀，泗水东流不再回。
万岁千秋谁不念，古之帝王安在哉？
莓苔石刻今如许，几度秋风灞陵雨。
汉家社稷四百年，荒台犹是开基处。

悠然见南山

近世人轻以意改书，鄙贱之人，好恶多同，故从而和之者众，遂使古书日就讹舛，深可忿疾。孔子曰：“吾犹及史之阙文也。”自余少时，见前辈皆不敢轻改书。故蜀本大字书皆善本……陶潜诗“采菊东篱下，悠然见南山”，采菊之次，偶然见山，初不用意，而境与意会，故可喜也。今皆作“望南山”……二诗改此两字，便觉一篇神气索然也。

宋 • 苏轼《东坡志林》

“悠然见南山”两句诗，是东晋陶渊明《饮酒二十首》第五首中的句子，全诗如下：

结庐在人境，而无车马喧。
问君何能尔，心远地自偏。
采菊东篱下，悠然见南山。
山气日夕佳，飞鸟相与还。
此中有真意，欲辨已忘言。

《饮酒二十首》诗之前，还有如下的一篇短序：

余闲居寡欢，兼比夜已长，偶有名酒，无夕不饮。顾影独尽，忽焉复醉。既醉之后，辄题数句自娱。纸墨遂多，辞无诠次。聊命故人书之，以为欢笑尔。

诗中也有些写到饮酒的句子，如“忽与一樽酒，日夕欢相持”“班荆坐松下，数斟已复醉”等，但大部分内容，只是酒后抒怀。诗句既有“秋菊有佳色，裛露掇其英”，又有“幽兰生前庭，含熏待清风”（《幽兰》），

也说明并非一时之作。南朝梁国萧统《陶渊明集序》说："有疑陶渊明之诗，篇篇有酒，吾观其意不在酒，亦寄酒为迹也。"像上面这首诗，一点没有写到饮酒，萧统在编《文选》时，就改题为《杂诗》。

苏轼纠正了"望"字的错误，并说明"见"字的好处所在，后人对此多表赞同，并沿着他的思路做了发挥。宋代蔡居厚《蔡宽夫诗话》认为这两句"闲远自得之意，直若超然邈出宇宙之外"，若改作"望"字，"便有褰裳濡足之态矣。乃知一字之误，害理有如是者"。宋代吴曾《能改斋漫录》认为一字之差，"不啻碔砆之与美玉"。宋代晁无咎《鸡肋集》(卷三三《题陶渊明诗后》)记录苏轼的话，较《志林》所记更详，录如下：

记在广陵日，见东坡云：陶渊明意不在诗，诗以寄其意耳。"采菊东篱下，悠然望南山"，则既采菊又望山，意尽于此，无余蕴矣，非渊明意也。"采菊东篱下，悠然见南山"，则本自采菊，无意望山，适举首而见之，故悠然忘情，趣闲而景远。此未可于文字精粗间求之，以比碔砆美玉，不类。

每个字都是有用处的，孤立起来看，并不存在好坏的问题。所谓好与坏，是指是否用得恰当。苏轼说"见"字好，也只是说在陶渊明这两句诗中，用"见"字是好的。后来却有人绝对化，以用"见"或用"望"来判定诗句的好坏。如吴曾说韦应物诗"采菊露未晞，举头见秋山"两句"真得渊明诗意"，是好的；而白居易诗"时倾一樽酒，坐望东南山"，由于用了"望"字，就不好了。其实韦应物的诗，是沿袭陶渊明的，看不出有什么新意。而白居易不是说采菊，而是写饮酒，一面望山，很有闲适之趣。如果改作"坐见东南山"，连句子都很别扭，更谈不上有什么诗意了。

人们把《饮酒二十首》看作陶渊明的代表作，于是以为陶渊明的主要生活就是饮酒，似乎他成天在过着"采菊东篱下，悠然见南山"的飘飘然的日子。唐代白居易就说陶渊明的诗"篇篇劝我饮，此外无所云"（《效陶潜体十六首》）。这种看法是不全面的，鲁迅《且介亭杂文二集·"题未定"草（六）》说：

陶潜在后人的心目中，实在飘逸得太久了，但他有时很摩登，"愿在丝而为履，附素足以周旋，悲行止之有节，空委弃于床前"。就是诗，除"悠然见南山"外，也还有"精卫衔微木，将以填沧海；刑天舞干戚，猛志固常在”之类的“金刚怒目”式，在证明着他并非整天整夜的飘飘然。这“猛志固常在”和“悠然见南山”的是一个人，倘有取舍，即非全人，再加抑扬，更离真实。

清代龚自珍《舟中读陶诗》诗（三首选二），也指出了陶渊明诗的多种风格：

（一）

陶潜诗喜说荆轲，想见停云发浩歌。
吟到恩仇心事涌，江河侠骨恐无多。

（二）

陶潜酷似卧龙豪，万古浔阳松菊高。
莫信诗人竟平淡，二分梁甫一分骚。

陶渊明的《咏荆轲》诗，热情歌颂荆轲反抗暴秦的献身精神，而他的《停云》诗，则由折地讽刺了当时黑暗的社会。他的品德，像松、菊一样高洁；他的作品，既有《梁甫吟》那样的感慨，也有《离骚》那样的悲愤。

此外，清代汪小蕴《读晋史》诗，也认为陶渊明并不只是悠闲自适，也是关心政治的：

座上无弦有素琴，门前五柳绿阴阴。
谁怜采菊东篱叟，独艳夷齐一片心。

伯夷、叔齐是不满现实才隐居首阳山的；陶渊明辞官归隐，但他何尝没有伯夷、叔齐那样的内心世界呢？

总之，“采菊东篱下”只代表陶渊明一部分诗的风格，只反映陶渊明一部分的内心世界。即使读这样的诗，也不能单纯从艺术上来欣赏，而要联系作者的生活环境来体会。陶渊明晚年生活是十分穷苦的，有时不得不向人乞贷。在得到人家资助后，甚至吟出“衔戢知何谢，冥报以相贻”（《乞食》）这样的诗句。但就是在这样困苦的环境中，他还是写出了意境宁静淡穆的诗句，反映他与世无争的态度，能做到这点，是很不容易的。诗的风格，也就是人的风格，我们正应该这样来看待陶渊明“悠然见南山”一类诗句。

陵峰采药

晋宋间，沃州山帛道猷诗曰：“连峰数十里，修林带平津。茅茨隐不见，鸡鸣知有人。”后秦少游诗云：“菰蒲深处疑无地，忽有人家笑语声。”僧道潜号参寥，有云：“隔林仿佛闻机杼，知有人家住翠微。”其源乃出于道猷，而更加锻炼，亦可谓善夺胎者也。

宋·陈岩肖《庚溪诗话》

据《高僧传·道壹传》：“猷与道壹经有讲筵之遇，后与壹书，因赠诗云。”原诗题为《陵峰采药触兴为诗》，共十句，录如下：

连峰数十里，修林带平津。
云过远山翳，风至梗荒榛。
茅茨隐不见，鸡鸣知有人。
闲步践其径，处处见遗薪。
始知百代下，故有上皇民。

宋代秦少游原诗系七言绝句，题为《秋日》，录如下：

霜落邗沟积水清，寒星无数傍船明。
菰蒲深处疑无地，忽有人家笑语声。

道潜诗亦系七言绝句，题为《东园》，录如下：

曲渚回塘孰与期，杖藜终日自忘归。
隔林仿佛闻机杼，知有人家在翠微。

道潜因此诗被称为“七字和尚”（指第三句），声名益噪。

陈岩肖认为秦少游、道潜的诗句源于帛道猷的诗，却后来居上，并说他们两位“善夺胎”。那么，什么是夺胎呢？

宋代释惠洪《冷斋夜话》记黄庭坚的话说：“诗意无穷，人才有限。以有限之才追无穷之意，虽少陵、渊明不得工也。然不易其意而造其语，谓之换骨法；规模其意而形容之，谓之夺胎法。”元人王构《修辞鉴衡》引《诗宪》的话，对此做了通俗的解释：“夺胎者，因人之意，触类而长之……换骨者，意同而语异也。”

诗人写眼前景物，大多是把看到的直接写下来。如唐代杜牧七言绝句《山行》的开头两句：“远上寒山石径斜，白云深处有人家。”而帛道猷的诗“茅茨隐不见，鸡鸣知有人”，却是采用侧面的写法，他没有看到茅茨（茅草屋顶），而是听到鸡鸣，才知道有人居住。这和从视觉入手来写不同，而是从听觉再引起联想。鸡和犬都是人所豢养的，《老子》和《桃花源记》中都有用“鸡犬相闻”来点出人群栖息、生活的环境。这样写法，不仅写出来人，也写出了生活环境，较之孤立地写人具有更鲜明的生活气息。帛道猷的诗，实际上是开拓了一种创作方法。这种方法既具有较高的艺术价值，又来自生活的真实，它给予人们以启发，后来诗人“触类而长之”（《易·系辞上》），远远不止秦少游、道潜两人。宋代高似孙《剡溪诗话》中有如下一则：

诗之变化，愈出愈奇。帛道猷《招道一上人》：“连峰数十里，修林带平津。茅茨隐不见，鸡鸣知有人。”其后诗人如沈佺期诗：“树密不言通鸟路，鸡鸣始觉有人家。”刘孝威诗：“遥知杨柳是门处，似隔芙蓉无路通。”朱湾诗：“初行竹里惟通马，直到花间始见人。”吴融诗：“无人应失路，有路始知村。”参寥诗：“隔林仿佛闻机杼，知有人家在翠微。”刘长卿诗：“旧浦远来移渡口，垂杨深处有人家。”张谓诗：“竹里登楼人不见，花间觅路鸟先知。”曾清顺诗：“唯闻犬吠声，又入烟萝去。”一自“鸡鸣知有人”句，愈出愈奇，诗之变化有穷已乎？

夺胎换骨，会由于陈陈相因而失去新意，但也可以推陈出新而别创佳句。《修辞鉴衡》引魏道辅的话说：“诗恶蹈袭。古人亦有蹈袭而愈工，若出于己者，盖思之精则造语愈深也。”陈岩肖认为秦少游和道潜的诗句后来者居上，青出于蓝而胜于蓝。但明代杨慎却持相反的看法，他在《升庵诗话》中说：

晋世释子帛道猷，有《陵峰采药》诗曰：“连峰数十里，修林带平津。茅茨隐不见，鸡鸣知有人。”此四句古今绝唱也，有石刻在沃州岩。按《弘明集》亦载此诗，本八句，其后四句不称，独刻此四句，道猷自删之耶，抑别有高人定之耶？宋秦少游诗：“菰蒲深处疑无地，忽有人家笑语声。”道潜诗：“隔林仿佛闻机杼，知有人家在翠微。”虽祖道猷语意而不及。庚溪作诗话，谓少游、道潜比道猷尤为精练，所谓“苏粪壤以充帏，谓申椒其不芳”也。

“苏粪壤”二句见《离骚》。王逸注：“苏，取也。充，犹满也。壤，土也。帏，香囊也。谓取粪土以满香囊，佩而带之，反谓申椒臭而不香。”明代焦竑的看法和杨慎相同，他在《焦氏笔乘》中说“后人截取四句，诵之更觉高妙”。秦少游、参寥“皆窃其意，然诵二诗，益见道猷之工。学者知二诗不知道猷，可与言诗矣”。秦少游和道潜的诗也不坏，但和道猷的作品比较起来，就显得有意求工，有斧凿痕迹，不如道猷之自然了。

池塘生春草

《谢氏家录》云：康乐每对惠连，辄得佳语。后在永嘉西堂，思诗竟日不就，寤寐间忽见惠连，即成“池塘生春草”。故尝云：“此语有神助，非我语也。”

南朝梁·钟嵘《诗品》

“池塘生春草”是谢灵运《登池上楼》诗中的一句，全诗如下：

潜虬媚幽姿，飞鸿响远音。
薄霄愧云浮，栖川怍渊沉。
进德智所拙，退耕力不任。
徇禄反穷海，卧疴对空林。
衾枕昧节候，褰开暂窥临。
倾耳聆波澜，举目眺岖嵚。
初景革绪风，新阳改故阴。
池塘生春草，园柳变鸣禽。
祁祁伤豳歌，萋萋感楚吟。
索居易永久，离群难处心。
持操岂独古，无闷征在今。

这是谢灵运任永嘉太守时病起登楼所作。作者被排斥外放，心情不安，借景物的变换抒发内心的情绪。“潜虬”四句，借虬、鸿起兴，写自己进退失据的矛盾心情。“进德”四句，进一步申述自己不甘外放的心情。“衾枕”四句，写卧病日久，连季节气候的变化也不知道了。“初景”四句，写时序更迭、景物变换。“祁祁”以下六句，从写景转向抒情，归结到向往隐遁。

诗并不出色，但其中“池塘生春草，园柳变鸣禽”两句，因为和一个神秘的故事联系在一起，就引起热烈的讨论，出现许多的解释，这在诗坛上确是少见的。正如宋代释惠洪《冷斋夜话》所说“古今佳句，在此一联之上者尚多”，后来诗界讨论的，不全是这两句诗的本身，而是产生这两句诗的神秘故事。

宋代叶梦得《石林诗话》说：

“池塘生春草，园柳变鸣禽”，世多不解此语为工，盖欲以奇求之耳。此语之工，正在无所用意，猝然与景相遇，借以成章，不假绳削，故非常情所能到。诗家妙处，当须以此为根本，而思苦言难者，往往不悟。

叶氏先批判了“以奇求之”说。有些人以为这两句诗的产生既具有神秘性，那么这两句诗的本身也一定具有出奇的地方。叶氏则持有相反的看法，他认为这两句诗的好处“正在无所用意”，情与景自然而然地碰在一起，于是就产生了千古绝唱，好就好在不是勉强写出来的。

惠洪《冷斋夜话》先介绍两种截然相反的见解：舒公说这两句诗“有神助，其妙意不可以言传”；李元膺则说“予反复观此句，未有过人处”。接下去就提出自己的看法：

古之人意有所至，则见于情，诗句盖其寓也。谢公平生喜见惠连，梦中得之，盖当论起情意，不当泥其句也。

“不可以言传”，话说得很玄乎，这是以神秘来解释神秘，说明不了什么问题。“未见有过人处”，好的诗句本来就是平淡自然的，一定要看出其过人处，就和《石林诗话》所说“以奇求之”一样，要求“不可以言传”之妙，表面看来和舒公之说相对立，实际上则是殊途同归。惠洪则说得比较坦率，要从字句上来看出其妙处、过人处，这是徒劳的，“当论起情意”，即突破字句的表面，深入探索其内蕴的情意。

清代潘德舆《养一斋诗话》列举了各家的意见，除前面提到的之外，又补充了三家，也说明了自己的看法，摘录如下：

……张九成以为：“灵运平日好雕镌，此句得之自然，故以为奇”。

> 田承君以为："盖是病起忽然见此为可喜，而能道之，所以为贵"。金源王若虚则谓"天生好语，不待主张，苟为不然，虽百说何益"……若权文公谓"'池塘'二句，托讽深重，以池塘潴溉之地而生春草，是王泽竭也。《豳》诗所配，一鸣则一候，今曰'变鸣禽'者，时候变也"，穿凿太甚，亦不足辩矣。
>
> 谢客诗芜累寡情处甚多。"池塘生春草"句，自谓有神助，非吾语，良然。盖其一生，作得此等自在之句，殊甚稀耳。汤惠休云"谢诗如芙蓉出水"，彼安能尽然！"池塘生春草"句，则庶几矣。

潘氏着眼于谢灵运的全部诗作，从而看出这一诗句的特点，和张九成之说近似。

清代梁绍壬《两般秋雨庵随笔》认为上面各家之说，无论贬之或誉之，"其实皆门外语也"，接下去就提出另外的看法：

> 此句之根，在四句以前。其云："卧疴对空林，衾枕昧节候"，乃其根也。"褰开窥明临"下历言所见之景，至"池塘生春草"，始知为卧病前所未见者，而时节流换可知矣。次句即从上句生出，自是确论。

他认为这两句应该和前面各句联系起来看，这是不错的。佳句不是孤立的，它总是和全篇有机地融合在一起的。

谢灵运在永嘉西堂作诗，开头是"竟日不就"，后来梦见惠连，便容易地得到佳句，"池塘春草谢家香，万古千秋五字新"（金·元好问《论诗三十首》），这长期传诵的名句，得于俄顷，其实也并不奇怪。诗人进行创作，有时候搜索枯肠，写不出一个字，有时却文思敏捷，捉笔即成。有一位诗人，自道创作的甘苦，曾写过两句诗："尽日觅不得，有时还自来。"（唐·贯休《觅句》）谢灵运碰到的，也正是这种情况。

同一个诗人，在创作时为什么会有如此大的差异呢？按照文艺心理学上的说法，就是灵感不来，下笔维艰，灵感一来，水到渠成。所谓灵感，是创作构思中突然爆发出来的一种豁然贯通、文思如潮的心理现象。它往往起着推动创作过程，促成艺术形象完成的作用。灵感之来有不可预期的突发性，又有不能常驻的暂时性。灵感是近代的外

来语，中国古代诗人虽然不知道灵感这一名词，但在创作实践中是体会到灵感的存在的。如清代徐增在《而庵诗话》中说："好诗须在一刹那上揽取，迟则失之。"这是对于创作经验的总结。宋人陈与义有两句诗："忽有好诗生眼底，安排句法已难寻。"（《春日》）更是自道创作甘苦之言。

灵感既不能预期，作家如果坐等灵感的到来才进行创作，那无异于守株待兔。事实上，灵感虽不能等待，却是可以求取的。大脑的思维活动，会因情感的积极催化而活跃起来。诗人进行创作时，可用催化的方法促使情感活跃起来，从而让灵感来临。催化的习惯因人而异："李白一斗诗百篇"（唐·杜甫《饮中八仙歌》），大诗人是借助饮酒来挥洒的；"独骑款段寻诗去"（明·高启《次张仲和春日漫兴》），高启是喜欢坐了驴子去觅取诗料的。晋代谢灵运"每有篇章，对惠连辄得佳语"（《南史·谢惠连传》），说明惠连的美好印象，成为他产生灵感的契机。宋人戴复古写过如下一首《论诗十绝》：

诗本无形在窈冥，网罗天地运吟情。
有时忽得惊人句，费尽心机做不成。

"池塘春草妙难寻"（清·宋湘《说诗》），明白了灵感与创作的关系，妙处也就有线索可寻了。

澄江静（净）如练

谢玄晖最以“澄江净如练”得名，故李白云：“解道澄江净如练，令人却忆谢玄晖。”山谷诗云：“凭谁说与谢玄晖，莫道澄江净如练。”则其人之优劣，于此亦可以见。

宋·王直方《王直方诗话》

“澄江净如练”，是南朝齐国谢朓《晚登三山还望京邑》诗中的名句，全诗如下：

灞涘望长安，河阳视京县。
白日丽飞甍，参差皆可见。
余霞散成绮，澄江静如练。
喧鸟覆春洲，杂英满芳甸。
去矣方滞淫，怀哉罢欢宴。
佳期怅何许，泪下如流霰。
有情知望乡，谁能鬒不变？

三山：山名，在今南京市西南。京邑，指金陵，即今南京市。开头两句，以灞陵、河阳比三山，以长安、洛阳比金陵。这是以古人的望京比自己的望京，由遥望京邑引起故乡之思。

李白和黄庭坚只是在自己的作品中对谢朓的佳句加以赞美，至于好在哪里，还有待于后人的分析。明代朱承爵《存余堂诗话》说：

谢朓诗……如《登三山》云：“白日丽飞甍……澄江静如练。”皆吞吐日月，摘摄星辰之句。故李白登华山落雁峰有云：“恨不携谢朓惊人诗，来搔首问青天耳。”

“吞吐日月，摘摄星辰”，是指他的诗境界阔大高远，能把视野所及的自然景象，用粗线条的笔法写成诗句，不屑于在一草一木上作细碎的描绘。李白登华山落雁峰，看到眼前雄伟的景观，因而想到谢朓的诗句，也是这层意思。

明代陆时雍《诗镜总论》则是从另一角度来评价谢朓的诗：

夫咏物之难，非肖难也，惟不局局于物之难。玄晖“余霞散成绮，澄江净如练”，“天际识归舟，云中辨江树”，山水烟霞，衷成图绘，指点盼顾，遇合得之。古人佳处，当不在言语间也。

描摹事物的形象，局限于事物的本身，这样写是不难的。难就难在要通过事物的外貌，写出其内蕴的神态。像谢朓的诗句，在描写景物的同时，也把作者的情意渗透到客观物象中去。主观心态与客观物象相融合，才产生了千古绝唱，这是不能先从语言文字上去探求的。清代李渔说：“景书所睹，情发欲言。情自中生，景由外得。善咏物者，妙在即景生情。”（《闲情偶寄》）也就是这个意思。

宋代张戒《岁寒堂诗话》则是立足于客观来评谢朓的诗句：

建安、陶、阮以前，诗专以言志；潘、陆以后，专意咏物，雕镌刻镂之工日以增，而诗人之本旨扫地尽矣。谢康乐“池塘生春草”……谢玄晖“澄江净如练”……就其一篇之中，稍免雕镌，粗足意味，便称佳句，然比之陶、阮以前，苏、李、古诗、曹、刘之作，九牛一毛也。大抵句中若无意味，譬之山无烟云，春无草树，岂复可观?

南朝梁国萧统说：

若大椎轮为大辂之始，大辂宁有椎轮之质；增冰为积水所成，积水曾微增冰之凛。何哉？盖踵其事而增华，变其本而加厉，物既有之，文亦宜然。

这也就是张戒所说的“雕镌刻镂之工日以增”，诗文趋向藻饰。

在这种文风影响下，谢朓能写出“稍免雕镌，粗足意味”的诗句，已算是很难得了。但张戒认为谢朓的佳句，比今有余，比古不足，这种复古倾向是否正确，当然还可商讨。

从张戒的评价中可以受到启发，即谢朓的诗句受到好评，是相对于当代诗风而言的，正如陆时雍所说，佳处不在语言间。

明代王世贞《艺苑卮言》载，谓“澄江净如练，‘澄’‘净’二字意重，欲改为‘秋江净如练’”。按谢朓此诗，本集，《文选》《文章正宗》《诗纪》等所载，都作‘澄江静如练’，只有《文镜秘府》及《寰宇记》所引作“净”。“静”除了通“净”作清洁之外，尚有静止、平静等义项。作“静”，不会和“澄”字犯复，无疑比作“净”好。

鸟鸣山更幽

籍除轻车湘东王谘议参军，随府会稽。郡境有云门天柱山，籍尝游之，或累月不反。至若耶溪，赋诗云：“蝉噪林逾静，鸟鸣山更幽。”当时以为文外独绝。

唐·姚思廉《梁书·文学传》

王籍诗题为《入若耶溪》，全诗如下：

艅艎何泛泛，空水共悠悠。
阴霞生远岫，阳景逐回流。
蝉噪林逾静，鸟鸣山更幽。
此地动归念，长年悲倦游。

王籍本传中引了他的两句诗，只做了简单的评论，后来却引起了广泛的反应，颜之推在《颜氏家训·文章》中说：

王籍《入若耶溪》诗云“蝉噪林逾静，鸟鸣山更幽”，江南以为文外独绝，物无异义。简文吟咏，不能忘之。孝元讽味，以为不可复得，至《怀旧志》载于《籍传》。范阳卢询祖，邺下才俊，乃言：此不成语，何事于能？魏收亦然其论。《诗》云：“萧萧马鸣，悠悠旆旌。”《毛传》曰：“言不喧哗也。”吾每叹此解有情致，籍诗生于此意耳。

颜氏指出人们对这两句诗的不同评价之后，又说明诗意采自《小雅·车攻》中的两句诗。那么，它们之间究竟有什么相同之处呢？

写静谧的环境，只从静的本身来写是比较困难的，即使加上程度副词，说是“很静”“十分静”，也不能给人具体的印象。一般是借助其他事物来比喻、衬托，如“死一般的静”“鸦雀无声”等。此外还有一种办法，就是用声音来烘托，相反相成，也能够感受到静，俗话说的“连一枚针掉在地上也听得见”，就是如此。“萧萧马鸣，悠悠旆旌”，用马的鸣叫和旗帜的飘扬来烘托寂静肃穆的境界，采用的是同一方法。王籍的诗句，用“蝉噪”“鸟鸣”来表现一个幽静的境界，和《车攻》中的两句可以说是异曲同工。颜之推能看出两者之间的共同点，正好说明他具有较高的欣赏诗歌艺术的水平。而王籍善于学习传统的艺术手法，也是难能可贵的。

从另一个方面来看，王籍的两句诗也有不足之处。宋代蔡居厚《蔡宽夫诗话》说：

晋宋间诗人，造语虽秀拔，然大抵上下句多出一意，如“鱼戏新荷动，鸟散余花落”“蝉噪林愈静，鸟鸣山更幽”之类，非不工矣，终不免此病。

一意，就是说从字面上看来，上下两句所写事物似乎不同，而实际上只是一个意思。“蝉”和“鸟”，“林”和“山”是不同事物，但“噪”和“鸣”，“愈静”和“更幽”，却是一个意思。清代冒春荣《葚原诗说》：“写景写情……不可犯复。前说沅澧，后说衡湘，则犯复矣。”犯复就是说的同一个意思。书中又说：“对法不可合掌，如一动必一静，一高必一下，一纵必一横，一多必一少，比类可以递推。”

明代谢榛《四溟诗话》曾用具体例子来说明，录如下：

耿沣《赠田家翁》诗：“蚕屋朝寒闭，田家昼雨闲。”此写出村居景象。但上句语拙，“朝”“昼”二字合掌。若作“田家闲昼雨，蚕屋闭春寒”，亦是王、孟手段。

合掌，就是对句在同一位置上用同义词，像两个手掌合在一起，没有区别。字句犯复，就意味着内容不充实。王安石曾用集句的方式，弥补王籍诗中这一缺点。宋代曾季狸《艇斋诗话》说：

南朝人诗云：“蝉噪林逾静，鸟鸣山更幽。”荆公尝集句云：“风定花犹落，鸟鸣山更幽。”说者谓上句静中有动意，下句动中有静意。

此说亦巧矣。至荆公绝句云“茅檐相对坐终日，一鸟不鸣山更幽”却觉无味。盖鸟鸣即山不幽，鸟不鸣即山自幽矣！何必言“更幽”乎？此所以不如南朝之诗为工也。

据宋代许觊《彦周诗话》载：“‘风定花犹落’乃梁谢贞八岁时所作《春日闲居》诗也。”王安石拿来与王籍的诗句作对，不但弥补了犯复之病，而且动静相间，成为天衣无缝的巧对，正如宋代沈括《梦溪笔谈》所说：“语意对偶，往往亲切过于本诗。”但王安石没有适可而止，又作了“一鸟不鸣山更幽”之句。这是弄巧成拙，进一步退两步，难怪黄庭坚讥笑他：“此点金成铁手也。”清代吴之振《论诗偶成》：“一鸟不鸣翻旧案，前人应笑后人痴。”王籍有知，一定也要笑王安石的翻案文章作得太笨拙了。

敕勒歌

刘、项皆善作歌，西汉诸帝如武、宣类能之。赵王幽死，诸王负罪死，临绝之音，曲折深迫。广川王通经，好文辞，为诸姬作歌尤奇古。而高祖之戚夫人，燕王旦之容华夫人两歌，又不在诸王下（两，一作所）。盖汉初古俗犹在也。东京以来，非无作者，大概文采有余，性情不足。高欢玉壁之役，士卒死者七万人，惭愤发疾，归使斛律金作《敕勒歌》，其辞略曰："山苍苍，天茫茫，风吹草低见牛羊。"欢自和之，哀感流涕。金不知书，能发挥自然之妙如此，当时徐、庾辈不能也。吾谓西汉后，独《敕勒歌》暨韩退之《十琴操》近古。

宋·王灼《碧鸡漫志》

这里所引南北朝《敕勒歌》只是部分，全诗如下：

敕勒川，阴山下。
天似穹庐，笼盖四野。
天苍苍，野茫茫。风吹草低见牛羊。

据宋代郭茂倩《乐府诗集》引《乐府广题》说："其歌本鲜卑语，易为齐言，故其句长短不齐。"敕勒，种族名，北齐时居朔州（今山西省北部）一带。原来是一首民歌。可能斛律金在吟唱时易为齐言。有些诗选就写上斛律金所作。据史书记载：北齐高欢为周军所败，损兵折将，铩羽而归，就命斛律金唱此歌以激励士气。宋代王灼称赞此歌"能发挥自然之妙"（《碧鸡漫志》），是说它歌唱了草原上的辽阔和牛羊的繁盛。风格异常雄浑朴质，没有人为他添加什么辞藻，却能把草原风光写得鲜明生动。在高欢看来，这支歌有振奋人心的作用。

歌词内容虽然简单，却展现了一幅北国游牧生活的画卷，由此引起士兵对家乡土地的热爱，对自己熟悉生活的热爱。对比之下，一次战争的失败也就算不了什么。高欢的用心良苦，但他确实明白，歌颂家乡的诗篇，具有浓厚的生活气息，有着无限强大的感染力，足以振奋人心。

宋代黄庭坚说这支歌“出语奇壮”（《书韦深道诸帖》），这是因为北国风光本来是雄伟的，艺术之美的基础是自然之美。作者只是如实地描写下来，歌词自然呈现出奇壮之美。明代胡应麟说“成于信口，以无意发之”（《诗薮》），也正道出了这首民歌的特色。民间诗人长期生活在阴山之下。对眼前雄伟的自然景物，已是十分熟悉，十分热爱，歌中的每一个音节，都是从心中自然流露出来的，信口吟成，看似无意，却已含炽热真挚的感情。

明代王世贞评此歌“为一时乐府之冠”（《艺苑厄言》）；清代王士禛则赞为“乐府绝唱”（《渔洋诗话》）；而金国元好问在下面这首《论诗三十首》中，也是推崇备至：

慷慨歌谣绝不传，穹庐一曲本天然。
中州万古英雄气，也到阴山敕勒川。

“能发挥自然之妙”“穹庐一曲本天然”。自然，是这支歌的优点，也是好诗应具备的条件。不少诗论都提到这点。如“人禀七情，应物斯感，感物吟志，莫非自然”（南朝·刘勰《文心雕龙》），“诗以自然为至，以深造为功”（明·施润章《施愚山文集》卷六《绥庵诗稿序》），“诗以自然为上，工巧次之。工巧之至，始入自然；自然之妙，无须工巧”（清·冒春荣《葚原诗说》），“诗贵自然，云因行而生变，水因动而生文，有不期然而然之妙”（清·徐增《而庵诗话》）。这些论述都可帮助我们更好地领会《敕勒歌》的特色。

黄鹤楼

唐人七言律诗，当以崔颢《黄鹤楼》为第一。

宋·严羽《沧浪诗话·诗评》

《黄鹤楼》原诗如下：

昔人已乘黄鹤去，此地空余黄鹤楼。
黄鹤一去不复返，白云千载空悠悠。
晴川历历汉阳树，芳草萋萋鹦鹉洲。
日暮乡关何处是？烟波江上使人愁。

诗有两处异文：第一节“黄鹤”一作“白云”。近代高步瀛《唐宋诗举要》说“起句云‘乘鹤’，故下‘空余’，若作‘白云’，则突如其来，不见文字安顿之妙矣”，这一说明十分精切。后人以为两个“白云”，两个“黄鹤”，可以把句子安排得更平稳，其实这是村夫之见解。第六句“芳草”一作“春草”，关系不大。

严羽只是提出“第一”，并没有说明好在哪里。其实早在唐朝，殷璠《河岳英灵集》已赞此诗“神来、气来、情来”。这是很高的评价。但也只是可意会而不能言传。清代周容《春酒堂诗话》说：“独喜谭友夏‘宽然有余’四字，不特尽崔诗之境，且可推之以悟诗道。”“宽然有余”就是从容而不迫促。言有尽而意无穷。清代沈德潜《唐诗别裁集》评此“意得象先，神行语外，纵笔写去，遂擅千古之奇”，也认为此诗象外有意，语外有神，写得从容不迫，运行自然，不留斧凿痕迹。把上面几种评论综合起来看，有一些共同之点，即认为这首诗的好处不在于一字一句的精雕细琢，而是浑然一体，如无瑕的美玉、圆润的珍珠，艺术活力就在整体之中。明代王鏊《震泽长语》评此诗时特别指出："唐人虽为律诗，犹以韵胜，不以饾饤为工。"也就是这层意思。当然也有欣赏个别句联的，如尤侗以为此诗佳处在五六两句。明代姚士麟《见只编》也说"身到武昌，凭眺轩槛，然后知'晴川历历汉阳树，芳草萋萋鹦鹉洲'如画也"。

任何作品，不会是十全十美的。《黄鹤楼》一诗，受到赞扬之余，也有人提出不足之处。清代刘献廷《广阳杂记》引慎庵（钱德承）的话说：

"六之'鹦鹉洲'乃现成语，'汉阳树'则扭捏成对耳。且'芳草萋萋'亦属现成，而'晴川历历'则何所本？且'历历汉阳树'截以成句，而'萋萋鹦鹉洲'成何文理？古乐府云：'天上何所有？历历种白榆，（《陇西行》），是'历历'字贯下'树'字，而'萋萋'则连上'芳草'字矣。律本二对，今上四句皆不对矣，而五、六又草率如此。太白搁笔，而千古无异辞，实不解也。若云只取气格耳，既云'律'矣，何乃'只取气格'耶？"

明代王鏊《震泽长语》对此却持截然相反的看法：

崔颢《黄鹤楼》诗"鹦鹉洲"对"汉阳树"，气格超然不为律所缚，固自有余味也。后世取青媲白，区区以对偶为工，"鹦鹉洲"必对"鸬鹚堰"，"白鹭洲"必对"黄牛峡"，字虽切而意味索然矣。

《黄鹤楼》不同于后世格律严整的律诗，一些评家看出了这一点；如果用律句来牢笼，就会感到格格不入，如明代王世贞《艺苑卮言》说此诗"起法是盛唐歌行语"，认为和全诗是不相称的，"如织官锦间一尺绣，锦则锦矣，如全幅何？"清代管世铭《读雪山房唐诗序例》也说"直以古歌行入律"，言下之意，是与一般律诗有所不同。清代潘德舆《养一斋诗话》则明白指出："特参古调，皆非律诗之正。"其实崔颢此诗在形式上是有创造性的，有人称为轱辘相转句式。明代田艺蘅《留青日札》以为这种诗体起于沈佺期《龙池篇》，崔颢效之，其后人又有李白作《登金陵凤凰台》及《鹦鹉洲》。并说"四篇机杼一轴，天锦粲然；各用叠字成章，尤为奇也"。评论者拘拘以常见七律绳墨之，自然是方枘圆凿，难期投合了。

据宋代计敏夫《唐诗纪事》和元代辛文房《唐才子传》记载：李白登黄鹤楼，见崔颢的诗，搁笔不再题咏。后人用李白的语气作诗，有“眼前有景道不得，崔颢题诗在上头”之句，大诗人李白尚且搁笔，这一逸事，大大提高了崔颢此诗的身价。至于李白为什么搁笔，后人又有种种说法：慎庵（钱德承）认为崔颢的诗不见得好，对李白搁笔，“实不解也”。清代田同之《西圃诗话》则谓“盖绝唱难继，宁搁笔不落人后也”。清代潘德舆《养一斋诗话》则说：“太白不长于律，故赏之；若遇子美，恐遭小儿之呵。”清代叶矫然《龙性堂诗话》则就此事发了一通议论：“太白数登黄鹤，心折崔颢，至不能成句。康乐南行载余，帝问制作，只《吊庐陵》一篇。今人出不百里，赋咏连篇，不问绝唱上头，瓦后尾续，大可供人笑资。如有能劝其勿浪作诗者，太上当记百功。”

“李太白过武昌，见崔颢《黄鹤楼》诗，叹服之，遂不复作，去而赋《金陵凤凰台》也。”（明·杨慎《升庵诗话》）故事之外又有故事，于是又引起人们讨论崔、李之诗优劣的兴趣。明代瞿佑《归田诗话》说李白“及登凤凰台作诗，可谓十倍曹丕矣。盖颢结句云：‘日暮乡关何处是，烟波江上使人愁。’而太白结句云：‘总为浮云能蔽日，长安不见使人愁。’爱君忧国之意，远过乡关之念，善占地步矣！”他是从结句的思想境界，来评价两诗优劣的。明代王世懋《艺圃撷余》则持相反见解，以为李不及崔。他说：

无论中二联不能及，即结语亦大有辨。言诗须道兴比赋，如“日暮乡关”，兴而赋也；“浮云”“蔽日”，比而赋也。以此思之，“使人愁”三字虽同，孰为当乎？“日暮乡关”“烟波江上”，本无指着，登临者自生愁耳。故曰：“使人愁”，烟波使之愁也。“浮云蔽日”“长安不见”，逐客自应愁，宁须使之？青莲才情，标映万载，宁以予言重轻？尺有所短，寸有所长，窃以为此诗不逮，非一端也。

潘德舆综合两家之说，以为各有所不足之处，又提出自己的看法：

“日暮乡关何处是，烟波江上使人愁”“总为浮云能蔽日，长安不见使人愁”，运意不同，各有境地，何可轩轾？瞿宗吉曰：“太白忧君之念，远过乡关之思，善占地步，可谓‘十倍曹丕’。”此头巾气，又隔壁听也。

崔郎中《黄鹤楼》，李太白《凤凰台》诗，高著眼者自不应强分优劣……两诗皆以十四字成句，崔之愁生于“日暮烟波”，李之愁生于“浮云蔽日”，或兴或比，皆愁所繇结耳。个中旨趣，岂有轩轾？敬美只就末七字索意，遂觉不敌。是敬美自误，非太白误也。

孰优孰劣的辩论，可以无休止地继续下去。两位诗人所处的环境和心态不同，读者的生活经验和审美情趣不同，很难做到舆论一样。不过崔诗在前，李诗在后，后者有向前者学习效仿的痕迹，这是毋庸讳言的，而这种学习不是简单的模仿，在向前人学习的同时，又有自己的创造，这也是容易看出来的。唐代杜甫说“李陵苏武是吾师”（《解闷十二首》），在后人看来，杜甫的成就，较之苏李，何啻十倍？杜甫向苏李学习，不但不会降低他在文学史上的地位，反而会让后人感到大诗人的艺术成就，是建立在深厚的功底之上的。对李白向崔颢学习，也正可如此看待。

【附】

龙池篇（唐·沈佺期）

龙池跃龙龙已飞，龙德先天天不违。
池开天汉分黄道，龙向天门入紫微。
邸第楼台多气色，君王凫雁有光辉。
为报寰中百川水，来朝此地莫东归。

登金陵凤凰台（唐·李白）

凤凰台上凤凰游，凤去台空江自流。
吴宫花草埋幽径，晋代衣冠成古丘。
三山半落青天外，二水中分白鹭洲。
总为浮云能蔽日，长安不见使人愁。

鹦鹉洲（唐·李白）

鹦鹉来过吴江水，江上洲传鹦鹉名。
鹦鹉西飞陇山去，芳洲之树何青青。
烟开兰叶香风暖，岸夹桃花锦浪生。
迁客此时徒极目，长洲孤月向谁明。

漠漠水田飞白鹭

旧以王维有诗名，而好取人章句，如“行到水穷处，坐看云起时”，乃《英华集》诗也。“漠漠水田飞白鹭，阴阴夏木啭黄鹂”，乃李嘉祐诗也。余以为有摩诘之才则可；不然，是剽窃之雄耳。

宋·王直方《王直方诗话》

这则王维“好取人章句”的故事，唐代李肇《国史补》和宋代李颀《古今诗话》也都记载着，都说得很确实；而宋代周紫芝《竹坡诗话》则说李嘉祐的诗原是五言，王维加了“漠漠”“阴阴”成为七字句，并说“诗中用叠字易得句”，“摩诘四字下得最为稳切”。以后各家评论，都沿此说。但清代王士禛却说“论者或为王讳，以为著‘漠漠’四字，便是点铁成金手段，此亦呓语”（《香祖笔记》）。为什么是呓语？清代翁方纲《石洲诗话》做了说明：“盖李嘉祐中唐时人，右丞何由预知，而加以‘漠漠’‘阴阴’耶？此大可笑者也。”不过他还是说这四字是用得好的：“然右丞此句，精神全在‘漠漠’‘阴阴’字上，不得以前说之谬而概斥之。”对诸家评论，正可如此看待。

周紫芝说“四字下诗最为稳切”，就是说用得恰到好处，不可移易。光说“水田”，形象不够鲜明，用“漠漠”来形容，则水田分布排列的广漠景象，就十分清晰地呈现在眼前，有此作衬托，下面“飞白鹭”的形象也更为生动。同样，夏木用“阴阴”来形容，具体写出树木的幽暗，充分显示时令特征，而黄鹂啼声的婉转动听，自然也更充满了诗情画意。所谓“倍觉生动”（赵翼《瓯北诗话》）、“更觉精神飞越”（田同之《西圃诗说》）、“情景俱妙”（宋征璧《抱真堂诗话》）等赞语，都是从不同角度说明了这种情况。王维同时也是一位画家，苏轼说他的画，画中有诗；他的诗，诗中有画。对这两句诗，也正可如此来看待。

“漠漠”“阴阴”是叠字形容词，像这种类型的形容词，在《诗经》中就用得很多。南朝梁国刘勰《文心雕龙·物色》中，就有如下一段：

是以诗人感物，联类不穷。流连万象之际，沉吟视听之区，写气图貌，既随物以宛转，属采附声，亦与心而徘徊。故“灼灼”状桃花之鲜，“依依”尽杨柳之貌，“杲杲”为日出之容，“瀌瀌”拟雨雪之状，“喈喈”逐黄鸟之声，“喓喓”学草虫之韵……

这里的一切叠字形容词，都是从《诗经》里举出来的。刘勰认为都能尽形容之妙。王维的诗，正是继承了《诗经》以来的这一表现方法。

另外还有一种评语，看来也是称赞，但和上面所引的又有所不同。如清代薛雪《一瓢诗话》认为加了形容词之后，是“化腐为奇”；清代施补华《岘佣诗说》认为“无此四字，便成死语；有此四字，乃现活相”。这是在赞美的同时，对其余五字视为一无佳处。这样的厚此薄彼，是否恰当，究竟是锦上添花，还是点铁成金？不妨先将后面的五个字分析一下。

“水田飞白鹭，夏木啭黄鹂”，按照汉语的常规结构，应是“白鹭飞（于）水田，黄鹂啭（于）夏木”。排列顺序为“主语—谓语—补语”。有些诗句也正是按照这样主谓结构来写的，如宋人徐元杰《湖上》诗：“花开红树乱莺啼，草长平湖白鹭飞。”唐代李嘉佑的《杂兴》：“花

间昔日黄鹂啭，妾向青楼已生怨。”

所谓常规结构，是指经过抽象化的句式，它体现了造句的规律性。但汉语的句子结构是灵活多样的。适应各种不同情况，句式可随之而变化。“水田飞白鹭”两句，改变了常规结构，是按照视觉所接受的印象先后来写。这样也就在读者眼前展开了一幅立体的画面：在广阔的视野中，诗人首先接触到的是那辽阔的“水田”，看一会儿，才看到有鸟在“飞”，再仔细看，才辨认出飞的鸟儿是“白鹭”——这两句诗中词语的安排，是以诗人的感受之先后为基础的。这样，我们读时也自然更有真实感。“夏木啭黄鹂”这句也是如此。明白了句子的结构，对“漠漠”“阴阴”这对叠字的作用，也可了解得更为清楚：它们把水田和夏木这两个背景描绘得更加鲜明，也使整个画面更加生动，大大加强了艺术效果。当然，这是锦上添花，不是点铁成金。

【附】

积雨辋川庄作（唐 · 王维）

积雨空林烟火迟，蒸藜炊黍饷东菑。
漠漠水田飞白鹭，阴阴夏木啭黄鹂。
山中习静观朝槿，松下清斋折露葵。
野老与人争席罢，海鸥何事更相疑。

蜀道难

李太白初自蜀至京师，舍于逆旅。贺监知章闻其名，首访之。既奇其姿，复请所为文。出《蜀道难》以示之。读未竟，称叹者数四，号为“谪仙”。解金龟换酒，与倾尽醉，期不间日，由是称誉光赫。

唐·孟棨《本事诗》

这一诗坛佳话，五代王定保《唐摭言》第七卷也记载着。内容略有不同，录之作比较：

李太白始自西蜀至京，名未甚振，因以所业贽谒贺知章。知章览《蜀道难》一篇，扬眉谓之曰：“公非人世之人，可不是太白星精耶？”

按照唐朝习惯，士子到京，往往拿了所作诗文谒见先辈名人，求得揄扬而提高身份。因此，“以所业贽谒知章”，较之贺知章到逆旅“首访之”，似更合乎事实。而送呈诗文，也不会止一篇。《蜀道难》当是贺知章特为欣赏的佳作。不过，金龟换酒这一佳话，则是确实无疑的，而且李白一直记在心中。天宝五载（746），李白南游会稽时，曾到过贺知章故宅，时贺已病逝，李白写了《对酒记贺监二首》纪念他。诗前有小序如下：“太子宾客贺公，于长安紫极宫一见余，呼余为谪仙人，因解金龟换酒为乐。殁后对酒，怅然有怀，而作是诗。”

诗的第一首是：

四明有狂客，风流贺季真。
长安一相见，呼我谪仙人。
昔好杯中物，今为松下尘。

金龟换酒处，却忆泪沾巾。

序和诗中，都提到金龟换酒，说明这一故事留给诗人很深的印象。而《蜀道难》一诗，由于受过贺知章的称赞，也就特别引起人们的注意。

李白为什么作《蜀道难》？据《新唐书·严武传》说：“武在蜀放肆，房琯以故宰相为部内刺史，武踞慢不为礼，最厚杜甫，然欲杀甫数矣。李白作《蜀道难》乃为房与杜危之矣。”宋代葛立方《韵语阳秋》根据诗中“所守或匪亲，化为狼与豺”，“锦城虽云乐，不如早还家”等语，进一步肯定此诗是“以罪严武”。（《乐府诗集·相和歌辞十五·瑟调曲五》引《尚书谈录》）。这一错误，宋代洪刍《洪驹父诗话》中已经指出，清代赵翼《瓯北诗话》说得更为明确：“严武先后镇蜀，在肃、代两朝，而青莲天宝初入都，即以此诗受贺知章之赏识，其事在严武帅蜀前且二十年，其为附会，更不待辨。”仅据部分诗句，就任意猜测，自然是经不起检验的。

清代赵翼《瓯北诗话》又纠正了另外一种错误的猜测：“黄山谷误信旧注，以为刺章仇兼琼之有异志……不知章仇在蜀，正当天宝之初，中外晏安，臣僚贴服，岂有所顾虑！青莲《答杜秀才》有云：‘闻君往年游锦城，章仇尚书倒屣迎’，则章仇并能下士者，更无人致讥。”这也是有力的辩证。

元代萧士赟说李白此诗，是为禄山乱华，玄宗幸蜀而作；明代于慎行《谷山笔麈》同意此说；清代沈德潜《唐诗别裁集》也说“为得其解”。明代张纶言《林泉随笔》驳之，以为“其‘问君西游何时还’等句，轻忽而尔汝之称，尤非人臣所当施于君上”。其实这也和“刺严武”之说一样，犯了时间上的错误。早在安史之乱前，贺知章已经见到过此诗了。

张纶言再指出“因玄宗幸蜀而作”不当之后，接着就提出了自己的见解：“盖白之天才绝人，是乐府诸题，各效一篇，以寓其伤今怀古之情。《蜀道难》亦其中之一耳，初非有讽，有为如说者之云也。”明代顾炎武《日知录》则更指出诗的现实意义：“李白《蜀道难》之作，当在开元、天宝间。时人共言锦城之乐，而不知畏途之险，异地之虞，即事成篇，别无寓意。”这种解释，无疑比种种猜测、索隐之说，更切合诗的实际。

清代贺裳《载酒园诗话》中的一段，较好地分析了《蜀道难》的内容：

《蜀道难》一篇，真与河岳并垂不朽。即起句“噫吁嚱，危乎高哉”七字，如累棋架卵，谁敢并于一处？至其造句之妙：“连峰去天不盈尺，枯松倒挂倚绝壁。飞湍瀑布争喧豗，砯崖转石万壑雷。”每读之，剑阁、阴平，如在目前。又如：“一夫当关，万夫莫开。所守或匪亲，化为狼与豺。”不惟刘璋、李势恨事如见，即孟知祥一辈亦逆揭其肺肝，此真诗之有关系者，岂特文词之雄！

结合地理、历史来谈，充分揭示出诗的巨大意义，不愧是李白的知音。清代田雯《古欢堂集杂著》则结合作者的才气来谈：“太白以纵横之才，俯视一切，《蜀道难》等篇，长短句奇而又奇，可谓极才人之致。然亦惟青莲自为之，他人不敢学，亦不能学也。”他把作品的风格，看作是诗人自身风格在作品中的体现，这是很有见地的。沈德潜则对作品的艺术性做了概括的说明：“笔阵纵横，如虬飞蠖动，起雷霆于指顾之间。任华、卢仝辈仿之，适得其怪耳，太白所以为仙才也。”

早在唐朝，李白这首杰作就得到高度的评价。天宝年间殷璠编选的《河岳英灵集》说：“如《蜀道难》等篇，可谓奇之又奇，然自骚人以还，鲜有此体调也。”就是说，这一作品，是直接继承屈原、宋玉的骚体；后代诗人，是很难与之比肩的。宋代李廌《师友记闻》说：“李太白《蜀道难》……风骚之极致，不在屈原之下。”同样也十分推崇。

姚莹《论诗绝句六十首》中有这样一首：

蜀道吟成泣鬼神，歌行何似古风淳？
千秋大雅君能作，赏鉴难夸贺季真。

一方面肯定《蜀道难》为泣鬼神的佳作，一方面又以为不及《古风五十九首》这组诗的淳正；一方面盛赞李白能振兴诗道，一方面又以为贺知章只看重《蜀道难》，鉴赏力不值得称赞。其实不要说李白初见贺知章时，《古风》一类作品还没有产生，就是作为一位大诗人来看，他的作品具有丰富的内容和多样的风格，更可显示出其艺术造诣之深和题材生活之广。抬高其中的一面，压低其中的另一面，这样对诗人及其作品就不可能有全面的认识。

《蜀道难》本是乐府相和歌辞的名称，唐人作此题的，尚有张文琮一首：

梁山镇地险，积石阻云端。
深谷下寥廓，层岩上郁盘。
飞梁架绝岭，栈道接危峦。
揽辔独长息，方知斯路难。

无论就内容的丰富性或表现的多样性来说，都比不上李白之作，但以歌咏蜀道之难为主，则是相同的。

李白的《蜀道难》，以“噫吁嚱，危乎高哉”开端，决定了全诗的基调，不是简单地描述蜀道之难，而是把自己亲身经历的感受渗透到诗中去，因此读来富有亲切感。全诗参差不齐，长句与短句交互运用；这种形式，正与畏途巉岩的蜀道相适应。诗中三次插入“蜀道之难，难于上青天”，把看似分散的句子组合起来，于纷乱中见出整齐。这些地方都可看出作者在继承前人的基础上，又有所突破，力求创新。诗人的艺术天才和丰富的想象力，也可于此等处见之。

【附】

蜀道难（唐·李白）

噫吁嚱，危乎高哉！
蜀道之难，难于上青天！
蚕丛及鱼凫，开国何茫然！
尔来四万八千岁，不与秦塞通人烟。
西当太白有鸟道，可以横绝峨眉巅。
地崩山摧壮士死，然后天梯石栈相钩连。
上有六龙回日之高标，下有冲波逆折之回川。
黄鹤之飞尚不得过，猿猱欲度愁攀援。
青泥何盘盘，百步九折萦岩峦。
扪参历井仰胁息，以手抚膺坐长叹。
问君西游何时还？畏途巉岩不可攀。
但见悲鸟号古木，雄飞雌从绕林间。
又闻子规啼夜月，愁空山。
蜀道之难，难于上青天，使人听此凋朱颜！
连峰去天不盈尺，枯松倒挂倚绝壁。

飞湍瀑流争喧豗，砯崖转石万壑雷。
其险也如此，嗟尔远道之人，胡为乎来哉！
剑阁峥嵘而崔嵬，一夫当关，万夫莫开。
所守或匪亲，化为狼与豺。
朝避猛虎，夕避长蛇，
磨牙吮血，杀人如麻。
锦城虽云乐，不如早还家。
蜀道之难，难于上青天，侧身西望长咨嗟。

梦游天姥吟留别

太白《梦游天姥吟》……诸作，豪迈悲愤，《骚》之苗裔。

清·贺贻孙《诗筏》

天宝元年（742），李白得到唐玄宗的征召入京，当时他的心情是十分高兴的，以为从此可以一展抱负。但在长安期间，却遭到高力士辈的陷害，到了天宝三年（744），就被唐玄宗打发。天宝四年（745），李白准备由东鲁南游吴越，《梦游天姥吟留别》是他行前向朋友们袒露自己心情之作。清代贺贻孙说此诗“豪迈悲愤”，正是对他内心世界概括的说明。诗人具有豪迈的性格，但在政治上受到挫折之后，便转为悲愤了。“《骚》之苗裔”，不仅指作品具有骚体的风格，也指诗人在政治上受到陷害，其命运也有和屈原类似之处。屈原在《离骚》中揭露楚国政治的黑暗和保守势力的顽固，李白铩羽长安，悲吟“鸡聚族以争食，凤孤飞而无邻”，他们内心的抑郁是相同的。“众皆竞进以贪婪兮，凭不厌乎求索”和“安能摧眉折腰事权贵，使我不得开心颜”一样都表现了诗人内心的悲愤，李白正是继承了屈原的精神并加以发挥。

作品风格与诗人个性密切相关。宋代严羽《沧浪诗话》说：“太白，天仙之词。”后人据此称李白为“诗仙”。后来一些评论家多认为《梦游天姥吟留别》正是李白“天仙之词”最好的代表作。清代乔亿《剑溪说诗》举“一夜飞度镜湖月”句，以此来说明李白的诗境，并说这是“天仙语”。此说正是把严羽的话落实到具体作品上。清代余成教《石园诗话》举“洞天石扉，訇然中开……虎鼓瑟兮鸾回车，仙之人兮列如麻”诸句，说句法是“诗杂仙心”（南朝梁·刘勰《文心雕龙·明诗》）。“仙心”是指超脱世俗的思想，和“天仙语”之说相通。李白自己也说过“五岳寻仙不辞远，一生好入名山游”（《庐山谣寄卢侍御虚舟》），自我评价和人家对他的看法一致。宋代张戒《岁寒堂诗话》说“李太白喜任侠，喜神仙，故其诗豪而逸”。豪逸的风格是由任侠喜仙的个性决定的。

严羽说：“太白《梦游天姥吟留别》《远别离》等，子美不能道；子美《北征》《兵车行》《垂老别》等，太白不能作。”他把“梦游”一诗看作李太白的代表作，认为最能体现他的创作特色。明代王世贞《艺苑卮言》曾说欧阳修作《庐山高》，很自负，认为李白、杜甫也写不出这样的作品来。王世贞怀疑欧阳修不会说这样的话，否则便是夜郎自大了，并说“半壁见海日，空中闻天鸡”，是李白随便写出的，却非欧阳修所能企及。上面两种评论都认为“梦游”诗有其自己的特色，杜甫的作品不能代替它，欧阳修的诗歌不能胜过它。

清代沈德潜《唐诗别裁集》曾对前后结构和全诗大旨作了扼要的说明：“海客谈瀛洲”是引起，“飞度镜湖月”以下皆言梦中所历。“一路离奇灭没，恍恍惚惚，是梦境，是仙境”；直至“恍惊起而长嗟”而梦醒。以下四句，“因梦游推开，见世事皆成虚幻也”。“留别意，只末后一点”。综合全诗来看，“托言梦游、穷形尽相，以极洞天之奇幻。至醒后顿失烟霞矣。知世间行乐，亦同一梦，安能于梦中屈身权贵乎？吾当别去，遍游名山，以终天年也。诗境虽奇，脉理极细”。

如果说沈德潜只作了冷静的分析，那么清代延君寿《老生常谈》则以抒情的笔调，对诗人的创作思路，结合自身的体会，做了如下的探索：

《梦游天姥吟留别》诗，奇离惝恍，似无门径可寻。细观之，起首入梦不突，后幅出梦不竭，极恣肆幻化之中，又极经营惨淡之苦。若只貌其格句字面，则失之远矣。一起淡淡引入，至“我欲因之梦吴越”句，乘势即入，使笔如风，所谓缓则按辔徐行，急则短兵相接也。“湖月照我影”八句，他人捉笔，可谓已尽能事矣，岂料后边尚有许多奇奇怪怪。“千岩万转”二句，用仄韵一束。以下至“仙之人兮”句，转韵不转气，全以笔力驱驾，遂成鞭山倒海之能，读去似未曾转韵者，有真气行乎其间也。此妙可心悟，不可言喻。出梦时用“忽魂悸以魄动”四句，似亦可以收煞得住。试想若不再足“世间行乐”二句，非但喝题不醒，抑亦高欠圆满。“且放白鹿”二句，一纵一收，用笔灵妙不测。

后来唯东坡解此法，他人多昧昧耳。读古人诗，无论前人是作何解，我定细细去体会一番，自家落笔，久久庶有投之所向无不如意之妙。

李白为什么选天姥山为他的梦游之处呢？天姥山在今浙江省新昌县境内，道家称为第十六福地，并有“登者闻天姥歌谣之响”的传说（宋时史籍《后吴录》）。早在李白之前，谢灵运已到过此山，留下“暝投剡中宿，明登天姥岑”的诗句；“梦游”诗中也有“谢公宿处今尚在，渌水荡漾清猿啼”之句。早在蜀中时，李白就与道士交往，元丹丘就是其中留下姓名的一位。从《登峨眉山》诗中可以看出李白青年时代就向往神仙。唐朝尊崇道教，李白好道是当时社会风气在他身上的反映；喜爱神仙，可以说贯穿了李白的一生。“越人语天姥”，天姥山的传说及与道教的关系，正与诗人的志趣相吻合。这样，他在南游吴越之前，以梦游天姥一诗为先导，也是很自然的事了。

其实，天姥毕竟不是名山，元人董曾（字贯道，董旭之弟，浙江新昌雪溪人）《天姥山赋》中有如下一段：

然是山也，匪宅中土，匪奠奥区；迹远界乎壹瓯，名近睹乎异书；职方之纪蔑有，禹贡之载缺如。周穆西游之辙，讵臻乎绝境？秦皇东驻之跸，卒限于修途。既无预于五岳之时，巡乌有万岁之嵩呼？此所以不获衍金册玉函之秘，遂湮没乎一隅。

“东南山水越为首，剡为面，沃洲、天姥为眉目”（唐·白居易《沃洲山禅院记》），李白对东南山水的功绩，就是在于他的千古绝唱，把“湮没乎一隅”的天姥山发扬光大，在中国文学史上留下显著的地位。宋朝李觏有一首《遣兴》诗：

境入东南处处清，不因辞客不传名。
屈平岂要江山助，却是江山遇屈平。

由于有谢灵运、李太白等大诗人歌之咏之，东南地带的胜景才得以名传天下。如果说，楚地山水，是因屈原的作品而名留竹帛，则东南山水，特别是天姥山，是因李白的歌咏而深入人心——都是江山有幸，与大诗人结下了缘分。历史上留下的佳话，永远成为人们的美谈。

天姥山因李白而名扬天下，后代诗人数典不忘祖，在歌咏天姥山时，总忘不了提到李白。如明朝陈学说《天姥吟》："昔年梦笔摧轰电，此际豪吟落彩虹。"据五代王仁裕《开元天宝遗事》载："李太白少时，梦所用之笔头上生花，后天才赡逸，名闻天下。"诗中把这一故事和李白作"梦游"诗联系起来，说明他的杰作是经过长期勤奋学习得来的。又如宋人王性之《天姥山》："选胜谪仙虽有梦，优游老此却输僧。"对李白为天姥山增光，自己却没有来此隐居表示遗憾。又清代刘作梁《过天姥寺》："名贤山水重，佳咏古今留。"李白为天姥山增价，他的佳作自然也为后人所重视。又清代王又曾《经天姥寺》："回头却忆十年梦，梦与山东李白同。"他为李白的才华所倾倒，似乎也和李白经历了同样的梦游——所有这些梦游余韵，都可看作是李白诗对后世的影响。

近代陈伯海《唐诗学引论·辨体篇》指出：

盛唐诗坛上的李白、岑参等人，着重吸取《楚辞》以至鲍照歌行的参差的句式和跳脱的气势，化整为散，破偶为奇，以恣纵的笔意写激荡的感情，开创了唐人歌行体的变调，富于创造性。此诗在七言的基础上大量采用杂言，借助于长短句型的交错综合与转韵、平仄、双声、叠韵、叠字等音响的作用，来传达情感的起伏跌宕和意境的转接变幻，取得"风雨分飞，鱼龙百变"（沈德潜《说诗晬语》）的艺术境界。

【附】

梦游天姥吟留别（唐·李白）

海客谈瀛洲，烟涛微茫信难求。
越人语天姥，云霞明灭或可睹。
天姥连天向天横，势拔五岳掩赤城。
天台四万八千丈，对此欲倒东南倾。
我欲因之梦吴越，一夜飞度镜湖月。
湖月照我影，送我至剡溪。
谢公宿处今尚在，渌水荡漾清猿啼。
脚著谢公屐，身登青云梯。
半壁见海日，空中闻天鸡。

千岩万转路不定，迷花倚石忽已暝。
熊咆龙吟殷岩泉，栗深林兮惊层巅。
云青青兮欲雨，水澹澹兮生烟。
列缺霹雳，丘峦崩摧。
洞天石扉，訇然中开。
青冥浩荡不见底，日月照耀金银台。
霓为衣兮风为马，云之君兮纷纷而来下。
虎鼓瑟兮鸾回车，仙之人兮列如麻。
忽魂悸以魄动，恍惊起而长嗟。
惟觉时之枕席，失向来之烟霞。
世间行乐亦如此，古来万事东流水。
别君去兮何时还？
且放白鹿青崖间，须行即骑访名山。
安能摧眉折腰事权贵，使我不得开心颜！

天姥山追和李谪仙吟（明·吕不用）

支郎遁沃洲，江州司马记中求。归帆拂天姥，杜陵野老诗中观。万山从此空纵横，截天拔出东南城。势如周王坐镐京，臣妾亿兆心皆倾。

太白平生慕东越，梦里分明招日月。上山日在山 渡溪月在溪。山灵为白导其路，山鬼不敢当前啼。列宿手可摅，天衢足可梯。山头见抱犊，云中看养鸡。或行或息兴靡定，倏而朝兮倏而暝。

银潢万丈飞来泉，玉虹挂在丹崖巅。采黄精以沾露，寻紫芝以踏烟。子乔既朽赤松亦摧，黄母老死蟠桃不开。金银之气固自有，何所得置仙人台。膏吾车兮秣吾马，御风坐我兮天姥下。鸣鸡哑哑杂纺车，山人户户皆桑麻。谪仙谪仙乃狂客，一梦千载令人嗟。昔高唐之想象，即天姥之云霞。

古来好事多若此，茫茫总是江河水。东鲁诸公望汝还，三百酒杯一日间，却笑梦中吟好山。

呜呼！峨眉亭前秋水色，使我空忆公容颜。

曲径通幽

吾尝喜诵常建诗云“竹径通幽处，禅房花木深”，欲效其语作一联，久不可得，乃知造意者为难工也。晚来青州，始得山斋宴息。因谓不意平生想见而不能道以言者，乃为己有。于是益欲希仿佛，竟尔莫获一言。夫前人为开其端而物景又在其目，然不得自称其怀，岂人才有限而不可强？将吾老矣，文思之衰邪？兹为终身之恨尔！

熙宁庚戌仲夏月望日题。

宋·欧阳修《题青州山斋》

各处园林，在回廊或假山之前，往往挂上一块写有“曲径通幽”的小匾，这四个字来源于常建《题破山寺后禅院》诗，全诗是如下的一首五言律诗：

清晨入古寺，初日照高林。
曲径通幽处，禅房花木深。
山光悦鸟性，潭影空人心。
万籁此俱寂，惟闻钟磬音。

（编者注：“惟闻”一作“但余”。）

第三句“曲径”，一作“一径”，一作“竹径”，看来还是“曲径”好，因为和全诗情调一致，写出环境的幽深僻静。

这首诗，因欧阳修赏其“竹径通幽处，禅房花木深”一联而为后世传诵。唐代殷璠《河岳英灵集》则赏其“山光悦鸟性，潭影空人心”一联，以为“可称为警策”。宋代洪刍《洪驹父诗话》则说：“予谓建此诗全篇皆工，不独此两联而已。”可见这首盛唐诗作，其佳处已为评论家所公认。

一首诗，从局部到整体，普遍受到好评，总有其自身的特色。殷璠说：“建诗似初发通庄，却寻野径，百里之外，方归大道。所以其旨远，其兴僻，佳句辄来，惟论意表。”清代贺裳《载酒园诗话》中的一段评论，可以互相参看：

> 吾读盛唐诸家，虽浅深浓淡，奇正疏密，各自不同，咸有昌明之象。独常盱眙如去大梁、吴、楚而入黔、蜀，触目举足，皆危崖深箐，其间幽泉怪石，良非中州所有，然亦阴森之气逼人。

“似初发通庄，却寻野径”，和“如去大梁、吴、楚而入黔、蜀”，说的都是同一种风格，即“其旨远，其兴僻”，与盛唐诸家昌明之象不同。这些对常建诗的总的评价，也适用这首《题破山寺后禅院》诗。作者不从寺字本身正面落笔，却写后院的幽趣，这种构思取材，不仅是为着摆脱一般的窠臼，也是由他诗的风格决定的。

全诗像画家的构图，对总体作了周密的安排。其中一联一对，则如总体中的局部小景，既有其自身的审美价值，又与整个画面和谐配合。因此，既可引发读者对部分句联的欣赏，又能经过综合，获得全面的印象。而“一切景语皆情语”（近代·王国维《人间词话》），通过对富有静趣的景物的描写，诗人恬淡脱俗的内心世界，也就跃然于纸上了。

开头两句，似乎只是简单点明时地，而“初日照高林”，诗人是用仰视的角度来描写的，这样也就写出远离尘嚣，来到幽静境界时的空旷心情。“曲径通幽处”两句，按照格律，应该是对偶的。但除了“曲径”“禅房”外，下面三字并不相对，可说是“对而不对，不对而对”（清·冒春荣《葚园诗说》）。同书还说：“有次联不对，至第三联方对者，谓之蜂腰对，言已断而复续之。”并以贾岛诗为例，本诗也正如此。可见唐人原已有此格。但问题不在于出格或合格，而是这似对非对的一联，用在这里竟是恰到好处。因为随步换景，流动的句式，正与诗人的步履相配合，读来好像与诗人一起漫步在寂静的后禅院。

“山光悦鸟性”一联，这是律诗的标准对句。紧接在似对非对的一联之后，出现这样工整的一联，由流动趋于静止，似乎可以想见诗人已停下脚步，陶醉于周围景色之中。一个“悦”字，一个“空”字，把诗句写活了。清代沈德潜《唐诗别裁集》说：“鸟性之悦，悦以山光；人心之空，空因潭水。此倒装句法，通体幽绝。”但把“悦”和“空”看作使动用法，解作“山光使鸟儿欢悦快乐，潭影使人心旷神怡”，也是可以的。

结尾两句，静中有动，联系全诗来看，那悠扬的钟磬声，更添一片静趣。全诗采用侧面描写，只写山寺的后院，但结尾用“钟磬音”一点，似乎在眼前展现了另一境界，言有尽而意无穷，自能引起读者的遐想。

宋代欧阳修“欲效其语作一联，久不可得”（《题青州山斋》）；宋代苏轼说：“此语诚可人意，然于公何足道，岂非厌饫刍豢，反思螺蛤耶？”（《书常建诗》）；清代沈德潜则有另外的看法：“欧阳公自谓学之未能，古人虚心服善如此。”（《唐诗别裁集》）其实风格即人，各人的作品，自有其独特的风格，他人是不能勉强效颦的；而另一方面和作者的生活体验也有关系。

身轻一鸟过

陈公时偶得杜集旧本，文多脱误。至《送蔡都尉》诗云：“身轻一鸟□”，其下脱一字。陈公因与数客各用一字补之。或云“疾”，或云“落”，或云“起”，或云“下”，莫能定。其后得一善本，乃是“身轻一鸟过”。陈公叹服，以为“虽一字，诸君亦不能到也”。

宋·欧阳修《六一诗话》

唐代杜甫的《送蔡都尉》，全题是《送蔡希曾都尉还陇右，因寄高三十五书记》，题下原注：“时哥舒入奏，勒蔡子先归。”全诗如下：

蔡子勇成癖，弯弓西射胡。
健儿宁斗死，壮士耻为儒。
官是先锋得，材缘挑战须。
身轻一鸟过，枪急万人呼。
云幕随开府，春城赴上都。
马头金狎帢，驼背锦模糊。
咫尺云山路，归飞青海隅。
上公犹宠锡，突将且前驱。
汉使黄河远，凉州白麦枯。
因君问消息，好在阮元瑜。

《六一诗话》中这个补字的故事，一向为人们津津乐道。苏轼道“如观李杜飞鸟句，脱字欲补知无缘”（宋·吴开《优古堂诗话》），说明他对这个故事也是熟悉的，喜爱的。“虽一字诸君亦不能到”（宋·欧阳修《六一诗话》），说明大诗人的作品，字字用得恰到好处。好在什么地方，欧阳修没有说，不妨和诸客所补的字比较一下。“一鸟过，见其势疾”（清·仇兆鳌《杜诗详注》），用“疾”字也可以，但不如“过”字形象。“落”“下”是从上到下，“起”是从下到上，都和经过的方位不合。“过”字的好处就在于合乎客观的情况，也就是真实地反映了现实。

宋代蔡梦弼《杜工部草堂诗话》引吕居仁说：“诗每句中须有一两字响，响字乃妙指。如子美‘身轻一鸟过’‘飞燕受风斜’，‘过’字、‘受’字皆一句响字也。”宋代严羽《沧浪诗话》说：“下字贵响。”“字音”声律，也是作诗应当考虑的。

清代张谦宜《茧斋诗谈》：“‘身轻一鸟过，枪急万人呼’只十字，其人之骁勇武艺俱见。”这已不是单纯评论“过”字，却可明白，好字总是与好句互为匹配，相得益彰的。

前人评论杜诗，往往说无一字无来历。宋代吴幵就从这一角度，为“过”字找来历。他在《优古堂诗话》中说：

> 予见张景阳诗云：“人生瀛海内，忽如鸟过目。”则知老杜盖取诸此。况杜又有《贶柳少府》诗：“余生如过鸟。”又云：“愁窥高鸟过。”景阳之诗，梁氏取以入《选》。杜《赠骥子》诗：“熟精《文选》理。”则其所取，亦自有本矣。

杜甫熟读《文选》，读到过张景阳的诗，用字受到影响，这是可以理解的。但一定要给杜诗字字找出来历，这就未免近乎钻牛角尖，容易把完整的诗句弄得支离破碎。其消极影响是把词语从全篇，从全句中割裂出来，忽视了每一词语，都是构成全诗的有机部分。对前人这种评论，应有条件地来看待。

丹青引

杜子美微意深远，考之可见。如《丹青引赠曹将军霸》诗有云："至尊含笑催赐金，圉人太仆皆惆怅"，说者谓帝喜霸之能写真画马也，故催金赐之；而圉人、太仆自叹其无技以蒙恩赉耳。如此说则意短无工，殊不知此画深讥肃宗也。考是诗，始云："先帝天马玉花骢，画工如山貌不同。是日牵来赤墀下，迥立阊阖生长风。"帝既见先帝之马，当轸羹墙之念，反含笑而赐金，曾不若圉、仆见马能惆怅而怀先帝也。

宋·张邦基《墨庄漫录》

张邦基对《丹青引》中"至尊含笑"两句，不满一般的解说而提出了自己的看法，认为是"深讥肃宗"。梁绍壬《两般秋雨庵随笔》很赞赏这一新颖的解释，说是"新奇而有理"。宋代许颉《彦周诗话》也说"此诗微而显，《春秋》法也"，虽然没有像张邦基那样说得明确，但同样认为是含有讽刺意味的。

张邦基在谈自己的看法时，先提出一种被他否定的说法，这样，同样两句诗，就有了两种解释。此外，还有第三种解释，宋代洪迈《容斋随笔》说：

杜子美《丹青引赠曹将军霸》云：……"至尊含笑催赐金，圉人太仆皆惆怅。"读者或不晓其旨，以为画马夺真，圉人、太仆所为不乐，是不然。圉人、太仆盖牧养官曹及驭者，而黄金之赐，乃画史得之，是以惆怅。杜公之意深矣。

洪迈提出的意见，和被张邦基否定的那种解释略有不同：牧养官曹及驭者，长年累月伺候御马，但赏赐却落在画工身上，这种惆怅，是出于妒忌心理；而“自叹无技以蒙恩赉”，则是出于自卑心理。

还有第四种解释。清代仇兆鳌《杜诗详注》引申涵光说：“讶其画之似真耳，非妬其赐金也。”这是出于赞美心理，和前面三种又自不同。

同样两句诗，却会出现四种不同的解释，这是由于诗歌语言是精练的，句与句之间不用关联词语，于是读者根据自己的体会，就可作出不同的解释。这两句诗，如果按照散文的形式，加上关联词语，就可以有三种关系：

由于至尊含笑赐金，因此引起了圉人太仆的自卑或妒忌心理——这是因果关系；

一方面，至尊含笑赐金，一方面，圉人太仆讶其画之似真（他们都出于对曹霸画技的倾倒）——这是并列关系；

至尊只知含笑赐金，圉人太仆却见马而怀先帝——这是转折关系。

一种诗句有多种解释，看似不合“理”，但却是合“情”的。一首诗，是作者和读者感情交流的中介。作者在诗中所抒之情，一般说来总是有定向的，而读者由于生活经验和审美情趣等的不同，免不了会对诗中的形象产生不同的感受。清代王夫之《诗绎》说：“作者用一致之思，读者各以其情而自得……人情之游也无涯，而各以其情遇，斯所贵于有诗。”因此，欣赏诗歌，并不要求各人意见完全一致，仁者见之谓之仁，智者见之谓之智。这种解释上的自由，正可增加内涵的丰富。写诗是创造，读诗也是创造——即再创造。再创造的基础，就是诗的弹性。如果说一是一，说二是二，铁板一块，没有弹性，也就不可能有再创造。没有再创造，诗也就失去了光彩。宋玉在《登徒子好色赋》中这样描述一位美丽的女子：“增之一分则太长，减之一分则太短；着粉则太白，施朱则太赤。”这里并没有像体格检查表那样，写明身高若干，体重若干，对体型容貌作硬性的规定，读者可以凭借自己的生活体验，来想象那位标准美人的体貌。这就是说，宋玉笔下的美人形象是不确定，模糊的；正因为如此，就给读者留下丰富的想象余地，有可能进行再创造，获得具体而深刻的印象。

诗的弹性，给作品加上了一层模糊性，而这正是诗的艺术性表现形态之一。明代谢榛《四溟诗话》中的一段话，对此做了很好的说明：

凡作诗不宜逼真，如朝行远望，青山佳色，隐然可爱。其烟霞变幻，难于名状；及登临非复奇观，惟片石数树而已。远近所见不同，妙在含糊，方见作手。

太逼真了，限制得太死，失去了弹性，也就失去了艺术的魅力。谢榛用景色举例，其实写其他事物以及人的心态，也是如此。《丹青引》中的两句可以有多种解释，正说明大诗人造语妙在含糊，它留下了可以展开想象的空白，让读者驰骋其间，各有所得。

一个善于读诗的人，不会满足于消极地接受，还要积极地超越作者，经过自己的思索、体会，来丰富作品的意蕴。超越，就意味着对原作可以有合理的引申。清代谭献《词辨评》说："作者未必然，读者何必不然。"杜甫写《丹青引》时，不会意识到这两句可以有四种解释；读者根据作品的形象获得体会，也不必去考虑是否合乎作者的原意。重要的是不能离开作品的形象，做种种穿凿附会的曲解。

【附】

丹青引赠曹将军霸（唐·杜甫）

将军魏武之子孙，于今为庶为清门。
英雄割据虽已矣，文采风流今尚存。
学书初学卫夫人，但恨无过王右军。
丹青不知老将至，富贵于我如浮云。
开元之中常引见，承恩数上南薰殿。
凌烟功臣少颜色，将军下笔开生面。
良相头上进贤冠，猛将腰间大羽箭。
褒公鄂公毛发动，英姿飒爽来酣战。
先帝御马五花骢，画工如山貌不同。
是日牵来赤墀下，迥立阊阖生长风。
诏谓将军拂素绢，意匠惨澹经营中。
斯须九重真龙出，一洗万古凡马空。
玉花却在御榻上，榻上庭前屹相向。
至尊含笑催赐金，圉人太仆皆惆怅。
弟子韩干早入室，亦能画马穷殊相。
干惟画肉不画骨，忍使骅骝气凋丧。
将军善画盖有神，必逢佳士亦写真。
即今飘泊干戈际，屡貌寻常行路人。
途穷反遭俗眼白，世上未有如公贫。
但看古来盛名下，终日坎壈缠其身。

遗恨失吞吴

仆尝梦见人，云是杜子美，谓仆曰：“世人多误解吾诗。《八阵图诗》云：‘江流石不转，遗恨失吞吴。’人皆以为先主、武侯皆欲与关羽复仇，故恨其不能灭吴，非也。我本意谓吴、蜀唇齿之国，不当相图，晋之所以能取蜀者，以蜀有吞吴之意，此为恨耳。”此理甚长。然子美死四百年，而犹不忘诗，区区自别其意，此真书生习气耶？

宋·苏轼《东坡志林》

清代仇兆鳌《杜诗详注》在引了苏轼这段话之后，做了如下的分析和补充：

【朱注】史：昭烈败秭归，诸葛亮曰：“法孝直若在，必能制主上东行。就使东行，必不倾危。”观此，则征吴非孔明意也。子美此诗，正谓孔明不能止征吴之举，致秭归挫辱，为生平遗恨。东坡之说是。刘逵曰：孔明以盖世奇才，制为江上阵图，至今不磨。使先主能用其阵法，何止连营七百里，败绩于猇亭哉！欲吞吴而不知阵法，是则当时之遗恨也。今按下句有四说：以不能灭吴为恨，此旧说也。以先主之征吴为恨，此东坡说也。不能制主上东行，而自以为恨，此《杜臆》朱注说也。以不能用阵法，而致吞吴失师，此刘氏之说也。

四种说法，归纳起来只有两种：一是“以不能灭吴为恨”，而“以不能用阵法，而致吞吴失师”则是从这一说中派生出来的。一是“以先主之征吴为恨”，而“不能制主上东行，而自以为恨”，也是说不应征吴。仇兆鳌注：“‘江流石不转’，此阵图之垂名千载者。所恨吞吴失计，以致三分功业，中遭跌挫耳。”也与“以先主之征吴为恨”

同意。明末清初金圣叹《杜诗解》说："八阵图，垒石作八行，在鱼腹浦平沙上……设此隐以制东吴寇蜀之路。"八阵图本是防御工事，杜甫的诗既然是咏八阵图，自当紧扣孔明当年设此阵图的本意，据此，"以先主之征吴为恨"之说差胜；"以不能灭吴为恨"，这是指进攻，就与八阵图无关了。金圣叹在《杜诗解》中对此有详尽的说明，录之如下：

盖东和孙权，北拒曹魏，乃孔明三分胜算……而不谓关羽奋一朝之勇，失之于先；先主又逞一击之忿，失之于后。不能亲吴，则亦岂能拒魏哉……此虽赞阵图，实喻当日三分之势，有若横流，而孔明以一身为之长城，亦如阵图之石之屹然不动也。其至今"遗恨"者，不亲吴而欲吞吴，究反为吴所败，其失孰甚焉！失阵图之意而空存阵图之名，非孔明之遗恨而何？

清代沈德潜的分析，也和金圣叹一致，他在《唐诗别裁集》中说："吴蜀唇齿，不应相仇。'失吞吴'，失策于吞吴，非谓恨未曾吞吴也。隆中初见时，已云'东连孙权，北拒曹操'矣。"

要明了诗人创作的真意，主要应从诗的语言本身中去探索，如明白了八阵图的作用是"隐以制东吴寇蜀之路"，就可以知道"以不能灭吴为恨"之说是格格不入的。其次，客观事实也可作为旁证，如从历史记载中明白了"征吴非孔明意也"，则"以不能灭吴为恨"之说自然也就不能成立。

"遗恨失吞吴"句会产生歧义，主要因为诗句语言简练，而关键就在"失"字可以有不同的解释，既可解作"失策"，也可解作"失败"。"吞吴失策"和"吞吴失败"，意义上遂成为不可调和的了。

暝色赴春愁

王荆公编《百家诗选》，尝从宋次道借本，中间有“暝色赴春愁”，次道改“赴”字作“起”字，荆公复定为“赴”字，以语次道曰：“若是‘起’字，人谁不能到。”次道以为然。

宋·叶梦得《石林诗话》

宋代蔡梦弼《杜工部草堂诗话》载同一故事，文字不同，录之如下：

暝色赴春愁”，下得“赴”字大好；若下“见”字、“起”字即小儿言语，足见吟诗要一字两字功夫。

把“暝色赴春愁”定为杜甫诗句，这是错误的。宋代范晞文《对床夜语》对此做了纠正，原文如下：

……予观唐诗，知此句乃皇甫冉诗，荆公误记也。其诗云“暝色赴春愁，归人南渡头。渚烟空翠合，湖月碎光流”云云。王昌龄亦有“寒鸟赴荒园”之句，似不逮前。虽句中不可无好字，亦看人用之何如耳。

这里所引皇甫冉诗，题为《归渡洛水》，其后尚有四句如下：

澧浦饶芳草，沧浪有钓舟。
谁知放歌客，此意正悠悠。

俄国作家列夫·托尔斯泰说：“在艺术语言中最重要的是动词，因为全部生活都是运动。要是你找到了准确的动词，那你就可以安心地写你的句子。”在皇甫冉这句诗里，“赴”字是用得十分准确的，改作“起”字，诗句的艺术价值就大大降低了。在“暝色”与“春愁”之间安排一个动词，用来表示二者的关系。如果用“起”字，就是说春愁是暝色引起的，就是说诗人的感情是被动的，这就谈不上情景交融了。用“赴”字，则春愁是本来存在的，随着暝色奔赴而来，春愁也就越来越浓郁了。一个“赴”字，把主体与客体的关系描写得十分准确。好的诗往往一字传神，这句诗正是如此。

清代王士禛《戏仿元遗山论诗绝句》中有这样一首：

诗人一字苦冥搜，论古应从象罔求。
不是临川王介甫，谁知暝色赴高楼？

这是以王安石故事为契机，谈炼字的重要性。第二句中的“象罔”，见于《庄子·天地》，黄帝失掉了玄珠，叫智者、明目者、大力者去找，都找不到，“乃使象罔，象罔得之”。象罔是虚拟人物，意为似有象而实无，指无心；以无心，故得独得玄珠。第四句，因李白词有“暝色入高楼，有人楼上愁”之句，就对皇甫冉原句略作更动。

王士禛认为炼字不是一种技巧，而是一种功力。功夫到处，无心得之，自然入妙。王安石因为对诗歌艺术有功底，所以一眼便看出“赴”字比“起”字好。清代贺贻孙《诗筏》对此有透彻的说明：

前辈有教人炼字之法……不知古人落想便幻，触景便幽……即作者亦不自知，何暇炼？……总之，本领人下语下字，自与凡人不同，虽未尝不炼，然指他炼处，却无炉火之迹。若不求其本领，专学他一二字为炼法，是药汞银，非真丹也。吾尝谓眼前寻常景，家中琐俗事，说得明白，便是惊人之句。盖人所易道，即人所不能道也。骇其奇者，以为百炼方就，而不知彼实得之无意耳。诗家固不能废炼，但以炼骨炼气为上，炼句次之，炼字斯下矣。

“作者亦不自知”，“得之无意”，正如“论古应从象罔求”，唯其无心，才能得之。功到自然成，得来全不费工夫。“炼骨炼气为上”，就是说先要练好基本功。为炼字而炼字，刻舟求剑，难免会弄巧成拙。

柳塘春水漫

圣俞尝语余曰："诗家虽率意，而造语亦难。若意新语工，得前人所未道者，斯为善也。必能状难写之景，如在目前，含不尽之意，见于言外，然后为至矣。"……余曰："语之工者固如是。状难写之景，含不尽之意，何诗为然？"圣俞曰："作者得于心，览者会以意，殆难指陈以言也。虽然，亦可略道其仿佛：若严维'柳塘春水漫，花坞夕阳迟'，则天容时态，融和骀荡，岂不如在目前乎？……"

宋·欧阳修《六一诗话》

宋代尤袤《全唐诗话》载刘长卿与严维酬答诗，录如下：

维，字正文，越州人。与刘长卿善。长卿《对酒寄维》云："陋巷喜阳和，衰颜对酒歌。懒从华发乱，闲住白云多。郡简容垂钓，家贫学弄梭。门前七里濑，早晚子陵过。"维答云："苏耽佐郡时，近出白云司，药补清羸疾，窗吟绝妙词。柳塘春水漫，花坞夕阳迟。欲识怀君意，明朝访楫师。"（时刘为睦州司马）

宋代欧阳修在诗话中记载了梅尧臣（字圣俞）的话，对严维两句诗有较深的印象，其后在《欧阳文忠公试笔》中再次提到，认为"读之便觉欣然感发，谓此四句可以坐变寒暑。诗之为巧，犹画工小笔尔。以此知文章与造化争巧可也"。可说是备加称誉。其后宋代陈世崇《随隐漫录》举《诗经》"萧萧马鸣，悠悠旆旌"，"昔我往矣，杨柳依依；今我来思，雨雪霏霏"等句作比较，认为严维诗句"仿佛《三百篇》之遗意"，也是很高的评价。

宋代刘攽却认为这两句诗有不足之处，他在《中山诗话》中说：

梅圣俞爱严维诗曰：“柳塘春水漫，花坞夕阳迟。”固善矣，细较之，“夕阳迟”则系花，“春水漫”何须柳也？

话说得很简略，大概是说阳光照到花上，同花有关系，而春水涨满，同柳树没有关系。这种说法本来是很穿凿的。宋代胡仔《苕溪渔隐丛话》却用另外一种穿凿的方法来解释，说夕阳迟“不系花而系坞”，反而把话说得更玄乎了。金国王若虚《滹南诗话》批评这种说法不当：

予谓不然。“夕阳迟”固不在花，然亦何关乎坞哉？诗言“春日迟迟”者，舒长之貌耳。老杜云“迟日江山丽”，此复何所系耶？彼自咏自然之景。

清代贺裳认为“系花”“系坞”的说法都是不对的，他在《载酒园诗话》中说：

宋人作诗，极多蠢拙，至论诗则过于苛细，然正供识者一噱耳。如严维“柳塘春水漫，花坞夕阳迟”，此偶写目前之景，如风人“榛”“苓”“桃棘”之义，实则山不止于榛，湿不止于苓园，亦不止于桃棘也。刘贡父曰：“‘夕阳迟’则系花，‘春水漫’不须‘柳’。”渔隐又曰：“此论非是。‘夕阳迟’乃系于坞，初不系‘花’。”以此言之，则“春水漫”不必“柳塘”。“夕阳迟”岂独“花坞”哉？不知此乃酬长卿之作，偶尔寄兴于夕阳、春水，非咏夕阳、春水也。夕阳、春水，虽则无限，花柳映之，岂不更为增妍。倘云野塘山坞，有何味耶？

诗的语言，总是要求具体形象的，加上“柳塘”“花坞”，有了具体的处所，形象就鲜明了。如果再要求索其他的意义，无异于钻牛角尖，贺裳说“过于苛细”，这指责是中肯的。

严维这两句诗的好处，不仅在于写景真切，而是如清代施补华所说，还在于“景中有情”（《岘佣说诗》）。梅圣俞的话“状难写之景如在目前，含不尽之意见于言外”，可以作为互文来看待。清代王夫之说：“情、景名为二，而实不可离”（《姜斋诗话》），这话是合乎创作实践的。诗人为什么要写景？无非因为眼前景物之美，引起了他爱好的情绪；诗人在创作过程中，总是有意无意地受内心情绪的支配，影响到创作的诗句。不过由于作者艺术修养和审美情趣等的不同，在处理情与景的关系时，就有高下之分，优劣之别了。

宋代陈世崇《随隐漫录》用“春物融冶，人心和畅”二语来评价严维这两句诗。“春物融冶”指眼前景，“人心和畅”写心中情；心中情不能抽象地来写，而是蕴含在眼前景之中的。清代刘熙载《艺概》说：“‘昔我往矣，杨柳依依；今我来思，雨雪霏霏’，雅人深致，正在借景言情。若舍景不言，不过曰‘春往冬来’耳，有何意味？”对严维两句诗，也正可如此看待。

“新藤乱上格，春水漫吹沙”（南北朝·庾信《奉和赵王美人春日诗》）、“春看湖水漫，夜入回塘深”（唐·储光羲《酬綦毋校书梦耶溪见赠之作》），早在严维前，诗人已用“水漫”作为春天景物特色来描写，严维胜过他们的地方，就在于更好地利用对偶的形式，把“风酣日煦，万物骀荡，天人之意，相与融怡”（宋·欧阳修《欧阳文忠公文集·温庭筠严维诗》）的景物写得更鲜明。

枫桥夜泊

诗人贪求好句，而理有不通，亦语病也。……唐人有云：“姑苏台下寒山寺，夜半钟声到客船”，说者亦云，句则佳矣，其如三更不是打钟时！

宋·欧阳修《六一诗话》

欧阳修所引的系唐代张继《枫桥夜泊》（一作《夜泊枫江》）诗，“台下”通作“城外”，前两句是“月落乌啼霜满天，江枫渔火对愁眠”。

“三更不是打钟时”，欧阳修认为张继诗中“夜半钟声”没有事实根据。宋代叶梦得《石林诗话》却说“盖公未尝至吴中，今吴中山寺，实以夜半打钟”。宋代陈正敏《遯斋闲览》也说“半夜钟，惟姑苏有之”。宋代陈岩肖《庚溪诗话》则谈亲身经历：“余昔官姑苏，每三鼓尽四鼓初，即诸寺钟皆鸣，想自唐时已然也。”宋代姚宽《西溪丛话》则从历史上作考证：“齐丘仲孚少好学，读书常以中宵钟鸣为限……则半夜钟其来久矣。”

还有些人则从另一方面替张继辩护，指出诗句中提到夜半钟的很多。宋代王直方《王直方诗话》举于鹄诗“遥听缑山半夜钟”，白居易诗“半夜钟声后”，温庭筠诗“无复松窗半夜钟”。宋代陆游《老学庵笔记》举于邺诗“远钟来半夜”，皇甫冉诗“夜半隔山钟”。宋代陈岩肖《庚溪诗话》又举陈羽诗“隔水悠悠午夜钟”。宋代王楙《野客丛书》又举司空文明诗“杳杳疏钟发，中宵独听时”，王建诗“未卧尝闻半夜钟”，许浑诗“月照千山半夜钟”。

为了考证夜半钟声，诗人们可说是煞费苦心，这里又引出了另外一个问题，即对诗歌中所写到的事实进行考证，是否有此必要？欣赏诗歌，是否应在考证上下功夫？一般评论，对此多持否定态度。清代孙涛《全唐诗话续编》引胡元瑞的话，就明确指出欣赏诗歌，不宜把注意力放在事实上，他说：

“夜半钟声到客船”，谈者纷纷，皆为昔人愚弄。诗流借景立言，惟在声律之调，兴象之合，区区事实，彼岂暇计？无论夜半是非，即钟声闻否，未可知也。

推想张继作诗时的心情，认为他到底有没有听到钟声，也是未可知的——这是彻底推翻了上面种种考证，说明这些节外生枝之论，完全是多余的。清代马位《秋窗随笔》说得更进一步：“然亦何必深辩，即不打钟，不害诗之佳也。”连没有打钟这回事也无关系，更不必说听到钟声与否了。其实，“夜半”本来是一个不确定的时间概念，“可怜夜半虚前席，不问苍生问鬼神”（唐·李商隐《贾生》），“七月七日长生殿，夜半无人私语时”（唐·白居易《长恨歌》），这里两个“夜半”，是否完全和张继诗中的“夜半”一致，又有谁能作出肯定的答案呢？诗人运用词语，多是有弹性的，特别是涉及时间、空间概念的词语，往往是有很大伸缩性的，一定要刻舟求剑，一板一眼加以落实，对欣赏诗歌来说，无疑是舍本逐末。清代袁枚在《随园诗话》中把这种读诗法看作一种不良倾向，予以有力的批判，可说独具慧眼，他说：

西崖先生云：“诗话作而诗亡。”余尝不解其说，后读《渔隐丛话》，而叹宋人之作可存，宋人之话可废也。皮光业诗云：“行人折柳和轻絮，飞燕含泥带落花。”诗佳矣。裴光约訾之曰，“柳当有絮，燕或无泥。”唐人：“姑苏城外寒山寺，夜半钟声到客船。”诗佳矣。欧公讥其夜半无钟声。作诗话者，又力举其夜半之钟，以证实之。如此论诗，令人夭阏性灵，塞断机括；岂非“诗话作而诗亡”哉？

“诗话作而诗亡”，这是指那些以考证方法来谈诗的诗话；袁枚还有“考据家不可与论诗”之说，正可与上面这段话参看。

为什么读诗不能拘拘于事实？因为这样一来，就抹杀了诗的特点。明代袁宏道《雪涛阁集序》说：“古之为诗者，有泛寄之情，无直书之事；而其为文也，有直书之事，无泛寄之情；故诗虚而文实。”明白了诗文虚实之辨，也就懂得了诗的特点。清代吴乔《围炉诗话》说：

“大抵文章实做则有尽，虚做则无穷。《雅》《颂》多赋，是实做；《风》《骚》多比兴，是虚做。唐诗多宗《风》《骚》，所以灵妙。”这是结合传统来谈虚实，更可帮助我们了解唐诗的特点。

张继这首诗的好处，正在于静中有动，用悠扬的钟声来烘托夜晚的寂静。旅人在惺忪中领略这样的境界，就更易引起种种思绪，这情调就是富有诗意的。诗人创造了富有诗趣的境界，读者如果通过作品和诗人引起共鸣，沉浸于这一境界中，就根本无暇去计较钟声有无等问题了。

张继的诗，流传千古，影响深远，时至今日，甚至国外友人也特地来到寒山寺，聆听夜半钟声，享受张继创造的诗趣。下面三首诗，都可看作受《枫桥夜泊》的感染而创作的：

过枫桥寺（宋·孙觌）

白首重来一梦中，青山不改旧时容。
乌啼月落桥边寺，倚枕犹闻半夜钟。

宿枫桥（宋·陆游）

七年不到枫桥寺，客枕依然半夜钟。
风月未须轻感慨，巴山此去尚千重。

夜雨题寒山寺寄西樵礼吉（其二）（清·王士禛）

枫叶萧萧水驿空，离居千里怅难同。
十年旧约江南梦，独听寒山半夜钟。

（编者注：“萧萧”一作“萧条”）

渔翁

柳子厚诗曰："渔翁夜傍西岩宿，晓汲清湘燃楚竹。烟消日出不见人，欸乃一声山水绿。回首天际下中流，岩上无心云相逐。"东坡云："诗以奇趣为宗，反常合道为趣。熟味此诗有奇趣，然其尾两句，虽不必亦可。"

宋·释惠洪《冷斋夜话》

一首好诗，正如一件艺术品，总是首尾完整，无懈可击的。诗人在动手写作时，对奔来笔底的材料，必然经过精心的挑选；这层动笔前的功夫，作者大都十分重视。但由于审美情趣等的不同，后来读者往往会觉得有可删之处。宋代苏轼认为唐代柳宗元的《渔翁》诗，删去后两句更好；言外之意，即把这两句看作蛇足，反而损害了全诗的艺术完整。

对苏轼的看法，有的评论家表示同意。宋代严羽《沧浪诗话》说："东坡删去后二句，使子厚复生，亦必心服。"连原作者也会心服，正说明苏轼的意见是完全正确的。清代田同之《西圃诗说》，对苏轼的创见，也表示钦佩："此首至'欸乃一声山水绿'一句，恰好调歇；删去末二句，言尽意不尽，何等悠妙？何等含蓄？"王士禛在《渔洋诗话》中也认为"柳子厚'渔翁夜傍西岩宿'一首，如作绝句，以'欸乃一声山水绿'结之，便成高作。下二句真蛇足耳；而盲者顾称之，何耶？"赞成苏轼之说，却讥笑称颂柳宗元原作的是"盲者"。

被王士禛讥为"盲者"的实有其人。明代田艺蘅《留青日札》说："全章本自悠扬，去之则局促矣。"就是说，删去末二句，全诗飘忽起伏的情调就受到了损害。明代李东阳《麓堂诗话》则着眼于诗风的兴衰来作评论："坡翁欲削此二句，论诗者类不免矮人看场之病。予谓若止用前四句，则与晚唐何异？”“矮人看戏何曾见，都是随人说短长。”（清·赵翼《论诗·其三》）他认为同意苏轼之说的都是随声附和，此诗不同于衰歇的晚唐诗歌，妙处正在末二句。明代王世贞《艺苑卮言》历举王勃、杜荀鹤、白居易等诗作，认为删去后四句或二句“俱妙”，“独苏氏欲去柳宗元‘遥看天际’二语，吾所未解耳”。也主张后二句是动不得的。

同意和不同意的几乎是势均力敌，我们应该怎样看待这一问题呢？

宋代姜夔《白石道人诗说》曾提出这样的见解：“一篇全在尾句，如截奔马。”把奔马截住，是要花很大力气的；诗的结尾也是如此，应能有力地锁住全篇。历代诗论家都很重视结尾，一般认为应该做到语尽而意无穷。宋代梅尧臣（字圣俞）说“含不尽之意见于言外”（宋·欧阳修《六一诗话》），这对结尾来说尤其适用。如何做到这点，宋代沈义父在《乐府指迷》中曾提出具体的方法：“结句须要放开，含有余不尽之意；以景结情最好。”诗是抒情的，在结尾处尤其要饱含情感，这样才能使人读了回味无穷。所以清代贺贻孙在《诗筏》中说：“结语难得有情，有情故能锁住一篇之意。”但抽象地抒情，感染力不强。借景抒情，留下一个画面，让读者从具体的形象中去体味、思索，这样获得的印象就更为深刻。沈义父提出“以景结情”，这一说法是很有见地的。

《渔翁》诗的结尾两句“回看天际下中流，岩上无心云相逐”，用眼前景象烘托出人物悠然自在的心情，确是以景结情的佳句。删去后两句，用“烟消日出不见人，欸乃一声山水绿”作为结尾，同样也是一幅动人的画面，表现出人物与自然融洽的心态，也可以说是好的结尾。不过，原诗末句，化用了东晋陶渊明《归去来兮辞》中“云无心以出岫”一句，是柳宗元借以抒发被贬荒远的幽愤，显示自己青峻高洁的怀抱。作者被贬，在政治上是受到了挫折，但精神上却获得了解放。“回看天际”二句，表面上是写渔翁的生活，同时却也暗示作者从激烈的政治斗争中解脱出来，像闲云那样自来自去的精神境界。删去这两句，这种意味没有了，诗的内涵也就相对减弱。

上面两种对立的意见，似各不相容，其实却有一个共同点，即都限于只从诗句本身来谈问题，而不去顾及作者身世和所处环境。把诗句置于真空之中来辩论，就很难得出令人满意的结论。

欣赏诗歌，不能以看懂字句的表面意思为满足，真正的诗意，往往是隐藏在字句背后的。战国孟子说："故说诗者，不以文害辞，不以辞害志。以意逆志，是为得之。"《孟子·万章下》所谓"以意逆志"，就是不要咬文嚼字，拘泥于字句的表面，而要设身处地去意会和体察作者在字句背后所表现的"志"。只有这样，才能明白作者写诗的真实意图，从而体会到真正的诗意。但只片面地谈"以意逆志"，免不了会产生主观随意性的弊端，甚至穿凿附会，夸大自己的"意"而歪曲原作者的"志"。如柳宗元的《渔翁》诗，如果以为只是通过对渔钓生活的描绘，来表现一种闲情逸趣，这样末两句似乎是可有可无的了，其实这是买椟还珠，忽略了最后两句的点睛之笔。因此，只谈"以意逆志"是不够的，还必须了解作者所处的时代和生活环境，也即孟子所说的"颂其诗，读其书，不知其人，可乎？是以论其世也"（《孟子·万章下》）。把"以意逆志"和"知人论世"结合起来，《渔翁》诗最后两句的意义才显现出来，也才能真正领会作者的"志"。

两首雪诗

郑谷诗云：“江上晚来堪画处，渔人披得一蓑归。”此村学中诗也。柳子厚云：“千山鸟飞绝，万径人踪灭。孤舟蓑笠翁，独钓寒江雪。”人性有隔也哉，殆天所赋，不可及也已。

宋·苏轼《东坡题跋》

郑谷七绝，题为《雪中偶题》，原诗如下：“乱飘僧舍茶烟湿，密洒歌楼酒力微。江上晚来堪画处，渔人披得一蓑归。”《全唐诗话》卷三引柳宗元雪诗后，接着有如下几句：“视郑谷‘乱飘僧舍’之句不侔矣，东坡居士云。”苏轼在“题跋”中所引的是原诗后两句，“诗话”所引的则是首句四字。

苏轼对郑谷诗的评论，曾引起宋代周紫芝的共鸣，他在《竹坡诗话》中说：

郑谷雪诗，如“江上晚来堪画处，渔人披得一蓑归”之句，人皆以为奇绝，而不知其气象之浅俗也。东坡以谓此小学中教童蒙诗，可谓知言矣。

指出“气象浅俗”为东坡不喜此诗做了进一步的说明。浅俗，也就是一览无余，没有什么含蓄，这样的诗，只配给小孩子读。

宋代叶梦得在《石林诗话》中引其他各家诗作比较，说得更为透彻：

诗禁体物语，此学诗者类能言之也。欧阳文忠公守汝阴，尝与客赋雪于聚星堂，举此令，往往皆阁笔不能下。然此亦定法，若能者则出入纵横，何可拘碍？郑谷“乱飘僧舍茶烟湿，密洒歌楼酒力微”，非不去体物语，而气格如此其卑。苏子瞻“冻合玉楼寒起粟，光摇银海眩生花”，超然飞动，何害其言玉楼、银海？韩退之两篇力欲去此弊，虽冥搜奇谲，亦不免有缟带、银杯之句。杜子美“暗度南楼月，寒生北渚云”，初不避云、月字。若“随风且开叶，带雨不成花”，则退之两篇，殆无以过之也。

体物，即体察物象。魏晋时陆机《文赋》：“诗缘情而绮靡，赋体物而浏亮。”南朝梁国刘勰《文心雕龙·诠赋》：“赋者，铺也；铺采摛文，体物写志也。”他们二位是最早在文论中用上体物这一词语的。体物语，指铺陈描摹事物形态的辞藻。绮靡铺采，正概括说明了六朝文风。到了唐朝，陈子昂大力扫荡齐梁诗风，标榜“风雅比兴”“汉魏风骨”的传统；李白说：“自从建安来，绮丽不足珍。”（《古风》）杜甫更明确提出“别裁伪体亲风雅，转益多师是汝师”的主张（《戏为六绝句》）。“诗禁体物语”，正是在文坛新形势下提出的。在叶梦得看来，这也不是绝对的，“若能者，则出入纵横，何可拘碍”，用不用体物语，并不是评价诗歌好坏的主要标准。他以雪诗为例，说明用体物语，也能写出好诗；相反的，像郑谷的两句诗，“非不去体物语，而气格如此其卑”。他是看得比较全面的。

苏轼用作对比的柳宗元《江雪》诗，宋代范晞文在《对床夜语》中给予很高的评价：“唐人五言四句，除柳子厚《钓雪》一诗外，绝少佳者。”言外之意，也就是说此诗是唐人五言绝句第一。细细体味，就会觉得这话不是过誉。四句诗，每句的开头一个字，就安排得十分巧妙：“千”“万”和“孤”“独”，自然形成对比鲜明的两组，前面两句为后面两句做了铺垫，把孤舟独钓的渔翁安排在广阔的背景之中，用无限大来衬托小小的一点，整个画面是寂静的，这一点却显出了动态，静中有动，画面就不沉闷而有了生气。诗人对这个蓑笠翁寄予深情，实际上也就是借这一形象写出自己超然物外，不随俗浮沉的性格。古典诗论强调诗中要有“我”，有了我，诗就有了个性，也就是把景物写活了。

这首《江雪》诗得到许多好评，但也有个别评论家却给以贬词。清代王士禛《渔洋诗话》中就有如下一则：

余论古今雪诗，惟羊孚一赞及陶渊明“倾耳无希声，在目皓已洁”，及祖咏“终南阴岭秀”一篇、右丞“洒空深巷静，积素广庭闲”、韦左司“门对寒流雪满山”句最佳。若柳子厚“千山鸟飞绝”已不免俗；降而郑谷之“乱飘僧舍”“密洒歌楼”，益俗下欲呕。韩退之“银杯”“缟带”亦成笑柄。世人詠于盛名，不敢议耳。

柳子厚的诗排不上佳字，和郑谷仅五十步与百步之差，与东坡之说大异其趣，难怪清代沈德潜要表示怀疑：“清峭已绝，王阮亭尚书独贬此诗，何也？”（《唐诗别裁》）当然，这只能看作个别的偏见。

柳宗元的雪诗，简洁明快，浑然一体，读后不费大地就能构想出一幅寒江独钓图。而郑谷的诗，事物琐碎，前后不能构成有机的整体，渔人的活动没有背景衬托，形象也就不鲜明，和柳宗元的诗，是不能同日而语的。

金陵怀古

长庆中，元微之、梦得、韦楚客同会乐天舍，论南朝兴废，各赋《金陵怀古》诗。刘满饮一杯，诗已即成，曰："王濬楼船下益州，金陵王气黯然收。千寻铁锁沉江底，一片降幡出石头。人世几回伤往事，山形依旧枕寒流。而今四海为家日，故垒萧萧芦荻秋。"白公览诗曰："四人探骊龙，子先获珠，所余鳞爪何用耶？"于是罢唱。

宋·计有功《唐诗纪事》

与这首诗有关的历史事实见《晋书·王濬传》："太康元年正月，濬发自成都（攻吴）……吴人于江险碛要害之处，并以铁锁横截之；又作铁锥长丈余，暗置江中，以逆距船。……濬乃作大筏数十，亦方百余步，令善水者，以筏先行。筏遇铁锥，辄着筏去。又作火炬，长十余丈，大数十围，灌以麻油，在船前。遇锁，燃炬烧之。须臾，融液断绝，于是船无所碍。……濬自发蜀，兵不血刃……入于石头（孙皓降）。"

据宋代张表臣《珊瑚钩诗话》载，刘禹锡此诗，受到白居易高度评价，他自己也是十分满意的，曾说："余虽不及，然亦不孤乐天之赏耳。"这一得意之作，后来也普遍受到好评。

清代薛雪《一瓢诗话》说："刘宾客《西塞山怀古》，似议非议，有论无论，笔著纸上，神来天际，气魄法律，无不精到，洵是此老一生杰作，自然压倒元、白。"薛雪主张"咏史诗以不着议论为工，一经刻画，遂落蹊径"，这里所说"似议非议，有论无论"，是指把议论隐藏在形象描写的背后，这就比完全不着议论更为精妙了。作者借咏晋、吴兴亡事迹，暗寓地形之险不足恃，却不明白说出来，而寄兴于"人世""山形"两句，这就比正面发议论更令人感慨了。作者生当中唐以后藩镇割据之秋，他不满于野心军阀的拥兵自重，而用“故垒萧萧”一句，借古喻今，予以讥刺，这就寄慨深远，绝不限于写景了。在这些神来之笔中，正可看出作者对诗歌创作造诣之深厚。

清代汪师韩《诗学纂闻》结合历史事实，从反面说到正面，评论更为精细：

刘梦得《金陵怀古》诗，当时白香山谓其已探骊珠，所余鳞甲何用。以今观之，“王濬楼船”所咏才一事耳，而多至四句，前则疑于偏枯；山城水国，芦荻之乡，触目尽尔，后则嫌其空衍也。抑何元、白阁笔易易耶？余窃有说焉：金陵之盛，至吴而始著，至孙皓而西藩既摧，北军飞渡，兴亡之感始甚。假使感古者取三国、六代事，衍为长律，便使一句一事，包举无遗，岂成体制？梦得之专咏晋事也，尊题也。下接云：“人世几回伤往事”，若有上下千年，纵横万里在其笔底者。山形枕水之情景，不涉其境，不悉其妙。至于芦荻萧萧，履清时而依故垒，含蕴正靡穷矣。所谓骊珠之得，或在于斯者欤！

关于本诗取材，清代袁枚《随园诗话》是这样说的：

怀古诗，乃一时兴会所触，不比山经地志，以详核为佳……古人怀古，只指一事而言，如……刘梦得《金陵怀古》，只咏王濬楼船一事，而后四句，全是空描。当时白太傅谓其“已探骊珠，所余鳞甲无用”。真知言哉！不然，金陵典故，岂王濬一事？而刘公胸中，岂止晓此一典耶？

诗中用事不在乎多少，而在于能否说明问题，从“而今四海为家日”这句看，诗人咏的是历史故事，而眼光却是落在当前的现实：三国纷扰，至晋而终告一统，则而今四海为家，自不宜再出现割据局面。即此一事，已足以说明作诗主旨，何必再写其他事实来分散读者的注意力呢？袁枚曾举一事作对比：“近见某太史《洛阳怀古》四首，将洛下故事，搜括无遗，竟有一首中，使事至七八者，编凑拖沓，茫然不知作者意在何处。”夸多斗富，却不能由博返约，慎于取舍，这是徒劳而无功的。

清代方世举《兰丛诗话》引方观丞的话，对此诗的结构安排有一段精辟的说明：

前半专叙孙吴，五句以七字总括东晋、宋、齐、梁、陈五代，局阵开拓，乃不紧迫。六句始落到西塞山，“依旧”二字有高峰堕石之捷迅。七句落到怀古，“今逢”二字有居安思危之遥深。八句“芦荻”是即时景，仍用“故垒”，终不脱题。此抟结一片之法也。至于前半一气呵成，具有山川形势，制胜谋略，因前验后，兴废皆然。下只以“几回”二字轻轻兜满，何其神妙！

根据作品来探索作者的创作意图，这样的体会就不会空洞。

也有评论家认为后半不及前半。清代翁方纲《石洲诗话》说：

起四句洵是杰作，后四则不振矣。此中唐以后，所以气力衰飒也。固无八句皆紧之理，然必松处正是紧处，方有意味。如此作结，毋乃饮满时思滑之过耶？

清代施补华《岘佣说诗》也有同样的看法，他认为：

“王濬楼船”四语，虽少陵动笔，不过如是，宜香山之缩手。五、六“人世几回”二句，平弱不称；收亦无完固之力，此所以成晚唐也。

王濬率水师灭吴，对这样一次大战役，诗中只用二十八字来概括。“黯然收”三字，王濬军威之盛和孙吴之穷于应付，均可以于此见之。“沉江底”“出石头”，用流水对句的形式，既写出晋军举重若轻，也表现吴军溃败之速。以宏观角度，反映战局全貌，确是笔有千钧之力。五、六两句，写河山无改，人事多变，时间和空间跨度都很大，这样也就不可能用鲜明的形象来表现，紧接前面四句之后，读来不免感到平淡。结尾两句，旨在借古喻今，缺少锤炼，读来也感笔力不振。但如果没有后四句，全诗的内涵就要大为减弱。这一内容和形式的矛盾，看来是很难解决的。德国作家歌德说：“十全十美是上天的尺度，而要达到十全十美的这种愿望，则是人类的尺度。”从前一分句，我们可体会到作者用心良苦；从后一分句，我们会谅解评论家求全之意。

长恨歌

香山诗名最著，及身已风行海内，李谪仙后一人而已。观其与微之书云：“……军使高霞寓，邀妓侑客。妓曰：‘我诵得白学士《长恨歌》，岂他比哉。’由是增价。汉南主人宴客，诸妓见仆来，指曰：‘此《秦中吟》《长恨歌》主耳。’”……古来诗人，及身得名，未有如是之速且广者。盖其得名，在《长恨歌》一篇。其事本易传，以易传之事，为绝妙之词，有声有情，可歌可泣，文人学士既叹为不可及，妇人女子亦喜闻而乐诵之。是以不胫而走，传遍天下。又有《琵琶行》一首助之。此即无全集，而二诗已自不朽，况又有三千八百四十首之工且多哉。

清·赵翼《瓯北诗话》

唐代白居易《长恨歌》是长篇叙事诗的杰作，赵翼认为是“有声有情，可歌可泣”的“绝妙之词”，并说它拥有广大读者，“文人学士既叹为不可及，妇人女子亦喜闻而乐诵之”。这些评价是比较客观、公正的。但由于内容涉及帝王、后妃，有的人就抬出封建道德来责难；也有人把艺术的真实和事实的真实混为一谈，在细枝末节上作考证，就以为有不实之处。所以，这一作品是伴随着赞扬和批评而流传下来的。

和赵翼一样，对这一作品持肯定态度的，也代不乏人。五代王定保《唐摭言》中有如下一则：

白乐天去世，大中皇帝以诗吊之曰：“缀玉联珠六十年，谁教冥路作诗仙。浮云不系名居易，造化无为字乐天。童子解吟《长恨曲》，胡儿能唱《琵琶篇》。文章已满行人耳，一度思卿一怆然！’

说小孩子也能吟唱《长恨歌》，说明流传之广。一篇作品能受到大众欢迎，当然含有赞扬之意。后来有人说《长恨歌》的措辞“无礼”“失体”，其实对这一方面最有发言权的还是玄宗以后的唐朝皇帝。我们民族把揭露祖先短处看作奇耻大辱，如果《长恨歌》中对唐玄宗真有“无礼”“失体”的话，首先感到不能容忍的应该是与白居易同时代的帝王。现在大中皇帝不但对白居易毫无不满之处，而且还写诗吊唁他，称赞《长恨歌》是广泛流传的佳作。这样看来，后代那些义愤填膺的批评家，既不免有越俎代庖之讥，也令人有无的放矢之叹了。

宋代洪迈《容斋随笔》说《长恨歌》“皆脍炙人口，使读之者情性荡摇，如身生其时，亲见其事”，认为它具有感人的艺术魅力，描写富有真实感。清代翁方纲《石洲诗话》也说白氏之作“不但不蹈杜公、韩公之辙也。是乃‘浏漓顿挫，独出冠时’，所以为豪杰耳”，肯定这一叙事诗有其独创性，并不仿效杜甫、韩愈的作品，而具有自身的特色，给予的评价更高。

上面两家评论，着重指出《长恨歌》的艺术成就，另外也有评价其内容的。明代张纶言《林泉随笔》说：“白乐天《长恨歌》备述明皇、杨妃之始末，虽史传亦无以加焉。盖指其覆华，托为声诗以讽时君，而垂戒来世尔。”清代贺贻孙《诗筏》也指出其“讽刺深隐，意在言外”的特点。但由于其讽刺是“深隐”的，又重在言外之意，所以容易为读者所忽略，种种否定意见，也由此而起。

宋代张邦基《墨庄漫录》认为《长恨歌》“止于荒淫之语，终篇无所规正”。诗歌是用形象来感染读者的，不像散文那样，由作者出面来作一番说教。题名《长恨》，就是说唐玄宗为自己制造了永远无法弥补的遗憾，作者写诗的主旨也已隐寓于此；要求写得更浅露，就违反诗歌艺术的特点了。

宋代张戒《岁寒堂诗话》指斥“《长恨歌》在乐天诗中为最下”，因为它“无礼”——“太真配至尊，岂可以儿女黩之耶？”一与皇帝有关，就不能再带人情味。宋代魏泰《临汉隐居诗话》则直接举出具体句子来作为罪证而加以声讨：“‘六军不发无奈何，宛转蛾眉马前死’，此乃歌咏禄山能使官军皆叛，逼迫明皇，明皇不得已而诛杨妃也。噫！岂特不晓文章体裁，而造语蠢拙，抑已失臣下事君之礼矣。”明代何孟春《余冬诗话》也与之呼应，认为“此等叙述，夫岂非实在？于臣子终非所宜”。事实尽管是事实，但说还是说不得的。为什么“非所宜”，明代张纶言《林泉随笔》亮出了底牌：“其辞语迫切浅近，发扬太过，有失为尊者讳之义也。”在等级森严的封建社会里，刑不上大夫，礼不下庶人，对庶人是要用重典，对大夫以上的贵族，则如儒家经典之一《谷梁传》中所说，“为尊者讳耻，为贤者讳过”，成为礼的具体内容。但什么是耻，什么是过，原无硬性尺度可言。白居易的《长恨歌》并不是完全不讲讳，第一句“汉皇重色思倾国”，清代施补华《岘佣说诗》提出疑问：“明明言唐，何必曰汉？”其实这正是白居易讲讳耻的手段。至于杨玉环的身份，唐代陈鸿《长恨歌传》中说得很明白：“诏高力士潜搜外宫，得弘农杨玄琰女于寿邸，既笄矣。”杨玉环原是唐玄宗的儿子寿王李瑁的妃子，是高力士假借唐玄宗的命令，掠夺进宫的。而在《长恨歌》中，则用“杨家有女初长成，养在深闺人未识”两句来掩饰，这怎能说白居易不是“为尊者讳耻”呢？但正因为讳耻是没有硬性尺度可言的，卫道士对这些并不满足，于是责难便纷纷而至。当然，封建教条不能作为评价作品的标准，《长恨歌》还是以其自身不可磨灭的价值流传后世。

对《长恨歌》的另一种批评是：有些内容，与事实不尽相合。如宋代邵博《邵氏闻见后录》批评“夕殿萤飞思悄然，孤灯挑烬未成眠”两句，“宁有兴庆宫中，夜不烧蜡油，明皇帝自挑烬者乎？书生之见可笑耳！”清代施补华《岘佣说诗》也说这一景象“以寒士光景，南内凄凉，亦不至此”。对这点，宋代王楙《野客丛书》作了辩说，这“正所以状宫中向夜萧索之意……使言高烧画烛，贵则贵矣，岂复有长恨等意耶？观者味其情旨斯可矣”。就是说，这两句的作用，在点染气氛，不必在事实上刻舟求剑。

宋人范温《潜溪诗眼》说：“白乐天《长恨歌》，工矣，而用事犹误。‘峨眉山下少人行’，明皇幸蜀，不行峨眉山也；当改云‘剑门山’。‘七月七日长生殿，夜半无人私语时’，长生殿乃斋戒之所，非私语地也，华清宫自有飞霜殿，乃寝殿也；当改‘长生’为‘飞霜’，则尽矣。”关于这点，清代袁枚《随园诗话》中有一段话可做参考：“考据家不可与论诗。或訾余《马嵬》诗曰‘石壕村里夫妻别，泪比长生殿上多’，当日贵妃不死于长生殿。余笑曰：白香山《长恨歌》‘峨眉山下少人行’，明皇幸蜀，何曾路过峨眉耶？其人语塞。”贵妃入宫，明皇幸蜀，这些都是不可向壁虚构的大事；至于入宫后私语在哪一宫殿，幸蜀路过哪座山，这些都是不必一一核实的小节。这就是文学作品和史传记载区别所在。

宋代张邦基《墨庄漫录》和洪迈《容斋随笔》拿《长恨歌》与《连昌宫词》作比较，认为前者不及后者。张戒《岁寒堂诗话》又拿《长恨歌》与《哀江头》作比较，认为前者逊色。其实他们评价的标准，仍摆脱不了受封建道德教条的支配，对欣赏诗歌艺术，并没有什么帮助。倒是明代瞿佑《归田诗话》中的两句话，说得很有意思：

乐天《长恨歌》凡一百二十句，读者不厌其长；元微之《行宫》诗才四句，读者不觉其短，文章之妙也。

对同一题材，长的可以写到一百二十句，短的可以压缩为四句，这就是文章的妙处。话虽不多，却很有启发。

【附】

长恨歌（唐·白居易）

汉皇重色思倾国，御宇多年求不得。
杨家有女初长成，养在深闺人未识。
天生丽质难自弃，一朝选在君王侧。
回眸一笑百媚生，六宫粉黛无颜色。
春寒赐浴华清池，温泉水滑洗凝脂。
侍儿扶起娇无力，始是新承恩泽时。
云鬓花颜金步摇，芙蓉帐暖度春宵。
春宵苦短日高起，从此君王不早朝。
承欢侍宴无闲暇，春从春游夜专夜。
后宫佳丽三千人，三千宠爱在一身。
金屋妆成娇侍夜，玉楼宴罢醉和春。
姊妹弟兄皆列土，可怜光彩生门户。
遂令天下父母心，不重生男重生女。
骊宫高处入青云，仙乐风飘处处闻。
缓歌谩舞凝丝竹，尽日君王看不足。
渔阳鼙鼓动地来，惊破霓裳羽衣曲。
九重城阙烟尘生，千乘万骑西南行。

翠华摇摇行复上，西出都门百余里。
六军不发无奈何，宛转蛾眉马前死。
花钿委地无人收，翠翘金雀玉搔头。
君王掩面救不得，回看血泪相和流。
黄埃散漫风萧索，云栈萦纡登剑阁。
峨嵋山下少人行，旌旗无光日色薄。
蜀江水碧蜀山青，圣主朝朝暮暮情。
行宫见月伤心色，夜雨闻铃肠断声。
天旋地转回龙驭，到此踌躇不能去。
马嵬坡下泥土中，不见玉颜空死处。
君臣相顾尽沾衣，东望都门信马归。
归来池苑皆依旧，太液芙蓉未央柳。
芙蓉如面柳如眉，对此如何不泪垂。
春风桃李花开日，秋雨梧桐叶落时。
西宫南内多秋草，落叶满阶红不扫。
梨园弟子白发新，椒房阿监青娥老。
夕殿萤飞思悄然，孤灯挑尽未成眠。
迟迟钟鼓初长夜，耿耿星河欲曙天。
鸳鸯瓦冷霜华重，翡翠衾寒谁与共。
悠悠生死别经年，魂魄不曾来入梦。
临邛道士鸿都客，能以精诚致魂魄。
为感君王辗转思，遂教方士殷勤觅。
排空驭气奔如电，升天入地求之遍。
上穷碧落下黄泉，两处茫茫皆不见。
忽闻海上有仙山，山在虚无缥渺间。
楼阁玲珑五云起，其中绰约多仙子。
中有一人字太真，雪肤花貌参差是。
金阙西厢叩玉扃，转教小玉报双成。
闻道汉家天子使，九华帐里梦魂惊。
揽衣推枕起徘徊，珠箔银屏迤逦开。
云鬓半偏新睡觉，花冠不整下堂来。
风吹仙袂飘飘举，犹似霓裳羽衣舞。
玉容寂寞泪阑干，梨花一枝春带雨。

含情凝睇谢君王，一别音容两渺茫。
昭阳殿里恩爱绝，蓬莱宫中日月长。
回头下望人寰处，不见长安见尘雾。
惟将旧物表深情，钿合金钗寄将去。
钗留一股合一扇，钗擘黄金合分钿。
但教心似金钿坚，天上人间会相见。
临别殷勤重寄词，词中有誓两心知。
七月七日长生殿，夜半无人私语时。
在天愿作比翼鸟，在地愿为连理枝。
天长地久有时尽，此恨绵绵无绝期。

（编者注：“飘飘”一作“飘飖”）

行宫（唐·元稹）

寥落古行宫，宫花寂寞红。
白头宫女在，闲坐说玄宗。

琵琶行

白乐天《琵琶行》一篇，读者但羡其风致，敬其词章，至形于乐府，咏歌之不足，遂以谓真为长安故倡所作，予窃疑之。唐世法网虽于此为宽，然乐天尝居禁密，且谪官未久，必不肯乘夜入独处妇人船中，相从饮酒，至于极弹丝之乐，中夕方去。岂不虞商人者它日议其后乎？乐天之意，直欲抒写天涯沦落之恨耳。

宋·洪迈《容斋五笔》

宋代洪迈对《琵琶行》是很感兴趣的，早在《容斋三笔》中，就已经做了评论，并对事实做了这样的推测："妇对客奏曲，乐天移船，夜登其舟与饮，了无所忌，岂非以其长安故倡女，不以为嫌耶？"还引了乐天自京城谪浔阳，宿于鄂州时所作《夜闻歌者》一诗，最后提出了如下的看法："陈鸿《长恨传序》云：'乐天深于诗，多于情者也。'故所遇必寄之吟咏，非有意于渔色。然鄂州所见，亦一女子独处，夫不在焉。瓜田李下之疑，唐人不讥也。"其后清代赵翼也对这一事实表示怀疑，并提出和洪迈类似的看法，他在《瓯北诗话》中说："《琵琶行》亦是绝作，然身为本郡上佐，送客到船，闻邻船有琵琶女，不问良贱，即呼使奏技，此岂居官者所为？岂唐时法令疏阔若此耶？盖特香山借以为题，发抒其才思耳。"

对《长恨歌》的考证固然是多余的，对《琵琶行》的索隐也是不必要的。文学作品和自传性文学不同，进行想象和虚构是很自然的事。诗歌更是触景生情，借事抒感，究竟有多少真实性，作者自己也是说不清楚的。据此作鉴定，来评判作者的道德品质，或者作为文献，来考订典章制度，这就无异于痴人说梦了。欣赏诗歌就是欣赏诗歌，据此追求艺术享受，这是分内应有的收获；如果把它看作百科全书，那是会失望的。

清代宋征璧《抱真堂诗话》以“颇尽情事”四字评《琵琶行》，概括说明了诗的特色。叙事诗和一般散文不同，它具简洁明快，饱含感情的特点。如开头“浔阳江头夜送客”，虽只一句，却已把地点、时间和事情介绍清楚。不把这些先交代，故事情节就发展不下去；但这些又不是记叙的重心，写得太多会分散读者的注意力。现在用一句带过，可说是恰到好处。接下去一句“枫叶荻花秋瑟瑟”，叙述内容比前一句简单得多，却有力地点染了环境气氛，显示出诗的特点。就这么两句，就是一幅鲜明的图画，具有引人入胜的魅力，照应着第一句，也为了把抒情气氛进一步推进。诗中三次提到江和月，但写法不同，作用也不同。第一次“醉不成欢惨将别，别时茫茫江浸月”，江中浸着明月的倒影，这是写景，但不是简单地为写景而写景。它一面照应上句，用静寂的景色来衬托人物凄惨的心；另一方面也为后面的琵琶声作铺垫：用幽静的环境来暗示琵琶乐曲的美妙动听。第二次“东船西舫悄无言，唯见江心秋月白”，在描写乐曲的大段文字之后，再次提到江心皎洁的秋月，正是写出周围的人们都在专心地倾听乐曲，同时也留给人们一番回味的余地，从而获得更深刻的印象。第三次“去来江口守空船，绕船月明江水寒”，“寒”的岂止是江水，还有那空船女主人一片凄凉的心境；同时，这句也寄托了诗人对那位艺人的同情，为后面“同是天涯沦落人，相逢何必曾相识”做了铺垫。——这些蕴含在写景中的情和事，如果一一明白交代出来，不但字句不胜烦琐，而且缺少含蓄，诗的意味也将大大削弱了。

清代黄子云《野鸿诗的》从另一角度指出诗的优点：“香山《琵琶行》，婉折周详，有意到笔随之妙，篇中句亦警拔。”既要委婉曲折，又要周密详尽，这就要缜密考虑和细心安排，篇名《琵琶行》，写琵琶演奏是全诗的重心，也是最精彩的部分。写演奏共两次，前详后略。后面一次只用“凄凄不似向前声，满座重闻皆掩泣”两句带过，照应前一次而又不重复。前面一次共二十四句，根据演奏的实况，但又不是简单的自然主义的描写，而是经过加工整理，渗透着诗人的感受和体会。“转轴拨弦三两声”以下六句，是全过程的概括。在写演奏动作和音调的同时，也写出了艺人内心的情愫。“轻拢慢捻抹复挑”以下六句，专门介绍演奏的曲调，着重写出演技的娴熟。“间关莺语花底滑”以下六句和“银瓶乍破水浆迸”以下六句，分别写两个具有典型性的精彩段落，前后映衬，互不重复。综观这二十四句浓墨重彩的描写，概括与特写相结合，技巧与抒情相结合，充分体现了艺术描写的多样化。

有的评论家在肯定优点之后，也指出不足之处。黄子云嫌其“音节靡靡”，大概是指“千呼万唤始出来，犹抱琵琶半遮面”等句，但这样写是否切合人物的身份，还是可以商讨的。清代施补华《岘佣说诗》说“我从去年……一段又嫌繁冗，如老妪向人谈旧事，叨叨絮絮，厌渎而不肯休也”。这段接在精彩的演奏之后，未免显得平淡；但无此一段，前面“同是天涯沦落人，相逢何必曾相识”两句，又嫌没有着落。这也正是作者煞费苦心的地方。

像《琵琶行》这样规模和气魄的长篇，在文人创作中，可说是前无古人的，后人似乎也难乎为继。但在个别章节上，评论家还是看出其借鉴前人和影响后人的地方。清代马位《秋窗随笔》说：“乐天‘转轴拨弦三两声，未成曲调先有情’，与谪仙‘楚歌吴语娇不成，似能未能最有情’异曲同工。”这还只是说艺术上的造诣。而清代田雯《古欢堂集杂著》中的一段话，则说得十分明确了：

> 余尝谓白香山《琵琶行》一篇，从杜子美《观公孙大娘舞剑器行》诗得来。“临颍美人在白帝，妙舞此曲神扬扬。与余问答既有以，感时抚事增惋伤。”杜以四语，白成数行，所谓演法也。凫胫何短，鹤胫何长，续之不能，截之不可，各有天然之致。

结合艺术表演来抒发感慨，两篇作品有类似的地方。

宋代洪迈《容斋五笔》中有一段谈到《琵琶行》对苏轼作品的影响。

> 东坡谪黄州，赋《定惠院海棠》诗，有“陋邦何处得此花，无乃好事移西蜀。天涯流落俱可念，为饮一尊歌此曲”之句，其意亦尔也。或谓殊无一话一言与之相似，是不然。此真能用乐天之意者，何必效常人章摹句写而后已哉！

“其意亦尔”指“直欲抒写天涯沦落之恨”。洪迈也知道两诗字句上没有相似之处，所以特别强调用意。

【附】

琵琶行（唐·白居易）

元和十年，予左迁九江郡司马。明年秋，送客湓浦口。闻舟中夜弹琵琶者，听其音，铮铮然有京都声。问其人，本长安倡女。尝学琵琶于穆、曹二善才，年长色衰，委身为贾人妇。遂命酒使快弹数曲，曲罢悯然。自叙少小时欢乐事，今漂沦憔悴，转徙于江湖间。予出官二年，恬然自安，感斯人言，是夕始觉有迁谪意。因为长句，歌以赠之，凡六百一十二言，命曰《琵琶行》。

浔阳江头夜送客，枫叶荻花秋瑟瑟。
主人下马客在船，举酒欲饮无管弦。
醉不成欢惨将别，别时茫茫江浸月。
忽闻水上琵琶声，主人忘归客不发。
寻声暗问弹者谁，琵琶声停欲语迟。
移船相近邀相见，添酒回灯重开宴。
千呼万唤始出来，犹抱琵琶半遮面。
转轴拨弦三两声，未成曲调先有情。
弦弦掩抑声声思，似诉平生不得意。
低眉信手续续弹，说尽心中无限事。
轻拢慢捻抹复挑，初为霓裳后六幺。
大弦嘈嘈如急雨，小弦切切如私语。
嘈嘈切切错杂弹，大珠小珠落玉盘。
间关莺语花底滑，幽咽泉流冰下难。
冰泉冷涩弦凝绝，凝绝不通声暂歇。
别有幽愁暗恨生，此时无声胜有声。
银瓶乍破水浆迸，铁骑突出刀枪鸣。
曲终收拨当心画，四弦一声如裂帛。
东船西舫悄无言，唯见江心秋月白。
沉吟放拨插弦中，整顿衣裳起敛容。
自言本是京城女，家在虾蟆陵下住。
十三学得琵琶成，名属教坊第一部。

曲罢曾教善才服，妆成每被秋娘妒。
五陵年少争缠头，一曲红绡不知数。
钿头云篦击节碎，血色罗裙翻酒污。
今年欢笑复明年，秋月春风等闲度。
弟走从军阿姨死，暮去朝来颜色故。
门前冷落鞍马稀，老大嫁作商人妇。
商人重利轻别离，前月浮梁买茶去。
去来江口守空船，绕船月明江水寒。
夜深忽梦少年事，梦啼妆泪红阑干。
我闻琵琶已叹息，又闻此语重唧唧。
同是天涯沦落人，相逢何必曾相识。
我从去年辞帝京，谪居卧病浔阳城。
浔阳地僻无音乐，终岁不闻丝竹声。
住近湓江地低湿，黄芦苦竹绕宅生。
其间旦暮闻何物，杜鹃啼血猿哀鸣。
春江花朝秋月夜，往往取酒还独倾。
岂无山歌与村笛，呕哑嘲哳难为听。
今夜闻君琵琶语，如听仙乐耳暂明。
莫辞更坐弹一曲，为君翻作琵琶行。
感我此言良久立，却坐促弦弦转急。
凄凄不似向前声，满座重闻皆掩泣。
座中泣下谁最多？江州司马青衫湿。

夜闻歌者（唐·白居易）

夜泊鹦鹉洲，秋江月澄澈。
邻船有歌者，发调堪愁绝。
歌罢继以泣，泣声通复咽。
寻声见其人，有妇颜如雪。
独倚帆樯立，娉婷十七八。
夜泪似真珠，双双堕明月。
借问谁家妇，歌泣何凄切？
一问一沾襟，低眉终不说。

题琵琶亭（宋·郭明复）

白乐天流落湓浦，作《琵琶行》。其放怀适意，视忧患死生祸福得丧为何物！非深于道者能之乎？贾傅谪长沙，抑郁致死；陆相窜南宾，屏绝人事，至从狗窦中度食饮，两公犹有累乎世，未能如乐天逍遥自得也。予过九江，维舟琵琶亭下为赋此章。

香山居士头欲白，秋风吹分湓城客。
眼看世事等虚空，云梦胸中无一物。
举觞独醉天为家，诗成万象遭梳爬。
不管时人皆欲杀，夜深江上听琵琶。
贾胡老妇儿女语，泪湿青衫如著雨。
此公岂作少狂梦，与世浮沈聊尔汝。
我来后公三百年，浔阳至今无管弦。
长安不见遗音寂，依旧康庐翠扫天。

琵琶行亭（宋·戴复古）

浔阳江头秋月明，黄芦叶底秋风声。
银龙行酒送归客，丈夫不为儿女情。
隔船琵琶自愁思，何预江州司马事。
为渠感激作歌行，一写六百六十字。
白乐天，白乐天，
平生多为达者语，到此胡为不释然。
弗堪谪宦便归去，庐山政接柴桑路。
不寻黄菊伴渊明，忍泣青衫对商妇。

白首同归

乐天为王涯所谗，谪江州司马。甘露之祸，乐天在洛，适游香山寺，有诗云：“当君白首同归日，是我青山独往时。”不知者，以乐天为幸之，乐天岂幸人之祸者哉，盖悲之也！

宋·苏轼《东坡志林》

李颀《古今诗话》载：“孙秀既恨石崇不与绿珠，又憾潘岳昔日遇不以礼，复遭遇晋武帝，遂同日收石崇、欧阳坚、潘岳送市。石谓潘曰：‘安仁复尔耶？’潘曰：‘可谓白首同归也。’潘《金谷集》云：‘投分寄石友，白首同所归。’亦具谶也。”此为白居易诗用“白首同归”之所本。

马永卿《懒真子》中有一则载白氏全文，录之如下：

“福祸茫茫不可期，大都早退似先知。当君白首同归日，是我青山独往时。顾索素琴应不暇，忆牵黄犬定难期。蛟龙作醢麟为脯，何似泥中拽尾龟！”右白乐天《游玉泉寺》。李训、郑注初用事，公知其必败，辄自刑部侍郎乞分司而归。时宰相王涯好琴，舒元舆好猎，故及之；而“拽尾龟”所以自喻也。龙醢事见《左氏》；麟脯事见《列仙传》。

《世说新语·雅量》载：“嵇中散临刑东市，神气不变，索琴弹之，奏《广陵散》。曲终，曰：‘袁孝尼尝请学此散，吾靳固不与，《广陵散》于今绝矣！’”“顾索素琴”句正本此。又《史记·李斯列传》：“（斯）论腰斩咸阳市……顾谓县中子曰：‘吾欲与若复牵黄犬俱出上蔡东门逐狡兔，岂可得乎？’”“忆牵黄犬”句本此。此云“宰相三涯好琴，舒元舆好猎”，似牵强附会，非白氏本意。

洪迈《容斋随笔》亦记其事，在引“志林”原文后又作补充如下：

予读白集，有《咏史》一篇，注云九年十一月作，其词曰：“秦磨利刃斩李斯，齐烧沸鼎烹郦其；可怜黄绮入商洛，闲卧白云歌紫芝。彼为菹醢机上尽，此作鸾凤天外飞。去者逍遥来者死，乃知福祸非天为。”正为甘露事而作，具悲之之意可见矣。

此诗中“秦磨利刃斩李斯”，正与“忆牵黄犬定难期”同一故实。“九年”，即唐文宗大和乙卯，甘露之变即发生于此年，洪氏举此作“白首同归”一诗的旁证，很恰当。而叶梦得在《避暑录话》中，对白氏的心态，更有细心的探索：

乐天所得岂不多哉？然吾犹有微恨，似未能全忘声色杯酒之累，赏物太深，若犹有待而后遣者，故小蛮、樊素，每见于歌咏。至甘露十家之祸，乃有“当君白首同归日，是我青山独往时”之句，得非为王涯发乎？览之使人太息，空花妄想初何所有，而况冤亲相寻，缴绕何已？乐天不唯能外世，故固自以为深得于佛氏，犹不能旷然一洗，电扫冰释于无所有之地，习气难除，有至是乎？要之，若飘瓦之击，虚舟之触，庄周以为至人之用心也，宜乎？

这段话细致分析了白氏的矛盾思想：他“深得于佛氏”，却又“不能旷然一洗”，“白首同归”，“青山独往”之诗，正可看作是这种矛盾心情下的产物。由此正可看出白氏还不能忘情于尘世的是非得失。葛立方也有同样的感触，却更进一步，认为上述乐天的诗，未必是“快王涯之句”，他在《韵语阳秋》卷二十中说：

白乐天作《八渐偈》云：“苦既非真，悲亦是假。”则世间悲欢人我，必能忘情。始宪宗欲以乐天为刺史，王涯以资浅为言，遂得江州司马。及涯败，作诗快之，有“当君白首同归日，是我青山独往时”之句。李德裕于乐天，不见有隙，德裕贬崖州，亦作三绝快之。其一篇云：“乐天尝任苏州日，要勒须教用礼仪。从此结成千万恨，今朝果中白家诗。”盖尝以《唐史》考之，乐天卒于会昌之初，武宗时也。而德裕之贬，乃在宣宗大中年，则德裕之谪，乐天死已久，非乐天之诗明矣。以是准之，快王涯之句，恐亦未必然也。

葛立方企图用类比推理来证明“白首同归”一诗非白氏所作，这一看法是靠不住的，因为这种推理的结论具有很大的或然性。倒是洪迈举出白氏另一首《咏史诗》作对比，很有说服力，因为两首诗的思想倾向是一致的。

诗是白氏所作，无可怀疑。由于作者是一位人们爱戴的大诗人，而幸灾乐祸却被人认为是不道德的，在《左传》上就有“背施无亲，幸灾不仁”的说法，为贤者讳，就否定诗的倾向是幸之，快之，而说成是悲之。其实，不管是前者或后者，都没有抓住问题的实质。

白居易奉行儒家“达则兼济天下，穷则独善其身”思想，自谓“仆虽不肖，常师此语”。他在青年时代所写的“养勇期除恶，输忠在灭私”诗句及大量的政治讽喻诗，正是他兼济思想的反映。但在诗人四十三岁那年被贬为江州司马后，情绪渐趋消极，独善思想逐步抬头。他受到道家和佛教思想的影响，作品的情调有明显的乐天知命色彩。甘露

之变那一年，诗人已是六十三岁的老人，受这一事件的影响，他的诗篇中流露明哲保身的独善思想，也就并不为奇了。

诗人发抒思想感情，总是借景抒情，托物言志的；像“甘露之变”这样震动当时的大事，各人会有不同的看法，而诗人正是由于事先已经有了明哲保身的思想，才借这一事件来发抒他的感触，而这一事件自然也助长了诗人这一思想的发展。至于后人争辩不休的是“幸之”还是“悲之”，或许倒不是诗人写此诗的主要目的。一首诗的思想深度，总是高出于诗的形象。凡是好的诗歌，它总能有意无意地引导读者从具体形象之外，去开创一个新的形象境界；这个新的形象境界，就其艺术价值来说，是远远超出了作品的具体形象。如我们读白居易这首诗，只是注意“幸之”还是“悲之”，而不去深入探索诗人的内心世界，即隐藏于具体形象背后的意蕴，这就无异于买椟还珠了。

读者或许觉得白氏在这首诗中所表现的情绪太消极，但我们要真正认识诗人，就不能把视野限于一首诗或部分作品，而应像鲁迅说的那样，要“顾及作者的全人”（《且介亭杂文二集·“题未定”草》，《鲁迅全集》六卷344页）。白居易曾是唐朝诗坛的一位闯将，他那充满现实主义精神的诗篇，他那“文章合为时而著，歌诗合为事而作”的主张（《与元九书》），曾力挽狂澜，一改诗坛靡靡之风。可曾几何时，由光彩照人一变而为黯然失色，在转变诗风的同时，不也展现了诗人自身的悲剧！如果再深入探究一下根源，则政治的腐败，党争的起伏，这些诗篇，也正可看作是唐帝国的挽歌呢！

【附录】

“甘露事变”

唐文宗大和九年（835）时，宰相李训、节度使郑注谋诛宦官，李训先在左金吾大厅设伏兵，诈称后院石榴树上有甘露，诱使宦官仇士良等往观，即加诛杀。仇士良等至，见幕下有伏兵，惊走，事败。李训、郑注、王涯、舒元舆等皆被杀，族诛十余家，株连数千人。史称“甘露事变”。（见《旧唐书·文宗纪》）

一条界破青山色

范摅言：乐天为杭州刺史，……会（徐）凝自富春来 ……时张祜榜舟而至，二生各希首荐……遂试《长剑倚天外赋》《余霞散成绮》诗。试讫解送，凝为元，祜次耳。祜曰：“祜诗有‘地势遥尊岳 河流侧让关’；又《题金山寺》诗曰：‘树影中流见，钟声两岸闻。’虽綦毋潜云‘塔影挂青汉，钟声和白云’，此句未为佳也。”凝曰：“美则美矣，争如老夫‘今古长如白练飞，一条界破青山色’。”凝遂擅场。

宋・尤袤《全唐诗话》

徐凝自己夸耀的两句诗，题为《庐山瀑布》，全诗的前两句是：“虚空落泉千仞直，雷奔入江不暂息。”据说白居易称赞这两句诗，有“赛不得”之语。苏轼却不以为然，写了如下一首七言绝句诗（《世传徐凝瀑布诗云一条界破青山至为尘陋又伪作乐天诗称美此句有赛不得之语乐天虽涉浅易然岂至是哉乃戏作一绝》）：

帝遣银河一派垂，古来惟有谪仙词。
飞流溅沫知多少，不为徐凝洗恶诗。

苏轼所推崇的“谪仙词”，就是李白的《望庐山瀑布》诗，也是一首七言绝句，原诗如下：

日照香炉生紫烟，遥看瀑布挂前川。
飞流直下三千尺，疑是银河落九天。

一是绝唱，一是恶诗，爱憎十分鲜明，虽没有说明其所以然，但却获得后来评论家的赞同。宋代释惠洪《冷斋夜话》中有这样一则《元章瀑布诗》条云："米芾元章，豪放戏谑有味，……尝大字书曰：'吾有《瀑布》诗，古今赛不得，最好是一条界破青山色。'人固以怪之。其后题云：'苏子瞻曰：此是白乐天奴子诗。'见者莫不大笑。"把苏轼的评论，用滑稽之笔加以发挥；从而说明，对徐凝这句的贬斥，在宋朝已很普遍。宋代魏泰《临汉隐居诗话》认为这两句诗不过是"常语"，深怪"白居易殊不善评诗"。宋代吴聿《观林诗话》则毫不客气，直斥之为"鄙恶"，恶而且鄙，这是比苏轼更深一层的贬斥了。明代王世贞《艺苑卮言》也说"极是恶境界，白亦喜之，何也？"徐凝的诗不足取，连累白居易也受池鱼之殃。明代谢榛《四溟诗话》没有直接加以评论，只说不如刘友贤诗"飞泉界石门"来得"简而妙"，言外之意，自然以为徐凝的诗烦琐而平庸。——上面各家评语，用语虽然有轻重，但对徐凝的诗基本上都采取不满态度，遗憾的是都说得很简略，没有具体指出其不足之处。

宋代龚颐正为徐凝鸣不平，他在《芥隐笔记》中说："《天台山赋》'瀑布飞流而界道'，所以徐凝有'界破青山色'，孰谓其恶而无所自耶？"用语有来历，是不是就算好，清代马位《秋窗随笔》提出这样的看法："子瞻非不知有所自也，用古亦有善否耳！"你龚颐正知道《天台山赋》中有这么一句，苏轼不是不知道。问题不在于有无来历，而在于是否用得恰到好处。"界道"的界是动词，作"分划"解，和"道"结合成动宾关系，意义很明确。徐凝诗中"界破"合用，分划已有破的意思，后面再加破字，意义上就嫌重复。徐凝袭用《天台山赋》中的"界"字，但在字与字的搭配上却作了变动。这变动不是推陈出新，而是弄巧成拙。仅就这一语病而言，诗句也大大减色了。

清代翁方纲《石洲诗话》从另一方面来缓解矛盾，他为白居易着想说："至白公称之，则所见又自不同。盖白公不于骨格间相马，惟以奔腾之势论之耳。"用《列子·说符》中九方皋相马的故事作比喻，说白居易能于牝牡骊黄之外来欣赏徐凝的诗。话说得很玄乎，读者很难具体领会。

苏轼是在与李白诗作对比下指斥徐凝之作为"恶诗"的；我们给徐凝诗作评价，也不妨从两位诗人的作品比较入手。李白诗中"飞流"，指倾泻速度之快；"直下"指流动的方向，以别于其他江河等的水流，再加上夸张语"三千尺"，写出了庐山瀑布的非凡气势，再加上后面一个比喻“银河落九天”，把视觉所获得的印象描写得真实可见，不但写形，而且传神。徐凝的诗“今古长如白练飞”，从“今”上溯到“古”，时间的跨度拉得很远，但无助于形象的鲜明，只会分散读者的注意力。“飞”字看似和李白诗中相同，但作用却是不同的。李白诗中的“飞”字放在“流”字之前作状语，形容倾泻而下速度之快。徐凝诗中的“飞”字单独用作谓语，但飞的动作是无定向的，说明自上倾下的瀑布并不确切，也就影响到“白练”这个借喻的明确性。下句“一条界破青山色”，“界破”有语病，已如上述；“青山”的青，即指山色，下面再加“色”字，近于蛇足。抛开这些语病不谈，全句写瀑布的，只“一条”两字，更无形象可言，写形尚且不足，遑论传神，气势尤其谈不上。这实在算不上好句，“常语”之评，也还是客气的。

赤壁

杜牧之作《赤壁》诗云："折戟沉沙铁未销，自将磨洗认前朝。东风不与周郎便，铜雀春深锁二乔。"意谓赤壁不能纵火，为曹公夺二乔置之铜雀台上也。孙氏霸业，系此一战，社稷存亡、生灵涂炭都不问，只恐捉了二乔，可见措大不识好恶。

宋·许颉《彦周诗话》

杜牧的《赤壁》诗，是历来传诵的名作，可是许颉却大加贬斥。他认为赤壁一战，直接关系孙吴的存亡；一次大规模的战争，必然会给老百姓带来苦难。现在杜牧对这些重大事件都不写，"只恐捉了二乔"，这是轻重倒置，"不识好恶"。

对杜牧的诗抱贬斥态度的，还有清人周容，他在《春酒堂诗话》中说："如此诗必不可学，恐入轻薄耳。何苦以先贤闺阁，簸弄笔墨"许颉是着眼于事实的轻重大小，而周容则是站在卫道士的立场，以为杜牧的诗有悖于封建道德。

诗歌不是历史教科书，也不是礼教范本。诗歌不需要对事实作详尽的、恰如其分的介绍，也不会是道德教条的图解。诗就是诗，诗有它自己的特点。宋人方岳在《深雪偶谈》中就讥刺许颉强作解人："岂非与痴人言，不应及于梦也？"就是说用许颉这种观点来谈诗，无异于痴人说梦。方岳还正面指出："本朝诸公喜为议论，往往不深谕唐人主于性情，使隽永有味，然后为胜。"以宋人批评宋人，是切中要害的。明人何孟春在《余冬诗话》中也讥笑许颉："为此说者痴人也。到捉了二乔时，江东社稷尚可问哉？"诗的表现是丰富多彩的，同一件事情，可以从正面说，也可以从侧面说，可以从大处说，也可以从小处说。这些只是写法的不同，却不是评价诗歌好坏的标准。唐代李白诗："二龙征战决雌雄，赤壁楼船扫地空。烈火张天照云海，周瑜于此破曹公。"（《赤壁歌送别》）这是大处落笔，从正面来写赤壁之战。李白是位大诗人，但这首诗与杜牧所作相比，却黯然失色。

清代贺贻孙在《诗筏》中就这一问题表示自己的看法，说得较为透彻，录之如下：

彦周此语，足供挥尘一噱，但于作诗之旨，尚未梦见。牧之此诗，盖嘲赤壁之功，出于侥幸，若非天与东风之便，则周郎不能纵火，城亡家破，二乔且将为俘，安能据有江东哉？牧之诗意，即彦周伯（霸）业不成意，却隐然不露，令彦周辈一班浅人读之，只从怕捉二乔上猜去，所以为妙。诗家最忌直叙，若竟将彦周所谓社稷存亡，生灵涂炭，孙氏霸业不成等意，在诗中道破，抑何浅而无味也！惟借"铜雀春深锁二乔"说来，便觉风华蕴藉，增人百感，此政是风人巧于立言处。彦周盖知其一，不知其二者也。

"赤壁之功，由于侥幸"，诗中没有正面直叙，但读者经过细心体会，自然会明白这层意思。"东风不与周郎便"，这是一个假设句，如果没有这一条件，就要"铜雀春深锁二乔"了。而"锁二乔"云云，也就是国亡家破，霸业不成的形象化说法。这样写，就"风华蕴藉，增人百感"。诗人巧于立言，正有待于读者的细心体会。

清代贺裳则举出其他作品来比较，并结合诗人生平来探索诗的本意，他在《载酒园诗话》中说：

小杜《赤壁》诗，古今脍炙……许彦周则痛诋之。……余意诗人之言，何可拘泥至此，若必执此相责，则汨罗之沉，其系心宗国何若！宋玉《招魂》，略不之及，但言饮食宫室，玩好音乐，至于"长发曼鬋"，"蛾眉曼睩"，几乎喻之以淫也，将使《风》《骚》道绝矣！详味诗旨，牧之实有不满公瑾之意。牧尝自负知兵，好作大言，每借题自写胸怀。尺量寸度，岂所以阅神骏于牝牡骊黄之外！

《招魂》相传是宋玉所作，以招屈原之魂。篇中"外陈四方之恶，内崇楚国之美"，以上下四方的险恶和故居宫室、女乐、饮食的美好，来激发亡魂爱国爱家的感情，以召唤其归来。但却没有写到"系心宗国"等大事，如果按照许顗的观点，就是"不识好恶"了。据《唐书》本传，杜牧好论兵事，曾注《孙武十三篇》，所以唐代崔道融《读杜紫微集》云：“紫微才调复知兵，长觉（编者注：‘长觉’一作‘常遣’）风雷笔下生。”他写《赤壁》诗，既是发抒“不满公瑾之意”，也是“借题自写胸怀”。只抓住字句上的点滴来看待这首诗，是不足以了解诗人襟怀的。清代冯集梧批评许颛的见解，“诗不当如此论，此直村学究读史见识，岂足与语诗人言近旨远之故乎？”（《樊川诗集注》）这话也是说得十分中肯的。

《赤壁》是一首咏史诗。有的评论家从咏史的角度来评论这首诗，也认为它自有杰出之处。清代吴乔《围炉诗话》说：“诗贵有含蓄不尽之意，尤以不着意见、声色、故事、议论者为最上。”又说，“古人咏史，但叙事而不出己意，则史也，非诗也；出己意，发议论，而斧凿铮铮，又落宋人之病。如牧之……《赤壁》云：‘折戟沉沙铁未销，自将磨洗认前朝。东风不与周郎便，铜雀春深锁二乔。’用意隐然，最为得体。”咏史，只是把事实叙述一番，这等于用韵文来改写历史，算不来是诗。如果把自己意思直接写到诗中去，大发议论，又像是议论文，也不是好诗。杜牧的《赤壁》诗，好就好在有自己的见解，而这见解却不是赤裸裸地表达出来，而是隐含在形象语言之中，让读者去思索而得之。吴乔认为这样的写法，才是咏史诗的上乘。

唐人以赤壁为题的诗，除杜牧这首之外，另外还有三首，现在转录于下。既可明白同一题材有不同的写法，同时，通过比较，也可进一步明白杜牧这首诗的特点。

吴·赤壁（唐·孙元晏）

会猎书来举国惊，只应周鲁不教迎。
曹公一战奔波后，赤壁功传万古名。

咏史诗·赤壁（唐·胡曾）

烈火西焚魏帝旗，周郎开国虎争时。
交兵不假挥长剑，已挫英雄百万诗。

赤壁怀古（唐·崔涂）

汉室河山鼎势分，勤王谁肯顾元勋。
不知征伐由天子，唯许英雄共使君。
江上战馀陵是谷，渡头春在草连云。
分明胜败无寻处，空听渔歌到夕曛。

锦瑟

望帝春心托杜鹃，佳人锦瑟怨华年。
诗家总爱西昆好，独恨无人作郑笺。

金·元好问《论诗三十首》

元好问这首绝句，是评论唐朝李商隐《锦瑟》诗的，原诗如下：

锦瑟无端五十弦，一弦一柱思华年。
庄生晓梦迷蝴蝶，望帝春心托杜鹃。
沧海月明珠有泪，蓝田日暖玉生烟。
此情可待成追忆？只是当时已惘然。

对照原诗来看，绝句的开头是直接引用原诗第三句，第二句则是把原诗一二两句加以概括，和前一句组成对偶，以此说明李商隐这首诗寓意深微，婉曲典丽的特点。第三句中的“西昆”，原指宋初杨亿等效法李商隐所写的西昆体诗，这里用以借指李商隐的诗作。第四句中的“郑笺”，指东汉郑玄为《毛诗》作笺注。三四两句合起来看，元好问慨叹人们都爱读李商隐的诗，但他的作品用典多而含意隐晦，可惜没有像郑玄这样的人为之作释作注。

事实上，为李商隐的诗，特别是为这首《锦瑟》诗作解释的人是很多的，早在宋朝，解释的人就不少，元好问并不是不知道这种情况，他说“无人作郑笺”，言外之意，就是对言人人殊的种种说法，表示不能满意。这不能说没有道理，如宋代刘攽《中山诗话》说锦瑟是令狐家青衣（侍女）的名字，这在李商隐的生平和作品上都找不到旁证，只能说是想当然的揣测，而不是实事求是的解释。其实在等级森严的封建社会中，女人的名字也是带上阶级烙印的。宋代张邦基写过一本《侍儿小名录》，它所提到的名字是倩桃、秾李等。锦瑟好比《红楼梦》中的宝琴，如果算作名字的话，也只能是贵族小姐的。

除了以揣测代替解释之外，还有一种是一笔抹杀，一概否定。清代黄子云的《野鸿诗的》就以为李商隐“必当日獭祭之时，偶因属对工丽，遂强题之曰‘锦瑟无端’，原其意亦不自解，而反弁之卷首者，欲以欺后世之人，知我之篇章兴寄，未易度量也”。说李商隐作《锦瑟》诗，是在自欺欺人，这不符合作者的创作态度，是读者所难以接受的。

除了上面两种之外，其他说法尚多：有谓是悼亡之作（清·朱彝尊、冯浩说）；有谓中间四句，是形容瑟谱有适、和、清、怨四曲名（宋·张邦基《墨庄漫录》）；有谓是仿玄宗而作（清·梁章钜《退庵随笔》引方文舟说）；有谓是以古瑟自况（清·汪师韩《诗学纂闻》）；有谓是“对锦瑟而兴悲，叹无端而感切”（清·薛雪《一瓢诗话》）；有谓“分明是义山自悔其少年场中，风流摇荡，到今始知其有情皆幻，有色皆空也”（清·叶矫然《龙性堂诗话》）。

《锦瑟》诗像一块魔方，有人作出一种解释，自以为得其奥秘，接下来又有人作出另一种解释，同样认为只有自己的解释才真正揭开了奥秘。但无论后来有多少种解释，都像最早提出解释的人一样，说不出令人信服的理由，找不到无懈可击的证据，从这方面说，李商隐倒像古埃及的“斯芬克司”，他造出一个谜叫人来猜，不知哪天才来了英雄俄狄浦斯，能真正把谜底揭开呢！

种种解释看来似乎众说纷纭，其实有很大一部分是人云亦云，只不过有正面的肯定和反面的否定之分吧。如宋代刘攽提出锦瑟“是令狐楚家青衣名”；宋代洪迈《容斋随笔》引述其说，不置可否；清代施闰章《蠖斋诗话》则信之，以为“可破从前之疑”：宋代张邦基《墨庄漫录》和清代梁章钜《退庵随笔》则以“亦莫能考”“更无所据”表示怀疑；明代都穆《南濠诗话》则肯定“锦瑟非青衣之名”；清代冯浩《玉溪生诗集笺注》也认为把锦瑟看作令狐楚或令狐家的青衣“皆妄为之说者也”。这样，锦瑟又像一个怪圈，转来转去，最终还是没有转出一个所以然来。

清代姚莹在一首《论诗绝句六十首》中，对《锦瑟》诗解释纷繁的现象，提出了自己的看法：

锦瑟分明是悼亡，后人枉自费平章。
牙旗玉帐真忧国，莫向无题觅瓣香。

姚莹断定《锦瑟》是悼亡诗，认为后人各种各样的品评都是枉费心机的。唐代李商隐《重有感》开头两句“玉帐牙旗得上游，安危须共主君忧”，政治观点是表现得十分鲜明的，用不着在《锦瑟》一类无题诗中作隐晦曲折的描写，读者也不必在这类诗中深索微言大义，以此来表示对作者的敬仰。断定《锦瑟》是悼亡，或许有些偏颇，但他反对没有根据的猜测，还是有一定道理的。

在众多解释中，清代何焯认为此诗是作者自题其集以开卷（《义门读书记》），其说较为可信。邹弢在《三借庐笔谈》中结合自己的看法加以申述，录如下：

玉溪生之诗，不可解者尽多，读者亦当“以不解解之”。如《锦瑟》诗起句曰“五十弦”。夫瑟弦五十，尽人知之，何以曰“无端”也？有伧父谓“义山此诗为断弦悼亡之作”，谓“瑟本二十五弦，今无端为五十，则两断矣”。自谓独得妙解，不知如此解诗是释签矣。唯何义门太史解此诗颇近理，谓《锦瑟》诗是玉溪自题其全稿之作。首二句言平时著述遽已成《集》，而一言一咏，俱足追忆生平也。次联言《集》中诸诗，或自伤出处，或托讽君亲，作诗之旨，隐喻于蝶、鹃也。三联言清辞丽句、珠辉玉润，而语多激映感慨，又有根柢栽培，所以明其匠心之巧也。结二句言诗之所陈事虽堪追忆，唯回首当年，无穷怅惘，犹望后之读其诗者，知人论世，或想见其生平大凡也。

“近理”并不等于完全正确，以后一定还有人继续探索，即使是一首小诗，对其内容和形式的钻研，也是没有止境的。“近理”也并不等于完全符合作者原意，有时读者的再创造。可能会超出作者原来的思路。相传有个灯谜，谜面是“刂”猜《四书》一句。预拟的谜底是“一介不以与人”（《孟子》）。有人猜作“是非之心”（《孟子》），相对于谜底来说是猜错了，但人们都认为错的比原来的谜底好。读诗也有这种情况。

一种文字的表达形式，会有如此多的解释。这在散文是不可能的，而在诗中却并不奇怪。这因为诗歌所用的形象语言，和逻辑语言有很大不同。诗中反映的客观事物，渗透着作者的主观感情。诗人是借事物以抒情，借事物把抽象的感情具体化。同一事物，所寄托的感情是因人而异的：而读者因生活经验和文化修养的不同，对诗的解释就复杂起来了。拿“庄生晓梦迷蝴蝶”这一诗句来说，诗人的用意当然不是简单地复述一下《庄子》中这个故事，而是有所寄托的，寄托的是什么，读者只能根据诗句提供的形象来体会，于是不同的读者就会有不同的体会——

悼亡，追念死去的妻子，往事如烟，昔日的欢乐，像庄子梦蝶一样虚幻。

失恋，回忆过去和恋人相处的日子，现在看来，等于一场春梦。

功名失意，自己所努力追求的达不到目的，已如庄生梦醒，感到一切皆空。

……

如此等等，因人而异，因时而异。当然，这不等于可以穿凿附会，主观随意化地乱加解释，而应受诗句形象的制约，还要顾及作者全面。这些，也就是评价解释是否合理、恰当的标准了。

有情芍药含春泪

予尝从先生学，问作诗究竟当如何？先生举秦少游《春雨》诗云：“有情芍药含春泪，无力蔷薇卧晚枝。”此诗非不工，若以退之“芭蕉叶大栀子肥”之句校之，则《春雨》为妇人语矣。破却工夫 何至学妇人？

金·元好问《拟栩先生王中立传》

这里所引秦观的七绝，前两句是：“一夕轻雷落万丝，霁光浮瓦碧参差。”（《春日》）“卧晚枝”一作“卧晓枝”。

金国元好问《论诗三十首》中有一首评秦观诗是这样的：

有情芍药含春泪，无力蔷薇卧晚枝。
拈出退之山石句，始知渠是女郎诗。

结合上面这段文字来看，可见元好问的见解，是得之于其师王中立。清代宗廷辅《古今论诗绝句》说：“此首排淮海。上两句即以淮海诗状淮海诗境也。”就是说，元好问这首绝句，前面两句引用秦观诗句，因为这两句正可代表秦观诗的风格。宋代敖陶孙评秦观诗如“时女步春，终伤婉弱”，和“女郎诗”的评价是一致的。明代瞿佑《归田诗话》引秦观的另外两句诗“翡翠侧身窥绿酒，蜻蜓偷眼避红妆”，认为“艳冶之情可见”，也说他的诗属于纤巧一类。早在北宋，黄彻《䂬溪诗话》就说：“钟嵘称张茂先，惜其‘儿女情多，风云气少’……淮海诗亦然，人戏谓可入小石调，然率多美句，但绮丽太胜尔。”宋代胡仔《苕溪渔隐丛话》（前集卷四十二引《王直方诗话》）还有这样的记载：“东坡尝以所作小词示无咎、文潜曰：‘何如少游？’二人皆对曰：‘少游诗似小词，先生小词似诗。’”诗而近似词，也说明秦观的诗是纤弱的。综合上述各家的评价，看起来多少都带贬意。

这种带贬意的评论，有人表示不满。明代瞿佑《归田诗话》说：“按昌黎诗云：山石荦确行径微，黄昏到寺蝙蝠飞。升堂坐阶新雨足，芭蕉叶大栀子肥。遗山固为此论，然诗亦相题而作，又不可拘以一律。如老杜云：‘香雾云鬟湿，清辉玉臂寒’‘俱飞蛱蝶元相逐，并蒂芙蓉本自双’，亦可谓女郎诗耶？”举出杜甫的诗句来和韩愈作对比，说明诗具有多样的风格，不可一概而论。

清代袁枚《随园诗话》对元好问抬高一种风格而贬斥另一种风格的评论表示不能同意，他说：“此论大谬。芍药、蔷薇原近女郎，不近山石，二者不可相提而并论。诗题各有境界，各有宜称。”接下去他引了《归田诗话》中举出过的杜甫诗句之后，又作补充说：“韩退之诗，横空盘硬语，然‘银烛未销窗送曙，金钗半醉坐添春’，又何尝不是女郎诗？《东山》诗‘其新孔嘉，其旧如之何’，周公大圣人，亦且善谑。”此诗话的另一处，袁枚又作了进一步的申述：

余雅不喜元遗山论诗引退之“山石”句，笑秦淮海“芍药”“蔷薇”一联为女郎诗。是何异引周公之“穆公、文王”而斥后妃之“采采卷耳”也？近见毛西河与友札云：“曾游泰山，见奇峰怪崿，拔地倚天；然山涧中杜鹃红艳，春兰幽香，未尝无倡条冶叶，动人春思。此泰山之所以为大也。大家之诗，何以异此？”其言有与吾意相合者，故录之。

此外也有借用绝句的形式，和元好问展开辩难的，如清代薛雪《一瓢诗话》说：

先生休讪女郎诗，山石拈来晚压枝。
千古杜陵佳句在，云鬟玉臂也堪师。

前面两句，是理直气壮驳斥元好问的偏见；杜甫“香雾云鬟湿”两句，瞿佑和袁枚都曾引用过，而一经用诗的语言表达出来，更有风趣。又如清代王敬之《读秦太虚〈淮海集〉》说：

异代雌黄借退之，偏拈芍药女郎诗。
诗心花样殊今古，前有香奁知不知？

唐末韩偓的《香奁集》以写绝情著名，但也流传下来，则秦观的诗，何可信口雌黄呢？又《灯窗琐话》引朱梦泉的诗：

淮海风流句亦仙，遗山创论我嫌偏。
铜琶铁绰关西汉，不及红牙唱酒边。

宋代俞文豹《吹剑录》载："东坡在玉堂日，有幕士善讴，因问：'我词比柳（柳永）何如？'对曰：柳郎中词，只好十七八女孩儿，执红牙拍，唱'杨柳岸晓风残月'；学士词，须关西大汉，执铁板，唱'大江东去'。公为之绝倒。"用形象化的语言，说明婉约、豪放两种风格的不同，很有风趣。但说铜琶铁绰，不及红牙低唱，这未免从一个极端，走向另一个极端。

生活本身丰富多彩，呈现在人们眼前的，是一幅烂漫诱人的图画，诗人的创作，也就要适应这变化多样的世界。不仅要求每个诗人都有自己独特的创作风格，而且也要求每位作家具有多样性的风格，不断有所发展，有所变化，正如南朝梁国刘勰《文心雕龙·定势》篇所说："渊乎文者，并总群势；奇正虽反，必兼解以俱通；刚柔虽殊，必随时而适用。"

一位有独创精神的诗人，总不会满足于用同一种审美情趣和艺术方式去表现同一种对象，它总是不断变换和深掘艺术对象，并相应地发展自己的创作风格。一个忠于艺术的诗人，他不仅不愿使自己的作品重复别人，也要求不能重复自己。宋代吴曾《能改斋漫录》有如下一段记载：

李尚书公择初见秦少游《上正献公投卷》诗云："雨砌堕危芳，风檐纳飞絮。"再三称赏，云："谢家兄弟得意诗，只如此也。"

可见秦观所作，也并不全是"女郎诗"一类。

咏田家

夷中《咏田家》诗云："二月卖新丝，五月粜新谷。医得眼前疮，剜却心头肉。我愿君王心，化作光明烛。不照绮罗筵，只照逃亡屋！"所谓言近意远，合《三百篇》之旨也。

宋·尤袤《全唐诗话》

除《全唐诗话》外，五代王定保《唐摭言》，宋代孙光宪《北梦琐言》，宋代蔡居厚《蔡宽夫诗话》都有相同的记载。

"言近意远"即"言近旨远"，旨，即含意。这里因为下面用了旨字，所以前面改旨为意。《孟子·尽心下》："言近而意旨远，善言也。"孔子曾说："诗可以兴，可以观，可以群，可以怨。"（《论语·阳货》）聂夷中这首诗，可以"观风俗之盛衰"（《集解》引郑玄注），有"怨刺上政"（《集解》引孔安国注）的作用，所以说合于《诗经》（三百篇）的宗旨。

宋代孔平仲《续世说》曾记冯道对后唐明宗说："农家岁凶则流于饿殍，岁丰则伤于谷贱。丰凶皆病，惟农家为然。"接着他引了聂夷中这首诗，以为"语虽鄙俚，曲尽田家之情状。农于四民之中，最为勤苦，人主不可不知也"。说明大官如冯道，也承认这首诗是写出了农民生活的实际情况。

宋代史绳祖《学斋占毕》也认为这首诗"最得风人之体"，但又说有与事实不符的地方："'二月卖新丝'，恐当作'四月'。盖二月则蚕尚未生……安得有新丝耶？当是'四'字。传写者讹刻画耳。"这句话似是而非，明代何孟春《余冬诗话》对此做了很好的说明：

聂夷中之谓"卖新丝、粜新谷"者，乃贫民其时预指丝谷去借债耳。

到丝谷出时，俱是他人之物，是所谓“医得眼前疮，剜却心头肉”也。

农民用未收的丝谷作抵押借贷，这就是诗中“卖”字的真正含义；它以生活的真实为基础，却有更高意义的艺术的真实。

清代褚人获循着同一思路，却看得更深刻，他在《坚瓠集》中说：

……此诗最有深意。《学斋占毕》误以二月无丝，五月无谷为解。不知二月将事于蚕，五月正力于农，而赋税叠征，不得不称贷于有力者。及丝谷既登，则倍息以偿，是未丝而卖，未谷而粜矣。以辞害志，岂说诗者乎？

同一首诗，不同的读者，却有不同层次的解释：史绳祖以为诗中所写与事实不符；何孟春认为贫苦农民为生活，只好预指丝谷去借债；褚人获则认为农民受赋税的逼迫，只好出高利去借钱。读过柳宗元《捕蛇者说》的人，当会相信褚人获说法是合乎事实的。判断有正确与否之分，这不关乎学力，而是由各人对现实社会认识深浅决定的。“汝果欲学诗，工夫在诗外”（宋·陆游《示子遹》），诗来自生活，对生活、现实社会有了正确的认识，才能读懂诗。这种“诗外”功夫，绝不是咬文嚼字所能替代的。

宋代尤袤《全唐诗话》说聂夷中此诗“合《三百篇》之旨”，有人却不以为然。明代田艺蘅《留青日札》说：“试观《三百篇》中如谭大夫‘南箕’‘北斗’之讽，何其温厚和平，初不必显然如‘医疮’‘剜肉’之怨讪也。”这一说法，是根据儒家传统思想而来的。《礼记·经解》说：“温柔敦厚，《诗》教也。”《疏》：“温，谓颜色温润；柔，谓性情和柔。《诗》依违讽谏不指切事情，故云‘温柔敦厚’，是《诗》教也。”这是所举“南箕”“北斗”，指《诗经·小雅·大东》中“维南有箕，不可以簸扬；维北有斗，不可以挹酒浆”几句，这是用比喻的方式，讽刺周王室只知搜刮财物，奴役人民，居高位而不能解除人民的苦难，如天上的箕斗星徒有虚名。因为是比体，所以“不指切事情”，也就显得“温厚和平”了。按照田艺蘅的看法，对统治者的讽刺，就只能用这样委婉曲折的比体，而不能用直陈其事的赋体。这一看法是片面的，并不符合《诗经》创作的实际情况。清代张谦宜《茧斋诗谈》说：

人多谓诗贵和平，只要不伤触人。其实《三百篇》中有骂人极狠者，如“胡不遄死”“豺虎不食”等句，谓之乖戾可乎？盖骂其所当骂，如敲扑加诸盗贼，正是人情中节处，故谓之“和”。又如人有痛心，便须着哭，人有冤枉，须容其诉，如此心下才松颡，故谓之“平”。

“以子之矛，攻子之盾”，即用《诗经》中的例子，来驳斥借《诗经》宣扬儒家的片面观点，可谓入木三分！

聂夷中的诗，自有其本身的价值，同时也是符合《诗经》的创作旨趣的。

（编者注：《咏田家》一作《伤田家》）

白莲

皮日休《白莲》诗云：“无情有恨何人见，月晓风清欲坠时。”决非红莲诗——此乃写物之功。

宋·苏轼《东坡志林》

苏轼所引《白莲》诗，系七言绝句，前两句是：“素葩多蒙别艳欺，此花端合在瑶池。”诗的作者是唐代陆龟蒙（字鲁望），苏轼误为皮日休，一因诗坛上皮、陆并称，一因皮日休也有一首如下的《白莲》诗：

但恐醍醐难并洁，只应薝卜可齐香。
半垂金粉知何似，静婉临溪照额黄。

比较看来，显然皮不如陆。清人杨际昌在《国朝诗话》中推崇洪嘉植咏白莲句“半夜月明人不见，秋风吹动一池香”，重在写神，倒可追纵鲁望。

苏轼评这两句“决非红莲诗”，并指出“此乃写物之功”，这不仅因为“月晓风清”的典型环境，和素净的白色相适应，而且那种幽怨的情调，也切合白色的纯洁。所谓“写物之功”，就是说写咏物诗，要善于和同类事物相区别，写白莲如果不能与红莲划清界限，也就是不能写出白莲的特点和个性。清代贺裳《载酒园诗话》说：“咏物诗惟精切乃佳。”也就是这个意思。

人们喜爱自然界的花草，用文字来歌咏。但出现在诗文中的花草，已经不是单纯的客观事物，而是渗透了作者的感情，经过理想化了的事物。如宋代周敦颐在《爱莲说》中是这样描写莲花的。

……出淤泥而不染，濯清涟而不妖，中通外直，不蔓不枝，香远益清，亭亭净植……

从表面上看，句句是在写莲花，实际上则是借物喻人，还有深一层的意思。如一二两句，比喻正直的人，在浑浊的环境中不会受到污染，在清洁的环境中也能端庄自重。作者赞美莲花，正是借此抒发了高尚的理想。

《爱莲说》是散文，散文的语言是比较直率的，有寄托和比喻，也容易看出来。而陆龟蒙《白莲》诗，已不是简单的比喻，而是通过诗人的想象，用拟人化的手法，直接作为一位淡雅幽怨的女子来描写了。第一句的“欺”字，第三句的“恨”字，这些感情，本来不是莲花所具有的；诗人这样写，正是借此流露孤高寂寞的襟怀。清代施补华《岘佣说诗》说：“咏物必有寄托。”咏物诗而无寄托，就像清代袁枚《随园诗话》所说，“便是儿童猜谜”，诗的意味也就没有了。

明代焦竑《焦氏笔乘》说：“花鸟之诗，最嫌太着，余喜陆鲁望《白莲》诗‘无情有恨何人见，月晓风清欲坠时’，花之神韵，宛然可掬，谓之写生手可也。”特别拈出神韵。清代沈德潜《唐诗别裁》也评此诗为“取神之作”。所谓神韵，是指精神和气韵，这是相对于外在的形貌而言。清代朱庭珍《筱园诗话》提出“遗形取神，超相入理”八字作为咏物诗的准则，并认为好的咏物诗应是“形容仍超超玄著，刻划亦落落大方，神理俱足，情韵遥深”。《白莲》诗受称道的后两句，正是在“取神”上下功夫，富有艺术感染力。

清代王士禛《渔洋诗话》认为陆鲁望这两句“恰是咏白莲诗，移用不得。而俗人议之，以为咏白牡丹、白芍药亦可，此真盲人道黑白”。正如周敦颐在《爱莲说》中所说：“牡丹，花之富贵者也。”“牡丹之爱，宜乎众矣。”这富贵之花，怎样和“月晓风清”的环境配合起来呢？这为世俗众人所爱的花，又有什么恨呢？把二者混为一谈，斥之为“盲人道黑白”，也不算过分。

唐代李贺有《昌谷北园新笋四首》，其中第二首是这样的：

研取青光写楚辞，腻香春粉黑离离。
无情有恨何人见，露压烟啼千万枝。

明代杨慎《升庵诗话》指出“陆此诗祖李长吉”，并说明两首诗中都用了同一句子，“然终不若《咏白莲》之妙。李长吉在前，陆鲁望诗句非相蹈袭，盖著题不得避耳。胜棋所用，败棋之著也；良庖所宰，族庖之刀也，而工拙则相远矣”。清代金埴《不下带编》也同意杨慎的看法：“盖李前陆后，即明知彼作，而恰好著题，便不能避，非有心蹈袭也。”并做了补充说明：“古人成句，即古人亦不嫌重复……盖古人兴到笔随，不觉暗符成句。刘贡父云：‘大抵讽咏古人诗多，则往往即为己得也’。”清代王士禛自己也说他的《再过露筋祠》诗“门外野风开白莲”正是仿拟陆鲁望《白莲》诗之意。或用成句，或拟其意，都可看作前人作品对后来作者会起一定的影响。元代王构《修辞鉴衡》引《诗宪》说：“因袭者，用前人之语也。以陈为新，以拙为巧，非有过人之才，则未免以蹈袭为愧。”宋代魏泰《临汉隐居诗话》云：“诗恶蹈袭古人之意，亦有袭而愈工若出于己者。盖思之愈精，则造语愈深也。”对《白莲》诗中用李贺成句，正可看作“蹈袭而愈工，若出于己”的例子。

暗香　疏影

处士林逋，居于杭州西湖之孤山。逋善为诗，梅花诗云：“疏影横斜水清浅，暗香浮动月黄昏。”评诗者谓前世咏梅者多矣，未有此句也。

宋·欧阳修《归田录》

欧阳修所引林逋的诗，题为《山园小梅》，全诗如下：

众芳摇落独暄妍，占尽风情向小园。
疏影横斜水清浅，暗香浮动月黄昏。
霜禽欲下先偷眼，粉蝶如知合断魂。
幸有微吟可相狎，不须檀板共金尊。

宋代司马光《温公续诗话》也载这两句，并加评语：“曲尽梅之体态。”

自从得到欧阳修的推荐和司马光的好评，这两句诗就不胫而走，传诵众口，公认为咏梅的绝唱。其后宋代的姜夔作自度曲，即题为《暗香》《疏影》，张炎《词源》评此两曲“前无古人，后无来者；自立新意，真为绝唱。”与林逋的诗可相媲美，由此也可以看出这两句诗影响深远。

司马光的评语，指出这两句诗，诗中有画，真实地描绘出了梅花的形态。宋代黄彻《䂬溪诗话》说“其卓绝不可及，专在十四字耳”，也是专对这两句说的。宋代许顗《彦周诗话》说“太凡《和靖集》中，梅诗最好，梅花诗中此两句尤奇丽”，同样钟情于这两句。他们对诗中其他各句略而不提，也就是认为不能与这两句相提并论。这层意思，由另外几位评论家说出来了。如宋代蔡居厚《蔡宽夫诗话》说下面一联与“上联气格全不相类，若出两人”。清代吴乔《围炉诗话》则认为起联“太杀凡近，后四句亦无高致”。清代朱庭珍《筱园诗话》也惋惜“全篇俚率不称”。

就是对这众口交誉的两句，有些评论也认为有不足之处。如清代潘德舆《养一斋诗话》惜其“韶秀乏远神”；明代王世贞《艺苑卮言》则说“景态虽佳，已落异境”；而明代杨慎《升庵诗话》更直斥“梅花诗被宋人作坏，令人见梅枝条可憎”，而他说“香影无味”，更是特别对“暗香”“疏影”一联而言。

梅花是百花之一，写梅花，就要写出特色，和其他花儿区别开来：有些评论，就着眼于这方面。宋代苏轼《东坡志林》就说这两句“绝非桃李诗”。宋代王直方《王直方诗话》记载一个故事：王君卿说这两句诗“然而为咏杏和桃李皆可用也”。东坡回答他说：“可则可，只是杏李花不敢承当。”幽默的话，引起一座大笑。宋代陈辅《陈辅之诗话》又说这两句所描写的“近似野蔷薇”，王楙《野客丛书》加以驳斥：“野蔷薇安得有此潇洒标致？”这说明老是从形象上来认识梅花是不够的，好的咏梅诗，在描写梅花形态的同时，也必然写出梅花格高韵胜。宋代黄彻《碧溪诗话》记石延年（字曼卿）《红梅》诗“认桃无绿叶，辩杏有青枝”，苏轼说是村学中体，并作诗嘲笑他：“诗老不知梅格在，强拈绿叶与青枝。”也就是说石曼卿只在刻画梅花的外貌，而忽略了梅花的气韵与格调。

历代咏梅诗很多，《和靖集》中也不止一首，有人就举出其他咏梅诗，来和这两句比高下，宋代周紫芝《竹坡诗话》中就有如下一则：

林和靖赋《梅花诗》，有“疏影横斜水清浅，暗香浮动月黄昏”之语，脍炙天下殆二百年。东坡晚年在惠州，作《梅花诗》云：“纷纷初疑月挂树，耿耿独与参横昏。”此语一出，和靖之气遂索然矣。张文潜云：“调鼎当年终有实，论花天下更无香。”此虽未及东坡高妙，然犹可使和靖作衙官。政和间，余见胡份司业和曾公衮《梅诗》云：“绝艳更无花得似，暗香惟有月明知。”亦自奇绝，使醉翁见之，亦必专赏和靖也。

清代田同之《西圃诗说》却对上述看法表示“大是不解”，并谈出自己的看法：“东坡‘纷纷’‘耿耿’句，未是绝作；至张、胡句，更复了不异人，安见在‘暗香’‘疏影’之上？”他还认为苏轼另有“竹外一枝斜更好”，尤有可取，现在周紫芝“置却东坡‘竹外’七字而于此是取，“不唯难服和靖之心，亦且大拂东坡之意。妍媸骙眛，乌足言诗？”真是彼亦一是非，此亦一是非，令读者难下断语。

下面宋代黄庭坚《山谷题跋》中的一段话，倒很值得体味：

欧阳文忠公极赏林和靖“疏影横斜水清浅，暗香浮动月黄昏”之句，而不知和靖别有咏梅一联云：“雪后园林才半树，水边篱落忽横枝。”似胜前句，不知文忠何缘弃此而赏彼。文章大概亦如女色，好恶止系于人。

情人眼里出西施，诗文大概也只能如此来看待。文艺毕竟与科学不同，既不能放在实验室中来分解，也不能执一以求。

清代田同之《西圃诗说》指出：

南唐江为已先有句云：“竹影横斜水清浅，桂香浮动月黄昏。”细玩其情形理致，殊觉一字难移，恰是竹、桂。

而现在林逋每句各改动一字：

“古今诵之，不辨未详耶？抑附未盛名耶？吾不能无间然矣。”

对同一情形，明代李日华《紫竹轩杂缀》却持不同看法：

江为诗“竹影横斜水清浅，桂香浮动月黄昏”，林君复改二字为“疏影”“暗香”以咏梅，遂成千古绝调。诗字点化之妙，譬如仙者，丹头在手，瓦砾皆金矣。

究竟是沿袭陈句，还是点铁成金，这又是一个值得探讨的问题。

清代朱庭珍从宏观的角度，在《筱园诗话》中对评价梅花诗提出自己的看法：

咏梅诗，自唐以来，多连章累牍以求胜。然佳章逾少，百不获一者，何哉？夫作梅花诗，宜以清远冲淡，传其高格逸韵；否则另出新意，以生峭之笔，为活色疏香写照，不宜矫激。后人一味矫激鸣高，借寓身分，不知其俗已甚，于此花转无相涉，徒自堕尘劫恶习而已。

梅花是一种植物，但写入诗歌中，具有清远冲淡，高格逸韵，那是诗人所赋予的。林逋两句咏梅诗之可贵之处，不仅在于“曲尽梅之体态”，而是让读者想象到诗人的高格逸韵，诗之艺术生命全在于此。而石曼卿的“认桃无绿叶”云云，只是按照梅花的自然形象来描写，只写形而不传神，就没有艺术价值可言了。

残菊飘零满地金

《西清诗话》云：欧公嘉祐中，见王荆公诗“黄昏风雨暝园林，残菊飘零满地金”，笑曰：“百花尽落，独菊枝上枯耳。”因戏曰：“秋英不比春花落，为报诗人子细看。”荆公闻之曰：“是岂不知《楚辞》‘夕餐秋菊之落英’？欧阳九不学之过也。”

宋·胡仔《苕溪渔隐丛话》

宋代吴可《藏海诗话》引王安石诗，后两句是“擸得一枝还好在，可怜公子惜花心”。

这一故事宋代曾慥《高斋诗话》亦记之，不过易欧阳修为苏子瞻。而宋代胡仔《苕溪渔隐丛话》则说：“余于《六一居士全集》及《东坡前后集》遍寻并无之，不知《西清》《高斋》何从得此二句？”

宋代陈鹄《耆旧续闻》说：“百卉皆凋落，独菊花枝上枯，虽童孺莫不知之。”事实本来如此简单，有些诗人咏菊，也往往从“不落”上下笔，如宋代郑思肖诗“宁可枝头抱香死，何曾吹落北风中”（《寒菊》，“何曾”一作“不曾”）就是很好的例子。但古代文人评论诗歌，多强调“无一字无来历”（清·赵翼《瓯北诗话·吴梅村诗》），认为有了来历，即使不算好诗，也是无瑕可摘了。王安石举出《楚辞》中的句子来为自己辩护，也正是利用这种传统意识为护身符。就是宋代苏轼，一方面写过“残菊犹有傲霜枝”（《赠刘景文》）这样的名句，另一方面却也有“欲伴骚人赋落英”（《次韵答孙侔》）和“漫绕东篱嗅落英”（谢人寄酒诗）这样的句子。抛开事实不管，纷纷作考证，事情就复杂起来了。

王安石说他诗中的“飘零”是根据《离骚》“朝饮木兰之坠露兮，夕餐秋菊之落英”而来，把矛盾上交给屈原。后人也就纷纷讨论《离骚》

中这两句，既不能违反事实，也要为屈原圆其说。种种解释，却是煞费苦心。

宋代魏庆之《诗人玉屑》说：“落之为义，始也，初也，如《礼记》所谓‘落成’之落也。盖菊已花，虽枯不落，惟初英乃可餐。”这是用冷僻的义项来代替常见的义项，且落成只用于居室建成，如宋代王安石诗“自古落成须善颂，扫除东阁望君来”（《张侍郎示东府新居诗因而和酬》）。王安石说自己诗中的“残菊飘零”来自《离骚》的“落英”，显然他也不是把落解释为“始”的。宋代罗大经《鹤林玉露》也同意把落英释作初英，不过他采取另一种解释方法：“古人言语多如此，故以乱为治，以臭为香，以扰为驯，以慊为足，以特为匹，以原为再，以落为萌。”他所说的情况，即训诂学上的反训。但《尔雅》中的反训，是古代原有的相反相成的义项，使用也有一定条件，不是漫无限制，到处可以应用的。

宋代史正志《菊谱后序》说：“菊之开也，既黄白深浅之不同，而花有落者，有不落者。”这一解释看来很圆满，《离骚》和王安石诗中的矛盾，都可获得解决。任何事物，在普遍之中总会有特殊，在人们的常识中，菊花是不落的，诗歌反映现实，正是以这种普遍现象为基础。诗歌也写自然界的特殊现象，社会上的特异风俗，但总是在诗题或内容上做了说明。随意以特殊现象来代替普遍现象，这是一种失误，大诗人是不会不懂得这种区别的。

明代俞弁《逸老堂诗话》说：

姚宽《西溪丛语》引晋许询诗云：“青松凝素体，秋菊落芳英。”沈约云：“英，叶也，言食秋菊之叶。”余读韦应物诗云：“掇英泛浊醪，日入会田家。”审姚说无疑矣。

这也如同把落解作始。用冷僻的义项来代替常见的用法，是一般读者所难以接受的。

上面几家解释，都是把“落”“英”等字看得很实，非此即彼。有人看出这样解释太刻板，不符合诗歌艺术的特点。于是另辟蹊径，采用以虚带实的方法。宋代王楙《野客丛书》说：

士有不遇，则托文见志，往往反物理以为言……原盖借此以自喻，谓木兰仰上而生，本无坠露，而有坠露；秋菊就枝而殒，本无落英，而有落英。物理之变则然，吾憔悴放浪于楚泽之间，固其宜也。异时，贾谊过湘，作赋吊原，有“莫邪为钝”之语。张平子《思玄赋》有“珍萧艾于重笥兮，谓蕙芷之不香”。此意正与二公同，皆所以自伤也。古人托物之意，大率如此。本朝王荆公用“残菊飘零”事，盖祖此意。欧公以诗讥之……盖深讥荆公用落英事耳。以谓荆公得时行道，自三代以下，未见其比，落英反理之喻，似不应用。……盖欲荆公自观物理，以反之于正耳。

屈原不得意，“托文见志”说反话、发牢骚；王安石政治上很得意，却也效法屈原说反话，欧阳修认为不对，所以写诗讥刺他。写人物的内心世界很深刻，但读来总觉得宋代王楙的主观臆想太多，不会是屈原等人写诗的原意，处处寻求微言大义，免不了会钻进牛角尖。

宋代陈鹄《耆旧续闻》提出另一种见解：

……《楚辞》虽有“落英”之语，特寓意“朝”“夕”二字，言吞阴阳之精蕊，动以香净自润泽尔。所谓“落英”者，非飘零满地之谓也。

“吞阴阳之精蕊，动以香净自润泽”的解释，本于王逸注。这和前面“朝搴阰之木兰兮，夕揽洲之宿莽”一样，都是托物言志，并不是真的在饮坠露，餐落英。这样解释言简意赅，容易为读者接受。明代胡应麟《诗薮》就此再作说明：

“餐秋菊之落英”，谈者穿凿附会，聚讼纷纷，不知三闾但托物寓言。如“集芙蓉以为裳”“纫秋兰以为佩”，芙蓉可裳，秋兰可珮乎？然则菊虽无落英，谓有落英亦可。屈虽若误用，谓未尝误亦可。

即以《离骚》证《离骚》，就诗歌语言的特点立论，不作无必要的纠缠，这样的解释，自胜人一着。

现在回过头来看看王安石的诗句，“残菊”不但“飘零”，而且“满地金”，写得实而又实，看不出有什么寄托或比喻，只是一般的描写景物的诗句。你写的是现实情况，读者就用现实情况来衡量是非真伪；这样的批判，不能说有什么吹毛求疵。王安石抬出《离骚》来为自己撑腰，也不过如明代胡应麟《诗薮》所说，“以《尔雅》《释名》读《北山》《云汉》，则谬以千里矣”。

白燕

松江袁御史景文，未仕时，尝与友人谒杨廉夫，几上见有《咏白燕》诗云：“珠帘十二中间卷，玉剪一双高下飞。”景文素能诗者，因谓之曰：“先生此诗，殆未尽体物之妙也。”廉夫不以为然。景文归作诗，翌日呈廉夫，云：“故国飘零事已非，旧时王谢见应稀。月明汉水初无影，雪满梁园尚未归。柳絮池塘香入梦，梨花庭院冷侵衣。赵家姊妹多相妒，莫向昭阳殿里飞。”廉夫得诗叹赏，连书数纸，尽散坐客。一时呼为“袁白燕”云。

明·都穆《南濠诗话》

明代都穆《南濠诗话》把“珠帘十二”一诗的创作权归给杨廉夫，记载有误。明代俞弁《逸老堂诗话》做了纠正，并录全诗：

……此诗乃常孰时大本所作。其诗曰：“春社年年带雪归，海棠庭院日争辉。珠帘十二中间卷，玉剪一双高下飞。天下公侯夸紫颔，国中俦侣尚乌衣。江湖多少闲鸥鹭，岂与同盟伴钓矶。”大本，同时人，玄敬失于不审耳，非廉夫之诗明矣。

明代袁凯的《白燕》诗，由于受到名家杨维桢的称誉，就受到士林的重视，《明史》本传也提到这一逸事。直到清朝，他在松江的故居改为白燕庵，大诗人王士禛还写了一首诗怀念他：

鼎足高杨尔不惭，百年遗迹改名蓝。
乌衣王谢俱零落，七字风流白燕庵。

认为他的诗，可与高启、杨维桢鼎足并称，肯定他在明初有较高的地位。明代顾起纶《国雅品》说他“才情遒拔，往往有奇语，尤闲于咏物，其题《白燕》《闻笛》，颇为时口脍炙。盖七言律不易得。元和以还，千百年之中，仅见高侍郎一家，何其寥寥也！”也认为他的七言律可以比肩高启，远祧元稹、白居易、刘禹锡诸家。

袁凯评时大本的诗是“未尽体物之妙”，那么，什么是“体物之妙”呢？清代袁枚《随园诗话》说：“咏物诗无寄托，便是儿童猜谜。”明代杨慎《升庵诗话》曾说杜牧的《鹭鸶》诗“雪衣雪发青玉嘴，群捕鱼儿溪影中。惊飞远映碧山去，一树梨花落晚风”，“分明鹭鸶谜也”。就是说除了对物象作逼真的刻画之外，别无其他寄托。时大本的诗，也只是着重刻画白燕的形象，却缺乏深层的意味。拿警句“玉剪一双高下飞”来看，用十二珠帘作背景来烘托，用玉剪来比喻飞舞的燕子，切合白字，构成一幅美的画面，形象不能说不鲜明。但读者从这一画面中，却不能体会到更多、更深的意味。两诗都用上了唐代刘禹锡《乌衣巷》诗中“旧时王谢堂前燕，飞入寻常百姓家”这一故实，但时大本诗里“国中俦侣尚乌衣”，不过用一般的黑燕来和白燕作对比，而袁凯诗中“事已非”“见应稀”等词语，则是借咏燕寄寓感慨，暗叹世事变幻无常，人生浮沉难测，其中有无穷的怅惘，也有无限的辛酸。中间四句结合写景，“月明”“雪满”，以及“柳絮”“梨花”，紧扣题中“白”字，把题目写得更完全。但也不只是表面的描写。本来，“梨花院落溶溶月，柳絮池塘淡淡风”（宋·晏殊《寓意》），是赏心悦目的美景，而现在只能见之于梦中，感到的只是一片寒意，以乐境写哀思，就更增凄凉之感。末两句以赵飞燕故事作结，既切题，而一个“妒”字，又暗寓当世忌才，诗人处境维艰。这些都是高出于时大本之作的地方。

《白燕》在袁凯诗集中不算是最上乘之作，清代沈德潜《明诗别裁集》选袁凯诗八首，而《白燕》诗不在其内。明代何良俊《四友斋丛说》也说：“（李）空同以为《白燕》诗最下最传，盖以其咏物太工，乏兴象耳。”清代王夫之《姜斋诗话》则认为“月明汉水”两句，“按字求之，总成窒碍”。按清代叶矫然《龙性堂诗话续集》指出这两句“人服其工妙，然亦有蓝本。唐寇豹与谢观以文藻齐名，观谓寇曰：‘君《白赋》有何佳句？’豹曰：‘晓入梁园之苑，雪满群山；夜登庾亮之楼，月明千里。’袁句本之。第‘无影’‘未归’，于‘燕’字尤见巧思耳”。

辞藻上有沿袭也有加工，他从一个侧面说明“咏物太工”。清代陈汉在《竹林答问》中有一段话谈到咏物诗：

咏物诗寓兴为上，传神次之。寓兴者，取照在流连感慨之中，《三百篇》之比兴也；传神者，相赏在牝牡骊黄之外，《三百篇》之赋也。若模形范质，藻绘丹青，直死物耳，斯为下矣。

时大本的诗为什么不及袁凯，袁凯的诗为什么褒中有贬，都可以从这段话中体会得之。

下篇

诗话选笺

内容提要

本篇系作者阅读各家诗话时随手摘录的笔记，以名诗名句为主线，特别注意把讨论同一问题的诸家之说进行汇集和分析，着重讨论诗歌气象，发现诗话美学价值。一方面为诗歌爱好者提供方便，避免翻检之劳；另一方面也是对整理民族文化典籍做了一次有益的尝试。实是大家欣赏古典诗歌的良师益友。

前言

近代陈伯海在《唐诗学引论》中说："诗话之为体，集纪事与品评于一身，可用于严肃的考据和理论探讨，亦可杂记逸闻琐语，以资谈笑，加以采取分条札录，长短咸宜，灵活机动，无施不可，所以在宋以后得到了普遍的应用，成为古代诗歌评论的常见形式。"这段话对诗话的性质做了清楚的说明。

我国历代的诗话，具有鲜明的民族形式。从体制上来看，属于随笔的一种，它随意书写，较少拘束。因此能充分表现作者的个性，从中可以看出作者的才学胸襟以及道德风貌。诗话大多是直抒作者欣赏诗歌的体会心得，有的还申述诗艺，注明典故，实是我们欣赏古典诗歌的良师益友。读诗时能参考诗话，既可解决疑难，也能增加兴趣，收事半功倍之效。

把各家诗话综合起来看，还可发现这样一种情况：前代作者提出一种见解，发表一种评论，后代作者往往就同一问题加以补充，或层层深入，或反复辩难。恍如聚历代学者于一堂，口吐莲花，各抒高见。有比较才有鉴别，我们把诸家之说融会贯通，就可对某一问题获得进一步的认识。

这个部分，就是我在阅读各家诗话时随手摘录的笔记，特别注意把讨论同一问题的各家见解汇集起来，略加折中。一方面为诗歌爱好者提供方便，避免翻检之劳；另一方面也是对整理民族文化典籍做一尝试，请求读者指正。

诗话偏重于感性直观，作者的观点多是借助于具体事例来表述的，因此我们不必太拘束于事例的本身，如《归田录》载晏殊论富贵语，《全唐诗话》载柳公权联句，事例本身没有多大意义，但前者讨论诗歌气象，后者讨论文艺批评。这才是诗话的本身美学价值所在，从中仍可给我们以启发。

林世堂

1993年4月1日

郑家婢皆读书

郑玄家奴婢皆读书。尝使一婢，不称旨，将挞之。方自陈说，玄怒，使人曳著泥中。须臾，复有一婢来，问曰："胡为乎泥中？"答曰："薄言往愬，逢彼之怒。"

南朝梁·刘义庆《世说新语》

后汉郑康成，是研究诗经的专家，他所著的《毛诗笺》是诗经学的权威著作。《世说新语》中记录的一个小故事，从一个侧面反映他家庭中文学气氛的浓厚：小丫头受到责罚，在互相慰藉和凄苦诉说中，却都是出口成章，直接用《诗经》中的诗句作为问答之辞，而又是那么妥帖，既是关心，却又带着开玩笑性质。娟娟此豸，岂不令人爱煞！

这一文坛佳话，一直为人们所艳称。宋代赵与朋《娱书堂诗话》载："陆放翁之先少师（指其父陆宰）宣和初有赠晁以道诗云：'奴爱才如萧颖士，婢知诗似郑康成。'晁公大爱赏。"据五代王定保《唐摭言》："萧颖士有仆，事之十余年。颖士棰楚严惨，人或激之择木，仆曰：'非不能也，爱其才耳。'"把两个故事写成诗，得到晁以道的爱赏，这不仅是对故事中的人物感兴趣，显然还会含有追步风雅之意。

"胡为乎泥中？"一句，原见于《诗经·邶风·式微》，全诗共两节，第二节如下：

式微式微，（日光渐暗天色灰，）（天色已黑，天色已黑）
胡不归？（为啥有家去不回？）（为什么还不回去？）
微君之躬，（不是君主养贵体，）（如果不是为了国君）

胡为乎泥中？（哪会夜间踩泥水？）（我怎么会身陷泥沼？）

（编者注：前为原文，括号中为译文，读者可比较阅读）

此诗是人民苦劳役，对君主发出的怨词。

“薄言往愬”两句，原见于《诗经·柏舟》，全诗共五节，第二节如下：

我心匪鉴，（我心不是青铜镜，）
不可以茹。（不能任谁都来照。）（不是一切尽照出）
亦有兄弟，（娘家也有亲兄弟，）（虽有骨肉亲兄弟）
不可以据。（谁知他们难依靠，）（可惜不能当依靠）
薄言往愬，（赶到他家去诉苦，）（我向他们去诉苦）
逢彼之怒。（对我发怒脾气躁。）

此诗是一位妇女自伤不得于夫，见侮于众妾的怨词。

一首诗的写作，总是有具体事实作背景的，后人断章取义，对原来事实就没有关系；甚至对语言的理解，也要灵活看待。如“胡为乎泥中”，本来是反问句，不要求回答的，现在却作疑问句来使用了。“逢彼之怒”，这个“彼”原指妇人的丈夫，引用后也就不能这样来理解了。

断章取义，为我所用，这也不是郑家两个丫头发明的。《左传·襄公二十八年》：“赋《诗》断章，余取所求焉。”春秋时外交场合常以赋《诗》表意，赋者与听者各取所求，不顾本义。这和郑家丫头赋诗又有所不同，不过扩大了诗句的应用，则是相同的。

苦吟

孟浩然眉毫尽落；裴祐袖手，衣袖至穿；王维至走入醋瓮，皆苦吟者也。

张祜苦吟，妻孥唤之不应；以责祜，祜曰："吾方口吻生花，岂恤汝辈？"

唐·冯贽《云仙杂记》

诗人苦吟的故事很多，有的还把经历写入诗中。如宋代潘阆《苦吟》诗"发任茎茎白，诗须字字清"；宋代欧阳修记《苦吟》句"一句坐中得，片心天外来"；唐代曹松诗"平生五字句，一夕满头丝"（《崇义里言怀》）；唐代孟郊诗"夜吟晓不休，苦吟鬼神愁"（《夜感自遣》）；唐代卢延逊诗"吟安一个字，捻断数茎须"（《苦吟》）；唐代杜荀鹤诗"生应无辍日，死是不吟时"（《苦吟》）等。还有写诗讥笑他人苦吟的，如唐代王维戏赠裴迪"猿吟一何苦，愁朝复悲夕"（《闻裴秀才迪吟诗因戏赠》）。

"李白一斗诗百篇，长安市上酒家眠"（唐·杜甫《饮中八仙歌》）。"敏捷诗千首，飘零酒一杯"（唐·杜甫《不见》），在一般人看来，写诗是凭天才的，有天才的诗人，下笔立就，不用花什么力气。但是，在真正懂诗的人看来，艺术创造并不是怎么容易的事。明人都穆在《南濠诗话》中说："世人作诗，以敏捷为奇，以连篇累册为富，非知诗者也。老杜云'语不惊人死不休'，盖诗须苦吟，则语方妙。不特杜为然也。……余由是知诗之不工，以不用心之故，盖未有苦吟而无好诗者。"诗须苦吟，则语方妙，这苦吟包括反复推敲，认真修改。有关这方面的例子，都可以看作苦吟的实践。"新诗改罢自长吟"（唐·杜甫《解闷十二首》），为求一字之工，费尽心血，这是艰苦的，但一旦找到唯一妥帖的词语，漫声长吟，这种创作上的乐趣，又是难以言传的。

“未有苦吟而无好诗者”（明·都穆《南濠诗话》）。这话说得太绝对化。文艺创作的基本功过硬与否，和作品的成就也是有密切关系的。

清代薛雪《一瓢诗话》在列举了有关苦吟的诗句后说：“可见古人作诗不易，何以今人摇笔便成，其一其二其三，连篇累牍，不几年间，刻稿问世矣。”说古人作诗认真，今人作诗草率，以时代划分创作态度，这只是主观的臆想。古代作品经过时间的洗刷，不够格的都已淘汰了；今人连篇累牍，摇笔便成的作品，同样要经过时间的考验。时间是最公平的裁判官。

有人说诗须苦吟，也有人说作诗不须苦吟，清代陈仅《竹林答问》对此有比较全面的解释。录之如下：

……要之即一人之身，亦有此两种诗境：有时伫兴而就，不假思索；有时千辟万灌，力追无朕；迨其成也，同归自然。孳诘走入醋瓮，襄阳眉毛尽落，今其诗俱在，绝不识何篇为苦吟而得者，可以悟矣。

有些好诗，确是苦吟而成的，但也不能倒过来说，凡是好诗，必须经过苦吟。宋代戴复古有《论诗十绝》，其中一绝是这样的：

诗本无形在窈冥，网罗天地运吟情。
有时忽得惊人句，费尽心机做不成。

“踏破铁鞋无觅处，得来全不费工夫”（明·冯梦龙《警世通言·金令史美婢酬秀童》），这种情况，会写诗的人常有碰上，这就不能完全归到苦吟中去了。

聂夷中《咏田家》

聂夷中《咏田家》诗云："二月卖新丝，五月粜新谷。医得眼前疮，剜却心头肉。……"所谓言近意远，合《三百篇》之旨也。

五代·王定保《唐摭言》

聂夷中《咏田家》诗共两首，这里摘录的是后一首的前面四句。王定保把这首诗和《诗经》相提并论，评价是很高的。《毛诗序》中有"哀刑政之苛，吟咏情性，以风其上"的话，"合《三百篇》之旨"，主要应是对这方面而言的。

宋代孔平仲《续世说》记冯道对后唐明宗说的一段话，可以看作聂夷中这首诗的注释：

农家岁凶则流于饿殍，岁丰则伤于谷贱。丰凶皆病，惟农家为然。尝记进士聂夷中诗云（"二月卖新丝"一首，略）。语虽鄙俚，曲尽田家之情状。

聂夷中这首诗能真实反映农民的生活，评论家都是肯定的，但有的读者却认为诗的用语不够恰当。宋代史绳祖在《学斋占毕》中说："聂夷中《伤田家》诗，最得风人之体，但'二月卖新丝'恐当作'四月'。盖二月则蚕尚未生……安得有新丝耶？"史氏根据事实来纠正诗中的用词，看来不无道理，不过诗歌和散文不同，诗的语言自有其特点。明代何孟春在《余冬诗话》中说："……或疑二月蚕尚未生……安得有新丝？春曰：夷中之谓'卖新丝、粜新谷'者，乃贫民其时预指丝谷去借债耳。到丝谷出时，俱是他人之物，是所谓'医得眼前疮，剜却心头肉'也。"散文要用二十多个字才能说清楚的事实，诗歌却用一个‘卖’字来概括，由此正可看出诗歌语言的简练。

对现实的认识没有止境，解诗也是没有止境的。同样是对聂夷中这首诗，清代褚人获的解释，又比何孟春推进了一层，他在《坚瓠集》中说：

……此诗最有深意。《学斋占毕》误以二月无丝，五月无谷为解，不知二月将事于蚕，五月正力于农，而赋税叠征，不得不称贷于有力者。及丝谷既登，则倍息以偿。是未丝而卖，未谷而粜矣。以辞害志，岂说诗者乎？

农民举债，不仅仅是为了自身的生活，繁重的赋税和高利贷，才使农民不得不剜肉补疮——这些严酷的现实，何孟春却没有给予揭露。

随着对现实认识的深化，对诗句的理解也会更深刻。如果按照何孟春的解释，则后面两句只是农民自怨自艾的悲鸣；而根据褚人获的分析，则后两句便是被压迫者血泪的控诉了。

除了字句之外，也有人对这首诗的美学价值提出怀疑。明代田艺衡在《留青日札》中说：“聂夷中‘卖丝’‘粜谷’之篇，《全唐诗话》以为言近意远，合《三百篇》之旨，或又谓可为诗史：皆非也，试观《三百篇》中如谭大夫‘南箕’‘北斗’之讽，何其温厚和平！初不必显然如‘医疮’‘剜肉’之怨讪也。”这种说法，是根据“温柔敦厚，诗教也”这种传统说法而来的。其实孔子论诗，提出兴、观、群、怨，诗可以怨，圣人并不反对。清代张谦宜对此有很好的发挥，他在《茧斋诗谈》中说：

人多谓诗贵和平，只要不伤触人。其实《三百篇》中有骂人极狠者，如“胡不遄死”“豺虎不食”等句，谓之乖戾可乎？盖骂其所当骂，如敲扑加诸盗贼，正是人情中节处，故谓之“和”。又如人有痛心，便须着哭，人有冤枉，须容其诉，如此心下才松颡，故谓之“平”。

这段话好像专为驳斥田艺衡而写的。同样引用《诗经》，结论却完全不同。就读者来说，无疑更倾向于张谦宜的意见。

天际识归舟

梁王僧孺《中川长望》诗云:“岸际树难辨，云中鸟易识。”盖全用谢玄晖‘天际识归舟，云中辨江树’而不及也。梁元帝诗云“远村云里出，遥船天际归”，亦效玄晖，而远胜僧孺。

宋·吴幵《优古堂诗话》

“天际识归舟，云中辨江树”，是南朝齐国谢朓《之宣城郡新林浦向板桥》诗中的三四两句；前面发端两句是“江路西南永，归流东北骛”。首两句说自己逆江而行，回望东北，宣城在京邑西南。永，长；归流，指江水，江以入海为归；骛，奔驰。三四两句，就是写回望所见，是远景。这两句可以看作互文见义，前一句的“识”，也指江树，后一句的“辨”兼指归舟。“天际”“云中”点出遥远，“识”和“辨”正是对远景而言。用字准确，所以能真实地记下眼前所见景物。读了这两句诗，自然会在眼前呈现出一幅浩荡辽阔的景象。元人陈绎曾《诗谱》中，用“藏险怪于意外，发自然于句中”二语来评谢朓的诗，从这两句中，也可看出谢诗自然的风格。谢朓曾说“好诗流转圆美如弹丸”（《南史·王筠传》引谢朓语），也正是指自然而不用力做之意。

王僧孺两句诗，可说亦步亦趋，仿效谢朓诗句很用点功夫，但读来总觉得平淡，原因何在?

谢朓两句诗，互相配合，构成和谐的意境，给人的印象是统一的；而王僧孺的两句诗，却是两相对立，读后不能构成一个完整的印象。和梁元帝两句诗比较起来，就可看得更加明白。梁元帝的两句“亦效元晖”，但他不是像王僧孺那样舍本逐末，只在字句的表面上下功夫，而能深入体会谢朓两句诗的特色，从实质上来下功夫，脱胎于谢诗而又能创新。

王僧孺仿效谢诗，只做到形似，即只注意外形或表象的类似；梁元帝同样是仿效谢诗，却能重视内在本质特征的完美。这不仅仅是指仿效问题，核心在如何辩证地处理好形似和神似的关系。王僧孺仿效的失败，就在于他看待客观事物，只着眼于形而忽略了事物的本质特征。描写客观事物，当然要从外形出发，但不能满足于仅仅描摹外形，而要做到以形传神。

【附】

明代田艺衡《留青日札》：

“云中辨江树”，景也；“天际识归舟”，情也。宋之问亦云：“古木生云际，归帆出雾中。”便不及矣！因念古今得意句，难得一联悉称。“暗牖悬珠网”，不如“空梁落燕泥”；“傍水见寒花”，不如“出关逢落叶”。

罢相送诗

王文穆罢相知杭州，朝士送诗，唯陈从易学士云："千重浪里平安过，百尺竿头稳下来。"冀公称重之。

宋·江休复《江邻几杂志》

应酬赠答之诗，多无足观，但其中好的，小题大做，包含着人生哲理，也有可取的。如宋代陈从易赠一位罢相出知杭州的大官的诗，就是如此。送人升官，锦上添花，这样的诗容易写；送人罢相，官位由高到低，这样的诗，应如何措辞，就须经过一番认真思索了。

陈从易的这两句诗，好就好在不是只从大官本身官位的变迁落笔，而是着眼于整个官场的形势，这样就大有文章可做了。在历史上各个封建王朝中，皇帝是万人之上的主宰，决定所有官僚的命运；另一方面，各官僚集团之间，形成种种错综复杂的关系，所谓宦海风波，正说明一个官员，要在这样的环境中平安走完仕途，直到退休告老，也是不容易的。陈从易的诗，正是从全局来看这位大官的升降。经受宦海风浪，稳稳下来，这就是一个令人歆羡的局面。

罢官降级，在一般人看来，总以为是不幸的，而陈从易从侧面落笔，变不幸为值得庆幸，这不仅是作者诗艺的高超，也取决于他的处世哲学的深邃。获得"称重"，不亦宜乎？

隔秋得句

南唐一诗僧，赋《中秋月》诗云：“此夜一轮满”，至来秋方得下句云：“清光何处无”。喜跃，半夜起撞寺钟。城人尽惊。李后主擒而讯之，具道其事，得释。

宋·江休复《江邻几杂志》

上面这个小故事，意义不在于这两句是不是写得好，而在于这位诗僧沉浸于诗境的憨态。两句诗，写了上句，到第二年才能接上下句，这确是古今无双的。可以想见，在头一年写了上句之后，当时也一定试吟过下句，可是自感不满，所以一直挂在心头。到第二年，好句来了，真是“踏破铁鞋无觅处，得来全不费功夫”（明·冯梦龙《警世通言·金令史美婢酬秀童》）。前后差异如此之大，原因何在呢？这就是：灵感不来，举步维艰；灵感一来，水到渠成。唐代皎然在《诗式》中说：“有时意静神王，佳句纵横，若不可遏，宛若神助。不然，盖由先积精思，因神王而得乎！”所谓“意静神王”，也就是指灵感来临时的一种状态。

爱迪生发明电灯成功，时间在半夜，他高兴得不得了，迫切要找人来分享他的快乐，于是跑到街上，把一个警察拉来，让他来共同欣赏这世界上第一盏电灯。南唐这位诗僧，半夜得到好句，也是高兴得不得了，无人可以分享，索性用撞钟来发泄他心头的欢乐。科学和文学不同，成就的大小也不同，不过有一点是相同的，即对自己辛勤得来的成果，总是十分珍视，以至抑制不住内心的喜悦。科学家和艺术家的这种心态，应归入人类高尚的情操。

晏殊论诗

晏元献公善评诗，尝曰："'老觉腰金重，慵便枕玉凉'，未是富贵语；不如'笙歌归院落，灯火下楼台'，此善言富贵者也。"人皆以为知言。

宋・欧阳修《归田录》

一提起富贵，人们便会想到金玉珠宝；写诗的人，也以为把这些词语用到诗中去，便算是富贵语。其实，把金呀、玉呀堆砌到诗句中去，有时只会显得庸俗，并不见得就能写出富贵气。如"老觉腰金重，慵便枕玉凉"（宋・寇准《句》）云云，并不真是富贵中人的语气，倒显出穷措大对富贵者的眼红。反之，"笙歌归院落，灯火下楼台"（唐・白居易《宴散》），不是在点滴上刻画富贵，只是真实地写出一种生活场面，而这种生活场面，其中活动着的人物是怎样身份，也就不言而喻了。一个是有意写富贵，反落俗套；一个是只从现实撷取一种场面，不言富贵而富贵自在气象中。

宋代严羽在《沧浪诗话》中举出五种诗法，其中一种是气象。晏殊赞赏的两句诗，好处正在于写出了富贵的气象，宋代杨万里诗："丰年气象无多子，只在鸡鸣犬吠中。"（《秋晓出郊二绝句》）一个蹩脚的画家，以为只有把一排一排谷仓安排到画面上去，才算描绘出了丰收的气象。何者棋高一着，不言自喻。

又宋代吴处厚《青箱杂记》中也有一则谈到晏殊评诗，所举例子不同。可以参看，录之于下：

晏元献公虽起田里，而文章富贵，出于天然。尝览李庆孙《富贵曲》云："轴装曲谱金书字，树记花名玉篆牌。"公曰："此乃乞儿相，未尝谙富贵者。"故公每吟富贵，不言金玉锦绣，而惟说其气象。若"楼台侧畔杨花过，帘幕中间燕子飞”“梨花院落溶溶月，柳絮池塘淡淡风”之类是也。故公自以此句语人曰：“穷儿家有这景致也无？”

又宋代沈括在《梦溪笔谈》中也提出同样看法，并用实际例子作进一步的阐述，并录之以供参看：

唐人作富贵诗，多纪其奉养器服之盛，乃贫眼所惊耳。如贯休《富贵曲》云“刻成筝柱雁相挨”，此下里鬻弹者皆有之，何足道哉！又韦楚老《蚊诗》云“十幅红绡围夜玉”，十幅红绡为帐，方不及四五尺，不知如何伸脚？此所谓“不曾近富儿家”。

【附】

宋代王直方《王直方诗话》（编者注：更多书籍标注系出自宋代胡仔《苕溪渔隐丛话》）：

王禹玉诗，世号至宝丹，以其多使珍宝，如黄金必以白玉为对。有人云：“诗能穷人，且试强作富贵语看如何？”其人数日搜索，方止得一联曰：“胫挺化为红玳瑁，眼睛变作碧琉璃。”为之绝倒。晏叔原小词云：“舞低杨柳楼心月，歌尽桃花扇低风。”晁无咎云：“能作此语，定知不住三家村也。”

鸡声茅店月

圣俞尝语余曰："诗家虽率意，而造语亦难。若意新语工，得前人所未道者，斯为善也。必能状难写之景，如在目前，含不尽之意，见于言外，然后为至矣。……"余曰："……状难写之景，含不尽之意，何诗为然？"圣俞曰："作者得于心，览者会以意，殆难指陈以言也。虽然，亦可略其仿佛：……若温庭筠'鸡声茅店月，人迹板桥霜'……则道路辛苦，羁愁旅思，岂不见于言外乎？"

宋·欧阳修《六一诗话》

自从宋代梅尧臣（字圣俞）举出唐代温庭筠《商山早行》诗中两句以后，历来评家，都加推崇；清代沈德潜在《唐诗别裁集》中评此两句，认为"早行名句，尽此一联"，更是赞扬备至，后人循着梅圣俞的思路，又有不同的体会和分析。

明代朱承爵《存余堂诗话》载："温庭筠《商山早行》诗，有'鸡声茅店月，人迹板桥霜'。欧阳公甚嘉其语，故自作'鸟声茅店雨，野色板桥春'以拟之，终觉其在范围之内。"因为"嘉其语"，所以向前辈诗人学习、仿效。欧阳修的拟作，从语言上看，确实能做到形似，但诗句的内涵却不如温庭筠原作丰富。也就是说，欧阳修这两句诗，到底写人物怎样的心态，就不容易看出来了。

宋代曾季狸《艇斋诗话》肯定温庭筠的诗是"佳句"，但又说："然不若韦苏州'绿荫生昼静，孤花表春余'。"所谓"若"或"不若"，应该拿同类型的诗句来表示比较，才可得出合理的结论。温庭筠诗的特点是每句都用名词组成，让读者从典型事物中构想出一幅图景，然后再通过图景来想象人物的心态。欧阳修两句诗，正是追踪温诗的这一特色的。而曾季狸举出的韦应物两句诗，却并不具备这特色。其中"生"和"表"

是动词。这样单从作诗技巧来作比拟，言人人殊，也不过各抒所见罢了。

近代马茂元《唐诗三百首新编》，又以为温庭筠这两句诗“似从顾况《过山农家》‘板桥人渡泉声，茅檐日午鸡鸣’变化而来”。这也如欧阳修模拟之作，只是着眼在语言特点上。

以上各家之说，着眼在比较，有的是探其源，有的是寻其流，从中可以看出温庭筠这两句诗引起读者广泛的兴趣。此外对于诗句的本身，也有些评家加以探讨分析，如明代李东阳《麓堂诗话》说：

“鸡声茅店月，人迹板桥霜”，人但知其能道羁愁野况于言意之表，不知二句中不用一二闲字，止提掇出紧关物色字样，而音韵铿锵，意象具足，始为难得。若强排硬叠，不论其字面之清浊、音韵之谐舛，而云我能写景用事，岂可哉？

这是从艺术的角度探讨这两句诗的佳处，“能道羁愁野况于言意之表”，也即宋代陈世崇《随隐漫录》中所说“羁旅穷愁，想之在目”之意。写羁旅的诗很多，何以这两句特别引起人们的欣赏？这两句诗好就好在只是把深秋初冬早行所接触到的最有典型性的事物给予艺术的安排，却不着一动词。没有动词，并不等于说没有人物在行动，读者看了诗句，自然会想到早行的人。把人物安排在画面之外，让读者从景物中去体会出这个行动着的人，这就是这两句诗巧妙的所在。“状难写之景如在目前”，可写的景物当然很多，但“强排硬叠”，把一切景物硬塞到诗句中去，只会使读者眼花缭乱而得不到鲜明的印象；现在只像一幅写意画，寥寥几笔，而留在读者脑中的形象却如此清晰。这种艺术魅力，来自诗人对客观事物观察的细致，而要做到这点，又离不开诗人的慧眼，修养很深的艺术洞察力。“含不尽之意于言外”，在字面上看不出一点抒情的做作，但却又字字含情，人物的心态呼之欲出，借景抒情能够做到这点，是很不容易的。元人马致远小令《天净沙》“枯藤老树昏鸦，小桥流水人家”，正是由此脱胎而来。

清代薛雪《一瓢诗话》则对未能赏析这两句诗的庸人提出了讥评：“得句先要炼去板腐。后人于高远处，则茫然不会；于浅近处，最易求疵。如温太原《早行》诗‘鸡声茅店月，人迹板桥霜’，未尝不佳，而俗子偏指摘之，谓似村店门前对子。若余早行所作‘朝暾迷海角，残月挂春城’，又不知遭如何指摘也。”读者与诗人生活体验不同，艺术修养又相差悬殊，一首好诗落到庸人手中，就无异于明珠暗投了。

草忘忧　花含笑

韩子苍曰：丁晋公《海外》诗曰“草解忘忧忧底事，花能含笑笑何人”，世以为工。读东坡诗曰：“花非识面尝含笑，鸟不知名时自呼。”便觉才力相去如天渊。

宋·释惠洪《冷斋夜话》

天分高下，各如其人；诗艺优劣，不可强求。一首诗，孤立起来看，很难评价其优劣，用同样手法的诗句来进行比较，孰优孰劣，便容易看清楚。惠洪评诗，不尚空谈，只举出实际例子，让读者自己去体会，这种评诗方法很有意思。

宋代丁谓和苏轼的诗句，都把自然界的花鸟看作有情物，能通人意，这一点是相同的。但以物拟人，也有一个“度”的问题。超过了度，无限制地比拟下去，反而会弄巧成拙。

丁谓的两句诗。“事”和“人”可以看作是互文见义。即“忧底事”，事中也包括人；“笑何人”，人中也包含事。

忘忧草即谖草，又名萱草。《诗·卫风·伯兮》：“焉得谖草，言树之背？”《传》：“萱草令人忘忧。”含笑花生广东，据明代高濂《艺花谱》载：“开时常不满，若含笑然。”草与花的名称，就是人所赋予的，也只是对花的本身而言。而丁谓的诗却更进一层，认为花、草具有含笑忘忧的本能，甚至还要追问“忧底事”“笑何人”，盘根问底，就完全失去了诗趣，作者借物抒情的作用也就难以引起读者的共鸣。

苏轼两句诗，没有纠缠在典故上面，就所见所闻直接抒写，这正是比丁谓诗高明的地方。

也有评家认为丁谓的两句诗也有来历，虽有不足之处，但也不能一概否定。宋代吴曾《能改斋漫录》说：

《冷斋夜话》云：丁晋公“草解忘忧忧底事，花能含笑笑何人”，不若东坡“花如识面长含笑，鸟不知名时自呼”。然丁诗本取唐人徐振《雷塘》诗：“花忆所为犹自笑，草知无道更应荒。”《毛诗》“焉得谖草”，释者以谖草可以解人之忧耳。今丁诗乃以“草忧底事”，何邪？然善论诗者，不当如此。

如果按照《毛诗》原意，是人们借萱草以忘忧，丁谓却以为萱草本身能忧事，这就有点出于无据了。最后吴曾又以善论诗者不必像惠洪那样执着，这又是从“诗无达诂”这方面来说了。

夺胎换骨

山谷云：诗意无穷，而人之才有限；以有限之才，追无穷之意，虽渊明、少陵不得工也。然不易其意而造其语，谓之换骨法；窥入（一作规模）其意而形容之，谓之夺胎法。如郑谷《十日菊》曰：“自缘今日人心别，未必秋香一夜衰。”此意甚佳，而病在气不长。西汉文章雄深雅健者，其气长故也。曾子固曰：“诗当使人一览语尽而意有余”，乃古人用心处。所以荆公《菊》诗曰：“千花万卉凋零后，始见闲人把一枝。”东坡则曰：“万事到头终是梦，休，休，休，明日黄花蝶也愁。”又如李翰林诗曰：“鸟飞不尽暮天碧。”又曰：“青天尽处没孤鸿。”然其病如前所论。山谷作《登达观台》诗曰：“瘦藤拄到风烟上，乞与游人眼界开。不知眼界阔多少，白鸟去尽青天回。”凡此之类，皆换骨法也。顾况诗曰：“一别二十年，人堪几回别。”其诗简缓（一作拔）而立意精确。舒王作《与故人书》曰：“一日君家把酒杯，六年波浪与尘埃。不知乌石江边路，到老相逢得几回。”乐天诗曰：“临风杪秋树，对酒长年身。醉貌如霜叶，虽红不是春。”东坡南中作诗云：“儿童误喜朱颜在，一笑那知是醉红。”凡此之类，皆夺胎法也。

宋·释惠洪《冷斋夜话》

夺胎换骨本来是道家语，谓夺别人的胎而转生，换去俗骨而成仙骨。后用此比喻师法前人而不露痕迹，并能创新。宋代陈善《扪虱新话》：“文章虽要不蹈袭古人一言一句，然古人自有夺胎换骨等法，所谓灵丹一粒，点铁成金也。”此语可与惠洪的话参看。后人对夺胎换骨之说，评论颇多：有因势利导，加以发挥的；也有怀疑持惑，各表异议的。现在先把惠洪这段话略加说明，再及其他。

惠洪这段话的中心是个“意”字。世上的客观事物是有限的，但由客观事物所引起的心意，却是无限的。比如看到一朵花，有人会觉得可爱，有人会联想到韶光可贵，有人会感到好花易谢，有人会慨叹美景难驻，有人会联想到祖国的儿童，有人比之于美女。如此等等，确实是没有穷尽的。诗人描写花，如果只着眼于花的本身，变化总是有限的；古往今来有这么多咏花诗，就在于诗人运用其想象，把主观意识渗透到花中去，于是就千姿百态、美不胜收了。

描写花儿的诗不同于“群芳谱”，就在于诗中有我。十个诗人写同一朵花，就会有十种样子，就在于每个人的感受、想象、兴会不同。《红楼梦》三十八回写林黛玉等咏菊花，毫不重复，就是这个道理。这里就有一个才学问题，才学不够，艰于造意，就要和前人重复了。“以有限之才，追无穷之意，虽渊明、少陵不得工也”，这是黄山谷自己的体会，一般诗人大概也会有同感。

所谓夺胎换骨，就是对诗人才力有限的补救办法，也是为诗人们创作解困的一种办法。要运用这种办法，其先决条件是广泛阅读前人的作品；不然的话，无胎可夺，无骨可换，这种办法再灵，也不起作用了。

夺胎换骨，既是因袭，也是创新，即寓创新于因袭之中。诗意虽然无穷，但经过前代才人的发掘，正如一处宝藏易开采的早已被人采尽，后人才不逮古人，而需要付出的劳力，却十倍于古人，往往是劳而无功。所谓夺胎换骨，即创作上的一种取巧办法。其秘诀是，不纠缠于“意”字上，而是跳出“意”的框框，把精力用在技巧上。即大胆借用前人的“意”，做到后来居上、推陈出新。

评家讨论夺胎换骨的很多，其中有些是用具体例子来作说明。如宋代葛立方《韵语阳秋》卷二中说：

诗家有换骨法，谓用古人之意而点化之，使加工也。李白诗云：“白发三千丈，缘愁似个长。”荆公点化之，则云：“缲成白发三千丈。”刘禹锡云：“遥望洞庭湖面水，白银盘里一青螺。”山谷点化之云：“可惜不当湖面水，银山堆里看青螺。”孔稚圭《白苧歌》云：“山虚钟响彻。”山谷点化之云：“山空响管弦。”卢仝诗云：“草石是亲情。”山谷点化之云：“小山作朋友，香草当姬妾。”学诗者不可不知此。

宋代吴聿《观林诗话》记东坡的话，认为“醉眼炫红绿”是“看朱成碧颜始红”的换骨句，也是用实例来说明。

宋代杨万里《诚斋诗话》也举了一些具体的例子，两两对比，从中可以看出夺胎换骨的实质：

庾信《月》诗云：“渡河光不湿。”杜云：“入河蟾不没。”唐人云：“因过竹院逢僧话，又得浮生半日闲。”坡云：“殷勤昨夜三更雨，又得浮生尽日凉。”杜《梦李白》云：“落月满屋梁，犹疑照颜色。”山谷《簟》诗云：“落日映江波，依稀比颜色。”退之云：“如何连晓语，只是说家乡。”吕居仁云：“如何今夜雨，只是滴芭蕉。”此皆用古人句律而不用其句意，以故为新，夺胎换骨。

宋代曾季狸《艇斋诗话》则举宋代苏轼《水龙吟·次韵章质夫杨花词》为例而加以说明：

东坡和章质夫《杨花》词云“思量却是，无情有思”，用老杜“落絮游丝亦有情”也，“梦随风万里，寻郎去处，依前被莺呼起”，即唐人诗云“打起黄莺儿，莫叫枝上啼，几回惊妾梦，不得到辽西”。“细看来不是杨花，点点是离人泪”，即唐人诗云“时人有酒送张八，惟我无酒送张八。君看陌上梅花红，尽是离人眼中血”。——皆夺胎换骨手。

宋代陈岩肖《庚溪诗话》卷下，引帛道猷及参寥诗作比较，来说明夺胎：

晋宋间，沃洲山帛道猷诗曰：“连峰数千里，修林带平津。茅茨隐不见，鸡鸣知有人。”后秦少游诗云：“菰蒲深处疑无地，忽有人家笑语声。”僧道潜号参寥，有云：“隔林仿佛闻机杼，知有人家在翠微。”其源乃出于道猷，而更加锻炼，亦可谓善夺胎者也。

明代杨慎《升庵诗话》卷五“杜诗夺胎之妙”条，追溯杜诗与前人类似之处，指出夺胎之句，可以后来居上。

陈僧慧标《咏水》诗：“舟如空里泛，人似镜中行。”沈佺期《钓竿篇》：“人如天上坐，鱼似镜中悬。”杜诗：“春水船如天上坐，老年花似雾中看。”虽用二子之句，而壮丽倍之，可谓得夺胎之妙矣。

同书卷十一“诗文夺胎”条，也举了从文到诗的三个例子：

后汉肃宗诏曰：“父战于前，子死于后。弱女乘于亭障，孤儿号于道路。老母寡妻，设虚祭，饮泣泪，想望归魂于沙漠之表，岂不哀哉！”李华《吊古战场文》祖之。陈陶《陇西行》云：“可怜无定河边骨，犹是春闺梦里人。”可谓得夺胎之妙。

综合上面一些例子，用通俗的话来说，所谓夺胎换骨，就是师法前人而不露痕迹，并能创新。分开来说，所谓换骨，就是对同一意思，却用不同的语言来表达。如写战争的残酷，肃宗诏书是一种写法，《吊古战场文》是另一种写法，《陇西行》则又是一种写法。它们之间是青出于蓝而胜于蓝，推陈出新，后来居上。而所谓夺胎，是采用前人的表现手法，而用之于不同的题材上。如唐代杜甫诗“落月满屋梁，犹疑照颜色”（《梦李白》其一），这是写好友的怀念；而宋代黄山谷即黄庭坚诗“落日映江波，依稀比颜色”（《簟》），却是咏物。就内容来看，二者是风马牛不相及的，只是在表现手法上有共同之处。可以说，黄山谷是从杜甫诗中受到启发，用于描绘物象的。当然，这样的区分是很勉强的。因此在一些评论中，往往把夺胎换骨相提并论。

夺胎换骨弄得不好，容易陷于蹈袭、剽窃，有些评论家指出这点，元代韦居安《梅涧诗话》卷上说：

夺胎换骨之法，诗家有之，须善融化，则不见蹈袭之迹。陆鲁望诗云：“溪山自是清凉国，松竹合封萧洒侯。”戴式之《赠叶竹山》诗云：“山中便是清凉国，门下合封萧洒侯。”王性之诗云：“云气与山为态度，月华借水作精神。”式之《舟中》诗云：“云为山态度，水借月精神。”如此下语，则成蹈袭。李淑《诗苑》云：“诗有三偷，偷语最是钝贼，学诗者不可不戒。”

是夺胎换骨还是蹈袭，主要看有无创新。如戴式之套用陆鲁望的诗句，只是改动几个字，不但毫无创新，反而点金成铁。至于把王性之的七言改为五言，也就说不上有什么创新。

正因为夺胎换骨近乎抄袭，很容易给投机取巧者以钻空子的机会，有些评家对此持否定态度。如宋代吴曾《能改斋漫录》说：

……予尝以觉范（惠洪）不学，故每为妄语。且山谷作诗，所谓“一洗万古凡马空”，岂肯教人以蹈袭为事乎？唐僧皎然尝谓“诗有三偷：偷语最是钝贼。如傅长虞‘日月光太清’，陈后主‘日月光天德’是也；偷意事虽可罔，情不可原，如柳浑‘太液微波起，长杨高树秋’，沈佺期‘小池残暑退，高树早凉归’是也。偷势才巧意精，略无痕迹，盖诗人偷狐白裘手，如嵇康‘目送归鸿，手挥五弦’，王昌龄‘手携双鲤鱼，目送千里雁’是也。”夫皎然尚知此病，孰谓学如山谷，而反以不易其意而规模其意，而遂犯钝贼不可原之情耶？

吴氏以为夺胎换骨云云，只是惠洪的“妄语”，不会是山谷之意。还举出唐诗僧皎然《诗式》中三偷的话作对照，做到立论有据，很有说服力。

金国王若虚《滹南诗话》卷三也有一条，则是从另一角度对夺胎换骨之说持异议，录如下：

鲁直论诗，有夺胎换骨、点铁成金之喻，世以为名言；以予观之，特剽窃之黠者耳。鲁直好胜，而耻其出于前人，故为此强辞，而私立名字。夫既已出于前人，纵复加工，要不足贵。虽然物有同然之理，人有同然之见，语意之间岂容全不见犯哉？盖昔之作者，初不校此，同者不以为嫌，异者不以为夸，随其所自得而尽其所当然而已。至于妙处，不专在于是也，故皆不害为名家，而各传后世，何必如鲁直之措意邪？

语意和表达方式，偶然有和前人相同，这并不奇怪。但如果一定要巧立名目，叫人去刻意模仿，这就不足取了。王氏的意思。是不赞成为作诗而作诗，在技术上钻牛角尖，没有什么意思。

老妪解诗

白乐天每作诗，令一老妪解之，问曰“解否”，妪曰“解”，则录之。不解则易之。故唐末之诗，近于鄙俚。

宋·释惠洪《冷斋夜话》

唐代白居易诗老妪都解，其说始于惠洪，而惠洪对此是表示贬意的，认为唐末诗风“鄙俚”，白居易是始作俑者。宋代张戒《岁寒堂诗话》进一步指出其“格卑”的原因，在于“其词伤于太烦，其意伤于太尽，遂成冗长卑陋尔”；并指出“若收敛其词，而少加含蓄，其意味岂复可及也”。批评语气，较为委婉。其后明代王世贞《艺苑卮言》则贬意更为露骨：“风雅不复论矣，张打油，胡钉铰，此老便是作俑。”

与上面说法相反，对白氏抱赞扬的态度的，也不乏其人，如明代俞弁《逸老堂诗话》卷下说：

白乐天诗，善用俚语，近乎人情物理。元微之虽同称，差不及也。李西涯诗话云：“乐天赋诗，用老妪解，故失之粗俗。”此语盖出于宋僧洪觉范之妄谈，殆无是理也。近世学者往往因此蔑裂弗观。吴文定公读《白氏长庆集》，有云：“苏州刺史十编成，句近人情得俗名。垂老读来尤有味，文人从此莫相轻。”

语言通俗化，平易近人，是白居易诗歌的主要风格。而这风格，又是和他提出的“文章合为时而著，歌诗合为事而作”（《与元九书》）的主张互为表里的。把诗写得通俗易喻，也并不是容易的事，所以清代刘熙载说：“香山用常得奇，此境良非易到。”（《艺概》二）清代袁枚在《续诗品》中也说：“意深词浅，思苦言甘；寥寥千载，此妙谁探？”这些评论都是比较公允的。

咏杨妃诗

老杜《北征》诗曰："惟昔艰难初，事与前世别。不闻夏商衰，中自诛褒妲。"意者明皇鉴夏、商之败，畏天悔过，赐妃子死也。而刘禹锡《马嵬》诗曰："官军诛佞幸，天子舍妁姬。群吏伏门屏，贵人牵帝衣。"白乐天《长恨词》曰："六军不发争奈何，宛转蛾眉马前死。"乃是官军迫使杀妃子，歌咏禄山叛逆耳。孰谓刘、白能诗哉！其去老杜何啻九牛一毛耶？《北征》诗识君臣之大体，忠义之气与秋色争高，可贵也。

宋·释惠洪《冷斋夜话》

"不闻"两句，谓玄宗能诛戮贵妃，因此唐朝能不像夏朝、商朝一样衰亡。

咏杨妃事，惠洪推崇杜甫而贬刘、白，这只是一家之言，评论家对此多有相反意见。宋代葛立方《韵语阳秋》卷十九说：

老杜《北征》诗云："忆昨狼狈初，事与古先别。不闻夏殷衰，中自诛褒妲。"其意谓明皇英断，自诛妃子，与夏商之诛褒妲不同。老杜此语，出于爱君，而曲文其过，非至公之论也。白乐天诗云："六军不发无奈何，宛转蛾眉马前死。"非逼迫而何哉？然明皇能割一己之爱，使六军之情帖然，亦可谓知所轻重矣。故前辈有诗云："毕竟圣明天子事，景阳宫井是何人？"小说卢环《抒情》载：唐僖宗幸蜀，词人题于马嵬驿云："马嵬烟柳正依依，重见銮舆幸蜀归。泉下阿瞒应有语，这回休更怨杨妃。"虽一时戏语，亦无乃厚诬阿瞒乎？

这样评论，应该说是比较公允的；用歪曲事实来迁就《春秋》笔法，为尊者讳，难免迂腐之讥。

但褒杜而抑白，这种议论仍时有所见。宋代张戒《岁寒堂诗话》卷上说：

杨太真事，唐人吟咏至多，然类皆无礼。太真配至尊，岂可以儿女语黩之耶？惟杜子美则不然。《哀江头》云：“昭阳殿里第一人，同辇随君侍君侧。”不待云“娇侍夜”“醉和春”，而太真之专宠可知；不待云“玉容”“梨花”，而太真之绝色可想也。至于言一时行乐事，不斥言太真，而但言辇前才人，此意尤不可及。如云：“翻身向天仰射云，一笑正坠双飞翼。”不待云“缓歌慢舞凝丝竹，尽日君王看不足”，而一时行乐可喜事，笔端画出，宛在目前。“江水江花岂终极”，不待云“比翼鸟”“连理枝”“此恨绵绵无尽期”，而无穷之恨，“黍离”麦秀之悲，寄于言外……睹江水江花，哀思而作。其词婉而雅，其意微而有礼，真可谓得诗人之旨者……元、白数十百言，竭力摹写，不若子美一句。人才高下乃如此！

这里涉及评价诗歌思想的标准问题。法国小说家莫泊桑说：“须知绝对的真实，不掺水分的真实是不存在的。因为谁也不能认为自己就是一面完美无缺的镜子。我们每个人都有一种思想倾向，教我们这样或那样去看待事物；……绝对的真实，是一种不能实现的妄想。”我们正可据此来看待上述两种不同的意见。

满城风雨近重阳

黄州潘大临，工诗，多佳句，然贫甚。东坡、山谷尤喜之。临川谢无逸以书问："有新作否？"潘答书曰："秋来景物，件件是佳句，恨为俗氛所蔽翳。昨日清卧，闻搅林风雨声，欣然起题其壁曰：'满城风雨近重阳。'忽催租人至，遂败意。止此一句奉寄。"闻者笑其迂阔。

宋·释惠洪《冷斋诗话》

潘大临的一句诗，七个字，却引起后人很大的兴趣，纷纷加以评论，宋代吕本中《童蒙诗训》就诗句本身着眼，赞为"文章之妙，至此极矣"；明代俞弁《逸老堂诗话》特别着眼于"风雨"两字，认为是继唐人之后，宋诗中唯这一句用"风雨"字最佳；明代王世贞《艺苑卮言》则持另一种看法，认为"虽境涉小佳，大有可议，览者当自得之"。宋代葛立方《韵语阳秋》则离开诗句本身，就写作背景立论。他说：

诗之有思，卒然遇之而莫遏，有物败之则失之矣。故昔人言覃思、垂思、抒思之类，皆欲其思之来，而所谓乱思、荡思者，言败之者易也。……前辈论诗思多生于杳冥寂寞之境，而志意所如，往往出乎埃溘之外。苟能如是，于诗亦庶几矣。小说载谢无逸问潘大临云："近日曾作诗否？"潘云："秋来日日是诗思。昨日提笔得'满城风雨近重阳'之句，忽催租人至，令人意败，辄以此一句奉寄。"亦可见思难而败易也。

"思难而败易"，创作上这种情况，是诗人普遍感受到的。如宋代陈与义诗："忽有好诗生眼底，安排句法已难寻。"（《春日》）正是基于这种情况，清代徐增为诗人的创作着想，在《而庵诗话》中提出："好诗须在一刹那上揽取，迟则失之。"没有外力干扰尚且如此，像潘大临因催租而败兴，更是无可奈何了。

据潘大临自己说，因催租吏至，打断了诗思，所以没有写下去，这是未完成的作品。但他把这未竟之作仍写给友人看，而后人对这七个字，居然也给予很高的评价，则又说明这一未竟之作仍具有相对的独立性，即其自身仍具有一定的艺术价值。这和断臂的维纳斯像又有所不同，维纳斯像本来是完整的，只是后来折断了双臂；而潘大临的诗，一开始就是不完整的。除了这点不同之外，二者却又有共同点，这共同点就是缺陷美。花难长好，月难长圆，人世间原是充满缺陷的。缺陷之可以成为美，就是因为严格来说，任何艺术品都不是具有完整的终极之美，作者总是有意无意地在作品中留下空白。正因为如此，读者才有可能来进行再创造，用自己的想象来填补作品中的空白。

拿潘大临这句诗来说，在不完整的同时，也就是留下了许多空白，这样也就给读者留下驰骋想象的余地。作客他乡的游子，会由此引起思亲之情；父母读了这首，自然也会想到天涯游子；妻子会想到应该给丈夫寄寒衣；丈夫自然也会想到闺中的妻子……在传诵这一诗句的同时，人们必然联系自己的生活，来丰富这一诗句的内涵。

咏方池诗

西头供奉官钱昭度，粗有诗名，曾作《咏方池》诗云："东道主人心匠巧，凿开方石贮涟漪。夜深却被寒星照，恰似仙翁一局棋。"有轻薄子见而笑曰："此正所谓一局黑全输也。"

宋·彭乘《墨客挥犀》

作文写诗，都要讲究切题。咏方池，用棋局来作比喻，着眼在"方"字，可说初步做到了切题。说初步，因为世上方的东西很多，为什么用棋局作喻，还没有说清楚。加上"寒星照"，天上的星星，倒映在池水中，好像一粒粒棋子，这就进一步说明了为什么用棋作喻；有此一层，比喻就更确切了。

但这还不能算是一首好的咏池诗，轻薄子讥笑的话，道出了它的不足之处："恰似仙翁一局棋"，摸黑的夜里，怎样下棋呢？局部的描写不能和整个大环境配合，诗也就失去了和谐统一之美。

就算没有这缺点，仍算不来是一首好诗。这不妨用比较来说明。

宋朝朱熹也有一首咏池塘的七绝，原诗如下：

半亩方塘一鉴开，天光云影共徘徊。
问渠那得清如许，为有源头活水来。

朱熹这首《观书有感》诗，也是从池塘本身写起，形象地描写出池塘的美。但笔触并没有停留在池塘的本身，读了后面两句，会把读者的想象引入到更深的层次，正像一个作家所说："此诗说明一个道理，方塘之所以如此清澈，是因为有源头活水不断流进。做学问也是这样，要不断地开拓、创新。"象外有象，这就值得玩味了。

清代方南堂《辍锻录》说："（咏物诗）但有赋体，绝无比兴，痴肥重浊，止增厌恶。"两首咏池塘的诗，区别正在于比。钱昭度那首诗，"纵极巧妙，总不免描眉画角，小家举止"（同上引），把映着星星的方池比作棋局，设想不可谓不巧妙，但除此之外，却没有别的什么了。古来不乏以纤巧见长的咏物诗，如有两句咏新月的诗："映水有钩鱼怯钓，衔山无箭鹤疑弓。"（明·朱元璋《新月》）设想措辞，都够得上巧妙，但毕竟只是技术而非艺术。这类诗，说到底只是赋体而已。朱熹咏方塘的诗就不同了，把它看作赋体，也无不可，而有一定文艺修养的读者，自然会向比兴生发开去。比喻做学问可以，比喻人生其他方面何尝不可以？一个人要在事业上取得成就，就要不断自我更新。一首小诗，能包含如此深广的人生哲理，这就不简单了。"诗人需要懂得哲学，但在作品中越隐藏越好"（恩格斯），作为一首哲理诗，它不是赤裸裸的说教，而是用艺术形象来感染人。

清代张谦宜《茧斋诗谈》说："仇沧柱云：'不离咏物，却不徒咏物，此之谓大手笔。'此言极当，凡托物以自况处，皆作如是观。"清代李重华《贞一斋诗说》也说："咏物一体，就题言之，则赋也；就所以作诗言之，即兴也比也。""就题言之"，即"不离咏物"；"就所以作诗言之"，即"不徒咏物"。总之，咏物诗应是多层次的，不然的话，就像清代袁枚在《随园诗话》中所说："咏物诗无寄托，便是儿童猜谜。"

实下虚成

小宋旧有一帖论诗云：杜子美诗云云，至于实下虚成，亦何可少也。先子未达，后问晁以道，云云昔闻于先人，此盖为《缚鸡行》之类，如“小奴缚鸡向市卖”云云，是“实下”也。末云：“鸡虫得失无了时，注目寒江倚山阁。”是“虚成”也。盖尧民亲闻于小宋焉。

宋・范公偁《过庭录》

实下虚成，结合具体例子来看，所谓“实下”，就是要从具体事物写起，这是诗歌形象化必不可少的一步。但只顾写事物的表面现象，写得再逼真，也是没有意义的，所以必须“虚成”，就是透过形象，写出诗歌的内在含义；这样，诗歌才算有了意义。即如唐代杜甫（字子美）《缚鸡行》，开头两句“小奴缚鸡向市卖，鸡被缚急相喧争”，这是点题，写小奴缚鸡和鸡被缚后的情形。这是生活中的小事，表面看来似乎没有什么意义，妙就妙在诗人能小题大做，从看似没有意义的小事上发掘主题。三四两句“家中厌鸡食虫蚁，不知鸡卖还遭烹”，这是写缚鸡之故：鸡食虫蚁，就要毁损院庭的花草，所以讨厌它。五六两句“虫鸡于人何厚薄，吾叱奴人解其缚”，这是写解缚的原因。孟子曾对齐宣王说过：“王若隐其无罪而就死地，则牛羊何择焉？”（孟子《齐桓晋文之事》）第五句正是由此衍化而来。孟子说的是牛羊，杜甫说的是鸡虫，从人的眼中看来，都是一样的。上面这六句，都是“实下”，即写的都是具体事实。如果到此为止，似乎也可说一首诗已经结束，但这一事实的内在意义，还不明确，所以再加上七八两句：“鸡虫得失无了时，注目寒江倚山阁。”仇注引明代王嗣奭《杜臆》解这两句说：“鸡虫不能两全，故云‘得失无了时’；计无所出，惟有望江倚阁而已：写出一时情事如画。”这就是说，要保全虫蚁，“鸡卖还遭烹”，鸡是保不了；要保全鸡，虫蚁就要为鸡所食：这是不能两全的。后来“鸡虫得失”变为一个成语，含意是“比喻事情不大，得失无关紧要”，这已经是引申的意义，而不是杜甫诗中的原意了。这六七两句就是“虚成”；不离具体事物而又超越了具体事物，诗的意境就大大深化了。仇注引前人话说：“天下利害，当权轻重。除寇则劳民，爱民则养寇。与其养寇，孰若劳民；与其惜虫，孰若存鸡。”（清·仇兆鳌《杜诗详注》卷十八引）这番道理，正是从后面两句体会出来的。宋代洪迈《容斋随笔》也说：“《缚鸡行》自是一段好议论，至结语之妙，尤非思议所及。”可见后面两句的作用，一些评论家都看出了的。但“实下虚成”却能从创作理论的高度来概括，较之一般评论是更深入了一层。

诗谶不然

今人富贵中作不如意语，少壮时作衰病语，诗家往往以为谶。白公十八岁，病中作绝句云：“久为劳计事，不学摄生道，小年已多病，此身岂堪老？”然白公寿七十五。

宋·洪迈《容斋随笔》

谶，预言吉凶得失的文字、图记。《后汉书·谢宗吾传》：“时博士勃海郭凤亦好图谶，善说灾异吉凶占应。先自知死期，豫令弟子市棺敛具，至其日而终。”由此可知这种迷信风气，由来已久。谶书和纬书合称谶纬，二者都带迷信色彩。新版《辞源》的“谶纬”条下，对此有概括说明，录之如下：

按谶纬起于秦而大盛于东汉。王莽谋建新王朝，上下争言符命。刘秀起兵，亦以符命笼络人心。风气所至，甚者以通七纬为内学，以通诸经为外学。纬书附会六经，谶则尤为诞妄，诡为隐语，预决吉凶。但民间起义，亦往往假借谶纬，号召群众。故自曹魏以来历代封建王朝，皆悬以为禁。隋炀帝至发使四方，搜集与谶纬有关之书籍皆焚之，为吏所纠者处死，其学遂微。

诗谶本属迷信，有识者多能知其谬妄。宋代王直方《王直方诗话》中亦论及此，可与洪迈之说参看：

人谓富贵不得言贫贱事，少壮中不得言衰老，康强不得言疾病死亡，或犯之，谓之诗谶，是大不然。诗者，妙观逸相，岂限绳墨哉？王维作雪中画芭蕉，诗眼见已知其神情善寓于物，俗论则讥其不知寒暑。荆公方大拜，忽书其壁曰："霜筠雪竹钟山寺，投老归欤寄此生。"东坡诗曰："平生万事足，所欠惟一死。"岂可与俗论。

虽然有人讥笑其妄，但诗谶之说，还是代不绝书。《南史·侯景传》："初，简文《寒夕》诗云：'雪花无有蒂，冰镜不安台。'又《咏月》云：'飞轮了无辙，明镜不安台。'后人以为诗谶。"蒂与帝同音，"无有蒂"就是做不成皇帝；"不安台"，就是说他不能安心居于台城。似乎夫子自道，简文帝后来的命运，已经由他自己做了安排。宋代王直方《王直方诗话》载："（苏）子美尝作《春睡》诗云：'身如蝉蜕一榻上，梦似杨花千里飞。'欧公见之，惊曰：'子美可念！'未几果卒。"宋代苏舜钦（字子美）能预知生死，欧阳修也成了寺庙中解签的老道士。

诗谶源于谶纬，但情形又有所不同：谶纬是有意识安排的，如王莽、刘秀都曾借助符命、图谶作为夺取政权的手段；研究谶纬的人，也是有明确的迷信目的。但诗谶云云，并不是动笔时先有这种意识，而是后人根据事情的巧合附会上去的。诗谶的形成，其实具有很大的偶然性，因此人们很容易搬出不应验的例子来驳斥。如白居易十八岁时说"此身岂堪老"，而实际上则活了七十五岁。

诗谶的形成，又是和诗的弹性分不开的。如简文帝的诗，原指明镜台，解者却移作台城的台。至于"无蒂"可以解作"无帝"，又与汉字的同音有关。在现在看来，迷信色彩浓厚的诗谶云云，已没有多大的意义，但从中也可以看出传统诗词的一些特点。

【附】

清代周亮工《因树屋书影》：

古人作诗，皆写情愫，亦无忌讳。庾信《寄徐陵》云："故人倘思我，及此生平时。莫待山阳路，空闻吹笛悲。"徐陵《别毛永嘉》云："嗟予今老病，此别空长离；白马君来哭，黄泉我讵知？徒劳脱宝剑，空挂陇头枝。"杜甫《别郑虔》末云："便与先生应永诀，九重泉路尽交期。"今人作诗，惟以祝赞为事矣。诗话往往言诗谶，亦大可笑。

古行宫诗

白乐天《长恨歌》《上阳人歌》，元微之《连昌宫词》，道开元间宫禁事，最为深切矣。然微之有《行宫》一绝句云："寥落古行宫，宫花寂寞红。白头宫女在，闲坐说玄宗。"语少意足，有无穷之味。

宋·洪迈《容斋随笔》

以《行宫诗》《长恨歌》等作比较，继洪迈之后，明代瞿佑在《归田诗话》中说："乐天《长恨歌》凡一百二十句，读者不厌其长；元微之《行宫》诗才四句，读者不觉其短，文章之妙也。"只作持平之论，与洪迈着重《行宫》诗略有不同。

《行宫》采用的是白描写法，它没有交代详细的情节和刻画人物的形象，这样就留给读者充分想象的余地，所以读来"有无穷之味"。但这得有个前提，就是读者必须对唐玄宗和杨贵妃的故事先有个了解；如果对此一无所知，也就不能从"闲坐说玄宗"一句中引出丰富的想象了。《长恨歌》则直接提供了鲜明生动的形象，把人物故事再现在读者眼前，使读者与作品中的人物同命运、共呼吸，这种写法与《行宫》一诗就完全不同了。

我国古代诗歌创作有"象外之象，景外之景"的说法，这是唐代司空图在《与极浦谈诗书》中提出的。好的诗歌，它能使读者在作品所描写的形象之外，还可在自己的想像中萌生出一个与之相关的新的形象，并且远远超出了作品表面的形象。"象外之象"中的第一个象，是指作品已经描写到的可见之象；第二个象是指借助第一个象的暗示、比喻等，通过读者想象所获得的象。唐代刘禹锡所说"境生于象外"（《董氏武陵集纪》），就是说的两个象的辩证关系。

两个象的关系，实际上也就是虚和实、有和无的关系。艺术表现是虚和实的结合，艺术作品不可能只有实而没有虚，也不可能只有虚而没有实。《长恨歌》提供了许多实境，这样读者可以发挥的想象就相对减少了；相反，《行宫》中的实境很少，却给读者留下了丰富的想象余地。这两者各有所长，不能一概而论。

春秋时代思想家老子曾用车轮、器皿、房屋作比喻，说明没有车毂中间的空隙，就没有车轮的作用；没有陶器中的空处，就没有器皿的作用；没有房屋中央的空间，就没有房屋的作用。他谈有无的关系，却过分强调了无，还是汉代淮南王刘安《淮南子》说得比较客观。《淮南子》虽然也强调以“无”为本，但并不否定“有”；它强调“虚”的重要作用，但也不排斥“实”。艺术上虽然要发挥“虚”的作用，但决不能否定“实”；否定了“实”，也就没有了艺术，也就谈不到“虚”的作用问题了。不管读《长恨歌》还是读《行宫》，都要从作者提供的形象出发。至于如何想象，用再创造来丰富作品，这就关系到读者的生活经历和艺术修养了。

矜夸过实

文士为文，有矜夸过实，虽韩文公不能免。如《石鼓歌》极道宣王之事伟矣，至云“孔子西行不到秦，掎摭星宿遗羲娥。陋儒编《诗》不收拾，《二雅》褊迫无委蛇”，是谓《三百篇》皆如星宿，独此诗如日月也。“《二雅》褊迫”之语，尤非所宜言。今世所传石鼓之词尚在，岂能出《吉日》《车攻》之右？安知非经圣人所删乎？

宋·洪迈《容斋随笔》

《石鼓歌》“矜夸过实”云云，宋代葛立方《韵语阳秋》卷十五中有一条讨论这一问题，录之于下：

书生作文，务强此弱彼，谓之尊题。至于品藻高下，亦略存公论可也。白乐天在江州闻商妇琵琶，则曰：“岂无山歌与村笛，呕哑嘲哳难为听。今夜闻君琵琶语，如听仙乐耳暂明。”《在巴峡闻琵琶》云：“弦清泼利语铮铮，背却残灯就月明。赖是无心惆怅事，不然争奈子弦声。”至其后作《霓裳羽衣歌》乃曰：“湓城但听山魈语，巴峡唯闻杜鹃哭。”乍贤乍佞，何至如此之甚乎？

白居易赞美商女琵琶如仙乐，却斥山歌村笛呕哑嘲哳；其后赞美霓裳羽衣歌，则又斥商女琵琶为“山魈语”，先扬后抑，自相矛盾。这是因为听琵琶时，要突出琵琶弹奏之美，就有意把其他乐曲压下去；同样，在听霓裳羽衣歌时，为了突出眼前歌曲之美，又不惜把商女琵琶压下去了。这里没有客观标准，有的只是诗人的主观意识。物质第一性、精神第二性的哲学命题，在这里完全颠倒过来了。读者要求用公允的客观标准来衡量，自然觉得这样描写难以接受了。同样，为了赞美石鼓文辞之美，比之于日月，而《诗经》中的作品，就只有作为陪衬的星辰了。

尊题也是夸张的一种，不过一般夸张是就事物本身作超出实际的描写，如“黄河之水天上来”“白发三千丈”之类，而尊题则是扬此抑彼，牵及其他事物，这样就有和其他事物作比较的意味在内，有时就容易和写实相混淆。前引《韵语阳秋》中的一段话，最后还有这样几句：

韩退之美石鼓之篆，至有“羲之俗书逞姿媚”之语，亦强此弱彼之过也。

按照作者的意思，为了要突出石鼓篆书之美，韩愈是有意贬低了王羲之的书法，可是清代沈德潜《唐诗别裁集》中对这一句却解作“隶书风俗通行，别于古篆，故云‘俗书’，无贬右军意”。这句没有贬意，不是借此美石鼓之篆，也就算不来是尊题。

洪迈和葛立方对尊题的做法都不以为然，因为强此弱彼，不合事实。但文学和科学毕竟不同，科学尊重事实的真实，但这个真实是随着人们认识客观世界逐步深入而在变化的，如“掎摭星宿遗羲娥”，韩愈认为星辰小、日月大，但随着科学的发展，今天人们已认识到茫茫宇宙中，人们所看到的星宿，大过太阳的何止二三，更不要说渺小的月亮了。如果完全按事实的真实，我们今天应如何评价这句诗呢？

逼真与如画

江山登临之美，泉石赏玩之胜，世间佳境也，观者必曰如画。故有“江山如画”“天开图画即江山”“身在画图中”之语。至于丹青之妙，好事君子嗟叹之不足者，则又以逼真目之。如老杜“人间又见真乘黄”“时危安得真致此”“悄然坐我天姥下”“斯须九重真龙出”“凭轩忽若无丹青”“高堂见生鹘”“直讶杉松冷”“兼疑菱荇香”之句是也。以真为假，以假为真，均之为妄境耳。人生万事如是，何特此耶？

宋·洪迈《容斋随笔》

以真为画，以画为真，这样的说法，在诗文中常有见到，如宋代杨万里《诚斋诗话》中说：

杜（甫）《蜀山水图》云：“沱水流中座，岷山赴北堂。白波吹粉壁，青嶂插雕梁。”此以画为真也。曾吉父云：“断崖韦偃树，小雨郭熙山。”此以真为画也。

诗文是现实的反映，必须有真实性，所以看了有逼真之感；好的画总是选取美的事物来描绘，于是人们又把生活中美的景象称为“如画”。但艺术并不是现实简单的复制，而是艺术家对现实进行加工的产物。既要真实又要虚构，这就是艺术的基本特点。

艺术作品真中有假，假中有真，二者处于难分难解的地步。明代杨慎在《画品》中回答“景之美者，人曰似画；画之佳者，人曰似真，孰为正”这一问题时，曾写过如下的一首诗：

会心山水真如画，巧手丹青画似真。

梦觉难分列御寇，影形相赠晋诗人。

艺术和现实真假难分，杨慎用《列子》中蕉鹿梦和陶渊明影形互答诗来说明，也就是说这种真和假是难以区别的。没有事实的真实，艺术作品无由产生；没有艺术的真实，诗画也就无从产生了。

怎样处理好事实真实与艺术真实的辩证关系，下面明代谢榛《四溟诗话》中的一段话说得比较清楚：

或问作诗中正之法。四溟子曰："贵乎同不同之间：同则太熟，不同则太生，二者似易实难。握之在手，主之在心，使其坚不可脱，则能近而不熟，远而不生。此惟超悟者得之。"

既和现实生活相近，又不可与现实生活完全等同；既比现实生活更高，又不可脱离现实生活。如何处理好这分寸，就是大诗人煞费苦心的地方。艺术作品不是单纯写真人真事，它有虚构的地方，因此读者感觉到生；艺术的虚构又必须根据生活实际，因此读者感觉到熟。

当句对

唐人诗文，或于一句中自成对偶，谓之当句对。盖起于《楚辞》"蕙烝兰藉""桂酒椒浆""桂棹兰枻""斫冰积雪"。自齐、梁以来，江文通、庾子山诸人亦如此。如王勃《宴滕王阁序》一篇皆然，谓若"襟三江、带五湖，控蛮荆、引瓯越"，"龙光、牛斗""徐孺、陈蕃"，"腾蛟起凤""紫电青霜"，"鹤汀凫渚""桂殿兰宫"，"钟鸣鼎食之家""青雀黄龙之轴"，"落霞孤鹜""秋水长天"，"天高地迥""兴尽悲来"，"宇宙、盈虚""丘墟、已矣"之辞是也。于公异《破朱泚露布》亦然，如"尧舜禹汤之德，统元立极之君；卧鼓偃旗，养威蓄锐；夹川陆而左旋右抽，抵丘陵而浸淫布濩"；声塞宇宙，气雄钲鼓；"貔兕作威，风云动色；乘其跆藉，取彼鲸鲵；自卯及酉，来拒复攻；山倾河泄，霆斗雷驰；自北徂南，舆尸折首；左武右文，销锋铸镝"之辞是也。杜诗"小院回廊春寂寂，浴凫飞鹭晚悠悠。""清江锦石伤心丽，嫩蕊浓花满目斑。书签药裹封珠网，野店山桥送马蹄。""戎马不如归马逸，千家今有百家存。犬羊曾烂漫，宫阙尚萧条。蛟龙引子过，荷芰逐花低。干戈况复尘随眼，鬓发还应雪满头。百万传深入，寰区望匪他。""象床玉手，万草千花。""落絮游丝，随风照日。""青袍白马，金谷铜驼。""竹寒沙碧，菱刺藤梢。""长年三老，捩柂开头。门巷荆棘底，君臣豺虎边。""养拙干戈，全生麋鹿。""舍舟策马，拖玉腰金。""高江急峡，翠木苍藤。""古庙杉松，岁时伏腊。""三分割据，万古云霄。""伯仲之间，指挥若定。""桃蹊李径，栀子红椒。""庾信罗含，春来秋去。""枫林橘树，复道重楼"之类，不可胜举。李义山一诗，其题曰《当句有对》云："密迩平阳接上兰，秦楼鸳瓦汉宫盘。池光不定花光乱，日气初涵露气干。但觉游蜂绕舞蝶，岂知孤凤忆离鸾。三星自转三山远，紫府程遥碧落宽。"其他诗句中如"青女素娥"对"月中霜里"；"黄叶风雨"对"青楼管弦"；"骨肉书题"对"蕙兰蹊径"；"花须柳眼"对"紫蝶黄蜂"；"重吟细把"对"已落犹开"；"急鼓疏钟"对"休灯灭烛"；"江鱼朔雁"对"秦树嵩云"；"万户千门"对"风朝露夜"；如是者甚多。

宋·洪迈《容斋随笔》

宋代王勉夫《野客丛书》卷十七对上面这条内容又有所补充，录之如下：

《容斋续笔》曰："唐人诗文，或于一句中自成对偶，谓之'当句对'。盖起于《楚辞》'蕙烝兰藉''桂酒椒浆''桂棹兰枻''斫冰积雪'；自齐、梁以来，江文通、庾子山诸人亦如此。"仆谓此体亦出于《三百篇》之诗，不但《楚辞》也，如"玄衮赤舄""钩膺镂锡""朱英绿縢""二矛重弓"之类是焉。

明代杨慎亦注意及此，《升庵诗话》卷七"律诗当句对"一条云："王维诗：'门外青山如屋里，东家流水入西邻。'严维诗：'木奴花映桐庐县，青雀舟随白鹭涛。'谓之当句对。"洪迈和勉夫所举当句对例子，都是连续式的，而杨慎的两个例子，"门外"对"屋里""东家"对"西邻""青雀"对"白鹭"，则是跳跃式的，平仄也不怎么讲究：此其一；洪迈和勉夫所举的例子，两个对句，上句是当句对，下句也是当句对；而杨慎所举严维的两个对句，下句"青雀""白鹭"是当句对，上句"木奴""桐庐"则不怎么相对了：此其二。可说杨慎是充扩了当句对的概念，也可说是宽式的当句对。

洪迈对当句对规定是"一句中自成对偶"，宋代赵令畤《侯鲭录》对此也有补充说："古人作律诗，有当句对者，两句更不须对。如陆龟蒙诗云：'但说漱流并枕石，不辞蝉腹与龟肠'是也。""漱流"与"枕石""蝉腹"与"龟肠"都是当句对，但前者是动宾结构，后者是偏正结构，不能构成对偶，不合于一般律诗的格式；但由于前后两句中都用上当句对，两句之间的对偶就可放松了。

均衡，是美学的基本原则之一，也是语言艺术的原则之一。修辞学上的对偶，正是据此而来的。对偶，从形式上看，协调匀称，整齐美观，节奏鲜明，便于记诵。从内容上看，凝练集中，相互映衬，对照鲜明。诗中已有句与句之间对偶，当句对如果作硬性规定，会走向反面，显得呆板；但适当插入，骈散互见，仍可增添诗句的美质。

当句对不是近体律诗的专利品，在古体诗中也时常可以见到。由于古体诗中没有固定格式的对偶句，当句对就更能发挥其作用。下面试以唐代白居易的《琵琶行》为例，略加说明：

“枫叶荻花秋瑟瑟”：“枫叶”和“荻花”两者并举，最能代表秋日的景色。这一当句对，可说是最具有典型意义；有了它，就为“秋瑟瑟”增添鲜明的形象。

“添酒回灯重开宴”：“添酒”和“回灯”这两个动作，上承“醉不成欢惨将别”，下接“重开宴”，对人物心理、情绪的转变，起了关键性的作用。

“千呼万唤始出来”：“千呼万唤”是口头俗语，但用在这里，把主人客人迫切希望听到琵琶演奏的心情和艺人忸怩的情状写活了。

“转轴拨弦三两声”：“转轴拨弦”是弹奏前校正弦音的典型动作，用在这里，则又把艺人娴熟的手法描绘出来，把人物形象鲜明化了。

“秋月春风等闲度”：“秋月春风”代表一年中美好的日子，同时也写出艺人的青春年华，和下面“等闲度”三字，似乎是很不协调的；而就是在这不协调之中，令人想见一个有才华的女子的悲剧命运。

此外还有一种句子，如“主人下马客在船”“主人忘归客不发”“弦弦掩抑声声思”“初为霓裳后六幺”“杜鹃啼血猿哀鸣”等，从内容上来看，是两两对举的，但字面上却参差不齐，这或许也可算是一种特殊的当句对吧！

六言诗难工

唐张继诗，今人所传者唯《枫桥夜泊》一篇；荆公《诗选》亦但别诗两首；乐府有《寒孤》一篇。而《皇甫冉集》中，载其所寄六言曰：“京口情人别久，扬州估客来疏。潮至浔阳回去，相思无处通书。”冉酬之，而序言：“懿孙，予之旧好，祇役武昌，有六言诗见忆，今以七言裁答，盖拙于事者繁而费。”冉之意，以六言为难工，故衍六为七，然自有三章曰：“江上年年春早，津头日日人行，借问山阴远近，犹闻薄暮钟声。”“水流绝涧终日，草长深山暮云。犬吠鸡鸣几处，条桑种杏何人？”“门外水流何处，天边树绕谁家。山绝东西多少，朝朝几度云遮。”皆清绝可画，非拙而不能也。予编唐人绝句，得七言七千五百首，五言二千五百首，合为万首。而六言不满四十，信乎其难也。

宋·洪迈《容斋随笔》

明代徐师曾《文体明辨》“六言诗”条说：“按六言诗起于汉司农谷永，魏晋间曹（植）陆（机、云兄弟）间出，其后作者渐多，然不过诗人赋咏之余耳。”明代杨慎《升庵诗话》卷一“六言诗始”条，对此做了补充说：“任昉云：‘六言诗始于谷永。’慎按《文选》注引董仲舒《琴歌》二句，亦六言，不始于谷永明矣。乐府《满歌行》尾一解：‘命如凿石见火，居世竟能几时。’亦六言也。”按杨慎所举的，只是六言句，和全首的六言诗当有区别。西汉谷永的诗，今已不传；现在所见，当以汉末孔融的《六言诗三首》为最早，这三首诗如下：

（一）

汉家中叶道微，董卓作乱乘衰。
僭上虐下专威，万官惶怖莫违，百姓惨惨心悲。

（二）

郭李分争为非，迁都长安想归。

瞻望关东可哀，梦想曹公归来。

（三）

从洛到许巍巍，曹公忧国无私。

减去厨膳甘肥，群僚率从祁祁。

虽得俸禄常饥，念我苦寒心悲。

明代杨慎《升庵诗话》卷十一“无名氏六言诗（或云李季章作）”条下录六言诗一首，大概是杨慎所激赏的。原诗如下：

蒋凝赋止四韵，郤老诗无全章。

丫头花钿满面，不及徐妃半妆。

清代潘德舆《养一斋诗话》中一则，则是谈六言诗做法的，录之于下：

或问六言诗法，予曰：王右军“花落家童未扫，莺（一作鸟）啼山客犹眠”；康伯可“啼鸟一声村晚，落花满地人归”，此六言之式也。必如此自在谐协方妙。若稍有安排，只是减七言绝耳，不如无作也。

潘德舆用实例说明六言诗的做法，认为只宜写简单的景物，不宜太复杂。像“锦江春色来天地，玉垒浮云变古今”（唐·杜甫《登楼》）是无法改写成六言诗的。

五言诗和七言诗的句式，最常见的有下面四种：

涧水/空山道，柴门/老树村。（唐·杜甫《忆幼子》）

把君诗/过日，念此别/惊神。（唐·杜甫《赠别郑链赴襄阳》）

龙武新军/深驻辇，芙蓉别殿/漫焚香。（唐·杜甫《曲江对雨》）

朝罢/香烟携满袖，诗成/珠玉在挥毫。（唐·杜甫《奉和贾至舍人早朝大明宫》）

无论采取哪种句式，停顿的前后，字数都奇偶互衬，节奏有变化：这样就形成韵律美。除了上面所举的四种外，五七言诗还有许多格式，但是无不奇偶互相配合的，试举例如下：

露／从今夜白，月／是故乡明。（唐·杜甫《月夜忆舍弟》）
雀啄北窗／晚，僧开西阁／寒。（唐·喻凫《龙翔寺见喜》）
旌旗／朝／朔气，笳吹／夜／边声。（唐·杜审言《送崔融》）
春风／骑马／醉，江月／钓鱼／歌。（唐·司空曙《同姜浚题》）
地／盘山／入海，河／绕国／连天。（唐·张祜《登广武原》）
洛阳城／见梅迎雪，鱼口桥／逢雪送梅。（唐·李绅《江南春暮寄家》）
不见定王城／旧处，长怀贾傅井／依然。（唐·杜甫《清明二首》）
盘／剥白鸦谷口栗，饭／煮青泥坊底芹。（唐·杜甫《崔氏东山草堂》）
忽惊屋里琴书／冷，复乱檐前星宿／稀。（唐·杜甫《见萤火》）
五更／鼓角／声悲壮，三峡／星河／影动摇。（唐·杜甫《阁夜》）
河山／北枕秦关／险，驿路／西连汉畤／平。（唐·崔颢《行经华阴》）

真是变化无穷，分合多样。

现在再来看六言诗，试以著名的王维一诗为例：

桃红／复含／宿雨，柳绿／更带／朝烟。
花落／家童未扫，鸟啼／山客犹眠。

这里只有二、二、二和二、四两种格式，如果再加上四、二，六言诗的变化就已经尽其能事。变化少，而且没有奇偶互相配合，这是不适应艺术多样化的要求的。

唐代杜甫七律《登高》，前四句是这样的：

风急／天高／猿啸哀，渚清／沙白／鸟飞回。
无边落木／萧萧下，不尽长江／滚滚来。

一、二两句分别包含三个主谓结构，三、四两句则各自只有一个主谓结构。四句诗，只有一种结构方式，本来是很单调的，但大诗人巧妙地利用七言诗的特点，使单调中有变化，固定中显多样。一、二两句，都有三个主谓结构，由于第三个主谓结构是用三个字组成的，这样就显得有变化；从这里可看出七言诗优于六言诗之处，吟诵之余，更易体会出节奏美。再从内容来看，两句之中包含六种事物及其形态动作，多彩的大自然一下子呈现在眼前，具有应接不暇之势。而三、四两句都只有一个主谓结构，在事物（木、江）及其动作（下、来）之前，分别加上修饰语，紧接在一、二两句之后，眼前景物豁然开朗，自然会感到心胸舒展。所以，虽然只有主谓结构一种形式，却不觉得单调呆板。这是大诗人驾驭语言的能力和技巧，而七言诗在客观上也帮助作者施展其才能。

一般说来，诗歌的语言要求有变化，即使是五七言诗，如果句子呆板，也是不足取的。唐代骆宾王有一首《过任处士书斋》的五言绝句，原诗如下：

网积窗文乱，苔深履迹残。
雪明书帐冷，水静墨池寒。

四句诗，只有一种句法，虽出自名家，也不算是好诗。

再看历来传诵的名篇，如唐代刘禹锡的七言绝句《乌衣巷》：

朱雀桥边野草花，乌衣巷口夕阳斜。
旧时王谢堂前燕，飞入寻常百姓家。

一、二两句是主谓结构的对偶句（第一句的“花”字作动词用，开花的意思），第三句是偏正结构，第四句是动宾结构。四句诗却有三种句式，因此读来不会感到单调。

形式是为内容服务的，但反过来对表达内容又起一定的作用。五言和七言成为古典诗歌的主要形式，这也不是偶然的，五七言兴而六言衰，合乎事物优胜劣汰的原理。

春风又绿江南岸

王荆公绝句云："京口瓜洲一水间，钟山只隔数重山。春风又绿江南岸，明月何时照我还？"吴中士人家藏其草。初云"又到江南岸"，圈去"到"字，注曰"不好"，改为"过"，复圈去而改为"入"，旋改为"满"，凡如是十许字，始定为"绿"。

宋·洪迈《容斋随笔》

清代叶矫然《龙性堂诗话》评王安石此诗，认为一字之改，"虽未甚工，然见古人苦心如此。"作者苦心是值得肯定的。但这个"绿"字还不算很工到，叶矫然心中，可能还有"更工"的字，但没有说出来。而更多的评家，如近人姜书阁《诗学广论》，则充分肯定这一句："多么形象！多么警妙！又是多么响亮！真是诵好、听好、观好、讲好，都在这一个'绿'字，不能不说是用形象思维的结果！像这样改诗，虽然只改一字，那分量是多重啊！像这样改字，谁会指责他是'雕镂一字之微'呢？"

和"绿"字比较起来，到、过、入、满等字就显得缺乏形象，不能在读者眼前呈现出一幅鲜明生动的图画。但"绿"字的妙处还不限于此。

"又"是个副词，接下去本来应该用动词，王安石开始正是据此来考虑的。用"到""过"等字，也已经把事情说清楚了。但好诗不仅要让读者明白，还应该让读者有所感受。如果从这方面作进一步考虑，"到""过"等字就不够生动了。

不满足于用"到""过"等字，也就是不满足于简单交代事实。作者联系生活展开想象，于是"绿"字就跳出来了。"天籁自鸣天趣足，好诗不过近人情"（清·张问陶《论诗十二绝句》），"绿"字好，无非是合乎人们从生活中得来的实际感受。

“绿”字是形容词，在一般情况下是不作谓语用的，这是王安石开始考虑时未加注意的原因。但在古汉语中，形容词有时又是可以活用为动词的，宋词中就有“红了樱桃、绿了芭蕉”（宋代蒋捷《一剪梅·舟过吴江》）这样的句子。如王安石诗中的“绿”字，既活用作动词，又保留形容词的描写性；这样的功能，就绝不是“到”“过”等动词所能替代的了。

用“到”“过”等字，只不过说明春风的动向，而“江南岸”也只不过说明动向所及的地方。春风自春风，江南岸自江南岸，二者的关系并不密切。用“绿”字则不同了，含有江南岸之绿，是由春风主动所造成之意。这样就把春风写活了，她好像一位春神，经她双手抚摸过的地方，就呈现出一片生机盎然的绿色。

和下面一句联系起来看，“绿”字的好处就更明显了。“明月何时照我还”，这个“明月”是有意识、通人情的，诗人期望有这样的一天，多情的明月，伴随着他走上回家的旅程。明月是这样善解人意，如果把春风写得冷冰冰的，岂非太不协调？一个“绿”字，写活了春风，自然也就和下句水乳交融了。

叶矫然从王安石的改字，体会出诗人作诗的苦心，这是不错的。唐代杜甫有“新诗改罢自长吟”之句（《解闷十二首》），清代沈德潜《说诗晬语》解释说：“改则弊病去，长吟则神味出。”宋代魏庆之《诗人玉屑》卷八引《室中语》（即韩驹《陵阳室中语》）也说得很对，“赋诗十首，不若改诗一首。少陵有‘新诗改罢自长吟’之句，虽少陵之才，亦须改定。”向大诗人学习，不仅学习他的作品，也要学习他的写作精神。

帛道猷诗

晋宋间，沃洲山帛道猷诗曰：“连峰数十里，修竹（‘竹’一作‘林’）带平津。茅茨隐不见，鸡鸣知有人”。后秦少游诗云：“菰蒲深处疑无地，忽有人家笑语声。”僧道潜号参寥，有云：“隔林仿佛闻机杼，知有人家在翠微。”其源乃出于道猷，而更加锻炼，亦可谓善夺胎者也。

宋·陈岩肖《庚溪诗话》

陈氏认为秦少游和参寥的诗句，和帛道猷之作比起来，青出于蓝，更可见出磨炼的功夫。同是南宋人高似孙《剡溪诗话》，也有类似的见解，认为后人夺胎于帛道猷的作品，是“愈出愈奇，诗之变化有穷已乎”？“愈出愈奇”和“更加锻炼”，着眼点不同，但都认为胜过前人，这一看法则是一致的。

对同一的诗句，明人杨慎却持相反的看法。他在《升庵诗话》中，认为帛道猷的四句诗是“古今绝唱”，秦少游和参寥的诗句，“虽祖道猷语意而不及。庚溪作诗话，谓少游、道潜比道猷尤为精练，所谓‘苏粪壤以充帏，谓申椒其不芳’也”。“苏粪壤”两句见于《离骚》，意思是说，把粪土装满了香袋，反而说申椒是不芳香的。杨慎明确指出，《庚溪诗话》中的说法，是好坏完全颠倒了。时代较杨慎略后的焦竑，也和杨慎持同样看法，不过说得较为委婉。他在《焦氏笔乘》中说：秦少游和参寥，都窃取道猷之意，“然诵二诗，益见道猷之工。学者知二诗不如道猷，可与言诗矣”。

值得注意的是，认为后来居上，持这样见解的两位，都是南宋人；而与之持相反意见的两位，则都是明朝人。两种评论，真是壁垒对峙，旗帜鲜明。可见这些意见不仅仅是个人的看法，而是反映了一个时代文学批评的倾向性。

对诗词具有不同的欣赏态度，这是常见的现象：有人喜欢古代淡染轻描、质朴平实的作品；有人则爱好近世浓墨重彩、华丽雕饰的作品。如果以己之所好，訾人之所爱，争论将永无已时。对此我们应怎样来看待呢？

马克思在《政治经济学批判·导言》中说："一个成人不能再变成儿童，否则就变得稚气了。但是，儿童的天真不使他感到愉快吗？他自己不该努力在一个更高的阶梯上把自己的真实再现出来吗？……为什么历史上的人类童年时代，在它发展得最完美的地方，不该作为永不复返的阶段而显示出永久的魅力呢？"（《马克思恩格斯选集》第2卷第114页，人民出版社1957年版）历史上的古代，正如一个人的儿童时代，当时留存下来的艺术品，象征"它发展得最完美的地方"而显示出"永久的魅力"。成人不能再变成儿童，历史上的古代同样也是"永不复返"的。对产生于古代的艺术品，即使是艺术大师，也无法仿造得惟妙惟肖，历代都曾出现过可以乱真的赝品，但毕竟只是赝品而已。文学作品也是如此，继屈原之后，有不少人写过模仿《离骚》的作品。这些仿制的东西，即使艺术上也有可取之处，但总不可能与屈原的作品相提并论。不仅如此，古代的艺术品，后人即使想做部分的修补，也往往会带来续貂之讥。自从维纳斯雕像出土之后，有不少艺术家抱着美好的愿望，希望对它进行断臂再续；但迄今为止，没有一种设计能令人满意。事实上，断臂的维纳斯，已成为不可弥补的缺陷美，后人是不必画蛇添足了。文学是一定社会生活在作家头脑中的反映，一定时代的社会风貌，审美理想，也总是随着时代而起变化的，因此每一时代的作品，都带有其自身的特色，而区别于其他时代的作品。因此，当我们评价一件作品时，自然必须知人论世，把它放在一定的历史背景上来考察。

五胡乱华，晋室南迁，这是中原文化南移至长江流域的时期。从公元317年晋元帝立国江南到公元581年隋文帝统一南北，在两个半世纪战乱频仍的年代，人们迫切希望找到一块远离战争，能安居乐业的"福地"。吴越一带，离当时政治中心建康不远，而又不受战火的影响，自然成为人们向往的"乐土"。唐代白居易在《沃洲山禅院记》中说："东南山水越为首、剡为面、沃洲天姥为眉目。"他用逐步缩小的写法，突出沃洲、天姥风景之美。剡即今嵊州、新昌一带，沃洲、天姥都在今新昌境内。白氏的话，可以看作晋宋以来，人们发现这块处女地后，对当地自然风貌的总结。

帛道猷的诗，就是在沃洲写的，原诗本来有十四句，后来删为四句。据杨慎说，明朝时候，还可以在沃洲山岩石上看到这四句诗，不知是帛道猷自删的，还是后来高手所定。焦竑则说，经过删削，“诵之更觉高妙”。前面两句，在读者眼前展开广阔的背景；后两句则从面到点，描写一个朴实无华的恬静境界。这和当时中原一带在战火笼罩下，人民过着颠沛流离生活的场景，是一个鲜明的对比。帛道猷的诗，会引起人们对安定生活的憧憬，就当时来说，这是一个乌托邦式的典型环境。不加雕饰的词句，和质朴平实的内容十分适应。后人认为这简单的四句诗是佳作，应该是结合其时代特点来理解和欣赏的。

唐代白居易《沃洲山禅院记》说：“自齐至唐，兹山浸荒，灵境寂寥，罕有人游。”风景不殊，这种变化的原因就只能从社会上来探寻了。

自晋室南迁，到刘宋后期，南方都市经济有了一定的发展，淝水之战以后，政治上获得相对安定。在这样情势下，人们不会再去留恋山林，而是向往过都市生活了。这样，秦少游和参寥的诗句，就没有多大时代意义了。不过秦少游的诗句，用“疑”“忽”等字，写出对意外发现的惊喜，从艺术角度来看，还是很有情趣的。而参寥诗句用上“机杼”，能反映出手工业发展的社会现实，不过和诗句的幽趣，未免不协调。从诗句的构思上来看，少游和参寥都是下过一番功夫的，而从典型意义上来看，则不及帛道猷的作品了。

刘勰在《文心雕龙·时序》中说：“时运交移，质文代变。”事实正是这样，时代在不停地发展推移，风尚的质朴和华丽也随着时代的发展在变化，评价文学作品，总不能离开时代的制约。

柳公权联句

文宗夏日与诸学士联句曰:“人皆苦炎热,我爱夏日长。”公权继曰:“薰风自南来,殿阁生微凉。”诸学士属和,帝独讽公权两句,词清意足,不可多得。

宋·尤袤《全唐诗话》

宋代尤袤《全唐诗话》这则记载中,只录文宗和柳公权唱和诗句,诸学士的作品现在已经看不到。本来,柳公权这两句诗也很平常,但由于是同皇帝联句,问题就来了。晋国杜预在《左传·注》中说:“冬日可爱,夏日可畏。”现在文宗却说夏日可爱,这说明他没有想到老百姓在炎炎烈日中的痛苦。皇帝只管自己享乐,还形之于诗歌,思想上有毛病;柳公权在联句时不加规谏,按照封建道德规范,这算是臣子的过失。三国魏国人王肃《孔子家语》中说:“忠臣之谏君有五义焉:一曰谲谏,二曰戆谏,三曰降谏,四曰直谏,五曰讽谏。”总之,要做忠臣,就离不开一个“谏”字。柳公权不能因诗以讽,有美而无箴,这样的诗句,难免有白璧之瑕。宋代苏轼读后感到美中不足,就想办法来补救,在后面续了四句:

一为居所移,苦乐永相忘。
愿言均此施,清阴分四方。

这一续,可把事情复杂化了。有人赞成,有人反对,还有人提出其他意见。从北宋后期直到明朝,绵延四个世纪,一直有人在评论、在补充意见,形成中古诗坛上的一次大辩论。从诗句具体内容看,没有多大意思,但辩论所涉及的已不限于诗句本身,而是讨论到应该怎样运用讽喻，以及文学与政治的关系等。

宋代周紫芝在《竹坡诗话》中说柳公权那两句诗“盖责文宗享殿阁之凉，而不知人间之苦，所以讥之深矣”。清代马位《秋窗随笔》也同意此说，认为“此论甚是。东坡嫌其有美无箴而续之，反失诗人讽喻之旨”。并综合前人的见解做了一番补充：“盖薰风之来，惟殿阁穆清高爽之地，始知其凉；而征夫耕叟方奔驰作劳，低垂喘汗于黄尘赤日之中，特苦夏日之长，虽有此风，安知所谓凉哉？此与宋玉对楚王曰‘此独大王之风耳，庶人安得而共之’者同意。”

上面几家的说法，都是对柳公权抱着同情的态度；一定要把诗句说成有讽喻意味，这样才不会损害柳公权的形象。但是从字句上找不到这种看法的根据，只是主观上先定出论点，然后迂回曲折来立论；或者从侧面找旁证，勉强和论点配合起来。这样的论证方法，必然会引起有识者的不满。宋代黄彻在《䂬溪诗话》中说：“或谓：‘五弦之薰风，解愠阜财。’已有陈善责难意。愚谓不然。凡规谏之辞，须切直分明，乃可以感悟人主。故盗言孔甘，良药苦口。若以‘薰风自南’为陈善闭邪，但恐后世导谀侧媚、说持两可者，皆得以冒救谏之名矣。”这话和前面几家说法针锋相对。

黄彻的意见，看来似乎和周紫芝等的说法相对立，实际上基本论点还是一致的，即认为和皇帝唱和的诗句，一定要具有讽谏的意味；不过一方认为可以写得隐晦曲折，一方则主张必须切直分明而已。

假如只有上面两种对立意见，问题还不复杂，在文学批评史上也没有重要意义。后来，金人王若虚在《滹南诗话》中提出了更为深刻的见解，才使问题的性质起了质变，这一突破令人耳目一新。

王若虚讥笑周紫芝等回护柳公权的说法，是“强勉而无谓，以是为讽，其谁能悟？”他和黄彻的观点有相同的一面，却又从另一角度提出自己的看法：“予谓其实无之，而亦不必有也。规讽虽臣之美事，然燕闲无事，从容谈笑之暂，容得顺适于一时，何必尽以此而绳之哉？且事君之法，有所宽乃能有所禁；略其细故于平素，乃能辨其大利害于一朝。若夫烦碎迫切，毫发不恕，使闻之者厌苦而不能堪，彼将以正人为仇矣，亦岂得为善谏耶？”真是说得痛快淋漓而又合情合理。

王若虚的话，是针对具体事实而发的，同时具有普遍性的意义。中国历来评诗论诗，往往喜欢牵及政治。汉代《毛诗序》一开头就说：“《关雎》，后妃之德也，风之始也。”用《关雎》作样板，也就给十五国风定下了调子。《毛诗》列为五经之一，是因为它可以“经夫妇，成孝敬，厚人伦，美教化，移风俗”，而这些都是合乎政治的需要才被肯定下来的。用政治作为重要标准来评价诗歌，在长期封建社会中形成一种模式。流风所及，甚至对一些与政治无关的诗，也作为政治诗来理解。如宋代苏轼《卜算子》词上片：“缺月挂疏桐，漏断人初静。时见（一作‘谁见’）幽人独往来，缥缈孤鸿影。”宋代有位鲖阳居士做过这样的解释：“缺月，刺明微也；漏断，暗时也；幽人，不得志也；独往来，无助也；惊鸿，贤人不安也。”一首普普通通的抒情诗，贴上一系列带政治色彩的词语，便弄得面目全非；无怪清代王士禛要斥他“村夫子强作解事，令人欲呕”。像这样评诗论诗的方法，历来就很多。另一方面，对那些不能贴上政治标签的诗如唐代白居易的《长恨歌》，就加诋毁。

王若虚的新见解，有两点值得注意：一、皇帝是上层统治人物但同时他也是一个有血肉能思想的人。他也和普通人一样，除了物质生活之外，还需要有精神上的享受。把皇帝神圣化，把他看作没有感情和欲望的特殊人物，这是不合实际的。二、文学可以为政治服务，但文学不是政治的奴仆，它有自己的领域。只知用政治标准来评价诗歌，这样必然会缩小诗歌的意义，不能正确全面地认识诗歌的价值。

王若虚还指出，讽谏不能滥用。不顾时地，无限制地使用讽谏，会走到反面，失去讽谏的正面作用。

所有这些，正是这一次诗坛大辩论的收获，在文学批评史上也有一定意义。

佳对

对偶之佳者，曰：“数点雨声风约住，一枝花影月移来。”“柳摇台榭东风软，花压栏杆春昼长。”“天下三分明月夜，扬州十里小红楼。”“梨园子弟白发新，江州司马青衫湿。”数联皆天衣无缝，妙合自然。

宋·周密《浩然斋雅谈》

宋代周密《浩然斋雅谈》举出了四联佳对，用“天衣无缝，妙合自然”八字作为总的评语。在周密看来，好的对偶，应该是不做作，读来感到自然。这里所选四联都属于集句，如“梨园弟子白发新”原是《长恨歌》中的一句，“江州司马青衫湿”原是《琵琶行》中的一句，虽然都是白居易的作品，但原来并不是有意构成对偶的。是后人发现它们“天衣无缝，妙合自然”，这就更显得“文章本天成，妙手偶得之”（宋·陆游《剑南诗稿·文章》）了。有的集句，原来本是有对偶的，后来人们发现另外有现成的句子，可以配成更好的对偶，经过嫁接，愈见工整。如唐代温庭筠《湖阴词》：“吴波不动楚山晚，花压阑干春昼长。”现在前一句改用“柳摇台榭东风软”，就更见工巧。

有的本来没有对句，后人加以补足，从中可以看出巧妙。明代田艺蘅《留青日札》中有这样一条：

诗有自然成对者。李长吉云：“天若有情天亦老。”石曼卿对之曰：“月如无恨月长圆。”寇准有云：“水底月为天上月。”杨大年对之曰：“眼中人似面前人。”余以为不佳，欲以“梦中人是意间人”对之，不知何如？

一提起对偶，人们总认为这是很呆板的，其实对偶也是一种语言艺术，凡是艺术总是多样化的，对偶也是变化无穷，异彩纷呈。清人钮琇在《觚剩》中有如下一则：

古来诗材之富，无若老杜；诗律之细，亦无若老杜。律细，屡于属对之工见之：“风蝶勤依桨，春鸥懒避船。”“烟花山际重，舟楫浪前轻。”对以板为工也；“沈牛答云雨，如马戒舟航。”“竹叶于人既无分，菊花从此不须开。”对以活为工也；“侧塞被径花，飘飖委墀柳。”“卑枝低结子，接叶暗巢莺。”以叠韵相对为工也；“羁栖愁里见，二十四回明。”“白狗黄牛峡，朝云暮雨祠。”以沓字自对为工也；“西岭纡村北，南江绕舍东。”以四方合两句对为工也；“遥拱北辰缠寇盗，欲倾东海洗乾坤。边塞西蕃最充斥，衣冠南渡多崩奔。”以四方分四句对为工也；“暖客貂鼠裘，悲管逐清瑟。劝客驼蹄羹，霜橙压香橘。”以隔句对为工也；“神女峰娟妙，昭君宅有无。曲留明怨惜，梦尽失欢娱。”以下句对申上句对为工也。老耽诗律细，非即孔子之“从心所欲不逾矩”乎？此之为诗圣。

以杜诗为例，列举了种种对偶的方式，但基本上还是“以板为工”，活对只是作为陪衬聊存一例。明代田艺蘅《留青日札》则举出了另外一些例子：

诗中联最忌板对。如孟襄阳“何如石岩趣，自入户庭间”，“不见穿针妇，空怀故国楼”，“忽逢青鸟使，邀入赤松家”，“主人开旧馆，留客醉新丰”——对而不对，独臻其妙。

提出“对而不对”，以与板对相对举，并肯定前者优于后者，这就使对偶的形式获得了解放，如“穿针”是动宾结构，“故国”是偏正结构，后者和“楼”结合，也合成偏正结构，又是可对的，这大概就是“对而不对”了。又如“主人”和“留客”是不能相对的，但和下面“开旧馆”“醉新丰”连起来看，又自然形成对偶，这又是“不对而对”的另一种方式。

对偶不仅是形式上的技巧，也与内容有关。宋代王直方《王直方诗话》说：

荆公云：凡人作诗，不可泥于对属。如欧阳公作《泥滑滑》云：“画帘阴阴隔宫烛，禁漏杳杳深千门。”千字不可以对“宫”字，若当时作“朱”字虽可以对，而句力便弱耳。

用“千门”，才能更好地和前面的“深”字配合起来；用“朱门”，看来和上句“宫烛”对仗很工整，但却牺牲了内容。

清代冒春荣《葚原诗说》中说：

有对而不对，不对而对者，如李颀“春风灞水上，饮马杏花时”，虽不对而声势自相应。若杜甫“江汉思归客，乾坤一腐儒”，则上句“思归”是联字，下句“腐儒”是联字，合读若对，字实不对，亦不可不知其疵也。

不在形式上死钻，而着眼于内容，也就无所谓疵或不疵了。太拘泥于字面上的切合，失去了灵活性，也就会失去诗歌语言的美质。清代冒春荣《葚原诗说》：

对句宜工，亦不宜太切，如清风、明月，绿水、青山，黄莺、紫燕，桃红、柳绿，便是蒙馆对法。

这正如初学写字，一笔一画，不可苟且，但等到功夫到家，熟能生巧，就不必再拘泥于为初学者设置的框框了。所谓对而不对，就是摆脱了蒙馆规范后向艺术殿堂挺进必然会有的结果。

诗人之诗与学者之诗

有以诗集呈南轩先生，先生曰："诗人之诗也，可惜不禁咀嚼。"或问其故，曰："非学者之诗。学者诗，读着似质，却有无限滋味，涵泳愈久，愈觉深长。"又曰："诗者纪一时之实，只要据眼前实说，古诗皆是道当时实事。今人作诗，多爱装造言语，只要斗好，却不思一语不实，便是欺。这上面欺，将何往不欺。"

元·盛如梓《庶斋老学丛谈》

一个诗人的作品，总是表现出鲜明独特的，具有一定稳定性的创作个性。这个性不是单指个别人的，也指与他生活、气质相近的一类人。盛如梓在这里指出诗人之诗和学者之诗，也就是说诗人和学者，由于他们的爱好不同，教养不同，诗歌创作的风格也就会有所不同。诗人之诗，文采斐然；学者之诗，质朴无华。盛如梓赞美学者之诗；对诗人之诗存而不论，言外之意，就是认为诗人之诗重形式而轻内容，看来如七宝楼台，耀人眼目，但却华而不实。

最早提出文和质的概念的是孔子，不过指的是内在思想品质与外在学问修养之间的关系。《论语·雍也》篇中说：

质胜文则野，文胜质则史。文质彬彬，然后君子。

孔子认为，朴实多于文采，就未免粗野；文采多于朴实，又未免虚浮。文采和朴实配合适当，这才是个君子。如果把这段话应用到创作上来，就是说文学创作必须内容和形式并重。

《论语·颜渊》篇中还记载子贡的一段话，着重谈文和质的关系：

文犹质也，质犹文也，虎豹之鞟犹犬羊之鞟。

这段话强调文和质实际上是分不开的，是一个事物的两个方面。好像虎豹的皮，如果没有毛色上的特征，和犬羊之皮就无法区别了。对文质关系这种辩证认识，应用到诗歌创作上来，就是说明内容要借助一定的形式体现出来，而形式又总是反映一定内容的。南朝梁国刘勰辩证地阐述了文和质的相互依存关系，他在《文心雕龙》中说：

夫水性虚而沦漪结，木体实而花萼振，文附质也；虎豹无文，则鞟同犬羊，犀兕有皮，而色姿丹漆，质待文也。

“水性虚”依靠“沦漪结”来表现，“木体实”依靠“花萼振”来表现；不附质，也就没有文了。虎豹犀兕之皮，是以毛色显示其特征的，内容有待形式来反映。刘勰还进一步指出，质是主要的，文是为质服务的。《文心雕龙》中又说：

夫铅黛所以饰容，而盼倩生于淑姿；文采所以饰言，而辩丽本于情性。故情者，文之经；辞者，理之纬。经正而后纬成，理定而后辞畅：此立文之本源也。

只有以内容为主，形式才有具体的目标。从这一点说，学者之诗着重内容，无疑是其优点所在；言之有物，诗歌才有无限的滋味。

质与文有统一的一面，也有矛盾的一面。南轩先生认为诗人之诗不及学者之诗，言外之意是认为诗人之诗华而不实，太注重文采辞藻，就会走上形式主义的道路，历史上六朝绮靡的文风，正是如此。

中国现代小说家、文学家、戏剧家老舍说：“创作的乐趣至少有两个：一个是资料丰富，左右逢源，便于选择与调遣，长袖善舞，不会捉襟见肘。一个是文字考究，行云流水，心旷神怡。有文无物，即成八股；有物无文，行之不远。最好是二者兼备，既有内容，又有文笔，作者情文并茂，读者悦目畅怀，皆大欢喜！”（《话剧的语言》）对写诗者来说，这话可奉为指南针。

刘静修咏史诗

隐士赵逸述晋人云："自永嘉以来三百余年，建国称王者十六君。目睹其事，国亡之后，史书皆非实录。"天后时有献三足乌者，左右或言一足伪，后笑曰："但史册书，安用察其伪乎"？周公瑾云："定哀多微词，有所避也；牛、李有异议，有所党也。国史凡几修，则是非凡几易矣。"元刘静修诗云："纪载从来已失真，纷纷轻重在词臣。若将字字论心术，恐有无边受屈人。"故史不可轻读，古人亦不可轻论。

明·陈继儒《读书镜》

刘静修这首论史诗，不是着眼于一人一事，而是高瞻远瞩，对历史记载做了概括，然后提出自己的看法。四句诗，没有写到具体事实，但他的见解得到有识者的共鸣，于是用具体史实来充实其内容。以此表示对他的见解的肯定。

在国外曾流传过这样一个故事：一位历史学家，下决心写一部真实的历史，对收集到的史料，经过详尽的考订、审核，自己认为确实可靠、可信，才写到书中去。花了毕生的精力，眼看一部洋洋巨著已告完成，就等待付印、出版了。恰在这时，他家附近发生了一件大事，事情的终始和当时在场各人的言行，他都是耳闻目睹的。可是第二天来了一位朋友，告诉他这件事的前因后果，却与他目睹的大不相同。第三天又来了一位朋友，谈起这件事，又是另一种说法。于是，这位历史学家想想眼前这件事，是他目睹的，可一传到朋友耳中，就有种种说法，那么我写的这部历史书，都是几百、几千年前的事，材料都是看别人记录得来的，难道能说完全合乎事实的真相吗？连我自己都不敢相信，却要写成书出版，叫别人相信，这不是自欺欺人吗？最后，他终于把毕生精力写成的历史书付之一炬。

这一故事的内容或许太极端了。按照这样的观点，几乎所有的历史记载都是不可信的。否定历史记载，也就等于否定全部历史，人人都将成为民族虚无主义者。这种情形，当然是人们所不愿看到的。

所谓“目睹其事，国亡之后，史书皆非实录”，其情形正与外国那位历史家看到的相同。所谓“国史凡几修，则是非凡几易矣”，这也不是什么危辞耸听，在一部史书中流芳百世的人物，在另一部史书中或许会归入遗臭万年之列。明代陈继儒《读书镜》不敢一概否定史书，就只有提出折中办法，“史书不可轻读，古人亦不可轻论”。

明代俞弁《逸老堂诗话》中也提到了刘静修这首诗，并引用了历史事实来作印证。原文如下：

> 刘静修《咏史》云：“纪录纷纷已失真，语言轻重在词臣。若将字字论心术，恐有无边受屈人”。《宋史》文信公与陈宜中同传，不预忠义之列。吴文定公有《谒文信公祠》诗云：“当时正气亘乾坤，忠义谁将宋史论？柴市宜为南向象，崖山应有北归魂。已驯乡里希贤志，能报朝廷养士恩。一读《六歌》人便哭，天教遗墨毁无存。”常熟钱氏藏文信公《六歌》墨迹，近毁于火，文定末句故及之。噫！文信公忠义表表在天地间，而史书不预，何邪？余诵静修诗，重增惋叹。

作者举出文天祥的事作为例子，这是很有说服力的。文天祥是位民族英雄，凡是汉族人民，都不会表示异议。但在《宋史》中，他却“不预忠义之列”，如果相信《宋史》的记载，岂非厚诬古人？以此来证明“语言轻重在词臣”，是再合适不过了。

早已有人说过：桀纣的坏，没有坏到史书上记载的那样程度；尧舜的美德，也没有史书上记载的那样完美。只不过一个人坏了，就把一切罪恶归到他身上；一个人好了，也就不惜锦上添花，把一切美德都归到他身上。这是一种情形。还有一种情形，在中国历史上，凡是亡国之君，一律是坏的，凡是开国之君，则一律是好的。说穿了，无非是前者没有史臣给他涂脂抹粉，而后者经过历代的美化，已找不到其瑕疵了。清代陈沆《诗比兴笺》说：“扬之升天，抑之入地，所好生毛羽，所恶成疮疣。”这种情形，在评价帝王时更加明显地表现出来。正因为写的历史有这种错位现象，一经刘静修提出，人们就认为是抓住了史书缺点的要害。

但也有对刘静修的议论持相反意见的，《元诗纪事》卷五刘因“咏曾点”条载《庶斋老学丛谈》（元人盛如梓）：

《静修集读史》诗云云，殊非确论。修史自有定例，谓如其人功十而过一，本传不书其过，十功岂不能赎一过？其过必于他传见之。其人过十而功一，传必书其功，谓其人岂无一善可书？或有当书之事，本传不载者，必于他传见之。其例甚多，未易缕陈。又《咏曾点》云云此犹非也，“坐忘”乃《庄子》之说，借孔、颜之名以形容道妙，非孔门实事，以此求颜子，则误矣。未可以私意立说，轻于訾毁圣贤。况颜子与圣人，仅隔一壁，城南之花，岂足动其心？语意大欠持择。

这是从事情的另一方面来立论，即客观事实是不能凭主观任意变更的。岳飞是抗敌的民族英雄，秦桧是媚敌的投降派，这样的历史定评，毕竟不是少数人可以变更的。应把两方面的意见结合起来看。

刘静修的诗，属咏史一类，但和一般咏史诗又有所不同。一般咏史诗，往往咏一人一事，寓议论于具体事实之中；刘静修的诗，则带有很大的概括性，初看似乎空洞，其实则是包含了更广泛的具体内容。有的人受其启发，看到南北朝历史的复杂性；有的触类旁通，为文天祥得不到真实评价而慨叹。可以说，每个读者，都会各有所得。这就是他高于一般咏史诗的地方。

清代冒春荣《葚原诗说》说：“己有怀抱，借古人事以抒写之，斯为千秋绝唱。”这是好的咏史诗共有的特色，刘静修的诗也不例外。

以禅论诗

严沧浪云："学汉魏晋与盛唐诗者，临济下也；学大历以还之诗者，曹洞下也。"此老以禅论诗，瞠目霄外；不知临济、曹洞有何高下？而乃剿其门庭影响之语，抑勒诗法，可谓杜撰禅！

明·陈继儒《偃曝谈余》

上引宋代严羽的话，见《沧浪诗话》开端"诗辨"一节，为了更确切了解引文的含意，转录这一段原文如下：

禅家者流，乘有大小，宗有南北，道有邪正。学者须从最上乘，具正法眼，悟第一义。若小乘禅、声闻、辟支果，皆非正也。论诗如论禅，汉魏晋等作与盛唐之诗，则第一义也；大历以还之诗，则小乘禅也，已落第二义矣；晚唐之诗，则声闻、辟支果也。学汉魏晋与盛唐诗者，临济下也；学大历以还之诗者，曹洞下也。大抵禅道惟在妙悟，诗道亦在妙悟。……惟悟乃为当行，乃为本色。然悟有浅深，有分限，有透彻之悟，有但得一知半解之悟。……夫学诗者以识为主，入门须正，立志须高；以汉魏晋盛唐为师，不作开元天宝以下人物。若自退屈，即有下劣诗魔入其肺腑之间，由立志之不高也。行有未至，可加工力。路头一差，愈骛愈远，由入门之不正也。……工夫须从上做下，不可从下做上。

严羽虽以禅喻诗，然而对于禅学并没有弄清楚。他以汉魏盛唐为第一义，大历为小乘禅，晚唐为声闻、辟支果，殊不知，乘只有大小之别，声闻、辟支也在小乘之中。他称"学汉魏晋与盛唐诗者，临济下也；学大历以还之诗者，曹洞下也"。是又不知禅家只有南北之分，而临济元禅师、曹山寂禅师、洞山价禅师，三人并出南宗，原无高下胜劣可言。何况临济、曹洞俱是最上一乘，而现在分别比喻，似乎又以曹洞为小乘了。

清代徐增《而庵诗话》说："沧浪病在不知禅，不在以禅论诗也。"以禅论诗，也有相当的长处。正如郭绍虞在《中国文学批评史》中所说："盖一般人只知求诗于诗内，不是论其内容，以道德绳诗，便是论其辞句，以规律衡诗。唯以禅论诗则可以超于迹象，无事拘泥，不即不离，不粘不脱，以导人启悟。所以诗禅二者，不是绝无关系。"明代傅占衡《释竺裔诗序》说："昔严仪卿以禅论诗，余尝申其说焉：教外有禅，始悟律苦；诗中有律，未觉诗亡。两者先后略相同异。然大要缚律迷真，无论诗之与禅均是病痛耳。"诗与禅的分别，似应着眼在这一方面。他再说："傫然绳墨之中，即禅而不禅也，不律而律也。飘然蹊径之外，即律而不律也，不禅而禅也。"这又是诗禅之共通与关系之点。沧浪之诗禅说可以分为二义：他所谓"不涉理路，不落言筌"，与"羚羊挂角，无迹可求"云云，是以禅论诗。至他所谓"学者须从最上乘、具正法眼、悟第一义"，与"入门须正，立志须高"云云，是以禅喻诗，又是就禅法与诗法相类之点而比拟的。

后人对严羽论诗的见解，有批评，也有肯定，不一一列举，下面举两家为代表。清代叶燮在《原诗》中说：

> 羽之言曰："学诗者以识为主，入门须正，立意须高，以汉、魏、晋、盛唐为师，不作开元、天宝以下人物。若自退屈，即有下劣诗魔，入其肺腑之间。"夫羽言学诗须识，是矣。既有识，则当以汉、魏、六朝、全唐及宋之诗，悉陈于前，彼必自能知所决择，知所依归；所谓信手拈来，无不是道。若云汉、魏、盛唐，则五尺童子、三家村塾师之学诗者，亦熟于听闻，得于授受久矣。此如康庄之路，众所群趋，即瞽者亦能相随而行，何待有识而方知乎？吾以为若无识，则一一步趋汉、魏、盛唐，而无处不是诗魔；苟有识，即不步趋汉、魏、盛唐，而诗魔悉是智慧，仍不害汉、魏、盛唐也。羽之言何其谬戾而意且矛盾也！

叶燮指出了严羽立论上的逻辑错误：识正是用来辨别是非正误的，如果好坏都由旁人选定了，那只是说明旁人有识，不是学者有识。只看别人选定的诗文，学者就不可能从实践中培养识别力。

清代吴大受在《诗筏》中说：

严沧浪云："唐人诗与宋人诗未论工拙，直是气象不同。"此语切中窍要。但余谓作诗未论气象，先看本色。若赀郎[1]效士大夫举止，暴富儿效贵公子衣冠，纵气象有一二相似，然村鄙本色自在。宋人虽无唐人气象，犹不失宋人本色。若近时人气象非不甚似唐人，而本色相去远矣。

只谈气象，有点近乎优孟衣冠，只追求形似，会失去本身的特色。就是说：诗的个性化，比模拟名家大家更为重要。

〔1〕赀郎：亦作"资郎"，原指因有家财而被任命为郎官者，后泛指出钱捐官的人。

方孝孺严陵钓台诗

本朝靖难死事之臣，以天台方孝孺为首。孝孺博学宏材，少时尝过严陵钓台，有古诗一章："敬贤当远色，治国须齐家。如何废郭后，宠此阴丽华？糟糠之妻尚如此，贫贱之交安足倚！羊裘老子早(一作蚤)见几。却（一作故）向桐江钓烟水。"此不独工于诗，亦天下第一等议论也。

明·陆楫《蒹葭堂杂著摘抄》

明人张燧（字和中）《千百年眼》中，有"子陵不仕有深意"一条，内容类似，录之如下：

光武中兴，令主也；而废郭后及太子强，颇为后世口实。国朝方正学《题严陵图》有云："糟糠之妻尚如此，贫贱之交可知矣。羊裘老子蚤见几，故向桐江钓烟水。"宛转二十八字，可谓发千古之隐矣。

方孝孺的诗，结合封建道德来看，确是议论正大，但却与历史事实不符。考《通鉴》，光武征严光至京，是在建武五年己丑（29）。严光至京后，光武授予他谏议大夫，他不肯受，同年即离京耕钓于富春江畔。而废皇后郭氏，则是在建武十七年辛丑（41）；废太子强，更在建武十九年癸卯（43）。严光不可能在十多年前，就预见到光武有废郭后之事。说严光"早见几"（几同机，事物变化的迹象），是与事实不符的。颠倒事实，来为自己的议论服务，这就不合咏史诗的实质了。

也有人说诗歌是文学作品，以抒情为主，不必拘泥于事实。如唐代白居易《长恨歌》中"孤灯挑尽未成眠"，宫中应是高烧红烛，不会点油灯的；“七月七日长生殿”，长生殿是斋宫，不是夜半私语之地；“峨眉山下少人行”，明皇入蜀，并没有到过峨眉山。但这些并不影响《长恨歌》是首好诗。值得注意的是《长恨歌》是叙事诗，与咏史诗有所不同。诗人在叙事诗中作环境描写，并没有借此发议论、抒怀抱。试看同是咏李杨之事的唐代郑畋的《马嵬》诗：“肃宗回马杨妃死，云雨虽亡日月新。终是圣明天子事，景阳宫井又何人。”有的刻本“肃宗”作“玄宗”或“明皇”，“云雨虽亡”作“云雨难忘”，陈寅恪先生特予考证，认为应作“肃宗”“虽亡”。肃宗回马和杨妃之死，概括了唐朝处在危急关头的英明决策。这两件事都是玄宗所首肯，所以他不失为圣明之君，与陈后主挟宠妃匿井中者不可同日而语。如是玄宗回马，念念不忘爱妃，这只是一个多情的昏君，怎配当圣明天子？因为是咏史诗，所以一字之差，也必须订正。

又如清代吴乔《围炉诗话》说：“纪事诗不可不慎。韦应物云‘宿将降贼庭，儒生独全义’，刺许远失实，冤哉！”按唐代韩愈《张中丞传后叙》，力辟许远畏死投贼之诬，所以吴乔说韦应物的诗是失实，冤枉了许远。也因为是咏史诗，所以对事实必须考订清楚。

对照上面两个例子，方孝孺诗以颠倒事实来迁就自己的议论，不能不说是一个缺陷。

唐诗之盛

胡子厚曰：人有恒言曰："唐以诗取士，故诗盛；今代以经义选举，故诗衰。"此论非也。诗之盛衰，系于人之才与学，不因上之所取也。汉以射策取士，而苏李之诗、班马之赋出焉，此岂系于上乎？屈原之《骚》，争光日月，楚岂以骚取人耶？况唐人所取五言八韵之律，今所传省题诗，多不工。今传世者，非省题诗也。

明·张燧《千百年眼》

清人王宗炎《唐才子传·序》中说："……至于唐世，经术衰熄，而才专属于诗矣。盖自太宗以下，诸帝皆工于诗，上有好者，下必甚焉。进士之举，试以词赋，利禄之途诱之。"他以为唐代的诗歌，是由于经术衰熄而兴起的，这是就文化领域的大趋势而言。至于继经术之衰，代之的是诗歌而不是别的，则有两个原因：一是帝王工诗，上行下效；一是词赋取士，利禄诱之。这种说法，正可代表胡子厚所说的"恒言"。

康熙《全唐诗·序》则对唐诗兴起的原因，说得较为广泛：

盖唐当开国之初，即用声律取士，聚天下才智英杰之彦，悉从事于六义之学，以为进身之阶，则习之者固已专且勤矣。而又堂陛之赓和，友朋之赠处，与夫登临宴赏之即事感怀，劳人迁客之触物寓兴，一举而托之于诗。虽穷达殊途，悲愉异境，而以言乎摅写性情，则其致一也。

除了词赋取士这一点外，还谈到当时的社会风气，归结到言志抒情，诗歌的发展，自有其广泛的客观原因。这样的叙述，其视野显然比胡子厚扩大了。

近代游国恩等主编的《中国文学史·隋唐五代文学概说》中就《全

唐诗·序》中所提及的范围，做了更具体的说明。录之如下：

> 唐代的君主，很重视诗歌，也大都能诗，太宗、玄宗的诗曾为某些文人所称赞。武后宴集群臣，宋之问赋诗最佳，曾获御赐锦袍；王维死后，代宗曾关心他诗集的编纂工作；宣宗并曾写诗悼念白居易，这对倡导作诗风气，提高诗人的声誉，是颇有作用的。我们知道，唐代特重进士之科，故有“三十老明经，五十少进士”（《摭言》）的谚语。在进士科考试中，诗歌是重要内容之一，所谓“于霄路在五言中”。这种制度对一般文人普遍重视诗歌技巧的训练及诗歌形式的掌握，也是有一定作用的。
>
> 唐代人民群众爱好诗歌成为普遍风气。《全唐诗》中收录了很多和尚、道士、尼姑、宫人、歌妓，以及无名氏的作品，可以看到诗歌在唐代的确不是少数文人的专利品。唐代小说不少引用诗歌，变文和其他通俗文学大量应用五言、七言诗歌作唱词，都说明群众对诗的喜爱。高适、王昌龄、王之涣在旗亭听歌妓唱诗的故事，以及白居易的诗传诵于“王公、妾妇、牛童、马走之口”的事实，更可以想见著名诗人作品在人民群众口中广泛流传的盛况。这种诗歌和群众之间的亲密关系，是过去的诗人所无法想象的。这固然是唐诗繁荣的结果，但反过来对诗歌创作也是一种促进的力量。

诗歌的产生和发展不会是一种孤立的现象，总是或多或少受到政治的影响。除了帝王倡导和词赋取士之外，如唐代经济的繁荣和国力的强盛，为诗歌发展提供了合适的物质环境；政治上的相对开明和文化政策上的兼收并蓄，有利于人们思想的活跃；中外各民族的交往，沟通了异域的艺术风貌等，都是不可忽视的因素。此外，和历史上其他王朝比较起来，唐代文网是较宽的，诗人们从未因为在自己的作品里讽喻时政，而遭到种种处分。还有，凡是过去不曾入诗或认为不宜入诗的材料和手法，唐代诗人都大胆引进到自己的创作中去。题材广泛和风格多样，自然有利于诗歌的创作和发展。

口语入诗

少陵云："多师是我师。"非止可师之人而师之也；村童牧竖，一言一笑，皆吾之师，善取之皆成佳句。随园担粪者，十月中，在梅树下喜报云："有一身花矣！"余因有句云："月映竹成千个字，霜高梅孕一身花。"余二月出门，有野僧送行，曰："可惜园中梅花盛开，公带不去。"余因有句云："只怜香雪梅千树，不得随身带上船。"

清·袁枚《随园诗话》

自从唐代杜甫有了"读书破万卷，下笔如有神"之说（《奉赠韦左丞丈二十二韵》），人们都强调读书是写诗必不可少的功夫。袁氏在这里谈到了另一方面，即利用口头语作为写诗的素材。口语具有生动活泼的优点，富有浓重的生活气息；但另一方面，也有比较粗糙的缺陷。因此，利用口语写诗就有一个加工的过程。诗话中前一个例子，是把"一身花"融入到对偶句中，与"千个字"并列，可以说天衣无缝。后一个例子，把梅花带不去这一事实，和出门上船这一生活中具体景象结合起来，渗透着对故园的依恋之情。源于口语而又能高于口语，从中可以看出诗人运用、驾驭语言的功力。

一般认为书面语言与口头语言有雅俗之分，化俗为雅，也就是加工所致力的一个方面。相传乾隆下江南到苏州狮子林，游罢假山，侍从官请他题字，他就写了"真有趣"三字。旁边接驾的状元黄熙，觉得这三个字太俗，如果去掉"有"字，就可变俗为雅。但又不好直说，于是委婉巧妙奏曰："臣见圣上御笔，笔笔铁画银钩，字字龙飞凤舞，其中这个'有'字更是百媚千态。臣斗胆请圣上将这个'有'字赐与小臣。"乾隆听出话中有话，于是顺水推舟，删去"有"，改为"真趣"。这就是真趣亭上乾隆亲笔题匾之由来。

"真趣"和"真有趣"，一字之差，判分雅俗，由此正可看出汉语之灵活巧妙。有人以为有些词语是雅的，有些词语是俗的，这话并没有说到点子上。像"真趣"和"真有趣"，并不是截然分开的两个词语，区别只在于多一个字或少一个字。袁枚的两句诗也可如此看待，关键只在于熔铸和锤炼。

俗即通俗，和典雅相对，也是一种风格，宋人袁褧《枫窗小牍》中有如下一则：

武肃王还临安，与父老饮，有三节《还乡之歌》，父老多不解。王乃高揭吴音以歌曰："你辈见侬底欢喜，别是一般滋味子，长在我侬心子里。"

对家乡父老歌唱，用乡音通俗化的词语，就能发挥更好的效果。通俗有通俗的妙处，有时是不能用典雅的语言来代替的。有这样一个故事：有书生、官员、富翁三人在园中亭子上赏雪联句，书生先开头，吟曰："大雪纷纷满天。"官员续曰："都是皇家瑞气。"富翁接上一句："落它三年何妨。"园外墙角蜷缩着一个乞丐，正冻得瑟瑟发抖，忽听上面传来什么"落它三年"，不觉破口大骂："放你娘的狗屁！"刚好和上面三句接上，合成一首妙诗。

乞丐接上的一句，妙就妙在俗，以俗压雅，和上面三句形成鲜明的对比；而语言上的对比，正是以不同人物的身份心态为基础的。

诗歌与散文，有不同的语言风格；有时，散文经过加工，就会形成诗的语言。苏轼《陌上花·引》说：

游九仙山，闻里中儿歌《陌上花》。父老云："吴越王妃每岁春必归临安，王以书遗妃曰：'陌上花开，可缓缓归矣。'吴人用其语为歌，含思宛转，听之凄然。"

散文确实有许多是近乎诗的，于是把兼有散文和诗的特点的文体称为散文诗。一般的散文诗，具有诗歌语言的精练性、音乐美和散文表现力的灵活性、多样性。

《随园诗话》中还有一条，谈诗和口语的关系，录之于下：

世有口头俗语，皆出名士集中。“世乱奴欺主，时衰鬼弄人”，杜荀鹤诗也；“今朝有酒今朝醉，明日无钱明日愁”，罗隐诗也；“一朝权在手，便把令来行”，崔戎《酒筹》诗也；“闭门不管窗前月，分付梅花自主张”，南宋陈随隐自述其先人诗也；“大风吹倒梧桐树，自有旁人说短长”，宋人笑刘师罿欲附范文正公祠堂诗也；“晚饭少吃口，活到九十九”，古乐府也；“难将一人手，掩得天下目”，曹邺诗也；“易求无价宝，难得有情郎”，女真蕙兰诗也；“一举首登龙虎榜，十年身到凤凰池”，张唐卿诗也；“平生不作皱眉事，世上应无切齿人”，邵康节诗也；“儿孙自有儿孙福，莫与儿孙作马牛”，徐守信诗也；“是非只为多开口，烦恼皆因强出头”，“自家扫去门前雪，莫管他家瓦上霜”，并见《事林广记》；“黄泉无客店，今夜宿谁家”，见唐人逸诗。

劣诗

褚文渊言：其乡某生，沉酣制艺，试辄高等。腹若琉璃碗，阔步摇摆，书味盎然，而于诗学，一步不窥。既晚，就学于友，友示用韵平仄之法，居然谓得三昧，即诌成曰：“吾人从事于诗途，岂可苟焉而已乎。然而正未易言也，学者其知所勉夫。”艺林捧腹，谓龙衮又一体也。

清·诸晦香《明斋小识》

诗话中所记某生某人，他的伟大功绩，就在于把八股文的起承转合，强行嫁接到诗歌创作的实践中去。但这种大胆尝试是劳而无功的，正如清代蒲松龄《聊斋志异·陆判》中所说：“断鹤续凫，矫作者妄；移花接木，创始者奇。”但是如果用近体诗的格律声调来衡量，却是一点也没有出格，够得上循规蹈矩之作，这也实在是一种奇怪的现象。

对我国传统的格律诗，一般的评价是：形式工整，音调优美，便于吟诵记忆，但形式过于刻板，束缚思想，又不易掌握。就是说，既有优点，又有缺点；而这优缺点，又是互为因果、互相影响的。其实，不管对待优点或缺点，关键还是一个熟悉问题。不熟悉，看不出优点，却先被缺点所吓倒；熟悉了，领悟到优点，缺点这只拦路虎也就克服了。著名作家老舍说：“我劝大家有空时候找几首古诗念念，学习他们那种简练清楚，很有好处。”（《关于文学的语言问题》）这是就学习语言说的，我国历代许多大诗人，他们不受形式工整、音调优美的限制，反能以此为基础，简练清楚地表情达意。从这一方说，格律诗实是运用祖国语言的典范。

一个善于打球的人，不会把球场规则看作碍手碍脚，反而能利用规则，巧妙地发挥球艺。同样，一个善于写诗的人，总能驾驭格律，挥洒自如。反之，不要规则，不要格律，乱打一通，乱写一通，看似自由了，实则不要很久，就会感到厌倦。打球写诗，是既有纪律、又有自由，两者结合，才会有持久的兴趣。

格律是手段，不是目的，为了更好地表达诗的语言的精练性和音乐美，才用上格律。同时，格律只是诗的形式，诗的内容比形式更重要。“诗言志”，这是我国最早的关于诗的定义，现在看来仍然是正确的。并不是看到什么，随便写下来便是诗。相传有两个书呆子，看到寺院里的一口钟，就联句写成下面一首“诗”：

寺里一口钟，本质原是铜。
翻转象只碗，敲来嗡嗡嗡。

徒具诗的形式，但没有诗人的“志”，也就没有诗的灵魂。

清代诸晦香《明斋小识》中所引的那首“诗”，表面看来，好像也在言“志”，但实际只是陈词滥调，毫无新意与诗趣，只是堆砌词句而已。把格律看作诗的唯一标志，这是完全把诗简单化了。

上引两首“诗”，内容空洞，语句总算还是清顺的。此外，还有只顾格律，连语言的清顺也牺牲了，如下面这首“五言绝句”：

春望

城缺望丫花，坟杨哭北麻。
田庵和树立，山线石乡爬。

平仄、韵脚都合乎格律，就是看不懂。据作者自己解释，诗意是这样的：从城墙缺口望出去，有家门前站着一个小丫头，头上插着一朵花（第一句）；再望过去，田畈中有一穴坟墓、墓旁有株白杨树，树下一个女人在哭，朝北的，身上披着麻衣（第二句）；田畈中还有一处庵观，门前一个和尚，靠树站立着（第三句）；望得更远，山上有一条路，细得像线，上面铺着石板，一个乡下人在爬行（第四句）。限于五言句，作者就采用斩头、去腰、截足等办法，于是就只有自己才明白了。

写诗不是从抒情言志出发，而是陷入到格律的怪圈中去，于是就有了上面所举的种种“杰作”。

对格律抱畏难情绪，不去接触它，对于诗的本身并无损害；投机取巧，玩弄格律，则会破坏诗的声誉。

格律，曾经吓退一些对诗歌的爱好者；但另一方面，也有些人把写诗看得太容易了，以为按照格律拼拼凑凑，就算一首诗，可以轻而易举地获得诗人的桂冠。同是对待格律，反差何其强烈！

唐代杜荀鹤《读诸家诗》说：“词赋文章能者稀，难中难者莫过诗。”古代真正的诗人，把写诗看得如此其难；而今天的诗人，却把写诗看得易如反掌。看来，格律也有两重性：它既可以给诗锦上添花，也可让“诗人”班门弄斧。

【附】

宋代邢居实《拊掌录》：

哲宗朝，宗子有好为诗而鄙俚可笑者。尝作《即事》诗云：“日暖看三织，风高斗两厢。蛙翻白出阔，蚓死紫之长。泼听琵梧凤，馒抛接建章。归来屋里坐，打杀又何妨。”或问诗意，答曰：“始见三蜘蛛织网于檐前，又见二雀斗于两厢廊；有死蛙翻腹似‘出’字，死蚓如‘之’字；方吃泼饭，闻邻家琵琶作《凤栖梧》；食馒头未毕，阍人报建安章秀才上谒；迎客既归，见内门上画钟馗击小鬼，故云‘打杀又何妨’。”哲宗尝灼艾，诸内侍欲娱上，或举其诗，上笑不已，竟不灼艾而罢。

诗赠偷儿

吴中老儒沈文卿，家贫，以授徒为生。一夕寒不成寐，忽见穿窬至其家，觅物无所得。文卿从容呼之曰："穿窬君子，虚劳下顾，聊以小诗奉赠。"口占云："风寒月黑夜迢迢，辜负劳心走一遭，架上古诗三四束，也堪将去教儿曹。"穿窬含笑而去。

清·褚人获《坚瓠集》

诗的材料来自生活，按理说生活中所有的事，都是可以写诗的，但事实并非如此。古代文士，把吟诗看作雅事，诗材应该也是可以归入风雅一类的，不然就不宜于写诗。旧题唐代李义山所著《杂纂》中，有"杀风景"一项，所举的事有花间喝道、苔上铺席、石笋系马、月下把火等。这里没有窃贼光临，汗牛充栋的诗集里，也很少写到这点，看来诗人们把这看作杀风景的事，不愿以此来污自己的笔墨。再说，梁上君子之来，总不会空手而回的，家中损失财物，恼恨不暇，哪里还会有情绪来写诗呢？

少，并不等于没有，物以稀为贵。沈文卿老先生这首诗的可贵之处，就在于他能从别人不留意处去发现诗材，不是人云亦云地写点吟风弄月之作。别人认为不值得写或不愿意写的事情，沈老先生却写出了颇具风趣的小诗，这不仅是诗才问题，而是从中可以看出作者坦荡的胸怀。小偷入室，无非是为了窃取财物，因此对此最感恼恨的，是那些富裕的人家。沈老先生家贫，不怕失去什么，也就不必担惊受怕，坦荡的胸怀，是由生活环境决定的。法国作家巴尔扎克也过着清贫的生活，一天晚上窃贼入室，在他写字台的抽屉里乱翻，想找出几个钱来。巴尔扎克躺在床上看到了，叹口气说："我大白天找了半天也找不到一个子儿，你摸黑乱翻，又能找到什么呢？"幽默劲儿，可与沈老先生相映成趣；他们不必为身外物担心，这种心情是一致的。

诗的第一句，写窃贼出动的典型环境，又冷又黑的夜晚，行走是很不便的，偏偏又找上一户贫家。第二句正是转而写作者内心世界：不但不嫌恨他，反而对他表示歉意。三四两句按着这条思路，表示愿意把古诗奉赠，自己用不着，还可教儿曹，隐寓劝其改邪归正之意，含而不露，亦庄亦谐。鲁迅文章中曾写到一二八淞沪抗战，离开闸北家中避地租界；战后回去，有的物件被窃，书籍却一本没有损失，民间把书本叫作贼弗偷，明知是窃贼不要的东西，却慷慨相赠，这又是一层幽默。

无独有偶，清代郑板桥也有一首《赠窃贼》诗，录之于下，以资比较：

大风起兮月正昏，有劳君子到寒门。
诗书腹内藏千卷，钱串床头没半根。
出门休惊黄尾犬，越墙莫碍绿花盆。
夜深费我披衣送，收拾雄心重作人。

民间形容窃贼动向，有“偷风不偷月，偷雨不偷雪”之谚，两首诗都提到这点，增加了诗歌的现实感。古典诗歌中，赠别之作占有相当的数量，但把窃贼当作赠别的对象，这就别开生面了。正统派诗人对此或许会嗤之以鼻，实际上却比那些感情泛泛的应酬之作好得多了。小小的一首诗，透露出诗人的处世态度。

恩格斯在《反杜林论》中谈到道德时，曾说过道德也是历史的产物，随着人类历史的发展，道德的标准也在不断变化。他特别举“不许偷盗”为例，说明到了共产主义社会，这样的道德信条也将不复存在了。当然，现在一谈到盗贼，人们还是痛恨的。唐朝大诗人杜甫住在成都的时候，茅屋被大风吹坏了，几个孩子拿了他的一点稻草，他竟说那些孩子是“盗贼”。但在另外场合，不牵及他个人利害时，他也会写出“盗贼本王臣”这样的诗句来。

在郑板桥生活的时代，真正痛恨盗贼的，是那些身居高位的官僚、腰缠万贯的富人。他们慢藏诲盗，却又重门击柝，时时在为这些身外物担心，至于像郑板桥那样的穷书生，本来就没有什么东西可失去的，自然也就不必担心梁上君子惠然光临。诗中流露的那种泰然自若的风趣，实际上还是由诗人生活条件决定的。

诗人用巧妙的艺术语言，展现了他的内心世界。同时把眼前发生的事情，真实地描写出来。看了第一句中“大风起兮”四个字，很容易想起汉高祖的《大风歌》，但接下去换了三个字，气氛便完全不同了。一位有才华的诗人，对语言总是能运用自如的。第二句中的“有劳”，是设身处地为窃贼着想；“君子”和“寒门”形成鲜明的对照，民胞物与，和平共处。

三四两句，用形象的语言，对“君子”表示歉意：这两句不但对“有劳”做了注脚，也正是像诗人那样穷书生生活环境的典型概括，而作者对“君子”光临坦然处之也就不言而喻了。

既然没有什么可以奉献，自然只好送客了，五六两句，正是这样乘势发展下去的。“出门”“越墙”，把“君子”的动向写得很具体，而“休惊”“莫碍”，又表示对“君子”的关怀，是别具一格的幽默笔调。

第七句中的“不及”，一方面写出“君子”空跑一趟，匆匆而去，一方面也写出诗人的动作是很有分寸的：口惠而实不至，虚与委蛇而已。作者对人物心情体察入微。末句不是移祸江东，而是大势所趋，事实总是如此：贼雄心勃勃，不会空手而回的。

诗人把生活中偶然碰到的一件小事，却写诗如此有声有色：笔调亦庄亦谐，读后回味无穷。

诗尽世情

曾见书肆一抄本废书，中多格言警语。有一诗云："巧厌多忙拙厌闲，善嫌懦弱恶嫌顽。富遭嫉妒贫遭辱，勤曰贪婪俭曰悭。触目不分皆笑蠢，见机而作又言奸。不知那件从人意，自古人生处世难。"言虽俚鄙，亦曲尽世情。

清·褚人获《坚瓠集》

书的编者给上面这首诗的评价是俚鄙，俚鄙者：不登大雅之堂也。这俚鄙又可分作两方面来看：一是内容，"温柔敦厚，诗教也"（《礼记·经解》），写诗要讲温良恭俭让，满腹牢骚，有违诗教，为正人君子所不取。二是形式，诗要写得典雅，有书卷气，所谓"杜诗无一字无来历"（宋·黄庭坚《山谷诗集注》），正是典雅的具体说明。口语入诗，这是俗韵，不可取。

当然，上面所说，只是正统的士大夫看法，从文艺学角度来看，上面这首诗不是俚鄙而是通俗。它用具体对比的语言，突出"处世难"这个主题，末句有画龙点睛之妙。

有这样一个小故事：父子两人，拉着一头驴子上门，父亲坐在驴子上，儿子跟在后面；路上有人怪父亲不疼儿子，让小小年纪辛苦跋涉。父亲听了，就让儿子坐上驴子，自己跟在后面；却又有人议论儿子不知尊重长辈。父子一听，就双双坐驴背上。街上又有人说两人坐一头驴子，会把驴子压死。父亲听后，就和儿子一起跳下来，跟在驴子后面走。可路上又响起笑声，笑父子俩是呆子，有驴子不坐……这一小故事说明，别人的议论，是无法阻挡的；听别人的话，让旁人的话牵着自己鼻子走，只会手忙脚乱，无所适从。

古籍上还有一个"筑室道谋"的成语。《诗·小雅·小旻》："如彼筑室于道谋，是用不溃于成。”自己盖房子，却同过路人去商量。比喻人多口杂，意见纷纷，莫衷一是，办不成事。道理和父子骑驴的故事是一样的。

列宁说：“为了能够分析各个不同的情况，应该有自己的头脑。”样样按照别人的话题，就是忘记了自己也长着一颗脑袋。

请听听但丁的话：“走自己的路，让别人去说吧。”

清人钱泳在《履园谭诗》中说：“口头语言，俱可入诗，用得合拍，便成佳句。”对于上面这首诗也是如此，不要以为它语言通俗便是俚鄙，应该看看它是否用得合拍。

明妃曲

高季迪，明三百年诗人之冠冕，然其《明妃曲》云："君王莫杀毛延寿，留画商岩梦里贤。"此三家村学究语，所谓下劣诗魔，不知季迪何以堕落如此，而盲者反以为警策。其后有彭三吾者，又云："画师休尽杀，梦弼要人图。"转入魔道矣。又胡虚白《咏绿珠》云："枉费明珠三百斛，荆钗那及嫁梁鸿？"郎瑛称之。皆所云痴人前不得说梦也。若永叔"耳目所及尚如此，万里安能制夷狄"，所谓诗伦，亦自近腐。

清·王士禛《香祖笔记》

清代梁绍壬《两般秋雨庵随笔》说："明人《昭君》诗有云：'君王莫杀毛延寿，留画商岩梦里贤。'高季迪以为绝工，王阮亭以为村学究语。两朝诗老，孰非孰是？"只提问题而不下结论，但却把高启自己所作说成是他的评论了。

清代贺裳《载酒园诗话》说："王介甫《明妃曲》二篇，诗犹可观，然意在翻案。……故遭人弹射不已。至高季迪长篇，则翻案愈奇，结句曰：'妾语还凭归使传，妾身没虏不须怜。愿君莫杀毛延寿，留画商岩梦里贤。'意则正矣。有此事否？恐终是文人之语，非儿女子之言也。……大都诗贵入情，不须立异。后人欲求胜古人，遂愈不如古矣。……乐天则曰：'汉使却回频寄语，黄金何日赎蛾眉？君王若问妾颜色，莫道不如宫里时。'似此翻案却佳，盖尤为切情合事也"。贺氏对高启诗的评价，和王士禛相同，却进一步做了解释。咏历史人物，可设身处地，用被咏人物的语气来写，但也要注意合情合理，不能把作者的主观意识，强加到历史人物身上，把历史人物当作发表自己意见的传声筒。按《书·说命》："高宗（武丁）梦得说，使百工营求诸野，得之傅岩。说筑傅岩之野，惟肖，爰立作相。”后来就用“商岩”比喻贤士在野。高启咏昭君的诗，曲折地想到傅说，还设想是昭君的语气，难怪贺裳要责问“有此事否”，这是为立异而不顾是否合情了。

王士禛的批判，则较贺裳更为深刻。他把高启的诗，和彭三吾、胡虚白等的诗并举，已不只是拘泥于事实之可能与否，而是指出写咏史诗的一种不良倾向。即不管历史人物的身份如何，都要板起面孔来说教。王昭君“一去紫台连朔漠”（唐·杜甫《咏怀古迹五首·其三》）却偏偏要让她想到“商岩梦里贤”；对堕楼的绿珠，硬是要比之孟光。清代张问陶有一首如下的《论诗十二绝句》：

想到空灵笔有神，每从游戏得天真。
笑他正色谈风雅，戎服朝冠对美人。

作品有了虚静通灵的艺术境界，即便是信手写成的游戏之作，也自然会有一种天然的真趣。而那些板起面孔说教的作品，恰如穿戴戎服朝冠和美人谈笑，显得多么不协调！

清代沈德潜用封建伦理道德作标准，提出诗歌“必关系人伦日用”，这种落后的文学主张，受到进步作家的批评和抵制。王士禛正是通过对具体作品的评判，来否定封建卫道士在文学领域内的说教。清代袁枚在《答蕺园论诗书》中说：“若夫迂袭经文，貌为理语者，虽未尝不窜名儒林，然非顽不知道，即麻不任事。”也是针对沈德潜的倒退主张而说的。王士禛和袁枚的诗歌创作观点，尽管并不相同，但在反对以封建道德牢笼诗歌创作这一点上，却具有共同的看法。

历来咏昭君的诗很多，诗人往往借歌咏昭君，发抒自己心中的种种感触，各人的看法不同，就会引发种种评论。类似高启的诗句受后人讥弹，这也不是个别现象。清代周容在《春酒堂诗话》中说：

王介甫《明妃曲》有云：“家人万里传消息，好在毡城莫相忆：君不见咫尺长门闭阿娇，人生失意无南北。”又云：“汉恩自浅胡自深。”介甫少而名世，长而结主，何所愤激而为此言？使当高宗之日，介甫其为秦太师乎？靖康之祸，酿自熙宁，王、秦两相，实遥应焉：此诗为之谶矣。

凭一首诗，就把王安石与秦桧相提并论；深文周纳，这已不是文艺批评，而是刀笔吏的手腕了。而论其内容，则与王士禛批评高启相反，是用封建的忠君思想作为衡量的尺度，非我族类，必诛之而后快。封建卫道士的面目，在一则诗评中暴露无遗。

昭君原来身份不过是一个宫女，为什么有这么多文人学士歌之咏之，引起如此广泛的兴趣呢？一位评家点出其中的奥妙：“入宫见妒，与入朝见妒者，千古有同感焉。”（清・仇兆鳌《杜诗详注》卷一七引王嗣奭）这就是说，昭君美色超群，以此见妒，终至沦落番邦。这和文士才识出众，却在朝廷上被同列所排挤，郁郁不得志，命运是类似的。清代徐增在《而庵诗话》中说：“诗到极则，不过是抒写自己胸襟。”这就很明白了，作者表面上是在写昭君的命运，实际上却是在自我表现呢！

【附】

清代黄协埙《锄经书舍零墨》：

古今咏明妃诗，不下数十家，标新领异，各有不同，近见某君一绝云：“马上琵琶塞上风，玉颜憔悴怨无穷。画师有意防倾国，不遣佳人宠后宫。”用意新颖。脱尽前人窠臼，莫谓今人必不古若也。

诗的局部与整体

钱塘金寿门农客扬州，诸盐商慕其名，竞相延致。一日，有某商宴客于平山堂，金首席。席间以古人诗句“飞红”为觞政，次至某商，苦思未就。众客将议罚，商曰：“得之矣，‘柳絮飞来片片红’。”一座哗然，笑其杜撰。金独曰：“此元人咏平山堂诗也，引用綦切。”众请其全篇。金诵之曰：“廿四桥边廿四风，凭栏犹忆旧江东。夕阳返照桃花渡，柳絮飞来片片红。”众皆服金博洽。其实乃金口占此诗，为某商解围耳。商大喜，越日，以千金馈之。

清·牛应之《雨窗消意录》

上面所记是有关金农的一则逸事。金农，清钱塘人，字寿门，号冬心。嗜奇好古，收金石文千卷，足迹半天下。诗格高简有奇气，分隶独绝一时，工画梅，乾隆初以布衣举鸿博不赴，卒年七十余。由于金农是位多才多艺的诗人和画家，就像宋朝苏轼那样，人们把一些传说中有趣的小故事归到他身上；好在我们不是为他写传，这些也不用去考证了。现在只谈有关写诗的一点。

写诗总要以事实为依据，说柳絮是红色的，三尺童子也知道不合事实。但把一句孤立起来看不合事实，经过诗人的加工，安排到一首诗中去，读者却会承认有此事实了。这是诗人想象的巧妙。宋代严羽在《沧浪诗话》中所说“诗有别趣，非关理也”，清代贺裳《载酒园诗话》更用具体的例子加以申说：“诗又有以无理而妙者，如李益‘早知潮有信，嫁与弄潮儿’，此可以理求乎？然自是妙语。至如义山‘八骏日行三万里，穆王何事不重来’，则又无理之理，更进一尘[1]。总之，

〔1〕尘：重量单位。十埃为“尘”。

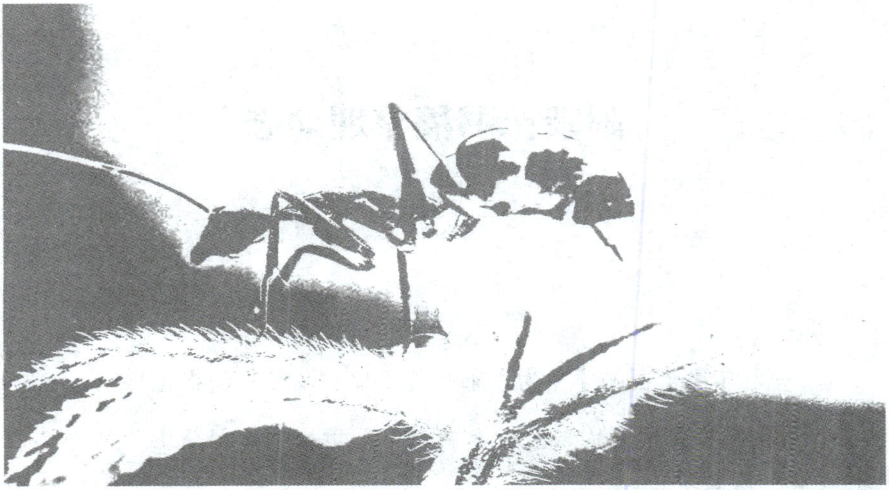

诗不可执一而论。”

一句诗，孤立起来看是无理的，安排到全诗中却可以成为有理：这是一种情形。还有一种情形，一句诗，孤立起来看是拙劣的，但当组织到一首诗中去时，与其他各句配合，却不见其拙而只见其妙。清代褚人获《坚瓠集》中载有这样一个故事：

有众饮清庵，翟钦甫至，众不识之。俾赋清庵，钦甫故为拙句曰：“为问清庵何以清？”众大笑。及赋“霜天明月照蓬瀛”，众失色。连赋“广寒宫里琴三弄，白玉楼头笛一声。金井玉壶秋水冷，石田茅屋暮云平。夜来一枕游仙梦，十二瑶台独自行”。众询知为钦甫，愧谢，延之上座。

先抑后扬，拙句也就不拙。

两个故事说明同一种情况，局部和整体应该是和谐的，但有时作者出奇制胜，也可化拙为巧，分开来看，局部和整体似有矛盾，但当融合成为浑然一体时，却会显得和谐统一。

附录：书稿整理动态

1.1 一群年逾半百的学生为老师整理手稿（《绍兴晚报》）

国学根基深厚的林世堂桃李满天下，学生们希望将老师的作品流传于世，发挥价值

【本报讯】（记者潘丽萍　通讯员杨玉堺）林世堂出生于1915年，祖籍宁波。大学毕业后，先后在杭、甬、台、绍多地教高中语文，1949年后到新昌中学任教。教誉卓著，桃李满天下。林世堂国学根基深厚，擅长作诗赋词。一生笔耕不辍，著作等身。

为了把老师尘封18年的手稿整理出版，新昌一群年过半百的学生，怀着对老师的崇敬与感恩之情，戴上老花镜，一下一下敲击键盘，将林世堂老师遗留下来的58本手稿（约550万字）输入电脑，筹备出版。

“我们建了林世堂文集出版筹备群，群里有林老师的60多名学生，目前已有40多名同学领走了林老师的手稿去打印，有的已在打印第二本了。”林世堂作品出版发起人、“群主”吴宏富（新昌中学80级文科班学生）告诉记者。

尘封十八年的手稿“浮出水面”

林世堂在1958年被打成“右派”，遣送到外地盐场和农场“劳教”20年。1978年平反，重返新昌中学任语文老师。林世堂国学根基深厚，擅长作诗赋词。教誉卓著，桃李满天下。

1984年退休后，林世堂一直在新昌从事历代诗话诗评和地方文化的研究，先后担任《新昌县志》编纂顾问、县政协文史委指导老师、新昌《大佛寺志》编委等。在垂暮的20年中，他依然孜孜以学、笔耕不辍，每日工作至少达16小时。他生前写了大量地方文史著作和学术专著，并出版了《怎样学习中国语法》《常用字辨》《古典诗歌名篇集说》《诗评选笺》《新昌诗话》和《写作的故事》等。

这期间，他发现我国现有的古代诗论诗评诗话缺少系统性专著，于是一头扎入书山，潜心编纂，为后人留下了一份丰富而宝贵的遗产。

他编纂的《历代诗论选》，将散落在诗歌王国的名人名家诗论，从90多部专著中精心摘选，多达630余条，各家之说并陈，有助于读者开阔视野。《诗话类钞》约130万字，系从200多种诗话、笔记中摘录有关古典诗歌的条款，分类编排而成，该书可补经史等巨著之不足。他全面编纂古诗论诗评，从中国第一句诗论诗评开始到清代为止，辑录而成一部350万字的巨著——《诗话裒辑》，手稿多达34本。

另外，《语林散叶》和《写作的故事》是林老师结合几十年的从文从教经验，在语言之林撷取的一些古今中外有关语言的小故事。通过这些小故事，畅谈语言文字的常识，透析相关的知识节点，激发人们学习语言的兴趣……

这些未出版的手稿有58本，叠在一起足足76厘米，半人高，加上已出版的著作，真可谓“著作等身”。

年过半百的学生整理手稿

林世堂逝世18年后，这58本手稿成了学生们关注的重点。如何把老师的遗作公开出版，成为历届学生，尤其是81、82届文科班和80届一班、二班部分学生的共同心愿。

这群年过半百的“老学生”，既有昔日的新昌中学文科状元，又有如今的高校领导，还有远在海外工作的同学，这两届文科班共101名学生，有60多位学生加入进来，建立了林世堂文集出版筹备群。他们时常聚集一起，商讨林老师作品出版事宜。

今年6月，他们与林世堂的妻子和子女取得联系，获得授权，并从他们手中接过3箱手稿，全部复印下来。之后，群里40多名同学主动请缨，领走复印件，开始分头打印林老师的作品，连远在加拿大的同学也加入整理手稿之列。有几位老同学不会打字，就出资送去打字店打印，再拿回校对，反复多次，精神可嘉。

由于时间太长，原件字迹变淡，复印件不清晰，给打印书稿增加了难度，学生们就一字一句地共同探讨。

“我们计划用5年时间甚至更长的时间，把林老师的58本手稿整理完毕，出版8部著作。另外，将结集出版一本《林世堂诗文集》，该文集汇编了他从1935年至1997年创作的诗文，以及刊登在报纸杂志上的作品。”吴宏富说。目前，25万余字的《林世堂诗文集》初稿已完成。

林世堂在新昌中学任教多年。不少新昌人父子两代都是他的学生，也有三代是林老师的学生，所以说起林老师很多人都知道。

“林老师的著作具有较高的文学价值、史料价值和语文教学参考价值。”林世堂20世纪50年代的学生、新昌县原副县长、新昌文化名家陈百刚说。

80级学生潘林霞永远记得，那年高考落榜之后，林老师鼓励她继续学业，参加下轮高考，并一直给她写信、寄复习资料；吴宏富走上从文之路，也是受了林老师的影响。

如今，这些学生们都希望能将凝聚着老师毕生心血的各类作品留传于世，发挥其价值。

【出处】绍兴晚报2016-12-28：A03（绍兴新闻）

新闻链接：浙江新闻、浙江在线、浙江热线、绍兴网、新昌信息港等网站进行了转发。

1.2 三代学生齐努力，各界人士共参与

——文坛“巨擘”林世堂遗著待梓（《今日新昌》）

【新昌新闻网记者】杨玉墀

2016年12月25日，林世堂先生书稿整理交流座谈会在石城大酒店举行，林世堂的三代学生代表（20世纪30年代、50年代、80年代）和

各界拥趸者代表16人聚集一堂，交流书稿整理情况，共商文集出版大计。“新昌搞地方文化，林老师是一个绕不过去的人物。他的著作具有较高的文学价值、史料价值和语文教学参考价值。”林世堂50年代的学生、新昌文化名人陈百刚说。

林世堂（1915—1993）祖籍宁波。他出身于知识分子家庭，自幼好学深思，大学毕业后，先后在杭、甬、台、绍多地教高中语文，1949年后到新昌中学任教。1958年以言论获咎，被打成“右派”，遣送到外地“劳教”20年。1978年平反后回新任教，虽年逾花甲仍诲人不倦，教誉卓著，被大家公认为“王牌语文教师”，桃李满天下。

1984年退休后，林世堂以其学识之长致力于地方史志研究，先后担任《新昌县志》编委、《大佛寺志》编委，校阅《新昌财税志》；担任第一至四届县政协委员和县政协文史委指导师、县文联顾问；1996年3月将收藏的《钦定续文献通考》等36册档案资料全部捐赠给县档案馆，为新昌地方文化的繁荣发展作出了巨大贡献。

林世堂国学根基深厚，擅长作诗赋词，一生笔耕不辍，著作等身。晚年，他依然孜孜以学，每日工作至少16个小时。这期间，他发现我国现有的古代诗论诗评诗话缺少系统性专著，于是一头扎入书山，潜心编纂，裒辑而成一部350万字的巨著《诗话裒辑》，手稿多达34本。从200多种诗话、笔记中摘录有关古典诗歌的条款，分类编排而成《诗话类钞》约130万字，可补经史等巨著之不足。他编纂的《历代诗论选》，将散落在90多部专著的名人名家诗论，精心捃摭，多达630余条。结合几十年的从教经验写成的《语林散叶》和《写作的故事》可激发学习语言的兴趣……林世堂生前创作的大量古代诗论诗评诗话、地方文史著作和语文学习参考书，为后人留下了一份宝贵的遗产，但除四五十年代出版《写作的故事（上）》《怎样学习中国语法》《常用字辩》和90年代印制《古典诗歌名篇集说》《新昌诗话》《诗话选笺》等少数几部外，尚有8部著作（58本手稿）约550万字未出版。如何把林世堂的遗作公开出版，成为生前好友、历届学生的共同心愿。

2016年6月，一群年过半百的新中学子怀着对老师的崇敬与感恩之心，征得林世堂家人同意后，开始筹备出版林世堂遗著。“林老师一生清贫、洁白、刚正、勤奋，他留给家人的财富不是金钱，而是几箱学生来信、几大本学生相册、三大箱书稿和一屋子书。”林世堂文集出版筹备群“群主”、新昌中学80级文科班学生吴宏富介绍说，他们把三箱手稿全部复印下来后，60多名同学分工合作，利用空闲时间，戴上老花镜，一下一下敲击键盘，在半年多时间内，已将6部著作（9本手稿）50多万字录入了电脑。与此同时，他们还多方搜集林世堂从1935年至1997年所创作的诗文以及散落在各类报刊的作品，结集成一本25万余字的《林世堂诗文集》，共收集诗文200多篇。

“到目前为止，我们已整理完成林老师的6部著作，并通过了浙江省特级教师——新昌中学语文老师董汀丰的审稿。董老师评价整理质量高、差错少，这是对我们整理工作最好的褒奖。”吴宏富说，“在县委宣传部、县文联、县史志办、新昌中学和天姥诗社等有关部门和社会各界有识之士的关心、支持下，他们计划用五到十年时间，把林世堂的手稿整理完毕，出版8部著作和一本诗文集。同学们都希望早日将凝结着老师毕生心血的作品尽快付梓，留传于世，发挥其价值。”

【出处】今日新昌，2017—01—01：2

新闻链接：浙江在线等网站进行了转发

1.3　寻找林世堂先生好友、学生的启事

林老师遗作8部书稿待梓，亟待大家相助，得以传承！新中81、82届文科班和80届一班、二班部分学生已先行在整理手稿，搜寻各种文章汇编《林世堂诗文集》，期待热心的您加盟。

联系电话：新昌天姥诗社0575-86022238；吴先生13905710966。

【出处】绍兴晚报，2016-12-30/2017-01-03；今日新昌，2017-01-01

1.4　《林世堂诗文集》征稿启事

《林世堂诗文集》汇编了自1935年至1997年间，林世堂先生所创作的各种诗文达200多篇，25万余字。但因年代久远，仍有两首原诗和14篇文章缺少内容，亟待寻找，名单如下：

一、待寻原诗：

1．《对菊》；

2．《陈伯达其人》。

二、待寻文章：

1．琉球沦亡六十年感言，《正义》，1939年第24期，第5—7页；

2．张天翼的“包氏父子”（国文科谈话之一），《正义》，1945年第1期，第18—20页；

3．张天翼的“包氏父子”（完），《正义》，1945年第2期，第18—19页；

4．杭州侧影，《正义》，1946年第5期，第10页；

5．读霜猨集，《正义》，1946年第6期，第7—8页；

6．徐自华的《返钏记》，《春风》第3卷6期（民国三十八年），1949年1月；

7．进行语法教学的几点经验，《新教育》（上海），1951年3卷第6期；

8．检查我在中学语文教学中的错误观点，《文汇报》，1952年4月10日；

9．对语法教学的几点意见，《语文教学》（天津），1952年第6期，第18—32页；

10．注释要掌握课文的精神——评“高级中学语文课本注释”，《语文教学》，1952年，第8期；

11．要正确地进行语法教学，《文汇报》（付页），1953年4月24日；

12．教学札记两则，《教学与研究》（中学语文版），1979年第10期，第60—61页；

13．几个文言虚词的解释商榷，《教学与研究》（中学语文版）（浙江师院），1980年第11期，第29页；

14．“完璧”与“返璧”，《语文教学》（江西师院），1981年第12期。

三、征集诗文

凡林世堂老师写的、写林世堂老师的诗文，均属征集范畴。

诚请您撰写回忆林世堂先生的诗文，一抒缅怀之情；同时提供珍藏的诗文，以便入编《林世堂诗文集》，以笔墨为志传承。以书代酬，作为纪念。截稿时间为2018年12月28日，此书将于2019年下半年出版发行。

《林世堂诗文集》旨在将散落在民间、报刊、书籍、各类资料中有关林老师的诗、文、楹联等文字汇编成册，不至散佚。如有珍藏，敬请提供至：268085188@qq.com（注明：原载在什么书刊，文章名称，写作时间，刊登年月，出版单位等），详情联系：吴先生，手机：13905710966。

后记

东西南北春常在，唯有师恩留心间。

《林世堂文集》的筹备始于2016年4月30日，由吴宏富、金兰萍、潘林霞和张范增四人发起，文科班其他同学闻讯后纷纷参与。同年6月3日获得林老师家属授权，全面启动整理、打字和校雠工作。经林老师30年代、50年代、80年代的学生（主要是新昌中学81届、82届文科班和80届一班、二班部分学生），林老师生前同事、好友和媒体记者等众人一年多的合力，终于使第一、二、三卷的书稿整理得以完成，交付出版。谨以此书纪念恩师逝世20周年。

整理林老师之作，并非易事：由于时间久了，一些文字辨核实在困难；有的手稿与原著引用版本不同，存在种种差异。在“忠于原作”的原则下，我们对其中的笔误作了订正，并对引文出处，以“朝代+作者+作品”的通行格式，作了统一处理。

《林世堂文集》的出版，得到了县委宣传部、县文联、县史志办、县图书馆、县档案馆、新昌中学、天姥诗社等有关部门、单位和社会各界有识之士的大力支持，在此一并表示感谢：

○年届耄耋的陈百刚老师不顾年迈，多次参加座谈会，提出指导性意见；并担任编委会顾问，欣然受托作序，修改“作品简介”，为“作者简介”基调定稿等，做了大量工作。

○浙江省中学语文特级教师——新昌中学正高级教师董汀丰老师对全部书稿进行了审读，并对其中的错漏进行了斧正；同时修改润色“作者简介”以及其他文字材料。

○《绍兴晚报》记者潘丽萍、《今日新昌》记者杨玉婵对“林世堂遗著待梓”相继进行报道；浙江在线、浙江新闻、浙江热线、绍兴网、新昌信息港等媒体进行了同步转载。

〇参加本文集第一至三卷手稿整理的有：林琳、吴宏富、俞美君、丁利民、钱佳平、张范增、顾坚刚、李秀军、黄永前。由吴宏富统稿、编校；林琳复校第一卷，董汀丰老师、丁利民、吴宏富复校全稿。直至清样，参与人员再次进行通读，查漏补缺，尽可能地将失误降至最低。

因本文集系学生对恩师遗作的纪念性出版，故有稿皆印。其中有的篇幅虽标题相同，实则内容各异，其按文阐述所需相同的“引文”“引例”交互使用之处，未作归并，尽可能地保持原貌，留存老师原作，作为史料，供大家学习、辨正。由于我们水平有限，时间仓促，谬误和不足在所难免，敬请读者谅解、指正。如发现差错，请提供至268085188@qq.com，以便订正。

最后，向书中所有插图的原作者表示感谢，以书代酬，请来函索书，以资留念。

吴宏富执笔

2017年12月